〖中华诗词存稿·军旅专辑〗
中华诗词学会 编

军旅诗词汇编

军旅诗钞

（下编）

高立元　姚飞岩　主编

中国书籍出版社
China Book Press

图书在版编目（ＣＩＰ）数据

军旅诗词汇编：军旅诗钞·下 / 高立元 姚飞岩 主编. -- 北京：中国书籍出版社，2019.12

（中华诗词存稿）

ISBN 978-7-5068-7793-0

Ⅰ．①军… Ⅱ．①高… Ⅲ．①诗词－作品集－中国－当代 Ⅳ．①I22

中国版本图书馆CIP数据核字(2019)第295086号

军旅诗词汇编：军旅诗钞 下编

高立元　姚飞岩　主编

责任编辑	李国永
责任印制	孙马飞 马 芝
封面设计	采薇阁
出版发行	中国书籍出版社
地　　址	北京市丰台区三路居路 97 号（邮编：100073）
电　　话	（010）52257143（总编室）　（010）52257140（发行部）
电子邮箱	eo@chinabp.com.cn
经　　销	全国新华书店
印　　刷	北京虎彩文化传播有限公司
开　　本	710毫米×1000毫米　1/16
字　　数	316 千字
印　　张	30
版　　次	2019 年 12 月第 1 版　2019 年 12 月第 1 次印刷
书　　号	ISBN 978-7-5068-7793-0
定　　价	1098.00 元（全 4 册）

目 录

下 编

下　编

卢 迈

1928年生，浙江临海人。1948年入伍，曾任解放军通信工程学院副处长，副师职研究员。解放军红叶诗社社员。

忆拉练野营井冈山

捆紧背包整绿装，井冈野营志轩昂。
亲人铺草温床暖，老表烧汤洗脚忙。
瞻仰三湾明建党，缅怀五井紧持枪。
湘灵鼓瑟云崖赤，翠竹杜鹃百世芳。

访鸭绿江断桥

鸭绿江边岁月悠，断桥弹孔几经秋。
重来北岸丹东府，遥望江南新义州。
长白山高同立马，清川江涌共歼酋。
血凝友谊心桥在，碧水滔滔万古流。

卢白木

原名卢懋勋，1931年生，湖南安化人。1950年入伍，曾任四野特种兵部队文化教员、编辑、宣传助理。转业后任教师进修学校副校长兼教研部主任。曾为中华诗词学会办公室副主任、培训中心高级班导师，解放军红叶诗社函授导师。著有《未寒斋吟草》等。

忆湖南军大

一

革命熔炉引兴长，难忘衡岳历秋霜。
莺鸣朝夕喧庭院，燕集冬春落庙堂。
广场传薪情似火，回廊辩论舌如枪。
相携踏月归来晚，瓜菜收回细品尝。

二

千里江山旭照红，莘莘学子沐春风。
戎装初着精神爽，步履相追气概雄。
试看全民腾踔日，欣逢群骥奋蹄中。
骊歌三唱匆分手，四海麾招各北东。

三

如烟往事思滔滔，振翮当年共比高。
鸭绿挥戈曾伏虎，昆仑策马可擒雕。
五旬岁月虽凋鬓，一代英才未折腰。
再唱黄河神抖擞，宏编捧读到中宵。

戎装初着

肩挑冒暑几书生，羁旅星沙效请缨。
义理初传催梦醒，旌麾前导踏歌行。
巡天敢比穿云雁，戍海甘为守夜灯。
一羽功名当看取，投身水火作雷鸣。

江城空戍

朝夕戍空历五年，青春沥胆献元元。
危堤抢险惊涛夜，斗帐攻蚊热浪天。
炮口长伸催弹发，戎衣屡着拥戈眠。
江城岁岁平安报，子弟功高众口传。

乌苏里夜巡

一

寒凝大地未藏鸦，隔岸灯红岂是家。
踏碎江干千叠雪，归来衣帽缀冰花。

二

纷披塞柳惯栖身，草甸蛙鸣彻夜听。
僵卧何当天拂晓，长传号令过三更。

三

日照江隈晓雾开，风轻步细影徘徊。
沙滩又见长靴影，碧眼昨曾踏岸来。

和原中南军大校友相聚

几经风雨不言愁,老去重温惬意求。
纵逝年华情未泯,犹铭枪戟志难休。
红羊有误成黄卷,枥骥应无悔白头。
语落相嗤因两鬓,理装留影记春秋。

晓立卢沟桥头

如虹桥影落江干,记起当年万绪翻。
永定河昏遗战骨,宛平城晦遍腥膻。
大刀耀日哀兵胜,枪戟呼风敌胆寒。
六十年前非梦境,卢沟晓月未沉酣。

夜看南京大屠杀影片

荧屏涌动百回澜,眯眼惊心忍痛看。
狼犬满街声嘎嘎,头颅匝地血斑斑。
人为刀俎钟山慄,国失干城玄武寒。
荼毒生灵犹未悔,睦邻雅曲莫轻弹。

读振华兄《一个志愿
军战士的战地日记》

一

临危受命历千重,笔底烽烟疾疾踪。
路起黄昏星眨眼,桥成午夜月当空。
披靡屡见青田泯,武耀曾教白昼红。
墨水行囊无限意,相依战地自豪雄。

二

漫说青春火样红,陈枪炒面对群凶。
早将生死置身外,休听和平唱曲中。
劫里江山悲救主,艰难岁月看鱼龙。
空谈军史终须价,未解凌烟禄几钟。

忆儿时听唱《松花江上》

似悲还怨调非昂,声落衣襟泪几行。
别却家园逃虎口,飘零异地作亡羊。
闻知黑水金银失,更道白山粱豆光。
听罢师生情似火,捶胸顿足恨无枪。

登京西百望山

名山百望一登临,御侮当年事与闻。
辽宋烽烟惊北塞,幽燕怒火慑东邻。
天高未许秋容老,地沃终因血滴深。
半岭碑文难竟读,篇中动魄为招魂。

答友人

掷笔星沙效请缨,南征北垦卅年身。
华年已坠青云志,晚岁犹存白首心。
每虑沧桑嫌浊富,常凭肝胆慰清贫。
豪情未尽中宵坐,万马嘶鸣侧耳闻。

九月十八日中秋京城北海望月

柳岸灯红照眼明,千呼万拥看东升。
金轮冉冉林梢起,异彩层层水面腾。
触目光环依白塔,迷人丝竹绕龙亭。
承平且问今宵月,照否当年北大营。

除夜过钟鼓楼

轰然阵阵动初更,驻足长街默默听。
激荡燕山犹袅袅,回旋城阙尚铮铮。
豪英喷喷扬眉乐,邪佞惶惶掩耳惊。
但得风雷常滚滚,神州岁岁警钟鸣。

新措放吟

国势沸腾步步高,放言新措重头挑。
殚精创业知防腐,竭虑兴邦力戒骄。
肃吏自当凭虎气,除贪尤得试牛刀。
人逢盛世花逢雨,晚景思前兴未消。

重读毛泽东诗词

展卷终宵几度思，风云眼底任驱驰。
烽烟岁月惊心句，戎马关山动魄词。
赋得山花红烂漫，吟成杨柳意参差。
而今再越雄关日，记取残阳似血时。

八二书怀

平生事业未堪豪，除却幽怀尽可抛。
已许诗文留岁月，但凭肝胆认知交。
天无晦气乾坤朗，人自多情逸趣高。
老去逢时尤得健，芳园携侣步朝朝。

谒北京文天祥祠

矢志勤王藐万艰，凌然受命护东南。
伶仃句落江河泣，正气歌成虏骑寒。
长令丹心昭日月，甘将碧血洒尘寰。
遗篇耿耿英魂在，千载奸佞未敢看。

抒　感

一

序届稀龄自看轻，十年辕去步新程。
休嗟鬓白欢情减，且喜时平逸趣增。
作嫁耽书思道义，浇园揽胜得心清。
桑榆虽晚尤当问，愧否前贤与后生？

二

时乖笔落古城秋，回首当年惯说愁。
展卷难为风雪厉，披荆役使稻粱谋。
春来怎奈流光短，老去应教事业休。
但得庭榆高一尺，清风明月两相留。

水调歌头 · 登八达岭长城

　　欲偿平生愿，晚岁到长城。重重堞路砖垒，缓步且攀登。稚子喧呼声烈，竞走比肩无歇，人涌道相争。未借挽扶力，笑达喜身轻。　　惊回首，墙绵亘，纵连横。层峦叠嶂远近，心绪自翻腾。往矣雄关兵燹，迭起戍楼烽火，御侮挽天倾。胜迹留千古，举世仰威名。

鹧鸪天 · 迁居

一

　　驻足京门且息肩，风光无碍乐华巅。湖山朝夕留踪影，陋室冬春别有天。　　邀胜友，赋新篇，吟中岁月自香甜。苍天未肯庇寒士，广厦由他千万间。

二

　　笑听人言入小康，僦居里弄品炎凉。临门聒聒声盈耳，闭户潇潇雨打窗。　　大杂院，小平房，十年煤火一冬忙。从今告别昏沉夜，此去层楼览晓光。

卢仲山

海军航校飞行拾萃

地面滑行

荒草晴霜一展平，轰鸣慢驶向机坪。
始通理论初行滑，万里长空第一程。

双线飞行

起飞着落接连连，左右双航各绕天。
为筑海疆铜铁壁，克勤苦练巧当先。

实弹轰炸

急腾飞逝海苍穹，划破蓝天呼啸隆。

笑语欢歌听不见，弹丸尽落靶心中。

卢冷夫

1964年生，江西南康人。1983年入伍，曾任总参某部副处长，大校军衔。解放军红叶诗社副秘书长、《红叶》执行副主编。

又到老兵退伍时

翻山越岭彩云奔，月下清风抚旧痕。
一曲军歌人胜醉，几回孤枕梦犹温。
边关漫漫真情在，大爱盈盈铁韵存。
寄语诗成千百首，初心不悔示儿孙。

题红军沟

山高林密隐沟深，霜染军旗八秩新。
抱树红花生暖意，穿心涧水唱希音。
人间遍洒英雄血，石上长留赤梦痕。
美景从来今更好，中华锦绣四时春。

加入红叶诗社有感

墨蘸豪情笔作枪，吟怀每诉断肝肠。
一腔热血心头热，爱在诗中句不凉。

读《冷暖轩诗钞》
兼怀史进前老社长

沧桑谁问古今雄，冷暖轩中话史公。
绿柳含情君不远，春潮逐梦忆非空。
半生如愿耽平仄，卅载倾心沐雨风。
军旅诗林多锦绣，漫山红叶敬元戎。

上班路上

晨风伴我过青山，雨燕翩飞柳浪翻。
绿草犹怜军服色，号音长伴鸟声喧。
诗心浩荡英雄气，笔意清新峭峭言。

日出层林霞万朵，丹忱似火壮旗幡。

军　鞋

踏遍征尘步履宽，千磨万损意如磐。
多年冷暖鞋中觅，几处风霜脚下安。
老去初心温戍梦，从来本色正衣冠。
甘将热血酬红叶，更著豪情上笔端。

卜算子·秋思

夜雨唱秋归，霜冷京城月。借我西山一抹晖，共染相思切。　　白首念边关，九月曾飞雪。遥想当年小站松，欲语声幽咽。

八声甘州·忆北疆
小站加格达奇

梦几回明月照兴安，依稀见群山。渐清辉散尽，甘河霜冷，归意绵绵。百岭千枝迭望，隐隐物华怜。碧水东流去，思绪无边。　　春有野花争艳，尽诗心谐远，情注流年。抚苍松听雨，何处觅嘎仙①？恰罗衣浅斟低唱，共醉翁、白发赋新篇。边关路，却难回首，不忍挥鞭②。

① 嘎仙，"鲜卑石室旧墟"之谓也。嘎仙洞位于内蒙古鄂伦春族自治旗阿里河镇西北群山之中，距加格达奇45公里。
② 2006年，小站官兵沿着古代鲜卑人行进的路线南迁，依依难舍，遇景生情，因此会有"挥鞭"之痛。

苏幕遮·戍边

大山魂，君忆否？小站峭然，风雪还依旧。热血青春曾驻守。寂寞边关,相伴人和狗。 嘎仙白,来一口。月夜难圆,慷慨歌当酒。别梦依稀常聚首。泪眼星光,醉卧门前柳。

叶世民

1934年生,广东恩平人。1951年入伍,曾任空军第四速成中学文化教员。解放军红叶诗社社员。

忆在伞兵师服役

征战英模聚一师,强龙添翼展雄姿。
翱巡天际云为伴,叱咤长空风作衣。
敌后开花贼丧胆,刀尖掠过铁成泥。
精兵苦练霜锋出,固我金瓯信可期。

叶伴松

笔名古木,1930年生,安徽无为人。1949年入伍,总政离休干部。中华诗词学会会员,解放军红叶诗社社员。

八十述怀

一

漫漫征程是与非,言行岂可与心违。
休惊荣辱求真谛,郁郁青松映夕晖。

二

此身纵以卸雕鞍,历夏经冬未得闲。
报国忧民心不老,犹思驰骋度关山。

乡 思

桃林柳岸溪桥畔,洒遍儿时喜乐忧。
故土故人萦客梦,乡情缕缕水长流。

叶晓山

1931年2月生,安徽无为人。1949年2月入伍。曾任铁道兵政治部文化部创作员。中华诗词学会会员。著有《叶晓山诗书画集》等。

参观韶山毛主席旧居有感

题毛主席诞生处

陈旧土房并不凡,满怀敬意步轻弹。
伟人落地惊天喊,震动头上三座山。

水塘赞

半亩方塘嵌碧坡,水平如镜胜如磨。
伟人击水掀狂浪,汇作长江万里波。

颂韶山小路

恰似羊肠穿绿荫,风摧雨撼履留痕。
岂知小路通天下,迈出东方一巨人。

党史纪念馆剪影

题毛主席油灯

此地无声胜有声,伟人窗下布雄兵。
若无黑夜星星火,哪有长安五彩灯。

题红军标语

难舍红军报国情,老墙斑驳字犹存。
当年一句宣传语,力胜雷霆千万钧。

党旗颂

肃然面对泪如倾,侧耳犹闻喊杀声。
多少英雄麾下倒,换来万杆国旗升。

红缨花赞

昔日锋芒向不平,刺驱黑暗见天晴。
红缨熠熠燎原火,点亮千家万户灯。

参观周恩来、邓颖超纪念馆有感

一

缓步精心品馆藏，芳菲欲尽有书香。
来宾不敢高声语，恐扰周公赏海棠。

二

烽火连天多事秋，恰逢年少志鸿猷。
天生革命痴情侣，常使华人涕泗流。

雨游雨花台

仰望威仪不胜哀，恰逢秋雨洒高台。
天公似解时人爱，抛出情丝满地来。

赞雨花石

小巧玲珑世仅存，颗颗石子说奇珍。
五颜六色谁描绘，道是英雄血染成。

抗美援朝

过鸭绿江

肩担使命赴邻邦，江水歌声同激昂。
此去前沿拼死活，苍龙缚住始还乡。

战地抢修

敌机飞过急忙修，人似蛟龙战激流。
肩架新桥连对岸，浪花跳起喊加油。

猫耳洞除夕夜

战地未曾半步离，猫耳洞里见神奇。
岂知祖国腾欢夜，正是男儿出击时。

寄立功喜报

血战沙场亮剑锋，立功喜报寄家中。
休言薄薄平常纸，重比群山一座峰。

筑路青藏高原

战高原

为使西陲早变迁，别妻离母战高原。
深知国土无前后，月在边关一样圆。

丹心颂

莫道高原变化多，四时气候一天过。
风霜雨雪雷冰雹，不敌丹心十万颗。

踏破寒冰

踏破寒冰不足奇，心随天路向西移。
今朝大漠风沙恶，正是江南花满蹊。

战地飞歌

春到江南花木鲜，昆仑战地汗如泉。
故乡慈母灯前线，化作飞虹落雪原。

通车典礼有感

五载支边胆气豪，人民信赖比天高。
灯山花海通车日，泪雨纷飞洒战袍。

风拂征衣

风拂征衣轻掸尘，雪原筑路气吞云。
火车未到人先走，不占新城一尺荫。

龙马飞蹄

雪岭冰峰一望中，春光岂与昔时同。
驼铃不再摇荒瘦，龙马飞蹄疾似风。

回乡纪事

新村一隅

车到村前路转斜，春深林密隐人家。
临江一隅朝晖里，半是青杨半是花。

新区办公室偶见

一架电脑一杯茶，台前端坐靓丽娃。

鼠标就是手中宝,点出千红万紫花。

露水街口占

长街如线串珍珠,一幅民间买卖图。
日上三竿人却散,家家载酒踏归途。

难舍乡音

潇潇夜雨入林稀,归梦残时又别离。
蛙鼓声声枕上断,隔窗又听鹧鸪啼。

离　村

江村半月日相随,又到分离怕说归。
最是多情柳上絮,追风竟向眼前飞。

军中闻号声有感

一

睡意朦胧更已深,号音惊坐梦中人。
征鞍虽下身犹健,唤起当年杀敌心。

二

声声军号震天涯,忆起兵营昔日家。
倘若余光犹可发,愿随战舰捍南沙。

叶惠忠

1943年2月生,辽宁凤城人。1970年5月入伍,曾任副教授、副主任。著有《军旅韵声》。

悼战友

邱光华机组5名同志,2008年5月31日在执行抗震救灾任务中,因直升机失事而光荣牺牲。

青春展翅任翱翔,丹绘蓝天路正长。
热血愿抛无悔恨,清晖思报寄衷肠。
云穿雾破飞银燕,地陷天倾峙栋梁。
考验虽非经战火,英雄浩气动天堂。

吉林省军民抗洪抢险

连天暴雨毁家园,大战洪峰生死间。
党政军民齐奋进,车船器械俱支援。
身躯筑起防洪坝,意志凝成挡水山。
生命当先旗帜艳,英雄气概贯云天。

三勇士英灵永驻

在吉林省抗洪抢险斗争中,沈阳军区某部关喜志、刘磊、李守信三同志为抢救人民生命财产,不幸壮烈牺牲。吉林省委、省政府授予三烈士"抗洪抢险勇士"称号。

斗战山洪有大军,飞驰浪里救乡民。
双肩架起生存线,两臂高擎沉溺人。
洪水无情人有爱,云天有眼泪无痕。
青春殒逝英灵在,回望吉林大地新。

田宏生

女,1933年生,重庆市人。1949年入伍,曾在总政文工团歌舞团工作。

忆朝鲜战地所见

雪后川原裹素装,清音悦耳过山冈。
村姑不惧烽烟烈,犹唱民歌阿里郎。

田宝芳

1930年生,河北昌黎人。1948年入伍,曾任飞行教员、处长。解放军红叶诗社社员。

忆济南战役

沧桑风雨催人老,血战沙场难忘怀。
似箭飞身云梯上,如鹰拼占制高台。
四城钢堡皆摧毁,十万精兵尽化埃。
小试牛刀开序幕,雄韬伟略下江淮。

当飞行教官感怀

长空授业卅多载,桃李三千鬓染霜。
梦绕云飞心呕血,情牵地练花吐芳。
工夫老到军威壮,炉火纯青剑气扬。
今日战鹰惊四海,老夫笑慰话沧桑。

忆天津战役东局子战斗

总攻令下关门打,万炮齐轰敌胆虚。
突击连如弦上箭,尖刀班涉护城渠。
杀开血路汤浇蚁,撕破前沿手捉鱼。
电闪雷鸣东局乱,桥头俯首递降书。

田耘生

笔名田牧,1928—2018年,陕西渭南人。1949年8月入伍,曾任总参谋部政治部干事,后勤学院政教室教员。曾为中华诗词学会会员,解放军红叶诗社社员。

江城子·建军八十五周年

洪都打响第一枪,破天荒,震八方。群雄奋起,血战铸辉煌。推倒三山权易位,民解放,路康庄。　　献身使命保国防,灭豺狼,制魔王。维和四海,天下赞无双。时刻听从党召唤,挑重担,戍三疆①。

① 指陆、海、空三疆。

蝶恋花·感怀

梦坐神舟天际绕,亚美非欧,顿觉星球小。万里长城雄更俏,神州何处无芳草。　　忽见嫦娥噙泪笑,久念亲人,恨不相逢早。天宇森森关爱少,月宫哪有家乡好!

史　勉

女,1935年生,河北新河人。1950年入伍,曾任总后某部门诊部主管药师。

卜算子·金婚抒怀

驱寇尔从戎,抗美吾军旅。战地相逢织爱心,五秩同风雨。　　解甲近重阳,情似初婚侣。绿叶成荫盛世兴,相伴红霞舞。

史文道

1937年1月生,河南平顶山人。1954年入伍,曾任第二炮兵某部部长,大校军衔。北京诗词学会会员。著有《晚晴吟草》。

八一感言

戎衣换去别军营,健体读书怡性情。
回首当年征战急,开怀今日夕阳红。
南疆依旧波涛涌,台海仍然统独争。
老骥壮心今尚在,中枢令下再从征。

史崇保

1929年生,湖北京山人。1941年入伍,曾任海军广州疗养院副院长。解放军红叶诗社社员。

满庭芳·赞抗洪英雄

暴雨滂沱,洪涛汹涌,庶民遭受灾殃。孽龙何故,多日苦癫狂。恣意兴风鼓浪,施暴虐,毁舍吞房。连天雨,奔腾倾泻,田野变汪洋。　　灾情牵万众,军民请战,骨肉相帮。看齐心戮力,蹈火赴汤。无数英雄奉献,人墙立,何惧伤亡。擎天柱,舍生忘死,决胜锁长江。

史敦才

1932年3月生,河北井陉人。1948年3月入伍,曾任后勤工程学院政治部秘书处副处长。解放军红叶诗社社员。著有《敦才吟草》。

纪念毛主席诞辰一百二十周年

身肩大任出韶山,为救中华肝胆悬。
志报炎黄兴伟业,功高泰岱启新天。
挥旗横扫千重雾,斩浪飞撑万里帆。
深谢当年多教诲,传薪继踵报先贤。

痛悼周恩来

擎天柱折巨星沉,大地生悲日月昏。
漫漫九州伤宰辅,哀哀十里送忠魂。
超群绝俗誉中外,勤政忧民冠古今。
缕缕白云含泪过,青山稽首谢公恩。

哀悼邓小平

伟人辞世鹤西归,动地惊天华夏悲。
开国功勋垂史册,传薪业绩铸丰碑。
一生奋战轻荣辱,几度蒙冤鉴是非。
身后芸芸十三亿,誓将遗愿化腾飞。

彭德怀

革命洪流涌四方,惊天霹雳起平江。
横刀立马长征路,抗美援朝挚友邦。
海瑞罢官存傲骨,于谦夺命有忠肠。
一身正气留华夏,青史垂名姓字香。

贺 龙

桑梓挥刀怒揭竿,南昌起义执先鞭。
高风亮节人人敬,伟绩丰功处处传。
寒露凝霜凋碧树,权奸当道害清官。

除妖捉怪阴霾散,洗尽沉冤慰九泉。

陈 毅

戎马生涯创业艰,南征北战扫凶顽。
才兼文武誉中外,力斗熊罴轻险艰。
梅岭豪情惊鬼魅,西山红叶壮尘寰。
雪霜难折虬松志,莽莽苍苍荡九天。

瞻仰西柏坡五大书记塑像

华夏巍巍五巨人,身肩重任饬乾坤。
拯民救国沥心血,布阵挥兵泣鬼神。
西柏坡前筹妙计,天安门上洒甘霖。
花繁树茂山川秀,深谢诸公雨露恩。

庆祝中国共产党成立九十周年

九十年前赤帜升,锤镰一举破坚冰。
辉昭旷野阴霾散,力挽狂澜声誉隆。
逐鹿中原求解放,扬帆大海指航程。
赢来华夏翻身日,唤醒睡狮天地惊!

庆祝新中国成立六十周年

励志图强六十年,移山改水塑新颜。
谋求发展根基壮,构建和谐黎庶安。
填海堪羞精卫鸟,补天犹胜女娲仙。
炎黄遗胄十三亿,策马驰征不息肩。

庆祝南昌起义七十五周年

南昌起义慨而慷,冲破藩篱骋骕骦。
救国安民功赫赫,除妖打鬼气昂昂。
赢来胜利沧桑变,铲却贫寒岁月香。
保驾护航肩重任,时时刻刻砺锋芒!

长 征

煌煌华夏五千年,万里长征震宇寰。

兵渡乌江惊敌胆，会开遵义换新天。
雪山凛凛从头越，草地茫茫纵步穿。
堵截围追等闲破，红旗高举进延安！

延安颂

宝塔巍巍延水欢，红旗猎猎日高悬。
步枪小米背包坐，窑洞油灯土炕眠。
耿耿丹心辉圣地，铮铮铁骨铸尧天。
后人莫忘前人苦，官自清明政自廉。

长城颂

横跨神州气势雄，崇山峻岭贯长虹。
东衔沧海千重浪，西接昆仑万里风。
勇扼群峰屏大国，喜凝众志赴新程。
炎黄亘古豪情壮，赫赫飞龙舞碧空！

壶口颂

势壮情豪举世稀，狂涛倾泻竞飞霓。
浪惊东海蛟蚰遁，声震西天狐兔凄。
让路崇山揖左右，冲关巨练舞高低。
醒狮昂首一声吼，试问何人敢再欺？

参观晋冀鲁豫边区政府旧址冶陶

冶陶镇上说渊源，回首征程忆苦甘。
旧照悬墙留旧貌，新楼拔地展新颜。
运筹帷幄晨昏累，挺进中原雨雪寒。
先辈遗风垂典范，传承切莫尚空谈。

喜逢老战友

当年征战共挥戈，今日相逢双鬓幡。
酒后闲谈怀往事，池边漫步赏新荷。
浮生喜慰小康梦，馀热情钟大雅歌。
伏枥犹怀千里志，宝刀不老赖勤磨。

致江南战友

暮色苍茫望太行，江南战友倍牵肠。
芳华历历三春梦，岁月悠悠两鬓霜。
菊到深秋犹灼烁，人临老境岂彷徨。
一身盔甲不甘卸，纵马挥戈挽夕阳。

学诗有感

半生戎马少偷闲，花甲攻诗紧着鞭。
性癖难随尘世俗，心高不畏路途艰。
句寻月照寅更梦，章润星残午夜寒。
韵拙弗求青眼顾，自吟自赏乐陶然。

征程自赋

山村走出小兵哥，稚嫩痴憨无奈何。
浴日叨光长成树，修文习武炼为戈。
舟行碧水风帆顺，马策青山屏障多。
凤愿难偿酣梦破，虽经坎坷未蹉跎。

朝朝暮暮乐悠悠

当年征战恋吴钩，脱却戎装志未休。
马老犹思奋鞍辔，灯残尚冀续青油。
喜忧情志诗中赋，利禄功名身外丢。
岁月安详已知足，朝朝暮暮乐悠悠。

水调歌头·西柏坡

清澈滹沱水，静谧柏坡村。迎来救世英杰，挥手布阳春。筹划进京赶考，建立共和新政，一举定乾坤。唤得睡狮醒，华夏庆翻身。　　夺辽沈，战淮海，取平津。雄师百万，整装待发大江滨。堪叹南京老蒋，面对残山剩水，昼夜急如焚。逃遁仓皇别，无计慰惊魂。

念奴娇 · 秋登山海关

依山濒海,立雄关,天下尊称第一。万顷波涛迷眼望,极目茫茫无际。北控松辽,南屏幽蓟,千古争雄地。英魂无数,如今何处相觅? 内外郁郁葱葱,高粱摇穗,豆荚蒙茸密。铁马金戈浑往事,游客登临云集。姜女封神,秦皇化土,魏武鞭无迹。今非昔比,山青海晏穿碧。

舟 虹

1918—2005年,河南光山人。1938年入伍,曾任空军政治学校校长。

纪征战

戎马生涯忆赤旌,萧疏白发印峥嵘。
从征华北千山冷,解放西南万里行。
武典七书披几遍,文房四宝伴平生。
如烟往事难编织,唯有丹心照晚晴。

白 曙

女,1929年生,河南新乡人。1948年夏参加革命,曾进军西藏。著有《岁月如歌》。

忆过二郎山

一

二郎山上艳阳天,负重行军鱼贯攀。
骤压乌云风突变,雹冰如注马难前。

二

天开云散向前赶,路滑泥泞岂畏难。
为救藏胞脱苦难,英雄何惧二郎山。

白云腾

1939年9月生,安徽五河人。1961年7月入伍,曾任总装某部设计室主任、高级工程师,大校军衔。中华诗词学会会员,解放军红叶诗社社员。

双塔工程参建廿周年忆

离京下厂绘蓝图,成对加工举世无。
先架芦山号七列[①],再装红海序三呼。
雄姿各展自豪气,神箭齐飞探宇途。
更喜航天门撬启,弯弓战士激情抒。

① 芦山,即芦芽山,代指太原卫星发射中心。红海,即西昌卫星发射中心前期代号。

安装战士

朔风大漠望无边,架塔官兵背依天。
擦汗白云随意扯,提灯明月遂心悬。
每将探宇成真想,总把攀登当梦圆。
多少良宵难入睡,神舟发射乐开颜。

参加八号井工程四十周年

余今不说几人知,地下工程守秘痴。
坑道条条似蛛网,平台叠叠像楼姿。
钢簧吊柱飞龙挂,银壁悬梁卧虎支。
井盖一开神箭起,当年只干未留诗。

浪淘沙 · 从军忆

细雨洒秦川,绿色无边。清华山下入簧园。学子激情攀顶切,励志钻研。 勤奋卌馀年,为射星丸。太原西昌异弓弯。霜鬓酒泉云塔架,送客航天。

渔歌子·赞首艘航母 "辽宁"号入列

坐殿龙王猛一惊，原来航母劈涛行。扬国威，壮豪情，海疆巡弋卫和平。

白凌云

1974年生，山东淄博人。1999年入伍，曾任北京卫戍区某部处长。中华诗词学会会员，解放军红叶诗社社员。

浪淘沙·过雪山

雪路近天高，脚下云涛。春风到此俱弯腰。望断天涯无绿草，瘦了神雕。　　野径入云霄，人也飘飘。胸怀壮志气如潮。踏遍苍山歌一首，曲也萧萧。

南乡子·河

拍岸起寒星，落魄长河哽咽鸣。九转波澜人世路，豪情，水阔江深气自平。　　雪后砌重冰，冷眼低眉万里行。上下激扬飞陡瀑，虚名，海静沙沉水自清。

千秋岁·张思德 塑像前志感

戍随万里，神似忠诚骥。骤雨岗，寒冰驿。开荒安塞场，烧炭南山阺。苍松志，栋梁千古无生死。　　宦海鸿毛戏，大道万钧义。前锐剑，中军帜。寻常革命事，一样英雄气。飞云散，清白无意沾名利。

风入松·赈灾

钟山风雪起苍茫，桥上砌冰墙。滞留铁甲八千辆，望眼穿、天堑长江。南北通途阻断，层冰紧锁桥梁。　　青春热血卷红旗，豪气慨而慷。英雄队伍从天降，战冰魔、名震苏杭。自是降龙本领，赈灾小露锋芒。

水调歌头

相见问田地，稼穑乐如何？收成凭我耕作，老病去沉疴。更喜顽皮小儿，牛背横竿嬉笑，自在唱新歌。麦浪渺无际，仓满旧粮多。　　星河转，潮起落，逝飞梭。炊烟袅袅，把酒微醉话蹉跎。往日饥寒岁月，自此荒唐不再，人定胜妖魔。春色接天绿，笑靥泪婆娑。

水调歌头·烂漫三十载

城阔叠楼厦，村远去蓬蒿。激流直入江海，层浪壮波涛。野鹤闲云骚客，难赋离愁别意，谁会倚芭蕉？今世好儿女，争胜弄新潮。　　鱼龙舞，飞鸟唱，上云霄。商场逐鹿，霓虹明灭竞英豪。回望春风青草，已是波澜景象，国力九天高。烂漫三十载，信步领风骚。

丛乐天

1923—2002年，山东威海人。1945年参加工作，曾任解放军报社民兵工作宣传处副处长。

千里入闽

南下大军入闽山,炎炎烈日暑中天。
人攀绝壁飞烟雨,马走羊肠啸冷渊。
追探敌踪兼日夜,长龙小憩满冈鼾。
竹亭忽见总司令[①],万马千军竞向前。

① 部队行至闽北大山顶,见一竹亭柱上贴着30年代红军布告,落款为"总司令朱德"。

印利华

1953年生,江苏泗洪人。1969年入伍,转业后曾任泗洪县委党校办公室主任。中华诗词学会会员。

戍贺兰山

马跃三关外,营横大漠间。
挥戈天地动,起舞晓星旋。
垒固千峰立,旗开万壑飐。
疆安黎庶乐,明月九州圆。

宿营大漠

宿营恰是夕阳斜,四顾茫茫噪暮鸦。
近啄莎鸡藏骆刺,远归塞雁落平沙。
祁寒锅里煮明月,大漠天边枕雪花。
千古悠悠兵燹地,三军豪气动飞霞。

偕诸战友夏日游洪泽湖

悬湖摇玉露,百里碧融融。
鱼跃开心里,鸥旋望眼中。
轻舟飞笑语,信手采莲蓬。
一醉菱歌竞,云霞映日红。

回故乡

又趁莺鸣探故乡,萧居已改旧时妆。

沥青路映麦苗秀,复式楼依竹叶香。
红袖键盘敲贸易,皓髯卦步踢斜阳。
赋蠲更见黎民乐,一片祥和百业昌。

悼战友

惊闻噩耗落花时,咽柳啼莺尽恸思。
戍垒飙沙披月冷,移师泗水戴星驰。
凌寒釜煮烟霞粟,绝漠鞭裁冰雪诗。
不信音容松岗远,尧疆汤固忆君姿。

转 业

铁甲依然在,别关清泪潸。
风轻明月夜,莺啭贺兰山。
边塞牛羊乐,乡闾稼穑繁。
南坡天马壮,萧萧送我还。

缅怀彭雪枫将军

雨霁悬湖映彩虹,塔前祭扫忆殊功。
挥师豫皖三凶惧,鏖战江淮半壁红。
夏邑陨星惊玉宇,徐城俎豆吊元戎。
九天英烈欣含笑,犹是心期普大同。

战友欢聚

桃红契友见君迟,解甲依然战士姿。
淡月漠炊曾煮雪,飙风夜渡共吟诗。
山横壁垒谈兵夜,旗卷云霞挥旅时。
已逝硝烟添作赋,金瓯昌固忆吾师。

忆驻守贺兰山兼柬当年战友

朔风临漠夜筹兵,压境阴霾扰不晴。
演旅曾经摧敌胆,啸丸几度断河声。
落霞煮雪扎营冷,戒壑横戈戴月明。
花坼黄莺歌禹甸,归乡犹自梦边情。

忆别军旅赠战友

伫望秋空客雁横, 断无消息久牵萦。
惊沙翰墨风云赋, 霁月襟怀胆肝声。
边塞燕安终解甲, 乡关凤翥又登程。
几回梦寐踪营垒, 共叙贺兰屯戍情。

贺兰战友纪念入伍
四十周年联谊

解甲贺兰双十年, 牵情仍是塞云天。
虽无功勒凌烟阁, 风雨磨成战士肩。

中秋海峡情

光风霁月忆芳姿, 曾共家山竹马时。
别故情深霜染早, 归乡梦久雾开迟。
临窗半世种红豆, 化鸟千年衔碧枝。
欲托白云传旧语, 瓯圆不寄断肠诗。

吴江春韵

细草回波拍岸流, 丝绦雨后靓新柔。
垅铺绿毯莺声滑, 山抹微云髻影浮。
翘鹭点畴耕夕照, 低荷枕水歇归舟。
迩闻月下鲈乡曲, 吴语分明歌舜猷。

鹧鸪天

大漠横戈岂等闲, 飙沙蔽野戍关山。月昏浩水三军渡, 云压重峦八阵坚。　　同灶饭, 各排班, 古今扼塞战和间。征尘归浣天涯隔, 十载戎情欲叙难。

冯又松

1944年生, 湖北省人。曾在总参某部队工作, 大校军衔。

咏建党九十周年

破碎山河破碎心, 黔黎亿万苦呻吟。
先知先觉寻真理, 群胆群威震远岑。
推倒三山开国运, 机谋四化聚民忱。
乾坤再造空前古, 日月增辉举世钦。

题英山县莲花山观音阁

黛色烟光映碧空, 莲峰遥望梵王宫。
疏钟散落青江外, 法雨纷沾俗世中。
高阁香薰三世界, 名山露润万年松。
尘心到此初为净, 偏爱清新八面风。

鹧鸪天·看上海世博
会开园焰火晚会

世博宏开喜气腾, 银河辉耀浦江城。光摇玉斗三千丈, 镭射空蒙万点晶。　　云幻彩, 水燃情, 长桥浴火半空横。世人惊看神龙起, 多少红旗伴五星。

冯广斌

1928年生, 辽宁本溪人。1946年入伍, 曾任广州军区政治部组织部副部长、驻广铁军代处副政委。解放军红叶诗社社员。

忆毛泽东主席西苑阅兵

魁伟身躯土布衣, 敌军吉普作轻骑。
喜看将士多威武, 笑指金陵日已西。

冯恩利

1955年3月生, 山东临朐人。1975年入伍, 曾任某部指导员。中华诗词学会会员。著有《审美之旅》。

从军忆

黑水白山似梦中，挥刀策马正从戎。
冰封万里雪为毯，日进三餐糙作粳。
校场张扬猛虎胆，忠贞染就战旗红。
青春奉予国家事，不悔今生几许名。

写在八一建军节

军号又闻热血催，清平还问几安危。
挑灯看剑寒光在，跃马飞身英气回。
欲驾硝烟舒彩练，甘趟云海触惊雷。
铮铮铁骨如山立，他日征帆扬虎威。

偶园行吟

偶园信步踏遗踪，古韵清风侧耳听。
二水三阁音影邈，一山半壁路苔空。
欲寻燕子飞十里，还数牡丹开几丛。
暮霭朝霞天未老，大江依旧向东溟。

春　雨

丝雨携风织锦柔，新归春意嫁娘羞。
腾岚杨柳笼阡陌，泼黛禾蔬涸畎畴。
漫入情思随梦展，渐开诗韵伴云游。
清眸掠过绰约处，好放心湖一叶舟。

海浮山

玉带萦山碧落间，瑶池袅袅起云烟。
松青臂挽帅哥影，竹翠肩披靓妹衫。
石海听涛观宇宙，林风戏语问丝弦。
每将梦境和诗韵，心曲一吟三百篇。

搀老父散步

烛残株朽步蹒跚，挽臂扶腰两影缠。
心握黄昏留晚照，意倾碧血送甘泉。
彼时雨露此时海，今日阶梯昔日肩。

唯愿春秋终锁定，风云不复演流年。

探访西双湖

西双湖畔步晨曦，浩渺烟波隐丽姿。
杨柳梳妆莲醒梦，舟桥试镜鸟涤衣。
一堤秀媚江南女，两岸葱茏塞北诗。
东海牛山迷远客，风光尽揽入霞霓。

雪后登山

铺天盖地路难伸，几度迷茫辨伪真。
高下区分应放眼，虚实尝试莫分心。
欲攀上界重霄远，犹忆凡俗五味深。
回首琼花身影里，皑皑何处不清芬。

冯敬之

1925年生，江苏阜宁人。1942年参加革命，曾任军分区政委。解放军红叶诗社社员。

抗战胜利

十六扛枪斗日魔，青纱帐起大刀歌。
山河倘若遭蹂躏，剃去长须再荷戈！

淮海战役

军民共谱壮歌行，精锐全歼敌胆惊。
常忆当年鏖战处，梦中犹唤故人名。

冯毅夫

1919年生，河北清苑人。1938年入伍，曾任八一电影制片厂编导、艺术办公室主任。

白首丹心吟

老友谷军，耄耋之年热切关心党风建设，曾上书党中央，建议7月1日为整顿党风日，获中央办公厅批复并予鼓励。

海淀一盲叟,离休意未休。昔酬报国志,近为世风忧。上谏过红墙,殷殷为党谋。人民百世业,烈士万颗头。常温旗下誓,死生无愧尤。国际歌声动,普罗最风流。

司 今

1919年生,江苏沛县人。1937年入伍,长期从事战地宣传鼓动工作,曾任南京军区政治部文教办主任。著有《诗律浅说》。

赞陈毅元帅

一

投鞭天堑赋中流,誓扫狼烟诛寇仇。
白壁回车会双李,黄桥横槊训韩酋。
胸中韬略千秋史,马上文章百代优。
最喜铮铮发快语,英风烈烈众心头。

二

辟地开天不世勋,提携百万拨风云。
折冲樽俎智谋远,谈笑棋枰算筹神。
赤道山高词典雅,莱蒙水碧酒清醇。
风流文采誉中外,元帅诗人冠古今。

参加粟裕军事学术研讨会感赋

燕山云蔚起烟霞,兵部画堂听玉笳。
铁马金戈还旧梦,丹心碧血荐新华。
青春伏虎慰黎庶,白首成书报雨花。
一代风流千载颂,清声高韵漫天涯。

《战将陶勇》题后①

疆场三十载,碧血染征衣。
肝胆红星见,豪雄霜剑知。
山风吞万象,海雨逐千骑。
讵料逢凶劫,英雄哭路歧。

① 陶勇(1913—1967),原名张道庸,安徽霍邱(今六安市叶集区)人。1929年加入中国共产主义青年团,1932年转入中国共产党。参加了长征。曾任新四军纵队司令员,华中野战军纵队司令员,海军副司令员兼东海舰队司令员,南京军区副司令员。1955年被授予中将军衔。

邢石操

1924—2009年,山东烟台人。1942年参加革命,曾任解放军报社记者处副处长、新闻研究室研究员。解放军红叶诗社社员。著有《潭东诗稿》等。

凭吊卢沟桥

玉带清波拱帝京,晚霞晓月各抒情。
昔时勇士驱倭寇,今日犹闻杀敌声。

枣 园

夜黑漫漫纸窗明,塬上忽传报晓声。
填海精禽神不倦,龙蛇走笔战东瀛。

祁连碑

三过草地人马疲,阴差阳错到河西。朔气裂肤马踟蹰,战士衣单系羊皮。自古辉煌丝绸路,斯时战云罩大地。且战且走倍苦涩,十倍马军顷刻抵。高台喋血城终破,良将巷战献身躯。倪家营子埋忠骨,女兵跳崖鬼神泣。打通国际缘为何?仰问苍天天不语。日月无光旗失色,凄婉声中散会议。大漠扬尘高万丈,祁连山里打游击。援西大军走复止,河西电波断讯息。挺身如山李将军,登高一呼振士气。"天不绝人路在我,黑了此处有亮地"。世上长见花月圆,人生总有生死离。胜败兵家寻常事,重整旗鼓众情激。明公在前我跟走,天老地荒日头西。渴饮白雪效苏武,饥餐黄羊保生机。苍鹰向导跨大山,胡杨飞叶走戈壁。日出月落路漫漫,星星峡上扬红旗。内战消弭抗战兴,热血沸腾再请缨。血凝走廊镌青史,西路志士皆精英。

邢绍卿

　　1930年生,河南巩义人。1944年入伍,曾任海军北海舰队旅顺基地后勤部政委。解放军红叶诗社社员。

反腐利剑出鞘

身居要职起贪心,逐臭追腥变罪人。
法网恢恢疏不漏,嗖嗖利剑正乾坤。

回故里

少小从戎耄耋还,亲朋相见更开颜。
何曾忘记出生地,犹自追怀抗日年。
盈耳乡音心已醉,飘香故土梦今圆。
陵园挥泪祭英杰,盛世高歌尧舜天。

访豫西抗日军政干校旧址[①]

校址翟祠杨柳新,双碑矗立刻雄文。
中州十县群英聚,学子三千九域闻。
蟠岭旗红新日月,坞河缨舞起风云。
堪夸首长真胜教,桃李飘香锦绣春。

　　①豫西抗日独立支队军政干校,1944年在河南省巩义市涉村镇浅井村成立。时皮定均任校长,讲游击战;徐子荣任政委,讲"民运"及政治工作。

长相思 · 战场通信兵

一

　　雨雪漫,山径攀。反剿周旋劲敌间,敌情疾步传。　　马卸鞍,人已眠。往往来来通信员,宿营午夜天。

二

　　炮声隆,硝烟浓。战士壕沟待命冲,前沿跃信童。　　军号鸣,气如虹。弹雨潇潇照样行,机灵赤胆忠。

清平乐 · 中国第一块公海矿区

　　资源耗减,海底兴勘探。发达国家争矿版,咱入龙宫寻看。　　百年饱受欺诳,丧权割地赔偿。今拥矿区"七五"[①],中华吐气昂扬。

　　① 1991年3月5日,联合国总部颁给我国公海海底矿区开发证书,该水域面积7.5万平方公里。

吉　云

　　1930年生,江苏东台人。1949年入伍,曾任后勤学院办公室副主任。解放军红叶诗社社员。

蝶恋花 · 文艺老兵聚京都

　　半纪分离情未了,故友重逢,话语知多少?痛叙十年风雨闹,笑谈改革辉煌貌。　　老将联欢声艺妙,歌若流泉,舞似花枝俏。盛世京都花信早,飞歌一路人欢笑。

毕友琴

　　1926年11月生,山东文登人。1944年参加革命,曾任铁道兵北京干休所政委。

英雄树

南国英雄树，朝霞耀眼明。
横空虬臂展，凸地赤瑚擎。
火发千支炬，丹涂四面城。
一腔豪气在，烨烨照征程。

难忘抗日雁翎队

一轮红日照晴空，万顷荷花相映红。此花曾傍战场绽，白洋淀上伴英雄。难忘抗日雁翎队，八年抗战不朽功。敢与鬼子拼生死，同仇敌忾气如虹。身居乡里情况熟，麻雀战术显威风。十六字诀心中记，智取巧取妙无穷。小队单兵和木筏，陆地水上总从容。日军似用炮打雀，又像笨牛陷井中。就虚避实我主动，积少成多铸碑丰。配合主力打硬仗，赢来全国大反攻。终将千万将士血，驱逐倭寇海之东。海之东，妖氛重。人道树静风不止，而今更觉势汹汹。居安应知危尚在，说与儿孙作警钟！

夜行军

百里急行军，全靠十一号。背上小家当，发扬老一套。看准白袖头，紧跟莫甩掉。悄声向后传，小心别摔倒。雨点头上洒，凉风耳边啸。翻过山几座，蹚过河几条。穿过封锁线，攀登羊肠道。雨水难分清，冷意如来潮。小憩背靠背，暖流互传导。友爱一团火，生活多关照。渐渐东方白，冉冉红日高。忽而脸对脸，会意开心笑。活像泥勒佛，一脸泥鳅貌。到达目的地，老乡真周到。生火烤衣被，烫脚放大泡。喝碗热姜汤，饭菜吃个饱。美哉鱼水情，枝头喜鹊叫。

毕建忠

1928年生，山东荣成人。1944年入伍，曾任军事科学院战史部研究室副主任、研究员。

彭雪枫押书印①

两枚钤记睹，如见雪枫魂。
虎帐研韬略，利刀斩乱云。
丹诚培劲旅，智慧著奇勋。
大将英名在，雄风启后人。

① 笔者在参与撰写《彭雪枫传》的过程中，偶然在陈毅赠彭雪枫存读的克劳塞维茨著《战争论》上卷的封面和卷尾，发现了彭的两枚押书章印记，一枚是"有书大家看"，一枚是"书有未曾经我读"，以及书中彭作的两千余字批注，诚为珍贵的革命文物。

吕千飞

1924—1987年，四川人。1950年参加抗美援朝战争，后调总政治部工作。曾为中华诗词学会理事。

哭关露

茶话尊前未识君，等闲错过社谊新。
当年调寄香花女，尔后愁鞏白发心。
一片丹诚昭日月，半生幽怨委风尘。
凄凉孤老晨昏药，铁石心肠也怆神。

再咏碎布

裁余剪剩动盈筐，破碎生涯莫自伤。
无分补天犹补裤，人间守拙菜根香。

午夜不寐遥想海北诸公

野草芳侵海北楼,频看独倚慨歌休。
弹冠盛世廉颇健,觅句非才贾岛愁。
二十春秋惊变乱,八千子弟死刑囚。
诗香许我宽三炷,写出狂歌带泪流。

吕华强

1955年生,河南宁陵人。1971年1月入伍,曾任解放军艺术学院音乐系军乐专业暨军乐团教学队队长,大校军衔。中华诗词学会会员,解放军红叶诗社社员。著有《对弈清风》。

喜听解放军军乐团交响音乐会

久未听交响,今催军乐情。
云穿莺鹊喜,石裂鬼神惊。
似见蛟龙舞,犹闻战马鸣。
台盈新秀面,我辈慰余生。

新中国成立六十周年诗怀

岁逢六秩颂华年,煮句烹词夜已阑。
心海惊拍千尺浪,诗怀一泻漫江川!

黄钟大吕吟

黄钟大吕动心弦,曲律催征永向前。
小品精雕情闭月,鸿篇巨制气吞山。
五声神韵歌华夏,七调妙音赞宇寰。
英武雄姿呈异彩,国威尽展壮军颜。

国家迎宾仪式感怀

元首访华夏,宏钧廿一鸣。
长街旌帜舞,红毯礼兵迎。
受阅三军壮,铙歌四海惊。
威仪赢宇外,军乐启新程。

情系军乐

豫东年少志卓群,礼乐研习乐从军。数载寒窗弹指过,秋风一阵果香醺。铿锵角徵国威展,玉树临风塑军魂。金碧辉煌霓裳舞,引商刻羽弄云门。骊珠串串龙王羡,天籁声声玉帝尊。南北西东鸣大吕,天涯海角荡金錞。深山大漠履痕见,雪域高原肺腑存。海防边关随身影,阅兵庆典见精神。六首礼仪显隆重,一曲宴乐动情深。友谊之桥添砖瓦,外交使命重昆仑。小品精雕情闭月,鸿篇巨制气吞云。歌赞人寰七音妙,乐颂华夏五声醇。举国哀痛三星落,九州欢腾四鬼擒。同声高唱歌国际,两会国策耳聆真。总理执手嘱使命,统帅合照表关心。使节亲致公函谢,外长擎樽送暖春。协调庆典逾千回,礼宾首脑越百人。三代伟人声贯耳,五洲元首亦觉亲。从军报国卅五载,肩佩四星重万钧。躬身自励当努力,图报知恩谢人民。

游京西爨底下村遇雨得句

昨日晴明今日风,京西古道雨蒙蒙。
云来爨底村犹湿,雾绕山腰树愈红。
诗友桥头流水对,书朋石上砚池功。
将心独付灵虚境,大野穷通一望空。

承德茅荆坝游记

为觅秋光荆坝行,霜摧红落亦多情。
泉头瑟唱泠泠语,山顶风扬猎猎旌。
五色斑斓不待我,一天通透望无形。
漫将诗意追征雁,千里长亭复短亭!

秋　夜

习易读经乐对灯, 乾坤浑沌一时清。
蛩鸣笔底诗情至, 雁叫心房画意生。
夜半敲窗风有韵, 三更窥案月无声。
兴来何必知天晓, 听任毫端墨浪惊!

秋之韵

目送归鸿影渐稀, 临窗小立望依依。
高天若洗纤尘落, 流水如梭骏马飞。
夜任蛩声催月舞, 晓凭诗兴策毫挥。
春光未必秋光好, 一抹霞红染翠微。

秋之水

澄碧流泉越涧飞, 斜阳一抹泛金辉。
枫笺出寺来山半, 雁阵穿云自翠微。
濯足舒心沧浪水, 放舟快意戴公扉。
凭风玉笛添诗兴, 神入波光不忍归。

秋之枫

重阳峰顶赏秋归, 万里清霜降翠微。
枫覆平湖丹尽染, 龙腾竖涧玉双飞。
未将箫鼓听迟暮, 却有扁舟贯落辉。
欲把香山收眼底, 一丝寒露湿红衣。

自　况

前路遥遥鞭骥驰, 登高抒啸正当时。
抚琴不失风流调, 舞剑常生豪放诗。
临水观山耽欲醉, 捻毫谋墨妄成痴。
灵机小有尚清醒, 学海无涯心自知。

纪念伟人毛泽东诞辰
一百二十周年

诞日今逢双甲子, 神州无处不潸然。
弱冠久蓄凌云志, 豪气高吟咏雪篇。

寇溃山崩升赤帜, 星辉位复涌清泉。
伟人一代中华立, 览尽乾坤谁比肩?

耳顺有怀

秋风问我为何吟, 六艺三才探妙深。
学篆常修行远阁, 知音每抚仲尼琴。
笔驰紫案描秦晋, 诗写红笺论古今。
耳顺文章堪自励, 云舒云卷看浮沉。

抗日英雄母亲邓玉芬颂

燕山草木几枯荣, 耳畔萦回战鼓声。
大义男儿天地立, 高怀巾帼鬼神惊。
宁为玉碎抛全瓦, 不使家圆苟半生。
直把忠贞昭日月, 精魂千古铸英名。

悟

游于物外养精神, 绝虑忘机归至真。
悟得本源为雅士, 淡看荣辱满眸春。

咏　竹

今古时贤赋, 乾坤日月情。
经风天籁出, 披雪玉雕生。
碧落梢澄碧, 清流根滤清。
身心随冷热, 静处任阴晴。

咏　荷

盈湖馥郁醇, 翠盖托冰轮。
沐雨犹添韵, 临风更有神。
莲开清自远, 藕断意相亲。
身出淤泥里, 娉婷不染尘。

紫竹院观钓

凝神屏气对清池, 别样情怀独自知。
他钓鱼鳞烹味美, 吾抔云影煮鲜诗。

念奴娇 · 甲午海战
一百二十周年祭

怆音盈耳,竟然是、百廿年前声咽。梦里当时,回望处、黄海滔滔热血。致远哀沉,世昌殉节,北洋水师灭。锥心难忘,国仇奇耻谁雪? 拜鬼窥岛钟鸣,倚天戈作枕,岂容猖獗。剑怒长空,弹指间、海啸云崩山裂。舰艇巡航,军机履使命,志坚如铁。乾坤谁问,九州雄起凭说!

鹧鸪天 · 癸巳岁杪随笔

我乃书坛一墨徒,秋冬春夏不停涂。梦追甲骨金文气,神驻兰亭行楷书。 浓与淡,密和疏,毫随加减并乘除。莫求些许生花意,埋首耕耘辨石珠。

吕若曾

1922年生,安徽阜阳人。1940年2月入伍,曾任旅大警备区政治部文化部副部长。解放军红叶诗社社员。著有《枫韵》。

鸭绿江抒怀

日朗沙明绿水长,飞银泻玉气昂昂。曾经血染哀波赤,更斗冰封怒浪狂。万壑惊雷浓雾散,千山葱翠百花香。桥通两岸同携手,盛世犹须紧握枪。

吕承钦

笔名吕承鑫,1946年9月生,广西灵山人。1969年入伍,曾任副排长。中华诗词学会会员。著有《淡泊人生》。

空军工程兵之歌

劈岭移山涧壑填,钢筋铁骨筑坪川。一声令下军情急,拔寨挥师又向前。

八一老兵聚会感赋

老兵聚会话当年,头戴红星耀大川。蜀水巴山留足迹,滇池洱海谱鸿篇。抡锤挥铲声威壮,劈岭穿岩步履坚。莫道工兵输勇武,一腔热血戍尧天。

庚寅八一老兵聚会

沧桑历练百般磨,一路人生未下坡。解甲归田心未已,豪情不减老兵哥。

出席《璀璨年华》
首发式有感

为国当兵谱乐章,铁军鏖战铸辉煌。移山铺道凭双手,托起雄鹰万里翔。

又到春城

一别昆明四十秋,老兵聚会喜重游。红花绿树迎宾笑,丽水苍山邀客留。边界交通居要口,东盟贸易作桥头。西南门户春光媚,孔雀开屏绚九州。

吕效元

1927年生,山东淄博人。1943年入伍,曾任军事医学科学院灵宝医院院长。解放军红叶诗社社员。

忆当年参加核试验

参试豪情大漠飞,折冲核霸抖神威。无垠戈壁屯细柳,沉睡楼兰听巨雷。

苦饮沙餐闲小事,风摧日炙铸丰碑。
殷勤孔雀河边路,一世难能走一回。

朱　田

　　本名朱宝田,1926年生,江西南昌人。1947年入伍,曾任铁道兵文工团创作员。

草　鞋

出自红军手,赤脚穿上走。
日行搓地球,夜袭移星斗。
舍身历天险,冒死闯关口。
踏出长征路,其功岂会朽。

朱延涛

　　1985年5月生,河南叶县人。空军第一航空学院社会科学部讲师。

高原战士

漫天飞雪舞高寒,独立风头志更坚。
纵使百花常误我,此心不改向边关。

军　嫂

心似春风常送暖,人如芳草解排忧。
情深锁定边关路,鸿雁传书到碛头。

驻岛战士

此去京城万里深,年年孤岛月一轮。
万家共享清平夜,浪上风云警赤心。

海岛月夜值勤

浪打礁石孤月轮,漫天海雾渐相侵。
风波夜半犹难料,须握钢枪处处巡。

赠空军航空机务官兵

身栖僻远气高雄,志在青云誓护鹰。
架起天梯腾碧宇,情巡万里啸长风。

筑梦空天

铸剑我为锋,从征斗志盈。
丹心昭日月,铁翼驭长风。
筑梦空天际,强身细柳营。
长缨今在手,正欲缚苍龙。

英雄气

唤起英雄气,三军唱大风。
今朝同铸剑,他日欲擒龙。
驾驭风雷电,搏击陆海空。
神州称盛世,应赖有长城。

咏千里马兼寄边疆战友

生来俊骨身,颇具白龙魂。
蹄奋雄风起,嘶鸣闪电奔。
常存千里志,暂立一丹心。
终会添双翼,重霄自在巡。

火焰山

生死两重天,人称火焰山。
山间红吐火,谷底绿生烟。
清水溶天雪,葡萄育古园。
若今非眼见,谁信此真言。

石上根缘

　　广西上思县十万大山中,有两棵树隔石而立,相望苦相守,根穿顽石而通连,甚为壮观、震撼,名为"石上根缘"。因作诗以记之。

前生缘未尽，化作木重逢。
梦近身何远，心通路莫封。
枝摩霄汉外，根并石岩中。
绝世功谁见，青山十万松。

咏天山天池

玉帝倾杯水，洒向天山飞。落地
化天池，还被天风吹。群山赞造化，
环抱生翠微。青龙穿谷舞，寒玉流天
辉。天然一灵镜，照彻人心扉。只因
开凿后，世事漫相摧。圣池成游乐，
念此令人悲。幽深不复在，高情每相
违。试问千年外，相思更有谁。唯此
冰雪魂，永与风月陪。

咏信阳毛尖

不知何岁月，冒此绿芳丛。雨露
时时润，信阳处处逢。山中裁细叶，
杯底起毛峰。香溢九州外，缘结万国
情。遂惊欧美客，誉重百千茗。此誉
非浪得，亦非今日生。当年茶圣至，
钦点入茶经。更有真名士，东坡赞不
停。淮南茶遍地，毛尖第一名。信非
人间有，竟是瑶池灵。仙女凡心动，
翩翩游鸡公。花香翠微境，渐欲醉其
中。忽叹美不足，少却草中英。遂作
画眉鸟，日夜飞天宫。衔来无数籽，
遍洒山间盈。采摘何须手，长成玉齿
迎。何思嫁凡水，泉水始堪烹。采烹
时莫违，最好趁清明。妙哉真绝品，
身轻骨不轻。色嫩绝天下，谁知味更
清。茶中天地大，饮者欲飞升。平生
常作伴，万事入心空。

朱汝阳

1928年生，江苏宝应人。1945年入伍，
曾任团政委，军分区顾问。

参观新四军军部纪念馆

战火迹犹存，馆藏俱足珍。
挥师歼丑虏，振铎奋吾民。
善驭风云变，恍闻叱咤频。
至今盐阜境，故老道刘陈。

忆渡江战役

百万雄师竞，惊天泣鬼神。
炮轰千障雾，船载一江春。
血沃山河赤，歌吟世纪新。
征程夷险阻，炳炳示来人。

谒粟裕同志骨灰安放处

武略文韬命世雄，南昌首义创苏中。
歼顽内线筹奇策，逐鹿中原奠大功。
半纪艰难嘶战马，一碑仰止激清风。
京华不乏埋身地，要伴同袍共始终。

抗战胜利

军帽腾空笑语飞，降书终见出宫闱。
鏖兵八载山河壮，湔耻百年草木菲。
倭寇图穷犹兽斗，独夫窃计摘桃回。
红旗直指屯魔穴，还教刀枪辨是非。

忆办《战友报》

风云奔涌卷沙场，偏自钟情纸一张。
天外捷音添锦彩，军中胜事放霞光。
硝烟熏得文思热，铁笔划来情韵长。
每到心花开烂漫，清新油墨共芬芳。

港 邮

百年陷落泪长流，徽记皆含辱与羞。
今日飞鸿来万里，新邮不印女王头。

八十春秋唯奋斗

一

折倾华厦仗谁扶？真理东传草木苏。
四海生民瞻北斗，一舟载道泊南湖。
劳工始组先锋队，志士初描壮美图。
从此红灯明险阻，荆榛艾尽辟通途。

二

激荡风雷廿八年，神州几度遍烽烟。
齐拼肝脑涂原野，又借干戈铸史篇。
妙计常持三法宝，艳阳终朗九重天。
长征万里方初步，重整山河再着鞭。

三

燎原星火迹长讴，如画江山景正稠。
多难兴邦承古训，齐民经国费深筹。
绵绵薪火传三代，灼灼真知润九州。
八十春秋惟奋斗，云帆高挂竞飞舟。

里程碑耸更辉煌

世纪之交国运昌，里程碑耸更辉煌。
承先一帜齐高举，启后千年赖导航。
富国强民筹远略，振金夏玉溢华章。
好凭十亿补天手，万里河山尽换装。

满江红·苏中七战
七捷五十周年

南国烽烟，苏中境、当年尤激。强敌犯、两淮原野，尽飞鸣镝。攻守先机循远略，军民合力博奇迹。内线中、七战展雄兵，全无敌。　　风云录，堪忆昔；英烈业，欣承袭。赞当今俊杰，把新程辟。四化蓝图胼手足，九州赤子悬胸臆。为巨龙、破壁早腾飞，争朝夕。

朱思丞

　　1983年11月生，江苏邳州人。2001年12月入伍，曾任南京陆军指挥学院政治部宣传处干事。《红叶》特约编委。

宿 营

白山黑水芜荒远，自有豪情彻九天。
一曲军歌犹未歇，谁邀新月帐门前？

站 岗

乌垒平沙塞外风，莫言哨所影零丁。
多情自有边关月，照我家山入览中。

随军再赴科尔沁途中

夜宿辽家堡，朝辞山海关。
芜蒌连黑水，胡雁阵白山。
朔漠高情在，战旗千里还。
长风如有意，吹寄暮云间。

随装甲部队夜征

夜半频闻出征号，陈师鞠旅影如旋。
风催黑槊千山动，雪满银川一月悬。
漫卷大旄追绝地，雄驱铁甲过延边。
军歌拔起七星璨，何处神州不眼前！

探 家

座座新楼盛景开，条条高速踏春来。
停车借问还家路，隔壁阿婆笑曰猜。

查　岗

虫鸣渐悄四更天，蓦岭乘烟登故关。
口令喝飞林涧鸟，背披明月也巡山。

哨所吟

未睹芳春秋又还，孤营夜夜锁寒烟。
多情自有边关月，独向官兵枕上眠。

题赠参加首届军旅
诗词研讨会诸前辈

一生戎马尽风流，虽解兵戈笔未休。
同赴诗林缘险径，相邀艺海泛轻舟。
传歌工部蓟门外，招宴青莲远望楼。
酒醉今宵何处去，香山红叶染清秋。

赞新兵

胸戴红花倍有神，军歌唱出最强音。
离乡万里无他念，唯有拳拳报国心。

砺剑联合军演

檄羽频催霜叶红，电波传唤满天星。
誓师旗下枪集会，防护壕前炮点名。
万里硝烟图上起，三维烽火网中生。
尚疑拂晓风声紧，已报班师夜未明。

题哨所梅花

根结千寻土，衣裁万里霜。
邀君冰雪里，品我傲寒香。

侦　察

怀揣战图斜挎枪，焦心独对北风凉。
林疏星暗月无影，路远行匆脚有霜。
十里丘山空鸟迹，数丛枯苇漫寒塘。
归来指视沙盘上，帐外梅花夜送香。

出　征

黄云朔漠映苍山，壮士高歌黑水前。
身随战旗飞瀚海，一轮红日胆肝间。

竹　眠

本名沈竹眠，1924年8月生，江苏新沂人。1942年9月入伍，曾任解放军南京政治学院党史教员。

英名贯苍穹

——纪念周恩来总理诞辰110周年

仲春逢诞日，万众忆周公。早怀报国志，终立盖世功。心力为党瘁，赤诚系民躬。高山共仰止，英名贯苍穹。

红色参访之旅

上　海

简朴民居石库门，登楼瞻仰细寻根。
燎原星火点燃后，温暖神州亿万心。

南　昌

暴雨疾风云压城，熊熊地火正升腾。
惊天壮举密筹划，炸响雷霆第一声！

建军节有感

御侮卫疆扫孽氛，万千磨砺铸军魂。
红旗应是鲜如火，常忆井冈岭上云。

纪念鲁迅先生逝世七十周年

先生何所为？荷戟战终生。笔撼鬼魅胆，胸怀孺子心。毁誉等闲事，爱恨决然分。铁骨刚柔济，铸成中华魂。

卜算子·新中国成立四十五周年

四十五年临,举国欣欣舞。恰是年轻力壮时,堪搏龙兼虎!　歌舞庆升平,应记风和雨。梅在漫天雪里开,才得香如许。

乔贵庆

1948年10月生,山东郓城人。1968年3月入伍,曾任52896部队副主任,中校军衔。现为北京诗词学会理事。著有《韵海试扁舟》。

满江红·"九三"大阅兵

放眼长街,花草畔、齐威队列。礼炮鸣、国歌高唱,国旗升越。机挂双旌飞宇际,烟飘七彩悬云角。方队近、地动与山摇,真豪杰。　洪流动,惊燕雀,装甲猛,吼声烈。驾东风重器,细瞄狼穴。壮志永行特色路,忠心切记英雄血。逢盛世、浪遏也飞舟,前程烨。

伍仲勋

1929年11月生,湖北松滋人。1951年参加革命工作,1956年入伍,曾任国防科工委工程设计研究总院设计部主任、高级工程师。

西昌卫星发射

绿水青山荡碧波,秀峰钢塔媲巍峨。
霓虹贯日彩云起,入轨星船奏凯歌。

庆祝核试验基地成立四十周年

四十年前出玉关,风餐露宿卧沙滩。
茫茫砾海勘罗泊,渺渺烟云定楼兰。
霹雳声惊龙奋起,蘑菇烟炽敌心寒。
神州岂怕论长短,保卫和平义凛然。

缅怀酒泉卫星发射中心开拓者

无垠戈壁地漫云,辽阔西疆万马奔。
将士安营荒碛地,军民共建探天村。
麻姑尽览沧桑路,玉帝敞开穹昊门。
创业何须悲白发,攻坚自有后来人。

念奴娇·"嫦娥"一号升空

安宁河畔,尽峰峦叠嶂,谷深林密。山着彩绒风起舞,沧海浪淘秋曲。溪水潺潺,蜿蜒清澈,人在窿中弈。灯光如昼,巍巍钢塔屹立。　荟萃科技精英,护航保驾,"嫦一"飞天域。划破长空千万里,监控跟踪追迹。载体分离,卫星变轨,精准无瑕隙。广寒之路,九州由此开辟。

任萍

1925年生,河北内丘人。1938年入伍,曾任总政文工团创作室副主任。

忆抗大

往事三千逝水长,进修抗大未能忘。
平原烈火培忠骨,峻岳烽烟铸赤肠。
炮火声中温战法,青纱帐里著文章。
地为坐椅天为厦,惯把沙场作课堂。

吊西路军烈士墓

兵走陇西天接山，祁连十月雪漫漫。
红军苦战飞沙岭，烈士长眠跑马滩。
花束蕊含千滴泪，英雄魂上九重天。
游人若问当年事，羌笛无声只有寒。

任训田

曾用名任逊天，1923年生，安徽萧县人。1942年入伍，曾任第十八军警卫营副教导员，四川渡口市人武部副政委。

忆进军西藏过依曲卡索桥

山洪湍急渡无船，皮索为桥两岸牵。
手握滑轮飞过去，浑如水上荡秋千。

一剪梅

会战成都未下鞍。挺进高原，踏雪峰峦。登攀负重彩云间。缺氧严寒，露宿风餐。　　恰似神兵降自天。奴隶身翻，尽绽笑颜。张谭率部效"屯田"[①]。保卫边关，建设边关。

① 张谭，指第十八军张国华军长、谭冠三政委。

任治己

1931年7月生，山东莱州人。1947年4月入伍，曾任济南军区司令部管理局局长。中华诗词学会会员，解放军红叶诗社社员。著有《秋韵》等。

延安颂

油盏寒窑彻夜明，清凉山上电波声。
万贤洗礼延河水，九域辉光宝塔灯。

旗点雄师鏖战急，星燃圣火映天红。
歌扬绸舞江山笑，无忘当年颂赫功。

漫步济南英雄山

历下开天看此山，丰功浩气写人间。
厅堂幕幕烽烟急，峻岭层层将士眠。
奋战八天泉水染，耕耘半世百花妍。
林荫静处思当日，幸福勿忘苦换甜。

英灵山上祭战斗英雄任常伦[①]

大盖一支摧旧世，神威虎胆荡胶东。
满腔怒火歼倭寇，遍野硝烟救父兄。
血洒千山悲日月，泪流万户悼英雄。
英灵山上说鏖战，枪展京华叙百功。

① 任常伦徒手夺得日寇一支三八式大盖枪，在此后一百三十多次战斗中，消灭了许多敌人，缴获了大量枪支，直到壮烈牺牲。这支枪现陈列在中国革命历史博物馆。他手握钢枪的全身铜像矗立在胶东英灵山上。

谒济南英雄山革命烈士陵园

五十春秋死与生，相逢无语总关情。
凝眸恍见硝烟地，侧耳如闻呐喊声。
风展红旗歌盛世，香飘绿野慰英灵。
吾侪洒泪怀雄杰，正气人间代代承。

江城子·易丙凤大娘送儿参加红军

天良丧尽蒋帮狂。舞刀枪，祸民殃。激怒群情、抗蒋扩红忙。敌后红军更壮大，安百姓，打豺狼。　　大娘送子上沙场。破衣裳，怕儿凉。唯一床单、带去挡风霜。子怕娘寒偏不要,裁各半,暖心肠。

江城子·题当年农村
送子参军照

八年抗战败天皇。望和平,盼安康。土改分田,百姓喜洋洋。老蒋独裁挑内战,民落难,国遭殃。　　家门送子上前方。瞅儿郎,看爹娘。妻子牵骡,似笑站身旁。叮嘱壮行心腹话,歼敌寇,保家乡。

一剪梅·题一张支前照片①

茅舍残墙众大娘。裹脚锥鞋,瘦体褴裳。低头不语做鞋忙。纳进真情,缝出衷肠。　　苦日穷人盼太阳。身在家门,心想前方。支援将士打豺狼。驱逐乌云,迎接霞光。

① 这张照片陈列在济南战役纪念馆内。

南乡子·独臂英雄丁晓兵

投笔去从戎,奔赴边疆喊杀声。利剑纵横飞敌阵,威风。保国何思死与生。　　折翅更鹏程,秣马历兵备战争。执锐披坚听党令,英雄。愿负千钧一手擎。

行香子·喜庆香港回归十周年

一国无争,两制神通。送英帝、不用强兵。百年耻雪,香港新生。喜中华统,紫荆绽,五星升。　　零时沸腾,十载峥嵘。回归庆、多少深情。同胞无隔,一片天晴。更共筹

计,厉图治,永繁荣。

鹧鸪天·读宋清渭
上将《学吟记》

大好河山玉帛留,倾心秉笔唱神州。和平发展兴邦策,友谊传播绕地球。　　书博览,睿才酬,直抒胸臆八春秋。叙情言志学吟记,党魄军魂世代讴。

任昭魁

1942年生,山东滕州人。1962年入伍,曾任总装备部三〇六医院口腔科主任医师。解放军红叶诗社社员。

蝶恋花·余热

换下戎装情照旧,牙椅台前,忙碌银丝叟。四十余年难讲久,万千人次经余手。　　新技新知时刻有,阅览文章,电脑常为友。还请东风捎话走,吾心牵挂诸君口。

清平乐·欣慰

牙科斗室,表尽平生意。镶种补拔皆仔细,一腔深情传递。　　军旅磨砺多年,爱兵爱岗心甘。本是平凡工作,酸甜自得其间。

任锦珠

女,1940年1月生,江苏宜兴人。1957年参加工作,1965年6月入伍,曾任总参某部助理研究员。解放军红叶诗社社员。

三军进驻香港

三军香港戍,将士整戎装。

驾艇波涛驶，战鹰云海翔。
驻防添马舰[1]，传誉太平洋。
风展红旗艳，何人敢再狂。

① 添马舰，原英军军营。

喜迎澳门回归

才贺港岛归，又迎澳门回。
大地铺新秀，神州扬国威。
开宏猷两制，雪耻展双眉。
隔海思台岛，何时共举杯。

如梦令 · 悼周总理

位显德高功著，无后无碑无墓。海啸万山呼，十亿衷肠倾诉。思慕，思慕，碑在人心深处。

沁园春 · 旭日浓荫百鸟翔

——读毛主席《在延安文艺座谈会上的讲话》

千古雄文，指点迷津，理论要纲。想延安艺苑，融融乐律，翩翩舞蹈，秀色芬芳。普及成风，提高在望，旭日浓荫百鸟翔。精英聚，领中华文运，一派春光。　文坛如此兴昌，又岂料，而今《讲话》忘。叹露胴妖相，高悬集市，颓唐狂曲，自演双簧。赶海文人，追星墨客，只想钻营名利场。须知晓，辨香花毒草，自有文章。

华文汉

1927年生，安徽嘉山人。1944年入伍，曾任沈阳军区铁岭军分区顾问。中华诗词学会会员。

忆淮海战役

大地冬临草木凋，运河强渡架人桥。
鏖兵新碾凶顽毙，横扫徐淮困兽嚎。
父老支前车滚滚，儿郎破阵马骁骁。
独夫反共腰肱断，猎猎旌旗透碧霄。

伊　鄂

字秀锋，1934年9月生，北京人。1957年入伍，曾任铁道兵某部高级工程师。解放军红叶诗社社员。

学诗入迷

白发枕书眠，梦游来杏坛。
才吟塞边月，又探武陵源。
笔下流诗美，心中品味甜。
妙言刚出口，老伴笑床前。

读毛主席诗词有感

含英佳构雅坛珍，扭转乾坤第一人。
翰海华章呈艺彩，雄文哲理铸军魂。
红梅傲雪迎新岁，碧血生阳涤俗尘。
句句珠玑彰浩气，诗书魅力万年春。

三代从军行

八一枪声响，诞生子弟兵。家无隔夜谷，我父从军行。投奔井冈山，请缨闹革命。长征二万五，冲破敌千重。会师陕北后，我家始建成。吾幼军中长，人称红小兵。抗美援朝去，卫国保和平。一道整编令，当了铁道兵。“三荣”为思想，吃苦乐无穷。条条钢铁道，华夏血脉通。眼看儿长大，投笔又从戎。接过钢枪去，威武戍边庭。特色祖国好,年年换新容。收回我港澳,军威日日增。欣逢十七大,全家喜相逢。回首七十载,三代从军行。当今商潮涌,金钱难动情。任重又道远,方向党指明。甘当孺子牛,齐心奔大同。

沁园春·长城

——纪念新中国成立65周年

亘古长城,华夏脊梁,举世震惊。想东起山海,西延嘉峪,穿云破雾,万里飞龙。卫我中华,民族觉醒,历代精英铁骨铮。看今日,展神州新卷,五彩长虹。　　中国再铸长城。特色路,心齐万马腾。喜政通人和,兵强马壮,嫦娥揽月,神箭腾空。辽舰耕波,蛟龙探海,只为全球永和平。人为本,创千秋伟业,尽写峥嵘。

浣溪沙·读毛主席《咏梅》词有感

陆老爱梅吟自身,落花碾碎入黄昏,暗香铸就此花魂。　　一扫旧情惊世界,红梅报喜不争春,悬冰百丈傲犹存。

浣溪沙·纪念小平同志诞辰一百一十周年

满腹经纶柔又刚,太行淮海美名扬,战旗猎猎下南疆。　　一世虽经三起落,践行真理为国昌,力推改革启华章。

醉花阴·回乡

归里途中惊锦绣,绿野平川透。麦浪正飘香,旧迹难寻、新舍齐争秀。　　鼓锣喧闹黄昏后,起舞芦笙奏。举盏喜相逢,促膝长谈、不觉晨光露。

临江仙·节日聚会

喜见同窗和战友,钩沉往事宗宗。几多坎坷与峥嵘。甜中含苦味,逗趣乐融融。　　话到深时心易醉,畅谈事业家庭。人生恰似一画屏。曾描年少样,又绘夕阳红。

忆秦娥·老年大学学诗有感

诗词会,学童白发如痴醉。如痴醉,年年岁岁,淘沙得贝。　　和谐平仄和粘对,苦耕廿载结新穗。结新穗,酿成新酒,自得一味。

向道谷

1926年生,安徽巢湖人。1948年参加革命,曾任海军大连舰艇学校教员。解放军红叶诗社社员。

猎潜艇之歌

蓝天碧海路,沐雨披风过。恶浪如山倒,小船似织梭。水底凶鲨在,官兵警惕多。安危系祖国,亿众得欢歌。

海军航空兵之歌

搅得乌云乱滚翻,苍天背负等闲看。长空击罢星辰黯,祖国安危岂等闲？敢有狂徒来试胆，教他魂断鬼门关。中华儿女英雄汉，碧海丹心映满天。

癸酉年除夕抒怀

万里寒云连夜收，一年又喜越从头。
生涯有计如春草，岁月无情似水流。
瀚海波平风寂寂，园林草长雨休休。
老来不喜闲情赋，羞与风花雪月俦。

游旅顺口和平公园感赋

春风浩荡喜郊游，碧海蓝天羡海鸥。
浪涌波翻尘事渺，日新月异战踪收。
山头旧垒埋幽草，水底沉船卧逆流。
今日中华逢盛世，远天极目思悠悠。

过击沉敌舰"太平"号旧战场

举头四顾水茫茫，船过当年旧战场。
碧水何曾沉战绩，江山依旧照斜阳。
鱼龙昨夜悲声咽，铁甲今朝剑气藏。
每忆陶公挥手处[1]，飞舟过此倍神伤。

① 陶公，指陶勇，曾指挥击沉蒋军
"太平"号护卫舰。

沁园春 · 姑苏春望

万卉争春，柳绿桃红，处处流莺。看神州大地，霞光瑞霭；中华儿女，志缚长鲸。商旅云屯，奇珍山集，市场繁荣意气横。惊世俗，有豪商巨贾，一饮连城。　　才人自古多情，算天下兴亡意不平。看吴城门上，伍员眦裂；湘江泽畔，屈子轻生。万种忧思，一腔悲愤，付与江声与水声。幸而今，有雄文马列，万里鹏程。

扬州慢 · 听世纪钟声有感

世纪钟鸣，天翻地覆，无穷心绪难收。想百年屈辱，风雨满神州。自罂粟烟消以后，海防尽撤，战守无谋。望朝野、昏昏如也，谁与同仇！　　孙公奋起，举旌旗，喋血城楼。虽帝子魂飞，改朝易帜，未掩遗羞。唯我工农震怒，历三代、无比风流。看环球风卷，中华盛世谁俦？

临江仙 · 过淮海旧战场

淮海风云犹在眼，当年鏖战玄黄。粟陈刘邓驭飞缰。中原方逐鹿，倚剑看斜阳。　　五十四年风雨过，阳春烟景文章。人间正道是沧桑。淮河回首笑，千里稻花香。

向麓生

1928年生，湖南平江人。1949年入伍，曾任院校文化教员、军事科学院研究员。

庆祝军事科学院建院
五十周年

院庆五十龄，军中享盛名。
科研担大任，学术步高峰。
牢记我为主，常明敌友情。
传承孙武策，不战屈人兵。

香港回归

清室昏庸寇逞强，毒枭英帝掠吾疆。
遗珠幸有回归日，把酒临风酹国殇。

遵义会议旧址

遵义城中遵大义,拨开迷雾见朝曦。
红军喜得经纶手,踏破千山庆会师。

抗战胜利七十周年

卢沟烽火睡狮醒,华夏江山血染红。
顽寇贼心犹未死,除魔利剑且高擎。

悼念小平同志

革命征途三受屈,忠心赤胆志难摧,
厉行整顿扶危局,力挽狂澜斗鬼魁。
规划宏图三步走,筹谋远略两珠归。
鞠躬尽瘁功勋著,青史千秋万代垂。

纪念济南战役胜利
五十五周年

回思五十五年前,济市街头鼓乐喧。
十万蒋军遭灭顶,一城黎庶庆新天。
歌声阵阵流泉韵,硝雾飘飘生柳烟。
万顷湖光腾异彩,历山千佛尽开颜。

春日香山行

春日西山路,青青草木妍。
山花迎客笑,林鸟逐阳喧。
倏过玉华岫,轻登峰顶端。
喜看身尚健,盛世乐天年。

亦 凡

原名刘凤贵,1945年生,辽宁沈阳人。
1964年8月入伍,曾任总参某部政治部组织
处处长,某研究所研究员,大校军衔。

无 题

一

宴饮何时尽,千金似水流。

欲知败家子,且上酒家楼。

二

假货充真品,良心何日还?
相看两不厌,唯有大团圆①。

① 大团圆,第三套人民币10元正面
图案。此指金钱。

三

才高安足道,财大方称雄。
自叹书生老,空唱大江东。

咏红叶

羞与群芳斗巧妍,独标赤帜傲霜天。
英姿自有葱茏意,秀骨偏迎冰雪寒。
慰我胸怀情似火,砺人肝胆色如丹。
此心愿共君同烈,风雨千重含笑看。

踏莎行·七一抒怀

一

九派横流,三江失渡,导航灯塔
知何处?中原莽莽叹狼烽,寒烟漠漠
笼沉陆。　　闪电挟雷,狂飙扫雾,
神州竖起擎天柱。南湖波映一湖明,
锤镰飞舞开新路。

二

长夜临曦,睡狮初醒,岂容禹甸
驰魔影?红旗一展换乾坤,天安门下
春雷动。　　日月重光,山河共庆,
宏图犹系英雄梦。喜看四化激飞轮,
大江浪涌千帆竞。

三

伟业方兴,风云突变,芳邻一夕
旌旗暗。红星灭处起悲歌,长城自毁
留殷鉴。　　勤俭兴邦,骄奢致患,

先驱告诫休轻看。莫教狐鼠毁墙基，何当奋舞除妖剑。

渔家傲·伊拉克战争感怀

忍见寒流凋碧树，满城飞絮伤春暮。杜宇声声啼唤苦，悲离黍，山河破碎群魔舞。　　一霎沧桑惊世目，人间"公理"知何处。弱肉强食今逾古，谁能阻，自当砺剑防狼虎。

水调歌头·贺神舟五号成功发射

拔地风雷起，呼啸没遥空。喜看矫龙腾跃，昂首览苍穹。穿过茫茫星宇，唤醒悠悠岁月，一笑领群雄。意气倾千载，光耀射长虹。　　巡天梦，拿云志，久存胸。此日初尝夙愿，万感汇潮中。莫道昊天难测，且看扬眉十亿，"神箭"又弯弓。明日跨银汉，定访广寒宫。

水调歌头·赠友人

"我是戍边客，来向画中游"。一从识得佳句，便思与君俦。最忆庭前除草，犹记高原踏雪，携手几春秋？！难忘太湖上，诗成欲放讴。　　心相印，情相近，意相投。同喜书城拥坐，万卷傲王侯。纵有飘风骤雨，何碍高天朗月，心海任行舟。余子等闲耳，吟啸自风流！

水调歌头·参加"保持共产党员先进性教育"有感

时代大潮涌，改革战鼓催。多少先锋战士，慷慨赴艰危！勇做尖兵破阵，敢领潮头蹈海，热血铸丰碑。仰止羞"小我"，去从识所归。　　坚信念，扬正气，戒奢颓。耳畔警钟长响，情逐战旗飞。休恋"灯红酒绿"，何似天高海阔，万里搏风雷！莫道桑榆晚，老骥自扬蹄。

水调歌头·有感于连宋大陆之行

一岛寒烟锁，咫尺战云横。哪堪半世离乱，风雨阻归程。游子天涯梦断，中原父老苦盼，何日海波平？泪洒黄河溢，恨压草山倾。　　冲逆浪，排重雾，破坚冰。一句"相见恨晚"，悲喜湿双睛。两岸春风初度，万朵心花齐放，四海荡雷鸣。青史翻新页，华夏看飞腾。

水调歌头·腊梅

惯见群芳艳，最喜腊梅花。一帜凌空飞焰，冰雪任纷拏。自有英姿铁骨，笑唤红桃绿柳，春信报天涯。昂首冬云处，挺立惭寒鸦。　　望高树，披灵气，浴明霞。几度心驰神往，雪夜念英华。岂为暗香疏影，欲借精魂妙质，为我赋清嘉。减却书生气，不作浪中沙。

菩萨蛮·学诗吟

一

好诗应似婵娟女，焉能草草身相许？假意献殷勤，如何能动心。　　休言身价重，肯为千金送？"日夜觅相知，恨君情不痴。”

二

好诗相似山中路，雄奇常在盘旋处。百折复千弯，风光方万般。　诗途无坦道，捷径欺聋眇。若要觅神工，直须攀险峰。

三

好诗应似长江水，挟雷驰电行千里。呼啸入苍茫，奔腾掀浪狂。　溪流虽自爱，终少雄风在。一自汇涛波，乘风扬浩歌。

四

好诗应似梅花吐，霜欺雪侮香如故。只为报春来，凌寒犹自开。　漫夸枝上俏，谁能高腔调？不与万花同，方称奇异红。

刘　云

女，1930年生，山西太原人。1949年入伍，曾任西北军区空军司令部宣传干事。

皋兰山凭吊

当年鏖战克金城，血染红旗舞峭峰。喜看春风常有意，山花处处伴英灵。

浪淘沙·忆文工队边塞冬夜

冷月照天山，初岁冬残。边风冽冽透窗寒。几次挑灯灯复暗，薪尽衣单。　耳畔呓声酣，惊碎敧眠。展笺呵笔谱新篇。待到明朝羌笛伴，歌舞翩跹。

刘　华

1929—2006年，江苏灌南人。1946年参加革命，曾任总参某部四局训练大队政委。著有《刘华诗集》等。

白衣战士

几番问疾感由衷，橘井泉清济世功。昼夜巡查情切切，晨昏护理暖融融。丹心远比仙丹好，德泽还推医德隆。世上行行堪赞颂，回春事业最光荣。

刘　岳

1932年生，湖南宁乡人。1950年入伍，曾任海军某部政治部宣传科科长、政教室主任。

自　勉

老翁八十不偷闲，家务麻烦乐意担。村野塘边多钓趣，棋牌室里少愁颜。常求经典开茅塞，喜作诗词唱奕年。自知程远根底浅，知难不弃奋挥鞭。

某国防工程工地回眸

一

雪压冬云刺骨寒，军民鏖战两山间。红旗飘处歌嘹亮，炮吼车鸣好壮观。

二

寒星依恋北山巅，冷月空垂雪满川。千树冰花添景色，开山号子入云端。

画堂春·忆从军

冰封雪舞路途难，参军不惧严寒。草鞋赤脚步怡然，志向磐坚。　庙宿地铺衰草，园蔬米饭丝烟。打柴种菜各争先, 苦累心甘。

十六字令·一九五〇年全军大生产运动回眸

坚! 方石如楼快步担①。鞋磨破, 汗滴湿衣衫。

坚! 雨冷风寒不歇肩。车厢下, 坐地食三餐。

坚! 任务如山未等闲。艰难步, 沙担似盘旋②。

坚! 热浪燎人口舌干。骄阳烈, 脚底似油煎。

坚! 评选劳模选拔尖。皆谦逊, 谁也不争先。

① 铺火车道的石子,每方像一座小楼。
② 从湘江底担沙只能盘旋而上。

刘　波

1945年生, 河北行唐人。曾任解放军报社记者处处长。

老山战区行

奉献精神何处寻, 老山峰顶气森森。
多少男儿女儿志, 多少拳拳报国心。
谁言军人少情意, 英雄原本是凡人。
也有老母床上病, 也有爱妻苦中吟。
也有情人绝情信, 也有万贯付流云。
只为肩头国事重, 如山负担埋藏深。
大军南征胆气豪, 虎帐谈兵论通宵。
将军胸中巧运筹, 壮士阵前杀声高。
月黑风紧云雾重, 双目紧锁猫耳洞。
岂容觊觎我寸土, 敢叫敌血染刀红。

神炮怒吼风云变, 动地惊天盘肠战。
阵阵战战捷报飞, 壮我军威在西南。
军工负重上老山, 线路堪比蜀道难。
背粮背水背日月, 何惧百米生死线。
白衣天使战火中, 巾帼不让须眉雄。
救死扶伤心切切, 战士最念大姐情。
枪声炮声不停歇, 夜夜杀贼甲不解。
青春染得南疆绿, 碧血浇红花婆娑。并
非男儿喜战争, 军人从来爱和平。请看
南疆硝烟里, 仍有柔情在洞中。中原小
妹情意长, 心随阿哥在南疆。猫耳洞中
一杯酒, 婚礼宴上无新娘。我在阵前久
伫立, 左右皆是好兄弟。谁人不可传青
史, 谁人不谱英雄曲。你虽离去默无
言, 我亦知你心中事。君不见, 麻栗坡
上九百九, 英灵常在雾中走。笑看百花
齐开放, 欢歌细语翩翩舞。噫吁嚱,
丈夫许国不复回, 功名利禄皆身外。
只愿人间处处春, 英躯何惜化山脉。

刘　斌

1931年生, 陕西绥德人。1948年入伍, 曾任沈阳军区空军教员。

上甘岭

八里平方尽弹皮, 四围烈火夜如曦。
满天血雨淋沟壑, 卷地硝烟染发眉。
屈辱百年降纸虎, 雄兵十万斗熊罴。
保家卫国和平志, 一道铜墙四海知。

鹧鸪天·我党声威天下扬

在参加北伐战争的第一期黄埔军校10名航空学员中, 有4名是共产党员。历史应该记住他们的名字: 刘云、王翱、王勋、唐铎。

叶挺先锋北伐辰,陆空协力净烟尘。四名骨干扬声誉,一代英才树伟勋。 怀热血,献青春,东方革命起初昕。战功赫赫奇功建,我党声威天下闻。

刘 斌

1983年4月生,江西广昌人。2001年9月入伍,空军某部工程师。

宿 营

烈烈西风树大旗,莽原吞尽日霏微。
新相知是初生月,一抹银钩照绿衣。

赴西藏见哨兵

瑶池路近不多层,蒿目天南眼似鹰。
雪壁光凝临晓影,一轮冉冉看初升。

出塞收短信有怀

荆棘连天野草黄,碛平寒日白于霜。
短信晚来无语答,赤旗如铁倚苍茫。

军次兰州

茫茫何代野荆秋,大漠酸风卷铁流。
遥看一轮红没处,黄河苍莽是兰州。

忆站夜岗

沙砾如云岂不疲?唤回好梦更累疑。
登楼长望昆仑北,皓月霜风飑大旗。

打 靶

细柳营前大漠开,嫖姚雄气未沉埋。
冲天弹似奇兵出,千里楼兰已化埃。

题战友所摄巡洋海景

冲波斜下雪鸥群,在在烟礁丽夕曛。
舰上儿郎尽年少,指看东海浪如云。

寄 内

茫茫禹域野云飞,东岛西沙万国窥。
此日我倾腔内血,他时君语裸中儿。

新出塞

一

冉冉高城桂魄生,女儿清梦近纵横。
移军瀚海深深处,欲剪寒衣寄不成。

二

电话休嗟期不来,天山冱雪阵图开。
衣裳官拨年年有,何事芸娘费剪裁?

导弹英雄营

立在霜原一箭雄,迭声口令震晴空。
众中耆旧颇能忆,禹甸当年数刖龙。

巡 边

餐风嚼雪夜巡边,掺手坑深腿灌铅。
入望哨楼喷海日,一时肝胆赤山川。

观王伟十年祭视频有怀

十三年事岂忘怀,一击当年动九垓。
银翼试看低掠处,犹涵碧血起涛来。

悼罗阳

何事功成唤不应?满旗猎猎屿鸥鸣。
会须海日歌潮外,毅魄来归看战鹰。

暮登贺兰山

半山已觉欲摩空,大纛回望小草风。

一片夕阳红在手,振衣高咏满江红。

赠女友

宁辞风雪成天门,不负轩辕负泪痕。
知子寸心痴似月,几回清梦踏昆仑。

别　友

莫道西来二万山,阴风谷吼雪斑斑。
烦君折取玉关柳,聊作男儿奇骨看。

刘　弼

　　1935年生,湖南祁阳人。1951年入伍,曾任第十六军四十八师副参谋长。中华诗词学会会员。

家书到坑道①

洞中光暗淡,枕石抱枪眠。
谁喊家书到,全连挤一团。

① 坑道,朝鲜战场防御工事。

刘万夫

　　1926—2003年,河北宣化人。1943年参加革命,曾任政治学院军事教研室教员。

苏幕遮·长江抗洪魔

　　怒涛惊,飞浪进。肆虐洪魔,涌透长堤缝。战士临危齐受命。固坝围堤,飞楫风波定。　　砥中流,排险境。万众同心,血肉长城竟。捍卫江堤民起敬。水乳情深,义旅称常胜。

刘义成

　　1924年生,江苏泗阳人。1945年6月入伍,曾任医院政委。中华诗词学会会员,解放军红叶诗社社员。

南方三年游击战争

游击三年苦备尝,青山碧野作军床。
身沾野草观星月,脚履冰霜走大荒。
山插红旗留火种,心存信念接春光。
人间浩气冲霄汉,战术传承斩虎狼。

黄桥决战

渡江东进战旗飘,决胜黄桥顽气消。
立足华中卫家国,驱倭策马见嫖姚。

忆淮北青阳镇围点打援

虎纵狼奔害众生,官兵得讯战书呈。
晓霜斜月军心急,骏马雕鞍利剑横。
张网网收鱼未漏,攻城城破敌全平。
高歌奏凯群情奋,为惩愚顽再请缨。

咏　马

常惊天下险,好马未离鞍。
云路鬃飘拂,霜蹄影去还。
嘶风震山岳,蹬足跃峰峦。
岂作南山客,人间仍未安。

苏幕遮·红缨枪

　　红缨枪,消息树。地道重雷,钢铁长城铸。山映斜阳天欲暮。截虎平川,处处天罗布。　　恨当年,豺虎聚。掠夺侵凌,美梦黄粱晤。靖国频参行彼素。何等心肠,众目光如炬。

生查子·雪夜歼敌

夜来西北风,风急彤云骤。白絮

漫空飞,不见天涯路。　　行军百里程,汗湿衣裳透。歼敌凯歌还,满目山河秀。

临江仙·洪泽湖边

　　昔年洪泽湖边驻,尽皆抗日旌旆。湖波流月水天辽。荻芦飞白絮,荡里静悄悄。　　忽闻鬼子哇哇叫,神兵又出奇招。后方前线颂英豪。我军多少事,每忆趣犹饶。

刘文侠

　　1949年生,黑龙江望奎人。1969年入伍,曾任第二十三集团军团政委。中华诗词学会会员。著有《吹角集》。

早　操

风雪营前列阵容,霜花足下两行冰。
莫言晨鸟飞来早,却在军人身后鸣。

晨　练

吹角边关催日升,鸡鸣曙色染军营。
身披锐甲荷枪弹,靶上梅花朵朵红。

打　靶

晨号角中日醒来,寒风谷底冻红腮。
千声脆响鸣天际,靶上梅花傲雪开。

秋夜拉练

号角频吹惊夜空,疾风步履动军营。
边关将士神行速,一路霜花逐晓星。

野　营

笑逐明月撵晨星,投弹瞄枪练硬功。

汗血喷霞驱铁马,淞花烹雪酿诗情。

坦克冬训

冷月寒沙铁马鸣,边关鼓角点雄兵。
钢轮碾雪催春色,夹路红梅招手迎。

边关抒怀

追风揽月守边陲,壮岁从戎策马飞。
朝日多情吻铁甲,晚霞溢彩映军徽。
沙尘滚滚驰征履,冰雪皑皑染剑眉。
热血男儿思报国,一身系得几安危。

除夕抒怀

寅虎依依辞旧年,九州吹角换新颜。
已拼汗血溶征曲,更盼旗风壮塞垣。
沙场归来思战马,界碑常忆梦边关。
琼花漫舞迎春至,望断军营夜不眠。

思战友

榻上鼾同梦,途中肩并行。
歌声操课后,剑气准星中。
钢胆江山固,铁衣冰雪凝。
微博传思念,千里问和平。

鹧鸪天·转业感怀

　　解甲油田两鬓斑,宝刀犹向壁间悬。萧萧铁骥驰昨日,猎猎旌旗卷塞垣。　　头枕月,汗浸鞍,征衣飞雪染关山。余生难忘从戎史,梦里惊呼箭上弦。

刘世庆

　　1927年生,山东烟台人。1945年入伍,曾任沈阳军区炮兵某师副政委。解放军红叶诗社社员。

赞迷彩服

沙尘仆仆护英雄,跃马疆场一路同。
野训丰收盐汗白,抗灾勇献血衣红。
心连百姓千根线,面对霓虹两袖风。
难了戎装昨夜梦,践行宗旨记心中。

刘廷良

1922—2006年,河南尉氏人。1938年入
伍,曾任军事科学院研究员。曾为解放军红
叶诗社常务副社长。著有《劲松吟》。

忆抗战

八年抗战挽沉沦,热血周身振国魂。
初试吴钩诛暴敌,继平虎穴靖妖氛。
难忘豫皖苏三月,犹记运西区四春。
梦里残晖余有热,铁骑竟夜指淮滨。

祭彭雪枫将军①

一

大军突破运河关,星夜兼程指泗南。
闻说将军陵墓毁,寒天雪地不停骖。

二

墓前设祭日西斜,我辈来迟洒泪花。
战士齐呼平此恨,誓追凶手到天涯。

① 彭雪枫将军1944年牺牲于豫东抗
日前线。我军撤出淮北后,其陵墓惨遭还
乡团破坏。

忆彭雪枫师长苦读

古庙青灯照北厢,难忘深夜阅华章。
三年转战功昭著,数月惩顽苦备尝。
身处逆流心常泰,胸无私念志尤刚。

将军大智兼文武,苦读作舟彼岸昌。

战友情

一

石头城里别春风,燕市宫前岁暮逢。
相见关怀毋论憾,经霜枫叶色更红。

二

两番噩耗昨惊闻,哭罢寒君又哭君。
四壁无声难入睡,秋风千里吊忠魂。

三

淮南一别似参商,不意捐躯抗日亡。
追念田兄今挥泪,黄泉有知笑豺狼。

缅 怀

——纪念陈毅元帅70诞辰

南昌起义战旗红,苦斗油山血染弓。
吴越挥师歼日寇,大江飞渡斩蛟龙。
冲霄正气中流柱,坦荡忠诚豪迈风。
怀念英魂思伟绩,丰碑矗立万民胸。

重返战地有感

四十三年弹指间,商南亳北斗倭顽。
军民一体齐迎敌,战友八方共履艰。
血雨腥风置度外,刀光剑影竞争先。
幸存老骥重聚首,执手殷殷忆旧颜。

赞《红叶》问世

枫林霜落满山明,片片傲然似火红。
忽忆当年先烈血,丹霞尽染叶枝中。

答友人并自勉

曾记乡邦抗日潮,铁骑战马听萧萧①。
刀光落处伪顽尽,剑影横时倭寇逃。

老友晨星多作古,新朋旭日领风骚。
莫怨际遇不如意,名利总归轻羽毛。

① "铁骑",新四军第四师骑兵团代号。

忆抗战时期的日本朋友

往事倏然五十春,今来旧地忆诸君。
侵华不义供驱使,反战输诚敢挺身。
寄意华章抒正气,并肩喊话播清音。
匆匆分别东瀛去,老友情怀入梦寻。

初到西大洋村

酷似家乡燕赵行,风尘仆仆觅亲情。
民居敞亮新房起,语出敦诚厚谊生。
牢记先贤创业苦,忍看烈士勒碑铭。
常来此地常清醒,莫让淫奢葬赤旌。

山乡行

一

绵绵春雨路遥长,结伴驱车下定唐。
重历当年根据地,犹闻山野杀声昂。

二

抗倭战友著勋功,华北华中一样红。
烈士碑前含泪立,虔诚默默悼精忠。

三

山间暂住乐悠悠,梦境投身画里游。
晓对晴岚觅佳句,暮迎素月泻清流。
大洋水库群鱼跃,岸柳枝头众鸟啁。
尤喜田园风物美,绿荫深处小红楼。

四

绿野重峦宛若龙,归途又访妙高峰。
青松夹道迎稀客,蹬道连云上碧空。

庙宇神坛香火旺,信徒游子布施丰。
健儿此处平倭寇,谁记当年血战红?

赞英国友人何鸿章先生①

雪枫陵地话由衷,慷慨陈词正义宗。
赠剑心长扬节烈,遗金仪重悼精忠。
自云外祖炎黄系,风雨亲情世代同。
有幸他年重聚首,一尊乡酿月当空。

① 何鸿章先生,英籍,曾参加反法西斯战争。他钦佩彭雪枫将军的抗日事迹,在纪念彭雪枫为国捐躯50周年之际,亲临洪泽湖西岸彭雪枫陵墓前哀悼,并向陵园赠宝剑一柄和100万港币作为陵园修葺之用。

自 遣

居能挡雨食为菘,书卷盈橱岂是穷。
更得诗成吟友乐,此心不与众夫同。

刘庆环

1943年9月生,广东紫金人。1960年9月入伍,曾任国防大学政治部干部部干事。解放军红叶诗社社员。

六十初度

收起戎衣着便装,登临花甲好时光。
风华岁月成追忆,剑戟精魂心底藏。
雁去长空留倩影,人依夕照恋诗章。
神州正唱和谐曲,汇入洪流竞小康。

红军的草鞋

麻纤禾草拧为绳,八伴四纲巧织成。
踏遍千山趟万水,助吾将士勇长征。

清平乐 · 贺中国海军六十华诞

空苍海阔, 任凭鹏鲲跃。钢铁长城迎浪搏, 天外旌旗闪烁。　蛟龙出海惊春, 神兵破浪腾云。科技高端在握, 金汤源自军魂。

渔家傲 · 贺中国航母辽宁舰

长笛一声风浪伴, 气吞万里神威见。出水蛟龙蓝海战。勤精练, 军旗舞处烟波漫。　昔日遭欺时世变, 雄鸡唱晓春光现。万丈朝霞金灿烂。朝天看, 华舟放出穿云箭。

刘庆霖

1959年2月生, 黑龙江密山人。1978年入伍, 曾任吉林省农安县、吉林市龙潭区武装部政委, 上校军衔。中华诗词学会副会长、《中华诗词》副主编, 解放军红叶诗社副社长、《红叶》副主编。著有《刘庆霖诗词》等。

军营抒怀

十年望月满还亏, 看落梅花听子规。
磨快宝刀悬北斗, 男儿为国枕安危!

汉将李广

塞边飞将鬼神惊, 策马黄沙万里行。
名重难封又何憾, 男儿光彩照长城。

观兵马俑

鲸吞六国鬼神惊, 秦俑依然气势宏。
若使我生千载上, 定邀嬴政夜谈兵。

北疆哨兵

口令传呼换哨回, 虚惊寒鸟绕林飞。
秋山才褪军衣色, 白雪先沾战士眉。

故乡边境行

我的故乡是黑龙江省密山市的一个边境小村, 直线距离与俄罗斯边境仅七华里。听老人们说, 俄罗斯那边的黑背山原来是我们的领土, 老一辈人的坟墓有不少就在那边。我每一次回家乡都要到边境走一走, 看看这里的变化, 也感受一下边防的氛围。

边境穿行欲断肠, 当年历史已微茫。
界碑立处杂荒草, 一朵花开两国香。

全民族抗战

咆哮黄河狮吼声, 忍观国破血还倾。
勇挥利剑斩蛇断, 敢向烽烟提首行。
加固太行为掩体, 挪移秦岭摆雄兵。
因缝浴火红旗洞, 一片朝阳作补丁。

忆野外课堂

野外课堂山脚明, 立为林木坐为兵。
日光温暖如披袄, 空气清甜赛饮茗。
抗战新书花伴诵, 长征故事燕犹听。
午前一曲歌嘹亮, 树叶传来拍掌声。

谒杨靖宇铜像

草根果腹打豺狼, 何惧剖尸还剖肠。
存得一腔奇气节, 生留战绩死留芳。

谒牡丹江八女投江塑像

八女如花是抗联, 敌围弹尽大江边。
并肩入水心无惧, 举起头颅直向前。

闻高原哨所用上太阳能洗浴

雪断云间路,冰封天上疆。
山峦唯打坐,风暴任行狂。
暖室佛无力,淋尘人有方。
火温不到处,大把用阳光。

军队拉练

一

四月林中雪乍消,边风吹面绽新桃。
翻山越岭军情急,溪水连冰饮一瓢。

二

山脚炊烟山上霞,披风趟露走青纱。
女兵浪漫情难掩,一朵野花枪口插。

别三角龙湾

塞外山奇水亦奇,龙湾相对两依依。
诗刀且共军刀快,裁得湖光作锦衣。

高原军人

一

高原营帐触天襟,耕月犁云亦可闻。
夜里查房尤仔细,担心混入外星人。

二

一年三季雪封门,乱石嶙峋难觅春。
风冻鸟声浑不啭,巡逻更上一层云。

三

头顶蓝天脚踏云,苍鹰做伴峰为邻。
岩边站哨凝眉久,白雪飘来花满身。

临江仙·渡江战役

百万雄师连夜发,席天卷地风
生。漫言数载苦经营。千舟江面压,
一帜岸边倾。　　四面枪声同爆豆,
奈何得我神兵?五更天幕薄如绫。
星星弹孔里,流淌出黎明。

风入松·边关潜伏

乌啼零落不堪听,夜半伏边
庭。凉风吹拂钢枪管,刺刀上,一点
流萤。蛛网分沾草露,界碑爬上虫
声。　　风流年少亦多情,手握大山
青。以身焐热边关土,五更时,撤走如
星。脚印微芜月色,眼窝深陷黎明。

风入松·哨塔观察哨

远峦嫩绿欲裁衣,岗下见旌
旗。界河平缓悠然过,野花漫,风色
香饴。大地安宁可枕,阳光稠密能
披。　　微观世界此中知,翠鸟落
青碑。一时碑上啄红字,黄昏前,啼
叫登枝。哨塔悬空警觉,钢枪静默
忧思。

柳梢青·山中野训

春训山洼,绿荫露宿,旗帜惊
鸦。溪水如枝,帐蓬似叶,蘸着烟
霞。　　黄昏偶逗青涯,也欣赏,桃
葩杏葩。不晓滩边,谁缝小鹿,一袄
梅花。

清平乐·忆探家

归心箭急,知是情难易。相拥老
妈同笑泣,忽地摆成宴席。　　酒停
俩弟仨兄,相围一盏昏灯。瓜籽嗑香
秋夜,虫声喂饱乡情。

卜算子·老兵别边关

边境戍三年,山水成朋友。故里曾经盼早归,此日唯难走。　溪唱别离歌,路绕相思扣。行到峰峦看不清,含泪招招手。

水调歌头·高原戍士

披雪着迷彩,戍在石莲边。天低氧缺风急,霜重刺刀寒。梯上摩天巉巘,擦亮繁星日月,襟袖掸云烟。扑阵猛于虎,站哨静如山。　界山石,界河水,界碑缘。男儿将梦,何意偏向此中圆?挺起高山脊柱,守护天堂隔壁,俯仰是鹰旋。脚下这疆塞,寸寸系宁安。

摊破浣溪沙·核潜艇

宛似长鲸星际来,大洋深处锁形骸。屏息浮沉唯偶现,任徘徊。　鸽子若持核按钮,久潜哪怕梦生腮。腹储光明何惧暗,待神差。

鹧鸪天·退役后山中小住

野火烧云入望迷,夕阳山下听乌啼。过人屋外溪还闹,来我门前峰已稀。　情默默,梦依依,何妨老树挂征衣。投枪走笔谁如我,四海安宁歇马蹄。

卜算子·边境线望祭祖坟①

积弱百年前,国土疑无主。任是豪强抢占分,空有边庭戍。　境外望爷坟,早已埋荒树。亦哭山河亦哭人,谁解心中苦?

①　作者自注:我的故乡有些人家的祖坟在俄罗斯境内,那是百年前我们失去领土时,一起失去的。这些人家只能望边境祭祖。

鹧鸪天·生产班老兵

拿起锄头瞄雉鸡,老兵心事费猜疑。背包绳拉直田埂,蔬菜秧朝右看齐。　聊坦克,望飞机,见人外训又情迷。可怜每次捎家信,不说营中侍绿畦。

水调歌头·退役八年有忆

戎马卅年路,岁月未蹉跎。摸爬滚打,磨就铁骨慑妖魔。试问人间多少,献了青春美丽,日夜握弓戈。海上巡边界,陆上守山河。　别军队,离战友,泪滂沱。梦回秋塞,仍喊杀敌向丘坡。许国从来不悔,退役至今无怨,真爱意婆娑。流汗和流血,都是醉心歌。

鹧鸪天·雪地巡逻

雪覆冰封熊已藏,山峦野路俱茫茫。易溜鞋底知凉透,难拉枪栓疑冻僵。　风刮脸,气成霜,唯留火焰炽胸膛。男儿要用沸腾血,提炼心温供太阳。

刘志峰

1949年生,河北满城人。1965年入伍,曾任总参某部工程师、科长。中华诗词学会会员,解放军红叶诗社社员。

看"公布东海防空识别区"新闻

莫笑男儿泪易弹,百年荣辱动悲欢。
从今驰骋大洋阔,能不教人忆马关?

驻和田部队老战友聚会感赋

一

相邀战友会新春,四代同堂共举樽。
戎马襟怀放情吐,眼前个个是知音。

二

面红杯满酒微醺,乐道津津往事寻。
声大话多非是醉,和田植有我青春。

回忆新疆戍边

回首军涯页页诗,牵魂最是驻疆时。
车穿漠海搏沙暴,靶落天山披雪衣。
孤哨月寒红柳暖,巡途马疾夕阳迟。
乡关万里八年阻,竟惹终生梦里思。

记皖南架设长途军线

通信儿郎不怕难,涉潭攀岭笑谈间。
身悬幽涧织金线,足踏云崖舞铁钳。
汗水淋淋朔风急,焊灯烨烨月光寒。
欢声雷动竣工日,笑绽满山红杜鹃。

登山海关怀古

嬴政长城洪武关,兴亡血火迹斑斑。
孟姜泪化阿房火,碣石歌成鼎足篇。
据险门开三桂怒,凭高手束一倭残。
国防不用人心筑,纵是金汤亦枉然。

参加"当代军旅诗词奖"颁奖大会感赋

新兵老将聚华堂,共铸吟坛一页煌。

领奖戎装颜挂稚,捧杯白发语含刚。
星光璀璨空天傲,花朵缤纷陆海香。
好趁韵河潮迭起,作歌踏浪莫彷徨。

献给贾若瑜老将军

来自英雄赤水滨,共和开国老元勋。
青春雪踏岷山爽,英壮笔书兵法新。
砥砺凭它风夹雨,从容缘自洁兼贞。
晚生献拙高山仰,红叶斜阳色正匀。

游宜宾与老战友三江口相见

聚宴江船应友邀,清风明月共良宵。
拥肩不作小资态,举盏犹存大将豪。
边塞茶经三水煮,戍楼酒作五粮烧。
柳营往事丝丝捋,恍入银波万里遥。

见石榴花开

耐得三春寂,放红肥绿中。
腾腾势如火,非是借东风。

刘声祥

笔名方生,1930年生,湖南湘潭人。1949年入伍。著有《白石乡人诗选》等。

朱德的扁担

将军扁担伴征程,雨雪风霜万里行。
担草担粮担日月,担回改地换天声。

刘奇林

1992生,安徽宣城人。2010年入伍,防空兵学院学员。

诵读军旅诗词感怀

千年戎马句,历久愈醇馨。

瀚海苏辛气,关山李杜音。
黄沙蚀古刃,青史诉忠魂。
常慕英雄事,朝夕砺更勤。

刘国范

1938年生,辽宁辽阳人。1956年入伍。曾任电子工程学院装备处处长,安徽地震局工程师。

除夕巡边

此夕寒风起,关山舞玉龙。
遥思千里外,孤守一灯红。

守 岛

一叶轻舟九尺帆,惊涛骇浪上孤川。
纵眸扫视群星闪,露湿戎装月正圆。

戍边情

长宵陋室一孤灯,默对窗前皎月明。
此夕征人风雨夜,梦中应诉别离情。

中秋月

塞外初惊一叶风,碧空皓月寂无声。
京城万户醇香酒,关塞寒霜一列兵。

戍 边

冰封三尺不为奇,冷对星光孤影移。
骤雪狂飙催战马,遥看营地一灯微。

赞红叶诗社

红叶漫山不厌看,芳姿摇曳舞斑斓。
深情甘洒一腔血,壮我军魂唱大千。

巡 边

南国边陲险,重峦叠嶂高。

丛林淫雨浸,幽谷乱云飘。
冬策五花马,夏挥三尺刀。
江山多灿灿,春水自滔滔。

老马咏

昔日守边关,黄沙卷牧原。
密云千里合,冷月一钩弯。
玉勒嘶空谷,银蹄踏白烟。
勿言年齿暮,伏枥梦征鞍。

寒夜巡

木落南飞雁,寒风入塞关。
黄云遮晚日,白雪挂征衫。
明月横刀怒,疏星策马还。
心中藏有梦,热血固河山。

咏战马

塞北荒原气象雄,黄沙四季卷长鬃。
奋蹄古道驰千里,昂首关山越万重。
飒飒寒霜惊戍旅,漫漫朔雪啸天风。
平生最爱边关月,得意征途在险峰。

神仙湾兵哨

莽莽昆仑万仞巅,危崖百丈玉冰悬。
神湾鸟道通天哨,冷月寒星热血男。

沁园春·边塞曲

莽莽荒原,滚滚黄沙,漫卷朔边。望重峦叠嶂,沉沉云雾,冻泉封雪,漠漠冰川。古道蜿蜒,风尘扑面,峭壁寒山十八旋。晴村暮、看岭衔落日,归牧炊烟。　　巡行古戍边关。有无数男儿热血燃。正心雄志远,长缨利剑,时艰任重,夜雨如磐。岁月峥嵘,沧桑暗换,梦里犹挥

马上鞭。迎晓日, 喜枫林尽染, 千里
飘丹。

刘季和

1942年生, 湖北武汉人。1962年入伍,
曾任广东瑶族自治县人武部军事科长。

"嫦娥"奔月

起　飞

借得东风发劲弓, 精心设计竞神工。
一声点火凌霄起, 刺破苍穹锐气弘。

奔　月

火箭分离靓卫星, 惊心动魄太空行。
飞飙向月神龙舞, 一片雷鸣鼓掌声。

探　测

轨道三调三制动, 嫦娥萦绕显神通。
月球探测四维度, 科技创新百代功。

刘宝文

1933年9月生, 河北卢龙人。 1947年
9月入伍, 曾任空军某部副政委。中华诗词
学会会员, 解放军红叶诗社社员。

鼓动棚

列队飞幽律, 湍高韵鼓锣。
楚曲依棹影, 湘声动流波。
官渡矛戈密, 浏阳荆棘多。
清音激勇士, 气壮擒妖魔。

警备长沙

岳麓接凌霄, 潜敌暗出镳。
驻军传刁斗, 黎庶卷狂飙。
日月穹中过, 山河肩上挑。

苍生安乐业, 执贽颂舜尧。

文艺演出

北镇夕阳曛, 笙歌慰亲人。
微风传妙律, 淡月赏戏文。
三弄听音远, 单弦演曲新。
军民常共娱, 艺术育同心。

夜　渡

凌河夜渡频, 两岸卷沙尘。
马跃浮天水, 车行动地氤。
早张擒虎网, 初发斩鲸人。
一展横飞势, 投鞭重万钧。

建设空军

岳麓三春尽, 杏园花亦丹。
动身辞故地, 受命入新坛。
马怯践生路, 鹰狂掠凤鸾。
雄师添虎翼, 银燕傲云天。

解放军入城

新旆召民众, 丝竹韵嘉宾。
山下清湘水, 城中笑面人。
舞衣云曳影, 歌扇月开轮。
军群同携手, 齐迎大地春。

退役老兵

久在征旗下, 平生恋甲深。
终成黎庶族, 难改老兵心。
葵藿趋朝日, 孤鸾念旧音。
梦中军号响, 披挂忽翻身。

刘宝经

1927—2010年, 河北乐亭人。曾任新
疆生产建设兵团十师一八一团子女中学校

长、高级教师。著有《青青河畔草》。

戍 边

大军行进玉关西,戈壁荒滩驻马蹄。
五十春秋如一日,克兰河畔洗戎衣。

致战友

硝烟散尽月光寒,草野耧耕战马欢。
半世征程君记否,铙歌雷鼓动山川。

别草原

惜别金秋里,郊原景色奇。
依依牵别绪,恋恋念征衣。
流水吟骊曲,斜阳映马蹄。
百灵知我意,巧啭问归期。

忆进疆

渺渺丝绸路,祁连万里程。
晨兴风露冷,夜宿碛沙鸣。
父老云霓望,同胞大路迎。
胸怀安国志,慷慨赋西征。

怀念王震将军

百万雄师度玉关,金戈铁马戍天山。
春风骀荡融冰雪,大地复苏绽玉莲。
左氏昔年栽翠柳,王公当代垦荒田。
人民歌唱新疆好,怀念将军祭九天。

鹧鸪天 · 板房沟

叠嶂层峦夹邃沟,茫茫林海绿如油。云从肘腋团团起,水绕芒鞋款款流。　　山陡险,路深幽,白云深处有毡裘。山坡芳草花千万,沟旷天低遍马牛。

临江仙 · 新疆风光

西域新疆风景异,山中处处葱茏。平湖高卧半山中。驼铃摇晓月,夕照大河红。　　山顶雪莲何傲雪?却如今古英雄。守疆建业立边功。丰碑犹矗立,浩气贯长虹。

水调歌头 · 团结建新疆

红日照西域,山水尽辉煌。军民团结协力,戈壁变粮仓。沃野棉花茂盛,瀚海原油流淌,陵岳遍牛羊。翠谷闪金玉,畎亩瓜果香。　　三山秀,瑶池美,塔河长。丝绸路上,长龙呼啸过城乡。手鼓咚咚鸣响,姝女翩翩起舞,歌咏颂安康。各族同心志,建设我新疆。

刘绍楹

1950年生,天津宝坻人。1969年2月入伍,曾任长征出版社副总编,大校军衔。解放军红叶诗社社员。著有《听涛阁诗词稿》。

海 训

风紧澜狂势更张,云黑日隐暗无光。
浪高五丈连天起,小艇斜穿入混茫。

紧急拉练随快艇出海

一

船犁海面浪层层,明月星光照水兵。
似画如诗军港夜,催人号角伴潮生。

二

灯语频传军令急,离弦利剑刺顽敌。

呼应战位声声紧，施放鱼雷铜鼓西。

初乘导弹快艇

战艇新装展翅飞，凌波劈浪雪成堆。
离弦利剑乘风去，斩获敌酋喜报回。

送战友赴西沙

挥手清澜赴远程，西沙设帐驻戎旌。
追风战艇增行色，蹈海鱼雷映月明。
昔日周郎能顾曲，而今程普喜谈兵。
苍茫岛上谁长啸，心系边关一剑横。

潜　航

骑鲸潜海似通神，谁道龙宫景致新？
避水珠儿擎我手，穿行洋底任回巡。

问　路

歧路逢田叟，问津陌路头。
轻风穿小径，谈笑过溪流。

午夜码头边候昙花开放

玉体仙姿掠目光，现身短暂又何妨。
群芳谁与争颜色，夜送人间一缕香。

思乡曲

投身军旅事，慷慨赴南疆。
背井三千里，临风一望乡。
螺杯盛汾酒，瓷碗泡旗枪。
聚会辞长夜，枝头月正黄。

潜艇发射运载火箭

蓝鲸吐焰浪涛间，一箭飞腾上九天。
破雾穿云挟电火，惊涛裂岸动河山。

有矛在手我心壮，无术防身敌胆寒。
饮罢杯中欢庆酒，长文短稿见连篇。

无　题

套话读来兴意阑，文章官样少波澜。
何如相伴斜风里，坐看天边雨后山。

选女兵谣

11月28日，《北京晚报》头版以"选女兵首现才艺面试"为题，刊登大幅照片，主画面一着红裙女孩起舞，由艺术院校老师、影视专家组成的评委会予以审查。各地情况皆类似。群众颇为不解，问此为"选秀"乎？"选美"乎？

久矣不闻枪炮声，欣逢盛世乐升平。
谁人秀场频歌舞，摆动红裙选女兵。

卜算子·巡航

潮卷浪花白，涌过波浪起。跨海巡航万里行，常伴风和雨。　　海鸟绕船飞，鱼蟹潜船底。欲问何时海浪平，大海总无语。

刘相法

1954年5月生，山东莒县人。1972年11月入伍，曾任山东省军区军事检察院检察长，上校军衔。中华诗词学会会员，解放军红叶诗社特约编委。著有《绿洲心路》。

初登南隍城岛

心逐征鸿秋菊新，锦帆浪渡盛年人。
四围灯火夜间市，一片晨光山上身。
掬饮清波味何苦？守望红日梦成真。
蜃楼何处云粘水，自是戎衣不染尘。

海上观察哨

日转云飞时自催,山门藏树绝尘埃。
眼前浪静扁舟钓,枫上歌亲翠鸟来。
细辨风烟看雁过,闲摹松竹对花开。
海天一枕驰翔梦,已付悬帆带去回。

迎春花

一年好运气先扬,独向萧疏吐灿黄。
序次因缘论早晚,性情循本发芬芳。
梦中怀抱涵幽趣,尘里生涯绽丽光。
满眼霜华欣举首,白云已带景风长。

兰

世有清香何处寻,修成丽质在山深。
甘泉滋润生灵气,曒日扶持出锦心。
韵入诗书形避俗,梦怜月色笛知音。
移来纸上因垂意,解语还添客一吟。

蓬莱楼上远望

飞阁丹崖夕照悬,岛弧海水与云连。
千村烟影迷苍树,一片锦帆来碧天。
曾搏惊涛春日里,亦披明月国门前。
悠悠鸥鸟逐流去,漫忆边营枕浪眠。

留守老汉

劳事田园茹苦辛,风雕雨刻古铜身。
挺肩担起山溪月,投足踏平阡陌尘。
春种儿孙入城梦,秋收黍稷购楼银。
半壶清酒好安枕,白日明朝又一轮。

见桐花忆戍边岁月

桐花犹记那时浓,芳泽和甜共梦融。
枕浪渔歌随号角,戍边志气望云鸿。
长山屏障京门锁,列岛烟波海市空。

漂白戎衣心驻绿,年年紫色唤春风。

战　友

相　逢

残雪泉城又一冬,曾经同事喜相逢。
平时或许通消息,见面偏多忆旧容。
携手疆陲常梦荡,印沙鸿爪已尘封。
倾杯未觉翻新历,只说岁光梅复重。

夜　话

忆昔春光梦亦非,柳营做客故人稀。
尚闻后俊乘时出,犹见长云扶鹤飞。
欣有诗才世偏爱,恨无灵气意多违。
逢迎都在天缘数,自信好风能振衣。

相　别

别时仓促未相陪,岂料转身今不回。
每欲登楼思翠柳,偏成遗梦写妍梅。
自知云影因光幻,谁信春枝随意催。
来日若逢能似旧,弦诗再续更添杯。

看旧照思战友

一别年年看过鸿,浮尘生事各西东。
高山水曲有云接,明月梦长无路通。
昨日谁思春色老,今时自对石榴红。
应怜夏草蓬蓬绿,犹似戍边歌大风。

相　聚

今番相聚慨偏生,耳畔重闻号角声。
豪气常悬柳营月,青春无悔戍边兵。
举杯水调歌同咏,放眼沁园春共荣。
事业不随流景改,盛时策马向新程。

重登长山岛

忆得当年塞上旗,千重烟水浣戎衣。
蜃楼缥缈空波影,夜梦常醒冷月辉。

哨所临风寒雁往,雪窗走笔彩云飞。
长山景物行渐远,唯有豪情对翠微。

忆旧游·梦回长岛

记烟波岛影,渐近归帆,春泊长山。路辨依稀处,有红楼绿柳,月季花妍。旧曾演阵荒地,今日变庄园。战友去何方?蔷薇一架,半卷纱帘。　　边关,苦风雨,卫国任担肩,门守家安。细数飞鸿过,盼蓬莱访客,清夜弹弦。是谁总说仙境,缘结会婵娟。不悔泛惊潮,高歌自在云水间。

忆旧游·竹山岛讲学

望烟波浩淼,孤屿沉浮,前哨军营。尽日听风浪,看蓬莱出没,月落霞升。更儿母隔相会,愁浪险云横。淡水贵如油,蔬稀肉少,梦里膻腥。　　充盈,抒豪志,碧海寄青春,无悔心盟。尚武还文秉,技能双挺进,合格精兵。把关祖国门户,防守海疆宁。纵有苦千般,韶年奉献身最荣。

刘星魁

1930—2014年,广西桂林人。1949年入伍,曾任国防科工委《当代中国》编辑。中华诗词学会会员,曾为《红叶》编委。著有《岁月情怀》。

致战友

漓江话别跨征骊,劳燕分飞几十秋。
卫国献身情切切,从军酬志乐悠悠。

愿师翠柏昂天立,不作浮萍逐水流。
君我晚年求共勉,红岩一曲唱神州。

浪淘沙·欢呼神舟二号飞船试飞成功

戈壁起飞船,直上蓝天。豪情满载太空旋。胜利回收传捷报,喜满人间。　　业绩史无前,奋力挥鞭。九天揽月震尘寰。垄断空间从此了,笑对强权。

刘修身

1935年12月生,河北宁晋人。1954年7月入伍,曾任解放军总参某部副研究员。解放军红叶诗社社员。

八一建军节感赋

西窗对月不思眠,往事回眸心浪翻。
先辈挥戈驱贼寇,吾侪投笔戍边关。
除奸伏恶三山倒,察地巡天社稷安。
欲效春蚕丝吐尽,更倾余热暖人间。

军校老友聚会陶然亭

月照华亭沐煦风,同窗欢聚笑声洪。
举杯互祝身康健,执手相询家顺宁。
趣说当年常捧腹,前瞻远景共抒胸。
天交夜半无归意,惜别相期盼再逢。

心　语

栉风沐雨守边关,卸甲京城养暮年。
浏览韵文寻雅趣,洒挥翰墨品甘泉。
诗词学步君休笑,名利远心自达观。
今日人生怜苦短,应教岁月不虚延。

刘祖远

1931年生,湖北汉川人。1949年入伍,曾任沈阳军区后勤部直供部副部长。中华诗词学会会员。

朝鲜战场度岁

飞沫成冰眼挂霜,漫天飞雪布山冈。
和衣入睡缘无被,靠壁依身算有床。
半指香肠度残夜,一盘红米饱饥肠。
故乡鞭炮依稀响,梦里分明贺岁忙。

怀　友

塞外有深情,粉灰吃半生。
批砾更漏短,熬夜小灯明。
圈点倾肝胆,范文具匠心。
春风桃李艳,为铸我军魂。

回乡吟

茅屋秋风事已休,小村遍地起高楼。
红炉日日飞虹艳,轧辊声声锻铁稠。
楚剧三天闻雅乐,水湾九里泛渔舟。
十年改革成新貌,童叟心欢处处讴。

纪念长征胜利六十周年

宣言播种誉长征,圣火染红万里程。
草地青葱缘血沃,雪山银白表忠贞。

刘振礼

1941年4月生,山西平定人。1960年7月入伍,曾任总装备部综合计划局副局长,大校军衔。解放军红叶诗社社员。

晨　练

旭日东升照院庭,拳飞扇舞剑如风。

鹤颜不减当年彩,老树花开分外红。

绣红旗

大典国歌响四空,狱中儿女百丝情。
死生不惧红旗绣,含泪飞针绘五星。

共产党员刘胡兰

铡刀之下怒燃胸,少女英雄不改容,
面对凶残无所惧,生的伟大死光荣。

刘振华

1927年生,河北唐海人。1945年8月参加革命,曾任成都军区司令部直属政治部主任。曾为《红叶》编委。著有《刘振华诗词选·生活的足迹》。

看电视剧《长征》

血染湘江雁阵哀,娄关赤水战旗开。
若非遵义擎旗手,哪有长缨入手来。

登伏龙观

百尺楼高倚碧空,乾坤登眺几人同。
浮生忧乐谁堪测,天下江山此最雄。
岷水浪冲烟浦外,浩歌声振白云中。
截流灌口千秋业,利尽西川万代功。

刘益澄

女,1930年生,湖南宁乡人。1950年2月入伍。

题画"钢铁长城"

漫卷红旗举世歌,长城婉转势巍峨。
狼烟已扫妖氛靖,丽日高悬笑语多。
一代雄风光禹甸,三军威武壮山河。

枕戈不唱太平曲，豪气冲霄卫共和。

刘萧无

1913—2004年，北京市人。1939年参加革命。曾任晋察冀军区抗敌剧社指导员，二分区冲锋剧社社长，延安教导旅红星剧社社长，第六军文工团团长，新疆维吾尔自治区党委宣传部副部长、自治区文联主席。曾为中华诗词学会顾问、新疆诗词学会会长。著有《刘萧无诗词选》。

归庐杂诗四首①

慷慨人生几偶然，偶然于役老边关。
白头合对天山雪，何必还乡作客艰。

装点江山雪最娆，空深天壤任飘飘。
小园一夜风初定，玉蕊晶花万树雕。

树影轻摇树外灯，临窗听雪夜无声。
林间几曲羊肠径，似有人从深处行。

愧我无功百仗还，一从投笔未偷闲。
只今剩了湖山事，且颂南华第一篇。

　　① 退休后卜居明园，颇有林亭幽趣。碌碌生平，得此归宿，于愿足矣，因命新居曰"归庐"。晴窗雪夜，偶得短句，辄书之以自遣。

入　城

结束芒鞋又入城，蓬门雪涌乱柴横。
棋枰寂寞寻今雨，炉火阑珊话旧兵。
白发老妻还酒债，斑衣稚子送书声。
偶来无定河边梦，大漠风沙策马行。

书　怀

悲歌燕市岂无屠，燕颔而飞亦丈夫。

有限文章无限泪，一床明月半床书。
沙场九死头颅在，瀚海余生意气舒。
吐孜沟中晨月落，青山是处足容予。

咏铁门关

万里城穷又一城，玉门春度铁门晴。
雄关不为传烽燧，盛世何须见吏兵。
山倚层楼添胜景，河流孔雀灿新屏。
莫言地尽天还尽，无尽民心手足情。

一二九团访酒

日日盈庭日日车，老夫生不爱繁华。
天涯落落逃诗债，瀚海深深问酒家。
红柳作筹酌冷月，雅丹邀客醉残霞。
瓮头自有春消息，白发犹堪醉卧沙。

为兵团史志题（选二）

上将麾兵遣虎符，万夫束甲又荷锄。
天埋红柳燃金燧，石破银河落玉珠。
苦碛春犁期沃壤，盈眸秋稔尽流酥。
雪山南北长蛇阵，谁绘绵延锦绣图。

飞云流电划沙丘，大块阑干染绿洲。
寄语女娥堪悦目，传言娲后可安休。
于今百族同忧乐，从此千秋共运筹。
漫说隆冬多暇日，金戈铁马卫神州。

寄白羽

别时回首泪婆娑，梦断京华五月过。
塞上心情仍寂寞，江南诗兴问如何？
欲闻国事殷忧少，莫为童年白发多。
笔自生花人自老，东篱岁月我蹉跎。

赠任晨

少年投笔战烽尘，老去班荆共论文。

筚鼓何如曹竞病,丹青出入李将军。
云中烈士成新诵,燕北骄龙话旧闻。
边圉风流无限事,明园赋韵报秋深。

杂 咏

筇杖龙钟步履摇,园林岁月老夫遨。
客来尊姓频频问,读罢华章瞬瞬摇。
记事珠中多旧雨,家常话里少新潮。
偶然落笔成诗句,只为消闲不畏嘲。

心系新疆

汗染红尘泪染畴,有情风物系心舟。
葡萄瓜果流传久,石片金砂产业稠。
玄圃深间藏宝玉,阑干那畔织新绸。
人家欢乐国家富,地上棉花地下油。

祝贺香港回归

可怜国土耻鲸吞,百五春秋恨有垠!
尖嘴角寻龙虎穴,宋王台祭汗青魂。
六街声鼓群山笑,寰宇扬眉壮气伸。
从此紫荆花更艳,芬菲南海到昆仑。

咏紫荆花

春雨春风润九垓,东君唤取紫荆来。
莫怜幺岛从容小,且向丹心仔细栽。
绝色久悲南海曲,芳思初效北萱台。
良辰幸得人寰庆,蓓蕾环星次第开。

九十初度

一从投笔易征衫,旗鼓何曾刹那闲。
百战亡家纾国难,三危酹酒度关阡。
忽焉耄耋成衰老,待向期颐乞岁年。
赤水春山皆率土,依然血汗筑人寰。

水调歌头 · 闻库车获大气田将设输气管线不胜欣喜

奇碛几时有,把酒问神州。峥嵘廿一世纪,花蕾乍绸缪。莽莽长江嫌短,万里长城遍览,烽火筑新楼。西起帕米尔,东临沪海畴。　张骞梦,龟兹渡,塔河舟。手捧满瓯神焰,月白风清赤县,环保我先酬。西北大开发,庙算胜头筹。

满庭芳 · 丙寅春节试笔

翘望云霄,问飞天者,今夜俯瞰尘寰。东南西北,板块几斑斓。多少烽烟未泯,更多少怨恨弥天。道唯有神州一角,风采焕人间。　红颜。屈指算,梢头豆蔻,十一二三。方学得画眉深浅偏难。对镜几番装点,凭素手不倩谁怜。妆成后,回眸一笑,倾国正当年。

八声甘州 · 沙枣

莽风尘策马度春寒,天涯暗香传。趁朝暾乍暖,寂无人处,开向沙边。笑煞千花万蕊,宛转遣人怜。玉砌嫌湫隘,自有河山。　征旅年年长路,便无风无雨,也够阑珊。问身临境者,何事最为难?有多少羁愁未隐,更教谁长日慰征鞍。香渐远,任他引入,又一重峦。

贺新郎 · 红柳

百卉应难比,问者番,绝妙丹青,是谁手笔?日月挥毫霞生色,不倩星星雨水。指点间,千红万紫。王母安排游宴处,料当年八骏风云起。上林苑,蜗庐耳!　　劫来树树犹如此。记那日,轻车夜渡,凄凉戈壁。百丈阑干冰云彻,亏尔千年根底,才换取丝丝春意。屈指前尘仍历历,道如今都是笙歌地。斜阳外,晓风里。

刘德林

1950年11月生,湖南长沙人。1969年2月入伍,曾任北海舰队军事检察院检察员、某部政委,海军中校军衔。解放军红叶诗社培训部导师、《红叶》特约编委。

"八一"到海军潜艇某部阅兵

舰尾梨花舰首风,扬帆渡海阅兵容。
蛟龙列岸龙姿伟,战士排场士气雄。
步伐隆隆枪刺亮,军歌阵阵帽徽红。
金瓯补缺天时待,争建中华第一功。

海疆核盾

破雾迎风守国门,凌波入水影无痕。
远山涵洞蓝鲸出,依岸长堤铁甲屯。
利器随身承使命,神针定海仗军魂。
谁人胆敢来侵犯,弹指豺狼巨浪吞[①]。

① 巨浪,潜射导弹名称,包括各种常规导弹与核弹头。

欣寄中国航母

浪花轻卷战旗红,昂首凌波一舰雄。
碧海平台磨利剑,云天列阵挽坚弓。
潮翻几度狼烟起,水逝百年倭寇凶。
长系强军航母梦,可期御敌大洋东。

海上长城

泰州初渡起锚先,防御东南万里牵。
百载潮鸣悲故国,千寻浪卷换新天。
潜龙入海雄鹰啸,航母扬帆神盾坚。
演练深蓝图破壁,旌旗猎猎动波前。

痛失战友

伤情突变护床头,久盼回天终未留。
投笔从戎辞父母,扛枪为国写春秋。
长怀壮志身先逝,了却功名业已酬。
目送君行成永别,哀思难断泪长流。

怀　念

凭栏远眺晚风吹,望断南山月色微。
淡淡花黄怀桂子,茫茫海碧系娘衣。
新春寸草针尖密,旧线长丝鬓发稀。
少别乡关戎马久,慈颜梦里怎相违。

寄慰革命先烈

飘摇弱柳万千丝,民族危亡脊骨支。
九曲长河磨砥柱,百年崎路唤雄狮。
凌风翠柏英魂抚,扫墓黄花烈士知。
祭奠碑前昭后世,追怀梦想慰红旗。

军中吟

一

经年一醉为谁狂,往事悠悠话短长。
万缕烟霞成记忆,一怀情愫入诗囊。
青春无悔军旗下,岁月留痕战舰旁。
举目千帆沧海渡,凭栏几曲咏朝阳。

二

浪卷云飞壮志扬,经年一醉为谁狂。
三千陆路迎新旅,八百男儿别故乡。

军训隆冬何惧苦,身粘冻雪不知伤。
火红时代英雄气,热血奔腾护海防。

三

流水芳华随梦落,行舟劈浪迎风搏。
经年一醉为谁狂,遇事多思勤探索。
直面人生当自强,宽容世态何愁漠。
天高海阔任飞翔,展翅云霄常洒脱。

四

峥嵘岁月铸辉煌,营地青松桃李芳。
过往三分回首看,经年一醉为谁狂。
熔炉练就强筋骨,怒海操成硬脊梁。
衔授校团肩上责,军情岂敢负戎装。

观香港昂船洲阅兵感

十载回归庆典时,昂船洲上阅兵姿。
南天一柱文明旅,华夏三军威武师。
狮子山头飘彩练,紫荆花瓣吻红旗。
戎装更显英雄色,两岸团圆定有期。

读史感怀

掩卷心潮总不平,煌煌九域险瓜分。
千秋国运翻前史,百代皇权断晚清。
守旧贪安终落伍,兴邦励治必强军。
东风几度开春色,放眼中华梦复兴。

水调歌头 · 南昌起义

凝望军旗展,犹忆建军难。北伐风云骤变,黑手顿挥鞭。竟怕锤镰铁戟,射杀工农盟友,弹雨卷硝烟。不见光明色,妖雾满人寰。   男儿怒,红缨动,抗凶顽。枪响南昌远震,血火见中坚。何议兵分失利,当论秋收起义,师会井冈山。万里长征后,

一柱屹长天。

永遇乐 · 卢沟桥

龙脉幽燕,宛平陈迹,风雨时阅。锁钥京华,通关驿道,横跨卢沟越。长虹卧水,雕栏望柱,百态盘狮依列。立桥头、西山对影,铭刻一碑残月。   刀光破晓,枪声惊梦,日寇寻机猖獗。犹记当年,同仇御敌,流尽英雄血。硝烟远去,降书今在,鬼社招魂重谒。难回首、伤痕弹洞,岂容再劫。

满江红 · 勿忘二战历史

二战狼烟,风狂起、阴云蔽月。谁开战、野蛮侵略,全球浩劫。德寇横行涂炭远,倭奴霸道凶残烈。短时光、破碎好山河,家园缺。   甲午耻,南京血。民族恨,心头结。记滔滔黄海,再翻前页。历史警钟师后世,复兴伟业谋超越。愿巍峨、华夏屹东方,坚如铁!

八声甘州 · 汶川地震

叹声声玉碎毁西川,不忍泪双流。昔青峦秀水,名村老镇,绿野平畴。霎起惊雷闪电,震撼卧龙头。万座山崩裂,几户人留。   自古风云难测,恨一轮残月,又洒悲愁。幸灾情飞报,星夜救兵投。伟中华、长天拄木,将士临、忘死入危楼。魂牵系、看银屏上,爱涌神州。

沁园春·望崂山

泰岳山东,黄海之滨,石磊巨鳌。拥峰峦壑谷,云浮幻缈;悬崖岬角,浪卷惊涛。道观奇花,神泉异草,梦里瑶池落九霄。清波上,倚舟舷远眺,一岛琴娆。　　山姿何以身骄,抱戎马情怀志气高。记流河列阵,操枪苦练;南瀛会战,掘坑掀潮。日月阴晴,风霜寒暑,多少男儿血汗抛。为祖国,铸长城铁壁,无愧今朝。

满江红·中秋月夜

黯海天穹,升玉兔、银辉初泄。云水渺,鳞鳞波影,萧萧树叶。昨卷寒风凋绿瘦,今飘丹桂添皎洁。冷清秋,一缕蕊香闻,心头热。　　星汉远,长相别。琴瑟起,迎佳节。举杯同与醉,慢斟浓烈。梦绕常忧离岸岛,魂牵犹系家园月。愿人间,光耀满金瓯,晴无缺。

沁园春·海

不尽汪洋,无际苍穹,浩淼水天。剪夏云秋色,蓝波烁烁;晨霞夕照,白鹭翩翩。幻起琼楼,浮沉梦境,时涌狂潮擂鼓喧。横流激,透舟帆隐现,所向何边。　　悠悠沧海桑田,点多少雄关锦绣川。抱五湖人驻,丝绸路远;三江浪卷,血脉肢连。东屿长城,南沙九段,万里滔滔珠链环。神针定,待依依两岸,共拥婵娟。

刘耀华

1930年生,河北饶阳人。1947年入伍,曾任北京卫戍区警卫四师副政委。解放军红叶诗社社员。

开国大典小记

一

潇潇秋雨透戎衣,阵阵寒风步步泥。北上银川军令紧,日行百里不知疲。

二

恰逢十一到中宁,白帽红颜夹道迎。击鼓鸣锣声振耳,如闻礼炮响京城。

统帅和士兵

——纪念抗美援朝60周年

统帅巍然立[①],亲迎将士还。
挺胸齐步走,绷带满身缠。
听罢三人事[②],激情十指传。
面兵诚敬礼,全场泪涟涟。

① 指中国人民志愿军总司令员兼政委彭德怀。
② 指志愿军某部二排3名战士,在铁原阻击战中,弹尽粮绝,跳崖脱险的英雄事迹。

眼儿媚·飞鹰[①]

风卷鹅毛漫野飘,积雪满山腰。冰封路断,牛羊冻倒,人更难熬。　　飞鹰冒险投衣被,接走众伤胞。无情灾害,有情军队,功德昭昭。

① 飞鹰,我军直升机机组名称。

刘耀武

1926年生,河北唐县人。1949年入伍,曾任汉口高级步校政治教员。著有《山阳情》。

雷　达

天线电波搜碧穹,敌情千里往来通。
沙场决战先知彼,胜券稳操帷幄中。

忆秦娥·平型关大捷

炮声烈,长城月照沙场血。沙场
血,牛刀初试,寇酋心裂。　　夜郎
海口夸三月,板垣一战黄粱灭。黄粱
灭,睡狮终醒,岂容猖獗。

减字木兰花·夜行军

沉沉夜幕,风雪太行迷去路。仁
马山崖,坯屋星灯十数家。　　老乡
迎入,热炕忙腾子弟住。烧饭炊茶,
情义浓于爹与妈。

虞美人·雪山哨所

倚枪远眺沙原渺,风烈鸿归
早。岗楼屹立雪山中,东映朝霞西抹
夕阳红。　　汉关秦月依然在,华夏
容颜改。官兵个个李将军,固我长城
万里守边门。

齐中彦

1929—2017年,河北献县人。1946年
入伍,曾任解放军报社副师职编辑。中华
诗词学会会员,解放军红叶诗社社员。著
有《望尘集》等。

过永定河

连天炮火战平津,劲旅三千过赵村。
怪蟒出山雷滚滚,冰轮泻海虎森森。
沙流难立支桥木,凌镜频摔涉水人。
片刻神军潜入夜,尖刀插肋震顽魂。

长相思·夜走文安洼

月蒙蒙,雾蒙蒙,万马千军成巨
龙,悄悄冰上行。　　意匆匆,步匆
匆,半夜平南捣匪营,回师天未明。

如梦令·解放北平

日出彩霞飞电,万马千军如
箭。合臂挽雕弓,围射西来孤雁。争
战、争战,不费一枪一弹。

江　涛

1929年生,安徽含山人。1943年入伍,
曾任成都军区司令部办公室主任。解放军
红叶诗社社员。著有《老兵吟草》。

解放成都

雄师一怒飞天堑,席卷西南半壁天。
剑阁劈关摧腐朽,峨眉夺隘伏凶顽[1]。
箴言四句昌明檄[2],压境三军誓捉鼋。
有识诸侯齐举义[3],锦城春暖换新颜。

[1]　1949年11月19日在峨眉西南金口
河生俘国民党川湘鄂绥靖公署主任宋希濂
上将。
[2]　箴言四句,指我军提出的"停止抵
抗,弃暗投明,悔过自新,立功赎罪"。
[3]　有识诸侯,指国民党起义将领卢
汉、刘文辉、邓锡侯、潘文华等。

忆高原夜行军

一

驰空千里寂,萧瑟夜风长。
铁脚穿秋色,钢盔照月光。
衣侵荒野露,刀淬昊天霜。
百里衔枚急,长空雁一行。

二

山色正苍凉,红旗拂曙光。
雕弓寒映日,钢胄薄凝霜。
雪冽骨尤劲,风狂格愈张。
忠诚熔党性,铁血卫边疆。

忆戍边

雪域昆仑放眼收,华年远戍喜心头。
云低塞上榆关峻,雁去天边羌笛悠。
独听金风嘶牧马,谁从银汉问牵牛。
离归蜀水双鬓白,心系高原陇上秋。

扎东吟①

一

雪岭愁云冻不飞,风刀冷月共沙隈。
边关春色唯看柳,看到青时春已归。

二

边城无日不飞沙,草木难寻月影斜。
八月未交寒气早,数声羌笛雪飞花。

三

朝迎旭日旌旗舞,夕送余霞虹彩妍。
磨砺吴钩拴战马,峰巅挺立剑高悬。

① 扎东原系西藏军区前线指挥所所在地。海拔5300米,高寒缺氧,气候恶劣。

西昌合同战术训练基地留句

一

山清水秀柳丝斜,演练精兵处处花。
温煦阳光三九暖,流芳吐韵向天涯。

二

一路和风入月城①,角梅含笑草青青。
情深意暖催人醉,恰似当年细柳营。

三

拂晓骤闻军号声,依稀催马又回营。
眼前不见硝烟起,唯见春光满院庭。

① 西昌有月城、春城之称。

水调歌头·赞红色边防哨卡查果拉

拔海五千几,哨兵彩云间。扪星托日探月,英气贯山川。何惧风摧雪压,娇影餐霜踏玉,铁壁卫边关,跃马巡边境,红透半边天。　　斗风雪,抗缺氧,决心坚。精忠报国,一腔热血锁关山。祖国心中永灿,盘马弯弓射虎,警惕起狼烟。鹰击天涯远,为国报平安。

江胜强

1983年生,安徽亳州人。2000年入伍,曾任防化指挥工程学院政治部干事。

野外综合拉练有感

燕畿习练苦,精武誓为雄。
龙火映烽燧,云烟蔽宇空。
边风筛月冷,塞陌簸人行。
淬砺得真道,深知必自躬。

汤道深

1938年生,福建龙岩人。1962年入伍,曾任第二炮兵司令部军事学术部部长、杂志社社长兼主编,大校军衔。中华诗词学会会员。著有《衡镜斋吟草》等。

读习近平《念奴娇·追思焦裕禄》感赋

一曲唱风骚,豪情上碧霄。

雄词书胜概,丽句荡心潮。
明月照肝胆,清风拂暮朝。
与民甘苦共,涓滴化波涛。

读《朱德佚诗选》感怀

忽如昨夜腊梅开,展卷清香扑鼻来。
剑胆琴心忧社稷,诗情将略啸风雷。
铿锵韵律少陵赋,荡涤貔貅乐毅才。
感旧闻歌思往事,心香一瓣慰灵台。

建军八十八周年抒怀

霹雳南昌破夜空,三军血染日华红。
狼灾自有擒狼手,虎患岂无伏虎雄。
铁舰扬波穿岛链,银鹰隐翅傲苍穹。
金猴欲奋千钧棒,只为扶桑妖雾浓。

第二炮兵成立
四十八周年书感

横空出世挟风雷,峡谷雪藏筑梦怀。
半纪卧薪勤砥砺,几经出鞘慑狼豺。
军魂谱就英雄曲,碧血铸成梁栋材。
安得甲兵长不用,天河洗剑铸镰锤。

电视剧《沙场点兵》观后

棋枰布阵奋旗旌,莽莽沙场大点兵。
虎旅冲腾豪气在,狼师嗥叫鬼神惊。
求真务实破骄蹇,度势审时谋打赢。
历练三军新一代,铸成利剑斩长鲸。

电视剧《垂直打击》观后

但从云路布疑团,空降排兵犹战酣。
黑峡山中施巧计,绿营帐里捉狼獾。
出奇总在筹谋后,智勇还凭技术先。
斩首班师迎晓日,高歌一曲壮蓝天。

解放军渡海登陆作战演习

滚滚风雷响九天,三军演习喜空前。
千帆竞渡怒涛涌,万炮齐鸣大地翻。
科技强军今胜昔,同仇敌忾志唯坚。
炮声击碎两国梦,一曲战歌卫主权。

我军仪仗队亮相
莫斯科红场阅兵

独秀一支别样容,三军飒爽展英风。
旗擎红场激情荡,步撼莫城气势宏。
二战歌声博众彩,两军友谊系俄中。
狼烟倘若重燃起,共把吴钩制毒龙。

中国航母试航感赋

梦绕情牵几代人,终将御海啸风云。
欲凭亮剑巡南海,敢与争锋锁北门。
利炮坚船非黩武,保疆守土是军魂。
蚍蜉倘使附枭獍,且看貔貅荡寇尘。

美国"战略东移"有感

怀着鬼胎藏祸心,美人花样又翻新。
兴风南海钓虾蟹,作浪东洋卷浊尘。
隼翼傅鸠堪笑止,桑蚕做茧自缠身。
鹰扬虎势龙威壮,岂让尧天飞乱云。

甲午风云祭

滔滔黄海忆当年,最是伤心数马关。
蕞尔小邦称王霸,堂皇大国丧主权。
龙旗折断不思悔,势力衰微更腐贪。
雪耻犹当铭史训,东洋寇盗又眈眈。

闻志愿军烈士遗骸
回归故土感作

却忆当年江水怒,挺胸阔步赴戎机。
捐躯荒草长眠日,垂泪鲜花归葬时。

青冢共苍松一色, 英魂与白鸽齐飞。
于今世界风云变, 碧血依然染战旗。

中南海内"习奥会"

庄园漫步记犹新, 茶叙瀛台梦未沉。
再现坦诚谋共识, 一倾积愫释疑云。
纵然航路风兼雨, 仍是大洋鹏与鲲。
论史谈今无限意, 于微寒处见精神。

众志成城

——纪念抗战胜利70周年

弹洞宛平壁, 卢沟烽火燃。延安
吹号角, 战鼓响庐山。兄弟恩仇泯,
携手挽狂澜。刀枪齐对外, 前进肩并
肩。八路军敌后, 擎起半边天。全民
同敌忾, 奋力克时艰。血肉长城筑,
壮歌耀史篇。芷江受降日, 百族共骈
阗。寇气东瀛又, 如山案欲翻。美人
资桀犬, 朋比结为奸。冷眼波涛恶,
枕戈待旦眠。一衣带水隔, 鉴史正
风帆。

沁园春·开国颂

洗罢征尘, 辞别柏坡, 赶考进
京。向双清别墅, 襜帷暂驻; 菊香书
屋, 大业牵情。悟彻玄机, 破周期率,
不做当年李自成。求良策, 更庙堂沥
胆, 笑语盈盈。　　红旗红日同升。
国歌起、人潮已沸腾。慨南湖际会,
中流击楫; 井冈播火, 浴血长征。多
少先驱, 抛却头颅忘死生。回眸处,
听山呼万岁, 礼炮齐鸣。

水调歌头·建军节抒怀

夜半枪声后, 际会井冈山。群
雄四起暴动, 泥腿闹翻天。试看星星
之火, 雨打风吹不灭, 顺势更燎原。
鸡唱东方亮, 百族共骈阗。　　转乾
坤, 荡污秽, 扫残顽。枕戈待旦, 降龙
伏虎缚狼獾。心系金瓯圆缺, 眼放环
球凉热, 重任勇挑肩。但愿烽烟熄,
置酒慰先贤。

沁园春·劲旅雄风

鼎峙乾坤, 志夺雷霆, 气贯长
虹。望战船破浪, 越洋跨海; 战机呼
啸, 着舰腾空。导弹值班, 卫星预警,
虎略龙韬帷帐中。风烟起, 且排兵布
阵, 展示雄风。　　回眸历史殊荣。
记多少、名垂革命功。慨南昌起义,
一身肝胆; 秋收暴动, 十万工农。饮
马延河, 驱倭倒蒋, 漫卷旌旗天下红。
看今日, 正枕戈待旦, 剑指罴熊。

满江红·神剑颂

神剑离弦, 喷烈焰、雷鸣电
闪。排空上、穿云破雾, 直冲霄
汉。几度春秋磨铁骨, 几番霜雪凝
血汗。看今朝、潇洒傲苍穹, 军威
显。　　逢机遇, 迎挑战。开新纪,
征程远。任风烟乍起, 云舒云卷。虎
踞龙盘今胜昔, 文韬武略勤修炼。待
他年、插翅射天狼, 雄风展。

望海潮·黄海点兵

——中俄联合海上军演

滔滔波浪, 天高云淡, 旌旗猎猎

春风。鱼潜海底,鸥翔水面,苍鹰呼啸长空。携手挽雕弓。怒涛卷霜雪,吐气如虹。砥石中流,扬眉东隅竞豪雄。　　重洋雾霭蒙蒙。望南沙钓岛,魅影憧憧。狐假虎威,沉渣泛起,忍看狼狈逞凶。何日缚黑熊?乘冰河洗剑,早发艨艟。收拾金瓯一片,调唱满江红。

水调歌头·电视剧《石破天惊》观后

铁臂银盔闪,凿地建龙宫。滑坡紧锁坑道,陡壁又悬空。身历艰难险阻,激起心潮万丈,会战展雄风。何似枪林逼,忘死舍生同。　　枕寒石,餐热浪,独情钟。青春无悔,奉献长在不言中。石破天惊神采,国信军威魂绕,浩气贯长虹。引颈高歌里,满月挽雕弓。

满庭芳·冰雪铸军魂

大地凝寒,长空喷雪,冰封百二重城。南州处处,路障断归程。千里运输线上,西风急,车马悲鸣。中军令,重兵出击,火速救灾情。　　红星。齐闪亮,陆空并进,浩气融冰。恰雪中送炭,重放光明。何似冲锋破阵,无反顾,决绝前行。凭栏望,旌旗猎猎,奏凯赴新征。

满江红·海峡两岸纪念抗日战争胜利七十周年有作

罄竹难书,倭寇罪、那年那月。极目处、铁蹄踏过,江河呜咽。血肉干城争寸土,头颅拼却思英烈。长记取、共补碎金瓯,歌千叠。　　东条死,魂未灭。狐假虎,尤猖獗。看神龙腾宇,旌旗摇烨。海峡炎黄同敌忾,中华历史翻新页。捐前嫌、且紧把吴钩,防饕餮。

永遇乐·不能忘却的纪念

西陆妖魔,东瀛寇盗,凶残貔虎。略地屠城,杀人越货,罪戾无穷数。大海燃烧,云空颤抖,满目疮痍焦土。鬼神泣、人天共愤,气吞不世狂虏。　　日魁拜鬼,美人袒护,历史是非罔顾。七十年间,望中犹记,烽火连天处。鉴往知来,同思进退,诺亚方舟共渡。凭谁问、环球一体,尚能战否?

金缕曲·悼杨业功将军

战斗何曾歇。卅一年、弯弓盘马,建功兴业。剖却心肝今置地,耿耿胸中热血。磨利剑、痴心似铁。夺秒争分勤伏枥,更魂萦多少无眠夜。谱写就、歌千叠。　　将军慷慨多奇节。树新风、公私权位,冰清玉洁。拍马溜须嗤以鼻,来往应酬决绝。中秋月、完完无缺。出水芙蓉尘不染,恰梅花映雪香尤烈。君此去,海天咽。

许　勋

1927年生,江苏淮安人。1943年入伍,曾任国防大学政治理论教研室教员。解放军红叶诗社社员。

读《黄克诚自传》有感

生来逝去不沾尘，假话从无可问心。
何惧庐山风雨骤，多磨更铸友情深。

许心基

1930年生，江苏苏州人。1949年入伍，曾任后勤指挥学院院务部办公室主任。解放军红叶诗社社员。

忆红旗兵站

卡集拉兵站位于雀儿山巅，曾在战斗中集体立功，被总后勤部授予"川藏线上红旗兵站"荣誉称号。弹指48载，当年感人情景，仍历历在目。

一

离天咫尺雀儿山，雪积冰封耀眼帘。
飞鸟绝踪无兽迹，征人喜见袅炊烟。

二

朔风入室不胜寒，十指伤疼入睡难。
忽报前方擒敌首，缚槌击鼓泪沾衫。

许书白

1918年生，江苏邳州人。1939年入伍，曾任解放军后勤学院训练部教务部副部长。

赠老战友

光阴如水去匆匆，六十年来忆旧踪。
苦战常思苏豫皖，壮怀曾寄睢邳铜。
江城有意留宾客，京兆含情待寓公。
尚有馀辉能贡献，当欣身健夕阳红。

许连生

笔名旭峰，1928年生，河北威县人。1947年入伍，曾任海军北海舰队航空兵某部处长。中华诗词学会会员，解放军红叶诗社社员，著有《许连生诗词选》。

跟徐向前元帅打临汾

一

二月春风刮，军车三辆行。
冶陶从此别，万里踏征程。

二

翼城泉水蒸，晨雾柳丝青。
将士风尘洗，临汾大战迎。

三

将士翼城会，军情传帐中。
各纵齐请命，立志夺头功。

四

中央来贺电，将士尽开颜。
赫赫临汾旅，润之夸向前。

谢迟浩田上将书赠题词

一

赠言如炬照征程，澎湃心潮唱大风。
岁月峥嵘思战友，夕阳如火映旗红。

二

雄浑遒劲泰山松，气壮山河大将风。
无悔青春捐热血，吟鞭更著夕阳红。

① 军委原副主席迟浩田同志读余《许连生诗词选续集》后书赠一联云："戎马老将，诗坛新秀；热血青春，夕阳更红。"

营地晨景

麦黄红日照，村树漫烟岚。
蔼蔼珠山秀，潺潺圳水欢。

池塘鱼跳跃, 芳野蝶翩跹。
浇菜观军报, 戎装一少年。

济南吟风

历山今胜昔, 九域万方连。
吐翠垂杨柳, 飞红漱玉泉。
明湖游览醉, 赤子探亲欢。
汇奏黄河颂, 遥看过锦帆。

九水风光

一

高山百丈水长流, 风物宜人游不休。
九水霞飞千尺瀑, 诗家一步几回头。

二

极目高山顶碧天, 嵌金凝翠荡峦烟。
苍松绿竹红楼隐, 一道清泉乱石穿。

蝶恋花 · 忆临汾攻坚战①

徐帅出征军鼎沸, 戴月披星, 营帐沙盘示。洞察敌情缘发矢, 雄才大略平添翅。   带病挥师全忘己, 决胜关头, 密授攻坚智。坑道条条烽火起, 梁茵生捉朝阳炽。

① 是役由晋冀鲁豫军区副司令员徐向前指挥, 计歼敌2.6万人, 并活捉其总指挥梁培璜。

玉楼春 · 解放大西北

太原乘胜西安进, 阻击咸阳马部憝。西征路上望梅酸, 大捷扶郿传喜讯。   宝鸡筹运东风劲, 三伏岷山飞雪甚。雄师过后笑开怀, 盆地欢呼从此振。

醉花阴 · 谒孟良崮烈士陵园

五十年前榴月阵, 灵甫孟良困。鏖战整三天, 顽敌全歼, 陈粟威名震。   云霄矗立丰碑峻, 墓地苍松劲。建馆赞英雄, 烈士英名, 谱入千秋韵。

许宗明

1936年生, 福建闽清人。1953年入伍, 曾任酒泉卫星发射中心副参谋长。解放军红叶诗社社员。

导弹落区测量点

唤苏荒碛冒炊烟, 惊愕黄羊远处观。
走石飞沙天作祟, 调机操键夜迟眠。
目标跟紧忙拍摄, 数据求精迅递传。
默默无闻诚奉献, 丛丛红柳迓春天。

东风气象兵

雨师风伯频施恶, 神箭高昂待矗空。
测得片时晴朗宇, 胜于诸葛借东风。

新兵生活剪影

紧急集合

哨声急促梦心惊, 捆被携枪分秒争。
十里长驱天破晓, 错穿衣履露原形。

首次站岗

朔风凛冽雪无垠, 伫立凝思若有神。
连长巡查呼口令, 急忙应答带乡音。

山地行军

攀山越岭逞英豪, 战友帮扶不惮劳。
橄榄绿中飘赤帜, 群峰骤长一人高。

江城子 · 记东方红
卫星发射成功

东风浩荡绿军营。集群英,酒泉行。鏖战晨昏,调试务求精。衣带虽宽心畅悦,迎发射,烁新星。　　东方红曲五洲惊。举红旌,舞京城。百姓欢歌,颂我党英明。主席天安门接见,昂斗志,更鹏程。

满庭芳 · 核弹试验
落区抒情

烟碛茫茫,唤醒万籁,骆驼撒野争奔。狼嗥狐啸,莺啭艳阳晨。唧唧虫鸣悦耳,雄鹰傲、苍冥飞巡。垂沙枣,胡杨金灿,红柳聚成墩。　　中枢颁号令,驱车荒漠,绿衣军人。赤心唯报国,党是军魂。席地帷天何惧,花漫洒,雷响声振。群英跃,千秋永续,传两弹精神。

许临宁

女,1951年生,山东济南人。1969年入伍,曾任海军政研委办公室主任,海军大校军衔。解放军红叶诗社社员。

水调歌头 · 南海
守礁战士风采

潮汐礁盘绕,枕海望蓝天。建功立业南海,岛小水天宽。测海巡逻骄傲,守卫南疆荣耀,搏浪更添欢。精卫可填海,战士勇排难。　　青春献,无怨悔,志如山。烈日凌空笑对,汗水满衣衫。大雨滂沱舒展,勇毅还凭赤胆,健臂挽狂澜。天地男儿立,华夏舞青鸾。

清平乐 · 战舰雄风军旗扬

——人民海军成立60周年大阅兵

海蓝梦想,风卷波涛荡。万里凯歌千岛唱,六十阅兵豪放。　　军旗飘舞飞扬,军魂铸起铿锵。战舰神威雄发,越洋跨海巡航。

如梦令 · 神光新辉

——写在北京奥运会开幕之际

一

友谊和平神往,千缶齐鸣奔放。丝路展文明,水墨映辉情漾。情漾,情漾,你我星光和畅。

二

飞踏祥云荧亮,梦幻空中回荡。千凤聚新巢,豪放齐声歌唱。歌唱,歌唱,燃起心中希望。

三

焰火激情旗奕,银色五环辉熠。画卷展悠扬,人类梦寻飞翼。飞翼,飞翼,奥运之光神逸。

许苹英

女,1930年2月生,安徽砀山人。1949年7月入伍,曾任海军某医院主任医师。解放军红叶诗社社员。

鹧鸪天 · 赞某防化团

凛凛英姿防化团,高超技艺美名传。洗消侦检应时战,抢救除沾斗志坚。　　勤演练,奋科研,三防战事重今天。瀛寰难测风云变,赤胆忠心保国安。

鹧鸪天 · 暮年诗情

高寿稀龄淡若云, 桑榆更惜寸光阴。朝吟夕诵诗词句, 月积年增风雅文。　交学友, 拜师尊, 不因迟暮怨黄昏。鬓苍翁媪多情趣, 海阔天空永驻春。

许瑞生

1930年6月生, 江西南昌人。1949年7月参加革命, 同年11月入伍, 曾任总装备部炮兵防空兵装备技术研究所研究室主任。

中秋夜

中秋月桂香, 浩月照边疆。
战士巡逻急, 妻儿入梦乡。

许遵硕

1926年生, 江苏新沂人。1946年入伍, 曾任北海舰队航空兵三师副师长。

北海舰队成立五十周年

一

从来胡虏乱兴波, 几度偷城越界河。
亡我列强心未死, 铁军刀剑记勤磨。

二

奋力图强五十年, 搏涛耕浪战烽烟。
韬略一新空潜快, 护航远上亚丁湾。

题兔年两会

群英聚会号声频, 关爱城乡困苦人。
十二五图圆夙愿, 三千万屋绘舒心。
和谐社会谋均富, 昌盛文明赖鼎新。
百姓所求光景好, 欣期特色比昆仑。

访孟良崮

孟良激战记犹新, 千里来寻认弹痕。
五十年前伏虎处, 碑铭胜迹入青云。

咏中华舰载机飞行员

立下凌云志, 胸怀铁石忠。
腾空银翼劲, 揽月素心雄。
报国常忘我, 为民屡建功。
任凭风雨急, 巡海气吞虹。

咏"海上先锋舰"

精兵砺剑立潮头, 演阵图新竞上游。
击水重洋磨锐志, 搏涛赤道骋飞舟。
静观云乱迎挑战, 冷对风狂戍海陬。
享誉先锋不停步, 波峰浪谷续春秋。

夜歼飞谍①

月昏风紧夜深沉, 依作杀机偷渡津。
鬼影狰狞探腹地, 雄鹰梳羽待鸡豚。
喧嚣云汉充魔怪, 寥廓天关遇铁军。
纵使腰缠蛇蝎箭, 难逃折翼化烟尘。

① 20世纪60年代, 我海军航空兵于夜间在山东莱阳地区击落美蒋间谍机, 缴获残留响尾蛇对空导弹。

水调歌头 · 三军演习

豪气冲牛斗, 怒火映苍天。雄鹰振翼呼啸, 驰骋逐云烟。战舰耕涛劈浪, 将士挥师猎豹, 决胜倚新尖。顽敌横刀斧, 戍务岂疏闲。　砺长剑, 磨铁骨, 藐强权。何来虫闹, 鼓噪分国叛轩辕。奋起强军强国, 戮力金瓯无缺, 一统梦方酣。国有英雄旅, 何惧虎狼眈。

沁园春·战训先行
南海轰炸机团

瀚海苍茫,日夜飞临,数浪辨礁。任风狂雨骤,从容起降;雾浓波谲,演练投镳。手握尖端,身怀绝技,战术创新不惮劳。谙奇袭、隐身迷敌眼,独领风骚。　　东洋西域多蛟,又台独兴波气甚嚣。念边关塞上,常闻虎啸;铜墙阙下,时有狼嚎。世事纷繁,乌云乱卷,未敢疏虞分与毫。檄文至、挟雷霆霹雳,刹那扶摇。

西江月·纪念毛主席
为海军题词四十周年

冷战硝烟似过,惊心炮火连年。争锋千古几时闲,世事总违人愿。　　鬼蜮晨昏窥我,神州日夜扬帆。海疆万里筑雄关,砺剑枕戈防患。

鹊桥仙·女飞行员空中造雪

芳洲绿杳,兰疆雨歇,河涸泉枯地裂。玉皇沉醉若无闻,有情女、重霄降雪。　　翼横银汉,路通仙阙,夜幕朝晖腾越。等闲九万驭风云,展身手、闺中英杰。

高阳台·焦裕禄逝世三十周年

高洁英贤,坚贞赤子,倾心兰考升华。藐视瘟魔,抗争洪水黄沙。战天斗地餐风雪,夜无眠、足遍农家。一腔丹,宏愿未酬,竟驾仙车。　　当年大漠迷茫处,正田铺锦绣,树放繁花。处处泡桐,盈眸稻菽棉麻。寻踪乡镇工商地,貌奇新、景物尤佳。学焦君,人自风流,业自如霞。

西江月·评日美修
改防卫合作指针

长尾遮遮掩掩,獠牙躲躲藏藏。遗传野性任包装,难隐狰狞伎俩。　　北约夏初东扩,旧盟秋末更章。美名防卫太荒唐,谋霸侵华梦想。

孙　力

1931年生,安徽当涂人。1949年入伍,曾任解放军通信工程学院政治教研室副教授。

咏　怀
一

离乡弃学从戎去,意气书生为国家。
执教一生何有辍,求真半世叹无涯。
自惭碌碌功殊少,反审昏昏言有瑕。
历尽沧桑方梦觉,一泓秋水鬓霜华。

二

心潮起伏思余年,老骥扬蹄不用鞭。
世事沧桑知眼亮,神州春好觉心宽。
半生奋斗人无倦,一世求真志益坚。
敢斥恶邪留正气,激昂文字入诗笺。

孙占云

1923年生,河北衡水人。1946年入伍,总参通信部离休干部。著有《心潮集》。

赞彭雪枫将军

名将雄风一代豪,江淮抗日试军刀。

奇兵制胜寒倭胆,碧血翻成万顷涛。

孙有政

1930—2017年,山西洪洞人。1947年入伍,曾任国防工办处长,国防科工委研究员。中华诗词学会会员,解放军红叶诗社社员。与封敏合著《双叶集》。

抗日在太行山上

——纪念抗战胜利50周年

八年浴血太行山,万壑千峰共历艰。
倭寇三光施暴虐,雄兵百战斗凶顽。
运筹帷幄摧封锁,逐虏沙场夺险关。
赖有步枪加小米,河山光复震人寰。

贺三军联合军事演习成功

弥漫硝烟水柱冲,登滩夺岛灭残戎。
蛟龙破浪奔腾急,银燕乘风勇猛攻。
飞弹连连皆中的,官兵屡屡建奇功。
海潮难阻英雄志,警告台酋勿逞凶。

试鱼雷

青海试鱼雷,湖宽快艇飞。
嘭嘭连中的,实战显神威。

忆夜宿猎户家

霍山岭过日西斜,夜宿深林猎户家。
小屋透风茅挡雨,稀汤少米菜加瓜。
板床一角身安卧,清水半瓢香胜茶。
借住城乡难计数,三星忘记未忘他。

忆军委三局入驻八大处

告别平山进北平,西山脚下暂安营。
松林小屋军机迫,古寺禅房电键鸣。
碧水风光常作伴,青峰胜景只闻名。

频听前线传佳讯,更喜京城耀五星。

巧遇平山老房东

京都巧遇两相惊,鱼水情深忆旧踪。
旧屋沦淹成水库,新村重建在山坪。
当年踊跃支前线,今日牺牲为抗洪。
革命老区多奉献,攀登不畏路途荆。

访崂山雷达站

雄踞高山顶,扫描渤海东。
双双千里眼,个个一棵松。
寂寞诵明月,骁腾抗飓风。
红心连广宇,石壁刻丰功。

看影片《在太行山上》

英雄立马太行山,八路纵横敌胆寒。
烈火焚烧阳明堡,尖刀拼刺平型关。
神兵虎将沙场猛,铁壁铜墙基地坚。
朱总战功耀三晋,黄河西渡返延安。

飞天梦圆

中华创一流,神箭送神舟。
大漠银龙跃,太空青鸟游。
英雄成壮举,妙笔著春秋。
今遂飞天梦,来年登月球。

欢庆神六飞天

雀跃欢腾逐浪高,神舟六号入云霄。
飞天探秘圆初梦,玉宇同舱气自高。
环视太空明月秀,综观世界故乡娇。
嫦娥闻讯开怀乐,起舞迎宾期不遥。

卫星发射基地通信兵

大军浩荡进荒原,上下联通第一关。
风暴屡摧银线断,砾沙连击铁锅颠。

官兵排险冰霜地,信息频传京酒间。
百战归来不停步,一腔热血献航天。

欢呼神十飞天

神舟今又创新篇,一次遨游十五天。
日夜探幽宫阙内,往来载物地天间。
空中才女解奇妙,地面诸生绽笑颜。
十亿同圆中国梦,航天科技勇争先。

参观长征展览

长征展览撼京城,入夜专场益动情。
策杖将军凝目看,坐轮红姐细心听。
金沙大渡怀先烈,草地雪山寻旧踪。
回首三军征战路,老兵含泪念英雄。

过六盘山

耳闻一曲清平乐,犹见旌旗分外红。
好汉南来怀壮志,神州大地缚苍龙。

思　念

伟人虽远去,战士记心中。
日出乌云散,旗升遍地红。
全心为大众,除恶树新风。
不屑杂音噪,赞歌南北同。

江城子 · 悼念航天泰斗钱学森

归来报国请长缨,破坚冰,跋高峰。才学超群,壮志越长空。率领精兵磨利剑,征宇宙,舞东风。　辉煌业绩震寰中,不图名,不居功。坦荡胸怀,唯念再攀登。亮节高风人敬佩,翁逝去,史碑铭。

浣溪沙 · 赞抗灾官兵

雪压冰封路不通,滞留上万农民工,腹空心急对寒风。　铲雪除冰开大路,扶危解困送温情,人民齐夸子弟兵。

鹧鸪天 · 情系灾区

川北江天景色佳,熊猫安住乐无涯。卅年改革推新貌,贫困山村披彩霞。　天欲堕,地倾斜,废墟片片毁千家。情牵震地安危事,面对荧屏落泪花。

巫山一段云 · 欢呼神七飞天

喜送神舟七,金秋遨太空。出舱行走态从容,手举国旗红。　驾舸三英杰,公关科技兵。攀登不止又高峰,明日建"天宫"。

孙庆波

1929—2012年,山东文登人。1943年9月参加革命,1945年4月入伍,曾任广州军区司令部防化部部长。曾为《红叶》特约编委。著有《言志集》等。

参观防化团感赋

一

营区整洁绿葱葱,道路纵横四面通。
场馆楼房形态美,生机蓬勃展新风。

二

观侦消洗业精通,过硬作风思想红。
防化军中成骨干,全团岁岁庆丰功。

清明谒烈士墓

每从风雨缅先容，何物能酬赫赫功？
且喜江南红豆熟，一枝亲采献英雄。

忆辽沈战役

回首松辽五十年，硝烟弹雨现眸前。
关门打狗张良策，拔点除妖孙武篇。
白刃登陴降将帅，红旗插垒定山川。
搅金伐鼓平东北，捷报飞传近日边。

忆平津战役

四路雄师正合围，孤悬五点叹斜晖。
东拦沽口防顽窜，西断张垣阻敌归。
五十万人齐解甲，三千年宝免暌违。
金陵梦断知时近，雪窦台高亦已颓。

孙国忠

1929年生，黑龙江宁安人。1947年入伍，曾任国防科技大学研究员。

缅怀陈赓大将

国防建设重军工，大将移师办学黉。
戴月操营常忘我，披星谋划必亲躬。
尊师重教校风好，纳谏集贤春意浓。
昔日勤栽桃李树，今看俊彦海天雄。

孙金寿

1926年生，山东烟台人。1939年入伍，曾任陆军指挥学院研究部政研室副主任。解放军红叶诗社社员。

忆延安

缅怀圣迹忆延安，窑洞灯明有巨篇。
万里崎岖谁虑己，频年斗战歌回天。

狂风骤雨同甘苦，斩棘披荆克险艰。
宝塔巍巍迎四海，延河清水净尘寰。

孙树荣

1926年生，河南灵宝人。1949年入伍，曾任国防科委第十八设计院总设计师、高级工程师。

醉香春 · 贺载人神舟升天

唤醒天空仙觉，人御神舟今到。桂花酒，盛筵酬，春色月宫争俏。　渺渺太空深奥，闪闪金星微笑。探星域，驾船遨，苍茫宇宙何其小。

孙竞进

1930—2006年，山东阳谷人。1950年入伍，曾任济南军区司令部副处长。

济南烈士纪念塔

巍巍耸立近云霄，字闪金光舞劲毫。
浩气长存青史著，英名永铸众人朝。
萧萧铁骑腾烽火，滚滚惊雷覆敌巢。
血染红旗开盛世，悲歌壮志吊英豪！

一剪梅 · 入朝前夜

地动天惊骇世闻。弱食鲸吞，焦土腥熏。铁蹄践踏乱尸陈。血染东邻，火漫家门。　敌忾同仇请战频。赤胆忠心，铁骨钢筋。战歌激荡壮军魂。勇献青春，奋逐瘟神。

江城子 · 七座烈士墓四代养护人[1]

军民鱼水谊情深，苦同根，战同

心。异乡长息,安葬有亲人。生死茫茫人陌路,行祭扫,胜家坟。　　苍松翠柏郁森森,墓花馨,果枝芬。祖孙四代,接力护忠魂。先烈丰碑高竖起,千载誉,万年春!

　　① 济南市历城区神武村刘修芝祖孙四代五十年如一日,为济南战役牺牲的七位烈士修墓祭扫,栽树种花,竖碑围墙,建成一座幽雅的茔园。

孙继苹

　　1960年11月生,河北蔚县人。1976年12入伍,曾任第二五一医院政治处副主任,北京军区联勤部信息中心工程师,上校军衔。现为《红叶》副主编。

瞻湘江烈士纪念碑园

拼死当年征战地,而今花盛绿茵稠。
悲歌一曲湘江水,不舍忠魂日夜流。

哨所小吟

一

朝沐旭晖迎日走,晚披星月踏青霜。
年年脚下巡逻线,足迹叠成诗一行。

二

梨花雪白杏花红,柳逗清风掠草丛。
下哨归来檐下喜,家乡紫燕代飞鸿。

三

离乡万里戍边关,彻骨风寒只等闲。
瑞雪纷纷迎面落,遥思春讯满河湾。

余旭歌

　　本是巴蜀娇娇女,却羡战鹰展翅翔。十年苦读怀揣梦,一朝步入大学堂。意气飞扬从军旅,更知军令严如钢。长发飘飘成旧梦,剪刀嚓嚓泪成行。英姿飒爽戎装酷,娇女从此弃红妆。北疆飞雪如利刃,几回思梦到横塘。训练犹似雄关越,越挫越勇越激昂。滚轮旋转人呕吐,术语无数脑翻浆。体能训练赛战场,军鞋磨烂几多双。四年航校磨砺苦,一心盼望跃穹苍。毕业证书手中捧,封面映红黑脸庞。长空劲旅添新人,巾帼昂首列空疆。国庆受阅责任重,责任越重越荣光。战鹰隆隆列兵阵,彩烟缕缕迎朝阳。举头蓝天碧如洗,俯首江山如画廊。神州万众仰首望,焉知驾机是女郎。女儿多少家国梦,此刻豪情满胸膛。歼十表演拼智勇,敢与须眉论短长。跃升好比龙吸水,俯冲犹似马脱缰。巨鲸翻滚激浪起,雄鹰盘旋鸟兽藏。观者惊艳心揪紧,敛声屏气口微张。彩烟如练舞碧空,欢声如潮动未央。人机合一如天就,谁知汗水可斗量。两次受阅担重任,两次出国夸凤凰。两次航展秀绝技,如花美名传四方。忽闻战鹰折羽翼,血洒长天染归航。战友闻之泪如雨,亲朋闻之涕沾裳。外婆闻之撕心肺,爹娘闻之痛断肠。千里迢迢接爱女,北风呼呼彻骨凉。爹抚遗照强吞泪,母搂布偶卧儿床。女儿余温渐渐冷,女儿衾枕淡淡香。多少梦中盼儿归,电话声里总说忙。娘知忠孝难两全,儿行千里亦思娘。而今爹娘接儿走,香魂随娘回故乡。从今想儿娘不泣,仰望国旗迎风扬。青山处处埋忠骨,青史页页写

忠良。吾作此歌情难抑,涕泪如泉泪
滂滂。

采桑子 · 塞上新兵

背包打进英雄梦,告别家乡。号
令铿锵,塞外征途踏雪光。 演兵
场上声威壮,汗水如滂。筋骨如伤,
未及思乡入梦乡。

采桑子 · 忆连队岁月

隆冬塞外寒如铁,风雪猖狂。热
汗凝霜,犹似坚冰做甲裳。 满腔
激越青春梦,豪气昂扬。枪闪寒光,
铁骨丹心御虎狼。

蝶恋花 · 两地情

飒飒秋风吹落叶。雁叫声声,心
向边关越。辗转难眠情切切,衣单怎
御风霜冽。 塞外中秋寒气彻。
仰首长天,故里窗前月。似见梦中甜
笑靥,巡逻线上情千阕。

孙鸿翔

1937年生,吉林榆树人。曾任陆军预
备役守备师副师长。解放军红叶诗社社
员。著有《踏歌而行》等。

欢呼我国原子弹爆炸成功

东方大漠一声雷,蘑菇云腾喜报飞。
总理扬眉神奕奕,主席健步笑微微。
何妨纸虎张牙咒,不怕熊罴舞爪诽。
可敬功勋研制者,名垂青史国增威。

军旅生活

入 伍

热血男儿意气雄,沧桑四十又归营。
名衔师座勒军马,铁甲戎装待远征。

夜 训

深更梦醒号惊空,月照三军踏雪行。
滚打摸爬浑似虎,射击拼刺练真功。

作战计划

行军计划简而精,帷幄运筹打主攻。
地理天文今古策,知敌知我定输赢。

战前动员

将军白发话如钟,血溅征袍百战功。
怕死不能夺胜利,头条经验是忠诚。

瞻仰毛岸英墓并致朝鲜友人

苍松翠柏草青青,遍地鲜花火样红。
万代山前留忠骨,千秋碑上铸英名。
保家卫国凌云志,抗美援朝盖世功。
祭拜先灵应永记,邻邦友好血凝成。

司马台长城

穿行大漠越千峰,俯卧雄踞入九重。
浩渺碉楼关隘影,沧桑烽火壮丁容。
秦皇伟业垂青史,黔首奇勋铸鼎钟。
百代风云吹胜迹,神州万里舞蟠龙。

颂神舟绕月

神舟跃起入星空,辗转广寒探玉宫。
桂树花开香宇宙,金蟾手舞拜苍穹。
偷丹妃子期无久,斫桂仙郎刑有终。
天上人间铺彩路,迢迢千载故乡通。

国庆六十年大典观后

红日红旗路映红，金阙玉柱壮犹雄。
神兵铁甲联崇岳，天鹞银装护碧空。
三代艰辛千古业，八方温饱万年功。
雪除百载民族耻，烈烈中华世纪风。

春 咏

齐唱新声奋进歌，黎明即起五更锣。
空谈误国民生苦，实干兴邦天下和。
荏苒光阴难待我，运筹帷幄勿蹉跎。
春风万里吹无际，一夜山川绿染坡。

谒北京西山英雄纪念广场

一统江山岂可分，千余精锐隐真身。
壮哉渡海韬光计，悲也抛颅喋血人。
孤岛忠魂魂逐浪，丹枫落叶叶归根。
无瑕白玉彪青史，熠熠英名照锦云。

建军节再登滕王阁

滕王高阁又登临，四望苍茫赣水滨。
楼宇巍巍明望眼，江流滚滚走航轮。
落霞尽染新天地，孤鹜长鸣换古今。
起义枪声犹在耳，风云愈振老精神。

水龙吟·除夕

戊子悲喜春秋，己丑爆竹贺新岁。天鼓云雷，长虹惊散，七彩纷坠。金翎翠羽，落红飞舞，随烟霞戏。品碧霄滋味，酸甜苦辣，人心慰、天同醉。 应记去年多事：震汶川、神州挥泪。主席总理，兵民血汗，力挽危溃。圣火高擎，倾情奥运，无与伦比。继炎黄气脉，英姿睿智，驾风云会。

行香子·故乡

村外池塘，古老榆杨。儿时伴、苦乐同窗。书包斜挎，嬉闹路旁。看芦花白，蓼花紫，菜花黄。 老来还乡，依旧风光。笑问客、来自何方？近邻故友，呼热衷肠。叙乡情厚，亲情暖，友情长。

孙喜桂

1928年生，山东乳山人。1946年入伍，曾任第二十七军科长。解放军红叶诗社社员。

浪淘沙·试飞英雄邹延龄

科技出精尖，一往无前。新型机种上蓝天。稳健接飞频试验，智勇双全。 热血寸心丹，何惧艰难。遗书留下上刀山。获取航空新数据，奏凯安然。

孙敬同

1928生，江苏新沂人。1943年入伍，曾任海军快艇三十一支队巡视员。解放军红叶诗社社员。

怀念陈毅元帅

疆场文苑数英豪，文武全能多略韬。
梅岭三章钦铁骨，西山一曲涌红潮。
千秋雅韵广传颂，四海新声永不凋。
为国忠心标史册，人间万姓仰风骚。

喜迎癸酉新春

东皇着意播春晖，含笑山川醒翠微。
改革和风吹大地，振兴甘雨响惊雷。

城乡富裕欢情涌,禹甸繁荣捷报飞。
虎跃龙腾齐奋进,奔驰骏马紧相催。

访全军绿化模范核潜艇基地

正逢植树访精师,林茂苗肥花木滋。
近海荒滩生嫩草,远山秃岭发新枝。
匠心绘出田园画,汗水浇成绿化诗。
翠盖营区遮烈日,花香鸟语展风姿。

寄台湾友人

中秋国庆喜相连,隔水情深共倚栏。
久盼三通除旧怨,尤希两制展新天。
卅年兄弟重携手,一统江山奏管弦。
月里嫦娥应起舞,举觞飞泪庆团圆。

定风波 · 电视剧 《突出重围》观后

自负精师陷迷茫,骄兵必败雪加霜。鲁莽横行多教训,重振,重围突出破蓝方。　　墨守成规遭折挫,知过,励精图治创辉煌。科技强军增战力,添翼,红军飞跃谱新章。

一剪梅 · 孔繁森

十载支边不畏难。远涉高山,遍步荒原。振兴西藏志冲天,艰苦纷繁,一往无前。　　舍己为人沥胆肝。血养孤残,倾助贫寒。官高悬磬见清廉。方寸忠丹,千古流传。

破阵子 · 瞻仰临沂 华东革命烈士陵园

北战南征驰骋,抛头洒血拼争。鼓角惊天埋旧政,报国捐躯壮志成,

丹心留汗青。　　云暗天低哀恸,山峦肃立含情。有姓英灵逾六万,先烈功勋万古铭,献花尊杰雄。

纪杰尚

1930年生,山东即墨人。1947年参加革命,曾任空军学院教员、研究员。曾为中华诗词学会理事,解放军红叶诗社秘书长,北京诗词学会常务理事。著有《鸿雪吟草》。

岂可忘卢沟

滚滚长流水,烟波五十秋。
暴洪湮赤县,怒火炽神州。
曾冀东邻悟,何期右翼咻。
风云长变幻,岂可忘卢沟。

遵义会议颂

围追堵截战云重,漫漫征途迷雾中。
一缕晨曦启磅礴,苍山如海怒涛红。

解放天津

硝烟渐熄炮声稀,跨跃雷堤唱晓鸡。
忽报生擒陈长捷,秧歌扭过老城西。

七一吟怀

冰雪松江仰马翁,巍巍灯塔照童蒙。
白山争战歼顽匪,南海扶贫送惠风。
兵马入骚词思勇,镰锤敲句意求丰。
醉看崛起神州美,绽放心花飞彩红。

老兵情

松柏苍苍休干村,琴心剑胆未销魂。
诗窗难断沙场月,钓岸常浮改革云。
情系元黎忧乐意,胸怀社稷振兴心。

何当海晏河清日，耄耋同欢醉世吟。

电视剧《毛岸英》观后

谁将先哲捧如神，却是多情多义人。
庭院谈兵慈父愤，沙场效命孝儿心。
常闻蠹吏成豪富，又报权门践弱民。
千古泰山恒仰止，鸿毛轻落变埃尘。

颂首届军旅诗词研讨会

一

灿烂吟星望远楼，斟词酌句振诗喉。
柳营酬唱和谐曲，枫叶染红万木秋。

二

金戈铁马奏铿锵，明月关山韵味长。
西岭金秋红叶美，高歌大吕国威扬。

神八与天宫对接成功

神天一吻启新姿，万里穿针展技时。
霄汉联欢真健美，太空站就有先知。
运筹寰宇耕云雨，指点江山布剑池。
更待天人合一统，环球凉热共歌诗。

青玉案·访白龙乡
清匪反霸遗址

枪声划破山乡暮，横舟岸，低茅户。雪岭松风催健步。大军飞入，白龙尾处，匪遁残宵去。　　依稀觅得当年路，千里来、寻情愫。岸炮古台犹激怒。残垣杂草，斜坡老树，多少风和雨。

忆秦娥·戍路花甲

烽烟烈，请缨犹忆松江雪。松江

雪，风雷激荡，雄心如铁。　　星回斗转沧桑月，关山万里征鸿歇。征鸿歇，更添情趣，另翻新页。

浪淘沙·春游昆明湖忆周总理

1959年5月1日，在昆明湖排云殿前，突然遇到周恩来总理和邓颖超、陈毅和张茜以及罗瑞卿同志走来。总理和罗瑞卿边走边谈。我当即近距离随后聆听，直至颐和园东门。

柳岸满晴烟，轻絮飞天。昆明湖上闹龙船。如织游人情兴好，歌舞翩跹。　　旧地忆当年，奇遇湖边。聆听随步近身前。平易高风和亮节，光耀心田。

一剪梅·桑榆诗社成立十周年

十载桑园放彩霞。竞绽奇葩，各显风华。碧桃含露吐新芽，品味殊佳，意境堪夸。　　翁妪歌吟迎夕斜。声问孙娃，韵步仙家。弄章敲字乐无涯。趣美香茶，醉陶春花。

浪淘沙·战友聚会南宁

寻迹会邕州，对景凝眸。绿荫缝里夹层楼。一派妖娆春意满，碧水花畴。　　往事梦悠悠，五十春秋。曾追穷寇共飞舟。旧地重游留个影，好说风流。

满江红·大撤离[①]

热泪横流，凭舷处、满怀激越。看祖国、天晴风暖，神安心悦。万里工程情谊重，一朝动乱成灾孽。恨凶顽、抢劫暴残施,惊雷烈。 群工急,归意迫;家国虑,驰援捷。跨洋空海路,运筹离撤。史例无前宜大国,施援神速践承诺。我中华、强力护同胞,真奇擘。

① 2011年2月16日,利比亚发生骚乱事件。从2月24日至3月上旬,我国用飞机、军舰和租船,紧急撤离在利中国工人35860人。

行香子·贺胡啸天百年华诞

百岁胡翁,北极长庚。人生路,壮志豪情。寒窗苦读,报国从戎。赞品高尚,学高博,技高明。 潜心敬业,勤勉工程。创新材,卓建殊功。征程奋进,岁月峥嵘。是人中寿,寿中首,老中英。

满江红·难忘"九一八"

怒火填膺,吟痛史、松江寒彻。"九一八"、铁蹄蹂躏,山河浸血。青壮苦遭劳役死,妇孺惨受饥寒迫。十四年、国恨并家仇,情悲切。 耻和辱,虽已雪。疤与恨,犹难灭。更东洋鬼仔,匿凶藏恶。狐胆阴谋翻铁案,狼心修宪图军国。擦亮眼、星剑护空天,旌旗猎。

清平乐·忆北平和平解放

喧天锣鼓,街巷狂欢舞。完璧古城春雨沐,新插红旗处处。 朝阳收拾残霜,猎家智取刁狼。彻夜高楼灯亮,改编会议真忙。

把志先

1943年生,甘肃永登人。1961年入伍,曾为空军飞行员。

回忆军旅生活

军号情

集合号音入耳惊,翻身坐看夜三更。唏嘘来日军营去,激动老兵梦境行。五十年前屯赣闽,三千里路训枭鹰。青春岁月唯兹亢,存念今生一缕情!

哨兵赞

瞩目营门伟哨兵,风光一道耀双睛!威仪化铁身成塔,矫健凝魂勇铸城。不论亲疏远三尺,凭心遐迩有衷情。执戈站岗真英士,暝晦风霜胆气横。

滑 翔

乘风借力上云飘,也学大鹏天际翱。原自欧洲飞竞技,曾闻二战作空桥。平衡只靠地平线,降落全凭目测瞧。入伍滑翔初练剑,忆河捞起少年骄。

咏陇原公路赠友人

爱结迢迢公路缘,一生事业系山川。剑崖虎啸青云里,戈壁龙腾彩浪天。当喜洞穿千曲直,更惊高速万方连。经纶网织心中梦,日月焚膏沥胆篇。

严待继

1925年1月生,甘肃甘谷人,1949年参军。著有《边草青青》。

抒　怀（选二）

壮岁投边儿女多，眉间英气转星河。
天山为我飞明月，我为天山唱戍歌。

白发吟边气不颓，龙堆昆雪两崔嵬。
死生战友终相忆，沙拐胡杨入梦来。

塞上吟

草色连千里，潮声动万家。
银峰入霄汉，壮士下平沙。
未敢迷蝴蝶，何须问杏花。
边城风物易，金发乱如麻。

读哈勒八士墓碑文有感①

开疆拓土惯征鞍，定国安邦不避艰。
功著元明雄气在，死同父子大操完。
龙岗土热怀良将，碛漠沙飞思凯旋。
维部营旗南国戍，湖湘儿女满天山。

① 哈勒八士，原名哈勒·八十，新疆哈密人。明朝著名将领，明太祖赐姓额，亲笔更名八士，封镇南定国将军，太子太保。

仰天山筑路烈士

胸中有路早通天，笑向艰危掷盛年。
大步流星量瀚海，高歌逐浪撼群巅。
绳悬峭壁争分秒，锤凿巉岩必贯穿。
烈烈屯旗雄紫塞，明霞万朵似生前。

陈士榘留灰马兰

上将留灰归马兰，一坪青草对天山。
救亡浴血长城竖，开国折腰古道盘。
罗布云雷惊世界，酒泉星箭探空间。
赤诚到底清如水，耿耿银河卷巨澜。

古城掠影

惠远登临钟鼓楼，天西景物尽怀收。
残垣断续生春草，大路新宽出绿洲。
日丽旗红军府变，山明水秀戍田稠。
风云直向苍穹说，槲树经冬又历秋。

重到铁门关

犹忆当年出铁关，凯歌负重向雄边。
浪花吟笑千堆雪，行色匆忙一溜天。
狭谷塞流纳银汉，高湖发电济人寰。
重临故垒山河改，创建名城势若澜。

咏骆驼

老兵白发好扬歌，不唱铜驼唱役驼。
瀚海为舟茹硬草，高原代马饮冰河。
足平世路襟怀阔，峰转春秋历练多。
华夏文明广传布，关山无语自嵯峨。

赛里木湖夜话

寒碧一泓卧九陔，天骄留有点兵台。
萧萧战马腾空去，耿耿银河落地来。
灯火晶莹山月炉，酒歌酣畅野花开。
穹庐夜话杯相向，守土长鞭震迅雷。

边草青青

青青边草逐人生，指说无涯冰雪情。
霞蔚云蒸山幻影，风和日丽马蹄轻。
将军虎踞屯丝道，战士牛耕起石城。
大漠长天金笛吼，满疆歌舞试新声。

虞美人·忆喀什市色满乡农民欢庆民主建政

昆山脚下伊谁舞？手鼓浑如雨！歌声动地胜涛声，万种婆娑难尽月华明。　　银河耿耿牛郎泪,不意潸然坠。稻禾千亩尽扬花,但愿金秋早到故奴家。

瑞鹧鸪 · 战胜二○○八冰雪灾害

千难万险古今愁,塞柳江梅大禹州。地盛凌锥昭警示,人飞虹气践雄獒。　　征夫一笑关河月,春草无言阡陌头。待被绿洲收拾去,杨花漠漠有歌讴。

严楚湘

1948年3月生,湖南临湘人。1965年7月入伍,曾任总参某部高级工程师,大校军衔。解放军红叶诗社社员。

忆军营

铁铸营盘扼要冲,纵横天网锁长空。
神州川岳荧屏里,世界风云冷眼中。
淬砺吴钩关隘险,洞穿魔障火烟浓。
一腔热血沃斯地,我为军旗添彩红。

重上岳阳楼

少小从戎别岳州,归来花甲兴登楼。
希文有赋明忧乐,杜圣留诗壮垄丘。
放眼巴陵山水秀,倚栏故土寨村幽。
江山胜迹寻无数,独恋斯楼千载悠。

游南海子湿地公园

京郊胜景八方开,指点滩涂数巽垓。
五代帝王留足迹,三泓碧水锁尘霾。
晴空双鹤悠悠下,草甸群麋款款来。
我倚雕栏舒望眼,一帘幽梦入诗怀。

芦永清

1941年生,甘肃兰州人。曾任兰州军区司令部管理局直属队农场文书。中华诗词学会会员,解放军红叶诗社社员。著有《花海韵踪》。

贺嫦娥号探月

宇宙飞船绕月吟,广寒宫阙喜盈门。
嫦娥拜会家乡客,玉兔偎依眷顾心。
科技辉煌圆夙梦,精英奋发耀军魂。
苍穹探秘凌云志,威震寰球万国钦。

狼牙山五壮士

自古赵燕多俊杰,悲歌慷慨史书镌。
气吞敌寇英雄胆,血战狼牙壮志篇。
弹尽跳崖诚壮烈,捐躯殉国笃贞坚。
功昭日月千秋颂,视死如归恸地天。

春赴重庆途中

青山绿水环巴蜀,菜蕊金黄染沃田。
柳暗花明寻胜境,峰回路转有琼园。
池添嫩碧蛙声静,春剪嫣红竹径喧。
电掣风驰穿岫去,翠微深处渺人烟。

苏广洲

1938年生,山东平度人。1957年12月入伍,曾任总参第二通信总站副主任,大校军衔。中华诗词学会会员,解放军红叶诗社社员。著有《牧波斋吟草》等。

过楚地小军营

庭园如画美,触景小诗生。
眺望烟波水,背依女娲峰。
碧池云弄影,枫叶鸟鸣嘤。
胜地官兵爱,常怀鱼水情。

记　梦

一

梦里校场正演兵,戎装又着慰痴情。
荧屏时见沟壕布,按键轻弹信息灵。
山舞旌旗奔眼底,溪鸣金鼓壮歌声。
思牵行伍怀家国,一觉醒来身觉轻。

二

爱恋戎装情未休,驰驱南北绕心头。
号声清脆奉天晓,方阵扬威秦地秋。
立马横枪张正气,激清荡污竞风流。
盈怀瓯复兴邦事,梦里凡夫壮志酬。

气节颂

纪念苏武出使匈奴2110周年

魂牵南使汉家天,北海牧羊十九年。
塞外秋波怜野草,云边晓月向中原。
心倾诸夏青松立,像挂麒麟薪火传。
忠骨芳香肥沃土,后昆效命护家园。

回　望

报国立志乐从戎,驰骋东西总有情。
凝雪满头思往事,梦中跃马上征程。

车过山东莱阳

此地难忘入梦频,旌旗耀眼壮青春。
立车眺望营盘路,耳际号声招故人。

赠某通信部队

火眼尤兼耳顺风,静观虎豹变姿容。
精心铸造营盘固,最是风光剑气浓。

读《史鉴》诸书敬呈邹老

卸下戎装志未休,激扬文字写春秋。
胸中海岳抒豪气,眼底风雷笑沐猴。
秉正难停董狐笔,倾情甘作奋蹄牛。
夕阳爱伴枫林晚,一抹风光慰白头。

向　往

海笑山呼万民祝,神州雾散东方曙。
春风漫野艳阳天,长剑横空强国路。
致富高悬特色旗,攻关敢迈凌霄步。
大河鼓浪汇流东,九域征程英杰出。

轻车探营

油菜鲜花夹道香,驱车山下老营房。
院中荡气味三叠①,室内忘情字数行。
岁月留踪青鸟远,海天传信并肩长。
流光不语戎装里,只是乱云遮夕阳。

　　① 味三叠,指簇簇盛开月季之清香味,大通路机房之油气味,官兵勤学苦练之汗水味。

学习雷锋活动五十周年感言

微微暖气遣春温,十亿神州学做人。
乐善怀仁心境美,秉公克己世风新。
应将有限追无限,记取鸿恩知报恩。
士庶同圆强国梦,螺钉闪亮更形神。

远程采访

钩沉往事北南中,千里千人一字通。
心藉路由联热土,眼观光电系长空。
敢翻峻岭涉流水,何惧雾云携暴风。
一席长谈成历史,我为战友述丰功。

踏莎行·植树抒感

　　冰破春回,景幽人醉,臂挥再造山河美。柳槐密布固江防,绿城广筑风沙退。　　大业克绍,流风万辈,穷荒大漠织新被。稻云麦浪接天涯，尘埃净扫谁折桂！

渔家傲 · 人与自然的抗争

雨弹光鞭洪水逼，旌旗猎猎昭天地。肆虐洪魔无去意。千里堤，筑防铁骨鬼神泣。　　百万军民鏖战急，肩担社稷丹心碧。前事不忘雄略立。从根治，锁蛟共享安澜日。

青玉案 · 书市

天高气爽从人意，八方客，如云集。千载难逢机莫失。擦肩接踵，不思饥腹，尽兴观书市。　　长安圣地书山起，墨景骚风暗香里。五彩缤纷收眼底。古都文化，风光旖旎，文苑奇葩立。

高阳台 · 祝贺太空船飞行成功

烈火冲天，巨龙万丈，神舟电掣雄飞。意气吴刚，喜迎贵客捧杯。天上似晓人间事，鼓长风、更助神威。顾星河、探秘寻仙，满载而归。　　险峰攀竞翻新页，看煌煌旭日，分外扬眉。儿女风流，善创雪里春雷。豪情激荡开宏业，气宇轩昂逞雄魁。悦民心、永固金汤，敢立丰碑。

汉宫春慢 · 玉树长青

造物不公，看高原小镇，地裂天崩。城乡烟杳，垣残屋塌楼倾。疮痍满目，咒苍天，大劫无情。悲切切，瞬间生死，同胞十亿心惊。　　情急中枢传令，望空中陆上，雷厉风行。废墟精心挖掘，呼救生灵。头晕水肿，仍从容，妇幼重生。凭大爱，春风送暖，且看玉树长青。

鹧鸪天 · 赠秦岭通信站诸同志

溪水涓涓碧影长，峰峦滴翠送花香。辕门楼角披轻雾，疑是瑶台迁僻乡。　　蜂器响，绿灯光，须眉妙手接通忙。万条信息传遐宇，欣见官兵破大荒。

[双调 · 雁儿落带过得胜令] 看中英香港政权交接仪式

五星上大旗，四海迎游子。银花火树时，谁个吞声泣。（带过）帝国日归西，还说三道四脸厚一张皮。昂首巨人立，炎黄热泪滋。反思，积弱梦圆迟。雄词，共吟跨纪诗。

苏文聪

1931年生，四川成都人。1951年入伍，曾任成都军区空军政治理论教研室主任。中华诗词学会会员，《红叶》特约编委。

空战连捷喜赋

你咬我拉急滚翻，高空逐鹿展奇观。雄鹰气壮冲牛斗，狂寇魂飞坠海川。头上天空欣解放，闽中父老笑开颜。乘车免票受殊遇[①]，共筑长城万里天。

①一次在福州市上空击落一架敌机并生擒其飞行员，公共汽车乘务员高兴得让空军战士免票乘车，一时在福建前线传为佳话。

满江红·野营白云山

云雾山中,望眼处、满天皆白。巧装点、人间天上,晶莹澄澈。翠竹红枫披素练,冰枝玉叶争姿色。更娇娆、群岭洒清辉,明明月。　冰帘挂,帷幕列;朔风紧,寒气迫。任玉龙飞舞,战歌飞越。挥汗雪山情似火,扎营冰窟阵如铁。待来年、征战赴疆场,扬威烈。

苏洪波

号岐阳子,1951年生,陕西岐山人。1969年入伍,在伊犁守边24年,从事宣传理论和军事政治工作。

重访老营盘

高墙坚垒久沉沦,校舍俨然草木新。
三百健儿从此去,一双老骥始来宾。
黄毛追吠欺生客,白发相看唤故人。
沧海桑田多少事,葡萄架下叙前因。

贺航母入列

巨龙入海梦初圆,喜泪纵横庆列编。
永乐英才期后继,北洋烈士待鸣冤。
船坚未若心无欲,炮利还须胆为先。
避战前车应记取,乘风破浪凯歌旋。

别疆周年感赋

塞外伤魂忆去年,彷徨归路旧梦残。
离歌唱彻天山暖,别酒消融丽水寒。
豪气有余追意马,飙风无力勒心猿。
原知尘世无青鸟,五里回头一探看。

水龙吟·上元

春寒料峭中州,逆风千里迎霜雁。女贞绿滞,腊梅黄涩,尘土扑面。日影西斜,爆竹声起,礼花璀璨。正团圆三五,游魂碎梦,慈母泪、应羞见。　难忘四十二载,尽身心,戍征辽远。年来岁去,高堂分奔,手足离散。白首凝眸,五湖儿女,六方亲眷。喜频得讯问:根归此地,叶飘何岸?

汉宫春·忆父

风和苗青,小径穷尽处,柏树含烟。寂寂矮碑衰草,红灯孤悬。西极浪子,泪盈盈,长跪茔前。恨两界,咫尺天涯,徒烧纸币冥钱。　往事依稀昨日,携稚登高垒,指点河山。西征送儿两虎,默默无言。披星戴月,苦经营,罹病溘然。父去也,悠悠宇宙,唯寻梦里慈颜。

杜　岳

1931年生,广东阳春人。1949年入伍,曾任文化教员、译电员、武装部长。中华诗词学会会员。著有《杜岳诗文选》等。

抗美援朝组诗

出　师

战火纷飞历险情,敢和强寇竞输赢。
人间但得和平日,甘把头颅一掷轻。

渡　江

渡江鸭绿勇登程,抗美援朝事远征。

弹雨枪林何所惧,誓将血肉作长城。

进军西海岸

大地沉沉夜未残,暗驱脚板过西山。
敌机空袭犹加步,直扑前方斗敌顽。

防空哨

鸣枪报警众知情,来往机车暂不行。
万户瞬间灯火熄,防空哨小任非轻。

坑道战

曲曲弯弯不尽同,来来往往是英雄。
擒龙伏虎功无数,战绩辉煌史册中。

译电员

更深透骨雪霜寒,战事萦怀寝不安。
待到前方来捷报,电文译罢始心欢。

回国途经烈士墓

苦历三年战血丹,班师回国未心安。
每经烈士坟前过,多少征人洒泪看。

回师鸭绿江

烽火沙场斗志豪,保家御敌赖我曹。
功成回马班师日,鸭绿江边晒战袍。

班师回国

抗美援朝正义彰,班师鸭绿笑声扬。
欣观祖国繁荣景,回首山河旧战场。

朝鲜金达莱

不作盆栽不进园,要留浩气壮林泉。
漫山遍野花开日,烈焰红霞欲上天。

金达莱花瓣

战地倾心拾艳英,香魂一缕伴生平。

朱颜早已成枯槁,怜爱犹思旧日情。

回忆抗美援朝

援朝抗美忆当年,弹雨枪林互并肩。
阵上交兵寒敌胆,壕中伏虎靖烽烟。
行军露宿深山里,备战扬威大海边。
奏凯班师回故国,昂头笑傲绿波前。

下金陵

楼船破浪下金陵,往事萦怀号角鸣。
又见横波众帆过,犹闻百万渡江声。

老将军

脱下戎衣若许年,烽烟时起寝难安。
将军鬓上皆成雪,犹把兵书彻夜看。

长白山遐想

奔腾咆哮似游龙,欲上瑶池饮万盅。
无奈玉皇偏不许,竟将大雪压千峰。

游香港海底隧道

一路光明醒客眸,康庄大道驾车游。
顶头尽管波涛涌,渡海居然不用舟。

泉州老君岩

一石天成一老翁,游人欣喜叹神工。
慈眉善目开颜笑,地老天荒不改容。

山　花

骀荡春光绿野中,群芳争放好颜容。
山花俏把东君问,我与夭桃那个红?

临江仙 · 战友重逢

　　四十年前分手,鸿泥爪印留踪。沙场战友又重逢。梦回"三八线"，魂断海西东。　　休叹今朝人渐老，当年壮志凌空。冲锋陷阵气如虹。并肩曾伏虎，跃马共屠龙。

贺新郎·寄战友

梦绕神驰越，想当年、援朝抗美，并肩情切。夜黑风高人不寐，一盏油灯明灭。三八线、挥戈胆裂。翘首前沿频报捷，电波飞、快译朝金阙。手足冷，寸心热。　　而今两地伤离别，念人生、难留岁月，满头霜雪。幸得老躯身尚健，竟日挥毫不辍。论事业、无须细说。锦绣江山添异彩，看今天、四化开新页。君共我，应相悦。

鹧鸪天·傍晚农村

四面云山夕照斜，新成楼宇缀林花。儿童放学忙招手，老汉消闲共品茶。　　鹅结阵，鸭喧哗，鸡来犬往绕人家。密林深处炊烟起，收钓渔翁步落霞。

临江仙·山庄

绿树浓阴开酒肆，竹楼木屋栖迟。溪流不息鸟高飞。主人真好客，客似故园归。　　斜倚栏杆情悄悄，四周如画如诗。风光无限惹乡思。烹调诚可口，野菜待人宜。

水调歌头·七星岩天柱峰

百粤夸形胜，一柱独擎天。巍峨峰陡崖峭，磴道上千旋。凛凛威仪八面，不怕风霜雷电，雄踞万山前。更奋凌云志，犹傍斗牛边。　　星湖水，欣倒影，倍娇妍。清波动荡，恰似临浴一婵娟。幽洞奇岩妙造，赢得游人赞好，探胜永争先。放眼心胸豁，恣意总绵绵。

沁园春·游厦门鼓浪屿

滨海花园，闽南胜地，浪鼓琴喧。望琼楼玉宇，辉光焕彩；千红万紫，斗丽争妍。枕水亭台，凌风鸥鹭，绰约风姿荡晓烟。吟眸豁，任诗情画意，陶醉心田。　　延平故垒摩天，寻旧迹、攀登似少年。想龙头筑寨，操兵演阵；晃岩树帜，策马扬鞭。雪耻驱荷，复台伟业，赫赫功勋耀史篇。凭栏处，叹英雄壮举，大义昭然。

满江红·崖门怀古

大海波涛，声声诉、沉沙折戟。哀故宫、遗砖败瓦，草深三尺。失却当朝天下宝，招来今日苍生惜。叹抱主、殉国赴滔滔，忠贞昳。　　奇石壁，芳名勒；银湖水，冤魂戚。缅怀心耿耿，不堪重识。帝室力衰王气尽，崖门路末兵锋逼。对残阳、往事逝如烟，空留迹。

沁园春·游石林

鬼斧神雕，奇岩怪石，突兀峥嵘。望亭亭玉柱，千年削就；幽幽曲径，万载修成。古树摩天，老藤缠壁，熠熠群峰耀眼明。穿林去，对崖高苔滑，险道何惊。　　抬头美景纷呈，频顾盼、参差展画屏。有槽前战马，凭空嘶号；枕戈将士，待旦从征。伏象蹲狮，开莲落雁，体态多多把客迎。乘游兴，令心潮澎湃，悦目怡情。

杜　铎

1925年生，河北无极人。1944年入伍，曾任军分区政治部副主任，石家庄陆军学校教研室主任，正师职教员。解放军红叶诗社社员。

忆一九四五年绥东战役

抗日硝烟醒巨龙，投军走马斗狂凶。
霜天作战单衣冷，土豆充饥肠胃空。
号响金戈冲敌阵，风生白刃斫顽熊。
攻碉爬壁寻常事，卧虎山前炮火隆。

临江仙·瞻刘少奇故居

革命一生功卓著，人民敬重刘公。花明楼上仰遗容。奇冤六个字，批斗逝开封。　　留得高风真理在，谁能颠倒缁红？风雷扫荡害人虫。人间传喜讯，泉下慰精忠。

杜　嘉

1924—2011年，天津市人。1943年参加革命，曾任总政宣传部理论研究员，政治学院教员。

纪念长征兼念彭总

七十年翻世界殊，征程二万写丹朱。
雪山绝地铁流径，炮火连天血战途。
立马横刀赞彭总，高风吹雾秀匡庐。
黄河九曲东流去，青史传歌鼓与呼。

读《百年抗争诗词选萃》

一

世纪音留韵海间，百年浩气郁苍山。
忧愁风雨暗邦国，恚愤豺狼突故关。
长啸短歌两朝痛，沉音切响九州殚。
讲情不与无情笔，赋出悲欢感泪潸。

二

哲人敏锐感时凶，为唤惽迷敲鼓钟。
电闪雷鸣华夏土，波翻浪涌海天风。
怒潮起伏冲沉滓，愤火幽明划夜空。
血荐轩辕身殉道，诗呕肝胆气如虹。

端午偶感

一

不兴樽酒饮雄黄，鼓浪龙舟舞棹忙。
攘攘街衢粽子市，渺渺水泪汨罗江。
节操文采颂湘累，暴庚淫威咒楚王。
德润民心光永世，刀扶碑庙唾污场。

二

窗外风摇碧叶柯，微茫月色影婆娑。
方兴燕麓春宵梦，遐想汨罗秋水波。
端午无颜昭史迹，离骚有泪淌诗河。
苍黄风雨千年路，折桂摧兰恨事多。

岁暮喜得友人诗，打油酬答

寒宵岁暮读华章，百感成诗滚热肠。
阔大幽微皆郁郁，曲流直泻向汪洋。

自　省

怀古抚今幽渺思，风晨雨夕感生诗。
拟裁心曲谱清韵，却拗衷情入泛词。
汨汨溪流遗涸迹，萧萧竹叶剩枯枝。

未将敝帚投诸火,犹惜老蚕余息丝。

永遇乐·读稼轩词印象

莽莽苍苍,雄浑气韵,情动千古。震地雷鸣,翻江浪涌,声势惊龙虎。秋风庭上,郁孤台下,慷慨浩歌如注。望神州,烟尘滚滚,喟叹济时无路。　　鬓须着雪,吴钩闲挂,空忆廉颇勇武。满目兴亡,萦怀忧患,沉入言深处。带湖幽静,青山妩媚,相对却通情愫。凭栏望,心潮涌向,斜阳远树。

贺新郎·梦战友

夜梦君谈吐。似东风、吹融冰雪,染繁花树。杜宇啼声惊梦觉,斜月清光穿户。痛横隔、幽明异路。五十年之长与短,到华颠、促我学诗赋。此时咏,寄何处?　　乾坤往复轮寒暑。叹人生、凋零故旧,水流烟蠹。世态人情同感触,裁什见君机杼。记指点、稼轩《金缕》:感慨深沉怀陈亮,意悠悠、词气通吾汝。今夜诵,怆难诉。

唐多令·静夜思

燕子又南回,潇潇冷雨霏。草木凋、蛩咽声微。寂静漫思多少事,忧与乐,是耶非。　　老友道山归,秋宵怀旧悲。忆唱酬、诗敞心扉。今欲咏吟谁应和?窗上月,洒清辉。

杜凤江

1953年9月生,河北灵寿人。1972年12

月入伍,曾任总参警卫局办公室主任、正师职警卫秘书。中华诗词学会会员,解放军红叶诗社社员。著有《雪山月》。

母送儿当兵

村花乡鼓送河东,众里独无慈母声。
前日已藏思子泪,昨宵方守报时灯。
又烹三碗太行嘱,只备一囊燕赵风。
是恐儿男乱方寸,忍将不忍锁寒庭。

新华门卫士

太液粼粼天地心,华门有岗虎威身。
文炉武火铸腰杆,赤胆忠心凝哨魂。
堪对嘈杂堪对寞,也知失舍也知恩。
夜析迷雾昼读雨,血肉甘于阻鬼神。

过石家庄车站忆当年参军情景

枕石可证从戎事,追定红星不改心。
因羡绿装天地喜,便随热浪旅辕奔。
彼时未料此时禄,今日则夸那日纯。
遥望太行无二愿,若还青少复参军。

秋登嘉峪关

沙色秋阳胄色关,谁牵万里索西端。
三楼上策镇狮虎,两瓮血花熄火烟。
将士不归成壮士,边关可牧作乡关。
祁连堆雪东瀛钓,醉卧国疆有后贤。

秋游黄河沙坡头

梦中常念母亲容,秋色陪人塞上行。
曲水天来南有路,黄沙火烤北无终。
补元可采长河气,洗怯当迎大漠风。
金岸碑留绝妙句,长缨在手日圆红。

游台湾

无忌之春跨海飞,近观绿帜与蓝徽。
风光稍逊泰黄色,操守犹兴儒道规。
独立巢中斥独立,回归线上盼回归。
和合才是共赢路,一统明朝莫问谁。

马年咏马

蛟龙贤弟美羊兄,一自当先万自腾。
两耳忠诚风枉扰,四蹄花雪夜犹征。
缰歇暖枥性难异,鞍复寒疆路尚明。
甲午硝烟若重起,敢驭长剑断倭旌。

隆中吟诸葛

茅庐得主论三争,五丈风沙息倦灯。
羽扇通神曹魏怯,锦囊济世蜀刘兴。
劳劳车马千般苦,耿耿肝肠万古忠。
莫憾纶巾丝断早,似曾见过是周公。

藤与树

藤缠树体树依藤,形领影身影伴形。
暮色朝霞永厮守,疾风骤雨共枯荣。

杜文斗

1922年生,江苏江都人。1937年参加新四军。著有《甘棠北斗集》。

登荻港板子矶①

板子矶青竹木香,孤舟飞渡荻花扬。
敌防千里从中破,百万雄师过大江。

① 板子矶是百万雄师过长江第一船登陆点。

老红军王泉媛

汗透红妆花满枝,西征一路举红旗。

突围血战梨园口,一举功成天下知。

李 云

1970年4月生,湖南邵东人。1989年9月入伍,中央军委联合参谋部某部高级工程师,军事学博士,大校军衔。

登长城抒怀

捷步古长城,抬头望四瀛。
云蒸山岳秀,雾散海天清。
万里登峰路,千秋筑梦程。
临风无醉意,砺剑戍边情。

乙未军改感怀

瑞雪初晴涌热流,强军号角响神州。
鸿筹擘画精兵路,聚力联合胜战谋。
阔步出征肩使命,同心筑梦写春秋。
长河浩荡风帆正,奋勇前行竞上游。

行香子 · 五大战区成立

虎啸中原,剑指长天。运筹远、宏略谋全。融合多维,共铸强拳。有海龙跃,陆狮猛,猎鹰蓝。　筑梦常赢,号令严宣。英才出、武勇文贤。金戈铁马,聚力联编。看三军势,战能胜,万家圆。

满江红 · 强军梦

急景流年,常思虑,虎狼何灭?追梦路、暗潮汹涌,雨横风烈。千载文明经与典,百般兵器枪和钺。鼓起帆,壮志赋征程,丹心血。　长城固,谋伟略。铜鼎铸,成鸿业。看金戈铁马,战鹰飞掠。出海蛟龙擒魑寇,腾空利箭奔星月。请长缨,挥剑向东洋, 红旗猎。

望海潮·联合作战

通观棋局, 风云变幻, 列强未止纷争。装甲铁流, 烟尘滚滚, 陆疆演练精兵。军舰纵横行。远征卷长浪, 天堑无惊。万里蓝天, 风驰电掣竞雄鹰。　　肩承祖国安宁。有飞船探月, 神箭奔星。联网掠弓, 攻防布阵, 电磁无影无声。装备换新型。更善谋巧胜, 仁义高擎。联战神拳出手, 今日定输赢。

沁园春·红山

苍翠红山, 涵养清泉, 汇聚英贤。览千年世事, 纷争不断, 五洲大地, 战乱绵延。胡马弓刀, 列强炮舰, 多少黎民水火煎? 常思痛, 问兴亡之道, 催我攻坚。　　身先时代前沿, 探历史风云索本原。引文韬武略, 推研战法, 经籍章典, 挥写谋篇。理论新成, 精兵巧阵, 科技交锋谁领衔? 复兴梦, 造中华威势, 亮剑明天。

念奴娇·老龙头

石城入海, 历沧桑岁月, 世人铭仰。雄踞长城关戍首, 御敌安边无恙。海阔天开, 气吞虎豹, 薄雾衔飞浪。戚公长啸, 震惊倭寇魑魅。　　登上澄海楼台, 凌云远眺, 顿有心潮涨。舞动巨龙千度梦, 谱写强军新榜。功起炎黄, 业超秦汉, 风物争苍莽。宏图豪壮, 复兴华夏希望。

李　侠

1932年生, 河南洛阳人。1948年入伍, 曾任解放军军事检察院处长。中华诗词学会会员。

忆渡江之战

人心向背论输赢, 天堑难拦威武兵。
多谢支前船大嫂, 红旗插上靠江城。

忆建国时南征

将士南征冒暑行, 途中喜奏国歌声。
激情化作冲天劲, 昼夜兼程下穗城。

忆南征

一

中原跨马向南天, 戴月披星路八千。
猛打穷追鞍不卸, 雄师揽辔立边关。

二

大军南下若雷霆, 挟雨携风踏月行。
败将残兵全扫尽, 乌云驱散一天晴。

忆进军云南

黔西开拔越群山, 跨入滇东朗朗天。
南国奔驰才十日, 春城春色已斑斓。

宿　营

一

夕阳散绮半边天, 夜宿山林缕缕烟。
锅里无粮烹野菜, 和衣枕石抱枪眠。

二

山岭为屏林作帐, 如茵绿草是青毡。
雄关险路奔腾急, 双脚不停一梦酣。

咏战马

云辔高骧万里疆,冲锋杀敌奋蹄忙。
风霜雨雪等闲日,呼啸朝天斗志昂。

临江仙 · 哈军工
四十五年校庆有感

往事欣然犹在目,美名曾播神
州。陈公办学展高筹。春风催嫩蕊,
秋雨沃丰收。　　四十五年发展速,
今看硕果盈眸。八方新锐展风流。
开颜怀盛绩,迎庆颂佳猷。

蝶恋花 · 赞解放军抗洪斗争

一

千尺惊涛摧夹岸。城镇乡村,都
把大军盼。站出英雄三十万,红旗闪
闪军旗漫。　　莫使长堤隳一旦。
挽臂并肩,开展降龙战。应树丰碑永
纪念,如磐三月江河畔。

二

雨骤涛狂天地暗。待拯灾民,同
把亲人盼。卅万雄师争赴战,红星闪
闪军旗艳。　　鱼水情深今又见。
抢险扶危,挽臂洪流站。三月无眠终
弭患,丰碑永立长江岸。

李　欣

1927年生,河北衡水人。1949年参加
南下工作团,曾任湖南省军区零陵军分区
后勤部政委。

抗美援朝战地一瞬

敌人进犯方击退,辘辘饥肠又奏鸣。

卷地寒风吹冻雪,饭来已是半成冰。

李　棠

1925年生,江苏滨海人。1944年参加
革命,曾任江西省军区赣州军分区副政
委。解放军红叶诗社社员。

如梦令 · 南下入闽

路远山高长夏,奉调闽疆除
霸。战士似蛟龙,直指福龙漳厦。南
下,南下,一路猛追穷打。

浣溪沙 · 雨花台

松柏森森日影斜,忠魂岁岁伴红
霞,洒将热血铸新华。　　填海移山
民做主,改天换地浪淘沙,人间遍植
自由花。

浪淘沙 · 炮击金门

万炮击金门,鼍怒龙吟。敌顽樯
橹化烟云。怙恶豺狼难喘气,釜底游
魂。　　阵卷海东滨,横扫千军。运
筹帷幄信如神。打打停停仍打打,今
古奇文。

乳燕飞 · 难忘金门登陆战

征路还波折。战金门、木舟飞
流,九千豪杰。攻占滩头将前发,后
续惊涛阻绝。固阵地,短刀相接。困
兽负隅顽军恶,更潜藏山洞冷枪击。
怀怒火,何时灭。　　指挥轻敌时机
失。仰苍穹、星沉海阔,故人长别。
呼啸悲风腾激浪,齐颂英雄忠烈。
五三载,斗争未歇。刻骨铭心伤往

事,似杜鹃饮恨常啼血。遥奠酒,酹江月。

满江红·电视剧《延安颂》观后

吴起麾兵,关键仗、奠基告捷。联友部、结交相约,逼顽除贼。四海齐心驱虎豹,五洲洒血兴中国。绕暗礁、火海卷狂牛,红旗晔。　好传统,相承接。不忘本,继先烈。正与时俱进,追星赶月。改革创新攀四化,兴军科技防强敌。绘新图、动力自延安,民心悦。

江城子·贺中国女排重夺世界冠军

冠军重夺乐融融。献心红,赛如龙。所向无前,横扫敌西东。三役斗争裁胜负,高技艺,领群雄。　卧薪尝胆获成功。舞东风,志长虹。风雨阴晴,十有七寒冬。自是苦心天不负,赢自信,上层峰。

李　翔

1932年生,江苏张家港市人。1949年5月入伍,曾为总政治部宣传部干部。中华诗词学会会员,解放军红叶诗社函授导师。曾为《红叶》编委。与袁溆合著有《涟漪轩诗词》。

九三大阅兵

一

风兴云涌势,山啸海呼声。
惊破豺狼胆,神州秋点兵。

二

铁流二万里,奔涌天安门。
曾伴黄河吼,怒歼侵略军。

三

步枪加小米,赤胆缚苍龙。
今日雄风展,雷霆掌握中。

军营即景

一

红紫相间绿映黄,斑斓营院俏秋装。
士兵操罢歌潮起,习武修文各自忙。

二

遍地金黄一夜风,营中树木半凋零。
官兵摄影犹崇武,拍个戎装俯卧撑。

赞歼十女飞行员

曾是英姿五尺枪,女儿依旧爱戎装。
雷鸣电闪神鹰疾,万里碧天凭丈量。

读《陈独秀:留在沪宁线上的鼾声》

登车昂首带镣行,西去泉台路几程?
革命从来薄生死,鼾声一夜到南京。

参加何宝珍烈士百年诞辰纪念会感赋

黑发明眸百岁人,遗孤已是鬓如银。
英雄血沃中原土,永铸青春不朽身。

①　何宝珍烈士1934年牺牲,年仅32岁。她和刘少奇的女儿刘爱琴如今已满头白发。

参观秦始皇兵马俑博物馆

一

漫说生财靠始皇,当年黔首怨阿房。
俑兵千载眉犹蹙,应有伤心事未忘。

二

所向披靡六国降,九州一统势何狂。
雄风千载今犹在,戍卒争教二世亡?

访唐大明宫遗址

离离禾黍起秋风,几处高丘宿草封。
白发田翁遥指点,盛唐此是大明宫。

游山海关龙武营旧址

衾枕尚存名册在,兵房虎帐寂无声。
却疑将士宵迎敌,大战犹酣未返营。

参观江阴华西村

一

乡村都市已难分,都市今应逊此村。
农舍幢幢如别墅,奔驰停在自家门。

二

华西一曲自编歌,唱得村民齐奋戈。
苦斗年年成首富,洋人来作打工哥。

登　月

一轮皓月渐高升,今夜遥看别有情。
不是清光分外满,月中多了两红旌。

女子特战队员

离娘娇小女,迷彩霸王花。
火里翻腾越,刀丛摸滚爬。
明眸穿浊雾,秀发卷狂沙。
纵有千重险,持枪战胜它!

中国海军走向深蓝

一

铁甲破长风,隐身狂浪中。
笑他三岛链,奈我一蛟龙。
海阔惊雷动,天高剑气冲。
中华有神箭,射向大洋东。

二

舰影巍巍驶远方,犁波破雾阵堂堂。
星辰日月齐辉耀,魑魅妖魔暗觑张。
演武惯经风雨急,出征敢闯浪涛狂。
大洋且作闲庭宇,信步从容万里航。

伟大战略家毛泽东

纷纷羽檄出山村,帷幄筹谋赖伟人。
左挈千军关塞外,右驱万马泗淮滨。
敢教强虏丢盔甲,终使故都传捷音。
横渡长江下吴越,金陵梦断九州春。

"八一"抒怀

赤帜高擎八十年,风云叱咤代相传。
桥横索冷身飞渡,碉耸焰喷胸扑前。
甘作螺钉利民众,喜巡霄汉探遥天。
军中自有拿云手,缚虎屠龙只等闲。

三峡大坝

十年磨剑截江流,高峡平湖一览收。
耿耿丹心化光电,纷纷汗雨送行舟。
山河万里新颜灿,华夏千年夙愿酬。
神女应惊人世变,云中雾里喜盈眸。

参观百年中华英烈颂艺术大展

灿烂星辰壁立峰,百年风雨赖群雄。

甘抛热血偷天火,敢掷头颅战逆风。
莽莽荒原铺绿草,巍巍峻岭挺青松。
并肩挽臂成梁脊,崛起中华世纪龙。

忆故乡

一片残阳淡欲收,家家房上暮烟稠。
牛羊进圈人归院,饭菜飘香酒满瓯。
萤火高低渡河远,蝉声长短隔林幽。
纳凉最爱禾场坐,蒲扇轻摇笑语柔。

听苏州评弹

北国何期闻此音,吴侬软语动乡心。
盈盈湖水涟漪细,习习春风茉莉馨。
频拍惊堂情曲折,轻弹弦索韵甘醇。
座中观众皆沉醉,同是江南远别人。

北京奥运会

一

璀璨星河落九天,京华今夜正无眠。
宾迎万国旗如海,乐奏千门灯似山。
花绽巨巢颜最美,人逢奥运笑真甜。
五洲多少炎黄后,不约同欢荧幕前。

二

神迷目眩疑仙境,幕启真教举世惊。
一幅画图频变幻,四围人浪屡欢声。
声光点化千年史,歌舞传扬大国情。
飞翠流丹闭星月,熊熊圣火耀京城。

伊拉克战争

美英大兵辞室家,何事横行到天涯?
鲜花音乐子虚语,飞弹奔雷博浪沙。
种豆栽瓜秋有报,杀人掠地罪难遮。
须知仇恨埋心底,万代千秋也发芽。

日本遗孤访华团
团长池田澄江

日本姓名中国心,总将华语作乡音。
曾抛荒野孤儿泪,幸倚山村慈母身。
岂计冤仇抚弃女,不辞劳苦育新人。
扶桑归去频回顾,小草难忘雨露恩。

甲午之殇祭

一

甲子双逢甲午年,惊心往事乱云翻。
北洋铁舰沉黄海,东岛倭夷劫马关。
割地赔银凭恶贼,丧权辱国任邪奸。
我为鱼肉人刀俎,此恨真应记万年。

二

百年遥祭国之殇,铁甲雄风卫我疆。
航母巍巍犁碧浪,核潜悄悄入深洋。
蛟龙岂作池中物,岛链徒围海上墙。
斗转星移时势异,东洋政客莫张狂。

李一信

笔名里行,1939年生,河北邯郸人。1960年入伍,曾任总参某部宣传部干事。转业后任中国作家协会办公厅主任,鲁迅文学院副院长。中华诗词学会顾问。

岳阳楼感怀

青青草湖连海平,千年不变三湘情。周极茫茫八百里,岳阳楼上看潮生。潮起潮落撼孤月,洞庭水底月孤明。拔地危楼高百尺,银山万叠云梦蒸。薄暮江月初露面,棹歌初起舱鳞满。远眺夕阳红尽时,君山几点胭脂浅。酷暑放舟浩渺中,千峰水天景倒飐。湘君祠前鼓瑟鸣,清梦常恨春日短。玉壶仙酒岁华流,七泽云梦几时休。湖光烟景无穷碧,淡墨轻描青螺洲。世路维艰身先老,犹怀风尘寄远游。范公叮咛常在耳,位卑岂敢忘国忧?谪仙赊月图换酒,我共月色为伴友。有酒同楼共举觞,无诗结缘潇湘后。巴陵胜状谁不见?老树残黛情依旧。斑竹潇潇老君山,梦里湘娥为君瘦。行舟飞阁洞庭湖,诗碑如林锁江渚。范公雄文雕屏在,工部好诗毛公书。不负南来情谊盛,新诗吟罢问楚吴。江山得助文人笔,喜登斯楼鼓与呼。

诉衷情 · 纪念毛主席《在延安文艺座谈会上讲话》发表七十周年

当年宝塔聚群英,语出鬼神惊。吟鞭指向何处?直道是工农。　　冰已破,乘长风,启征程。老兵犹健,新秀如云,春意融融。

惜分飞 · 孙子兵法城

各领风骚争霸战,满眼狼烟浩叹。兵法城重建,后人温故前车鉴。　　自古知兵非好战,无备常酿大乱。望断南飞雁,西沙东海多悬念。

鹧鸪天 · 谒聂耳墓

芳草萋萋伴汝眠,归来东望不同船。悲歌一曲从天落,塞外飞花挽势难。　　思往事,忆流年,天涯梦断怨啼鹃。湘妃犹解风波恶,细雨红芳竹泪斑。

江城子 · 夹山话史

夹山龙虎卧平岗。地苍苍,水茫茫。古往今来,兴替费评章。千古英雄成底事,空感叹,顺王殇。　　参禅无意泪千行。射天狼,赖龙骧。铁骑横流,势扫蒋家帮。能得民心天下得,明大义,赤旗扬。

扬州慢 · 诗城

十里烟花,二分明月,广陵正是三春。驾春风来去,歌天籁清音。步嘎玉、铮铮金板,楚腰汉舞,千古情深。仰栖灵、梅岭堂边,豪气长存。　　峥嵘岁月,算而今、掀浪翻云。纵高超诗才,词工绝妙,难赋当今。万古长江东去,飞舟荡、浩发长吟。看扬州帆起,年年岁岁翻新。

诉衷情 · 革命圣地

南湖船

会当沧海济行舟,山雨漫危楼。吟鞭指向何处?湖静月如钩。　　思往事,万斛愁,泪空流。雄关如铁,鼓棹南湖,不负千秋。

瑞金井

飞虹七彩舞长空,赤炽醉颜红。春苗兀的霜打,绝处显峥嵘。　　云石口,出奇兵,指长征。瑞金红井,彪炳千秋,华夏垂铭。

宝塔山

雪山草地走蛟龙,困厄识英雄。三军北望星斗,宝塔耀明灯。 塞下曲,响金钲,指东征。洞前磨剑,笔底文章,妙算飞觥。

西柏坡

八年血战寇仇深,四海尽伤痕。驱虎偏遭狼突,空负共和心。 三列阵,扫残云,势如神。运筹千里,对决雄雌,重整乾坤。

破阵子·战地

卢沟桥

关外风云未散,宛平又起硝烟。狼子野心谁不见,斜挂城头膏药幡,乌啼晓月寒。 怎忍铁蹄蹂躏,鲸吞半壁江山。塞上秋风催战马,拼掷头颅斗寇顽,金瓯缺复圆。

狼牙山

秋雨潇潇如泣,崖松瑟瑟悲吟。千古英魂青石血,戎马何曾惜此身,拳拳报国心。 今日重来岭上,千杯薄酒情深。公祭犹怀天下事,倭崽东瀛拜鬼魂,枕戈守国门。

浣溪沙·读史有感赠战友

漂杵枭雄动地吟,青梅煮酒事犹新,回眸一笑百年身。 远眺寒山成旧忆,一杯水酒洗征尘,人间百味淡为真。

李士聪

1931年7月生,河南洛阳人。1947年7月参加革命,抗美援朝入伍,曾在一军和总参作战部工作。中华诗词学会会员,解放军红叶诗社社员。著有《李士聪诗词集》。

寻旧踪

韶光飞逝鬓霜盈,战友相随觅旧营。太一春涂千仞秀,秦川秋染万家耕。古都新貌招人醉,少帅遗辕醒后生。踏遍关中风物在,莲华峰上祭英灵。

诉衷情·朝鲜停战

连天战火几时休,世霸梦难酬。羞签协约停战,北进付东流。 强敌在,祸源留,喜还忧。风云多变,身在东邻,心向中州。

鹧鸪天·五十六年还秦州

梦里东邻烽火天,分明西宿渭河边。寻踪秦岭军机地,觅见湾津轮渡难。 光景转,鬓霜然,秦州砺剑两三年。不曾闻有游园处,今日流连八景观。

李小愚

1928年生,浙江杭州人。1949年入伍,曾任总参某部处长、高级工程师。著有《小愚诗文抄》。

重庆渣滓洞旧址

曾读红岩心早仪,牢房今见五星旗。诸多刑具獠牙面,志士凛然头不低。

李开华

1929年生, 江西修水人。1949年入伍, 在部队长期从事宣传工作。

军旅行

一

野总颁军令, 追围奔广西。
台风扬士气, 豪雨洗征衣。
张淦成囚虏, 道源失马蹄。
俘歼十七万, 百越满红旗。

二

琼岛悬天外, 惊涛遏铁流。
雄兵无险阻, 骁将有良谋。
暮发千帆渡, 朝登百里洲。
奋身追残敌, 直到天尽头。

李太生

1930年生, 山西盂县人。1944年入伍, 曾任总参某部副处长、助理研究员。

忆抗日夜过封锁线

天高风静夜空蒙, 旷野遥闻犬吠声。
山路蹑行鞋底破, 平川健步背包轻。
频传口令惊恬梦, 蓦见碉楼现鬼形。
向导周旋施巧计, 横穿一线赴新程。

李长春

1933年生, 山东莱州人。1949年入伍, 曾任中央军委纪委干事, 总政纪检部离休干部。中华诗词学会会员。

广西战役有感

长江疾渡指湘江, 桂系残军枉恃强。
云梦迂回舒铁臂, 雪峰飞越挽牛缰。
昔摇羽扇称诸葛, 今奏楚歌送霸王。
半世戎威悲海角, 骄矜岂阻改玄黄。

咏平西抗日根据地
峡谷之小白花

无名冷艳奠无名, 宛若花环挂碣茔。
我唱飞行军一曲, 忽听山谷有回声。

访原鄂豫皖苏区
首府新集镇有感

一望重峦叹险关, 昔年小镇起狂澜。
缚龙射虎三军勇, 浴血枕戈五更寒。
幸有先驱开筚路, 喜看新辈创家园。
鹃红又绽清明日, 烈士魂欢大别山。

咏水仙

淡水粗砂也落根, 小花羞涩漾清芬。
品高何计家贫富, 腊月招邀满室春。

北戴河海滨

天连海阔碧无涯, 潮涌潮回簇浪花。
信步遥听涛韵远, 凭栏静看夕晖斜。
林宫游侣迷逃路, 段府残垣噪暮鸦。
多少人间兴废事, 恰如终古浪淘沙。

野三坡游记

万壑襟衔拒马河, 振衣揽胜叹嵯峨。
十悬峡裂清泉落, 一线天开缕霭过。
有意青山邀远客, 痴情皓首杖虬柯。
登临绝顶识燕赵, 耳畔萦回易水歌。

念奴娇 · 攀登太行山

太行雄冠, 晋冀豫, 独领中原风物。岭上人家云涌翠, 绰约层田阡陌。幽谷萧森, 遥阶迤递, 杜宇声声烈。老来健饭,朝霞迎我攀越。　仰望飞瀑天低,耳盈溪涧响,魂惊深壑。万古灵岩,欣造化,幸未骚人挥墨。逐鹿千秋,牧樵留晚唱,小萤明灭。抗倭铁壁,一时多少英杰。

念奴娇·众战友集会昌平纪念大军下江南

重逢春日,笑声里,满脸沧桑眸热。犹记征衣湿汗雨,梦逐铁流天末。饮马长江,万船横渡,旗展摇晨月。收湘克桂,镇南关上传捷。　莫问别后萍踪,有初衷永驻,酬英雄血。古迹重游,凭栏处,感叹千秋兴灭。苦短人生,享重阳几度,心潮难歇。再约相会,举杯遥祝无缺。

水调歌头·宿坦克一师有感

雄倚燕山麓,碧水绕军营。秋风旗展欢诉,铁甲跃新程。曾撼坚城敌阵,无愧延河火种,战史炳功名。幸喜威犹赫,遥观海涛惊。　闲为客,芳樽敬,感真情。重睹官兵笑貌,顿觉故乡行。昔日硝烟入梦,依旧戎装焕发,跃马战尘征。有军号呼醒,盈耳早操声。

李书昌

1922年生,山西临县人。1940年入伍,曾任总参气象局处长。解放军红叶诗社社员。著有《李书昌书诗印作品集》。

渔家傲·忆扶眉战役

七月骄阳红渭岸,拦腰一剑胡军乱。溺水残兵无法算。齐赞叹,两天歼敌几多万。　西域新颜谁不盼,扶眉役后乾坤转。为国开基千里战。花好看,莫忘鲜血曾浇灌。

沁园春

六十年前,掉转乾坤,举国尽欢。忆神州境内,赞歌朗朗,江河南北,地覆天翻。百废俱兴,何从何去,信赖深情望眼穿。除四害,正山呼海应,甘露雄篇。　千秋屈指无前,兴华夏,能为世界先。看国威大振,国门大敞,小康日盛,信念弥坚。代代英贤,重重深改,"三不"精神警万千。红旗艳,盼高扬特色,后继源源。

李玉英

女,1933年7月生,湖北武汉人。1951年3月入伍,曾任总参某部副师职参谋。解放军红叶诗社社员。

秧歌

紫藤池畔月初明,乐曲悠悠舞步轻。人影婆娑花影动,天光水色共传情。

迎春花

寒风料峭自逍遥,忽绽黄花缀绿条。百卉尚眠她早醒,独拥春色更娇娆。

渔家傲·忘忧草

夏早风柔心态好,时光怎奈催人老。雾里斜阳归远渺。八零了,还童返老青春窈。　虽恨韶光辞别早,夕阳红上时装袄。寻觅琼花著鬓角。忘忧草,神仙一曲常年少。

李东友

1967年生,河北人。曾任海军辽宁舰政委,海军大校军衔。

除夕夜有吟

除夕,与官兵在辽宁舰上过年。午夜,独立舰桥,远眺城市彩花频闪,遥闻渔村鞭炮声声。深感国泰民安之幸福,守土卫疆之责重。吟得一律,寄友人,贺新春。

巨舰泊停古镇湾,遥闻四处响花鞭。
守疆将士乡思涌,乐业黎元岁庆欢。
万里波涛记征路,千钧使命待云帆。
倘然甲午风重起,定叫豺狼葬九渊。

李永成

1934年生,辽宁金县人。1950年入伍,曾任沈阳军区司令部军务装备部副部长。中华诗词学会会员,解放军红叶诗社社员。

新兵班班长

一壶热水暖心房,几句家常情意长。
操练身传技战术,行军背负两支枪。
肩披大渡霓虹彩,头顶延河宝塔光。
薪火继承新起点,熔炉百炼可成钢。

菩萨蛮·大刀颂

经年七十喜峰口,大刀五百杀倭寇。热血荐长城,英名刻汗青。　刀由龙骨制,锋乃忠魂砺。今日卫乾坤,江山万象新。

鹧鸪天·今日哨所

百里边情网上观,戍边信息直通天。山前驻守花园景,江上巡逻闪电船。　持宝剑,忆当年,爬冰卧雪斗凶顽。安危意识休忘却,牢固长城作一砖。

清平乐·摩托化冬夜行军

云疏风烈,一路皑皑雪。风火飞轮追冷月,沉睡村庄一瞥。　却闻车上声声,欢言演武豪情。忽起军歌嘹亮,天边惊落银星。

满庭芳·当年国防施工场景

傍水村庄,安营扎寨,凿岩开洞深山。白云生处,擂鼓正攻坚。三尺钢钎稳握,锤十磅,抡起过肩。轮番击,巧施神力,孔孔直深圆。　天天,全不顾,灰尘满脸,汗透衣棉。听排炮声隆,心涌甘泉。长洞贯通一刻,山摇动,跳跃狂欢。谁能忘,群峰叠翠,百鸟唱雄关。

李永高

1929年8月生,江苏滨海人。1946年3月参加工作,1949年8月入伍,曾任总后管理局处长。中华诗词学会会员,解放军红叶诗社社员。著有《李永高诗书选集》。

纪念彭德怀元帅

多谋善断叱风云,保卫延安举世闻。
征战一生无敌手,横刀立马率三军。

李亚荣

忆江南·怀念白求恩大夫

一

边区忆,妙手沐春风。抗日援华驱虎豹,扶伤救死助豪雄,敌后立丰功。

二

音容缅,医德受尊崇。热爱伤员情似海,献身正义劲如松,豪气贯长虹。

李廷林

1926—2013年,黑龙江巴彦人。1946年入伍,曾任国防科委政治部干部部副部长。中华诗词学会会员。著有《李廷林书画诗词作品集》。

忆夜行军

雄师奉命困长春,沈锦来回调动频。练就双双铁脚板,夜行百里一身尘。

浪淘沙·澳门回归感怀

国弱列强侵,濠镜葡吞。百年屈辱恨仇深。华夏振兴归祖国,雪耻驱瘟。　　两制得人心,举世欢欣。澳人治澳赋新春。赤县河山归一统,共创奇勋。

何满子·神舟五号航天成功有感

宇宙飞船入轨,航天豪杰从容。歌舞升平金曲奏,彩云追月乘风。玉宇新元喜讯,欢声直达苍穹。　　再谱国威新曲,神舟硕果奇丰。经济繁荣前景灿,人民壮志如虹。更有高新技术,从今常访蟾宫。

李仲甫

垦荒老兵

曾随大将渡河湟,夜卧鸣沙晓踏霜。塞外新城今永铸,春风吹我旧戎装。

边　哨

故国南来雁一行,雪中枪刺晓凝光。弯弓欲射天山月,十万貔貅笑虎狼。

李仲泽

1933年生,蒙古族,甘肃临洮人。1949年入伍,曾任新疆生产建设兵团农三师燃料公司经理、党委书记,高级经济师。著有《胡杨红叶》。

屯垦乐

葡萄架下话桑麻,历历前情大漠沙。通古斯巴尝野味,大西海子品鱼虾。铁干里克曾栽树,罗布诺儿学乘槎。往事如歌萦梦寐,醉听野老奏胡笳。

老兵面纹

满脸峥嵘岁月稠,弯弯曲曲写春秋。年华起伏千重浪,世态翻腾万壑沟。苦辣酸甜长刻记,风霜雨雪总停留。皱纹一卷军屯史,今日眉开已白头。

渤海教导旅成立六十年抒怀①

战火连年岁月稠,中原逐鹿显奇谋。

全民奋起三山倒, 蒋氏溃逃孤岛愁。
金盆大漠征衣洗, 宝地天山虎旅留。
砥柱高瞻屯垦策, 将军远瞩戍边筹。

① 渤海教导旅为农二师前身。

兵团开发赞

铁臂挥锄动地天, 雄师十万垦荒原。
无垠热土翻金浪, 千里黄沙出玉山。
大将倾情涂彩笔, 老兵立志建花园。
青春献罢儿孙继, 不绿楼兰寝不安。

屯垦人

一

夙夜连绵垦大荒, 秋冬春夏在沙场。
老娘忘我生辰日, 只说胡杨叶正黄。

二

万古荒凉是我家, 银锄铁臂战天涯。
地窝生我兵团籍, 接棒传承大漠娃。

胡 杨

伴日陪沙伴夜空, 根深大地叶葱茏。
霜侵锻就顽强性, 雨打锤成耐酷功。
联合新军防虐暴, 结盟旧部抗尘风。
斗荒先恋荒凉境, 奉献无私胜劲松。

拓荒梦

瀚海梳妆我剪裁, 截洪筑坝引鱼来。
东修水库西栽柳, 南播粮棉北种槐。
万古油龙飞大漠, 千年气凤出轮台。
沙乡借取苏杭景, 边塞今朝春又回。

老兵之歌

五旬西域岁如梭, 百万雄师筑富窝。
跨步棉山邀织女, 驾舟稻海约嫦娥。

戴花穿绿黄沙少, 植树造林春雨多。
赶走荒凉人亦老, 新兵接唱老兵歌。

塔里木油田

平铺彩带地埋弦, 掘进昆仑管道穿。
气动弦歌歌气海, 油流管唱唱油田。
红衣白塔荒凉远, 碧瓦青砖广厦迁。
万马千军摇热土, 笙歌曼舞庆丰年。

鹧鸪天 · 铁门关

孔水湍流石上喷, 声如击鼓远山闻, 平湖淼淼鱼虾美, 峻岭巍巍草木欣。　　滋广麦, 润金盆, 烟花细柳满园春。文人墨客春秋笔, 凤翥龙腾闹铁门。

临江仙 · 屯西域

化剑为犁西域拓, 英雄铁马金戈。卸鞍套轭未蹉跎。巴郎冬不拉, 古丽舞婆娑。　　卧雪餐风屯垦乐, 荒原大漠山河。高楼大厦仰天歌。沙尘翻绿浪, 草木荡青波。

西江月 · 今日新疆

朗诵大江东去, 高歌北国风光。稻花香里话诗章, 绿韵昆仑荡桨。　　灵感激情浩渺, 毫端富丽堂皇。新辞妙句说安邦, 稳定和谐大唱。

李自强

赞气象兵

导弹将发射, 浓阴兼巨风。心急

似火烤，屏气望苍穹。预报时机到，突然现晴空。欢呼群情奋，抓紧射火龙。刹那云复聚，齐赞管天兵。

李远大

1933年4月生，湖南隆回人。1951年入伍，曾任志愿军第四十七军一四〇师炮兵参谋。中华诗词学会会员。著有《远大心声》。

行 军

沅陵作别赴长沙，战事萦怀不念家。
抗美援朝酬壮志，卫民报国展才华。
昨逢北上纷纷雨，今遇南来朵朵霞。
脚痛行军仍克制，夜间梦里戴红花。

长沙集会庆祝湘西剿匪胜利

湘江卷浪拍船行，岳麓亭园景色明。
会上台前旗帜展，街头巷尾笑歌迎。
军民战果同声庆，兵士荣光协力争。
匪患消除人自乐，芙蓉国里得安宁。

远征别江南

春风浩荡到人间，万紫千红聚满山。
汽笛一声辞武汉，军车几列赴东安。
心平不必生怀念，志壮何曾畏险艰。
水秀山清时暂别，来年定会凯歌还。

挥戈鸭绿江

烽火弥天际，挥戈鸭绿江。
人民怀愤怒，战士打豺狼。
抗美军容壮，援朝意志昂。
旌旗昭日月，残敌望风降。

战后军训

熏风吹过栗林边，历尽艰辛近半年。
炮测书深成学业，短章语妙出诗篇。
兵强献策称能手，将勇图谋是俊贤。
军事科专无止境，攻防训练共争先。

掌握制空权

银燕翔云有主权，乘风破雾耀长天。
驾机绝技歼空敌，壮志雄才灭火烟。
战地高歌传战绩，攻关好手奋攻坚。
我车行驶毋拦阻，寡妇无声靠一边①。

①寡妇，指美侦察机。

绘制炮兵战斗图

日夜勤工劲可嘉，诸元绘制正无差。
经天纬地图如织，着色涂颜线似花。
拂晓潜行三百里，黄昏笔进万千家。
依图指令齐传射，命中狂人乱滚爬。

炮兵歼敌记

伍炭高山好用兵①，指挥炮战最精明。
弹头似雨挨身过，炸片如雷傍耳鸣。
何怕黄昏烟雾逼，只防黑夜敌情生。
果然偷袭遭歼灭，战绩辉煌举世惊。

①伍炭里高地，师指挥所所在地。

朝鲜停战感赋

烟尘洗尽息枪声，原是开城签字成。
将士同欢歌胜利，城乡共乐庆和平。
辉煌战绩含甜苦，曲折征程有雨晴。
狼子野心终败北，难忘血汗换光明。

沁园春·测绘桂林

何处幽人？独秀穿山，叠彩水

滨。看峰巍壁立,松垂石挂;稀奇画阁,绚丽园门。鹰跃青天,鱼翔碧水,百鸟歌音处处春。旅游者,把酒来尽饮,乐醉岩村。　　洞中贝壳仍存,令沧海桑田情景伸。喜年华未老,功名不议;平生有我,永世为民。测绘丘亭,描摹地貌,九域蓝图面目真。齐建设,让神州更秀,锦上添新。

六州歌头 · 新中国六十华诞

　　五星璀璨,万马战艰难。千军进,三山倒,政权坚。展欢颜。耕者良田得,勤生产,丰衣食;除匪患,消灾害,保平安。抗美援朝,勇把豺狼扫,停战和签。看一星两弹,先后跃霞天。开采油田,凯歌旋。　　喜春风拂,市场活,工商旺,镇城妍。免农税,增粮补,创丰年。颂群贤。三峡高歌奏,疏航道,蓄能源。香水碧,濠江澈,颂荆莲。奥运京都聚赛,金牌夺,绮梦终圆。视高空漫步,七度放飞船,胜数鸿篇。

太常引 · 市边里宿营见闻

　　黄莺喜鹊去何方?村毁不能藏,也许毒烟伤。溪水里、鱼虾也亡。　　鲜花萎谢,市街残缺,不见绿村庄。可恨野心狼,违道义、侵朝太狂。

浪淘沙 · 重返朝鲜

　　鸭绿水悠悠,正是三秋。援朝战火未停休。凝视千山云一片,又到安州。　　要为国分忧,不计薪酬。万

般愤怒积心头。弹雨纷飞何足畏,志雪深仇。

李志中

　　1927年生,陕西合阳人。1945年入伍,曾任甘肃定西军分区政治部副主任、顾问。

忆一次征战经历[①]

猎猎红旗返雁关,雄师驰骋向延安。长城脚下风云急,无定河边冰雪寒。电闪雷鸣沙家店,雾开日出宝塔山。男儿勇敢歼顽敌,保卫边区解倒悬。

　　① 1946年,张(宗逊)廖(汉生)纵队参加集宁大同战役后,南返雁门关,西渡黄河,进行保卫陕甘宁边区和党中央的战斗。

李泛专

　　1926年生,湖南城步人。1949年入伍,曾任解放军外国语学院教员。著有《居洛吟》。

忆南下鸡公山

一

北来汇集此山中,翘首南天一片红。莫道长江天下险,怎堪残叶遇秋风!

二

雾散云开分外晴,群山见我倍相亲。神鸡昂首高声唱,报道工农是主人。

踏莎行 · 参观某坦克部队

　　钢甲横陈,战车并列,新安道上多欢悦。试看今日此寰中,谁家兵阵

真如铁！　宝岛未归，金瓯尚缺，中华国土岂容裂。扬威跨海东南瀛，一统山河成玉阙。

江城子·赞东海联合作战演习

飞天导弹震遐方，演兵忙，国魂扬。千古中华，盖世展雄装。为保金瓯全玉璧，霹雳起，醒黄粱。　三军浩荡卫疆场，战鹰翔，铁骑昂。虎跃龙腾，水陆好儿郎。试问霸君何处去？收黑手，走仓皇。

李怀京

1953年12月生，河南宝丰人。1969年11月入伍，曾任总参某部处长。中华诗词学会会员，曾为解放军红叶诗社副秘书长。

重读岳飞《满江红》有感

元戎事宋不识人，空有一颗雪耻心。
日率三军摧壁垒，夜思五鼓写条陈。
忘食废寝为国祚，莫有罪名害诤臣。
奸佞祸国殊可恨，元凶姓赵是昏君。

卢沟桥上

一

卢沟桥上月沉沉，桥下幽幽壮士魂。
先辈谆谆言在耳，振兴华夏砺三军。

二

倭儿觊岛起波澜，旧债未偿新债添。
倘若重温昔日梦，百年欠账倍加还。

李其煌

1929年生，河北饶阳人。1943年入伍，曾任国防大学教员。解放军红叶诗社社员。

八路军某部深夜转移

借物还清水满缸，欢声笑语叙家常。
房东睡梦莫惊醒，百里行军踏夜霜。

南乡子·心爱神舟

众目送神舟，壮志航天一探求。展翼扶风鹏万里，遨游，顺利归来巧运筹。　我幻太空游，回首奇观数地球。缥缈长城回望切，悠悠，可爱神州看不休。

李枝葱

笔名成蹊、晨曦，1948年生，甘肃庆阳人。1968年入伍，曾任省军区政治部干事。中华诗词学会会员，著有《西行诗草》。

三十初度

弱岁从军即远行，吾家几代一戎兵。
百无二用文书累，幸有三生战士情。
烈日严寒尚匍匐，疾风骤雨亦兼程。
要知解甲身何似，三十头颅妄自轻。

[双调·折桂令]东湖梦忆

卸征鞍可得身轻？梦里东湖，耿耿戎情。秋结人缘，冬来喜报，春赴军营。劳燕千回曲径，征人百转长亭。秋水粼粼，芦影萧萧，风柳盈盈。

李佳君

1985年12月生于成都，祖籍河北抚宁。2008年6月入伍，四川省军区乐至县人武部科长，少校军衔。解放军红叶诗社社员。

征兵谣

八月初登暑气轩，新章上线纳兵源。
学成莫忘家国事，功树当崇天下贤。
仗剑披戎酬壮志，破敌驱虏卫田园。
中华儿女多才俊，热血军营逐梦翩。

祭英烈

秋风泣雨落高天，烈士碑林励后贤。
缅悼英豪燃斗志，重温使命荡心弦。
宜将热血锤钢骨，莫把韶华付逸闲。
锻得铁拳听党唤，安吾百姓固吾川。

当兵的人

硝烟肤色酿，迷彩水壶枪。铁骨三军硬，威名四海彰。边关聊冷月，雪域握天罡。大漠飞神箭，深洋卫岛疆。声摧山谷震，目指虎狼慌。闻令疾风动，临危血性张。忠诚魂所铸，骁勇寇何当！梦里妻儿见，胸中父母装。夜潜桑梓近，晨起战歌扬。伤痛尤吹面，别离最断肠。无情非好汉，怕死岂兵王！戎旅鸿鹄志，丹心自远航。

李金辉

二炮拉练

疾风夜掠西山雪，剑溅寒光惊裂缺。
抖落星辰振甲衣，柳营斜挂敖包月。

老 兵

矢志边关戍，长依小白杨。
黄云蒸大漠，碧血沃边疆。
夜演风雷动，谁催号角扬。

钢枪时在手，只为猎天狼。

送别战友

舍却诗书重豹韬，曾经辽海作同袍。
摸爬滚打三年苦，战守攻防一炮高。
振臂三军如挟纩，谈心片语比投醪。
青台雁断频还顾，孤月关山入梦遥。

敬呈老首长

骏骨风刀刻，率真天性成。
闲云从岫出，孤鹤向云鸣。
影事销应落，人情老不醒。
华封三祝古，绿蚁敬重倾。

李庚元

1933年生，湖南浏阳人。1950年参军，曾在六军十七师、新疆军区生产管理部、生产建设兵团司令部工作。

神舟七号飞船成功升空感怀

夸父英雄追日去，嫦娥幽怨上天来。
辛酸故事千年后，喜见神舟赴九垓。

吊弓月城[1]

弓月荒城对晓星，已无牙帐旧威风。
行军总管平边乱，留得生前身后名。

[1] 弓月城遗址在今伊宁市东北境，唐代西突厥弓月部曾在此建牙帐，后被他部所踞。公元657年(唐显庆二年)，苏定方任伊犁道行军大总管，攻占弓月城，平定了西突厥之乱，获封邢国公。

过铁门关

张骞策马过留谷，少保挥军出铁门[1]。
无数英豪成往事，但遗烽燧证殊勋。

① 西汉时称铁门关为留谷。清末新疆巡抚刘锦棠因功获封太子少保。

喜闻我军俘获匪首乌斯满

前方传捷报，顽匪已遭擒。
战士征程苦，人民寄望深。
两年张挞伐，一战扫妖氛。
里巷欢声起，褒扬解放军。

爬犁大队隆冬运煤

一字长蛇阵，迎风冒雪行。
爬犁冰上滑，热汗额前倾。
不怕煤筐重，唯求力气增。
晚间开大会，说我是标兵。

测地短吟

荒原天际远，脚下草莘莘。
红柳枝添绿，龙河水不深。
立旗描点线，持尺测寻分。
绘就新图幅，雄师要垦屯。

小白杨赞

生在峰之顶，人称小白杨。
嫩苗成大树，华盖蔽高墙。
雪压难摧折，风侵更激昂。
深情依哨所，相与守边防。

塔尔烈河往事感怀①

塔河多苦难，血泪染舆图。
源出巴山腋，水投异国湖。
界西连失地，境左叹遗珠。
今日军威壮，凝眸握虎符。

① 塔尔烈河发源于我境巴彦鲁克山，流入哈萨克斯坦。

隆冬修青年渠纪事

冰天雪地北风号，难挡青春火焰高。
不怕夜阑床更冷，常因活重汗频浇。
陡坡负石腰添劲，冻土挖渠镐易挠。
要抢农时三两月，引来春水润春苗。

乌库公路峡谷工地见闻

巍峨高峡接云天，难阻英雄勇往前。
脚踩绳梯登绝壁，手持钢钻凿危岩。
一行排炮声方落，百丈悬崖洞已穿。
重塑关山成大道，车行堪比跑平川。

盛夏马莲滩兰新铁路工地夜战

长夜挑灯摆战场，青春锐气好争强。
推车垒土如梭往，挥铲填沟似蚁忙。
天堑岂能消壮志，红心总是向朝阳。
敢教瀚海通钢路，西顾无愁道路长。

电视剧《戈壁母亲》观后

匹夫有责问兴亡，重轭今由匹妇扛。
行止未曾惊世俗，心灵却是闪金光。
锄耕瀚海风沙苦，汗洒禾畦麦黍香。
天顶半边非妄语，万千月季创辉煌①。

① 剧中女主角名月季。

赞英雄四十七团老战士群体①

曾冒硝烟策战骑，又奔西塞戍边畿。
行军瀚海争时进，垦亩荒滩任汗漓。
半纪屯田功已就，一生奉献志无移。
老来余热传薪火，永远英雄护国基。

① 人民解放军二军五师十五团（今农二师四十七团）于1949年10月徒步进疆，横穿塔克拉玛干大沙漠，进驻和田，屯

垦戍边。

悼万金刚烈士①

乾坤正气一金刚,壮美年华赴国殇。
临难未曾图苟免,急公总是向高昂。
牺牲换得苍生福,毅勇长留史册香。
世道如今皆重义,骊歌三唱悼忠良。

　　① 万金刚系武警上尉中队长,2009年为平息乌鲁木齐市"七·五"打砸抢暴力流血事件壮烈牺牲。

念奴娇·石河子市

　　义旗举过,起宏图,吹响垦屯军号。斩棘披荆兴土木,造得新城娇好。上将良谋,官兵干劲,远近全称道。此番功业,任凭青史标表。　　何处花雨迎春?在蟠桃树上,万枝开了。井字街衢,都听到,处处林间啼鸟。北有平湖,南连红岭,四境禾畦绕。宜居城市,妖娆何等容貌!

李宗健

　　1973年2月生,山东日照人。1991年12月入伍。中华诗词学会会员,解放军红叶诗社社员。

军旅感悟

志在凌云意纵横,无须退隐学渊明!
躬耕乡里人难寐,垂钓溪边事不成。
壮马嘶风原野去,苍龙带雨昊空行。
扬帆破浪终无悔,誓建功勋慰此生。

军旅抒怀

从军十载意蹉跎,映月吴钩取热河。
已送风云归万里,换来卸甲弃干戈。

生平或许凌霄阁,塞外当随马伏波。
今日东山图砺炼,仰身再唱大风歌。

祖国万岁

十里长安十万兵,健儿巾帼动京城。
空中烈焰风雷震,队列雄姿鬼魅惊。
入海倚天华夏梦,舍身护岛九州声。
纵横捭阖含霜刃,戍定三边垂美名。

抒　怀

一

宦海随波日复年,迎头勇上逆风船。
人经熟虑豪情满,事必躬亲决胜前。
岭上旌旗通大道,中军击鼓震燕然。
长空凝望心如火,快马邯郸第一鞭。

二

涌动豪情不畏艰,人生何慕白云闲。
身经挫折方明志,事遇凄凉莫汗颜。
背水今朝筹一战,功名来日笑孙山。
酒温可待归时饮,且下邯郸打马还!

过辛稼轩墓有怀

南栖羞愧梦征程,北望山河哀不争。
种树难消闲散恨,挥词犹待帝英明。
此身莫遣家千里,醉酒堪舒鬓四平。
怎奈秋声黄叶地,今朝我吊更峥嵘!

喝火令·驰骋

　　叠鼓鸣双阵,沙场一丈夫。伏波豪劲驾长车。鸿雁此生陪伴,千里话征途。　　漠北关山越,龙城纵马驱。笑他风雨满苍梧。血染并刀,血染万将颅。血染锦袍甘愿,只忆那当初。

南乡子·自励

云淡绕千山,放眼凭栏恰酒酣。挥袖星河倾北斗,谁弹?隔岸秋风大散关。　　颓废做悠闲,激涌心潮带浪翻。羞说当年多壮志,难眠!重上九霄揽月还。

李建章

1930年生,河北无极人。1947年入伍,曾任北京卫戍区纪委专职委员。中华诗词学会会员,解放军红叶诗社社员。著有《桑榆唱晚》。

渔歌子·战争年代生活忆实

一

作战行军紧疾驰,枪粮弹械压肩肢。兼昼夜,不言疲,顶风冒雨不迟疑。

二

棉袄温馨土布衣,一年三季总身披。肩袖破,絮花飞,前衿后领满油脂。

三

吃饭从来无定时,一天两顿腹常饥。粮粗糙,菜无滋,缺米粥儿不时稀。

四

野地宿营山谷栖,虫叮蚂扰毒蚊欺。晨露打,夜风吹,醒来个个草沾衣。

五

蚤虱浑身痒难支,指扪甲挤手随施。抓空隙,待时机,行军锅里煮单衣。

六

缺药难医毒疖糜,偏方土法视珍奇。无麻醉,手术施,咬牙忍泪自坚持。

七

抓耳挠腮难自持,嗜烟老总瘾来时。芝麻叶,烤干之,喇叭吸后喜滋滋。

八

正值青黄不接时,仲春转战到山区。河水畔,小山陂,剜来野菜喜当炊。

破阵子·入朝作战足痕

一

朱总亲临相送,乘车直达边城。鸭绿江桥横跨越,直逼汶山鬼子兵,同仇怒满膺。　　突破临津江险,强攻绀岳山峰。重创英军廿九旅,直插洪川江敌营,铁原阻击赢。

二

中线移师西线,开城布阵连营。确保和谈能顺利,敌我前沿寸土争,山川草木腥。　　望海山遭滥炸,长和洞被狂轰①。我自从容筹妙计,阵地前推挤敌兵,报刊喜讯登。

三

奉调延安半岛,移防进驻缨

峰。防敌蜂腰偷袭至②,海岸沿山遍筑城,储粮屯重兵。 上级传来喜讯,朝鲜停战功成。秘密登车过鸭绿,难按心中激动情,沿途夹道迎。

① 望海山为师观察所,长和洞为师指挥所。

② 延安半岛至元山,是朝鲜版图最狭窄处,谓蜂腰部。

鹧鸪天

奉命援朝二月间,长驱直入抵前沿。临津江水匆徒涉,甘岳山峦勇插穿。 过汉水,跨洪川,矛头直指汉城南。铁原阻击创奇绩,彭总当时有赞言。

鹧鸪天 · 坑道战

坑道蜿蜒通八方,援朝勇士里边藏。山头敌炮枉轰炸,洞内军歌韵味长。 枪紧握,弹盈膛,养精蓄锐砺锋芒。夜间出击频传捷,得胜连排受表彰。

鹧鸪天 · 咏战友

卸却戎装作庶民,干休所里洗征尘。虽无纬地经天技,却有忠民爱国心。 耄耋岁,病残身,言谈举止有精神。心仪未改崇恩马,无愧朱毛培育人。

千秋岁 · 马年咏马

驾车驮炮,北战南征讨。除内患,驱强盗。身征倭寇灭,蹄奋三山倒。红旗展,雄鸡一唱东方晓。 饥食南山草,伏枥年庚老。心犹壮,身还好。识途奔阔路,昂首长嘶叫。创新绩,日行千里争分秒。

破阵子 · 拉练

千里长途拉练,各团日夜兼程。翻越崇山和峻岭,练打练行练宿营。不当老爷兵①。 军政军民团结,官兵牢记遵行。缸满街清庭院净,共建军民鱼水情,兵民上幕屏。

① 毛主席1970年11月24日在北京己戌区开展冬季野营拉练的报告上批示:这样训练好,如不这样训练,就会变成老爷兵。八一电影制片厂随作者所在部队拍了纪录片《野营训练好》。

鹧鸪天 · 赞炊事兵

服役三年烟火煨,酸甜苦辣味相陪。烹调热气侵肌骨,涤扫污尘染鬓眉。 刀紧握,铲频挥,事关战友瘦和肥。含辛茹苦埋头久,志献青春扬武威。

鹧鸪天 · 首都卫士

三载执勤星月陪,高楼灯火耀崔巍。炎天暑气煎肌骨,寒夜霜花染鬓眉。 经雨打,耐风吹,一身系得几安危。市民乐业心同热,志献青春振国威。

踏莎行 · 一双草鞋的自述

万里长征,艰难岁月,伴君踏破岷山雪。乌蒙五岭印痕留,敝犹未忍轻抛别。 物换星移,身残骨折,感君相爱妥陈列。天长日久未遗忘，无言战友情难绝。

李春山

1974年生，河南郸城人。1992年入伍。

定风波·野营拉练

夜听山林虎啸声，披风冒雪昼兼行。手握钢枪刀刺上，光亮，军情紧迫再催程。　料峭寒风吹骨劲，驰骋，朝霞旭日笑相迎。回首关山苍莽路，云雾，雪原林海壮豪情。

李星朗

1934—2011年，湖北蕲春人。1951年入伍，曾任陆军学院教研室主任，师参谋长，军分区副司令员。著有《剑韵集》。

强渡黄河演习纪实

黑夜水扬波，我军强渡河。
弹飞密似雨，舟运快如梭。
辎重浮桥过，战车潜水多。
东方将破晓，彼岸起欢歌。

满江红·战友情

户透梅香，宾满座、白头似雪。酬壮志、投身军旅，几经磨折。铁马长驱关塞破，金戈横扫豺狼灭。历风云、报国献丹心，坚如铁。　鞍已卸，军号歇。身尚健，翻新页。喜泉城聚会，意真情切。促膝欢谈战友谊，举杯共祝神州晔。更欣欣、夕阳映天红，光犹烈。

李俊海

1926—2006年，山东沾化人。1944年参加革命，曾任南京高级陆军学校党史教研室主任。解放军红叶诗社社员。著有《自怡集》。

忆北渡黄河

1947年8月，我华野十纵为掩护刘邓大军挺进大别山，在鲁西南阻击敌军，完成任务后突然甩掉敌人，夜渡黄河。

夜半军情急，更深摆渡难。
怒涛吞弹雨，火网射光寒。
烟雾笼残月，红云映九天。
万帆冲浪过，告别鲁西南。

忆淮海决战

审时度势斩长鲸，淮海挥戈战聿明。
将帅奇谋顽阵乱，士兵无畏敌酋惊。
包围分割势汹涌，穿插迂回意纵横。
精锐兵团全吃掉，大军直逼石头城。

抒　怀

人生一瞬易蹉跎，往事如烟感悟多。
活水源头今日好，壮心岂可任消磨。

江城子·中华健儿驾机穿桥孔

长桥横卧水茫茫，静风樯，乐声扬。中华骄子，豪气满胸膛。绝技穿桥今挑战，无所惧，志高昂。　银鹰展翼竞翱翔，艺高强，创辉煌。频传捷报，欢唱卷山冈。兴国潮流澎湃急，增实力，奋图强。

长相思·寄台湾同学

风收寒，雨收寒，春入沧溟帆万千。渔歌载满船。　思绵绵，梦绵绵,望断台澎眼欲穿。云归月亮圆。

李彦茹

女,1937年10月生,河北定县人。曾任某部高级工程师。中华诗词学会会员,解放军红叶诗社社员。

江城子·放歌中国梦

华堂盛会九州忙,望征航,续华章。壮丽河山,处处凯歌扬。代代精英旗帜举,担伟业,奔康庄。　　腾飞气势正轩昂,傲穹苍,探深洋。社会和谐,百业创辉煌。大业复兴圆国梦,空谈忌,干兴邦。

江城子·赞雷锋学雷锋

孤儿解放挖穷根,报宏恩,献忠心。爱洒神州,温暖送人民。卫国从军多奉献,倾碧血,立功勋。　　题词五秩学精神,励军民,唱和音。无数雷锋,锦绣满乾坤。敬业奋发扬正气,春风漫,世风新。

江城子·重阳

秋高气爽倍精神,庆金婚,寿添新。妪翁相聚,过节笑声频。晚辈果糕齐献上,祈万福,送温馨。　　人生八秩历艰辛,育儿孙,爱人民。奋斗终身,为党献忠心。余热生辉忙大业,圆国梦,报鸿恩。

李祚忠

1948年12月生,湖南人。1964年9月入伍,曾任广州军区司令部参谋。著有《李祚忠诗选》。

乘车过虎门大桥感题

忆往销烟正气腾,观今江口大桥横。炮台沿岸依然在,提醒强国赶进程。

游岳庙

从来是与非,自有世民碑。
百代詈秦桧,千年赞岳飞。
奸臣偏遇宠,忠将竟遭危。
犹见西湖水,悠悠不胜悲。

纪念建军五十周年

南昌起义创吾军,五十年来建大勋。
碧血浇出新世界,红旗卷去旧乾坤。
坚如高岳皆因党,固若长城总靠民。
今喜威容弥凛壮,战歌嘹亮震天云!

石鼓江山

蒸湘合汇处,石鼓耸江流。
古建读书院,今修望水楼。
栏回凭百客,浪静泛千舟。
景色清佳地,迎人至此游。

天涯海角感题

昔时贬此叹天涯,海角而今喜作家。
巨石奇峰威似戍,蓝涛白浪映红霞。

浪淘沙·榆林

日落彩霞腾,港阔澜平。群山逶迤似围屏。花木丛中歌处处,岸列兵营。　　椰树舞南风,浪卷潮鸣。千艘舰艇纵还横。万里波涛常作伍,海上雄鲸!

浪淘沙·碧海钢龙

浩海涌夕阳,闪烁霞光。波涛滚滚演兵忙。舰艇斩风劈浪进,雪卷千行。　　旗展汽笛扬,阵势雄强。纵横随意善攻防。将士一心把武练,保卫瀛疆!

如梦令·绿原铁骑

日亮地宽天大,碧草紫花红马。原野响惊雷,铁骑骋习枪法。穿靶,穿靶,旗舞长城关下。

李振川

1929—2016年,河北饶阳人。1947年入伍,曾任总参某部局政治部副主任。曾为军事科学院《中国大百科全书军事卷》特邀编辑。中华诗词学会会员,解放军红叶诗社社员。

忆抗大一分校

华夏精英一代兵,当年谁计利和名?
习文荒岭看星落,练武沙原迎日升。
入死出生能缚虎,顶风搏浪敢擒鲸。
沧桑六十青春逝,暮岁欣逢盛世兴。

参与中国大百科全书军事卷编纂纪盛

西山鏖战逢嵘日,最是难忘苦搏时。
字字推敲姣月冷,朝朝掩卷晓星稀。
魂牵梦绕明非是,胆吊心提辨正疑。
编纂不贻身后笑,篇章应夺断肠诗。

离休书怀

解甲归田日,欣逢盛世时。
依依别战友,缓缓卸征衣。
投笔从戎岁,追随常胜师。
息肩心不歇,何虑鬓如丝。

入闽作战老战友故地重游

五十春秋岁月稠,风华正茂少年游。
探微索隐多能手,猎蟒擒蛟费运筹。
教诲谆谆陈帅语,攻关累累"哨兵"谋。
欣逢盛世歌尧舜,华夏腾飞复别求。

参观南京军区技术一局局史陈列馆

明灯征战路,夺隘建奇功。
帷帐天书解,沙场韬略通。
重回淮海地,又历闽江东。
一代降龙手,无名史册弘。

老战友杭州聚会感赋

秋高气爽物华新,西子湖边会故人。
灿烂青春酬壮志,燃烧日夜铸丹心。
青丝白发真情在,明月清风友谊深。
历尽沧桑君未老,欣逢盛世放歌吟。

捧读《红叶》二十年

枫林红叶满西山,劲旅骚坛铸大观。
昨日挥戈曾举鼎,今朝走笔再争先。
一方净土光原野,十面旌旗舞舜天。
精品源于真善美,高瞻远瞩永登攀。

漫步池塘边

漫步方塘不杖藜,青鞋踏破醉晨曦。
夕阳苦恋黄昏颂,春水一池花满畦。

夜　读

芸窗见月影横斜,不辨桃花与李花。
夜半清吟难入梦,诗思已自到天涯。

金婚颂

牵手金陵五十载,牛郎织女一年年。
难忘少壮心相印,更喜古稀梦共圆。
蜀水青城情缱绻,钟山玄武意缠绵。
如歌岁月光辉灿,夕照红霞尚满天。

晚晴诗苑漫步

晚晴诗苑里,四季绽奇葩。
丽句描新纪,清词颂物华。
柳营歌壮曲,彩翰染流霞。
夕照如晨旭,银潮起浪花。

学诗有感

一

滚瓜烂熟诵名篇,模仿师承不避嫌。
雅韵和声萦耳畔,生花妙语漾心间。
气吞海宇遴形象,驰骋江山铸大观。
熔炼新词长短句,奇思峻发涌清泉。

二

坦荡胸怀敞,构思立意长。
删繁留劲秀,锤炼铸辉煌。
佳句天然出,痴情淡泊藏。
风骚应独领,莫着旧时装。

游南通会战友

久仰南通美,老兵今乐游。
狼山呈秀色,濠水涌清流。
天宝物华埠,地灵人杰州。
风云龙虎会,巨笔写春秋。

读邓亭同志《敝帚诗篓》

共饮沂蒙水,沧桑六秩情。
尖刀解百密,铁帚扫千峰。

挥剑擒狐手,凌烟忘我名。
如椽司马笔,诗史语铮铮。

和武汉开涛赠诗

沂蒙疆场识君颜,岁月峥嵘五十年。
欣忆青春征战日,笑迎皓首艳阳天。
汉江扬子通心曲,益友良师一脉联。
自古楚州多俊杰,高吟陶令觊新篇。

静　思

人生忽如寄,转瞬七十年。少小从军旅,奇袭敌伪顽。探微抒壮志,破壁勇登攀。晚岁逢盛世,解甲乐归田。垂暮唯好静,诗书伴悠闲。同道贵相知,何必权与钱。淡泊名和利,来去无挂牵。花开又花落,代谢总泰然。频送故人影,常睹少年颜。但见沉舟侧,江上竞千帆。红旗高高举,强国梦必圆。泱泱共和国,代代永相传。

水调歌头 · 忆济南战役

明月当空照,喋血打济南。云梯高架摧堡,铁帚扫凶顽。劲旅兵临城下,雷击山崩地裂,拼杀战犹酣。固若金汤梦,顷刻化飞烟。　　号声咽,短兵接,月光寒。瓮中捉鳖,虾兵蟹将一锅端。耀武出逃成虏,吴氏投明弃暗,功罪自昭然。伟绩垂青史,浩气满人间。

西江月 · 喜读《信息窗》

抢救军魂史料,珍藏将帅名篇。讴歌井冈颂延安,铁马金戈再现。　　　曩昔出生入死,今朝欢度余年。强军一步一重天,白发丹心璀璨。

鹧鸪天·忆渡江战役中的情报工作

破译天书密钥通,监听测向未曾松。待机剖决明如镜,应对从容捷若龙。　　　统帅部,笑融融,无形战线也英雄。铁军飞渡长江险,情报先行立大功。

李海涛

1944年11月生,山东博兴人。1968年9月入伍,曾任济南军区军事法院副院长,某部政委,大校军衔。中华诗词学会会员,解放军红叶诗社社员。著有《诗词曲赋浅说》。

济南英雄山①

苍松翠柏盖青山,日沐亭廊泛紫烟。
一座巨碑峰顶立,千余英烈岭坡眠。
清明祭扫人成众,哀乐低回花满栏。
学子士兵情切切,誓言声浪震云天。

①　英雄山,原名四里山,因距老济南内城南门4华里得名。1953年10月,毛泽东主席在山东军区司令员许世友陪同下到黄祖炎烈士墓前凭吊时曾说:"青山有幸埋忠骨啊!有这么多人民英雄长眠在这里,四里山就是英雄山啊!"后山东省委、省政府决定将四里山改名英雄山。

汶川大地震

午后未时天骤变,声声巨响骇人寰。
山摇地动三千里,房倒人亡一瞬间。
众志成城纾大难,军民联手挽狂澜。

眼前多少感人事,噙泪凝思遣笔端。

浪淘沙·重温党史颂"一大"

华夏夜茫茫,沪市风狂。南湖烟雨罩汪洋。聚会群雄谋伟略,誓负兴亡。　　　马列导征航,建党明纲。锤镰旗举闪红光。唤起工农摧腐朽,共铸辉煌。

满庭芳·飞天揽月
——贺"嫦娥一号"成功发射

破雾穿云,直飞天外,荡却万里尘埃。满怀豪迈,装备匠心裁。寻觅天宫仙境,何未见、玉宇楼台?光阴迫,天高途远,任重莫徘徊。　　　妙哉!巧设计,循规蹈矩,正点飞来。喜圆千年梦,幽径新开。皓月神奇莫测,探奥秘、俺领头差。嫦娥姐,莫惊莫怪,我自老家来。

庆春泽·军旅雄风

天箭腾空,"歼十"破雾,九霄漫卷残云。舰渡重洋,环球播谊邦邻。金戈铁马挂利器,虎添翼、万骢齐奔。阵容新,科技强军,再铸功勋。　　　白皮报告危言耸,谮西方敌对,台海眉攀。狼子骄横,伺机挑起纠纷。降妖镇鬼凭实力,卫和平、还仗剑魂。酬雄心,一统江山,国富民殷。

李精维

1932年6月生,吉林市人。1948年参加革命,曾任航空兵第十三师技术检查主任,空军特级飞行员。

第二批女飞行员飞行五十周年聚会

蓝天姐妹聚华堂, 细语高喧情谊长。
老骥尚存千里志, 长空总忆桂枝香。

运八首飞①

运八试飞喜气腾, 威风锣鼓壮征程。
轰鸣直上蓝天阔, 破雾穿云任纵横。

① 作者是试飞组机长。

海南游

辛巳春风至, 相邀去海南。
天涯巨石倚, 海角细沙翻。
往昔蛮荒地, 今朝不夜天。
国强民富日, 诗颂有新篇。

卜算子·贺"嫦娥"探月

玉兔会嫦娥, 天地金桥架, 勇闯蟾宫抖国威, 探月夸天下。　　功业记甘辛, 改革传佳话。科技高尖铸富强, 献礼十七大。

西江月·赞直升机飞行员邱光华

飞越高山峡谷, 盘旋涧水湖滩。气流雨雾绕蓝天, 银燕高翔难辨。　　魂系蜀乡故里, 灾区抢救伤员。驰援忘我爱心坚, 架起低空航线。

李增山

1945年6月生, 河北平山人。1964年入伍, 曾任山西省临汾军分区副司令员, 大校军衔。曾为中华诗词学会常务理事, 北京诗词学会常务副会长, 《北京诗苑》主编。著有《李增山诗词选》等。

参观火箭发射实验基地

铁弓弦上箭, 霹雳射云天。
热泪成功日, 寒霜不计年。
几番心欲碎, 多少夜无眠。
默默青春逝, 长河大漠烟。

回乡探老母

少年戍边去, 到老始回乡。
望眼嫌家远, 归心觉路长。
孤村刚入目, 热泪已沾裳。
不等柴门进, 隔墙先喊娘。

出　塞

春风度塞关, 载我越千山。
乱鸟惊空野, 飞尘没玉鞍。
起身晓月处, 转眼夕阳边。
人爽马蹄疾, 一鞭到二连。

塞上行

晓过居庸关

几点残星没, 万仞关山黑。
何处喊操声, 惊醒千秋雪。

夜赴边防站

大漠夜风狂, 黄沙蔽月光。
飞车三百里, 不见有村庄。

夜宿巡逻班

床空冷月明, 酣梦醒来惊。
万里边山寂, 遥闻踏雪声。

望烽火台

月朗风清地, 安然酣睡姿。
问君曾梦得, 烽火再燃时?

野营拉练宿农家

春夜山村寂, 身乏反睡轻。
一声牛鞭响, 疑是晓鸡鸣。

赞火箭实验基地

长河落日不知年, 大漠孤烟写尽天。
利剑挟风呼啸日, 官兵欢泪湿衣衫。

观坦克旅对抗演练

铁甲雄师古战场, 硝烟炮火弹流光。
长车踏破贺兰缺, 一扫边关塞上霜。

观预备役部队军事演习

一

红旗漫卷雁门西, 正是黄风猖獗时。
昔日兵家征战地, 辉煌再度练雄师。

二

令旗指处起烟尘, 难辨红蓝假与真。
漫道吾师无利剑, 锋芒岂逊正规军。

三

一声号角鬼神惊, 大地深藏百万兵。
赤县人人飞将勇, 射雕伏虎又擒鲸。

观民兵应急分队军事表演

号角一声震九霄, 金戈铁马竞英豪。
民安业旺皆赖我, 滚滚男儿热血潮。

为女民兵摩托分队题

铁骑戎装展采姿, 雄风决不让须眉。
女儿报国存奇志, 正是青春年少时。

为民兵战地野炊表演分队题

硝烟散却日黄昏, 一缕炊香四野浑。
莫道先锋才骁将, 英雄无冕火头军。

远瞻狼牙山五壮士纪念碑

巍巍碑塔矗狼牙, 愤向当年撼世崖。
壮士英灵应笑慰, 血花换得自由花。

归田梦

莫道人归马卸鞍, 壮心依旧枕戈眠。
惊雷入梦成金鼓, 一夜冲锋到晓天。

城居咏怀

一生戎马戍轮台, 难锁风云湖海怀。
日日吟魂萦梦里, 关山飞入小窗来。

追　忆

鸡毛信急送边关, 跃马飞身忘备鞍。
星夜蹄声惊雪梦, 一鞭越过万重山。

书　怀

挂冠休若失, 解甲可从文。
岁月由它去, 山河任我吟。
尺胸驰骥骜, 斗室看乾坤。
长槊换椽笔, 洋洋写古今。

首届军旅诗词研讨会感赋

群贤研讨塞边歌, 再起吟坛百丈波。
犹听千军吹号角, 雄声直上九天河。

斥日本右翼野心

总欲蛇吞象, 垂涎岂钓鱼。

摇唇脸皮厚,伸手贼心虚。
吾剑非吃素,谁人敢动粗。
滔滔东海浪,愤怒向天呼。

宿雁门关

莽莽风沙塞,昏昏星月关。
尘扬烽火路,雁乱战云边。
马上军情急,楼头鼓角喧。
鸡鸣惊一梦,遥望海疆天。

谒北洋海军忠魂碑

刀光剑气逼云霄,海雨天风恨未销。
朽府无能收失土,忠魂大义赴汹涛。
依稀舰影歌悲烈,缭绕鸥声慰寂寥。
肃立碑前传喜讯,自家航母已开锚。

江城子·欢送新兵入伍

敲锣打鼓彩旗扬,送儿郎,把兵当。热闹声中,不觉晓风凉。路口村头人济济,情切切,意长长。 便装今喜换戎装,辞爹娘,别家乡。铁马金戈,报国赴边疆。山道弯弯人渐远,云中鹄,正翱翔。

人月圆·元夜望乡

年年此夜云深处,哨所望鸿归。故乡应是,人圆月满,鼓打箫吹。 万家灯火,有谁想到,塞外边陲:斯时仍旧,寒风凛冽,大雪纷飞。

卜算子·癸酉岁首有寄

一夜起东风,雁又回飞去。万里边关马上人,望断归乡路。 纵是

念悠悠,埋在心深处。待到荣归解甲时,再把离情诉。

一剪梅·退休初日

漫步花间初试闲,人在公园,心到关山。归来儿女忙迎前:"何处游玩?""高炮三团。" 午后买将新钓竿,身坐河边,魂上征鞍。回家老伴笑开言:"怎地空还?""敌太滑奸。"

满江红·写怀

解甲初归,怎的惯、闲杯独酌?更休道、游山玩水,垂纶射猎。烽火尘烟犹在眼,旌旗鼓角常萦魄。仍闻鸡、把剑舞阑干,惊残月。 燕赵地,多豪杰;廉颇老,威风慑。待军中有令,再持旌节。七尺凛凛豪侠气,一腔滚滚男儿血。莫看吾、早是染秋霜,心犹烈。

李德华

女,1937年生,辽宁丹东人。1957年入伍,转业后任珠江电影制片公司录音车间副主任。解放军红叶诗社社员。著有《秋霜集》。

临江仙·访革命圣地延安

圣地延安思念久,如今圆梦心欢。得温延水仰先贤。洞窟方寸地,创建艳阳天。 岁月艰难增斗志,披荆斩棘朝前。为民服务献忠肝。江山须巩固,后辈莫偷闲!

杨　欣

1930—2004年，江苏淮安人。1945年参加革命，曾任总参某技术工作总站副主任。曾为解放军红叶诗社副秘书长、《红叶》主编、诗社顾问。著有《向荣诗文选》。

解放重庆

昔日从戎延府去，而今奏凯返渝州。
红岩村内苍松劲，歌乐山中翠柏幽。
浪涤崖头污浊逝，风驰大地垢尘休。
云开雾散长空澈，绚丽春光不胜收。

纪念毛泽东主席百年诞辰

伟略雄才集一身，忧民爱国挽沉沦。
胸怀鸿鹄凌云志，笔走龙蛇瑞气神。
斩棘披荆天地转，移山倒海画图新。
一轮红日长空照，璀璨中华万木春。

纪念陈毅元帅九十诞辰

巴山铁汉爱黎民，挥剑飞毫震鬼神。
伏虎降龙勋业著，吟诗作赋激情新。
披肝沥胆擎天柱，反霸兴邦社稷臣。
傲雪苍松刚且直，毕生高洁世无伦。

悼无名战线元老王公永浚

无名征战地，有幸聚豪雄。
揽月重霄上，捞针大海中。
功勋谁显赫，品德孰谦恭？
历数先行者，当尊永浚公。

谒周恩来纪念馆并故居

淮城有俊杰，马列播东方。
唤众驱倭寇，挥旗灭蒋帮。
辛勤振国运，力挫左倾狂。

吾辈当承志，中兴步小康。

离休感怀

——兼悼家父杨道生就义50周年[1]

十五从戎去，豪情贯斗牛。
挖山承父业，搏浪涤神州。
挂甲归庭院，征衣束阁楼。
唯惭心力瘁，难解世间忧。

[1] 作者自注：家父杨道生，1936年入民先队，1938年初转入中国共产党，任党的"成都战时出版社"社长兼成都市西城区委书记。于去乐山任中心县委书记途中被国民党特务逮捕，1942年6月3日遇害。有《狱中》诗云："中原大地起腾蛟，三字沉冤恨未消。我自举杯仰天笑，宁甘斧钺不降曹。"

遥奠胡公耀邦

一

煦风初拂玉门关，积案如山步履艰。
不下油锅焉反正[1]，唯公沥胆靖尘寰。

二

痛定思公热泪弹，狂澜力挽寸心丹。
共青城畔春光早，柳暗花明放眼观。

[1] 为平反冤假错案，胡耀邦曾云："我们不下油锅，谁下油锅！"

悼詹才芳将军

将军首义举黄麻，纵马天涯四海家。
草地冰峰冲困境，穷乡僻野展才华。
丰滦喋血惊倭寇，盘锦斩关灭虎鲨。
骁勇德高勋业著，凌烟阁上一奇葩。

学诗自勉

诗家世代领风骚，着力求新意境高。

拜友从师勤讨教,修辞切律细推敲。
驽骀负重须鞭策,拙老抒怀仗斧雕。
天外有天穹宇阔,攀峰莫惧路迢迢。

夜 吟

一

诗情一缕涌心头,欲罢难休苦索求。
刮肚搜肠须捻断,西窗霜重月如钩。

二

为诗写改两皆难,唯恨神情少笔端。
偶得生花风雅句,霞光初露晓星残。

步韵呈人

叠石幽轩聚故人,清风拂面乐行吟。
银丝染鬓春犹在,骨刺鲠喉心尚忧。
遥忆盛年思化雨,前瞻美景盼凌云。
等闲休笑书生老,坦荡对天狂啸频。

赠 友

大地春回有近忧,骚坛喜见一孺牛。
操觚染翰勤磨砚,茹苦含辛奋荡舟。
耻与萧郎弄风月,甘同拙老写春秋。
精钢铸剑情真切,顽石补天志不休。

老友重逢

握别渝州五十春,相逢已是白头人。
沙场鏖战为良友,夕照怡情作近邻。
甘献韶华无悔恨,力除污垢有艰辛。
花明柳暗莺歌日,往事重温笑语频。

新世纪元日遐想

一夜无眠世纪更,耳边犹荡古钟声。
回眸百载峥嵘路,翘首千年锦绣程。
远虑环球弥战乱,近忧台独惹纷争。

似麻思绪心头涌,欲晓星空斗柄横。

忆江南 · 淮安恋

一

淮安好,丽景印心间。宝塔荷塘环绿柳,长街闹市笑声喧。堤岸眺白帆。

二

淮安秀,历代出非凡。击鼓红颜彪史册,西游巨著震文坛,当世伟人贤。

三

淮安变,烽火古城燃。先烈披荆驱虎豹,后昆承志建家园。开放更空前。

四

淮安恋,游子意缠绵。叱咤风云人已老,悠悠阔别五十年。何日故乡还?

浣溪沙 · 九七喜盈门

虎步龙骧瑞气豪,百年奇耻一朝消,太平山上赤旗飘。　　汇聚京城商国是,再腾华夏定宏韬,史开新纪上重霄。

杨 波

1919—2009年,四川宣汉人。1933年9月参加中国工农红军,曾任解放军总医院内科医务部副主任。

忆过夹金大雪山

值班参谋误了卯,翻过夹金太迟了。中午才到半山腰,突然狂风起狼嚎。石子打脸似火烧，军帽毛巾空中飘。首长关心指战员，莫要掉队坠深壑。朱总下坡未走好，突然雪坡滑倒了。自己爬起笑了笑，"背时舅子"真糟糕。急得我们一身汗，深崖万丈多险哟。行军相伴总司令，壮志豪情冲九霄。

忆过草地

荒凉草地野茫茫，淫雨滂沱洗褛装。
一坐沉沉粘膝盖，天当被子地当床。

杨文信

1921年生，河北藁城人。1939年入伍，曾任沈阳军区司令部副处长。

暖　流

延安最忆王家坪，曾赴窑中安电灯。
主席深情握俺手，浑身顿觉沐春风。

杨方良

1930年2月生，山东肥城人。1945年6月参加革命，1947年3月入伍，曾任总参作战部政治处副主任。中华诗词学会会员，解放军红叶诗社社员。著有《军旅诗缘》。

忆鲁西追剿残匪

春寒料峭过荒村，鸡犬无声昼掩门。
败柳河边遗翠带，残花篱外失芳魂。
奉辞伐罪追穷寇，觅路登山入暮云。
一扫劫尘天道远，寄怀征马咏蹄痕。

忆向淮海进军

黄河再渡满秋风，雁阵横空随出征。
枝叶飘摇巢欲坠，猵狚狂叫穴将崩。
八方豪杰会淮海，四面楚歌围项营。
夜路漫漫无驻足，马嘶人笑望黎明。

备战到鄂西

衔令车行急，楚天兵气浓。
稻畦秧亮剑，竹涧笋抽锋。
岚积峰峦翠，林深草木葱。
挖山避强虏，锤炼斗岩功。

忆抗登陆演习

疏雨潇潇一阵过，金鸡报晓走东坡。
天边红跃云流火，海上绿平船弄波。
面向大洋张地网，背依长岭设天罗。
官兵合练抗登陆，踏破崇山豪气多。

战士家书

过节闲登落雁峰，家山遥望盼来鸿。
村头送别三年过，梦里相逢片刻终。
笺上豪言谈地变，田间玉照报粮丰。
痴情讯问探亲日，共睹洞房花烛红。

军营桃花

笑对朝霞早理妆，容光映照演兵场。
终年翠帐闻军语，自幼红颜爱武装。
素有远怀随战鼓，恨无飞翼到前方。
寄情试借东风力，吹遍关山万里香。

军旅人生

离家便向烽烟走，高唱军歌壮志酬。
修补残山驰铁马，重光旧物复金瓯。
青春逝水虎狼灭，华发侵头刀剑收。
尚有馀阴还学海，浪花扑面也风流。

抒 怀

天宇清明眼有光,晚霞流火涌残阳。
曾经战地催征马,又入诗林再辟疆。
吟昔咏今多壮丽,调声协律自悠扬。
墨池畅接三江水,灯下笔花常吐芳。

演兵进山村

水复山重路有涯,演兵来到野人家。
九霄喜讯三春雨,一夜东风万树花。
军号阵前惊宿鸟,珍珠叶上滚朝霞。
战歌声里牛羊壮,冲上巅峰看物华。

聊 天

一片槐荫一群叟,畅谈往事话如流。
出山虎旅断倭臂,扫叶秋风剃蒋头。
尚有唇枪射时弊,惟馀言语做征骝。
话锋犀利评中外,挞伐凶邪护地球。

读《粟裕传》感怀

通读兵家传,刀光照眼红。
摧坚凭胆略,游击走蛟龙。
功就千秋业,名驰万马中。
麾师人久仰,我更慕谦恭。

菩萨蛮 · 纪念聂刚同志牺牲六十四周年[①]

一

进军淮海英雄聚,烟尘云月翻成趣。征战献青春,移轮怀故人。　弹痕思旧痛,血雨常侵梦。世上自由花,枝枝都似他。

二

马蹄踏碎千村月,红旗漫卷三冬雪。奋斗到终身,酿诗吟醉人。　高高河畔树,风雨逍遥度。浩气入吟思,倚声天下知。

① 聂刚同志是冀鲁豫五分区司令部作战参谋。在向淮海进军途中,身在警卫连前头,与敌人遭遇牺牲。

一剪梅 · 忆"反扫荡"

——纪念抗日战争胜利70周年追怀

日寇围村杀气高。左路挥刀,右路挥刀。铁蹄踏过土成焦。血雨潇潇,泪雨潇潇。　山卷狂澜化怒潮。战火延烧,心火连烧。青纱帐里展龙韬。膏药旗抛,鬼子头抛。

鹧鸪天 · 海上演兵观感

一望无垠海色苍,舳舻相继启征航。强军开创千秋业,奋进常巡万里疆。　穿岛链,越重洋,龙潭深处演兵忙。围观鳖蟹曾掀浪,螳臂当车枉自狂。

浣溪沙 · 军嫂望月

闺里阴晴看海陬,天边望月宛如钩,清辉一缕也风流。　不断情思千里远,永恒志向两心投,天南地北写春秋。

蝶恋花 · 蓬岛设防勘察

月没云端天欲曙,沧海茫茫,风竞千帆舞。浪叠雪峰横客路,远山隐隐望中渡。　蓬岛浑如桃叶橹,花果飘香,谁见神仙住。剑气戟痕寻觅处,穿山筑垒疆防固。

百字令 · 咏大海忆勘察

登高眺远，见柔明万里，水连天碧。起玉扬珠流不已，浪托一轮红日。水广鲲翔，风扬鹏举，鱼讯来潮急。千条航道，往来无数舟楫。　　巡岸踏勘惊涛，栉风沐雨，多少霜晨夕。鉴古察今排阵势，绿水青山宜力。远近高低，纵横交错，火网精心织。长城新起，壮哉高触云霓。

鹧鸪天 · 卫星发射气象保障

守职巡天夙夜恭。雨丝云片助兵戎。建功施展凌霄志，创业寻求如意风。　　辞好雨，约晴空，良辰选定遣腾龙。世人谁解神仙乐，引导新星逛碧穹。

渔家傲 · 战地重游

蝶舞莺飞花气暖，游人脸上春风满。曲径广连芳草远。凝眸看，秀峰曾被硝烟掩。　　遥忆当年争夺战，打强全仗英雄胆。热血拼将风采染。功烈显，荣光永照山河粲。

[中吕 · 普天乐]抗震途中

铁军驰，丹心竞。身躯浸雨，脚步生风。山崩征路艰，衣湿春宵冷。断瓦残垣成村景，夜沉沉、馀震摇枫。川外救兵，蜀中争秒，墟下寻生。

招隐 · 老兵吟怀

桑榆园中，翠柏青松。楼重重，内有离休媪翁。诗词曲赋消春冬。南窗走笔，吟笺话丹衷。追忆关山，路驰铁骢；遥望桃林，花铺锦虹。嘴嚼英华乐融融。墨池起波澜，心地自高风。遇事吟时迅匆。心花更比春花红，一团烈火，熊熊耀碧穹。

杨正发

1933年生，山西清徐人。曾任沈阳军区装备部处长、高级工程师。解放军红叶诗社社员。

朱德扁担吟

朱德扁担弯又弯，元戎肩上井冈山。千钧重任同甘苦，挑出江山挑亮天。

杨苏民

1930年生，江西鄱阳人。1949年入二野军政大学。转业后曾任贵州省望谟县政协主席。中华诗词学会会员。著有《幽草集》。

破阵子 · 聆听开国大典直播

1949年10月1日下午，二野军大五分校数千人校场集会，聆听开国大典广播。追忆往事，心潮澎湃犹新。

赣北山川起舞，莲荷号角连营。百队菁英迎大典，十月金风拂五星。湘音倾耳听。　　校场欢呼雀跃，京华礼炮雷鸣。既把金陵春梦灭，敢教中华旭日升。开元谋振兴。

杨叔颖

1923年生，江苏常熟人。1942年参加新四军，曾任海军高等医学专科学校副政委兼政治部主任。中华诗词学会会员。著有《怀沧楼吟草》。

赞南薰礁礁长周建

婚成九日即离家,万里迢迢赴海涯。
血战狂澜安戍垒,亲持界石立新沙。
三任礁长心犹壮,两建功勋绩可嘉。
数度请缨酬夙愿,甘为祖国献芳华。

浣溪沙·缅怀新四军

成立新四军

卢沟烽烟薄燕台,弟昆携手击狼豺,平型大捷笑颜开。　樽俎折冲终定局,健儿八省下山来,江淮河汉起风雷。

深入敌后

东进雄师是铁军,骋驰敌后靖倭氛,红旗直指浦江滨。　扫荡清乡全失败,篱笆碉堡化灰尘,军民鱼水一家亲。

大反攻

捷报频传喜气融,反攻烈火照天红,城乡光复颂英雄。　火树银花终夜丽,喧天锣鼓震苍穹,"共荣"迷梦一场空。

杨学军

1956年12月生,山东诸城人。曾入伍。江苏省诗词协会常务理事。著有《三岁集》等。

忆抗日名将

枪膛压满发洪声,将帅功高孰与争。
战火燃云欺月暗,寒星暖色映天明。
朝征苏鲁风烟起,夜战松辽海浪惊。
往事回眸成传记,从头说起耐人评。

雷　锋

抬眼大千知有无,惯听絮语问何图。
钧题一笔经三代,不朽青年永是叔。

绿　梦

当年塞外守春光,枪刺牵来韵几行。
今夜老兵追旧梦,犹凭号角谱新章。

甲午海战百廿有纪

当年战火漫刘公,残雾至今悬半空。
血未干时逢甲午,又闻跛马蹈阴风。

海军宿迁舰入列命名

南疆昨夜浪飞高,战舰旗扬待起锚。
号令一声兵百万,新城入列镇狂涛。

杨靖宇

不死英魂怒目张,屠夫对视血凝霜。
窥知果腹无粮继,却见忠贞压满膛。

致英勇献身的天津消防战士

爆响连声惊煞人,骤闻警笛过河滨。
直蹚火海心无悔,义士行前已许身。

临江仙·毛泽东

一代风流功几许?何须再问人间。是非曲直岂无言。重温当代史,敢忘井冈山!　挥别凡尘霄九去,容当兼作诗仙。故园回望韵连连。告知中国梦,已似杏花天。

蝶恋花·首个烈士纪念日感赋

又见苍天飞泪雨，举国同怀，共立千秋树。应是英魂归故土，告之伟业今何处。　　追溯百年清可数，血漫江河，更忆长征路。寄梦深秋云已渡，再听后起风如注。

临江仙·追梦

立定年关回首，春来敢忘寒冬。烟花五彩上霄重。三阳开泰美，八骏笑临风。　　不信尘霾久驻，新辞可解朦胧。高吟待看落花红。从容追梦去，陌上问豪雄。

临江仙·大阅兵即吟

乍起惊风潮激荡，英姿直逼飞虹。沿街争睹老英雄。瘦形神未改，挺拔胜苍松。　　自有少年威正猛，射雕能执强弓。舍身许国古今同。此番昂首过，来日更从容。

杨建中

1925年11月生。1945年2月入伍，曾任空军第三航校政治部副主任。

赠驻港部队

士选三军集粹英，明珠得护更繁荣。
浪涛欲静风何止，时有惊雷洗耳听。

盼统一

香珠已伴金牛返，壕镜欣随玉兔还。
两岸何时同起舞，八音齐奏月儿圆。

颂南疆雄鹰

凌空万里任高飞，迎日披霞戴月归。
衡岳影移云比翼，雷州奏凯共干杯。

颁发纪念章

鹤发童颜貌伟然，金章闪烁挂胸前。
戎装虽脱雄风在，抗战精神代代传。

杨俊雄

1930—2004年。湖南汨罗人。1961年从部队转业进新疆。

陶峙岳将军

玛河洪水纳从容，屯垦戍边壮国风。
塞外江南添锦绣，频将裕贵耀寰中。

石河子周总理纪念碑

沐浴春晖紫气高，每临碑下卷心潮。
棉田聚首传佳话，边塞行踪照九霄。
大海胸怀民本贵，天山伟岸国长骄。
金波绿浪酬英杰，泉水淙淙唱富饶。

军垦第一犁铜像

无限风光岁月流，荒原沃野记从头。
忍饥负重千钧力，止渴含辛万顷求。
喜见黄鹂追翠鸟，笑挥热汗润芳洲。
戍边代代长相忆，赫赫人犁引铁牛。

农场漫吟

银鳞活泼武昌鱼，塞外江南信不虚。
驾驭龙王凭圣手，经营玉宇夺天书。
扶犁引得金波卷，舞镐迎来绿野舒。
未计功劳青史著，昆仑含笑贺新居。

沁园春·欢迎小平访石河子[1]

熟了葡萄,笑了金秋,瑞气洗尘。正国门开放,精心改革,频频召唤,历史车轮。关爱边陲,循真求是,矗立昆仑民族魂。康庄路,有戍边屯垦,世代扬芬。 多情为国图新,引亿万来人甘献身。赞先鞭深圳,峥嵘百业,经天纬地,化腐为神。丝路腾龙,明湖跃鲤,军垦儿郎情意殷。弦歌起,共青松劲鹤,壮美乾坤。

① 1981年8月13日邓小平同志视察石河子。

杨闻政

笔名老耳,1922年生。曾任总政第二政治学校文教系主任教员。中华诗词学会会员,解放军红叶诗社社员。

读《新四军的组建与发展》赠编委

铁军砥柱峙中流,驰骋东南四十州。
敌后长城赢百战,汗青巨卷照千秋。

敬题《晚霞十年诗词集》

军旅诗风龙虎旋,晚霞明艳耀江南。
十年雨露勤滋润,一树红花映日鲜。

菊 颂

敢与霜娥斗,名闻晚节香。灵均深爱慕,仙子享蒸尝。遗世吟陶令,掇英饮杜康。素容笼雾月,清气润流黄。有志甘篱落,无心趋画堂。争春宜富贵,寒蕊自芬芳。

杨振华

原名杨正华,1941年5月生。1961年入伍,曾任某部副营职干部。

纪念长征胜利六十八周年

休将蜀道拟长征,斩将攻关沥血程。
铁索呼云追壮烈,金沙鼓浪赞忠贞。
舟飞赤水神兵速,旗跃岷山圣手赢。
窑洞统筹驱寇策,夜灯灿灿照天明。

甲午战争一百二十周年祭

甲午蒙奇耻,毋忘寇刀屠。
拭血兴华夏,凝睛惕匪徒。
神州今奋起,倭贼复惊呼。
胆敢重来犯,孽根彻底锄。

阮郎归·民族英雄邓世昌

满清无力御豺狼,惨然悲国殇。首歌致远斗强梁,众随邓世昌。 炮弹绝,战船伤,猛冲敌舰亡。今朝御寇续荣光,中华浩气彰。

杨振惠

1935年生,北京市人。1951年入伍,曾任石家庄陆军学院教研室主任,大校军衔。解放军红叶诗社社员。

南乡子·老兵

学子志昂扬,投笔从戎夜渡江[1]。炮火连天弥日月,坚强。碧血丹心打虎狼。 皤发傲秋霜,回首峥嵘岁月长。解甲莫言春已逝,斜阳。一树梅花散晚香。

① 指抗美援朝跨过鸭绿江。

杨景俊

1939年11月生，河南淅川人。1961年入伍，曾任国防科工委后勤部卫生部处长，军事医学研究所所长，大校军衔。中华诗词学会会员，解放军红叶诗社社员。著有《秋风小韵》等。

赞甘草泉兵站

美草飘香大漠间，根深叶茂味甘甜。
飞沙烈日全无惧，酿得清泉一寸丹。

马兰颂歌

赤地千年今巨变，白杨列队入云端。
天山起舞军歌壮，博水翻腾战马欢。
敌有利刀常出手，我无重剑岂安全。
马兰将士雄心大，定叫雷鸣震九天。

赞大河沿兵站

大河干涸疾风狂，兵站豪情意气扬。
转运物资何惧苦，送迎战友不言忙。
任劳任怨精神好，奋发图强斗志昂。
自古漠原珍劲草，刺蓬遍野郁苍苍。

赞边防战士

边防战士气如虹，乐卫国门天下宁。
越岭翻山战风雨，巡逻放哨守冰峰。
一年四季人生梦，万水千山军旅情。
没有长城固疆域，那来盛世沐春风。

并蒂莲

——贺神九天宫对接暨蛟龙号探海成功

华夏雄兵敢自夸，凌霄入海探无涯。
勇潜水下七千米，稳建空中万里家。
开辟龙宫织锦缎，耕耘太宇绣丹霞。
尖端奏凯英雄曲，绽放海天一对花。

马兰雄风

马兰豪气高千丈，创业戈滩经历艰。
苦水河边军马啸，飞沙漠上铁师欢。
拉开核弹攻坚战，竞写风云奋斗篇。
托起春雷惊两霸，五洲朋友笑开颜。

戈壁红柳

——献给国防科研试验基地的战友们

枝坚干倔树中强，敢斗风沙酷热狂。
昔历春雷惊世举，今迎神六喜归航。
岂于花圃争奇艳，乐在荒原奉异香。
甘献终身不图报，扎根戈壁固边疆。

满庭芳·国庆六十周年大阅兵

碧宇蓝天，和风丽日，大地一片欢腾。天安门上，灯彩放光明。灿烂鲜花怒放，红旗舞，气势恢宏。齐天庆，东风浩荡，席卷九霄重。　　一声声礼炮，拉开巨幕，大展雄风。亮铁马金戈，重剑神鹰。立体攻防信息，顺风耳，火眼金睛。军威壮，江山永固，祖国万年青。

千秋岁·贺神九升空

冲天一箭，直向云霄汉。神九起，天宫盼。弟兄又相会，稳驾巡天舰。先拥抱，再开密锁神操算。　　驻扎银河畔，胸有魁星伴。探广宇，空间站。辉煌千百万，华夏天兵悍。齐心干，花开宇宙星光灿。

杨新华

1939年生，湖北仙桃人。1954年入伍，曾任中央人民广播电台驻空军记者站站长。中华诗词学会会员。曾为《红叶》执行编委。著有《新华诗笺》。

救 火

烈焰熊熊走火龙,学生后撤我争锋。
莫嫌一队娃娃脸,已是堂堂叔叔兵[①]。

① 作者自注:15岁参军就被同龄学生称为解放军叔叔,倍觉自豪。

前线书寄妻儿

星夜羽书急,趱车下岭南。
青鸾情不忍,鸿雁意相瞒。
贲育三千帐,风烟十万山。
胸中存浩气,且待凯歌还。

鄯善机场即事

银轮沉火岭,灯影耀机坪。
曙色湮青汉,蓝天舞白绫。
风云猝然起,空地不须惊。
待到群鹰下,雷霆夹雨鸣。

送女儿远航索马里海域执勤

日月望青空,风尘万里行。
痴儿犹嬉戏,老母暗伤情。
燕北轻烟柳,瀛涯骇浪旌。
郑公如有待,一路护琼英。

拉练延安

军号一声壮,红旗跃上冈。
风尘霏细雨,云脚漏斜阳。
宝塔山嵬嶷,南泥湾郁苍。
登高呼战友,情透枣园香。

战地即景

战前党小组会

银鹰狮吼动长空,战友情深胆气雄。
要乘抟风千万里,死生与共建奇功。

夜 巡

暮色冥蒙隐翠微,山巡水稽筑天篱。
军民协力张罗网,不教蝇蛲插翅飞。

歌神舟五号飞船返回舱

扪星汲汉始归航,犹带琼浆散桂香。
佳讯已传广寒女,他年携酒可还乡。

飞天曲

此诗献给我军第一代空中雄鹰——他们从红军长征队伍中走来,历经磨难,如涅槃重生的凤凰,谱写了一支荡气回肠的飞天曲。

将军戎马装,飒爽出敦煌。伎乐飞天女,琵琶咏国殇。将军重走伤心地,满帧风动锁浩气。九死一生闯天涯,凤凰涅槃谱壮志。

将军本是农家娃,水旱虫官实堪嗟。天府穷娃难活命,投身红军方为家。虎贲雄师夺剑阁,剑门隘口横空跃。兼程西进取懋功,兄弟会师全军乐。忽如晴宇起风雷,历尽艰辛志不移。经岁三番过草地,铁军一举渡河西。

河西今日满桃李,七十年前山河散。堡寨疏落人烟稀,短衫刀斧御顽敌。二万比拼二十万,血染营盘满目赤。提刀四顾夜沉沉,望眼天河寥寂寂。征途茫茫何所有,百尺冰凌万丈渊。裂肤堕指何所惧，一息犹存志弥坚。走出雪山涉瀚海，大地如盘天如盖。汹汹敌骑刀光寒，我自横刀鬼魅骇。悲乎哉！祁连逶迤埋忠骨，甘西遍洒志士血。战友情深同死生，戈壁茫茫天际月。

月儿西沉破晨曦，一息不绝望边陲。中央代表施救援，亲人聚首泪相催。陈云代表有远略，借鸡生蛋早建设。三年何曾寝食安，抟风直上天山越！忽逢天山风雪夜，盛丑忍将中共杀。死神威逼何狰狞，炼狱千番志难夺！

斗转星移几度秋，将军脱险壮志酬。亲率雄鹰赴疆场，首战告捷青史留。吁嗟乎！将军慷慨忆辛楚，梦里飞天尽险阻。喜得后昆慰耄期，凤凰再造凌空舞。

卜算子·边陲感旧

荒沟红柳

飒飒暮秋天，长忆荒沟景。风伯奔腾舞砾沙，隔断天山岭。　　红柳舞翩跹，抗暴真无畏。万马千军霹雳声，劫火从容对。

军　营

枫叶历霜红，长忆军营好。沙海茫茫起绿洲，蜃气涵蓬岛。　　维族小姑娘，飞策毛驴跑。原是中心放映时，老幼齐欢笑。

明　珠①

戈壁艳阳天，长忆明珠好。玉带

层层涌绿波，渠水田园绕。　　千载石头窝，争得黄莺叫？耸秀参天伟丈夫，人比胡杨傲！

① 明珠，新疆石河子新城。

天　沟①

仲夏醉花红，长忆天沟好。瑞草仙葩掩玉柯，飞瀑虹霓绕。　　牧场骋良驹，溪岸欢歌跳。抓肉毡房品奶茶，边塞军民笑。

① 指天山脚下白杨沟。

卜算子·戈壁雄鹰

青燕叫青天，长梦天山景。朝送雄鹰击碧空，夕伴银轮影。　　中夜战寒威，火曜红云盛。屈曲梭梭砾里生，铁干铜柯挺。

采桑子·延安乡情

红都胜地延安好，宝塔崇崇。延水溶溶，塔影清波载雨风。　　枣园桃李花开未，姹紫嫣红。乡老情浓，笑约重阳共酒盅。

浣溪沙·嫦娥一号赞

出水蛟龙动地歌，万钧霆激扼银河，青天碧海走神梭。　　攀月千年徒梦寐，金瓯一夜舞婆娑，盈盈热泪送嫦娥。

渔歌子·戈壁滩人

昨日枯滩今日营，四周戈壁绿荫城。干打垒，铸深情，骆驼草与咱相生。

渔歌子

过旅顺口外老铁山

骇浪排空撼铁山,海鸥振翅怒冲天。雷达站,仁峰岚,烟涛万顷保平安。

上战场

骤令寅时下岭南,电妻数月出差还。巡战区,驻师团,风云十万虎狮山。

东海导弹兵一瞥

神剑神弓后羿身,飞旋俯仰绕星辰。风啸啸,雨淋淋,一双鹰眼锁乾坤。

高炮战士

阴雨绵绵透骨凉,海风阵阵入夜狂。潮湿屋,铁架床,嗷嗷只待射天狼。

夜战观摩

信号升天阵地惊,神枪火炮捣标棚。光曳带,弹飞鸣,满座喝彩赞威名。

伞 兵

挂上舱钩闭眼冲,舱门开启彩莲宫。云似炬,伞如蓬,一声呼啸影无踪。

金缕曲·水杉赞

——走近三军仪仗队

仰望叹观止。莽苍苍、阵云磊磊,蔽天遮地。木杪凌云搔岭际,根结幽幽谷底。不敢想、曾遭颠沛。漫漫冰川吞寰宇,沍寒凝、铁干铜柯敝。蟠屈曲、待新纪。 历经万劫重生矣。几多年、莫名感动,数谁堪比?有我英雄仪仗队,军旅标兵赤帜。干作脊、横林为背。三伏暑蒸三九铸,志怀霜、茹苦终无悔。魂魄在,恋营垒。

杨新海

1934年生,河南郑州人。1949年入伍,曾任军事科学院军制研究部研究员。

抗洪模范王占成

两鬓凝霜不老松,心红胆烈展雄风。
东邻仗剑曾屠虎,南国持缨又缚龙。
破釜沉舟飞坝上,舍生忘死跃江中。
洪魔俯首惊天地,气壮山河百代功。

杨繁军

笔名游军,1970年生,山东青州人。1990年入伍,曾任海军辽宁舰某部政委,海军上校军衔。

海训偶得

冷风携雨雪,怒海卷寒光。
渔队方回港,艨艟正启航。
冲涛传令促,发炮报敌亡。
利剑凭磨砺,威扬万里疆。

连定忠

1934年生,陕西澄城人。1951年入伍,曾任兰州军区后勤部临潼干休所所长。

战　马

无言战友勇冲锋,伴我东西沐凯风。
万里长征蹄印血,八年逐寇汗倾程。
关山跨越歼顽蒋,边哨飞驰立战功。
默默一生多奉献,巍巍龙马跃军营。

梦回母校

少年离步校,老大梦中归。
教场拼枪刺,堰田破敌围。
精兵酬汗水,热血染军旗。
学友分南北,重逢泪雨飞。

肖正平

1966年10月生,安徽六安人。1984年10月入伍,火箭军装备部高级工程师,大校军衔。中华诗词学会会员,解放军红叶诗社社员。

调整改革宣布任命日有感

三月春风满九寰,红云翠盖看西山。
人逢知命心难老,身处京华事不闲。
枕上挥缨山海外,樽前学步水云间。
今闻帅帐传新令,执剑将军鬓未斑。

第二炮兵更名抒怀

2015年12月31日,火箭军正式成立。

岁末惊天事,风流二炮人。
世观撒手锏,我炼报国心。
伟矣中华梦,雄哉火箭军。
东风常浩荡,吹绿五洲春。

闻裁军三十万

一

城楼一诺意深长,亮剑裁军自有方。
虎略龙韬天下计,三军浩荡国泱泱。

二

强军号令启新程,放眼营盘百感生。
三十万人齐卸甲,不求沙场得功名。

三

偏爱戎装岁月匆,挥师听令走西东。
裁军不放南山马,夜半披衣仍挽弓。

有感天友集团凉山州旅游开发

长征北上到彝边,刘叶盟碑伫望天。
赤胆已供留史册,青山犹待洗贫钱。
壮游天下风云路,忧国心头道义肩。
遥忆当年鸡血酒,感时应幸有泉涓。

丙申春日杨公村小住

一

菜花黄未尽,桃杏掩青枝。
春水发杨柳,平田落鹭鸶。
既无沽酒债,何必买山资?
闲读乡居短,农夫正乘时。

二

晴和谷雨前,春气透窗鲜。
叫早鸣鸠乱,催耕布谷单。
新泥多草色,远宅少炊烟。
重拾农家事,抛书种豆棉。

三

年随岁月增,去日过无凭。
久作远游客,常思小院灯。
感恩蒙雨露,怀旧上烟塍。
回望门楣处,家和万事兴。

理发见白发

猴年马月寄无涯，自顾当前竟不差。
五十岁人心半惑，两三根发顶初花。
肩头星黯东风梦，雨后天飞西照霞。
未必帚珍多报国，怎堪辜负好年华？

看龙舟赛

端午向天试举醪，长舟似箭沸声高。
江河开处人雄起，旗鼓骤时胆气豪。
自信兵强桨霍霍，休言势险浪滔滔。
我身本是多情客，何日南沙诵楚骚？

探亲偶成

分身三日故乡行，多少乡思画不成。
移杏新居初试果，离人阔别久无名。
阶前萤照儿时夜，窗外蛙鸣席上声。
每谢娘羹人子幸，欣然长饮作狂生。

长征七号运载火箭首飞成功

南海椰林首射场，千秋瞩目识文昌。
长征久载嫦娥梦，盛夏新看霹雳光。
问月六年攀月桂，巡天百度破天荒。
环球何日同凉热，竟比登天路漫长。

赠白辰胤天从戎

我乘祥云送白郎，踏歌七月沐骄阳。
扬眉应谢寒窗苦，报国还思前路长。
寂寞边庭常望月，英雄梦里好磨枪。
明年祝捷滇关外，策马衔勋报故乡。

近日感作并送别

如金岁月好消磨，夏梦神游醉几何。
喜宴一时成别宴，骊歌满耳作长歌。
丈夫马上功名取，万世尘寰舍得多。

此去关山明月夜，不教霜剑叹蹉跎。

火箭军元年迎新晚会

战地黄花台上香，金戈将士赏春光。
放歌三日元年赋，点赞千人一杆枪。
天下运筹和必贵，军中制胜练应忙。
阵前俱是长缨手，护卫心头万里疆。

大柴旦驻训

征鞍千里万山前，大漠陈兵大雪天。
对月当歌新塞曲，横戈不勒旧燕然。
身携神箭豺狼怯，心向国门肝胆悬。
寒气升腾酬热血，长虹飞映白云边。

轰六编队护航对马海峡

对马惊波东海立，风烟过隙白云垂。
归航舰队生双翼，临战蜂群起四维。
曾着短衣能射虎，再穿长链教摧眉[1]。
拍栏一啸还回望，泪洗心头爽字碑。

[1] 长链指军事意义的第一岛链。

步韵李公绍周先生光荣退休

此闻军令恰逢春，解甲重回自在身。
四十春秋弹指破，八千戎马拊胸真。
斯文大雅随河洛，楮墨纤毫任布陈。
燕市含饴当一醉，闲来不负摘云心。

元旦后二日寄闵波大校

何堪海上刮腥风，拨浪运筹帷幄中。
精卫难填群岛阔，雄兵敢护五星红。
渡波仙子为圆梦，杀敌男儿欲夺功。
南地但从今夜起，更添神箭射长空。

肖功岳

1935年12月生，湖南衡阳人。1956年

7月入伍,曾任总参炮兵装备技术研究所工程师,技术六级。解放军红叶诗社社员。

承扬长征志

——纪念红军长征胜利70周年

北上红军陕北坡,延河流水起洪波。
救亡号角惊中外,抗战烽烟葬恶魔。
欲释近年东亚状,须知百载怨仇多。
承扬先烈长征志,何惧疯人再举戈!

卢沟吟

永定河横一古桥,中华抗战出征壕。
残碑石道伤痕在,拱璧狮身弹迹雕。
将士黄沙埋白骨,黎民碧血染荒皋。
卢沟危难留青史,七七经年祭鼓敲!

雪　耻

甲午硝烟起,清廷屈约签。
家园频事变,热血染长川。
义勇歼倭寇,忠良灭汉奸。
居安毋忘辱,雪耻写新篇。

肖新斌

1973年生,湖北枝江人。1990年入伍,曾任海军某器材仓库主任,海军上校军衔。

护航感言

戊子冬,随舰赴亚丁湾护航,翌年初秋始还,历时八月有奇。返航途中,指挥员命收集各人感言,作此以付。

挥别牙龙港,万里来护航。纵横亚丁湾,驰骋印度洋。四海风波恶,漫天黄埃长。穿梭已八月,海盗犹猖狂。发添数茎白,颜改七分黄。未觉征战苦,思亲断人肠。三五月圆夜,梦魂时还乡。醒来无所见,泪下沾衣裳。从军二十载,男儿志未偿。击楫效祖逖,破浪学宗郎。报国在今日,乘风走四方。他年再回首,无悔蹈汪洋。

吴　刚

1931年1月生,广西合浦人。1949年1月入伍,曾任陆军一二五师副政委。著有《醉月集》。

西江月·颂邱少云烈士

万马千军埋伏,晴空赤日无风。忽燃烈火炙英雄,见他纹丝不动。　　怎负国家信任,关乎战役成功。金刚岂怕火熊熊,化作永生丹凤。

行香子·晚霞明

志壮年轻,投笔当兵。歼敌寇,暑战寒征。驰骋卅载,解甲离营。见鬓毛白,皮肤黑,老癥横。　　新房入住,飞蝶鸣莺,同侪好,火线余生。高低功过,谁再纷争。享街衢宽,园林美,晚霞明。

吴　言

原名吴兴邦,1929年生,浙江杭州人。1948年入伍,曾任解放军防化学院哲学教研室主任。中华诗词学会会员。

病　中

病中心绪竟谁知,常梦横戈跃马时。
惊起老妻频慰问,怪予贪读稼轩词。

与故人邂逅京华复匆匆饮别

投笔当年亦壮哉,浮沉聚散等蒿莱。
路因万水千山隔,人自三江四海来。
曾笑扬鞭天地窄,忽惊脱帻鬓毛衰。
尽欢莫忘留杯酒,清夜遥听过雁哀。

七六年天安门感事

莫言从此世披靡,花簇诗篇胜鼓鼙。
殿上犹难分鹿马,民间早已辨鹰鸡。
九州忍泪凝成雨,千古流香化入泥。
我欲歌吟声哽咽,拼将热血酹桃蹊。

寄新疆战友

烽火台前冷月高,平沙漠漠野狼嚎。
中原漫道无征战,白发将军夜带刀。

临江仙 · 庐山夜宿

烟雨茫茫连嶂起,鱼龙夜啸深
渊。殷忧不寐独凭栏。古今多少事,
冷眼雾中看。　　霾浊夜冥须有尽,
曦光待洒尘寰。碧峰如洗水潺潺。
揭开真面目,还我好湖山。

吴　城

女,1931年6月生,重庆市人。1949年
入伍。著有《梦痕集》。

择　婿

簧门岁月自孤高,媒妁同窗怨我娇。
万马营中择夫婿,贤劳直朴剑横腰。

悼江姐

国恨分明自恨轻,从容就义血尸横。

屠刀最畏英雄气,史籍长留烈士名。
贼子穷途狂犬似,忠臣放胆野狼惊。
山城霸主亡天际,死有余辜沸鼎烹。

君　归

锦水初凉乳鸭肥,潇潇落木雁南飞。
戍边了却长征梦,犹捧兵书仗剑归。

赞改革开放二十周年

桃风杏雨飨金瓯,天下人歌东半球。
华夏儿孙初放胆,城乡竞竖摘星楼。

抗日战争胜利六十周年回顾

一

雄师血刃护卢沟,野火阴霾东半球。
卅万金陵人作鬼,精诚国共又同舟。

二

中原遍野血斑斑,幅幅舆图带怒看。
南北沙场悲壮士,同仇敌忾不离鞍。

三

请缨儿女踏歌行,人海人山鼓角声。
讨伐倭奴还血债,英雄正气铸长城。

纪念红军长征胜利七十周年[①]

一

七一阳光八一兵,星星火种布征程。
千山万水睁泪眼,送我三军陕北行。

二

万里征途血雨流,泥潭草地觅芳洲。
苍山雪岭低头让,多少英雄苦运筹。

三

长征两万五千程,北抗侵华鬼子兵。

明朗山乡根据地,撩人布谷唱春耕。

春节喜儿归

一

午夜晴和待子归,星星眨眼笑微微。
长空寂寂娘心跳,忽报银鹰着地飞。

二

幺儿远走始归来,几载辛劳自快哉。
风度翩翩男子汉,亲临俱道揽天才。

三

忧国儿郎处处迎,贤才不愧是娘生。
家风莫忘轻财帛,父母天年旧梦成。

吴守箴

1939年生,陕西富平人。1964年入伍,国防科工委干部。中华诗词学会会员,解放军红叶诗社社员。

戈壁情怀

十七苦寒年,从戎戈壁滩。
钢锹翻砾土,铁臂建科园。
暑气沙蒸卵,寒风石裂斑。
天浮双日白,人献寸心丹。

水调歌头·贺"神五"盼登月

大漠孤云蔽,惆怅广寒波。人间自别华夏,千载识干戈。望尽咸阳古道,舞断浮云流水,沧海易蹉跎。曾有人来访,不唱故园歌。　中华志,飞天梦,此堪和。神舟五号,往来天地驾灵梭。斗室乾坤翻转,扶摇从容万里,一日挽天河。且待出明月,寄语慰嫦娥。

吴纪学

1942年生,江苏邳州人。1961年入伍,曾任解放军报社军事工作宣传处副主编,文化生活宣传部主任,大校军衔。《中华军旅诗词研究》特约研究员。著有《纪学诗词选》等。

经莱芜战役战场

残阳泣血播黄昏,逐鹿风雷转乾坤。
枪弹骤飞云雾乱,硝烟夜度月星奔。
兵驰雪野分两极,旌映霞辉归一尊。
今日来访观展室,小车枪炮血犹温。

刘公岛抒怀

龙旗傍岸倚风眠,展室模型说昔年。
海上兵丁捐血肉,朝中将相攫钱权。
堪悲虎豹凶残性,愧恨吾无利剑悬。
十五年来重到此,艨艟破浪喜凭栏。

卢沟桥

狂流已逝岂烟销,晓月清风记往朝。
一从炮声催共愤,八年苦斗降魔妖。
阵前壮士忘生死,敌后全民举怒潮。
石拱弹痕留旧证,阴幡隔海总频摇。

谒李大钊纪念馆

爝火先贤勇启蒙,献身供命是豪雄。
石阶石柱思无语,大海高山说不穷。

上娄山关

群峰展翅欲飞翔,竹树笼烟捧嫩簧。
马踏霜晨声已远,雄关碧血共流芳。

今日太行山

雾拥千山珠露晶,流霞相伴晓烟生。

老松默忆歼倭事,新树扬眉说杰英。

满江红 · 边关

壁立群山,峰峦动、绵延闪烁。天碧远、雾烟如织,曲径幽折。涧底泉清沉杀气,陡崖松老摇相搏。可知否、边地迭兵戈,国锁钥。

雄关峙,心寥廓;豪杰志,飞魂魄。付青春热血,挺胸横槊。云漫千嶂龙虎度,风嚣万顷连营角。何叹惋、身后有歌声,齐天乐。

忆秦娥 · 海防雨夜

风摇曳,无边夜色浑如铁。浑如铁,滔滔暴雨,电光飞雪。 颠连奔涌与天接,舟船来往千秋阅。千秋阅,波涛昂首,航灯明灭。

桂枝香 · 南昌起义纪念馆

旗飘馆说,想斗室那年,汗渍情切。静夜枪声炸响,弹光飞曳。龙吟虎啸起风暴,巾带红,寂静撕裂。电呼云吼,江河堤溃,急流腾跃。 始撒布,星星之火。继秋收雷霆,八方挥钺。纵横驰骋,岂惧水阻山遏。几番拼杀烽烟靖,五星旗飞未停歇。而今犹壮,金戈铁马,激扬号角。

吴进煜

1923年生,江苏如皋人。1949年1月入伍,曾任海军后勤学校副校长。解放军红叶诗社社员。

港岸训练

轻风飘手语,岸舰跳新诗。
战友初临海,老兵勤作师。
码头添劲虎,港口展军姿。
新老同修武,情钟搏浪时。

怒海轻骑

怒海荡轻骑,狂涛洗战衣。
波高遮昊远,夜暗迫桅低。
浩水鸥无迹,礁山雾朔迷。
频袭敌未意,勒令挂降旗!

水调歌头 · 水兵胸怀

铁甲穿梭燕,浪里舞蹁跹。茫茫大海无际,阔水任浮潜。勇驾金戈铁马,巡弋蓝疆碧土,思绪起波澜。追月地天外,社稷我侪肩。 海汹险,浪高烈,志弥坚。潮升汐落,千钧防哨稳如磐。听任涛拍浪啸,哪管船颠舰转,日夜警边关。礁岛心头肉,铁壁障烽烟!

吴余兴

1930年生,江苏兴化人。1945年入伍,曾任海军北海舰队航空兵政治部保卫处处长。解放军红叶诗社社员。

过润扬大桥

重阳九九正清秋,古刹金山再度游。
天堑万年今一跨,润州顷刻达扬州。
远观沃野嘉禾旺,俯视长江逝水流。
人寿年丰如画卷,车行高速乐悠悠。

鹧鸪天·忆奔袭如皋怀石根烈士[①]

气爽秋高正降霜,石根率部夜行忙。三关闯过战加力,网里抓鱼一扫光。　　总攻起,弹飞扬,冲锋陷阵斗豺狼。全歼守敌凯歌奏,壮士英名千古芳。

①石根同志时任苏中军区东台团参谋长,1947年末率第一营穿越富安、海泰、如黄三道封锁线,攻打加力镇,捣毁敌据点,歼敌三百多人。石根同志在总攻时光荣牺牲。

吴春森

1929—2005年,安徽安庆人。1950年入伍。曾任志愿军铁道工程三十一团机械连排长、技术员。

忆朝鲜战地

满山风雪乱云横,弥漫硝烟忘死生。野马俯冲头顶过,佩刀狂啸耳边鸣。挖通坑道三千里,誓灭豺狼百万兵。多少男儿捐热血,保家卫国史留名。

吴修先

1940年12月生,江西赣江人。1959年1月入伍,曾任总参炮兵部副师职参谋,大校军衔。解放军红叶诗社社员。

贺神舟十号

西域轰鸣腾巨龙,扶摇万里傲苍穹。巡天喜见三骄子,圆梦宏开大国风。寰宇觅宫知熟路,太空授课播新声。名扬青史惊天地,逐梦中兴再远征。

鹧鸪天·祖国颂

六十春秋回首望,如歌岁月气昂扬。欢欣最是黎民富,惬意无如祖国昌。　　深改革,广招商,创新发展谱华章。和谐社会人为本,众志成城奔小康。

吴崇善

1940年生,陕西长安人。1959年入伍,曾任第二炮兵第二研究所高级工程师。解放军红叶诗社社员。

机器人之预

万千祖辈聚基因,智慧才能铸我身。名字生来罗伯特,目标指向必超人。传宗接代繁殖快,揽月捉鳌本领神。挑战世间无限阔,言之有预照先存。

吴鸿翔

1926年10月生,安徽宿松人。1947年3月入伍,曾任海防守备师副科长。中华诗词学会会员,解放军红叶诗社社员。著有《东山集》等。

手中枪

操场五尺练骄阳,哨所三更月镀光。梦里不离犹作枕,长城就是手中枪。

题高炮

素有凌云志,高空放眼看。天花如有意,开在彩云端。

潜　艇

出没长天远,潜行大海深。

降升随上下, 调节任浮沉。
潮汐千重浪, 风云万里心。
眼中收浩淼, 宇宙纳胸襟。

神箭抒情

三昧怀真火, 千寻喷彩烟。
已知飙中的, 更觉怒冲天。
霹雳凌空爆, 牺牲敢自捐。
平时随待命, 击贼勇争先。

海滩巡逻

潜步持枪搜索行, 滩明礁暗海涛鸣。
迷人夜色添诗兴, 打发风声又浪声。

喜马拉雅山南侧詹娘舍哨所

铁铸高原万里城, 云空雪海乐安营。
眼看花舞漫天絮, 足踏寒凝遍地冰。
岸挺裂肤风十级, 岿然柱影哨三更。
龙城飞将兵哥是, 屹立铮铮铁骨兵。

抗战英雄黄毓荃之歌[1]

救国侨归著战袍, 英雄壮志薄云霄。
长空起伏双飞翼, 碧海纵横千里涛。
破雾扬眉诛贼豸, 冲天吐气击倭枭。
汉家飞将今犹是, 捍卫金瓯一代骄。

[1] 淞沪抗战中, 海外归侨飞行员、国民党军航空第6队副队长黄毓荃, 先后击落日机多架, 在1938年2月5日空战中壮烈牺牲, 时年28岁。

以史为鉴

国恨家仇血泪涔, 倭夷践踏痛犹深。
昭和旧梦重温昨, 军国野心复辟今。
山姆撑腰抱粗腿, 东条附体拜招魂。
阅兵砺我倚天剑, 警示长怀不懈心。

边塞新曲

一

朔风长报平安信, 刁斗频消雪塞寒。
沙漠骑巡千里月, 边关人戍一心丹。

二

中秋喜讯年关到, 万里家书抵万金。
评得红旗三八手, 阿香照片寄情深。

新战士

自窥小镜笑端详, 飒爽英姿初着装。
立正怩怩询队长: 几时上级发新枪?

海岛站哨

面临浩淼胸怀阔, 手握枪支两目凝。
浴日炒风观海沸, 煮星灌月看潮升。

里 克

1928—2016年, 江西新余人。1949年入伍, 曾任总政宣传部理论处副处长。曾为解放军红叶诗社函授导师。著有《梦中诗草》等。

赞抗洪子弟兵

洪流南北涌三江, 恰似当年赴战场。
小米步枪驱虎豹, 钢胸铁臂镇龙王。
丹心铸就金汤固, 热血凝成河岳光。
祖国人民一声唤, 刀山火海有儿郎。

学雷锋

平凡不朽一螺钉, 奉献无垠生有垠。
热血沸腾忠于党, 赤心缱绻爱为民。
苍松百尺盘岩石, 伟典千钧奠永春。
历史从来自家写, 人间长赞傻精神。

随宋维栻政委去西昌参加成昆铁路通车典礼

一

铁军战士志胜天,敢闯禁区能破坚。
跨水穿山等闲事,高桥深隧紧相连。

二

长龙驰骋连滇蜀,南国从今非僻荒。
迎客春城降酷暑,浸沉天下第一汤。

古北口

北国咽喉修铁路,层峦叠嶂鼓鼙催。
长城逐雪蜿蜒去,潮白驱波汹涌来。
烽火台观穿地阵,燕山脚响震天雷。
似闻汽笛过峰壑,日照密云湖水洄。

阿拉沟

戈壁尽头寻绿洲,支边来此喜居留。
两岩灰玉环青草,一水红杨有细流。
平地渐多新舍落,开荒遂有小园畴。
风光亦似江南好,乐得人称我的沟。

南京六朝松

裂身犹自傲寒冬,断首安能媚世风。
历尽沧桑心未老,数枝依旧吐青葱。

西江月·请缨

鸭绿江边火起,中朝唇齿相依。男儿正是献身时,怎奈请缨无地。　　山姆目空无物,醒狮今岂能欺。百年屈辱至湔期,但看巨龙腾起。

念奴娇·卢沟桥狮

卢沟月淡,震惊雷,无定云堆涛急。北国灞桥狮几许,怒看东邻狼入。百里幽都,千秋古国,血雨腥风炽。九州儿女,东西南北传檄。　　八载扫尽妖氛,电波飞捷,晓月高天碧。两岸纵横开坦路,一水新潮频激。人往神京,车来港粤,每听佳消息。中华醒狮,吼声赢得新日。

念奴娇·香港回归

神州儿女,爱家国,不允金瓯残缺。南粤明珠沦割始,各族共弥天裂。河海咆哮,山陵愤怒,遍洒郊原血。邦魂民气,百年雷震云遏。　　喜迎合浦珠还,米旗飘落,奇耻今朝雪。旧恨已随香水去,新憾峡潮千叠。两岸同胞,全球华胄,情有炎黄结。几时携手,重看龙舞传捷。

邱智德

1929年生,湖南桃源人。1950年入伍,曾任新疆军区军事法院庭长。解放军红叶诗社社员。

战　马

竹批双耳四蹄轻,驮我精兵万里征。
大漠平沙追土匪,深更半夜袭番营。
冲锋陷阵猛如虎,斩将搴旗快若风。
老去不甘长伏枥,时时昂首向天鸣。

写在进军新疆纪念碑下

一

丰碑脚下忆当年,十万旌旗出玉关。

昼夜兼程穿瀚海,铁流滚滚越天山。

二

徒步行军十五天①,风狂沙暴又严寒。
"死亡之海"浑无惧,解放和田解倒悬。

① 1949年11月底,解放军某部一个团奉命从阿克苏出发,徒步行军15天,穿越被称为"死亡之海"的塔克拉玛干大沙漠,到达和田,粉碎了一起反革命叛乱阴谋,解放了和田人民。

赞战斗机女飞行员

巾帼不用男装扮,飒爽英姿秉自然。
古代木兰征紫塞,如今女子战蓝天。
雷鸣电掣军威壮,隼侣鹰群敌胆寒。
莫道须眉能勇敢,伊人气概撼昆山。

何 仪

1928—2003年,安徽天长人。1942年参加新四军,曾任解放军报社理论处编辑。

重访莱芜

重游故地到曹村,不见当年石壁闉。
铁臂弓山蒙战火,石梁汶上蓄烟痕。
明楼高举有名匾,翠柏深荫无字坟。
闹市谁人谙旧貌,误将东廓作西门。

六月赴喀喇昆仑山

六月骄阳飞大雪,寒冰砾砾凝似铁。
山花绽雪石如燃,骏骆履冰蹄溅血。
悬索有声述雨风,青碑无字昭明月。
遥思哨上戍边人,壮志弥坚情更烈。

水龙吟·观抗日战争纪念馆及雕塑群

百年苦难频多,哪堪这等弥天劫!奉城炮急,卢沟水咽,金陵沃血。拍案长安,茂林沉冤,冷枷寒铁。幸延河塔矗,青纱不绝,狂飙起,硝烟灭。　　休说弃刀成佛,看那方,孽魂新活。成文尽改,社神亲拜,幽灵成撮。箭啸东洋,舰行西海,矫情何迫?必耳提百代,自强无辍,继英雄魄。

水调歌头·饮马长江

昨别淮原雪,今宿水芦滩。百万穷兵尽扫,饮马大江边。哪管铠生虮虱,三过家门不入,众志欲排山。纵览千秋史,何处有斯观!　　心潮湃,强按捺,令延传。只待万橹齐发,大纛指江南。且看风摧败叶,一旦累卵崩塌,除恶不留残。伟业空前古,后世作侃谈。

何 文

1929年生,黑龙江泰来人。1947年入伍,曾在军委炮兵政治部工作。转业后曾任北京理工大学纪委书记。解放军红叶诗社社员。著有《寒松集》。

咏铁骑

颂东北民主联军骑兵师在吉、辽敌占区游击战。

晨光月影健蹄飞,沐雨舞风歼敌威。
跃马山河犹见雪,弯弓劫火已成灰。
英雄血洒征途壮,号角声催晓日辉。
更喜初酬千里志,垂鞭敲镫凯旋归。

春游十渡

一

十渡春风乍逐寒,康庄展步各争先。
人来车往喧嚣谷,笑挂村翁眼角边。

二

昔年战地看鹏飞,莽莽深山忆虎威。
抗日将军驰马处,花拥烈士满丰碑。

何　严

字肃庄,1921年生,湖南邵东人。曾在北京军区空军政治部宣传部工作。与羊春秋合著《历代论史绝句选》等。

登祝融峰

平生梦寐思南岳,霜鬓来游气尚豪。
一角斜阳巧裁锦,两条健腿奋登高。
呼朋山鸟迎佳客,联袂虬松卷碧涛。
行过天门凌绝顶,诸峰罗列似尔曹。

咏红梅赠羊春秋教授

南国红梅树,冰霜几岁华。
根盘千顷玉,枝灿半天霞。
欲报春前信,先开岭上花。
东风一浩荡,芳草遍天涯。

何　松

1922年生,广东大埔人。1944年参加广东人民抗日游击队东江纵队,曾任中央人民广播电台对台广播部副主任。著有《万川集》。

忆营救美国飞行员脱险[1]

太平洋上弹如流,美国飞机落莽丘。
营救翻山经虎穴,安全越水过龙湫。
并肩此日成盟友,反目来年做对头。
助纣为非施暴虐,又燃烽火遍神州。

[1] 1944年2月11日,美国第十四航空队飞行员克尔在香港上空与日本飞机交战失事,跳伞落到东江纵队港九游击区。游击队粉碎了数千敌人的包围搜索,终于把克尔从困境中抢救出来。同年5月,又相继营救美国飞行员数人脱险。

忆东江纵队

一

忆昔东江战阵开,又缘倭寇下乡来。
燃身赤日血弥沸,压顶乌云山欲摧。
空野迷茫望闪电,密林静寂听惊雷。
指看膏药旗翻倒,夺得机枪踏径回。

二

太平洋上火冲天,港九家家烈焰燔。
鹏鸟翼垂云滚涌,蛟龙爪舞水腾喧。
已扶陡壁罗浮动,远踏惊涛香岛旋。
文苑英才北归日,一船星月虎门前。

赞李向群父子[1]

抢险护堤风雨生,忆儿往日去当兵。
雏鹰展翅方瞻远,幼犊扬蹄未识惊。
闻令长江抗洪水,舍身大坝献丹诚。
而今留得军装在,为父穿来再出征。

[1] 1998年夏,广州军区某部战士李向群,在湖南省公安县长江大堤抗洪时英勇牺牲。他的父亲李德清闻讯后,从家乡海南省琼山市来到部队,强忍悲痛,穿上儿子留下的救生衣,扛起沙包,参加抗洪。

瞻仰毛主席故居丰泽园

中南海面闪波光,园地葱茏木荫墙。
日朗丰藏书满室,风清泽润菊生香。

窗前尚展残磨砚，架上犹存旧补裳。
四世同来瞻仰处，门庭留影淡烟翔。

忆周总理关心对台气象广播①

西花厅里已深更，心系茫茫一峡横。
多少潮声闻起落，几回月色见阴晴。
台风欲作连天号，渔火难为隔海明。
气象教将传岛上，晚安遥祝斗斜生。

　① 1972年8月14日，周恩来总理在审阅中央气象台强风预报消息时指示："要对台湾同胞广播，告以预防台风袭击和表达祖国的关怀。"并亲自在消息后面加上一句："祝台湾同胞晚安。"

赴朝偶忆

鸭绿江头骇浪倾，风烟弥漫赴征程。
继光岭上灰难灭，盛教河边草易生。
奋步寒流天地撼，挺身烈火鬼神惊。
艰难岁月今犹记，血洒邻邦暮霭横。

将军下连当兵

背负行装列队行，几多宿将赴连营。
金沙舟越云崖耸，大渡重登铁索横。
战火历经颜渐老，征途前展步还轻。
携来往日传家宝，正见山花烂漫明。

何可权

　1928年12月生，重庆璧山人。1949年12月参加革命，1950年入伍，曾任南京政治学院教员。解放军红叶诗社社员。著有《红荷集》等。

读战友来信

顷接来书难释手，再三拜读喜眉梢。
潇潇洒洒文辞美，炜炜煌煌格调高。

责在人先群有颂，利居众后自无骄。
行将耄耋仍勤学，可谓军中白发标。

思　乡

无情岁月催人老，日日高楼送落晖。
身住金陵心念蜀，山高路远梦常归。

鹧鸪天·凭吊雨花忠魂

锦绣江南二月天，柳丝抽碧草芊芊。梁间紫燕喃喃语，门外桃红又一年。　　风淡淡，雨绵绵，深情无限望丘山。清明祭扫英雄墓，凭吊忠魂泪涌泉。

何吉人

　1923—2009年，江苏海安人。1940年参加革命，曾任荆州军分区政治部副主任。解放军红叶诗社社员。著有《何吉人诗词选》。

戍边战士

精忠报国气如虹，沧海高山峻岭中。
弥漫浓云欣作被，荒芜野舍且为宫。
寒流滚滚昆仑雪，朔气萧萧戈壁风。
嘹亮军歌飘荡处，天天踏碎夕阳红。

缅怀萧华主任

江西兴国出神童，十二岁娃思不穷。
戎马一生心似火，挥戈半纪气如虹。
才兼文武情怀广，功誉军民声望隆。
总政阎王莫须有，光明磊落性豪雄。

何运强

　1974生，河北河间人。曾从军。中华诗词学会会员。著有《望云斋诗草》。

忆冬夜哨所

悠悠往岁化云烟？梦里边关魂总牵。
足踩寒霜三尺地，枪挑残月五更天。
不知寂寞风来语，只见精神星未眠。
多少从戎慷慨事，青青记忆数犹鲜。

鹧鸪天·退伍

红叶飘零桐叶黄，横空雁队唱归
乡。频频回首离营地，默默无言脱武
装。　　别战友，碎肝肠，从今各自画
春光。前途莫道风波恶，军旅三年已
是钢！

浣溪沙·雪日

片片琼花落小窗，富盛不再去繁
忙，紧依炉火暖洋洋。　　书看风云
参世事，壶储岁月煮茶香，寻来诗笔
阻时光。

何杏雨

1923-1995年，湖南临湘人。石河子大
学教授。曾为中华诗词学会会员，新疆诗
词学会会员。

万里从军

万里从军塞上行，玉门西出请长缨。
青衫留得征尘在，不唱阳关第四声。

塞外春回

春风吹绿柳枝条，又是红梅塞外娇。
若驾轻车驰旷野，应惊芳草接天遥。

石河子春色

杏花春雨满边城，柳绿梅红草向荣。

衡雁书中南国意，丁香梦里北庭莺。
玛河潭水惊鸿影，湖上兰舟远浦筝。
应握吟鞭观美景，蛮笺便可写侬情。

浣溪沙·石城广场王震铜像

上将挥师出玉关，风沙挟雨扑征
鞍，祁连雪岭戎衣寒。　　孔雀河边
花满地，铁门关畔柳笼烟，功勋今已
著人间。

佟　奇

西江月·赠原四十九军老战友

星海青春再现，漓江旧浪重
来。大山十万灭狼豺，喜看五星风
采。　　半季人间巨变，沧桑吾辈
开怀。愿同战友摆诗台，写尽仁山
寿海。

余　华

1927年生，安徽宿州人。1942年入伍，
曾任福州军区老干办副主任。解放军红叶
诗社社员。

忆进军宛西

平汉横穿入宛西，大军首战克侯集。
淅镇内邓俱解放，南阳蒋帮成瓮鱼。
诸葛曾开三鼎局，毛公今掌一盘棋。
卧龙岗上抬头望，似火朝霞映赤旗。

余　晖

原名徐银锡，1929年生，江苏武进人。
1962年入伍，曾任国防科工委科技部电子
局处长。中华诗词学会会员。著有《余晖
诗词选集》。

纪念狼牙山五壮士

一曲悲歌泪未干, 危岩绝壁旧棋盘。
熊熊战火狼牙险, 飒飒秋风易水寒。
金戈铁马驱日寇, 丹心碧血卫河山。
跃崖不辱男儿节, 亘古英雄气凛然。

出　塞

嘉峪西行景物新, 茫茫戈壁浩无垠。
黄尘古道先驱迹, 烽火边关英烈魂。
众志成城战荒漠, 晴天霹雳起蘑云。
多情更有左公柳, 引得春风出玉门。

余文樵

1932年生, 浙江嵊州人。1949年9月入伍, 曾任军事科学院研究员。解放军红叶诗社社员。

英雄的鱼隐山[1]

顶头尺五是蓝天, 小道羊肠百卉妍。
火炮登山凭力臂, 军粮进洞靠双肩。
几群装甲成灰烬, 五万凶兵化夕烟。
草木烧光山石碎, 英雄阵地屹云间。

[1] 鱼隐山在朝鲜三八线东线, 主峰高1211.7米。我志愿军在这座山上与敌人进行了大小二千余次战斗, 歼敌近五万人, 击毁敌坦克百余辆。

余少华

又名彭海波, 1973年生, 湖南汨罗人。曾在武警广西玉林地区支队服役。

赤子报国

鸣笛飞轮浩荡行, 忍抛父母启南征。
欣然挥别花世界, 乐在亲临绿警营。
教室雨淋听课冷, 操场日烈炼心诚。

问君究竟为何苦? 赤子尤存报国情!

富民政策

一从号角响三中, 便有琼楼傲碧空。
户户稻粱新压旧, 翩翩男女绿兼红。
坐骑竞走阳光道, 手指轻敲网线通。
政策英明民渐富, 欢天喜地舞东风!

余龙胜

1973年生, 安徽潜山人。1990年入伍, 总后司令部参谋。解放军红叶诗社社员。

颐和楼赠别

红叶香山宝塔前, 官兵兴会对无眠。
征衣犹带关中雪, 营帐新翻塞上弦。
曲度西沙明月夜, 吟开东海晓云天。
忽传檄羽烟尘急, 千里频催铁马鞭。

冬夜寄北

岁暮天寒问短长, 戍人夜夜误西窗。
遥知塞外千山雪, 约寄梅花一缕香。

志祥歌[1]

大校姓姚名志祥, 生在河北贫瘠乡。日日案上温诗书, 夜夜灯下苦寒窗。十八高才题金榜, 廿二饱学出校堂。男儿壮志仿宗悫, 一纸血书效国防。方至青海云沉沉, 又登昆仑雪茫茫。高原多石人缺氧, 戈壁无草绝牛羊。通天河中有妖神, 三伏天里又雪霜。石飞黄昏鸣刀枪, 风狂深夜啸虎狼。红旗漫卷唐古拉, 绿衣装扮五道梁。咸菜粗饭就冰咽, 奶酪砖茶偶品尝。莽莽油龙飞西藏,滚滚铁骑驰敦煌。情动雪域连佛光,胆撼大漠令昼长。七年家中音信绝,十载线上备战忙。曾哄小儿摘众星,亦许娇妻揽月亮。休言寡情恩爱少,可遣星月照空床。梦里殷勤奉老父,醒来无法侍亲娘。莫怨孩儿无孝道,归来泣拜短松冈。军号初闻腾热血,兵歌一唱弃柔肠。雄心壮志通天路,何惧忠骨眠道旁。科技攻关练兵场,寒暑钻研著文章。营盘不动景色改,光阴易逝鬓发苍。身躯半老当益壮,衣带渐宽挺脊梁。纵有千金不下海,誓将此生守国疆。京都秋高天气爽,姚君登上大会堂。近看皲裂唇色紫,细察浮肿面肤黄。不忘高原"三特别",岂图功名一奖章。自言受诲军和党,幸与青藏共荣光。前排将帅动颜容,后座官兵泪沾裳。三致军礼难息掌,五谢战友方退场。江山历历数英雄,青史册册垂忠良。感君戍边三十载,为君泪下百千行。

① 姚志祥,总后青藏兵站部汽车输油管线管理团高级工程师,全国学雷锋先进个人,全军和总后优秀共产党员,多次立功,受到党和国家领导人接见。

余岳武

1932年6月生,湖南岳阳人。1951年1月入伍,曾任湖北宜昌军分区作训科长。著有《壮怀吟》。

赠英雄罗阳的同事们

创业罗阳辈,青春火样红。
为圆兴国梦,争练补天功。

今日甘尝胆,他年敢御风。
老夫居北美,夙夜念辽东!

蹲　守

月洒礁盘鸟息声,男儿争筑海长城。
喜今火眼风云炼,专注深蓝隐巨鲸。

到解放军红叶诗社领奖

越过重洋始到家,心仪红叶忆灯花。
低头领奖忘军礼,白发难遮一脸霞。

梅县虎形村叶帅像

开国元勋赤子心,故园静坐听乡音。
客家一席家常话,乐得花开鸟唱林。

在平江彭帅铜像前

一声枪响亮三湘,力护红旗上井冈。
百战纵横鞍未歇,万言坦荡气何伤?
云开早识庐山峻,民富犹思汨水长。
今喜元勋高望远,珠峰圣火正辉煌。

建军八十五周年感赋

遍地腥风岂顾身,一枪震荡破迷津。
血凝黄土曾驱寇,头顶红星永为民。
万死不辞旗耀日,千灾何阻箭穿云。
定凭科技强筋骨,谁敢掀波犯巨轮!

余镇球

1933年8月生,湖南益阳人。1951年1月入伍,副师职干部,大校军衔。中华诗词学会会员,解放军红叶诗社社员。

除夕感言

春晚依然笑里终,如烟往事忆朦胧。
荧光喜与长虹汇,晨露欣为大海融。

有眼看花总隔雾，无牙说话不关风。
玉壶且作修身镜，自遣冰心证雪鸿。

① 春晚，指春节联欢晚会。

痛饮黄龙

——记朝鲜停战后五天，第一个建军节

烂漫山花次第开，黄龙痛饮莫停杯。
三年浴血终降虎，赢得威名震八垓。

游张家界金鞭溪

五十三年旧地游，湘西风景最牵眸。
烽烟往事浮心际，血洒金鞭缚匪酋。

恭迎志愿军烈士遗骸回国

英灵迎请返乡时，细雨啼鹃赋祭诗。
不计死生驱虎豹，拼将血肉固城池。
国间强弱重排序，军际高低另换旗。
一战赢来威远播，西夷刮目看雄狮。

抗战胜利七十周年感赋

七十年来气未平，耳旁犹似响枪声。
山河破碎金瓯缺，田地荒芜野草生。
千户屋空孤母泣，万人坑满乱尸横。
当时只恨庚辰小，不得操刀斩寇兵。

长相思 · 入朝

雨纷纷，雪纷纷，星夜兼程出国门，驱狼助近邻。　　山在焚，石在焚，兄弟遭残不忍闻，除魔甘献身。

鹧鸪天 · 布谷声声

——记停战后第一个春天

三载谁闻布谷啼，硝烟烽火血成溪。援朝勇士摧枯朽，迫敌开城举白旗。　　今听叫，似闻鼙，催帮群众试春犁。戎装汗透歌声起，笑看沙场换稻畦。

浪淘沙 · 回乡感言

脑里旧村洼，落满寒鸦。频仍旱涝绝桑麻。如虎苛捐尤索命，逼卖亲娃。　　耄耋返回家，满目繁华，小楼配上竹篱笆。此是儿时追蝶处？停着名车。

玉楼春 · 中美王牌云山对决

云山一战惊天阙，滚滚硝烟遮日月。林焚石裂血横飞，两个王牌相对决。　　"元勋"自吹军中杰，龙角虎牙皆可折。自从领教锐"尖刀"，炒面飘香忙后撤。

谷合作

1956年11月生，河北石家庄人。新疆阿克苏军分区退休干部。

圆 梦

中华儿女梦飞天，三总功高不息肩①。
年愈古稀情未了，居然造访月中仙。

① 三总，指"嫦娥一号"工程总指挥栾恩杰，总设计师孙家栋，首席科学家欧阳自远。

会战友

光阴似箭老边屯，昔日青丝覆白银。
执手言欢温往事，依稀可见戍边身。

边防巡逻

跨马荷枪国界行，戎装覆雪镫凝冰。

征蹄忘却风霜袭，踏遍托峰捍五星。

送老兵

老兵离卡欲登程，上下无声热泪凝。
乌水滔滔千里浪，不胜军旅弟兄情。

前辈建哨卡

三匹骆驼一口锅，托峰脚下步巡逻。
牧场古垒鸣军号，将士栖身在地窝。

故乡情

乌什回眸细柳营，燕泉有影记操兵。
卅年戎马扬蹄地，壁垒森森听号声。

邱吉祥

1936年生，山东商河人。1956年入伍，曾任乌鲁木齐陆军学院副教授。解放军红叶诗社社员。

忆进军新疆

徒步行军

霜晨塞外雁征南，胸有朝阳不觉寒。
猎猎红旗飞大漠，铁流千里到和田。

追剿残匪

惊弓匪首逞凶顽，枪挟残兵遁远山。
怎奈神兵追剿紧，黔驴无计命归天。

屯垦戍边

荷戈屯垦一肩挑，固垒强边意气豪。
汗洒荒原终结果，绿洲奏凯彻云霄。

边关卫士

脚踏昆仑山，巡逻彩云间。天下第一哨，海拔五千三。任凭冰封冻，大棚瓜菜鲜。但求金瓯固，宁可不下鞍。

狄　杰

1923年生，河北雄县人。1938年参加革命，曾任青海省军区果洛军分区政委，独立师政委，炮十五师政委。解放军红叶诗社社员。著有《霞光曲》。

渔家傲·忆冀中反"扫荡"

狼牙山麓雷霆击，大清河畔呼声急。芦荡青纱藏主力。用巧计，军民歼敌群情激。　　夜出神兵施突袭，村村地道枪声密。灭顶汪洋倭寇溺。敌溃去，乘胜收复桑梓地。

邹明智

女，1935年生，湖南醴陵人。1950年入伍，运载火箭研究院高级工程师。中华诗词学会会员，曾为《红叶》编委。著有《随心集》。

绮罗香·长街拾韵

舞袂连云，歌弦绕日，笑洒长安佳路。碧草如茵，一泻彩灯花树。仰城楼，绣裹金装；望广场，锦铺霞絮。似春潮那是欢呼，似春雷那是军步。　　东单谁赐媚妩！王府开街财茂，豪华商贾。绚丽西单，宛若画中仙墅。我爱你，十里长街！我敬你，国旗升处！荡五旬大庆回声，激征程战鼓。

行香子·飞天

——贺神舟五号载人飞船凯旋

代代筹谋,岁岁追求。为飞天,白了人头。高科觅路,热血探幽。品艰中苦、苦中乐、乐中忧。　　茫茫浩宇,巍巍利箭,喜英雄、跃上神舟。九天奏凯,四海欢讴。任心儿醉、声儿哑、泪儿流。

江城子·送别

梦魂常绕戍边营。乍相迎,又登程。未尽年欢,送别候机坪。忍看长鹰天外去,人不见,泪盈盈。　　蹒跚岁月恁无情。望秋姮,盼春馨。女跃儿呼,喜得早回闳。忽报南关烽火急,君且去,狠歼惩。

满江红·抗洪

浊浪翻江,云拖雨、洪峰咆泻。南北紧、千家涛卷,三江堤决。水漫层楼城泛海,浪吞沃野乡沦泽。困汪洋、绝处降神兵,声呜咽。　　沙包重,肩肩血。溃口急,身身铁。垒兵墙似堰,将心如岳。血肉凝堤生死共,军民拼力艰难越。守荧屏、夜夜到三更,终闻捷。

八声甘州·抗震救灾

痛八方泪眼望汶川,地震欲倾天。遍城乡坍塌,家园夷逝,路毁桥翻。含恨废墟深处,生命葬千千。死寂听余震,悲惨人间。　　日夜伤怀守候,每成功搜救,破涕开颜。为三军血沸,共万众心煎。党中央、把

天扛住,子弟兵、把大地缝连。龙之子、爱浓情重,护你平安!

水调歌头·贺"将军学府"诗研会成立

亮剑驰天下,勒马楚骚城。牵来滚滚江浪,润笔卷诗风。天堑桥头畅想,黄鹤楼中酬唱,崔颢九霄惊。美矣将军府,一跃上高层。　　将之骄、军之宝、艺之星。广结大苏小杜,学府举旗旌。喜待中华奥运,恰是神京盛会,诗韵更情浓。红叶西山艳,遥赠贺吟朋。

一萼红·一位伟大母亲的长征[①]

问红军,你珍藏多少,那不朽英灵?万水千山,你曾见证,母亲壮烈长征!送三子、铁流北上,勉夫君、生死报恩情。舍地抛家,携儿背女,勇踏狼烽。　　堆骨雪山草地,漫腥风血雨,一路牺牲。忍饿吞悲,咬牙坚志,遥看北斗星明。母葬女、群峰凄唤,子埋娘、小手挖荒茔。无字丰碑筑就,血肉长城。

① 李中权将军全家九口先后随红四方面军参加了万里长征,三过雪山草地。父亲、大哥、二哥牺牲。他的母亲舍弃一切,带着四个小儿女坚决跟随红军长征,历尽苦难。大妹饿死,母亲也病故长征路上。四弟、六弟、小妹到达延安。

八声甘州·参观宛平抗日雕塑园

对抗倭雕塑久凝眸,悲愤满心头。记少年逃难,流离惊恐,识尽伤

愁。日寇疯狂烧杀,劫火葬家楼。群羽嗷无哺,父死凄丘。　国耻家仇警记,铸英风铁旅,喋血神州。想小泉到此,当满面生羞。愿英烈、魂欢古渡,举芳樽、晓月为君留。群狮里、与民同醉,鼓乐卢沟。

苏幕遮·牵手

苑中池,池畔柳。背影从容,轮椅悠悠走。座里伊人车后叟。晨抚霞衣,夕理银丝首。　想当年,君记否?戍塞云乡,同品相思酒。解甲归田欢聚守。一路平安,百岁长牵手。

邹佩兰

女,1931年生,辽宁盖州人。1948年入伍。解放军红叶诗社社员。

忆军营生活

女儿也要带吴钩,投笔从戎解放求。
卧雪爬冰不言苦,习文练武在前头。
白天驻地帮群众,夜晚行军走壑沟。
鏖战三春驱蒋匪,军营七载喜回眸。

邹敢昆

1948年生,湖北仙桃人。1968年入伍。转业后曾任仙桃市技术监督局经济师。著有《雪泥鸿爪》。

南征歌

20世纪60年代,余所在部队奉命南征,援越抗美。

宣誓

友谊关前气遏云,臂林列阵对星辰。
拼将热血青春写,风雨千秋一寸心。

抢修

机似飞蝗蔽日阴,瞬间弹雨落霄云。
军旗猎猎烟中卷,号子声声泣鬼神。

军号

闻鸡起舞号兵勤,晓月晨风响入云。
巧用天时催战马,施工日日报捷音。

邹德余

1944年5月生,陕西西安人。1960年7月入伍,曾任空十三师军训科科长、领航员,特级飞行人员,空军大校军衔。中华诗词学会会员。曾为《红叶》编委。

捣龙潭

庚子冬余在步兵三五七团七连当兵锻炼,粮食紧缺,常食代食品,部队已多日未见荤腥。年关将至,我连奉命开赴海边小板桥村,破冰捕鱼。

何物度年关,唯鱼桌上餐。镐飞明镜裂,锹落玉雕残。鱼卧水帘洞,兵爬芦苇滩。俯身捞九尾,伸手捉双环。薄雾胸前起,阴风背后穿。单刀查虎穴,合力捣龙潭。笑看鹅毛雪,翩翩天地间。

忆沙场秋点兵

1981年秋,我军在华北举行了建国以来规模最大的代号为"八○二"的联合演习。我部派出三十多架运输机参加空降编队演习,余有幸参加。

塞外帅旗升,邓公亲点兵。西疆

挑骏马，东海选蛟龙。银燕长空舞，铁骑山地腾。神兵下重九，利剑指苍穹。炮火连天响，杀声震耳聋。红蓝相对抗，胜败论英雄。首脑谋方略，三军练合成。吴钩俏弯月，旭日照长城。故国春潮起，柳营科技兴。燕然早铭记，羽扇小平功。

南天一柱

南天一柱立天涯，万里波涛万里霞。
战士丹心朝北斗，扛枪放哨好年华。

贺空军组建六十周年

雄鹰展翅牡丹江，开国点兵初露芒。
鸭绿江边传捷报，东南沿海灭残狼。
丹心磨出英雄剑，碧血铸成钢铁墙。
喜看长空庆华诞，蓝天骄子一行行。

忆高空取样

手捧画册忆当年，往事如歌映眼帘。
万丈红云出青海，千钧霹雳响楼兰。
开屏孔雀凌空舞，展翅雄鹰大漠旋。
摘朵彩霞留纪念，东风伴我醉蓝天。

出南关
——纪念驻越援寮空运卅周年

一声令下出南关，送炭雪中非等闲。
河内穿云云接地，王都破雾雾遮山。
雄鹰展翅万千里，勇士援寮九十天。
国际助援吟一曲，归心化作凯歌旋。

忆叶帅

远望西山枫叶红，柳营白鹤忆元戎。
鄱阳湖上渔舟静，越秀城中鼓角鸣。

辅佐连赢三战役，承天智取四妖虫。
吕端善断诸葛计，统帅褒扬将士崇。

① 南昌起义前，叶剑英受党指派，以钓鱼为名邀贺龙、叶挺传达起义大计。

遥望南沙

一轮明月照南天，遥望南沙夜未眠。
沙岛早留华夏印，潟湖犹记郑和船。
横行山姆搅浑水，仗势阿三抢地盘。
今日长缨手中握，岂容蟊贼染银滩。

高原开出通天道

青海浮云暗雪山，雄鹰展翅路三千。
扶摇直上昆仑口，奋力绕飞唐古巅。
峡谷冰川何所惧？狂风雷电巧周旋。
高原开出通天道，万众欢腾捷报传。

忆夜空合练①

夜空磨利剑，擒贼显英雄。
舱外浮云绕，胸中怒火冲。
星如千只眼，月似一张弓。
任尔多奸诈，神枪射害虫。

① 20世纪60年代，为打击台湾P—2v侦察机入侵大陆，上级多次组织运输机进行夜间合练。1963年6月20日，"夜空猎手"王文礼打下敌机，合练机组也荣立三等功。

临汾旅颂

常忆临汾旅，英雄威武师。千山刀出鞘，万径马飞蹄。暗凿双重郭，明修百里堤。召来众诸葛，开动土飞机。地下雷霆起，空中烟雾迷。古城迎旭日，鲜血染征衣。巧打攻坚战，三军一面旗。

忆江南·核试验前沿机场开屏

一

开屏忆，难忘取芳名。孔雀河边飞战马，将军鞍上看开屏，强国做先锋。

二

开屏苦，风起石头翻。戈壁茫茫藏跑道，草棚矮矮扎营盘，大漠赏孤烟。

三

开屏乐，喜雨润心田。银燕飞来春意闹，红云升起凯歌旋，捷报北京传。

一剪梅·雄鹰展翅为弹星

难了阳关大漠情。青海湖边，展翅雄鹰。楼兰腹地马兰丛。霹雳蘑菇，孔雀开屏。　　戈壁沙滩咸水羹。冬夏耕耘，烈日寒冰。九天传唱"太阳升"。怀抱西瓜，醉卧东风。

浣溪沙·欢呼运20大型运输机首试成功

万里神州春意浓，鲲鹏展翅壮长城，冲天一啸宇寰惊。　　今日东风传喜讯，明朝战场建奇功，老兵把酒敬三盅。

浣溪沙·长空亮剑

万众欢欣鬼魅咦，峨眉起舞隐虹霓，冲天一怒震熊罴。　　黄海阴霾何日散？铜墙铁壁与天齐，长空亮剑正当时。

浣溪沙·贺光荣选送两名女航天员

杨柳春风喜讯来，双莺跃上凤凰台，神舟揽月继英才。　　方送男儿穷碧落，待看巾帼叱风雷，老兵把酒祝三杯。

浣溪沙·雄鹰增雨大西南

久旱西南盼雨难，雄鹰受命问青天，银河深处引甘泉。　　云海踏平千里浪，雾山绕过万重关，长空再谱爱民篇。

浣溪沙·赞歼击机女飞行员

雏燕京华舞彩虹，英姿飒爽木兰风，蓝天习武塑人生。　　沐雨迎风磨利剑，穿云破雾缚蛟龙，九霄揽月更从容。

一剪梅·悼邱光华机组

青藏高原铁骑兵。屡建奇功，抗震先锋。穿云破雾大山中。赤胆忠心，血染长空。　　羌笛悲凉哭泣声。追忆光华，送别雄鹰。剑门关下战旗红。魂系蓝天，壮我长城。

辛黎洪

1932年8月生，黑龙江鸡东人。1947年7月入伍，曾任国防科工委调研员。

参 军

弯弯山路百合香, 少小从戎别故乡。
农会主席亲送我, 红花白马上前方。

站 岗

乌云密布夜朦胧, 坟地传来狼吼声。
握紧马枪看罪犯, 严防困兽遁牢笼。

怀 念

巨人辞世廿年过, 大地神州变化多。
群众缅怀瞻日月, 导师遗泽照山河。
先贤创业途艰苦, 后辈承传路坎坷。
幸有邓公行改革, 秉钧开放奏新歌。

访密山边界口岸

秋风送爽野菊香, 一望无垠稻穗黄。
更骋壮怀登哨塔, 尽收边界好风光。

题晚秋图

峭壁悬崖飞瀑流, 群峰深处有琼楼。
枫林栌叶红山野, 笔染丹青赞晚秋。

踏莎行 · 赞神舟载人飞船发射成功

星际飞舟, 银河神箭, 遨游广宇航行健。风烟点点落晴空, 地球蓝碧痴情看。 月殿迎亲, 天宫摆宴, 穿梭往返真灵便。此时同仰一人高, 空间宏略同声赞。

辛耀武

1933年1月生, 山西洪洞人。1949年1月入伍, 曾任兰州军区战斗歌舞团创作员、高级编剧。中华诗词学会会员, 解放军红叶诗社社员。

鱼水新歌

无畏前行救震灾, 大军十万入川来。
汶川苦战鬼神泣, 阿坝排查天地哀。
战士指尖鲜血染, 乡亲获救笑颜开。
军民鱼水新歌壮, 声满群山情满怀。

荔枝吟

滇南红土地, 孕育荔枝香。
紫壳蟾斑秀, 银瓤酒味长。
边民贻劲旅, 战士爱苗乡。
串串连心果, 高悬哨位旁。

军中"金话筒"

央视《军事报道》主播、海军上尉海琳, 荣获2010年"金话筒"奖, 并被选为全国青联常委。

飒爽英姿金话筒, 东西南北走军营。
海疆万里飞银鹭, 大漠晴空唱百灵。
地震灾区行大爱, 阅兵盛典播豪情。
海琳上尉奇才女, 鲜艳芙蓉绽画屏。

怀念萧克

一

诗学罗霄陈毅韵, 红军律吕创新声。
香山红叶斑斓秀, 百岁将军心血凝。

二

天子山岩排剑戟, 金鞭溪水映群峰。
一从起事张家界, 湘鄂川黔辅贺龙。

三

久仰元戎韬略异, 喜闻刘帅巧连营。
挥师破敌骑兵阵, 鼓角昂扬到会宁。

四

抗日烽烟燃北地,青年萧克打先锋。
太行高耸燕山险,聂帅曾呼赵子龙。

五

开国曙光明四野,崭新图画待经营。
育人急迫筹军校,萧克紧随叶剑英。

六

彭总庐山遭厄运,如磐风雨黯辰星。
默然上将无言语,真个无声胜有声。

西地锦·边防新景

哨所冰雕雪塑

哨所冰雕雪塑,天地交融处。红旗招展,五星闪烁,军鸽飞舞。　战士巡疆守土,日夜迎风雨。金戈铁马,英姿勃勃。穿云破雾。

红柳根雕

红柳根雕精湛,细琢丹心瓣。题诗远寄,贺妻生日,申明宏愿。　妻子邮来相片,佩戴根雕链,心通意笃,同营共护,边防情恋。

胡杨化石

大漠胡杨昂首,抵挡狂风吼。千年不老,老而不倒,倒而不朽。　久浴冰霜雨露,化石晶莹透。边关豪气,军营文采,怀中星斗。

兵站奇石园

雪域冰川戈壁,美玉八方觅。大鹏展翅,龙翔凤翥,晴空比翼。　奇石公园壮观,塞上官兵喜。天山高耸,江河澎湃,吞含千里。

探春令·彩云追月

中秋佳节,碧空无际,彩云追月。北疆战士巡国界,望美景,心愉悦。　万家康乐团圆夜,戍边情更切。策马行,影叠冰川,蹄响雪域歌千阕。

临江仙·开国犒劳金

1949年10月1日,新中国成立,中央政府给全体官兵颁发开国犒劳金,余幸得西北农民银行钞票(俗称"农币")4700元。以3700元购买钢笔一支,余1000元珍藏至今。

褶皱农币千元券,爱如至宝奇珍。时时激励老兵心。问其何所贵?开国犒劳金。　伴我驰骋多少载,风吹浪打坚贞。只凭信仰壮诗魂。眼前花锦簇,晚景焕然新。

一剪梅·看老兵舞
《上学路上》感赋

俪影飘移上学堂,迷彩戎装,时尚书囊。老兵结队步匆忙,踏碎晨曦,拥抱朝阳。　六艺百科如食粮,灌顶醍醐,爽口琼浆。清风细雨润榆桑,老树葳蕤,晚节凝香。

行香子·"我是雷锋"

队列威严,首长呼名,众声答:"我是雷锋!"胸怀信仰,苦练精兵。为军旗壮,国旗美,党旗红。　与时俱进,承肩使命,驾驭科技卫和平。"神舟"探月,战舰远行。看云中鹰,林中虎,海中龙。

看花回·战舰远征

八百蛟龙万里行，日丽风清。舰船编队翻波浪，气昂扬，直赴亚丁。远洋祛海盗，维护和平。　改革赢来万业兴，富国强兵。崭新装备高科技，任纵横，水域静宁。中华神盾旐，舞动长城。

水调歌头·看老战士艺术团表演

莫道夕阳晚，举步舞蹁跹，乐池丝竹轻奏，不解老人馋。一曲《洗衣歌》罢，热汗挥如雨下，筋骨渐舒坦。一片掌声起，欢乐满心间。　赞开放，夸改革，唱丰年。小康有望，心似甘蔗晚梢甜。贡献一砖半瓦，共筑辉煌大厦，编织艳阳天。春绽花儿媚，秋灿月儿圆。

水调歌头·井碑

宁夏军区某给水团，为宁夏山区打水井101眼，完成了"百井支农富民工程"。当地政府和群众纷纷送锦旗、立井碑，赞扬亲人解放军。

百眼富民井，泽润古荒原。乡民欢跃，银锄铁臂引甘泉。白浪银柱飞溅，旗帜红星相映，人在石崖间。弯月低营帐，马达奏心弦。　冒霜雪、迎沙砾、夜无眠。深勘千尺，岩芯传捷喜开颜。踏遍群山幽壑，唤出瑶池波涌，清冽映蓝天。座座丰碑立，功德颂年年。

水调歌头·陇脉贯蓉城

68305部队奉命援建兰（州）成（都）输油管道工程，参与官兵一千五百多名，奋战八个多月，胜利完成任务，荣立集体三等功。

千里输油管，林海舞长龙。横穿秦岭蜀道，陇脉贯蓉城。回望施工旧地，战士英姿豪气，星月照天明。血汗洒沟壑，苦战鬼神惊。　钢钎秃，铁锹卷，钻牙平。焊枪闪烁，一道风景写忠诚。贺匾锦旗簇拥，鼓乐龙灯欢庆，处处起歌声："一管通南北，西部共繁荣。"

黄莺儿·五朵雪莲

在天山深处的科加尔特边防线，活跃着一支有五个维吾尔族姐妹组成的"雪莲五人组合"业余演出队，她们深入雪山哨卡，坚持为边防官兵义务演出，被部队亲切地誉为绽放在雪域高原的"五朵美丽的雪莲花"。

天山深处边防线。五朵雪莲，歌暖寒空，舞掬繁星，情动霄汉。邀夜月，影婆娑，步履冰川险。晓来回望征程，万壑千山，缥缈幽远。　堪赞！战士恋边疆，维女芳心绽。水乳交融，大爱无私，中华儿女风范。只为祖国安宁，乐把青春献。奏一曲冬不拉，旷野百花艳。

水龙吟·钓鱼岛巡航

海空立体巡航，银鹰铁甲朝天吼。钓鱼宝岛，历来归我、中华所有。史籍昭昭，法规凿凿，典章簇簇。野田、石原辈，鸡鸣狗盗，窃我岛、私相售。　两岸同胞携手，保疆土，并肩齐肘。舰犁碧浪，机穿层雾，凯歌高奏。卫国先锋，同仇敌忾，扫污除垢。望航程,万里云涛奔涌,气冲牛斗。

闵永军

　　原名闵永钧,1951年生,江苏金湖人。1968年入伍,曾任县人武部政委,上校军衔。中华诗词学会会员。

纪念毛泽东主席诞辰一百二十周年

回眸岁月赞毛公,革命生涯几十冬。
建党建军摧旧制,爱民爱国树新风。
挥戈跃马人间颂,伟略雄韬天下崇。
斗蒋驱倭青史铸,九州解放万山红。

电视剧《开国元勋朱德》观感

建国安邦壮志宏,雄韬伟略显神通。
武装起义风雷动,星火燎原日月功。
倒海翻江摧旧制,开天辟地焕新容。
千秋大业中华立,一代殊勋举世崇。

纪念抗美援朝战争六十周年

回眸岁月战旗扬,战火燃烧鸭绿江。
抗美援朝驱敌寇,保家卫国打豺狼。
邻邦协力坚如石,兄弟同心硬比钢。
胜利凯歌华夏颂,中朝友谊万年长。

八一颂

——纪念中国人民解放军建军86周年

南昌义举壮神州,辟地开天百姓讴。
星火燎原惊禹甸,长征胜利震全球。
保家卫国丰碑颂,抗美援朝业绩留。
抢险救灾功卓著,雄师劲旅誉千秋。

参观苏皖边区政府旧址感赋

纷飞战火铸群雄,青史长留世敬崇。
苏皖岸边怀旧泽,古城脚下展新容。
波光摇曳刀枪影,吟啸频传车马踪。
圣地鲜花常绚丽,丰碑屹立耀苍穹。

当年征战共挥戈

金秋战友喜相逢,往事如烟叙旧踪。
八达岭中同刻苦,秦皇岛上共争雄。
从军铁骨增才智,报国真情贯始终。
戎马征途留倩影,人生瑰丽灿霞红。

瞻仰扬州烈士陵园感赋

庄严肃穆慰忠魂,无数英贤不惜身。
战火生涯跟党走,风云岁月为民奔。
铮铮铁骨千秋颂,耿耿丹忱万古存。
为有牺牲多壮志,丰碑耸矗傲乾坤。

赞抗日英雄吴运铎

日本侵华战火连,昭仇民族有高贤。
金南义举存钢骨,创办兵工驱敌顽。
几处受伤凝正气,一生献党织奇篇。
英雄流血知多少,换取丹心照世间。

浙江余姚纪行

一

一入余姚豁远眸,雄姿妙境爱难休。
群峰烂漫染红叶,众木葱茏醉绿洲。
脚步轻轻量古韵,诗心满满品今优。
四明山上云霞美,不尽遐思梦里游。

二

无边妙景演春秋,极目芳菲美尽收。
阵阵松涛频入耳,茫茫竹海醉明眸。

嵩岑叠叠千帘舞,泉水潺潺万谷流。
登上高峰天地阔,神凝笔畅赋歌讴。

汪业盛

1978年生,湖北荆州人。1998年入伍,曾任内蒙古呼伦贝尔军分区政工科科长。中华诗词学会会员,解放军红叶诗社社员。

雪 兵

有这样一个故事,在一个边关哨所里,只有一个士兵。这个哨所位于雪山之上,四季大雪封门,一年仅有一周的时间供给养组上山,每天与士兵相伴的只有茫茫风雪。某一天,士兵突发奇想,用冰雪塑造了一个雪兵,于是士兵便乐此而不疲。这天士兵面对十九个塑造好的雪兵,开始雕塑第二十个,突然一阵寒流袭来,士兵的双腿失去了知觉……上山的给养组在哨所前发现了二十个傲然挺立的雪兵。

千年风雪失关山,莽莽昆仑北上天。浮云似雪吹不散,哨所边关四季寒。寒风冽冽雪苍茫,不辨东西是何方。壮士从军气慷慨,男儿戍卡志昂扬。十九青春似火焰,风雪何惧复何憾?马革裹尸亦快哉,老死炕头非我愿。敢将热血暖寒冰,能耐寂寞献丹诚。千里冰封一个卡,千里哨卡一个兵。夜枕冰雪卧风眠,晓看风舞雪翩跹。风流雪转凌霄起,疑是伊人到眼前。晓月一钩挂天西,风如袖袂雪如肌。能得朝朝相思共,莫问何日是归期。相思一片何所寄?铸雪为兵迎风立。一抔忠诚一抔雪,满川冰雪知人意。雪海茫茫路三千,雪兵十九同戍边。但使家国太平永,何惧风雪无

路还。滚滚寒流暗相侵,战士冻脚如生根。风雪扑面笑依旧,生命永逝留青春。寒风呜咽雪域晚,飞雪迷乱北国天。千里冰封一个卡,千里哨卡一个班。一班雪兵二十人,心如洁雪无纤尘。中有一人浑如真,笑靥如花面有神。雪原高寒云悠悠,一生坦荡何所求。红星闪闪烛天地,英魂默默谱春秋。

三沙吟

华夏宣威南海上,三沙建市五星扬;我闻此讯心欢喜,一梦倏然到石塘。万里石塘知盛辱,千秋碧水鉴兴亡;今朝幸甚逢明世,浪稳舟轻国运强。悠悠云影曳天光,岛树蕉花分外香;螺管声声吹浩渺,椰风阵阵拂清凉。懒龟慵睡金沙毯,顽鸟嬉戏白玉床;赤脚追涛油画里,童心拾贝古诗旁。海边谁晾银丝网,闲挂藻泥岁月长;小径寻幽山谷下,几丛灌木隐藩墙。有人篱畔务劳作,虬指苍苍黑脸庞;惊喜扔锄闻客至,炊烟袅袅拉家常。世代渔生居水上,向天遥指是吾乡;当年涨海风波恶,鼠窃狐偷不胜防。都道今天庆永兴,不知何日撵豺狼?沙洲铁屿人还土,先祖坟头上炷香。听罢此言心怅惘,别时冷月满衣裳;心潮澎湃海潮起,火热天风忽转凉。心事忡忡迷所向,何人询令振山冈;遥瞻峰顶塔楼耸,月下巍巍一杆枪。身份辨清迎进房,军官娓娓道南疆;回身先祝三沙立,转首神情顿激昂。科技兴训军魂铸,寸土不教手

中亡。声声霹雳耳边响,字字惊雷胆气张;梦醒长空归来晚,泪如潮涌血如汤。渔人月下思桑梓,战士碑前话汉唐。尚缺金瓯须努力,还余使命要担当。我亦军中七尺郎,岂无腹底一分钢;苦心常虑宁波计,精骨能敲破阵章。何日请缨提锐旅,骑鲸蹈海渡汪洋。长刀尽雪百年耻,神剑复我万里疆。

沈　扬

1942年1月生,江苏苏州人。1961年8月入伍,曾任陆军指挥学院干休所政委,专业技术6级。解放军红叶诗社社员。

参观黄花塘新四军军部旧址

小村昔日帅旗红,驰骋江淮建大功。
战地今来寻旧迹,老兵难忘忆元戎。

浣溪沙·沙家浜

展馆琼楼壮史留,八年抗战报冤仇,高歌奏曲斩倭酋。　　不忘铁蹄蹂国土,常思勇士护神州,防倭定要早筹谋。

沈华维

1954年8月生,宁夏永宁人。1970年入伍,曾任宁夏消防总队政治部主任,大校警衔。中华诗词学会常务理事、副秘书长,解放军红叶诗社副社长。著有《沈华维诗文选》等。

春到边关

牛羊军马日相看,沙暴疯狂三月寒。
新燕飞来频细语,报知春色到边关。

思　乡

边关何事不思还,家国安危系一肩。
借得蟾光心问月,亲人入梦可安然?

网络演习

案上沙盘网络通,敌营诡诈我知情。
几多妙策详推演,得胜全凭平日功。

城市武装巡逻

雨打风吹不计旬,穿街过巷复冬春。
男儿壮志休言苦,甘作平安守护人。

海防哨所清晨闻号声

贯耳依然熟又亲,号声急促破清晨。
滔滔南海多风雨,莫作太平沉睡人。

开荒种菜

谁云塞外太荒凉,火柿添娇杏子黄。
掌上茧开如石硬,额头汗滴似流长。
中原大蒜江南豆,蜀地丝瓜齐鲁姜。
春入菜园花绽放,秋来丰硕果飘香。

怀念老班长

同甘共苦六年头,流水兵营听去留。
众口锅中尝日月,几人壶里饮春秋。
行军路上肩头重,查夜床前脚步柔。
万里迢迢常挂念,相逢不晓啥时候?

军事演习

旌旗浩荡虎师雄,石走尘飞龙卷风。
案上疆塞天外事,阵前红绿校场功。
地空联手称强旅,网络协同出智能。
虎视周边蠢欲动,民安国泰赖精兵。

人民海军建军六十周年东海阅兵

风云六十胜千秋,海上长城砥柱流。
邦友来朝夸凤舞,舰帆击水任龙游。
波翻一页开新纪,浪卷千堆洗旧羞。
国有军威民有望,和平崛起固金瓯。

新中国六十华诞盛典

京城操盛典,禹甸喜空前。
长剑蓝天啸,三军步履坚。
花车开泰路,腰鼓动山川。
改革兴宏业,辉煌耀大千。

刘公岛忆甲午海战

青史凭谁写,悲歌震撼深。
沧浪问渔父,鸥鹭吊军门。
波下埋忠骨,滩头见泪痕。
妖倭心不死,拜鬼欲还魂。

中越边境海防哨所见闻

放眼滔天浪,邻邦一望中。
依山成虎帐,居水筑龙城。
树沐潇潇雨,旗迎猎猎风。
国门凭赤子,日夜枕涛声。

贺神舟九号飞天、蛟龙号入海成功

浩荡银河路,翱翔化海鹏。
飞船来络绎,深海任纵横。
陟险从千仞,攻关上一层。
新程催奋进,儿女尽英雄。

临高角解放海南岛渡海登陆处抒怀

一

干戈初定息,鹿死已分明。
桨急心犹急,滩平浪不平。
千帆征恶水,百代仰雄风。
樯橹成追忆,轶闻波底听。

二

一塔冲天立,神威震九州。
波中沉碧血,岩上起高楼。
剑指礁崖外,烟消海尽头。
图强应固本,寸水自归流。

写在军旅诗词研讨会

虎胆干云气,西山老凤声。
楚歌强似弩,檄羽胜于兵。
砺剑南沙石,凝魂大漠风。
芃生春在唤,好雨绿军营。

醉花阴·夜间潜伏

静卧丛中刀出鞘,薄雾身轻罩。四面紧包围,虎目圆睁,鸟梦莫惊扰。　星疏寒夜天将晓,蚊子耳边咬。突觉有敌情,凝气听时,却是风吹草。

临江仙·梦系边防

风雨如磐何所惧,戎衣历尽秋寒。英雄埋骨有青山。虚名身外事,心系万民间。　醉里豪言君莫笑,踏平道道重关。战歌声里月初残。壮怀时刻在,每梦国门边。

西江月·兵心似故

抓把风来爽口，边关万里征途。虽无战绩史堪书，举步踉跄一路。　　痛饮五湖当酒，人生难得糊涂。可怜醉罢亦长呼，却是兵心似故。

蝶恋花·闻战友聚会不至有寄

自是闲云乘醉去，莫叹夕阳，有梦何时续？零落征鸿听斗雨，心灵聚散消愁绪。　　相见不知离别苦，思絮绵绵，可把春留住？无愧此生军旅路，嘶风老骥闻金鼓。

鹧鸪天·九一八事变祭

黩武狂徒梦一柯，揪心往事叹蹉跎。白山迢递乡关渺，黑水迷离鬼影多。　　家破碎，泪婆娑，匹夫奋起共挥戈。青纱帐与风撕扯，野火燎原驱恶魔。

鹧鸪天·七七事变祭

遗恨当年不忍提，烽烟乍起宛平西。家贫却遇伺饥虎，雨骤频催纵马蹄。　　分胜负，见高低，大刀滴血祭旌旗。黄河一曲声威壮，惊醒雄狮怎可欺。

鹧鸪天·畅想中国梦

壮丽宏图迎百年，邦交和睦靖周边。助推经济高科技，重塑心灵价值观。　　民是本，国为先，惩除腐恶不歇肩。龙腾霄宇思圆梦，接力长征紧策鞭。

宋　挚

1926年生，山东高唐人。1947年入伍，曾任国防科委后勤部直政处主任。

戈壁随感

浩瀚寂寥戈壁滩，飞沙走碛路漫漫。晴丘幻象水波阔，万籁无声夜色寒。昔日楼兰匆泯灭，今朝孔雀复华繁。山河震撼蘑云起，寰宇人民动地欢。

宋全夫

1933年生，河南长葛人。1948年入伍，曾任空军政治学院教研室主任。

梦醒后戏作

纸上谈兵梦虎符，荒斋枕冷一檠孤。情兴合当师李杜，生涯岂料揖孙吴。兼葭秋水黄沙远，风雨鸡鸣紫塞芜。纵使诗魂钟一统，六韬堪运阵前无？

水调歌头·会老战友

志士难服老，白发贵情真。灞陵醉尉常有，不作故将军。挥洒且舒豪气，吟唱陶冶灵性，贡献未足论。更喜廉颇健，小觑武安君。　　暮云低，千嶂黯，近黄昏。楼头日落，《正气歌》品课儿孙。咨议经邦济世，闲话谈兵吹剑，何必羡鲈莼。一任花开落，天外看流云。

八声甘州·秋日寄战友

对滔滔逝水大江东，怅然忆年华。念长安叶落，燕山霜冷，战友天涯。但得身心俱健，余事不须嗟。他日蓬莱会,共赏烟霞。 遥想渡江击楫,笑金陵王气,独夫漫夸。纵金汤淞沪,兵败乱飞鸦。到而今,纪元新肇,故战场,开遍胜利花。关情处,在青山外,红日西斜。

望海潮

天涯东岸,长江尽头,东方第一名城。黄歇浦前,吴淞江表,连云广厦峥嵘。虹锁水波平,轨驰铁龙疾,磁激升腾。雅韵新苑,鸟翔鱼跃逗秋英。 当年沪渎风腥,仗船坚炮利,魑魅横行。辟地开天,雄鸡一唱,神州万里宇清。尧舜六亿旌。改革开放启,翼展鹏程。促进明朝海上,功业更恢宏。

永遇乐·缅怀书画大师田桓先生

秋老辕门,离营悬甲,面壁无寄。弃剑学书,惭愧项羽,犹有阵云气。秦籀汉隶,唐帖魏碑,但赞"叹为观止"。见途边,担夫抢道,几曾识其滋味。 民元大老,禅余耕砚,深得书法真谛。笔走龙蛇,挥洒风雨,旭素神相似。昔揖孙武,今追逸少,愿列门墙桃李。师曰诺!春申浦照,漫天翠起。

西江月·抒怀

梦里繁英落尽,醒来红日西斜。不须惆怅怨芳华,塞上秋风嘶马。 烟冷残烽旧垒,云蒸广厦千家。还将破阵旧时笳,谱入晴窗夜话。

宋其干

1938年生,山东泰安人。1964年入伍,曾在北京军区工作。解放军红叶诗社社员。

诗 祭

一

为使金瓯补正圆,头颅八百掷青山。
通灵松石含诗韵,抱恨波涛带泪翻。

二

晴空碧海跃丹心,华夏征途洒血人。
青史留香英烈在,后来俊彦步前尘。

战 马

天之骄子矫如斯,目炯神凝激战时。
斩将长城龙踊跃,搴旗大野虎腾驰。
暮年伏枥蹄犹健,万里征程步不迟。
凛冽飙风鬃耳竖,每闻军号仰空嘶。

太行魂

——咏朱老总、彭老总

一

铁马嘶鸣赴太行,烽烟万里战旗扬。
才高智睿谋神策,猛将如云志比钢。

二

侠骨当砖补塂垣,雪吾国耻为瓯全。
横刀立马杀倭寇,蘸血题诗悼左权。

三

易水悲歌歌壮士,太行情系系千山。

当年每忆心澎湃, 老总巍巍挂九天。

忆

夜深梦断正朦胧, 军号声声自远空。
似觉肩头挂斜月, 或曾手臂挽强弓。
旌旗猎猎山巅上, 骏马匆匆峡谷中。
战友如今散何处, 对窗思念到天明。

战友相逢

戎装脱去共心伤, 邂逅京城喜欲狂。
熟面已惊添白发, 乡音还听诉衷肠。
秦皇岛外争汹烈, 燕塞关前备战忙。
回首戍边增壮志, 山高水远寄情长。

献给航空报国英雄罗阳

功成竟去太空藏, 日月高悬璀璨光。
笑看飞鲨云雾里, 身灵智巧斗天狼。

读报感怀
——为中日钓鱼岛·"撞船事件"

行云四海有龙蟠, 井底青蛙欲蚀天。
堪笑东瀛无甲子, 不知今夕是何年。

圆　梦

飞天揽月戏天门, 捉鳖汪洋自在身。
梅在花丛开口笑, 激情似火咏昆仑。

江城子·雪

　　朔风卷雪势猖狂, 压山梁, 盖平冈。长城内外, 一片白茫茫。万里冰天无路径, 车被阻, 冷难当。　　牧民恐惧死牛羊。正彷徨, 寸心慌。军民边警, 携手救灾忙。通路备料输食品, 情切切, 暖洋洋。

江城子·梦

　　老夫思念演兵场。绿军装, 扛钢枪。雁门关外, 布阵正匆忙。骏马疾驰冰雪地, 风怒吼, 战旗扬。　　太行山下网罗张。出奇兵, 敌惊慌。杀声突起, 倭首乞投降。一觉醒来还自笑, 窗色暗, 夜苍茫。

念奴娇·古都新景

　　太行峰下, 阅幽燕胜景, 古都城堞。远望昆明湖水绿, 帝宅亭飞檐叠。草碧松青, 婆娑蝶舞, 白塔摩云脚。游人如织, 点头微笑称惬。　　红朵盛放如霞, 漫山灿烂, 喜度桃花节。卧佛醒来忙顾问, 可是云间宫阙？袅袅钟声, 众僧默默, 香火如东岳。京华春韵, 醉迷丹凤黄雀。

沁园春·壮志豪情

　　春至中华, 碧水粼粼, 芳草满园。望大江两岸, 杏花似雪, 桃红斗艳, 柳翠含烟。漫野村民, 锄镰挥舞, 规划宏图绣大田。新高速, 正四通八达, 直向云间。　　神舟兄弟谦谦, 正待命腾飞上九天。赞京台两地, 燕穿锦线, 耕情织谊, 血脉绵绵。笑脸盈盈, 奥运声声, 民族融融佳兴酣。长城下, 看雄姿英发, 虎踞龙盘。

沁园春·祝福

　　旷野花开, 大海潮涨, 五岳激昂。望长城翘首, 黄河摇尾, 三峡雷动, 万里春芳。放眼长空, 白云翻浪,恰似神龙嬉大洋。看今日,任呼风唤雨,澜晏涛藏。　　梧桐叶展枝张,引无数鸣禽在徜徉。筑鸟巢袅袅,奇思妙想,缤纷靓妆,献瑞呈祥。霞翠风轻,凤凰展翅,虹彩横空颂国昌。良辰到,祝新中甲子,福寿安康!

满江红·魂归故里

2010年元月19日,8名在海地地震中牺牲的维和英烈遗体返回祖国。20日上午,在八宝山革命公墓礼堂举行告别仪式,胡锦涛等党和国家领导人集体参加。

举目凝神,忠魂降、长风呜咽。云默默、望空瞻仰,撷芬拜谒。万户千家看泪眼,高山大海聆哀乐。三鞠躬、主席送英灵,隆情切。　　碧血荐,宏伟业;微笑像,镶宫阙。保和平世界,德辉刚烈。但耀国威扬正义,纵然身去犹心惬。宇宙间、日月与同光,银河列。

行香子·追梦新程

船启天晴,舵正帆明。众心齐,破浪冲锋。智凝力聚,奔向复兴。任千山阻,万滩险,横灾生。　　东风催梦,科教先行。百花放,水激山腾。克勤克俭,铁骨铮铮。正神舟飞,嫦娥伴,步新程。

沁园春·横眸甲午

仇漫平川,遗恨如磐,没齿不忘。叹清廷病重,曲身卧地,列强凌辱,倭寇尤狂。甲午交锋,军殇国耻,遍地哀鸿弃大荒。炎黄史,积经年污浊,血洗才光。　　江山如此苍黄,引无数精英来救亡。历三民主义,泽东思想,翻天巨浪,浩浩荡荡。红日高升,又闻闹鬼,稳驾风云瞰大洋。昆仑脚,见东瀛岛上,有只螳螂。

张　凡

1927—2016年,河北乐亭人。1949年入伍,曾任空军学院行政处处长。解放军红叶诗社社员。

锦州战友喜聚泉城

湖澄柳绿百泉鸣,白发行云亮画屏。
热血无言济凌水,青春有幸铸长城。
关山腾越参商近,战斗难分友谊恒。
明日相扶登泰岳,开怀共览众峰青。

师友小聚口占

齐步谐声律,虬枝正向荣。
无心比才俊,着意沐薰风。
一字云霄耸,三言茅塞通。
神怡人自寿,何必觅蓬瀛。

一剪梅·战友同游
潇湘车中即兴

摇曳芙蓉醉脸酡,四水扬波,画卷飞梭。群英献艺正开锣,北调南腔,老曲新歌。　　欢声今又动山河,只道金戈,不念蹉跎。白头何事乐尤多?寿永人和,故友常过。

张　合

1931年生,陕西蒲城人。1949年入伍,曾任陕西省军区干部文化学校副政委。

陕北镇北台

长城首堡属斯台，横亘边关敌莫开。
雄踞北方千百载，中原赖此少阴霾。

张　钊

1924年11月生，广东新会人。1944年入伍，曾任军委炮兵政治部文化部部长。著有《葵草集》。

忆珠江纵队

粤南子夜月儿明，北斗罡星照我行。
战士珠江挥画戟，健儿桂岭舞长缨。
蕉林蔗地青纱帐，海角河洲雁荡兵。
皂幕山深红帜艳，西江饮马又登程。

张　结

1929年生，河南开封人。1948年入伍，曾任新华社驻志愿军总分社记者，新华社副总编辑、高级记者。曾为《中华诗词》主编、中华诗词学会顾问。著有《道路集》《道路集续编》。

解放战争中南下纪事（选五）

忆渡江战役

明碉暗堡枉纵横，倚险还夸册万兵。
千里烟浓天为赤，一宵枪急垒全平。
敌酋徒见频频换，溃卒何堪步步营。
回首笼波尘未净，友军已报下南京。

忆赣粤道上

才迎弹雨下帆樯，千里兼程追击忙。
辎重半犹留北岸，前锋昨已迫南昌。
赣江水秀军威壮，梅岭关雄歌笑扬。
二月并肩皆劲旅，冲寒四次保临江①。

① 时与四兵团并肩作战的四野十五兵团，曾参加东北著名的三下江南、四保临江诸战斗及辽沈战役。

忆广东战役

千里征程岂惮劳，趱行全忘赤阳骄。
云笼五岭囚残敌，浪涌三江迓俊髦。
旧迹先寻农运所，新仇久对海珠桥。
羊城几个无眠夜，又向南疆听晚潮。

忆过广西十万大山

十万雄师十万山，层峰叠嶂与天连。
路遥时促宁胼足，旧恨新仇岂息肩。
身后欢声盈四野，眼前残敌务全歼。
捷书传到京都日，正越重关入贵滇。

忆进入昆明

大军直在画中行，山路盘迂尽赤旌。
边纵协同清溃匪，阿西欢舞捧芦笙。
滇池水阔低云散，金马坊辉早绮明。
最是郊迎三万众，无边喜色满春城。

志愿军入朝作战四十周年感作

一

投笔辞家气遏云，少年心事不须论。
唯将冷眼看强敌，敢献丹心为弟昆。
洞外新泥杂旧土，山头弹片乱枪痕。
夜深权酌泉当酒，北望星空认国门。

二

万户都成瓦砾堆，如刀弹片满山隈。
宁凭碧血凝尘土，忍令斯民化劫灰。
火箭炮车飞闪电，机关枪手响春雷。

新仇旧恨何须问，前线欣传敌阵摧。

三

将军严令到前沿，誓守主峰歼敌顽。
弹碎坚冰迷一水，烟笼白雪暗千山。
集团冲击终何用，步炮协同还等闲。
岂只魂惊两高地，连绵坑道尽雄关。

四

战罢回师认义旌，黄童白叟道旁迎。
来时一旅遏强敌，去日千峰铸铁城。
隔水依然唇齿倚，连山永志弟兄情。
从今鸭绿江波静，岁岁桃花夹岸生。

国庆四十一周年
前夕缅怀往事感作

淮海归来未解鞍，临江南望藐波澜。
才闻捷报传三省，旋见魂惊走百官。
火炮鸣时红赣水，雄师过日动梅关。
天安门下笑歌际，十万健儿全北看。

七七事变已五十余年，犹闻
唱卢沟桥之歌，感作

深宫帅府铸奸谋，却借机端肆寇仇。
一夕奔霆惊薄海，八年浴血奋神州。
宛平城固新楼立，永定河平柳影稠。
旧景苍茫谁记取，犹闻夜半唱卢沟。

建军七十周年作

战罢黄淮更桂滇，峥嵘岁月记当年。
老来留得军徽在，几度开箱静夜看。

观地对空导弹射击喜作

为看军威壮，宁辞冒晓风。

红旗临怒海，银靶起遥空。
大地腾烟火，长天舞玉龙。
残标云际落，近远笑声同。

七十五岁初度

光阴七秩枉追思，大漠雄关几越驰。
旷野行军星耿耿，孤灯觅句夜迟迟。
屈平忧国心犹昔，杜叟怀民志岂移。
四纪艰辛终不悔，诗痴今古尽情痴。

登岳阳楼

不惮途程远，来寻楚地幽。
时平花满眼，湖近水明楼。
一点君山碧，三湘淑气浮。
范公名记在，忧乐志心头。

长白山天池

三江分注处，百里矗奇峰。
云海迷遥树，初阳醒碧泓。
危崖凝地火，砾石沐天风。
独立苍茫久，归来梦亦雄。

感　怀

一

百年心事七旬身，早岁曾经战乱频。
虎旅踏平淮海雪，军旗染得岭南春。
青矜似旧豪情在，皤首仍持主义真。
放眼山河风物好，岂凭杯酒长精神。

二

半逢盛世半烽烟，回首前尘总慨然。
海笑山欢辞旧纪，云蒸霞蔚看新天。
忧民志壮曾尝胆，伏枥情豪敢卸肩？
暇日何须倚筇杖，为寻桃李遍名园。

三

五十年前事已遥,忧民心意似狂飙。
大江渡后千山绿,梅岭过时万马骄。
漫道客来皆旧雨,岂缘老至远新潮?
工资算罢余钱少,也向商场促内销。

四

书生本色是清贫,徒向天涯老此身。
纽市楼高难障目,春都花艳岂移心。
廿年留得诗千首,三月才消酒一樽。
新卷陈编盈四壁,更无他物贿财神。

蝶恋花·参观徐州淮海战役纪念馆

入梦几回淮海路。雪重霜寒,志壮忘辛苦。万炮轰鸣凌风雨,硝烟影里红旗举。　　四十六年还故土。一馆神游,半日偿离绪。侣友频催仍久伫,眼前尽是牵心处。

减字木兰花·《道路集》编成志感

卅年道路,水阔关雄谈笑度。非美曾游,万里归来未白头。　　苦吟昏晓,总为牵心情未了。一卷编成,回首前尘百感并。

张 洸

原名张怀恩,1938年生,山东海阳人。1958年入伍。中华诗词学会会员,中华诗词创研中心导师。著有《北国风》。

花园小区偶遇老战友

五十年前聚又分,黄沙岛上守边勤。
花开花落松岩路,潮去潮来海鸟群。
每向营门观涌日,常巡哨口踏流云。
青春壮气犹难忘,一曲军歌隔岭闻。

重返密云山乡

五月乡情五月风,十年重到又葱茏。
提篮陌上春装女,沽酒桥头白发翁。
几处新楼连镇北,谁家小院过溪东。
蒙蒙细雨村边路,一树山桃自在红。

草原之春

贺兰原上古河西,满目青苍晓舞低。
一抹朝霞红烂漫,十分春色绿逶迤。
游云塞草扶羊角,旭日边风送马蹄。
更喜挥鞭新雨后,嫩芽遍地绽春泥。

水调歌头·迎接雅典奥运圣火到京

万里银河影,破晓下天庭。扶摇玉宇仙界,倏忽越沧溟。自有高风引路,倾动三江五岳,遍洒宙斯情。雅典云涛远,圣火降神京。　　清波展,华灯上,映昆明。共贺人间盛事,歌舞灿群星。最是千钧重任,奋发今朝豪气,振翼起鲲鹏。百载风云会,啸傲铸恢宏。

张 涛

1922年生,河北景县人。1941年入伍,曾任武汉军区信阳步兵学校副政委。著有《逝川浪花》。

卜算子·忆冀南抗日根据地的小部队活动

一

沟路纵横交,据点星棋布。敌计

"囚笼"制我军,欲我无存处。　敌势一时狂,我自谋奇术。化整为零似悟空,钻入"牛魔"腹。

二

夜宿敌碉旁,仰见碉灯烁。戈枕衣合拂晓餐,备战无时刻。　每与敌周旋,竟日无暇啜。进出沙林斗恶魔,忘却饥寒迫。

三

军队护人民,民众将军护。任敌"清乡""扫荡"频,徒叹空劳碌。　巧袭敌窝巢,设伏田边路。出没无常敌战惊,没个安神处。

四

军政并相施,开展宣传战。"上课"攻心敌堡前,月挂西天半。　苦斗两三冬,度过"黎明暗"。打破"囚笼"扫敌顽,胜利曙光现。

张　清

1929年12月生,安徽合肥人。1943年4月入伍,曾任十六集团军四十七师政治部主任。解放军红叶诗社社员。著有《英模颂歌》。

长相思 · 战地三件物①

一

见木头,忆木头,特级英雄血印留。光芒照五洲。　烈士仇,将士仇,敌堡飞天鬼命休。雄风震寇仇。

二

大油箱、小油箱,战时山沟觅水

装。几多性命伤。　战渴荒,扫敌狂,坑道无泉斗志昂。人坚阵地钢。

三

恋树桩,爱树桩,屹立壕前屏障当。助吾打虎狼。　不怕伤,不怕亡,与我同仇正义昂。笑看赤帜扬。

① 作者自注:1958年4月8日,我志愿军驻上甘岭部队凯旋回国,在告别阵地时,我特意找了三件纪念物。一是黄继光舍身堵枪眼的敌堡射孔支撑木;二是我坑道内战士下山找水用的油箱;三是阵地上一棵布满弹头、弹片的树桩,带回国后被军事博物馆收藏。至今难忘,填三首小令记之。

张　颖

女,1930年生,河北玉田人。1947年入伍,曾任总参通信部高级工程师。解放军红叶诗社社员。

纪念我军通信兵诞生

天翻地覆八旬冬,烽火龙冈旗帜红。半部电台开伟业,双星睿智建奇功。沙场歼敌眼明亮,帷帐筹谋耳顺风。固我长城肩重任,打赢赖有信息通。

张　璋

1917年生,河南焦作人。1937年参加革命,曾任志愿军后勤运输部副部长,一机部局长。曾为中华诗词学会副会长。合作编著《金元明清词选》《历代词萃》《全唐五代词》等。

水调歌头 · 山海关

东海吐红日,万里戏苍龙。天开三面空阔,楼外有奇峰。昔日秦皇伟业,洒遍孟姜血泪,功过岂相通?

且唱盘山曲,谈笑论英雄。　天塞险,征战地,贯长虹。硝烟弥漫,金戈铁马鼓声隆。烽火长城内外,鏖战大江南北,一举定寰中。泪写千秋史,血染大旗红。

金缕曲·读陈毅元帅诗词

　　一片豪情吐。记当年,半生戎马,半生笔楮。《梅岭三章》惊天地,阴府阎罗何惧!平生志、刚肠金铸。转战江南齐鲁地,最关情、巧夺孟良崮。踏淮海,大江渡。　奔腾万里晨昏路。别淞沪,风云际会,周旋寰宇。文略武韬经纶手,内政外交功著。胸坦荡、翩翩风度。一代风流人去也,纵千言万语情难诉。挥此笔,为君赋。

张一民

　　1928年生,河北河间人。1945年入伍,曾任北京卫戍区司令部人防处处长。解放军红叶诗社社员。

渔家傲·忆解放兰州

　　自古兰州称要地,马家残匪久盘踞。四面高山屏障蔽。称铁壁,盘山暗道成体系。　西北大军行动急,四面合围不透气。步炮协同开火力。谁能抵,攻碉破障歼顽敌。

渔家傲·忆解放银川

　　昼夜兼程"穷八站",贺兰山下红旗展。马匪丢鞍弃甲散。望风窜,散兵游勇荒郊遍。　古驿银川人纷乱,马家父子暗盘算。入地无门天无盼。求谈判,开城易帜城垣献。

渔家傲·雪夜行军

　　雪片迎头风刺面,眉毛结冻身挥汗。小憩号声惊夜暗。躺路畔,霎时顿起鼾声乱。　天上敌机瞎打转,沿途扔下照明弹,顺便借光图查看。真方便,前边就到三八线。

张人达

　　1927年1月生,江苏海门人。1945年4月入伍,曾任广州军区空军工程部政治部主任。中华诗词学会会员,解放军红叶诗社社员。

贺广州军区老干部大学成立二十周年

一

鹤发童心入校门,诗书园地奋耕耘。宝刀虽老仍须砺,奉献余年报党恩。

二

老龄桃李绽枝新,花艳犹如往日春。培养贤才何论辈?书家协会又增人。

张万银

　　1952年生,甘肃高台人。1969年2月入伍,曾任炮兵学院政治部副主任、基础部政委,大校军衔。中华诗词学会会员,解放军红叶诗社社员。

秋夜宿轮台

平滩没日落红霞,月上胡杨叶似花。冷夜沉沉听犬吠,天山深处有人家。

回乡偶感

杏树儿时手自栽，枝繁叶茂我回来。
东风日照花千朵，不倚云霞一样开。

乘小船游周庄

船娘吴调唱歌谣，古韵风清水上飘。
春柳丝丝牵不住，轻舟已过十三桥。

农家小景

根根棒子晒山墙，串串红椒挂绣窗。
辣妹梳头频对镜，几番羞试嫁衣裳。

登黄鹤楼

鹤入遥天访故乡，人来把酒立苍茫。
今生不做神仙梦，但恨无诗唱大江。

童　年

白云朵朵绕冰崖，杨柳依依是我家。
长忆儿时曾放牧，吆牛乱踩马莲花。

踏青有感

万物清明竞自由，乱生春色立枝头。
留春最好多栽树，百鸟啾啾唱不休。

嫦娥一号奔月遥想

今日故乡有客来，嫦娥远望立瑶台。
深空一曲人长久，惹得相思泪满怀。

晚坐西湖边有感

眼前风月似天堂，遥想高坡独自伤。
若是湖山能抱走，我携西子到他乡。

天柱山

前身本是银河石，梦醒飘然到此方。

也许杞人忧天塌，搬来一柱立中央。

走过兵团团场

将军立马指天山，战士挥锹去垦田。
湘女如今孙绕膝，葡萄架下话当年。

北京奥运会开幕即事

精卫填平海，忙衔橄榄枝。筑巢
似金屋，鸾凤俱来仪。圣火昭银汉，
祥云映曙曦。中华一卷画，奥运五环
旗。梦想成真日，福娃唱和熙。

想回西藏

梦绕珠峰夜夜长，魂牵思绪到天堂。
神山圣水披哈达，瑞雪祥云闪佛光。
帕里酥油茶最酽，江孜青稞酒飘香。
人生越苦越怀念，心醉心平心自强。

轮台夜访胡杨

清秋月下影朦胧，负手喃喃叩老翁。
哪得千年寿如许，何来万代命无穷。
斜欹大漠魂犹在，横亘长河梦不空。
解语休言君傲世，一身英气立苍穹。

登岳阳楼

长空云动雁飞鸣，秋色苍然满洞庭。
白鹭依霞没天外，渔舟送日出巴陵。
希文绝唱檀屏刻，子美高吟雪壁铭。
喜乐悲忧天下事，一湖风月一楼情。

遥　想

青春作伴上高原，走进天堂信有缘。
帕里云低能摸月，嘎拉雪厚可平山。
达娃次仁心慈善，卓玛央宗美胜仙。

往事如歌如梦幻，深藏岁月度华年。

张子明

1927年10月生，四川简阳人。曾参加抗美援朝。著有《张子明诗词选》。

忆朝鲜战争（选三）

战云滚滚

战云滚滚去朝鲜，万死一生只等闲。
十八万人埋骨处，至今犹是怒冲天。

饥寒追敌兵

饥饿严寒追敌兵，连天炮火未消停。
汽车徒步相拼赛，稍有停留便冻冰。

缅怀胡勋贵烈士

姑娘十八傲春风，抗美援朝赴远戎。
烈火焚身浑未悔，芳心化作杜鹃红。

故乡情

时间何所贵，唯有故乡情。
村柳年年绿，乡思夜夜增。
花开似有意，叶落愈心惊。
少小勾魂处，蛙声尚可听。

[商调·逍遥乐]汶川特大地震

汶川惊震，通海无间，唐山泪忍。历史翻新，大军临、先救灾民。不是亲人胜似亲，情悠悠、药食俱陈。帐篷万顶，风雨安身，人性初真。

张中发

1931年生，河北深泽人。1949年3月入伍，曾任总装备部某部处长。解放军红叶诗社社员。

赞航天工程兵

凿洞穿山巧筑巢，崇岩峻岭隐神蛟。
一朝祖国有召唤，飞剑升空斩霸妖。

简易营房地窝子

大漠挖坑居地下，夏凉冬暖蔽风沙。
艰难创业修基地，探月追星始有家。

张长凯

1938年生，四川人。1958年入伍，曾任沈阳军区工程兵政治部宣传处处长。解放军红叶诗社社员。

鸭绿江断桥

立地擎天身半横，风吹浪打骨铮铮。
曾披弹雨运兵将，更挺脊梁抗虎鲸。
累累伤痕仇未了，桩桩忧患又频生。
悠悠岁月恨无限，永峙江中作警钟。

张凤桐

1928年4月生，河北鹿泉人。1947年入伍，曾任军事经济学院副师职教员。解放军红叶诗社社员。著有《陋居吟·诗联选》。

解放宁夏迎建国

八百里驱十五日，陇东追剿马胡军。
青铜峡涧人潮涌，牛首山前铁甲奔。
克垒攻坚除恶虎，摧枯拉朽扫残云。
雨中挺进银川市，忽报开国喜泪纷。

行军路上

星徽摘下换胸章，负重踏冰悄过江。
雪里行军无显路，夜间伴我有流光。
城乡尽毁多残壁，旷野寂寥倍苍凉。

前线早吹集结号,迎来新旅共除狼。

张文一

女,1933年生,吉林蛟河人。1947年入伍,转业后任中国政法大学副教授、工会常务副主席。

红星照征程

"万岁军"中一小兵,东西南北历征程。
红星照耀心尤亮,理想追求步不停。
解甲转行听号令,登台执教育精英。
艰难险阻从容对,笑看霞飞夕照明。

伤　员

纷飞战火妙香山,浴血冲锋敌胆寒。
药少衣单愁病重,雪多面冷伴风餐。
令回祖国情犹恋,血洒友邦心也欢。
挥泪登车还惜别,只因虎豹未全歼。

老战友相聚

西山聚会友情浓,似返青春岁月中。
吃苦心存兴禹域,扛枪志在缚苍龙。
长江浪急除邪恶,黄海风狂歼敌凶。
绿树丛中谈往事,依稀军号震长空。

往　事

年少从军离故乡,平津辽沈救扶伤。
湘江汉水追穷寇,卫国保家驱恶狼。
惜别兵营育桃李,遨游艺苑咏华章。
耕耘半世雄心在,愿作繁星永放光。

张心舟

1942年生,河北丰宁人。1960年入伍,曾任总参某部政治部宣传处副处长,业务处政委,大校军衔。曾为解放军红叶诗社执行副社长,现为诗社顾问。

己卯霜降日登西山

霜降西山景色奇,层林尽染似晨曦。
拾得红叶心为笔,饱蘸深情好赋诗。

赠无名战线老战友

北战南征五十年,闲居未敢忘烽烟。
金戈铁马梦常绕,故垒同袍魂总牵。
笔下风雷连海角,胸中日月薄云天。
无名元老诚无我,半纪辛劳写赤丹。

忆从军

携笔从军塞上行,习文学武壮山城。
曙光喜看方方阵,暮色欣听朗朗声。
踏月巡营霜满地,临风放眼雪初晴。
戎装不负凌云志,跃马扬鞭第一程。

净土颂

——《红叶》15周年感赋

净土人间何处寻?西山红叶映天云。
元戎笔下千秋色,战士胸中一缕魂。
身在尘寰脱世俗,根埋沃土献精忱。
韶华十五经风雨,飒飒霜林正气吟。

重读臧克家诗《有的人》

文豪铁笔写人生,入木三分讽世情。
勒石难求名不朽,贴金岂得利双赢。
凌霄有梦偷残月,野草无言送煦风。
重读诗篇聆教诲,心碑永在树常青。

编校《红叶》纪事

一

窗前停笔起思潮,耳畔如闻战马萧。

岁月峥嵘霜染鬓，边关烽火血湔刀。
丹忱谱出军魂曲，正气吟成国是谣。
盛世欢歌兼警语，老兵高格更高标。

二

携笔从戎笔亦枪，离鞍又作校书郎。
常随吟长敲奇句，每向诗贤索锦囊。
佳构天成三拍案，浩歌人诵九回肠。
秋翁不惮耕耘苦，霞染枫林醉晚霜。

登百望山

百望峰峦接太行，半山枫叶染秋霜。
松涛细语英魂烈，雁阵低回热土香。
故垒硝烟凝碧血，危崖星斗映遐方。
当年勇士今何在？冷暖轩歌铁脊梁[①]。

① 《冷暖轩诗钞》，史进前著。

窦店会稿留句

小住京郊傍柳营，切磋时伴剑匣鸣。
魂牵最是边关月，笔落犹珍血火情。
莫道老兵双鬓白，却看新竹半山青。
霞披霜叶三千树，尽作催人鼓角声。

忆戍青海

羽檄飞传大雪天，旌旗猎猎过祁连。
肩挑日月风云搏，智斗熊罴心血捐。
水草滩头弯劲弩，笔条沟内著雄篇。
戍楼灯火今安在？梦里常回青海湾。

夜　战

祁汉沟深灯火明，繁星助我夜鏖兵。
天书解读刀无影，敌垒崩豗雷有声。
笔底风云连广宇，胸中日月映高旌。
晓闻捷讯传帷幄，窗外群山满目青。

枫林感怀

一

幸入枫林不计年，一方净土喜耕田。
凝眸握管呕心血，沐雨栉风沥胆肝。
佳构偶逢欣未已，瑕疵时有愧难安。
诗家善解编人意，补拙园中别有天。

二

谁倩东风挈雨来，金声雅韵满山隈。
佳篇本是真情铸，妙境原从曲径开。
艺互切磋求品位，行相砥砺上层台。
枫林嫩叶聊相赠，代酒清茶进一杯。

赴三军仪仗队采风得句

军旗一展国威扬，校场雄兵铸铁墙。
步履铿锵惊虎豹，呼声霹雳慑强梁。
青春化作堂堂阵，血汗凝成闪闪光。
不负戎装男子汉，中华崛起看腾骧。

南湖船

旗举申江九秩春，横空猎猎咤风云。
推翻枯朽燎原火，唤起工农领路人。
四海欢歌新华夏，五洲惊看莽昆仑。
会当漫卷环球赤，镰斧高扬引巨轮。

赠总后汽车营官兵

硝烟杀出铁骑兵，滚滚风雷万里程。
生死艰危无惧色，急难险重显豪情。
当歌炉火凝群力，端赖军魂壮柳营。
卓著功勋镌史册，与时俱进大旗明。

《红叶》二十五周年感赋

枫林廿五忆先贤，甘苦宁知创业艰。
血火春秋凝铁韵，边关雨雪化芸笺。

难忘朝夕半间屋，无悔风霜一寸丹。
踏破重关旗猎猎，铸魂诗海再扬帆。

写在十八大前夕

前贤促膝论兴亡，窑洞明灯迓曙光。
漫道周期真铁律，断言民主是良方。
旗凝众志民心顺，剑扫阴霾正气扬。
警语钟鸣常在耳，和谐发展信腾翔。

感　事

一

昼伏滩涂浊浪翻，夜吞禽彘毁田园。
韩公假我驱鼍笔，化作强弓射巨贪。

二

眼空无物望苍天，自诩才高岱岳颠。
羞说麦城曾败北，别姬垓下有谁怜。

石家庄陆军指挥学院采风

攻克石门歌正雄，元戎谈笑立军黉。
携来抗大熔炉火，铸就神州百炼锋。
学子莘莘添虎气，将星熠熠著勋功。
号声嘹亮东方白，八一旌旗分外红。

访西柏坡

一

太行山麓小村庄，先哲留痕百代芳。
语出钟鸣醒后世，碾推雷动著华章。
泥墙挥洒如神算，土屋运筹胜庙堂。
若听伟人言赶考，湘音在耳意深长。

二

进京赶考大文章，警语箴言未敢忘。
治国先修方寸地，为民尽献一衷肠。

当持勤俭清廉立，勿堕骄奢醉梦殇。
接力长征人代代，咸来求学小村庄。

赠北海舰队碧波诗社诗友

北溟一帜映重霄，万顷碧波翻雪涛。
笔底惊雷驱鬼魅，胸中怒火慑鼍鳌。
扬鞭银汉金戈亮，砺剑蓝疆铁马骁。
荟萃群星歌劲旅，兵魂血铸国魂骄。

聆听苏菲女士谈往事

清脆乡音娓娓谈，如诗如画忆华年。
救亡圣地同心结，抗日奇缘红线牵。
鲁艺高歌催战鼓，杏林妙手播春暄。
并肩人杳春常在，梦里依稀延水边。

谒合肥包公祠

谁言世上没清官？孝肃高风百代传。
为扫兰台除恶虎，敢教心底涌廉泉。
青天头顶黎民喜，大厦肩承社稷安。
三铡在堂明国法，长留正气满人间。

悼史进前老社长

郁郁庭前树，芳馨晚节风。太行驰骏马，西北挽强弓。吟坛擎赤帜，心血染丹枫。诗成歌壮烈，笔下起蛟龙。冷暖悬箕斗，浩气薄苍穹。鹤杳魂犹在，时来拂叶红。

长相思·将军友情

一

绛帐灯，虎帐灯，叱咤风云两将星。笑谈五路平。　战友情，诗友情，沙场吟坛并辔行。谊深血火凝。

二

延水清，沂水清，鼓角相闻报捷声。同袍手足情。　　虎将风，儒将风，吟唱枫林赤嚞擎。青山夕照明。

西江月·红叶

枫染翠微绚烂，霞披碧落妖娆。红星十万下重霄，飒飒龙吟虎啸。　　不负霜滋血润，相携志壮情豪。琴心剑胆赋同袍，流韵天涯海角。

张玉银

笔名若雨，1956年4月生，江苏洪泽人。1976年2月入伍，曾任某基地技术科科长，上校军衔。中华诗词学会会员，解放军红叶诗社社员。著有《松竹轩吟咏》。

柳营早操

清晨戈壁静无言，红柳依依哨所前。播爱军营听号令，青春丈量九州边。

除夕思乡

故乡深爱尽倾情，职守荒原到五更。一寸柔肠营帐里，唯凭鸽哨报忠诚。

榆林镇川山头夜岗

风似狼嚎雪似银，万家安乐系兵身。一轮明月天边挂，应照乡间梦里人。

寄　信

邮票八分封隐私，千传万转递相思。凭君代晤亲朋面，展我心声一处知。

昆明向马关前线摩托行军途中

行军休整歇山冈，无限情思正欲狂。风色风光连海际，香蕉香味绕车厢。兵开壶盖传情话，民抱甘蔗令我尝。促膝倾谈还执手，叮咛祝捷到苗乡。

部队一级战备

频频警报敌当前，拉满强弓箭上弦。勇射鸥鸮清玉宇，豪情直到彩云边。

千秋岁·再见
——我的又一故乡

云峰岭外，宝藏卧疲惫。石装点，花聪慧。山山风影绝，道道晨光带。抬望眼，森林郁郁情如海。　　但愿旧颜改，重访新村寨。人不老，春常在。饮干坛里酒，畅叙边疆爱。功碑下，诗人如愿还心债。

踏莎行·深造

栋栋书楼，芳芳花圃，漓江罗带青如许。七星岩上竞风流，三更寻密天知否？　　宝剑研磨，梅花寒哺，飞鸿点点莺声住。登楼送目正金秋，长城腾啸华南虎？

张世义

1944年12月生，山东临朐人。1963年8月入伍，曾任陆军第二十六军炮兵团司令部军务股长。中华诗词学会会员，解放军红叶诗社社员。著有《龙山吟草》。

鹧鸪天·赞古田全军政治工作会议

一

日照金秋胜似春,古田圣地报佳音。山峦含黛九州绿,润雨无声万木欣。　明哲理,炼丹心,忠诚于党铸军魂。弘扬传统春常在,时代丰碑耸入云。

二

青瓦白墙倚晓窗,层林尽染闪金光。基因红色传承好,血脉相连沃土香。　红米饭,南瓜汤,雄师威武世无双。征途相约同追梦,高举红旗紧握枪。

鹧鸪天·读习总书记在文艺座谈会上的讲话

聚会京城喜气洋,传家宝典用心藏。龙吟昊宇今非昨,凤占高枝胜往常。　文苑盛,沐朝阳,百花流溢满城香。鼎新改革开新宇,必信艺坛出妙章。

鹧鸪天·女护旗手程诚①

点将台前唱大风,践行宗旨记心中。阅兵领队威名振,仪仗护旗旭日红。　呼勇士,显神通,气冲霄汉志凌空。青春献给强军梦,热血钢枪剑气雄。

① 程诚曾是2009年国庆阅兵女兵方队领队。

鹧鸪天·军绿帐篷

解救灾民水火间,八方星夜急驰援。官兵搭建帐篷屋,不叫一人睡露天。　驱噩梦,建家园,春回玉树换新颜。山河重整新图绘,多难兴邦又一篇。

鹧鸪天·西沙女兵

十七十八一朵花,身穿迷彩脸飞霞。平生最爱边关月,南海挟春渔火斜。　云影动,浪淘沙,满腔热血守天涯。波涛汹涌巍然立,直把三沙当我家。

张世周

1940年2月生,四川岳池人。1959年2月入伍,曾任国防科工委副处长、干休所所长。中华诗词学会会员,解放军红叶诗社社员。著有《军旅集韵》。

辞母参军

老母病身缠,辞行热泪潸。
慈恩铭肺腑,别绪动心肝。
家事轻如叶,国防重似山。
床前三叩首,阔步向边关。

实战拉练

铁马关河临战演,严寒冰雪练兵天。
忠心赤胆红如火,实弹真枪扛在肩。
不使乡亲惊好梦,悄然兵马过松山。
人人请战血书写,百里行军一日还。

解甲归民

号角声离远,戎装换便衫。
军中无户籍,梦里有边关。

葵花朵朵向太阳

——喜迎十八大召开

红船启远航,一路凯歌扬。
古国开新宇,中华特色香。
前贤奠基业,后辈步康庄。
喜见东风劲,葵花向太阳。

缅怀平西抗日英烈

拒马河边浩气存,壮歌一曲颂忠魂。
陵园百位英雄骨,万古丰碑励后人。

夜 读

工学齐进两相忙,嘴啃馒头上课堂。
夜半孤灯窗外月,寒来暑往照图强。

垂钓翁

朝迎旭日晚霞归,作伴蓝天绿水陪。
谁解渔翁风月意,全抛俗念钓余晖。

赞奥运金色玫瑰姐妹指路队

金色玫瑰迎奥开,鬓霜姐妹站亭台。
骄阳似火全无惧,乐为他人指路来。

敬悼钱学森老首长

忽传噩耗众心惊,痛惜中华坠巨星。
火箭先驱垂史册,航天之父著英名。
冲关破阻家园返,奉献终生赤子诚。
伫立灵前挥泪别,忠魂永驻照丹青。

张本应

　　1947年生,安徽庐江人。1969年初入伍,曾任二十七军八十一师炮兵团政治处干事。中华诗词学会会员,解放军红叶诗社社员。

荧屏观朱日和演习

兵枰推夜帐,导弹下雷霆。
铁壁红星旅,天弓细柳营。
眼前人激战,宇内贼横行。
铸剑为犁梦,寻思尚不能。

清明祭抗日无名烈
士墓骤雨复停

浩然当重死,仁者不偷生。
苟以存家国,何妨失姓名。
招魂天堕泪,诵诔地回声。
一束青刍罢,数峰云外横。

曾母暗沙宣誓

千秋封祭暗沙知,宣誓重来威武师。
眼底蜿蜒九段线,心头照拂五星旗。
龙行浅沼虾曾侮,客到中庭我不疑。
重任在肩枪在手,北瞻万里碧参差。

马关日我海军舰艇
编队巡航钓鱼岛

刻骨伤痕忘却难,当年片纸失台湾。
柳风已醒今龙域,槐梦休迷旧马关。
万里波涛催号角,一腔忠勇护江山。
从兹四月十七日,只听金戈奏凯还。

竹 颂

梦在青山韵在庭,风狂雨骤几曾经。
立身先遣龙探爪,解箨旋召凤展翎。
素志养成矜气节,虚怀剖出敞心灵。
夜阑试听萧萧里,敢忘烝黎疾苦声?

接《当代中华诗词集
成·解放军卷》约稿函
时值初伏

此身久不作军人,犹恋军营月一轮。

三尺枪呼亲战友,五株柳视俏嘉宾。
风霜已渡千茎白,肝胆难回两鬓新。
玉帐催诗飞羽檄,盈腔炽热待铺陈。

车过渡江战役纪念馆无缘展拜

一叶帆张若趁风,虔怀未许渐朦胧。
三军踊跃星光下,万舵连绵弹雨中。
谈虎黎元终伏虎,望龙赤县正腾龙。
江涛千里已融骨,重现安期电火红。

峻　节

1937年南京保卫战中,萧山令将军临危受命,肩负南京警备司令等六职,即抱定与城共存亡之决心,遂以身殉国,实践了自己"死在抗日报国前线,荣幸之至"的诺言。夫以身殉职、以死报国,军人之崇德峻节也,当丹书永志。

守攻已不在输赢,莫让倭儿视我轻。
千古临危当誓死,一身膺责岂偷生!
杀他气焰凭秫血,还我河山望柳营。
尸骨何须蟠马革,但留缺处补长城。

富士山阴云借老杜
秋兴韵（选六）

一

朔威勃郁控千林,万类萧疏万象森。
富士山前樱瑟瑟,封神榜下卦阴阴。
三呼盟主遮人口,一叩亡灵见我心。
莫道哥哥行不得,清宵数点忆寒砧。

二

拜罢泥胎影半斜,氤氲托起旧英华。
心头爱恨怀中剑,眼底芬芳海上槎。
镇国终须和氏璧,招魂还借去年笳。
杀人灭种吾家事,看惯樱花浴血花。

三

每忆扶桑散夕晖,杀声方振止声微。
分赃眼共肥羊突,开土心偕脱兔飞。
山坳旌旗风渐涨,关西子弟誓难违。
作科剪径浑儿戏,落日秋霜马正肥。

四

攻屠他国似围棋,漫说苍生哭与悲。
北海狂涛驰舰日,东京暗室扩疆时。
鲸吞朝鲜休言早,刀割台湾但恨迟。
欲望长城还缈缈,美人隔水正相思。

五

万里江河万里山,此心许在海天间。
袖中已握今龙脉,箱底重温旧马关。
历劫古都还滴血,弹冠新宠正开颜。
一波剑影刀光后,谁遏共荣东亚班!

六

未卜辉煌有尽头,东皇才幸又临秋。
望乡台暂长留恨,落日楼高尽是愁。
好梦真如醒醉蝶,穷途转羡去来鸥。
一弯残月降幡出,泪眼回看蔚九州。

当代长城芳华谱（选四）

独臂将军丁晓兵

臂断情安断,心尊格自尊。
双肩承国梦,孤掌托军魂。
门接春风轨,营盘细柳痕。
一身何所系?身后杏花村。

女航天员刘洋

十万凭虚路,明眸闪太空。
千秋谈月窟,五夜证瑶宫。
竞技谁甘亚?登天不让雄。
花间新选美,大美映山红。

雪域军医李素芝

雪域高原夜，金珠玛米灯。
驱贫驰铁马，救死降雄鹰。
情比春先到，馨从雪后升。
最惭疏小女，"爸爸"听何曾。

水文观测员李文波

圆缺南沙月，阴晴永暑礁。
水文连北阙，海况汇中宵。
百万零差错，平生一信条。
随缘听涨落，都似浙江潮。

张本浩

　　1930年生，安徽当涂人。1949年入伍，曾任总参通信部后勤部财务助理员。解放军红叶诗社社员。

赞新四军皖南抗日

卢沟烽火卷硝烟，先遣雄兵到皖南①。
驰骋平原夷寇穴，扬威芦荡扎营盘。
繁昌保卫凯歌奏，官陡奇袭捷报传②。
风展红旗宁沪地，高歌一曲震云天。

　　① 1938年4月粟裕率新四军抗日先遣支队到达皖南。

　　② 1939年1月21日粟裕率新四军二支队第三团奇袭日军芜湖机场外围官陡门据点，全歼伪军三百余人。

张光彩

　　1938—2017年，河南鹿邑人。1956年入伍，曾任军事科学院原军史部研究员、室主任，大校军衔。曾为解放军红叶诗社副秘书长、《红叶》执行编委。

长念伟人毛泽东

横空出世九霄红，旷世奇才百代崇。

伟略宏韬辉史册，雄文雅韵比珠峰。
思崇马列开蹊径，情系人民向大同。
四海五洲同景仰，丰碑矗立地天中。

颂方志敏烈士

赤旗高举在横阳，路隘林深据一方。
星火燎原先组党，波浪推进继开疆。
南征北战精神抖，建政培军庙算忙。
就义从容何壮烈，清贫传世万年芳。

战神粟裕

当年修史颐和畔，纵比横排总占先。
虎帐筹谋孙武秀，沙场布阵汉侯妍。
三山推倒功勋卓，四著流芳兵法传。
虽遇风霜无怨怼，汪洋一粟战神翩。

看《鹰隼大队》兼贺
人民空军六十华诞

初冬风劲赤旗妍，锣鼓咚咚震地天。
喜庆蓝装花甲寿，欣观鹰隼妙龄年。
一穷二白无生有，百炼千锤后越先。
比翼高飞雷电击，气冲牛斗卫轩辕。

过兰考

车飞兰考壮人心，漠漠沙田土变金。
桐木成林香四野，英风浩气荡乾坤！

梦游洛阳龙门石窟

久闻伊洛雷音境，今夜仙宫入梦来。
石刻飞天称鬼斧，碑题墨宝叹奇才。
挖墙凿壁伤痕累①，遗恨填胸法鼓哀。
滚滚车轮超百代，春风化雨异香徊。

　　① 龙门石窟中浮雕群像及飞天等，多为美国人普爱伦从石壁或窟顶挖去，今竟陈列在美国波士顿博物馆。

游圆明园感怀

方壶胜境今安在？美景萧然画里寻。
曲院风荷千叶杳，西峰秀色万花沉。
涵虚朗鉴清漪绝，蓬岛琼台玉石焚。
一代名园成瓦砾，如山铁证记伤痕！

老牛自况

一

人生苦短惜东流，白首穷经愿未酬。
衰牯扬蹄追骏马，长驱万里乐悠悠。

二

分秒光阴金不换，人生若梦少华年。
老牛常叹西阳晚，不用挥鞭力自捐。

援朝纪事（选三）

星夜站岗

大地沉沉山野静，星辉月暗小溪鸣。
千家万户皆酣睡，紧握钢枪一哨兵。

在伊川助民劳动

五月花烂漫，风微紫燕翩。布谷
声声叫，唤醒众儿男。农事忙稼穑，
揽衣下稻田。歌声伴笑语，兄弟姊妹
般。你追我又赶，夺魁不让贤。军民
鱼水意，异国谱新篇。同心又携手，
共建好河山。友谊松柏翠，青史芳千
年。中朝东方立，铜墙铁壁坚。

谒平康烈士陵园

清明细雨绵，执手谒陵园。伏虎
双拳狠，援邻一寸丹。死犹山岳重，
节烈松柏坚。业绩弥环宇，英名盖大
贤。肃然生敬意，鞠躬体态端。忽而
思古句，埋骨是青山。

念奴娇·山清水秀

百春沉闷，是谁将愁雾，驱向汪
洋。万里狼烟灰烬散，月明人唱高
膛。剑戟刀枪，诛倭倒蒋，旗艳鼓锣
锵。三山摧毁，秋风吹去肮脏。　　回
看禹甸神州，青峰绿水，黎庶乐无
疆。土地还我粮囤满，衣服多样时
装。大厦高楼，金霄良夜，男女梦安
康。百年之后，彩云青宇流芳。

西江月·编辑
《周恩来军事文选》

集里篇篇珠玉，耳旁阵阵波
涛。洋洋洒洒武功骄，缕缕春风飘
渺。　　可贵英雄无悔，宵衣旰食
魂销。韦编三绝育新苗，天上人间
欢笑。

念奴娇·纪念邓小平
百年诞辰

伟人仙逝，九州悲，江海滔滔
无尽。真理追寻，携火种，回国襄
军年俊①。百色揭竿，长征万里，仗
剑炎黄振。金鸡高唱，五星旗展民
奋。　　三落三起坚强，心红肝胆
壮，英姿豪韵。务实存真，求发展，尊
重人才名训。革故推新，更珠还合
浦，小康奔进。雄文传世，继承先哲
根本。

①大革命时期，邓小平曾在冯玉祥部
做兵运工作。

念奴娇·科技明星钱学森

学森人杰，影高耸，科技明星光照。一片忠心坚信念，韵雅风馨缥缈。壮岁多磨，无由被拘，五载回归道。江山娇美，敞怀才俊欢笑。　　犹记创业当年，一穷又二白，攻关多少？大漠红云、挥间间，权霸惊呼不妙。宇宙遨游，毛周欣接见，此生荣耀。颐期仙逝，汗青难写君俏。

水调歌头·参观
平津战役纪念馆

回看京门地，烽火烈云天。辽沈大战方捷，徐蚌斗犹酣。酋首踌躇束手，弃守平津难定，好似坐针毡。雄杰精谋划，张网在人寰。　　扫外围，断逃路，灭陈顽。北平孤立，城破指日待令颁。巧用和平攻势，创造世间奇迹，此着古今鲜。一揽思情勃，击掌赋诗篇。

水调歌头·看二十一集
团军画册

灿灿英豪集，功耀九州春。敬亭组建于皖[①]，业绩满前身。抗日红旗高举，赤县秋风猎猎，驱寇扫蛮尘。修道正年壮[②]，保国献忠魂。　　三山倒，蒋酋缚，气吞云。抗美铁拳打虎，友谊植东邻。西进甘青平叛，十载艰辛不悔，执意为人民。且看貔貅健，竭力卫乾坤。

① 敬亭，即高敬亭，红二十八军的创始人。

② 修道，即彭修道，后改名彭雪枫，新

四军第四师师长，1944年9月在抗日战争中为国捐躯，年仅37岁。

破阵子·贺北京奥运会

万里东风旗展，三山五岳欢腾。十亿神州齐注目，四海炎黄倾耳听，祥云绕北京。　　欣看群雄一搏，更增友谊双赢。圣火冲天妖雾破，众志成城国运兴，功勋青史铭。

破阵子·看《情系北大荒》

东北荒原一片，从来沉睡无声。八百里扬旗奋战，千把天挥镐不停，凌云壮志腾。　　竭虑殚精创造，机耕生产峥嵘。筑堰开沟春早事，排涝分洪秋后营，家随勋业成。

水调歌头·赞《奠基者》

萧瑟嫩江畔，荒野赤旗翻。中央决策英明，选将任能贤。队伍千锤百炼，高德馨风亮节，会战大油田。白手起家事，九域慨支援。　　啃干粮，喝冰水，露天眠。红书指路，为国争气地球钻。打破强权封锁，抛弃贫油旧帽，捷报屡相传。笑看当今世，华夏更非凡！

江城子·颂江孜

当年抗暴最顽强，尽奇郎，对洋枪。舍体忘生，血肉筑城墙。纵使魔王心狠毒，坚似铁，御猖狂。　　今来幽境百花香，鸟飞翔，蝶蜂忙。寂静无声，四野遍金黄。自古农奴肠断处，芳草地，见牛羊。

张华斌

1959年生,内蒙古开鲁人。曾任空军北戴河疗养院副院长,大校军衔。解放军红叶诗社社员。

唐多令·白洋淀

芦叶满汀洲,篷船劈浅流。雨初停、寒气飕飕。万亩荷塘桥上览,叶尚翠,蕊刚收。　　回首苇丛沟,雁翎锁寇喉。旧白洋、抗战名留。今日组团游圣水,赏古月,过清秋。

水调歌头·山海关怀古

风吹九门口,浪打老龙头。古人征战关塞,易主小城楼。秦帝求仙入海,魏武碣石咏志,明清剑对钩。辽西走廊窄,杀气漫燕幽。　　忆近代,别墅建,铁路修。百万雄师入关,平津让蒋愁。四野首捷辽沈,兵下天涯海角,建国勋业优。伟人遗篇在,千古竞风流。

鹧鸪天·冬训

迷彩一身沐劲风,斜阳晖远隼盘空。时值冬至来冬训,徒步长驱壮我情。　　医护走,主官同,野炊拓展乐融融。耐寒抗累磨心志,不让人生醉梦中。

临江仙·春早

湖面退冰还绿水,波光又映朝云。搭窝喜鹊要相亲。晨风拂翠柳,暮雨润苏根。　　鸿雁北飞寻故地,游人南下淘金。一年之计在于春。

绸缪于未雨,凡事不伤神。

张产胜

1936年生,江苏无锡人。1956年3月入伍,曾任师副政委。中华诗词学会会员,江苏省诗协常务理事。著有《岁月吟痕》。

接入伍通知书

千里春风吻柳梢,村前喜鹊闹枝条。
多年慕绿凝成梦,一纸惊红化作桥。
忍舍冻田三寸麦,难离陋室数重茅。
权将孝悌胸中寄,半是牵心半是豪。

班长教刺杀

行似旋风站似桩,出枪示范杀声扬。
刀光一闪千钧力,直把操场作战场。

连长查铺

一天操练梦生香,人静夜深微觉凉。
疑是亲娘含笑至,大衣轻盖暖心房。

指导员谈心

家父惊传病染身,投弹指标未刷新。
愁眉欲解却还结,一席谈心满目春。

家　书

大雁南飞字一行,家书复读纸凝香。
夜来寻梦追鸿鸟,越水翻山到故乡。

舟山某岛抗敌登陆实弹演习

一

战云密布沪宁杭,坑道筹谋摆短长。
编队蓝军全速进,磨刀战士献计忙。

飞机舰艇先横剑，岸炮水雷巧布防。
但等敌顽登陆后，军民合力打豺狼。

二

待命山间怒气冲，摩拳擦掌志如虹。
敌方登陆心存怵，战士持枪步挟风。
三次梯波遭劲旅，几回出击扫残凶。
后方降下空中贼，留与民兵立大功。

怀念彭德怀元帅

横刀立马有谁如？直谏庐山百斛珠。
塚上荣枯三宿草，人间始读万言书。

岁　月

岁月是把刀，花纹额上雕。
回眸边戍事，举盏话滔滔。

花甲感怀

生在芙蓉不是花，追红凝绿向天涯。
巡疆日暖鸥飞疾，侍哨夜寒月笼纱。
发白归耕南畈熟，身衰岂让后门邪。
披襟一快风前立，细品清明雨雾茶。

七十感怀

光阴如箭月如梭，谁染清霜两鬓皤？
犹记红花羞涩戴，莫叹人事好多磨。
征途无奈坦途短，明障能摧暗障何？
难得夕阳无限好，拼将馀热补蹉跎。

战友重逢

秋风送爽太湖滨，战友重逢分外亲。
四柱山前同比武，香樟树下互交心。
军营砺剑初成器，商海淘沙始识金。
难舍匆匆来复去，还期岁岁报佳音。

张安球

　　1933年生，湖北赤壁人。1949年6月参加革命，1979年转业。中华诗词学会会员。著有《奋蹄集》。

军　营

干部查铺

霜寒露冷步轻轻，甜梦不惊鼾正浓。
缕缕电光倾母爱，一掖一盖总关情。

夜行军

接踵摩肩背影重，长龙蠕动噤蛙鸣。
低声传令遥相顾，迷路仰观北斗星。

实弹射击

雨霁初晴晓色开，准星缺口巧安排。
环环命中显身手，自有红旗报靶来。

纵深战斗

号响冲锋震九天，满腔仇恨涌胸间。
短兵相接方称勇，誓插红旗万仞巅。

胜利归来

红旗招展白云飞，血染征衣汗染盔。
战士心花含欲放，军歌一路凯旋回。

卢沟桥感怀

月

温情脉脉秀婵娟，光泽人间宝镜圆。
一自东洋燃衅火，年年七七照无眠。

狮

栩栩千姿百态生，祥云瑞霭宛平城。
醒狮一吼山河动，怒目睁睁护太平。

桥

凭栏远眺卧虹桥,血雨腥风起怒涛。
昔日铁蹄遗迹在,至今拜鬼有狼嗥。

忆信阳大比武

1964年夏,叶剑英元帅率数十名将军及三大军区部队在河南信阳组织指挥了一场声势浩大、威武雄壮的大比武,以检验官兵素质及军事训练成果。因以纪之。

一

旌旗蔽日白云低,十万天兵拥翠微。
图上飞龙标两色,阵前伏虎扑千回。
将军百战身先赴,战士三年誉满归。
比武非为争胜负,男儿报国显神威。

二

中原逐鹿决雌雄,欣喜元戎亲点兵。
武胜关前堪纵马,鸡公山险可交锋。
三军勇渡南湾水,一役功成北斗星。
满目青山明夕照,风流儒雅史垂青。

书斋乐

从戎报国献华年,老骥归来志未眠。
几卷残书开又合,一支秃笔点还圈。
舍厅宴客无兼味,庭院留春有洞天。
闲嚼词章成偶句,欣然起坐续新篇。

忆葛洲坝水利工程建设

曾记夷陵万木秋,风霜尽染少年头。
巫山神女春闺梦,高峡平湖壮志酬。
十万军民齐踊跃,中枢帷幄费筹谋。
旌旗蔽日山河改,坝立南津下葛洲。

登一览亭

一览群峰小,苍穹极目空。
功名天地外,忧患古今同。
酒醉杯长满,诗成句未工。
龙山风落帽,渭水吊姜翁。

秋游武昌东湖毛主席旧居

澄湖秋色日升东,久忆仙翁觅旧踪。
度势挥师赢若算,乡音教诲警如钟。
长江横渡闲庭步,故国中兴绝代功。
下榻书房灯不灭,光芒犹照满天红。

走进红安

八七光芒定指针,黄麻起义扫千军。
鄂东子弟多才俊,大别山沟出战神。
杠子砸开新世界,铜锣敲碎旧乾坤[1]。
将军故里寻常客,尽是红星播火人。

① 杠子、铜锣均系电视剧《血色红安》中英雄人物名字。

满江红·观电视剧《毛岸英》

嘉木苍苍,湘江岸、农家本色。忠烈后、少年流浪,生离死诀。异域他乡天下志,高原故土亲情结。山河壮、旭日正东升,迎新阙。 慈父泪,娇妻别。鏖战急,音书绝。望豺狼近室,岂容残虐！志士援朝情正炽,男儿卫国身先折。人同仰、忆梦断忠魂,怀英烈。

鹧鸪天·桃源度假村

西出茅山一望赊,红尘紫陌染朝霞。琼楼叠翠莺啼树,柳岸藏春蝶恋花。 人济济,影斜斜,南腔北调海天涯。湖光山色和谐景,处处桃源处处家。

浣溪沙·朱家角

古巷幽幽笑语哗,沿河客涌丽人家,放生桥下数鱼虾。　青浦芳邻垂杞柳,红装少女浣溪纱,水乡梦画笔生花。

张克复

1945年生,河南伊川人。1968年入伍。转业后曾任甘肃省地方史志编纂委员会副主编、办公室副主任。

过新疆生产建设兵团

久钦志士戍天山,为国垦荒屯塞边。汗浇戈壁春风驻,千里嘉禾千里棉。

古浪峡

崇山险道势峥嵘,铁锁金关虎狼名。烽火烟传千里讯,垒碉洞隐百营兵。和戎城忆郭元振,滴泪崖哀穆桂英。大道通行今息武,牛羊成阵草菁菁。

金秋战友聚会

金秋相聚夏官营,追忆军戎那段情。促膝融融说风雨,倾心切切话人生。烟霞笑傲当潇洒,天命乐知厌利名。逝去年华莫须悔,前瞻报国效精诚。

张宏轩

1930年生,河南镇平人。1948年入伍,曾任军政大学政治部组织部部长。解放军红叶诗社社员。

忆粤桂追歼

一

大山十万矗云端,雪雨风霜何惧寒。脚竞车轮千百里,凯歌阵阵笑声喧。

二

红旗漫卷势如天,白匪狼奔小命悬。前堵后追围左右,杀声骤起报全歼。

咏《2008中国老兵和平宣言》[1]

历雪经霜峙劲松,挺胸昂首唱心声。和平寺里金钟响,百战忘身老寿星。

[1]　2008年7月27日,在长城脚下,有480位老军人,其中将军238位,呼吁"奥运期间,全球休战,止戈为武,铸犁熔剑"祝愿"天下大同,永无征战。"并种植4棵和平树。全国人大副委员长许嘉璐先生在和平碑上题写:"老兵·中国·世界——祈望和平"。

读《抗震救灾纪念画册》感怀

——赠8740部队全体官兵

英雄辈出谱华章,字里行间百品香。石滚沙飞争速度,颓垣断壁救残伤。将谋士勇忘生死,政善人和造福康。解难分忧元首语,题名榜样九州扬[1]。

[1]　胡锦涛总书记题词:"以三十八师为榜样,急中央之所急,急灾区人民之所急,竭尽全力为党分忧,为人民解难,为夺取抗震救灾全面胜利作出更大贡献。"

鹧鸪天·怀念革命老前辈帅孟奇大姐

滚滚湘江起迅雷,春阳浴凤耀虹霓。百年回首英雄史,烈火真金奠国基。　筋骨断,志无移,铁窗虎凳斗熊罴。人中豪杰国之秀,千古长吟帅孟奇。

张其全

笔名海啸,1937年6月生,江苏泗阳人。1955年1月入伍,曾任海军北海舰队航空兵某部政治处副主任。中华诗词学会会员。著有《其全吟稿》。

忆航空

二十三年嫁有期,人机一体定情时。
春晖夏雨凌空远,秋月冬霜报国迟。
昼领云涛随翼进,夜牵灯火伴星移。
一声召唤情如旧,心在天山骏马驰。

宿古庙

古庙三投宿,从军不畏难。
草香身下暖,风虐梦中寒。

海岛喜雪

彤云送飞雪,岸水待归舟。
桑梓人千里,韶华为国酬。

六月航空

拿云怀壮志,卫戍事航空。
似练川成网,若螺山植葱。
绿禾三夏茂,碧水五湖泓。
海哨情缘厚,凌虚气自雄。

拉　练

时兴拉练出军营,迤逦徐徐一路兵。
朝踏崎岖迎旭日,暮穿阡陌动高旌。
崂峰渐隐秋声远,水库迷离渔火明。
夜宿山村访民瘼,枝枝叶叶总关情。

鹧鸪天·重阳

罢冗息繁心渐暇,桑榆秃笔乐涂鸦。长空报国思难忘,军旅强兵敢自夸。　迎旭日,看云霞,蓝天碧海视如家。重阳岁岁观篱下,秋意阑珊仍著花。

张若青

笔名禾青、纯一,女,1933年11月生,四川内江人。1949年入伍,曾任海军北海舰队航空兵政治部宣传处正团职干事。中华诗词学会会员,解放军红叶诗社顾问。著有《海天长啸》《剑啸山河》。

我守国门

晨邀旭日共观潮,夜约月儿同听涛。
莫道弹丸礁岛地,红旗一杆国门飘。

战重霄

冲破云层折断涛,风驰电掣上重霄。
男儿率月追枭虏,敌血拿来洗战刀。

大漠巡逻兵

飙狂吞日卷蓬营,战士躬身大漠行。
戈壁寒风摧战垒,天山冰水洗长缨。
巡逻披雪三千里,戍守收沙一万程。
七尺男儿怀壮志,满江红唱岳王情。

许国一身轻

狂飙惊起海天倾,仰射雕鹄俯猎鲸。
破敌远征重九外,慨慷许国一身轻。

蓝天壮行

挥鞭策马跃银河,横剑苍穹险几多。
壮士一生何用问,青春蘸血谱天歌。

送君行

小站送征万里行,卷尘一去了无声。
犹知铁轨相思苦,一夜吭当诉到明。

守岛歌

吹断长风堞上箫，南沙四季不开花。
男儿边地为民死，何敢忘危负国家。

狼牙山抗日五壮士

悬崖脚踏一天雄，取义横云唱大风。
万丈深渊埋碧血，杜鹃唤出满山红。

空中方阵

——建国50周年庆典大阅兵

幽谷忽传响，惊雷落九垓。
铁流云海泻，方阵帝关开。
飞燕腾空去，奔霆动地来。
今观孙武子，烜赫展雄才。

读陈毅元帅《梅岭三章》

绝唱三章战鼓鸣，沙场笑把死神迎。
头颅敢对梅花落，身体何怜莽棘横。
刀剖一腔忠义胆，诗吟满腹赤诚情。
将军若是招旧部，要斩阎罗吾报名。

破阵子·男儿是栋梁

艇似流星虎啸，弹如电闪流光。百战汪洋任纵步，雪浪屠龙新试装，点兵铁甲强。　　苦成狂涛志壮，丹心冷对豺狼。为使波平无战事，纵死还存战骨香，男儿是栋梁。

水调歌头·登威海刘公岛

一座忠魂塔，两面帜飘空。瓦门洞前甲午，悲歌哭丁公。痛恨昏庸腐吏，七将沉兵喋血，弟子付流东。空怀一腔义，泪锁众英雄。　　炎黄孙，华夏土，跃潜龙。翻身崛起，烜赫红日耀寰中。万里疆防如铁，后继男儿骁勇，仗剑正临风。苦胆何须问？永挂国门东。

破阵子·大风万古留

战舰雄鹰列队，精兵强将登楼。异域护航彰大爱，瀚海驰驱卫自由，亚丁阻盗獠。　　正义和平世界，舍身报国风流。壮士牛刀初远试，一曲豪歌壮五洲，大风万古留。

鹧鸪天·军中牡丹

秀发齐留到耳边，身穿迷彩更翩翩。青春蘸上橄榄绿，壮志书成报国篇。　　军号紧，哨声尖，摸爬滚打势惊天。娥眉腰里苍龙吼，血荐军中红牡丹。

鹧鸪天·南海陆战花①

水做娇柔嫩小丫，短刀迷彩戍天涯。攻坚背水嚼生死，破障擒拿度韶华。　　滩抢猛，卷胡沙，登山飞石虏残鸦。骁骁坚韧须眉勇，钢铸南疆陆战花。

① 海军女子陆战队，被全国妇联授予"全国三八红旗集体"、和"中国文明示范岗"荣誉称号。

诉衷情·忆戎华

少年英发不曾留，戎马护金瓯。关河戎梦多少？从未卸吴钩。　　青鬓老，志仍稠，誓难休。新磨亳剑，万卷随锋，书写风流。

破阵子 · 忆入朝前一次雨夜拉练

雨夜长途拉练，身寒路滑行艰。湿透层衣如铁板，猫洞深掏三尺宽，削崖筑险关。　枕上听风吹雨，冰河铁马轮番。一梦长驱刀卷雪，驰骋三千唇齿安，女儿不汗颜。

一剪梅 · 忆雾雨山中脱险

雾雨茫茫不见天。小道弯弯，路滑行艰。敌情低递不能喧，匪隐山尖，我在沟边。　汗湿衣衫野草牵。心提唇旁，胆吊喉间。脚抓烂泥一溜烟，惊险犹鲜，永记心间。

蝶恋花 · 试飞

我问丰隆缘底怒？中劈天门，射出强弓弩。戏日追风无觅处，晴空甩下银绸舞。　万里云涛吞又吐，玄圃瑶池，弹指来回渡。千古大风谁续谱？雄心荡虏无今古。

贺新郎 · 记舰载飞行

鹰要出征去。正天边、断矶荒屿，欲与还住。拍案忽陈兵百万，须臾风驰雷怒。强弩发、弦惊龙虎。臂挟青霓轻展翅，伴大风、削碎云中路。探日月，履奇步。　抱山依海倾天竖，似神鸾、盘旋冲击，把云涛渡。铁骑飚飞银燕矗，雪浪排墙如舞。痴倒了、英雄无数。弹铗袒裘磨长剑，好男儿、驱散弥天雾。当自誓，鸣金鼓。

水调歌头 · 核潜艇发射火箭成功

深海铸神剑，飞雪洗涛峰。男儿浪写悲壮，渊底唱大风。利箭冲霄出鞘，万道雷霆吐舌，独看满弦弓。呼啸起腾处，火柱裂天红。　痛当年，水师勇，世昌忠。列强欺我，清廷腐朽国民穷。旗卷城头落照，醒悟之狮昂首，邦盛长城雄。正悟空年少，谈笑闹龙宫。

六州歌头 · 敢问苍穹

——贺神舟五号飞天成功

航天梦久，追溯太悠悠。女娲赋，嫦娥说，夸父谋。太空游。想远古神话，路漫渺，天庭碧，千河远，堪畅想，实难求。万户匠工，试火箭飞行，探索何休？赤县雄狮醒，巡宇计仍稠。续写春秋，展鸿猷。　大漠深处，赤云卷，奔雷动，起神舟。炎黄孙，天门叩，正清秋。骄子优。看英雄侠气，丹心壮，鼓貂裘。龙的骨，龙的魄，最风流。揽月摘星功就，抱红日，胜利回收。喜泪倾华夏，豪气满神州，笑傲志酬。

太常引 · 太空问话

"神舟"挟日太空过，阊阖五星摩。把酒问姮娥：蟾宫寂寥无奈何？　龙来碧宇，扪星揽月，陪你看婆娑。带你巡千河，送你一支大风歌。

浪淘沙·老来吟

才是百花艳,转眼红残。絮飞荷雨泪凭栏。霜重菊黄秋色紧,两鬓垂斑。　解甲岂能闲,抓住流年。吟坛试卷半边天。笔用高山溪作墨,再唤春还。

张英俊

1938年6月生,河北安国人。1959年考入第四军医大学,曾任总装备部北京第三干休所所长。中华诗词学会会员,解放军红叶诗社社员。

庆祝建军八十周年

血染战旗如火红,洪都义举奋工农。
横刀跃马歼顽寇,逐雾驱云斗暴凶。
沥胆披肝兴大业,经天纬地建奇功。
强军备战重科技,马不停蹄待引弓。

长相思·贺神舟五号飞船

天圆圆,地圆圆,五号飞船上九天。遨游银汉间。　左弯弯,右弯弯,天马行空耀大千。绕行十四圈。

张林珠

女,1922—2004年,山东蓬莱人。1946年入伍,曾任某部干事。转业后任中国社科院研究生院党总支书记。曾为中华诗词学会会员,《红叶》编委。著有《张林珠诗词集》。

国门卫士

一

边防战士着新装,浑似春来染绿疆。
坚守国门如铁壁,春风不到四时芳。

二

边防哨所挂云端,冰雪封山六月寒。
热血红心迎旭日,昆仑与我共危艰。

三

千仞峰头白雪皑,妻儿远道上山来。
十年阔别全家聚,哨卡人人喜满怀。

悼念刘胡兰烈士

惊天日月摇,动地起狂飙。
死难铡刀下,忠魂万古昭。

渔家傲·我为解放军北平入城式当向导

万马千军风雨急,天津战役枪声逼。血染征衣丹心碧。得胜利,为和而战铭功绩。　解放北平民喜泣,大军压境和谈易。看我中华昂首立。入城式,我当向导心潮激。

张忠乾

1937年1月生。　1956年8月参加工作,1967年1月入伍,曾任第十六集团军后勤部副政委。

"八一"怀念战友

铁打营盘流水兵,易装转退散如星。
难忘习武谈兵法,牢记互帮战友情。
梦里军营常聚会,手机异地问安宁。
豺狼若敢来侵犯,相约辕门共请缨。

张金祥

1938年2月生,山西阳城人。1958年1月入伍,曾任副处长、正团职研究员。著有《石泉吟草》。

瞻仰人民英雄纪念碑感赋

金秋十月艳阳天，矗立丰碑气浩然。
创业先驱捐热血，兴邦后继谱新篇。
群雕更铸辉煌史，百卉绽开欢笑颜。
瞻仰人流花涌浪，诗心直上白云边。

张经邦

1937年生，四川金堂人。1953年入伍，先后在军事学院等单位任职。

登嘉峪关城楼

虎踞雄关六百年，恩威大漠有遗篇。
今朝古镇添新勇①，铁马金戈保国安。

①　指1968冬进驻酒泉地区的坦克第十二师部队。

杜甫草堂

满腹经纶空壮志，浣花溪畔苦栖身。
风掀屋顶新茅草，雨湿床头旧被衾。
世路迷茫悲剑阁，烽烟炽烈向黄昏。
投枪直刺兴衰事，写尽忧民忧国心。

林 园

风和日丽艳阳天，信步林园石桌边①。
往事如烟如梦幻，而今只盼月儿圆。

①　1945年8月29日（重庆谈判期间）毛泽东与蒋介石晤谈处。

军休生活

军休五所是居家，景美人和乐晚霞。
文笔阵中情切切，门球场上笑哈哈。
轻歌曼舞身心健，倚柳垂钩意态佳。
暖暖清风梳白发，株株老树竞开花。

渔家傲·九二三战斗纪实①

椰树下歌声嘹亮，警钟急骤当当响。战士飞身奔炮场。炮盘上，人人好似钟馗样。　　蓦地连长发令放，山鸡腹破泥塘葬。又是一只南岗撞。回首望，昂扬士气军威壮。

①　指1966年9月23日我援越抗美某部队进驻越南安沛后打的第一仗，共击落美机两架。

张钟信

1929年生，河北安次人。1947年入伍，曾任总参某部助理研究员。中华诗词学会会员。著有《敞扉集》。

颂抗洪将士

三军将士气如虹，敢斗长江水势汹。
赤足飞奔腾热血，袒胸拼搏抗洪峰。
淋淋汗浸征衣湿，猎猎风翻战帜红。
心有丹忱生智勇，艰危时刻识英雄。

张俊杰

初进军营

新绿一身胸佩花，欢歌送我走天涯。
车轮旋转心生翅，理想腾飞眼幻霞。
都市敞怀迎远客，营房添彩纳山娃。
高楼夜宿层层亮，朝看床头傍岭崖。

张奕专

1946年6月生，福建屏南人。1970年入伍，曾任某高炮旅政委。福建省诗词学会副会长、《福建诗词》主编。著有《鸿爪泥痕》等。

营区竹丛

营区最喜遍修篁，翠镞盘弓指四方。
莫道此君惟好战，舞风弄影尽文章。

过废营盘

昔日营盘草木苍，风涛奏角啸操场。
杉松列队纠纠立，恍见当年"一字墙"。

题《苍鹰图》

金眸俯视海天宽，钩爪奋张星斗寒。
一幅缣缃悬座右，英风猛气涤胸肝。

题《独钓秋江图》

一

坐向榕阴蝉嘒清，一竿流影照秋晴。
白蘋红蓼真颜色，似酒烟波浸月明。

二

棕蓑箬笠绿渔矶，白水羽云鸥鹭飞。
落照墟烟风乍起，荻芦作雪正霏微。

闻鹧鸪

泼黛濡红日欲西，钩辀格磔劝归时。
而今四海清和地，堪笑山禽尚不知。

登棋盘山

纵炮横车雨薜癜，仙人久去战云残。
千年谁解橘中秘，斜日疏松负手看。

转业二十年作

战马嘶风梦里行，晨昏疑听号鸣声。
廿年白发投闲吏，时念疆场报死生。

看地图

老地图

尧封万里一图罗，地轴天关竟若何？
鹰攫熊贪分弱肉，山残水涸积沉疴。
虎门无复林元抚，铜柱空传马伏波。
风雨夜归留守魄，声声怒唤渡黄河！

新地图

百年抗侮血成河，染透坤图感奋多。
两戒纵看明刻线，新区竞逐密陈螺。
蛟龙头角昆仑柱，虎豹韬钤渤澥波。
检点九州征战地，一声裂帛太行歌。

老　马

百战归来老病侵，空槽冷厩气萧森。
金鞭铜柱开疆慨，夜雨秋霜破阵歆。
市骨千金非夙愿，追风万里不更心。
盐车古道斜阳外，好续当年烈士吟。

阔别二十年炮兵部队战友千里来探并聚会

下却沙场亦哨兵，鸡窗每忆亚夫营。
弭灾克敌一肩重，铁壁干城七尺轻。
席雪涛云操号壮，旷原绝岸炮身横。
豪情不老乾坤在，山海连心共举觥。

沁园春·高炮打靶

滚滚烟尘，猎猎旌旗，莽莽校场。看靶机出击，洪声震耳，雷仪捕捉，神视追光。炮管成林，星徽耀目，敢与修罗较短长。传严令，正璇玑运处，直指天狼。　　书生底事戎装，奈事业今生在佩枪。任驱车骋马，风餐露宿；行军布阵，虎跃鹰扬。清扫阴云,端凭电闪,借得瑶台筑铁墙。
吾何憾,有晴空作楮,恣写词章。

水龙吟 · 赠内

柳烟轻绾东风,妆金抹黛蹇裳
滑。黄莺送哢,红鹃弄影,寸衷郁
结。蓦地情牵,旧时流水,旧时明
月。正草过露布,听阑号鼓,寒窗雨,
弹蕉叶。　　不怨韶华易歇,怨人
间、路遥波阔。天涯咫尺,如山令
肃,柔条难折。课子持家,军功一半,
廿年心血。倩关河万里,清弦脆管,
为殷勤说!

沁园春 · 转业

进也昂藏,退也昂藏,局宏路
长。忆平滩旷野,挥师列阵;深山
曲岸,飞骑巡疆。煮酒谈兵,挑灯看
剑,莽莽乾坤唱大江。难忘却,每角
声咽处,虎跃龙骧。　　堂皇、卸甲
何妨!趁春布新阳绿八方。喜工农
士贾,尽饶功业;锤镰笔筴,各富篇
章。重整鞍蹬,投身保险,储备防灾
亦战场。风云事,待别参豹变,再奋
鹰扬。

行香子 · 夜游丽江古城

绕屋清溪,拂面杨枝。月凝霜、
鱼跃涟漪。粉墙彩脊,白板青旗。尽
曲中幽,闹中静,古中奇。　　花丛
错落,石径东西。踏华灯、趁队游
嬉。连门沽卖,夹岸歌吹。得一场
醉,一心乐,一襄诗。

南柯子 · 福陵[①]

天柱披襟立,浑河一带横。无阶
拱道对雕甍。碧瓦红墙绿树、暮鸦
鸣。　　策出千秋字,旗开百旅兵。
萨尔浒麓血犹腥。望断白山黑水、
羽云轻。

①福陵,系清太祖努尔哈赤陵墓,在沈
阳城东。

沁园春 · 奥运赛场奏国歌

一曲强音,百代民魂,八表狂
飙。记白山黑水,抗倭义勇;黄沙紫
塞,破虏嫖姚。不惜身家,惟馀铁骨,
剑胆琴心铸舜韶。开新纪,遍花香鸟
语,日丽天高。　　东风万里来朝。
正体运旗扬聚俊豪。漫山呼海啸,擅
场擒虎;龙腾凤翥,辟浪屠蛟。举鼎
干云,弯弓探月,华夏群英钓巨鳌。
聆钧乐,念洪波泻自,碧落层霄。

念奴娇 · 学雷锋

一声呼唤,绾年年、山陬海
澨春色。柳浪花潮莺弄婉,日耀路
长江阔。白叟欢欣,黄童激越,禹
甸豪歌彻。仁风惠雨,舜民尧裔相
接。　　自信有药长生,为民服务,
不竭腾腾血。舍却邯郸槐国梦,漫
道阴私难遏。驾驶楼前,行军道上,
输尽心头热。披肝沥胆,此身甘补
天缺。

沁园春 · 保钓登岛赞

捣雪风狂,酿雨烟重,海立云
横。正洪波万顷,飙轮箭发,青毡一

角,赤县情倾。四地连心,孔怀携手,堪笑波旬阻怒霆。红旗飏,想岳王令帜,戚帅危旌。　　江山曾染膻腥。忆倭寇凭陵每扪膺。数北洋壁垒,涛翻碧血,南京都荤,鸦噪芜城。昔纵贪狼,今频拜鬼,罄竹难书俎肉行。炎黄裔,记延平夙志,大汉天声!

张首吉

1944年10月生,山东东阿县人。1964年入伍,曾任济南警备区副政委,大校军衔。

从军记

一

恰是年华正茂时,红星军绿惹人迷。
金戈铁马心中梦,热血雄风夜半思。
每唱兵歌常奋奋,欣看军片总痴痴。
追云逐月情如火,急盼柳营拂柳丝。

二

暑去寒来枫叶红,柳营开帐贯西东。
别离致富三春梦,情系沙场万里风。
冒雪闯关星满夜,顶风问讯月三更。
几多期盼谁人解,喜抵晨窗热泪倾。

三

寒风伴我入营门,虎跃龙腾帐满春。
多少家常多少暖,几回欢笑几回馨。
沙场练武手扶手,斗室习文心贴心。
月洒南窗难入睡,被窝奋笔报佳音。

四

春风拂煦暖天涯,列列白杨吐嫩芽。
屹立关山遮雪雨,扎根边塞阻黄沙。
满身稚气随云逝,通体阳刚映日斜。

闪闪红星头上戴,拍张彩照寄回家。

将军当兵

剑刻刀磨满鬓苍,列兵军帽列兵装。
盘餐饱食碗看碗,安寝熟眠床靠床。
共履冰霜拉练路,同披星月演兵场。
家常几句周身暖,执手小张唤老张。

新　兵

剑竖眉扬神采奕,青春许国意痴痴。
出操训练常来早,扫地擦枪唯恐迟。
踏浪巡天神抖擞,迎风越野汗淋漓。
摸爬滚打无休歇,父貌母颜梦里思。

站　岗

朔风凛冽荡星辰,手握钢枪守国门。
焐热边关千道岭,行巡江海九霄云。
夜寒阵阵眼前过,乡梦悠悠脚下寻。
国泰民安为我责,青春俱是护花人。

刺　杀

寒沉万籁月三更,虎斗龙争兴正浓。
你守我攻磨利剑,左拦右挡练真功。
挺胸顶住海天浪,伸腿踢回塞外风。
犀甲锵锵腾瀚漠,杀声震落满天星。

打　靶

朔风阵阵袭人寒,冰甲银盔枪上肩。
卧倒扣机威似虎,立姿瞄准稳如山。
梅开环靶夺头彩,旗映丹心争十环。
霹雳声声生韵律,长虹道道簇金鞍。

越　野

孤月关山入梦遥,雄师劲旅竞荒郊。
铁流滚滚惊平野,步履锵锵卷海涛。

雪漫冰崖凭虎跃，风侵险壑任鹰遨。
剑锋日砺争分秒，铁马金戈春色娇。

露营

周天布阵舞银龙，大漠孤烟夜扎营。
野径当床滋劲骨，彤云作帐壮豪情。
鼾声振翅穿林海，乡梦抒怀绕雪峰。
拥被枕枪偎热土，一身浩气铸长城。

泅渡

沧海茫茫卷巨澜，龙腾虎跃战犹酣。
雄师斩浪三千尺，劲旅击风二百旋。
军号声声凝壮志，旌旗猎猎鼓征帆。
晨曦尽染朝霞色，奏凯声中破晓天。

助农

千里野营走四方，背包一放助农忙。
运肥挑水篱笆院，挖土修沟村外塘。
扁担悠悠融本色，家常句句醉心房。
秧歌箫鼓闻声至，踏雪迎风又一乡。

拉练

天寒地冻玉钩斜，滚滚铁流豪气佳。
荒野行军星作伴，冰河横渡月当槎。
路欺两足斑斑泡，风虐双颊朵朵花。
百里长驱天破晓，张张笑脸映朝霞。

演习

狂飙怒吼月方升，郊外忽闻霹雳声。
劲旅雄师分楚汉，红矛蓝盾斗输赢。
爬冰卧雪猛如虎，越岭翻山疾似风。
一夜鏖兵欣奏捷，凯歌惊落满天星。

会操

拂晓军营此景新，雄师列队沐霜晨。

看齐恰似青松立，挥臂犹如鹏翅伸。
脚步铿锵凝利剑，喊声豪壮遏行云。
心随方阵波涛涌，来日沙场奏捷音。

拉歌

神兵布阵结天罗，汗水轻揩拉起歌。
声伴雄师飘碧野，情随劲旅漫山河。
你方唱罢他方唱，这队咏完那队和。
高亢行云才入境，披袍跃马又挥戈。

老兵

热血青春付海疆，冰河铁马未彷徨。
巡逻总站二班哨，拉练常扛两杆枪。
步履铿锵惊虎豹，呼声霹雳慑强梁。
一身胆气军旗下，百炼千锤已是钢。

指导员

挥戈跃马气轩昂，铁骨柔情慈母肠。
苦口婆心滋爱意，解疑善诱释迷茫。
家常几句风雷动，热水一壶号角扬。
汗洒沙场千嶂固，情融艳圃百花香。

放映员

酷暑严寒未有闲，跋山涉水铸心丹。
晨迎旭日边关去，夜伴疏星哨卡还。
机器隆隆鸣号角，荧屏闪闪鼓征帆。
昂扬朝气一团火，携片犹挥马上鞭。

报道员

柳营惹梦到边疆，偏自钟情纸一张。
铁甲寒光书雅韵，沙场鼓角谱华章。
忽来灵感舞晨晓，偶得文思醉晚霜。
肩铸忠诚挑日月，月寒孤哨笔当枪。

鹧鸪天·柳营忆趣

连长探家

乡路弯弯醉晚霞，亲情一缕载回家。门环紧扣呼慈母，脚步匆匆唤幼娃。　　妻做饭，嫂端茶，疏篱小院映银纱。娇儿怯怯一声"叔"，玉烛涔涔飞泪花。

新兵演习

急促哨声催梦醒，龙腾虎啸掀雷霆。着衣捆被寒星下，挟弹荷枪分秒中。　　心切切，手匆匆，错穿衣履系绳松。朝霞一抹回头看，相对无言窘态生。

战地晚会

除夕难忘志戍边，银盔冰甲喜迎年。弹箱作鼓星欢跃，瓷碗当琴月笑弯。　　三句半，五音弦，点将火爆满堂喧。婀娜宫女花枝俏，连长妆成角色鲜。

雪夜站岗

片片飞花裹满身，荷戈不觉五更深。挺胸远眺八方土，定气凝神四面云。　　呼口令，抖精神，急忙回答带乡音。林间小鸟忽惊起，笑我"人银"咋不分。

军中女兵

短发辫梢帽里藏，圆圆脸蛋透阳刚。一身豪气催朝暮，几许柔情压雪霜。　　姿勃发，步铿锵，女郎常被唤男郎。青春未了边关梦，血热衷肠保海疆。

张炳起

1948年生，河北沧州人。1968年入伍，曾任总装备部某部副政委，大校军衔。中华诗词学会理事。

马兰基地东大山哨所

南北东西一要冲，巡逻昼夜朔疆风。
忽闻两弹惊天曲，战士笑谈去月宫。

他日天庭即我家

两弹一星四海夸，嫦娥信步走天涯。
神七潇洒苍穹去，他日天庭即我家。

诉衷情·护航亚丁湾

百年外辱泪曾停？先辈目难瞑。今朝万里护航，猎猎五星红。　　海盗遁，万舟通，赖精兵。巨龙昂首，踏浪扬帆，谁与争锋？

西江月·观青歌大赛有感

华夏青歌大赛，通俗六奖全收。三军歌手占鳌头，高举庆功美酒。　　唯憾军歌稀有，时装展现娇柔。英姿难觅究何由，怎不教人思久。

张炳新

1929年生，河北安平人。1945年入伍，曾任《解放军报》记者。解放军红叶诗社社员。

忆新保安之战

夜战桑干北，顽兵半不归。
苍生抬望眼，京兆尽朝晖。

张振英

1933年生,陕西旬邑人。1947年入伍,曾任空军导弹学院卫生处副主任医师。

颂地空导弹部队

华夏防空劲旅张,挽弓西北射天狼。
功勋卓著辉军史,荣誉崇高忆会堂。
昔日弹飞枭敌灭,今朝旗展虎威扬。
攻防一体勤磨砺,网织高天万里疆。

高阳台·战鹰颂

抗美援朝,雏鹰展翅,长空首战惊雷。积慧德才,击毙戴费狼豺。英雄王海创奇迹,傲长空、纸虎成灰。世人惊,米格走廊,大写崔嵬。　云涛万里雄风展,喜年华六秩,继往开来。网信高科,空天一体齐飞。远程制敌金瓯固,卫和平、剑扫阴霾。壮军威,霹雳声中,更上层台。

张桂兴

1944年生,河北隆尧人。1961年7月入伍,曾任空军某部干事,北京市民政局副局长。曾为中华诗词学会副会长,北京诗词学会会长。

第一次单独上夜哨

初值流动哨,寒夜伴风高。
芦苇沙沙响,绒花片片飘。
手中枪壮胆,心底气冲霄。
终待东方亮,红霞染绿袍。

访西沙永兴岛

海天无际浩烟波,绚丽粼光撒碧螺。
鱼跃舷边追细浪,鸥翔桅顶伴巡逻。
椰林挺拔围屏障,岛链盘结佑共和。
将士枕戈迎日月,古碑大字写中国。

①永兴岛曾发现古代界碑,上书"中国领土"。

参观通信兵陈列馆

军号一声克古城,电台半部助神兵。
信鸽敌后传情报,红线阵前连帐营。
眼亮明察千里外,耳聪遍布万山中。
三军撒下天罗网,一个方格一点星。

贺首届军旅诗词研讨会

恰是金秋枫叶红,满堂将士话诗风。
莫言绛灌无文笔,喜看今朝军旅情。

冬季拉练

翻山踏雪月光明,口令村庄脚步轻。
百里飞行挥汗雨,扎营易水早霞红。

武装泅渡昆明湖

昆明湖面泛银光,柳绿荷红映画廊。
领袖畅游传号令,铁军泅渡整行装。
蛟龙入水翻江海,将士抢滩擒虎狼。
苦练两栖真本领,和平备战固金汤。

访国旗护卫队

手捧红旗振臂扬,国歌军礼伴朝阳。
庄严使命心中印,凝聚枪尖一道光。

观雪豹突击队表演

快速突击如虎彪,急难险重铁肩挑。
撼天动地狂飙起,国泰民安当自豪。

访圣彼得堡登阿芙乐尔号巡洋舰

舰舷隔岸帝王宫,美景皆收浪几重。

十月炮声传马列，五洲号角唤农工。
国家解体山河碎，制度更张日月匆。
历数兴衰当可鉴，西风过后看东风。

五指山

海岛独尊谓圣山，雄浑奇秀抚云天。
晨迎旭日腾空起，晚伴涛声枕浪眠。
丽水源头垂瀑布，密林深处绕烟岚。
南疆环视国门哨，风雨春秋护甸园。

歌风台

布衣成伟业，纳谏顺民心。
情洒风歌里，撼天动地吟。

南社百年

雅集逸史百年春，风骨情怀依旧存。
赋尽沧桑今古事，一腔热血铸诗魂。

参访联合国总部

放眼地球村，不同肤色人。
幅员分大小，财势有盈贫。
合作潮流涌，纷争战事频。
硝烟何日散，共享月一轮。

清　明

暖风一夜柳丝新，又是清明欲断魂。
岁岁追思千里外，怀情遥对故乡吟。

赠青年朋友

胸怀鸿鹄志，刻意恐难求。
历日勤修勉，渠成水自流。

大槐树寻根

万户大迁移，家分骨肉离。

眼中槐树远，梦里故人稀。
别土茫茫路，思乡漫漫期。
寻根千里外，归鸟绕枝啼。

采桑子·西沙椰子树

扎根海岛参天立，扮美边防。守
卫边防，昂首任凭风雨狂。　　海天
一色鸥为伴，送舰出航。迎舰归航，
飒爽英姿哨所旁。

鹧鸪天·莫斯科红场

纳粹压城城欲摧，阅兵红场壮军
威。亲人吻别泪相送，将士挥戈头不
回。　　收故土，破重围，金戈铁马
赤旗挥。而今漫步青石路，举目星空
月已亏。

满江红

2014年，全国人大常委会正式立法确
定9月3日为中国人民抗日战争胜利纪念
日。在立法后第一个纪念日，首都各界在
中国人民抗日战争纪念馆集会，缅怀英烈，
警示后人。

日照卢沟，军民聚、缅怀英
烈。难忘记、雄狮怒吼，宛平鸣
咽。敌后敌前鏖战急，平西平北红
旗猎。诸将士、屹立太行头，真豪
杰！　　东洋鬼，魂未灭；风声紧，
军情切。警钟鸣，风雨东海休歇。九
域同仇深似海，三军意志坚如铁。史
当鉴、卫我大中华，清凉界。

张晏清

1943年生，湖南桃江人。1961年入伍，
曾任总参某部研究员，大校军衔。

攻 关

纸透刀光笔透锋,天书解读赖群英。
兵分几路坚城破,人济一堂妙策呈。
类比澄清排假象,寻根探脉索真情。
严寒酷暑常如许,战地无声胜有声。

春 感

东风问讯皱春池,物竞生机意恐迟。
娇柳池边生嫩叶,古松岭上发新枝。
庭园草木争妍日,克堡英雄亮剑时。
追忆风云曾叱咤,晚晴自重赋新诗。

常 忆

忆昔重楼不夜时,吴钩在手锁眉思。
身心已付天书战,不畏他人笑我痴!

张继贤

1929年生,河南洛阳人。1948年3月入伍,曾任国际关系学院副教授。解放军红叶诗社社员。

解放军国际关系学院

优秀中华高学府,艰辛五秩育英贤。
九州桃李万枝秀,几辈园丁两鬓斑。
暴雨遥闻腥臭重,轻风细辨鼓锣喧。
学员代代倾肝胆,探秘寻微保国安。

张培林

1928年7月生,山西昔阳人。1945年8月入伍,曾任南京陆军指挥学院哲学教研室教员。解放军红叶诗社社员。著有《野草集》。

忆千里跃进大别山

飞渡黄河守转攻,旌旗蔽日气吞虹。

三千里路风推浪,四十余天箭出弓。
穷寇追踪如鬼影,敌机空扰似蝇嗡。
长江饮马风云壮,逐鹿中原我自雄。

征 战

一

当年征战出边关,北国冰封雪满山。
战士胸中燃怒火,不除强敌不生还。

二

神兵天降气凌云,麦克闻风丧胆魂。
小米步枪能取胜,至今常忆大将军。

题战友通讯录

死生与共几沧桑,战友情深日月长。
梦里山城曾作会,席间蜀道忆茫苍。
题名注册陈台案,笑语欢声聚满堂。
耳际依稀军号响,征途待发整轻装。

赞 "一国两制"

意匠绘花鲜,余称并蒂莲。
同根枝竞茂,异色卉争妍。
几朵银如雪,千株赤似丹。
九州芳草地,春雨润桃园。

张焕军

1928年生,山东莱西人。1945年入伍,曾任广州军区后勤部第二十一分部顾问。中华诗词学会会员。

西江月·回忆毛主席西苑检阅

丽日祥云浩气,三军劲旅高歌。人人幸福满心窝,步伐整齐堪贺。　　统帅笑容挥手,欢呼震动山河。同声宣誓勇挥戈,指日扫平江左。

张储亮

1928年生,山东阳信人。1945年入伍,曾任海军南海舰队后勤部运输处处长。

会战友

叱咤边陲地,横戈北部湾。
巡逻同舰赴,保障并肩担。
甘苦春秋共,谊情朝夕添。
羊城欣聚首,华发笑当年。

张鉴奎

1930年生,山东荣成人。1945年参加革命,1947年调入部队,曾任海军政治部组织部副部长。著有《万寿斋吟草》。

南下途中

淮海硝烟散,南征战马鸣。
争夸故乡水,难舍老区情。
秣马长江岸,厉兵青帐营。
金陵王气尽,此去缚苍龙。

老水兵回"家"

一

时隔四秩路难寻,新舰新人满目春。
欲问征程艰险路,请看队史忆前人。

二

昔日昆明当水兵,舵轮紧握海疆行。
今朝再返观新舰,电脑指挥全舰灵。

张熙灿

1929年生,湖南长沙人。1949年参加革命,曾任总装备部研究员。

找靶机

轰鸣靶体坠云霄,莽莽平沙若海涛。
岂顾饥寒寻落物,测来爆点忘辛劳。

航天功勋科学家王永志

火箭翻新频出手,三舱一步惊列强。
飞天梦想君如愿,登月来年备战忙。

张耀佩

1928年生,河北丰南人。1945年8月入伍,曾任国防科工委某基地政治部宣传处处长,科工委干部读书班政委。著有《司号兵之歌》。

司号兵

喜着戎装未配枪,严寒酷暑练音忙。
莫言小鬼身三尺,号令千军斗志扬。

离鞍犹系跨鞍情

全家忧虑对荧屏,恶浪滔滔天欲倾。
傍树飞舟拯幼女,登堤灾妇觅英雄。
荆西决策安良垸,赣北同心锁浊龙。
儿辈莫猜乃父泪,离鞍犹系跨鞍情。

陆 原

1922年生,河北丰南人。1945年入伍,曾任沈阳军区前进歌舞团创作组组长。

浪淘沙·松骨峰之战

草木已凋零,松骨丘峰。联军每忆尚心惊。世界王牌埋葬地,狼藉尸横。　　吵骂白宫廷,麦克无能。纸糊老虎露原形。三十八军褒万岁,彭总提名。

陆伟然

1935年生,壮族,广西荔浦人。1950年参加革命,参加过广西剿匪及抗美援朝。著有《引玉集》等。

绝 句

穿过硝烟负过伤,方知国盛酒才香。至今脊骨仍坚硬,愿作疏篱护海棠。

蝶恋花·纪念抗美援朝六十周年

一

跨出国门风雪涌,回望河山,肩上枪高耸。忍看硝烟熏麦垄,飞身步步添神勇。　抗御豪强欺世众,参战朝鲜,命运相依共。血火纷飞山撼动,荣归难解心沉重。

二

手抚伤痕心尚热,肋骨一根,捐给那年月。遥忆朝鲜天卷雪,泰州一夜城湮灭。　为保军需供不缺,修路劈山,尽洒殷殷血。大道如今谁与越,路边见否生红叶?

三

铁道运输难顺畅,桥上乌云,炸弹纷纷降。弹片横飞河激浪,修桥转瞬成原样。　百里途程穿火网,有我铁兵,路似钢坚朗。炮弹前方争鼓掌,雄师威武谁能挡!

四

兵驻山村人悄悄,青壮皆无,老少守锅灶。正值开春该种稻,水田寂寞秧空泡。　脱下军鞋挣裤脚,弓背插秧,一抱还一抱。何用感恩挥泪表,愿栽友谊千年好。

陆会江

1926年生,江苏高邮人。1940年入伍,曾任军分区副政委。著有《诗书集》。

忆鄂西战役解放恩施

秋雨连江落,官兵少笠蓑。
云集临渡口,顺畅过长河。
攻占关山哑,强夺堕马坡。
夜空传喜报,俘虏六千多。

忆秦娥·落帽山战斗

雄师到,敌军丧胆头尾掉。头尾掉,丢盔卸甲,惊弓之鸟。　白宫杜氏心烦恼,慌忙换将弹新调。弹新调,醒狮可怕,真是难料。

渔家傲·汉江五十昼夜防御战

昼夜五十防御战,我军坚守江南岸。鬼子猫腰来进犯。何可撼,败逃尸弃横山涧。　勇士精神人赞叹,饼干炒面雪吞咽。上下同心合力干。英雄汉,毙伤俘获超一万。

陆明德

1942年10月生,江苏徐州人。1961年9月入伍,曾任沈阳军区六十八军炮兵团政治处副主任。中华诗词学会会员。著有《明德堂诗影》等。

军营寻梦

长城脚下夕阳红,塞外练兵阴又晴。

雪夜拼杀无敌手，铁轮碾碎万层冰。
长缨神剑谁能挡？华夏边关铁铸成。
一曲军歌飞出口，千峦喝彩万峰应。

难忘老房东

野营住在赵家湾，十里千家瑞气添。
一碗香茶心更热，三间火炕梦尤酣。
开心共享一轮月，携手同浇半亩园。
久别牵来多少梦，几回握手彩云间。

冰雪磨刀

密林深处卧龙蟠，雪夜练兵刺骨寒。
冰雪磨刀刀更亮，满腔热血暖人间。

雪夜练兵

天公为我塑冰雕，雪夜寒风欲折腰。
百炼成钢身骨硬，丹心如火向天烧。

清平乐·老战友聚会

山花怒放，喜讯从天降。老友相逢心更亮，百鸟弹琴献唱。　　狼山论剑争雄，吉林备战鏖兵。昔日刀枪何在？悠悠岁月如风。

西江月·纪念参军五十周年

隐隐狼山军号，威威铁马金刀。并肩伏虎雨潇潇，箭出霞光千道。　　昔日青春似火，今成老将还豪。十年未见话如潮，共赞夕阳尤俏。

陈　刚

曾用名陈纲，1950年生，江苏洪泽人。1969年3月入伍，曾任班长。中华诗词学会会员。著有《陈纲诗钞》。

忆拉练

远途拉练急行军，棉被钢枪紧贴身。
短腿偏追长腿步，疾风难阻斗风人。
山坡路滑衣衫湿，霜露更深寒气侵。
铸我雄心无所惧，今朝重忆望营门。

浪淘沙·雪枫墓园凭吊

浪淘沙

绿染墓园中，阵阵清风。碑前漫步忆丰功。报国为民除敌寇，四海旗红。　　岁岁献花丛，凭吊英雄。一生戎马走西东。血染江淮红半壁，气贯长虹。

陈　杰

1931年11月生，广西钦州人。1950年1月入伍，曾任空军政治部文工团创作员、队长，文艺六级。

毋忘国耻（竹枝词）

1977年，我带两个女儿去卢沟桥。

一

卢沟事变四旬秋，我教女儿记国仇。
姐俩桥头弹痕数，大刀一曲放歌喉。

二

抗战胜利七十年，女儿双双执教鞭。
入学先教毕业曲，前赴后继壮轩辕。

陈　和

1961年8月生，江苏洪泽人。1979年11月入伍，曾任班长。

小重山 · 队列训练

立正稍息口令急, 忽听呼右转, 脚难移。踉跄哪顾辨东西。频气喘, 转眼汗湿衣。　　队列有玄机。新兵刚入伍, 掉层皮。当兵此是大前提: 军姿正, 浩气与天齐。

采桑子 · 早操

曙光初照晨风冷, 口令声声。口号声声, 四面群山也动情。　　集合更显军威壮, 队列成城。众志成城, 千载长歌细柳营。

采桑子 · 熄灯

嘀嗒军号催人睡, 吹灭群灯。吹亮繁星, 更有中天一月明。　　梦中未忘千斤担, 又喊杀声。又误鼾声, 睡觉之时也是兵!

陈　翙

1982年生, 湖南湘潭人。2001年入解放军国际关系学院, 曾任空降兵某部宣传干事。

边防战士颂

壮别家山报国恩, 柳营长伴界碑亲。戎衣夜拂昆仑雪, 战马朝催青海云。肩铸忠诚挑日月, 胸怀发展靖烟尘。枕戈梦拥旌旗笑, 偌大神州好个春!

陈　琪

1930年生, 甘肃临洮人。1949年入伍, 曾任兰州军区后勤部第二干休所政委。中华诗词学会会员。著有《黄河散曲》。

跃马昆仑

白雪皑皑锁谷峦, 冰川闪闪透心寒。昆仑跃马巡边境, 踏落星辰不下鞍。

篝　火

茫茫雪岭月星残, 战士巡逻戍塞边。篝火熊熊驱酷冷, 钢枪紧握伴冰山。

雪山晚会

唢呐悠扬鼓乐鸣, 英姿健舞伴歌声。雪山顶上联欢会, 一片豪情满野营。

陈　雄

1947—2018年, 海南文昌人。1965年8月入伍, 曾任解放军报社评论员, 长征出版社副总编辑。中华诗词学会会员。著有《春潮集》等。

游北京平谷挂甲峪

扫却狼烟挂甲归, 六郎立马此扬威。涓涓沟水弹弦月, 灼灼桃花点翠微。复式楼台住农户, 半山宾馆敞门扉。诗人结伴来为客, 把盏挥毫意兴飞。

赴朝参战六十周年

鸭绿两边江水平, 渐行渐远战歌声。长虹一道青天上, 六十年前碧血凝。

怀念彭大将军

鸭绿春来江水滔, 若思彭帅胆识豪。胸中正气冲霄汉, 应比青山高更高。

陈　熹

1930年9月生。湖南长沙人。1949年9月参军。曾任第四十六军文化教员，志愿军第一七三师敌工科联络员。转业后任吉林师范学院外语系副教授。

答朝鲜老者①

昔闻大同水，今过平壤城。
烽火连千里，街村尽弹坑。
友邻遭浩劫，志士岂贪生。
中朝如兄弟，并辔杀鲵鲸。

① 朝鲜老者赠作者诗云："投笔洞庭外，荷戈鸭萨间。楚山芳桂晚，浿水落霜寒。雁带三湘月，人劳万里鞍。援朝挥汗血，滴滴挽狂澜。"

忆朝鲜停战之夜

七月廿七日，半岛枪炮停。黑夜九时整，一片欢呼声。锣鼓震地响，灯火照天明。战士全出洞，下山会洋兵。"哈罗"叫得紧，跑来英国兵。胸前画十字，示意讲"和平"。叽哩哇啦喊，说啥听不清。内有一长官，上前把礼行。伸出大拇指，佩服志愿军。我方联络员，为其译洋文："你们真厉害，我们没打赢。飞机不好使，大炮也不灵。上帝多保佑，战争今晚停。以后别再打，彼此都安宁。"我军指挥员，回答英国人："战争谁挑起，美国先出兵。兵临我国境，才派志愿军。较量三年整，胜负已分明。要不狠狠打，哪会有和平？！"长官耸耸肩，"拜拜"转回身。士兵不肯走，又来七八群。双方坐草地，比划带笑声。大李吹唢呐，约翰拉提琴。小王启罐头，汤姆抢花生。相互点烟卷，交换啤酒瓶。唱跳连吃喝，欢闹到天明。事隔几十年，此景记得清。往事一小段，说给战友听。历史有教训，世界多纷争。枪杆要握紧，全力保和平。

陈广田

1932年生，江苏扬州人。1950年入伍，曾任总参防化部百科编审室主任。解放军红叶诗社社员。

忆江南·核试验

军中事，最忆在天山。戈壁七年沙砾饭，喜观十弹上青天，核力展新篇。

临江仙·京华书怀

榴月长街花似海，灯光遥映天宫。人期雪耻望时钟。收回香港日，几度醉颜红。　　桂子飘香迎盛会，小平理论丰功。中秋佳节喜相逢。笑瞻新世纪，共话上高峰。

陈之中

原名陈志忠，1931年生，湖南常宁人。1949年入伍，曾任军事科学院研究员。解放军红叶诗社社员。

忆行军

一

剿匪追踪月渐沉，翻山越岭倍劳神。
眼皮打架饥连渴，艰苦跟前自判分。

二

一路风尘至普宁,时逢除夕已三更。
枕戈檐下迎元日,群众纷纷夸大军。

三

朝鲜战场夜行军,徒涉冰河铭记心。
似有刀尖深刺骨,脚粘沙砾腿抽筋。

清明祭战友

草木青青五十春,心香和泪悼忠魂。
黄泉异域安眠否？故土长怀报国人。

陈文昂

1924年8月生。曾任解放军艺术学院副教授。

重到延安①

重到延安瞻圣地,高楼林立布瑶琼。
巍峨宝塔飞霞晚,苍郁凤山衔月明。
粉末重开枣园会,荧屏再现雾都行。
欣观领袖形神备,拍摄签名沸众情。

① 作者自注：余曾随黄凯赴延安参加电视连续剧《王若飞与黄齐生》拍摄。

陈世斌

1932年生,河南濮阳人。1947年入伍,曾任步兵第四十七师副师长。

忆夜渡淮河

雄师淮水渡,数九正寒天。
大雪纷纷下,狂风阵阵旋。
冰凌刺肌骨,豪气涌心尖。
万苦全无顾,中原驰骋欢。

陈世舜

笔名夏萧,1948年生,湖北阳新人。1969年入伍。中华诗词学会会员,解放军红叶诗社社员。

新兵入伍夜过三峡

巫山奇秀西陵阔,窄险瞿塘江雾横。
夜半新兵无睡意,心潮澎湃品涛声。

越梁山

军车队伍出川东,大小梁山柚子红。
稳坐背包车外望,千山万岭跃长龙。

新兵连

洲河两岸竞妖娆,翠竹深情把手招。
火热操扬军号亮,摸爬滚打杀声高。

支　农

夏日支农劲倍添,军民同种一丘田。
你追我赶川歌美,唱出巴山丰稔年。

野营拉练

十天跋涉千余里,路远山多大雨淋。
电闪雷鸣飞腿练,南征北战有来人。

站　岗

飞雪满天夜色浓,顶天立地伴寒风。
钢枪五尺心头挂,志在江山万里红。

文工团慰问演出

保卫黄河热浪高,古筝一曲静悄悄。
舞台上下雄歌起,倒海排山唱大刀。

茅坪隧道

陕南隧道亮堂堂,横亘东西十里长。

今日喜乘高铁过,当年鏖战怎能忘。

清平乐·入伍

漫天大雪,队伍长街列。老父送儿情更切,挥手依依惜别。　　军车奔向前方,钢枪书写荣光。叮嘱时时牢记,看儿喜讯飞翔!

清平乐·退伍还乡适逢
三等功喜报到家

故乡在望,犹把征程想。惊讶农家新气象,能不心花怒放?　　突闻锣鼓喧天,彩旗早到门前。连长高擎喜报,双亲忙敬茶烟。

一剪梅·入红叶诗社抒怀

卸甲离鞍四十春。告别征尘,再续征尘。攻关传道苦耕耘。桃也缤纷,李也缤纷。　　晚岁荣登红叶门。昔日从军,今又从军。年高笔纵志凌云。心系军魂,诗系军魂。

清平乐·野营拉练

时逢初夏,子弹干粮挂。百里长途雷雨下,衣湿脚红谁怕。　　黄昏设帐为家,老乡早备姜茶。解被枕枪而卧,夜深处处鸣蛙。

陈必如

1930年生,安徽长丰人。1950年入伍,曾任总参工程兵部政治部副主任。解放军红叶诗社社员。

夜过鸭绿江

风雪兼程夜过江,须眉发鬓尽凝霜。

忽闻捷报收云楚,烈马嘶空士气昂。

陈永寿

笔名列兵,1934年生,山东济南人。1953年入伍。著有《列兵吟稿》等。

临江仙·读三将军
下连当兵照①

三位将军为榜样,军营处处沐春风。官兵上下竞新功。攀山如猛虎,潜海似蛟龙。　　共室同餐一锅饭,齐肩皆顶五星红。保家兴国古今雄。军旗欣猎猎,志建九州彤。

①　三将军指杨得志、陈美藻、李耀文。

陈永康

笔名咏慷,1947年生,祖籍广东东莞。1968年入伍,曾任总后政治部创作室创作员,国家一级作家。曾为中华诗词学会理事。著有《两代人诗选》等。

第一次值勤

北风卷地雪纷纷,地冻天寒觅线痕。
起伏群山披素甲,连绵翠柏布浓荫。
手攀巨石千寻险,足涉冰河二尺深。
为使电波传不断,苍山踏遍为人民。

硬骨头六连颂

人道世间钢铁硬,六连铁骨更峥嵘。
枪林练就英雄胆,糖弹磨成利剑锋。
胸有朝阳明事理,身无杂垢抗妖风。
全军皆学标兵样,柱石弥坚矗碧空。

读将军诗

文武将军色, 情操日月光。
功因征战著, 威借赋诗扬。
炮火传佳句, 风波证绶章。
后人承雅趣, 大业更辉煌。

送战友下连

今日送君上征途, 边关万里是熔炉。
来年重任担肩上, 处处频传报捷书。

悼魏巍

根深叶茂红杨树, 战火吟成万古篇①。
一代代人承哺育, 岂因风骤便凋残?

① 红杨树为魏巍在抗日战争时期写诗的笔名, 万古篇指报告文学《谁是最可爱的人》。

观粤剧《刑场上的婚礼》

世间何事最风流, 婚礼能惊万世眸。
碧血长空凝喜字, 壮歌一曲撼千秋。

军车行

迷彩靓, 马达鸣, 平生尤爱军车行。我爱高山大漠敢穿越, 我爱炮火硝烟伴踪影, 我爱救灾抢险走在前, 我爱辉映日月星。春日寻访西南郊, 快步直奔汽车营。楼房座座焕然新, 操场宽阔绿荫浓。铁马排排昂首立, 坑洼弯道惊险呈。更有辛劳驾驶员, 英姿飒爽笑脸迎。引我参观荣誉室, 细品惊叹辉煌景。车队诞生烽火里, 白山黑水留辙印。山海关下匆匆过, 海河清波洗征尘。党中央离西柏坡, 千里迎运进北平。铁马金戈长江渡, 琼州海峡显威风。轰鸣马达未熄火, 抗美援朝又出征。西藏平叛走高原, 边境作战砺精兵。支援建设多贡献, 亚运奥运立新功。言未已, 闻哨音, 紧急集合迅如风。上级交下新任务, 犹如泰山急压顶。海外救援不容辞, "维和"须向赤道行。结伴来到演兵场, 幕幕活剧显峥嵘。先迎外国考察团, 再悉外语异国情。更有战前大练兵, 你争我赶求过硬。又是雨, 又是风, 继而冰雹袭有声。能见度, 只几米, 崎岖路, 多泥泞, 驾驶室, 闷如笼, 疲惫提神嚼辣椒, 风油精醒脑驱蚊虫。干部率先以垂范, "跟我来!"一声有神通。依依惜别踏归程, 心如雨后升彩虹。国威军威何处觅? 请看今日军车行。

采桑子 · 烈士纪念碑

丰碑似剑当空立, 直破苍穹, 飞度长虹, 雨后坚松分外青。 父兄慷慨抛鲜血, 万杆旗红, 代代英雄, 何日挥戈斩恶龙?

破阵子 · 八月红

冲破沉沉暗夜, 南昌首响枪声。从此茫茫青史上, 刻下辉煌八月红, 人民赖有兵! 昨越关山道道, 如今再度长征。岁岁雄风红八月, 添我浑身力万重, 挥旗矗碧空。

破阵子 · 高科技练兵

屏上厉兵秣马, 机前鏖战苍

茫。汗水凝云成战阵,弹火封山筑铁墙,其威谁可当？　　岂愿满腔热血,尽抛莽野沙场？只为大同征路远,甘献雄心向大荒,壮哉众智囊！

陈扬清

1929年生。原籍河南开封,生于武汉。1949年入伍,曾任军械工程学院数学教研室主任、副教授。中华诗词学会会员,解放军红叶诗社社员。

[中吕·朝天子]
神舟五号飞天成功

壮哉,壮哉,一笑云天外。六十万里贺归来,初显高峰概。三舱一气呵成,稳定安全真帅,江山代有众英才。舞台,擂台,棋逢对手相青睐。

[中吕·喜春来] 砥柱

一

燎原烈火推领袖,万里征途决胜筹,东方红唱彻金瓯。功不朽,先烈愿方酬。

二

探究规律人消瘦,往事如烟几沉浮,实事求是费追求。将进酒,砥柱在中流。

三

神舟数度添新胄,华夏复兴势正道,宏图大业在人谋。除腐朽,后顾亦无忧。

[中吕·山坡羊] 红叶赞

军中红叶,风骚情切。新声旧韵霜晨月。挂征靴,未休歇。沸腾往事从头越,崛起中华浓墨写。身,坚似铁；心,丹胜血。

陈光伟

1929年生,湖南湘潭人。1949年10月入伍,曾任广州军区政治部处长,军区师以上干部轮训班副主任。中华诗词学会会员。著有《板桥吟草》。

莫叶剑英元帅

偶傥风流细柳雄,临危受命见精忠。
智擒祸国殃民贼,勇建清源正本功。
昔赞吕端非妄断,今夸诸葛岂盲从。
音容宛在犹如昨,北望云山夕照红。

新时期英雄战士李向群

沃土育良苗,军营战帜飘。
漓江浇赤胆,扬子伏洪涛。
有志昆仑矮,无私太岳高。
英年虽过隙,百代莫雄豪。

"扶贫司令"彭楚政

踏遍武陵山与水,扶贫济困誉声佳。
清泉百里流苗寨,广厦千间庇土家。
户户皆留耕地汉,村村不见放牛娃。
军魂犹似熊熊火,照彻潇湘万丈霞。

庆祝广州军区老干部大学
成立二十周年

白发苍苍满课堂,将军念载喜同窗。
挥毫力透千层纸,作赋声传万里洋。
舞步轻盈心自乐,歌喉婉转累皆忘。

精神领地人人爱, 沃土桃花树树香。

江城子 · 金城反击战

和谈桌上也艰难。美狂言, 欲翻天。雄师激愤, 奋起惩狼奸。好似秋风扫落叶, 山寂静, 水无澜。　　最难忘记袭韩团①。月儿弯, 夜将阑。神兵天降, 敌众举降幡。杨育才名遐迩播, 人民笑, 敌心寒。

① 韩团, 指李承晚的首都师白虎团。

陈光新

1947年5月生, 山东邹平人。1971年12月入伍, 曾在济南军区机关工作, 上校军衔。转业后任山东文艺出版社总编辑。著有《诗家阅读札记——水调歌头一百二十首》等。

瞻仰毛泽东公务车

中国铁道博物馆陈列着毛泽东的公务车。有资料称, 新中国成立后毛泽东曾乘专列出巡、出访共72次, 计2148天, 每次外出, 他都长时间生活、工作在专列上。

当年专列载春风, 凤夜行程全在公。焕发南疆新竹翠, 催开北国俏梅红。深宵灯盏光无际, 书案宏图画未穷。瞻礼虔诚同圣地, 江山万里记丰功。

长征感怀

动地惊天旷古今, 长征遗惠在精神。磐石信念红星亮, 赤子情怀主义真。百胜唯依生命线, 万难不屈铁军魂。振兴华夏征程远, 后继心揣日一轮。

廉 颇

将军无愧是耆英, 为国忠心天地明。定策荐才推李牧, 安边守备固长平。饭能斗米气何壮, 谗进三遗志枉宏。刎颈情交和将相, 负荆美誉胜威名。

马 援

马革裹尸何壮哉, 影形终未立云台。穷坚老壮丈夫志, 足智多谋大将才。跨马风威称矍铄, 征蛮路尽陷疑猜。灭名难泯英雄气, 一代精忠万世哀。

岳 飞

直捣黄龙信可图, 谁期大胜至亏输。能成北伐十年绩, 难辩东窗三字诬。催命金牌原是罪, 跪坟铁像竟何辜。精忠报国死非命, 天下奇冤千古殊。

袁崇焕

凭坚用炮著威名, 狡兔未亡犬已烹。不为封侯驱战马, 欲求雪耻救苍生。艰危枉受尚方剑, 格磔屈担城下盟。任而不疑空诺口, 昏君竟自毁长城。

沁园春 · 汉字吟

一

字苑群芳, 惟我方块, 独耐端详。看点凝慧目, 深沉邃远; 折弓健臂, 英毅刚强。竖直横平, 撇道捺劲, 妙构如经玉尺量。几千载, 为文明华夏, 记录沧桑。　　天章云锦琳琅。凭书道、更添翰墨香。有金文甲骨, 风标古朴; 隶碑真篆, 格著端庄。行起风云, 草生雷电, 描尽清疏与放狂。形体美, 更千秋万代, 书写辉煌。

二

字苑群芳，惟我方块，最入丝篁。试轻吟缓诵，静聆平仄；细察慢品，精析阴阳。徐疾高低，抑扬顿挫，完备角宫羽徵商。几千载，为文明华夏，诉说衷肠。　　育成诗国泱泱。歌不断、雅音总绕梁。数青天明月，巍巍词宋；长河大漠，浩浩诗唐。曲赋风骚，奇联妙对，代有宏才续丽章。音韵美，更千山万水，演奏铿锵。

满江红·时事随想

甲子一轮，谁能忘、八年苦战。腥风起、恶邻造孽，神州蒙难。国恨家仇燎地火，丹心碧血倚天剑。好儿女、血肉筑长城，攘外患。　　幽灵在，魂未散；涂历史，尊战犯。祈武运长久，逆苍生愿。信义尽抛空许诺，真诚无奈长嗟叹。看斗争、正未有穷期，非良伴。

念奴娇·读《论持久战》

释疑破惑，发聋聩，宏论何其精绝。阐理陈情，多辩证，消解心头郁结。国岂能亡，胜亦难速，自有平戎策。战惟持久，图存须此方略。　　回首抗战风云，八年变幻史，一如神测。华夏子孙，同赴难，燃遍九州烽火。苦战不挠，终将天地改，虎狼烟灭。雄文重读，服膺仰止山岳。

水调歌头·聆听十八大报告

华夏新时代，鸿鹄正凌风。依遵马列精义，实践用真功。坚拒封僵改易，科学谋求发展，特色大旗红。又绘蓝图丽，指日小康成。　　不动摇，不懈怠，不折腾。倡廉反腐，唯人是本重民生。统顾经文政社，更建文明生态，施惠务公平。欣看复兴业，前路展鹏程。

东风齐着力·读十八届三中全会公报

描就蓝图，新程碑奠，大计方颁。竿头步进，改革要攻坚。志在富强昌盛，兴华夏、国泰民安。冲锋号，嘹然奏响，声震云天。　　去路尚多艰，须奋斗、事功最忌空谈。务除积弊，锐意破篱藩。任它深根固蒂，心如铁、必克重关。期明日，同圆国梦，共享甘甜。

陈廷佑

1954年生，河北深州人。1972年入伍，曾任第六十三军一八七师连指导员。转业后任国务院参事室、中央文史研究馆办公室副主任。中华诗词学会常务理事。著有《西抹东涂集》等。

参加北京军区歌曲创作学习班

自幼耽音乐，七声尚可全。
短长通韵律，流转弄清弦。
缘结雕龙手，师从冠世贤。
铿锵闻画角，一曲战云寒。

致海军友人

海军爱海素颇知, 未料端能爱到痴。
碧浪鸥心长搅梦, 蓝疆国脉总雄词。
一礁苍宇盘龙势, 万顷波涛奋健儿。
东土从来连岛屿, 愿随战舰戍旌旗。

跋《联合国赋》

人猿揖别现奇观, 多个文明竟战端。
纵有苍天遗圣训, 奈何遍地起狼烟。
无边尸骨英雄路, 不尽腥风霸主冠。
万国贤才齐努力, 和平心志可移山。

读老战友新作

成都老鬼气轩昂, 早把人生作战场。
守卫尊严兵气勇, 强攻贫困虎旗扬。
拉车脚杆风云起, 遇事心头正义藏。
安乐山人安乐在, 但求家国两呈祥。

雷　锋

雷锋榜样当年事, 愿把青春热血抛。
早日流风争效仿, 今天俗眼莫相嘲。
孤儿半世知恩报, 日记千秋可论交。
西点军人能楷法, 中华永远有云巢。

环　县

环江自古绕环州, 两岸樵歌逐水流。
原峁随云驰蜡象, 沧桑溯史衍西周。
智擒旱魃渠来水, 誓斩穷根地涌油。
先烈殊勋擎赤帜, 再传薪火续春秋。

感　事

可恨专家竟乱蒙, 无良只认孔方兄。
心参欧美忽悠改, 坐靠巨商包养兴。
眼看工农成弱势, 谁怜公产变私营。
共同富裕犹盈耳, 差距拉开未共同。

国　学

文明有自不须论, 国学昭昭俱欲尊。
概念百年争未已, 传承一脉热升温。
书虫摘句拼三绝, 童子诵经强整吞。
大道无涯天地小, 几番风雨几番痕。

曲阜授课

四海儒商阙里来, 孔门问道锦心开。
浮云过也谁称富, 所好从之我上台。
逾两千年通智慧, 悟三五字即贤才。
泮乡洗却尘劳事, 再赴江湖亦快哉。

贺赵四弟凯旋

赵四, 武警指挥学院副院长, 余深州乡党也。衔命率部组圣火护卫队, 沿丝路, 出西域, 走欧美, 返亚洲。因有纵容, 独丑捣乱, 历尽波折, 毕竟神勇, 近日凯旋。

一

喜迎圣火到神州, 万里镖尘绕地球。
看我炎黄擎此炬, 激情梦想谱春秋。

二

奥运之光遍五洲, 赫拉圣火递全球。
长城万里通丝路, 欧亚文明雁阵秋。

过代州古城

危楼高耸烽火灭, 犹见伏魔存古榭。
戎马三边靖嚣尘, 鲸鲵十万挥黄钺。
乡心逐雁雁从风, 短梦偎驼驼拥雪。
今日旌旗又高扬, 只缘北线剖未决。

望海潮·江郎山

大峰敦厚, 中峰孤傲, 小峰剑指

云天。安得此身,山头挺立,赳赳气势横前。昂首锁狼烟。结成好兄弟,并影联肩。一诺千秋,忠义无悔护灵源。　　胸中自有潆潒,看清溪碧涧,向北蜿蜒。须水入衢,新安汇纳,富春直下临安。一路好音传。最是钱塘远,总见潮翻。便把江郎大业,永与海相连。

如梦令·一八七师战友邢台聚会有寄

一

听到招呼旧部,心跳忽然加速。买票赴邢台,都是匆匆脚步。休误,休误,战友重逢最酷。

二

认得当年那路,泪眼终须忍住。同是过来人,且把知心话吐。怀顾,怀顾,恰在秋收寒露。

三

曾带豪情入伍,奉献青春全部。无悔忆华年,手抚军营老树。甘苦,甘苦,都是人生财富。

四

各有当年风度,白发何须细数。谈笑对夕阳,多少人生感悟。抓住,抓住,莫让晚霞贻误。

水调歌头·老子山

莫谓此山小,我仰此山高。老子当年曾住,气势自嶕峣。洞里乾坤擘画,墩上凤凰起舞,千载尚闻箫。

淮水胸中过,鱼乐正逍遥。　　仙人杳,青牛去,涌波涛。兴亡百代,总是彼此举霜刀。或有升平年月,想起无为而治,大道领风骚。且纵登临目,天地一鸥翱。

贺新郎·读蔡世平兄南园词

真是南园好。喜虫蛙、顽藤瓜蔓,泥巴味道。便把诗魂勾了去,信手翻成别调。竟出落稼轩风貌。俗语联珠非是浅,恰从中领略天机巧。谁感觉,庾郎老。　　时人莫谓南园小。近吞湖、远衔江水,海天怀抱。脚下三千凸凹石,石缝萋萋碧草。草边树、树边池钓。钓取神思兼好句,看诗囊早已尖尖冒。逾百首,各称妙。

月下笛·诗情

短暂浮生,悠悠万事,把诗何处?邀星唤月,共与灯窗咏新句。琴心剑胆经纶手,怎忘得,登高必赋。有诗魔为伴,悲欢逆顺,且由来去。　　孤伫尘嚣里,听花草安歌,看云飞舞。临风趁雨,这番痴意尤苦。锦囊佳什无人会,更问遍,山川识否?举大白,算天知,不尽霜涯那路。

沁园春·端午觅诗

好句难寻,久锁眉头,未见影踪。看白云行处,青天不语;红尘滚过,大地无声。典籍三千,诗家八百,眼下都成一阵风。耽佳什,纵三言两字,必我真情。　　休言万事皆空,且凭这清吟作鹤鸣。想屈平健笔，汨罗遗恨；陶公采菊，南野孤穷。千古风流，东坡居士，永世难消脸上黥。双行泪，便三年能得，诵与谁听。

沁园春 · 自书诗

每有诗成，便自书之，惯沐墨香。任毛锥飞动，横波泛浩；毫锋使转，侧势摩苍。濡翰流离，激情酽冽，未觉沾襟泪两行。才挥就，便张墙铺地，一刻痴狂。　　管它大小圆方，端须把胸中块垒襄。想兰亭集序，千秋风韵；祭侄文稿，万世芬芳。二首黄州，空庖煮菜，片纸连城国宝藏。何曾见，买诗家心境，论尺来量？

陈寿平

1925年生，河北献县人。1939年入伍，曾任解放军艺术学院院务部部长。

冰雪行

层层飞雪凌空降，滚滚大江冰下埋。将士出征旗半卷，爬犁飞过路冲开。人车裹素银蛇舞，草木生花玉女栽。恍惚如临神话境，白龙游弋自天来[1]。

①白龙，此喻带白布伪装的行军部队。

陈序生

1929年生，山东文登人。曾任坦克第十师副师长。解放军红叶诗社社员。

参观新四军军部旧址感怀

东南壮旅誓言宣，北渡挥戈重任肩。赤胆捐躯流碧血，全心杀敌逐烽烟。黄冈墓地碑如谱，云岭青山草似毡。承继铁军先烈志，千秋万代颂英贤。

陈国安

1945年生，湖南益阳人。1964年入伍，曾在海军某部政治部任电影放映员。退伍后任常德市诗墙博物馆馆长。中华诗词学会会员。著有《幽篁轩集》。

丁亥冬南京逢部队
老战友小饮

戎马关山忆昔时，胶东风雨宛如诗。重逢未许惊华发，唯有真情对酒卮。

梦返军营

一梦行踪渺，朦胧到海疆。飞车跨五省，击楫渡三江。哨所雄威远，岗崖雪浪狂。军营浑旧貌，战友易新装。连长惊相斥，责我擅离行。镜前方省悟，两鬓已秋霜。

陈冠美

女，1931年生，江苏无锡人。1950年入伍，曾任防化研究院高级实验师。解放军红叶诗社社员。

浣溪沙 · 志愿军空军颂

鹰掣长天向太阳，剑驰云汉卫家邦，援邻倾力打豺狼。　　怒斩戴维斯悍霸，生擒双料费魔王，健儿豪气九垓扬。

锦缠道 · 难忘岁月
——忆两弹一星试验发射

命令如山，战士摩拳擦掌。勇攻

关、八方齐上。指挥若定通盘畅。铀裂龙腾，宵小惊悲怆。　　看蘑菇俏葩，九天娇放。颂东方、卫星欢唱。乐曲儿、响彻银河岸。万人空巷，歌舞长街向。

诉衷情·与防化学校女生队学友重聚有作

英姿飒爽女兵娃，别母下渝巴。习文演武精炼，重彩写春华。　　风雨路，壮心花，战天涯。白头重聚，笑论人生，灿烂秋霞。

鹊桥仙·贺防化研究院建院五十周年

独钟灵秀，云蒸霞蔚，岚翠石鹰崔巍。长风浩气育忠贞，龙虎地、英才荟萃。　　几代心血，几多汗水，科苑果累花瑞。固军垒五十星霜，迎新季、宏图再绘。

行香子·嫦娥二号发射感言

苍昊茫茫，碧宇寥寥。待我辈、次第翔翱。紧限神剑，点火冲霄。见日光美，星光耀，月光娇。　　重任肩挑，胸臆情豪。绕蟾宫、细绘精描。稳传迅递，高准严要。愿当星梯，铺星路，搭星桥。

喝火令·庆防化研究院老年大学成立七周年

绛帐春风漾，杏坛桃李稠。耕耘七载喜丰收。白发弦歌长乐，暮岁唱春秋。　　颜柳挥毫秀，山川入画幽。诗词歌曲发清讴。喜获新知，喜结众朋俦；更喜怡心健体，辛苦谢师猷。

西江月·应邀与战友同赴东北欢聚

关外忽传佳信，飞书长电频召。万般思绪自飘飘，早已神驰心躁。　　哪管古稀弱体，竞相出计参招。驰骋不怕路途遥，一路歌声缭绕。

点绛唇·返乡小景

乡径无踪，群楼幢幢家何处？如何举步！返里人儿怵。　　取出手机，还请它相助。回电促：“车来接汝，等在农机部。”

临江仙·探母

一

梦里慈颜憔悴，眉峰频蹙愁多。心忧阿母体违和。飞车千里越，犹自怨蹉跎。　　伛影桥头攲立，夕阳银发皤皤。强睁昏眼辨人过。奔前拥母泣，相看泪如河。

二

昔日腮颐身健，今朝面枯躯驼。奉亲育子苦辛多。年华流水去，岁月岂如歌。　　母女情深难舍，晨昏步步扶呵。归期无法再延拖。凄然辞阿母，涕泗两滂沱。

少年游 · 女篮队员重逢

匆匆一别,悠悠半纪,今日始重逢。忆久思浓,离情别绪,尽在不言中。　　当年事,纵横球场,巾帼俏姿容。逝水年华,凋零岁月,犹见昔雄风。

陈泰山

1950年8月生,江苏洪泽人。1968年2月入伍,曾任步兵第七十二师司令部作训科科长。中华诗词学会会员。著有《陈泰山诗联集》。

咏红军长征

千秋战史数英豪,历尽艰辛血染袍。
辟路攀山播火种,云崖犹见赤旗飘。

忆军旅生涯

耳畔时闻军号响,战旗猎猎昨如今。
酸甜苦辣滋心乐,滚打摸爬铸国魂。

心系国防

弘扬宗旨展经纶,科技兴戎日日新。
尚武原为驱鬼蜮,兴邦仍重壮军魂。
须凭舰艇海洋固,犹仗兵民鱼水亲。
退伍未忘肩使命,随时听命扫烟尘。

战友沈阳相逢

军中离别万千程,前世有缘今日迎。
戒酒十年开禁忌,一觞一咏诉真情。

赞导游贺美霞战友

整洁军容笑靥舒,有求必应万难除。
妙辞述景长河水,不愧人生一部书。

有感日本右翼挑衅钓鱼岛

归田解甲未忘军,寸土萦怀望国门。
钓岛驱倭盼召我,老兵一个抵千人。

瞻仰西柏坡

结伴参观西柏坡,抚今追昔久思磨。
几间草屋频传令,万旅雄师共奋戈。
两种作风抒警策,三军捷报汇欢歌。
入城迎考用功早,赢得高分赞誉多。

祭先烈

又到清明阴雨沉,悠思先烈墓园临。
魂归天上云霞布,名在人间草木钦。
德泽千年弘伟业,功凝万象慰雄襟。
英灵宛在高风炽,熏染儿孙报国心。

西江月 · 战友重逢

犹记军旗招展,欣看战友重逢。满堂欢笑乐融融,回首军营激动。　　不减当年威武,更添今日高崇。豪情济世总相通,为国同圆美梦。

浣溪沙 · 鸭绿江凭吊

鸭绿江边思绪长,援朝抗美荡心房,义师激战凯歌扬。　　廿万英雄遗铁骨,三千日月耀红光,青山碧水动诗肠。

陈莱芝

1928年生,山东曹县人。1942年入伍,曾任南京海军军医学校副校长、顾问。曾为北京诗词学会监事长。解放军红叶诗社社员。著有《海风吟草》。

边区抗战民谣

好男把兵当，好铁要造枪。当兵上前线，拿枪打东洋。一枪打一个，两枪倒一双。中华有男子，中国不会亡。报仇心既切，杀敌敢逞强。誓以革命血，打退侵略狂。生还为国生，战死为国殇。世界刮目看，胜者我炎黄。

忆曹（县）南阻击战

防御从来代价高，顾全大局显英豪。
红旗招展长空赤，四夜三天血染袍。

咏海军

鸥爱云天月恋楼，水兵卫国著春秋。
忠贞独唱军魂曲，风雨同航骇浪舟。
放眼全球抒壮志，投身沧海立中流。
半生血汗凝诗卷，掷入汪洋啸不休。

陈新和

斗柳峰对峙战

一山突兀锁烽烟，眨眼星辰挂脚边。
日截犒牛抄后路，夜防豺狗越前川。
丈夫堪笑李陵耻，国士当歌苏武贤。
莫道洞中闲对月，疆场夜战半红天。

陈满池

1925—2004年，河北辛集人。1939年4月入伍，曾任第十六集团军后勤部政委。曾为《红叶》编委。

重登鸭绿江大桥

一水相连两岸门，半江桥断弹留痕。
硝烟散去边城秀，剩有残墩警后人。

忆邯郸战役

一

明邀谈判暗举兵，蒋美合谋兴逆风。
平汉烽烟又燃起，抢争果实罪非轻。

二

军民十万气豪雄，浴血邯南望赵宫。
高部投明残垒乱①，难逃刘邓铁牢笼。

三

主力英雄十六团，尖刀直插敌心肝。
杀声四起枪声作，落马惊弓悉被歼。

四

看押敌酋马李刘②，无颜败将睡蒙头。
我呼开饭特优待③，梦醒唉唉阶下囚。

　①　指高树勋率国民党新八军战场起义。

　②　马李刘，指敌战区副司令兼四十军军长马法五、敌四十军参谋长李旭东、副参谋长刘树荣。

　③　马法五被我军生擒后，3日不吃饭。纵队首长听了作者报告的情况后，命令小伙房送来特殊优待的饭菜。

邵希达

1927年生，河南南乐人。1942年参加革命，曾任贵州省军区后勤部部长。解放军红叶诗社社员。

重上梅岭感赋

重上梅关岭路悬，心潮澎湃忆当年。
徘徊丘壑寻残垒，踯躅林间访洞天。
难忘偏师鏖战日，常怀陈帅好诗篇。
年年枫树飘红叶，风骨铮铮史永传。

纵精国

1933年生,安徽萧县人。1949年入伍,曾任国防科工委预研局局长。曾为中华诗词学会理事。解放军红叶诗社社员。

中华龙

改革强军力,筑梦壮国魂。
龙潜岂能久,一跃便凌云。

赞航天基地建设者

大漠耕耘四十年,英雄儿女志边关。
千军万马屯戈壁,历苦尝辛战石滩。
天帐地床餐风雪,霜寒露冷伴无眠。
铺成血汗登天路,揽月牵星写壮篇。

赞士兵个性化教育

个性精培硕果丰,能文善武满军营。
人民战士多才俊,岂只沙场称杰雄。

西湖观雾

云起黛峰烟起湖,空灵山水米家图。
波天一色霏微雨,偶见画舟如影浮。

沁园春 · 长征胜利八十周年

万里长征,胜概雄风,泣鬼感神。念战行万里,鸡啼残月;夺关百座,马踏霜晨。草地苍茫,雪山峻峭,赤色英雄视芥尘。江山改,凭当年浴血,方有今春。　　丰碑高耸摩云,应星火传承更创新。幸中枢掌舵,反腐倡廉;力敦公仆,执政为民。岁岁莺歌,年年燕舞,盛世欢愉不忘贫。吾何愿,盼九州同乐,圆梦成真。

清平乐 · 西昌观卫星发射

红光一片,圣火推神剑。龙舞长空身渐远,疾入云中不见。　　苍穹又耀新星,更添航宇豪情。今日尖端在握,明朝月桂栏凭。

清平乐 · 贺神舟四号发射成功

贺年客到,惊破嫦娥觉。嗔问哪方仙恁早?华夏神舟告扰。　　嘉朋四访天宫,行踪何至匆匆?人世竞争酷烈,请看禹甸腾龙。

虞美人 · 回望

少年向往沙场上,踏进军营帐。壮年致力尖端中,两弹扬威神剑啸东风。　　老年安享阳光下,温饱无忧也。人生回望总关情,夜半沉吟不觉到天明。

水调歌头 · 观九三大阅兵咏怀

彰显大国志,检阅展雄风。纵观今日天下,和战未停争。强霸全球玩火,恐袭滥屠无辜,军国祭幽灵。各族冀邻睦,黎庶爱和平。　　军威壮,铁流滚,傲雄鹰。狂人当醒,华夏不再受欺凌。陆海空天布网,信息攻防兼备,核武固长城。正义贯天地,人民必定赢。

人月圆 · 欢庆港澳回归

香江醉罢濠江宴,万里共婵娟。神州大地,风清月朗,人月双圆。　　当年伤别,亲情不舍,离恨难言。今朝喜聚,河山共笑,天地同欢。

【中吕·山坡羊】大美长白山

　　黄山云雾，庐山飞瀑，兴安岭布松桦树。白温泉，绿渊潭，天池高隐云深处。此地真真清净土。山，美可赋；川，美可赋。

武立胜

　　1966年生，安徽淮南人。1983年入伍，曾任北京军区某合同战术训练基地副参谋长，上校军衔。《中华诗词》责任编辑，解放军红叶诗社社员。

军　嫂

寂寂青灯下，娇儿梦正酣。
一行边塞雁，读到月西边。

夜宿宛平城

瑟瑟西风月欲沉，燕山尚有不眠人。
终宵读罢七七史，怒向桥头数弹痕。

巡山有感

小路弯弯绕马蹄，冬寒料峭朔风急。
半途莫止登天步，愈到高峰景愈奇。

退役感怀

火样年华猎猎燃，青春永驻哨楼前。
心中那道弯弯月，已在家国梦里圆。

山中拉练

影跃青峰里，旌旗猎猎飘。
潜形披雨幕，解困卧松涛。
脚绊林中兔，衣牵棘刺梢。
回眸遥望处，歌绕半山腰。

为从军二十九周年作

何告平生慰？军营廿九年。
助民常恐后，征战总驱前。
铁马冰河渡，红旗峻岭旋。
但求边事定，甘愿夜无眠。

塞外军演

一夜罡风起朔川，挥师直越雁门关。
鹰翻冷翼苍穹暗，车滚狂沙大野寒。
弹向敖包山顶泻，捷从数据链中传。
顽敌未报全歼灭，今夜和衣倚炮眠。

过居庸关

踏破雄关气自豪，长城如带束征袍。
云横紫塞霜凝戟，风裹黄沙旆卷潮。
烽火台读秦史远，八达岭望汉空遥。
将军剑指巍巍处，秋雨潇潇洗旧朝。

兴城鼓楼咏袁崇焕《边中送别》有作

登高又惹寸心伤，恍见楼头剑甲光。
脚下已成新世界，忆中还有旧泥墙。
尸分五体千人肉，塞阅单骑万里疆。
社稷艰危良将殁，更谁策马扫秋霜？

山城堡战役遗址感怀

清霜正探陇东枝，故垒犹闻战马嘶。
血沃城头花万朵，身飞坑道旅三支。
功碑就日我来此，国难临时谁在兹？
听罢红军那些事，秋风溅泪雨丝丝。

谒山城堡战役纪念碑

空有丰碑耸碧霄，凝眸不见戍堞高。

春风牧老南山马,美酒磨残武库刀。定远长缨犹带恨,靖边忠骨忍埋蒿。当年那碗出征酒,忆到心头似火烧。

卜算子 · 忆母送我参军

知我把军参,最是吾娘喜。邻舍雄鸡未报晨,娘已悄悄起。　　送过小桥东,又送三十里。整罢军衣手抚肩,泪作倾盆雨。

醉花阴 · 夜练

落叶萧萧惊梦鸟,矫影飕飕绕。潜水复攀崖,来去无踪,谁比功夫好?　　夜残星淡天将晓,"俘虏"犹嫌少。忽报有"敌情",四面包抄,却是行人早。

临江仙 · 宿营

正是马乏人欲困,宿营号响林梢。行军灶垒半山腰。泉鱼泉水煮,野兔野柴烧。　　暮霭沉沉天暗暗,梦中犹枕钢刀。一身虎胆气冲霄。任它风冽冽,我自马萧萧。

破阵子 · 周末军营

老李肩挨衣柜,小陈背靠东墙。对面文书刚落座,连长拍出牌两双,班排摆战场。　　这里盘盘取胜,那边次次钻床。观战新兵憋不住:"老李偷藏大小王",笑声荡营房。

沁园春 · 飞天

莽莽荒原,探宇神龙,展翼北疆。驾腾腾烈焰,旋离碧野;飘飘云袂,直上穹苍。抑志陈年,盈胸块垒,都作雄辞付慨慷。天宫里,正随心穿越,任意徜徉。　　山河一派风光。向寰宇同邀彩凤翔。对临窗月镜,勤梳娇羽;摩空星榭,细理霓妆。雨洗凝霞,风铺流锦,褪尽刚娥两鬓霜。归来日,定烹茶浇寂,把酒抒狂。

沁园春 · 观实兵对抗演习感怀

九月金秋,塞外辽原,云淡天高。聚金戈铁马,点兵沙场;雄师劲旅,演武城壕。战隼翻飞,旌旗漫卷,拔剑张弓气撼霄。鏖拼处,更风驰电掣,地动山摇。　　居安未雨绸缪。卫盛世中华竞自豪。看泱泱大地,流光溢彩;茫茫寰宇,起凤腾蛟。海靖疆安,壁坚垒固,外寇家贼孰敢嚣。若来犯,教魑魅魍魉,魄散魂消。

满江红 · 谒人民英雄纪念碑

往返流连,神圣地、烛光摇曳。曾记否、百年赤县,列强凌虐。炮舰几夺城廓地,刀枪每溅黎民血。幸群雄、戮力遏凶顽,强梁灭。　　前进史,从头写。鸿鹄志,冲天阙。奏黄钟大吕,域扬新乐。肃弊须磨镰斧锐,兴澜应趁东风烈。慰英灵、群策筑尧天,千秋业。

武应基

1930年生,山西汾阳人。1947年入伍,曾任国防科技大学研究员。

忆组建哈军工

三八前沿战正酣,冰城崛起一〇三①。
调人建制如期到,备物成批指日添。
面向三军寻学子,遍从四海觅师贤。
高楼大厦矗平地,旧庙新街科技坛。

　　① "一〇三"为哈尔滨军事工程学院代号。

武俊哲

　　女,1955年生,山西孝义人。1970年入伍,总政治部退休干部。中华诗词学会理事,解放军红叶诗社社员,北京诗词学会监事。

瞻仰抗战烈士纪念碑

凛凛长碑傲碧空,铮铮铁骨筑长城。
当年驱寇英雄血,化作晨曦一片红。

老干部合唱队

昔日辉煌赤子心,今朝豪迈唱歌人。
情怀浪漫和琴韵,思绪激昂伴乐魂。
曲曲悠扬明壮志,声声嘹亮振精神。
军休干部阳光灿,一展歌喉报好春。

武儒海

　　1972年生,山东临沭人。1994年入伍,南京政治学院战争与战略教研室教授。著有《淮源春早》。

军营雪晓

竟夜雪飞风似刀,群山冻裂亦飘摇。
一声晓角军营奋,天堕未能忘早操。

夏日热训

日高蒸地气,风热混蝉声。
忽见兵车动,雷音虚谷盈。

出　训

春到淮源日渐长,晨曦早破晓岚茫。
出营铁甲不知数,动地雷霆已越乡。

行　军

逶迤群山下,军旗猎猎红。
铁流疾似电,士气满如虹。

打　靶

炮声震耳聋,霹雳落晴空。
坦克砺兵早,朝霞犹带红。

读部队史

遍踏神州日,新营桐柏山。
排洪频抢险,蹈海几冲关。
壮士闻鸡舞,虎贲待命颁。
雷霆施号令,金甲汗盈斑。

苑凌云

　　1928年生,河北乐亭人。1944年参加革命,曾任岳阳军分区政治部主任。

西江月·忆湖南解放

　　统帅运筹帷幄,铁流直下三湘。程陈审势义旗扬①,长岛霞光万丈。　　岂许顽凶南遁,誓将穷寇歼光。雄师衡宝创辉煌,四水欢呼歌唱。

　　① 程陈,指程潜、陈明仁。

范传新

1945年生,江苏徐州人。1962年入伍,曾任解放军出版社副社长。曾为中华诗词学会常务理事,解放军红叶诗社常务副社长。

绿色吟

一

群峰泼墨翠云重,是处家园沐绿风。
他日伞荷笼大漠,江河入梦也晶莹。

二

国中最绿是军营,林阵戎装低碧空。
纵使茫茫绝域处,依稀哨卡有花红。

回望解放战争

关内辽东一局棋,连番博弈古今奇。
白先徒炫鲸吞势,红后频操神化机。
土偶乘流忧梦醒,天河洗甲看山移。
师分曲直从来事,人世输赢赖布衣。

今日解放军

军中不见白头翁,虎步龙行将士风。
布阵能挥千尺剑,排兵可控万钧弓。
征南逐北纾危难,跨海穿洋架彩虹。
不借干戈亦威武,后昆父辈两心同。

远观"使命行动二〇一〇"跨区大演习

鹰扬骑啸千军动,楚水燕山次第迎。
将演奇谋秋雾暗,士耽绝技晓星明。
攻防又现新生面,格局多非旧日型。
顾我战袍常不洗,唯求天下醉升平。

范志曾

1943年9月生,河南柘城人。1962年7月入伍,曾任武警交通指挥部政治部副主任。

兵之情

一

冰魂雪魄锁天山,哨所衔云隐雾间。
峭壁悬崖天作险,苍松伴我守边关。

二

群峰叠嶂锁边关,雪覆冰凝透骨寒。
多少传奇多少梦,英雄豪气壮天山。

柳营回眸

一

光阴飞逝忆征程,无悔青春绘柳营。
血润军魂安社稷,心融士气固长城。
巡逻踏碎关山月,抢险化熔天地情。
世界风云多变幻,枕戈待旦卫和平。

二

披坚执锐卫家邦,眼亮心明察八方。
月冷星寒凝浩气,山高水阔化坚强。
胸怀祖国山河秀,心爱人民社稷昌。
光灿青春军旅志,神州清晏固金汤。

老兵情

一

青春无悔戍轮台,解甲柳营难忘怀。
今日海疆风浪起,冲锋号角梦中来。

二

边关戎马退休来,诗韵词章任意裁。

烽火连天常入梦,丹心卫国是情怀。

三

边关戎马写春秋,解甲依然志未休。
南海东溟掀恶浪,老兵梦里铸吴钩。

四

披坚执锐卫坤乾,霜发仍存气浩然。
世界风云多变幻,民安国泰赖龙泉。

苏幕遮

　　忆征程,思战友。月冷星寒,戎马边关久。同舞同歌同举酒。一抹云霞,斜映营前柳。　　岁留痕,霜染首。无悔青春,无悔人生叟。尚有雄心非老朽。军旅情怀,常梦披征胄。

行香子

　　军旅生涯,威武戎装。退休来、仍绽芬芳。青春无悔,两鬓凝霜。忆柳营事,关山月,演兵场。　　东海南疆,风卷涛狂,梦萦怀、又握钢枪。琴心剑胆,豪气盈腔。盼再从军,卫家国,扫豺狼。

江城梅花引·贺辽宁舰服役

　　巍巍航母始从戎,意千重,浪千重。实验科研,入列展威风。大国理当拥重器,卫家国,保安宁,建伟功。　　巨龙巨龙正飞腾。气势宏,撼水宫。列舰蹈海,赋使命,维护和平。富国强军,铁血固长城。今日中华非昨日,惊崛起,试新容,步顶峰。

满庭芳·柳营回眸

　　军旅生涯,柳营往事,回眸无悔人生。巡逻边塞,卧雪踏寒冰。流水青山哨影,凌风雨、酣畅抒情。凝豪气,披坚执锐,亮剑鬼神惊。　　雄心冲剑气,边关月冷,战马嘶鸣。枕金戈、梦随号角冲锋。注视风云变幻,怀壮志、血筑长城。行天职,军魂如铁,捍卫国安宁。

永遇乐·随笔

　　热血青年,边关卫士,人生光灿。涉水登山,踏冰卧雪,放眼边防线。心怀理想,青春无悔,手握倚天利剑。捍和平,军魂如铁,保卫国家安善。　　海疆风骤,云诡波谲,主子奴才疯患。闹事生非,贪婪本性,紧锁围华链。尧疆舜土,主权神圣,怎许他人侵占。壮军威,厉兵秣马,教其梦断。

范诗银

　　1953年生,山东东平人。1972年入伍,曾任北京军区空军政治部干部处处长,空军大校军衔。中华诗词学会常务副会长。著有《天浅梦深》等。

跨过鸭绿江

一

激滟江花翻碧阔,梦回风卷当年月。
清眸矍砾峻寒生,义旅旌锋残翠没。
劫火烟熏与子袍,疏星影叠操秦钺。
心怀家国两肩挑,襟浣乡流辞故阙。

二

弹洞渐圆风劲削，瞍瞍默对倾江雪。
痕尘可记鸷雕寒，霰泪犹洇胸胆热。
浩气穿边雨断虹，冷辉壤侧腰悬铁。
奋身一战百年安，万古云旗飘烈烈。

三

炮雨排空焦霆裂，腥风掴耳呼声咽。
盘装束甲隐鳞鳞，戴月披星行切切。
壮士戈凝连夜霜，英雄目眦倾腔血。
最怜肝胆付他乡，遥祭离魂摩玉碣。

北　望

一片蓝天下，何堪万里思？
持樽嫌酒满，呼雁怨书迟。
聚短难移梦，别长空有诗。
频惊边月冷，照我故乡枝。

苏幕遮·答友人病中

露成灰，霜已老。万古如斯，千载如一秒。入眼青山争破晓，莽莽苍苍，往事知多少？　采芙蓉，牵紫蓼。半釜黄河，煎作冰丸了。香冷昆仑喷素缟，秦汉隋唐，几段销魂草。

水调歌头·梦出雁门关

旧甲簪新朵，信马过荒关。忽惊衔草摇影，沉角起长川。一战金鸣十载，失道血喷三尺，都付野云寒。石绿缝鼙鼓，铁紫断腰环。　风非昨，山依旧，日如丸。登高把酒，余火吹冷只苍天。多少功名堪勒，几寸丹心可鉴，无负月亏圆。雁叫疏星里，不语是流年。

贺新郎·谒史公祠

两度泠泠雨。湿黄云、千层堆冷，一穹霜与。来向清园寻知己，自把闲辞读取。休呵壁、幽言难叙。弃剑楼头呼落日，裂寸肠、再把残旗举。荒草烬，认袍缕。　新梅伴我痴情旅。折双枝、葛心素心，此心如许。登岭谁量天长短，谁送雁声远去。为君谱、君知几句。梦里枯桐潮声起，是广陵、满枕皆愁绪。弦勿断，相思语。

望海潮·长缨在手

目抚辽宁舰，长缨在手豪气干云，百年耻辱当始此而求雪。

沧旋重碧，风回崩雪，流光摇乱空瀛。云拍月舷，辉分玉翼，襟边掸落鸥鸣。放眼问苍冥。自汀州路上，岷雁秋声。算百年来，神州几度寄长缨。　晨星顾盼华庭。向青荧亮宇，镜水蓝泓。飞燕箭穿，吹虹笛远，起锚恰是新晴。南海又东溟。缚刨花苍狗，弄景苍鲸。谱得弦歌高奏，喷泪洗心旌。

八声甘州·雪夜有感

看雪飞雪舞又新年，天幕已重悬。念边关冷铁，冰河哨马，难写真寒！旧梦温来堪笑，射虎论阴山。吟断放翁句，霜剑轻弹。　更有朝阳晨月，剩残星几点，不负清圆。正苍鹰直举，疏草起晴峦。且由缰、退茜孤箭，恐寻来、泥羽锈如钱！凭谁问、满腔热血，几旋尘烟？

汉宫春·过伶仃洋

酸眼羞风,过唐波汉渚,越时红日。明帆宋舵,断桨锈锚摇碧。伶仃旧句,是梦中、枕边堆泣。三百载,三番叠泪,休说了无痕迹。　　谁携念丝情笛。喷楼高月小,黄芦紫荻。丹心几睹,幸有汗青曾识。千年绝唱,漫谱来、金徽重拭。抛冷帕,云花湿手,掬我梦边潮汐。

金缕曲·毛泽东诞辰一百二十周年感赋

百载须臾矣。惜元年、长河流响,俊华存几?唐汉丰姿皆浮影,休道元骢清帜。仅剩得、鞍霜龙绮。更叹青铜华夏鼎,却铭它、刀菊扶桑髻。期圣手,江山识。　　振呼大地长风起。剑倚天、湘水花碧,太行云气。淘尽昆仑千秋雪,多少悲痕喜涕。又多少、梦歌未已。翘望紫虹飘晴字,憾何来、功缺三分纸。醉复醑,倾心醴。

天香·三一诗院题《中华军旅诗词》四卷并出版一周年

一岭轻风,殷勤摇翠,如约相看新碧。一院青华,笃情红叶,让却凌云三尺。一厅清策,家国梦、梦中神识。醉了杪星帘月,还有绿绮悬壁。　　倚得无边春色。倚奇声、声声金镝。多少丹心鹤影,寸心鸿迹。妆罢征衣四袭。最难数、沙穿血犹湿。万点花明,千行韵滴。

江城子·记雷达荧光屏前

山河种种嵌金盘,是边关,是家园?点点星星、都在灭明间。乡泪无端迷睿眼,橹声苦,纺声欢。　　无边风月几波澜,乱峰蹿,匿峰闲。假假真真、谁与论危安?羞解羿囊夸箭手,繁星夜,艳阳天。

玉楼春·送战友复员

一声珍重天涯路,一曲长歌冰几庠?送君又在海西头,恰是年年挥泪处。　　荒芜古道飞将幕,日月边关裁梦簿。莫询明早出操否,星满寒刀霜满树。

点绛唇·夜哨

天外游龙,如约山侧悠然住。长啸沉吐,飞向冥冥处。　　寒鹭无言,梦里长长路。鞭声苦,前村孤老,唤醒重重雾。

蝶恋花

连队1985年撤销,现唯有旧时路边白杨仍似当年。

寒水拍窗山乱舞。霜月清圆,野鸟声声苦。盘马弯弓夸射虎,草檄冰墨敲征鼓。　　梦里边关拥雪树,地北天南,聊把相思注。遥见新枝凝紫雾,青襟浊泪无从数。

范德甫

1945年7月生,湖北荆州人。曾任工程师,一级警督。中华诗词学会会员,湖北省诗词学会常务理事。著有《心窗掠影》等。

闻南疆组建三沙市喜赋

欣闻海市镇南洋,壮我声威卫我疆。
国土岂容遭盗抢? 蟊贼不许逞猖狂!
蕉风恰似龙泉剑,椰雨犹如火箭枪。
小丑跳梁当自警,天兵指处踩螳螂!

欢呼"辽宁"号入列服役

红旗猎猎映穹苍,赤县军威又远扬。
号角声声迎利器,波涛滚滚固蓝疆。
高科发展民心聚,实力增强国运昌。
维护和平谋福祉,来侵定有铁拳尝!

中国海监舰艇巡航东海、南海护权执法

巡航亮剑护尧疆,正义雄师拒虎狼。
海岛矗立迎赤子,涛声澎湃固金汤。
鱼雷导弹神威大,战舰歼机气势昂。
领土主权难寸让,蛮夷狂梦早收场!

鹧鸪天 · 题海军南海舰队女子陆战队

　　惯战能征志气昂,红颜勇武更鹰扬。卫疆控海擒狂虎,傲雪披霜斗恶狼。　　思想好,作风良,爱民爱党爱家邦。身怀绝技军威壮,亮丽青春献国防!

水调歌头 · 我国首个女子导弹发射连入列

　　高架矗云际,警觉注胸间。柳营又筑长城,巾帼露娇颜。头上红星闪烁,手里钢枪紧握,忠义溢眉尖。练就浑身胆,卫国抖双肩。　　守关山,居哨卡,战前沿。一声令下,腾空烈焰箭离弦。稳准风驰电掣,克敌翻云裂石,看我半边天!谁敢欺华夏,叫尔葬深渊!

沁园春 · 感于中国航母平台试航

　　铁甲初航,夙愿初偿,武备国防。忆弱贫时候,任人宰割;外夷横暴,不尽灾殃。忍气吞声,低头受辱,痛让洋奴称霸王。悲哀泪,漫伴狼烟涌,天暗无光。　　今朝国盛民强。拥利器扬眉沐艳阳。看银鹰巡弋,箭星高举,驭鲸大海,亮剑穿苍。狐鼠安潜,雄狮啸傲,水上长城卫禹疆!休迟怠,要坚持发展,再铸辉煌!

林 青

1914年生,河北蠡县人。1937年入伍,曾任总后勤部驻重庆办事处业务部部长。解放军红叶诗社社员。

门帘战

驻地何妨小,兵精不在多。
班中编政委,队列选明驼。
昼伏农家院,夜行觅寇倭。
揭帘洋鬼进,刀入贼心窝。

"新年贺礼" ①

夜宿柴门热炕煨,铁枭扰我梦难回。
荷戈一望嗔又喜,双管机枪掉下来。

　　① 1941年春节,在冀西南龙岗战斗中,敌机扫射时竟掉下一挺双管重机枪,战士们戏称"新年贺礼"。

八路军夜过平汉路

南北沉沉线,沟壕二丈深。
衔枚黄夜过,无事报声频①。
月色溶溶夜,青纱寂寂茵。
刀枪时突出,杀敌忽如神。

① 指同情抗日的伪军高喊"平安无事",掩护八路军过路。

西江月·抗美援朝中的
钢铁运输线

一路烟硝浪滚,连声爆炸坑深。漫天炮火夜沉沉,我自悄然挺进。　　只待西山落日,车轮南北飞奔。前方浴血杀敌人,钢铁运输后盾。

林　涛

1931年生,浙江玉环人。1951年入伍,曾在空军第八航校服役。著有《荻花集》。

从垦三十四年感怀

脱去军装还是兵,戍边屯垦自请缨。
夺粮龙口青山麓,授业黄门黑水汀。
愿献吾身肥热土,喜瞻麦野度春风。
金黄麦海千重浪,传记篇篇写赤诚。

水调歌头·勘察雷达阵地

雷劈崖崩裂,水似马无缰。攀援逆水寻辙,蹴蹭激流狂。雨箭射心透骨,风剑穿林斩竹,草木漫天扬。誓要凌绝顶,使命勇承当。　　手牵手,头顶脚,越悬梁。将军士卒相伴,切切话情长。巡察雄关云哨,欲嵌倚天宝镜,酬策卫南疆。雨霁虹霓出,脚底铁鹰翔。

林从龙

1928年生,湖南宁乡人。1949年9月入伍。中华诗词学会顾问。著有《林从龙诗文集》等。

"七七"过卢沟桥

烽火卢沟迹已陈,长桥风物焕然新。
东邻未必妖氛静,忍拂残碑认弹痕!

读夏明翰烈士诗

浩气长留史册新,遗诗重读泪沾巾。
昂头就义缘家国,愧死蝇营狗苟人。

赠李真将军

昔年驰骋疆场将,今日纵横翰墨场。
摒却莺花风月句,金戈铁马入诗囊。

纪念抗战胜利

辽沈无端起战烟,日倭兽行史无前。
同胞惨死三千万,胜利欢呼六十年。
人访京华频谢罪,眼觎东北暗垂涎。
太平盛世须牢记:军国残灰正欲燃!

湖南芷江受降城

魔鬼低头日影曛,受降城里柏森森。
欢呼胜利须牢记:困兽犹存未死心。

朱仙镇谒岳飞庙

岳帅旌旗不见归,中原父老泪空垂。
心存宋室金瓯固,力扫胡尘铁骑飞。
外将缘何君命受,内奸已使国基危。
黄龙捣后班师日,南渡君臣敢说非?

登山海关城楼

海岳雄奇接两间，苍茫浩气贯人寰。
心随巨浪高千丈，足踏长城第一关。
燕塞湖飞双索道，秦皇岛泊五洲船。
古来生死交锋地，翻作千秋画卷看。

林发祥

1940年4月生，福州人。1958年入伍，曾任海军大连舰艇学院教研室副主任、副教授。解放军红叶诗社社员。

壶江行

小岛玲珑似卧壶，闽江口上一明珠。
渔盐傍海千家业，商贸扬帆八面图。
昔日平倭征战地，今朝览胜旅游区。
愚公将使虹桥起，再见椿山凤鸟呼。

南乡子 · 游鸳鸯溪

何处上蓬山？栈道凌云峭壁攀。飞瀑千寻帘翠洞，虹岚。疑是嫦娥舞袖衫。　　幽境向谁边？古木奇岩道气玄。站在仙人桥上望，潭滩。迷赏鸳鸯竟忘还。

浪淘沙 · 谒林觉民
烈士故居感怀

意洞故居前，碑刻庄严。黄花血染色更妍。举义广州虽失败，后继千帆。　　遥念昔时贤，风雨番番。愈挫愈雄骨弥坚。唤起工农千百万，终有今天。

临江仙 · 游郑和宝船泊地抒怀

三宝当年锚泊地，而今帅殿新修。仿如将驶亚非欧。郑和凝望眼，船队屹前头。　　遥想宝船西海下，航程何惧悠悠。文明友谊共交流。东风今又是，送我去周游。

林金英

女，1934年生，浙江苍南人。1950年入伍，曾为总参某部技术干部。

兵团支青

浦江鸭子黄金娃，小小孩童走天涯。
红柳沙丘常相伴，支边磨炼好年华。

忆新疆建设兵团

天山雪线接寒云，叶尔羌河百丈深。
常忆当年屯垦事，团场应是酷容新。

林洪枢

1927年生，辽宁康平人。1948年入伍。

追忆陈赓大将

战地归来马未停，松花江畔建军工。
尊师恒念寒窗苦，重老常温铁索横。
两袖清风居陋室，一身正气树高旌。
将军本色为人杰，世代长传敬仰声。

林智勇

1937年生，福建闽侯人。1962年入伍，曾任海峡之声广播电台副台长，高级编辑，大校军衔。中华诗词学会会员，解放军红叶诗社社员。著有《随风润物集》等。

香港回归十年有感

返浦明珠历十年，一邦两制铸辉篇。
西方滥调皆成妄，喜见荆花簇锦鲜。

辛亥革命百年颂

聚英挥斧响惊雷,专制王朝彻底摧。
百载奔腾风浪险,千秋壮举史篇辉。
共和旗帜飘华夏,民主潮流悦庶眉。
碧血黄花魂永驻,神州健步大同归。

瞻仰台北中山堂

推翻帝制树丰功,扭转乾坤天下公。
倡立三民秉人本,忌称万岁归大同。
胸怀博爱谋强国,梦系民生策富农。
壮伟楼堂留史绩,中华两岸共尊崇。

纪念杜甫诞辰一千三百周年

脍炙骚坛耀九州,贤尊诗圣誉千秋。
思乡忧国情唯切,嫉佞怜民笔未休。
出语惊人堪警世,坦怀仗义可醒眸。
浑涵沉郁兼今古,不朽篇章万代讴。

改革开放三十周年颂

春风惬意唱朝曦,敞户开窗势合时。
改地换天筹伟策,鼎新革故奠根基。
振兴号角传霄宇,致富乐章扬笑眉。
经济腾飞增国力,和平崛起最堪诗。

卜算子·悼念革命导师

花奠导师前,常把音容忆。缔造新华唤睡狮,宏业煊天地。　　胸次蕴雄兵,笔底惊雷激。盖世风华四海钦,伟绩芳青史。

郁善伟

1927年生,浙江宁波人。1945年入伍,曾任空军工程学院外语系副主任。解放军红叶诗社社员。著有《向阳集》等。

忆黄泽战斗①

袭奔百里夜天低,反击抢桃到大堤。
始则隐藏杨树下,继之转进墓陵西。
笳声号角惊天起,榴弹机枪诱敌迷。
趟涉洼田冲过去,霎时蒋匪变笼鸡。

①黄泽在浙东四明山附近。日寇投降后,蒋军偷袭我浙东根据地,被我新四军一师浙东纵队击退。

浣溪沙·空战纪实

道道银光斗太空,晴天蓦地出飞虹,佩刀来袭遇英雄①。　　米格起飞迎敌寇,一声霹雳震苍穹,美机坠海倒栽葱。

① 佩刀为美战斗机Ｆ－８６。

欧承高

笔名放歌,1928年生,四川省人。1949年入伍,曾任第一八四师司令部速记员。中华诗词学会会员。

战士戍边

冰风四起戍边关,渗透戎衣入骨寒。
战士心如钢铁刃,朝朝暮暮刺云天。

忆丁佑君烈士①

西河吐绿斗芳华,足迹如诗印万家。
谁晓凯旋难相见,空留倩影化红霞。

① 丁佑君,女,1931年生,四川乐山人。成都解放后参加革命,1950年参加川康剿匪战斗,不幸壮烈牺牲。1958年朱德委员长为她题词,赞颂她"是党和人民的好女儿,是共青团员和青年的好榜样"。

尚 弓

本名常恒强,1928年10月生,河南南阳人。1948年入伍,曾任解放军报社文化处副处长。解放军红叶诗社社员。

抒 怀

破天大纛卷飞霞,戎马半生欣岁华。
五岳琼波翔彩凤,三洲烽火舞金蛇。
媚花怜月难为志,怒海危峰尽可家。
荐我血躯效主义,赤心苍甲乐无涯!

昆明路南石林

巨变鸿蒙几亿秋,问天屈子见答酬。
飙劈浪斩峰千柱,火炼霆击景万陬。
伟峻凌云堪励志,幽深探奥宜优游。
峭岩惊艳阿诗玛,依恋澄湖可念周[①]?

① 石林人工湖是根据周恩来总理1954年建议修成的。

德天瀑布行

老迈作壮游,南国秋景妍。邕城未尽兴,执意骛边关。驱车四百里,穿林越群山。归春河渡头,小憩再登攀。溯流相携行,恍进桃花源。忽而破阒寂,贯耳訇訇然。岂是枪炮鸣?边陲早靖安。莫非雷霆响?晴空云霞鲜。但见白雾弥,雪崩若眼前。怒涛从天降,跌宕峡谷间。银波呈三叠,气势撼山川。此景含蕴博,此情思潮翻。临瀑洁尔身,何妨洗心田。观瀑益才智,愁容改欢颜。诗人笔生花,武夫砺剑胆。恶徒怕冲刷,贪官恐吞淹。阅瀑得灵悟,胜似去参禅。拜别德天瀑,老汉风襟宽。夕照界河上,悠悠一归船。

卜算子 · 枣园窑洞小油灯

赤县夜如磐,云黯狼烟蔽。烨烨油灯亮枣园,光焰射无际。 灯下运兵韬,决胜超千里。写罢雄文启晓窗,曙色盈天地。

鹧鸪天 · 百望山岑楼

朔漠宋时血战频,狼烟远眺苦登临。六郎忠勇边关固,堪慰楼头慈母心。 枫似火,炽莽林,山鸟飞鸣向景云。平西抗日声威在,豪俊碑文烁古今。

尚云波

1949年1月生,河北辛集人。1965年7月入伍,曾任解放军出版社编辑,曾为《中华军旅诗词研究》美术编辑。

戈壁滩

淡墨横泼大笔皴,沙蒿乱散点轻痕。
谁言大漠无颜色?柽柳花红也报春。

沙枣花

绝漠穷荒传馥郁,随风四溢绕沙梁。
清香浮动来何处?银柳轻飏花正黄。

戈壁玉

风如巧手砾如刀,重触轻磨昼夜雕。
琢就玲珑通透玉,荒原大漠任由抛。

夜行额济纳旗遇大风

星月潜形大野暝,天嘶石走撼心旌。
车灯前照沙如壁,疑是穿山遁地行。

滆湖雅集

百里烟波薄似纱，天涯挚友会渔槎。
太湖三白佐陈酒，丁蜀紫砂沏嫩茶。
炼句叩舷调韵律，挥毫随性走龙蛇。
迟迟揖别苍山远，倦鸟归飞入晚霞。

尚法尊

　　1933年11月生，河北辛集人。1955年8
月入伍，曾任国防科技大学干部部副部长。

秋　日

温榆岸树未经霜，拳练河边享艳阳。
枝干交连遮日月，叶花互衬吐芬芳。
鱼虾绿水逐流舞，鹰鹞蓝天振翅翔。
难了众人托付事，唯期向晚寿还康。

温榆河边

漫步小河滨，举眸气象新。
轻烟浮水面，残雪缀青茵。
红朵开敧树，黄莺噪棘榛。
扬蹄岂畏老，八秩抖精神。

悼哈军工刘兴隆老师

恩师驾鹤向西行，雨泣风凄我泪倾。
无忘军工为弟子，有缘科大作良朋。
常怀旧谊承相问，每馈新篇感盛情。
仰尔光明胸坦荡，心香一瓣慰英灵。

果仁华

　　1954年2月生，山东惠民人。1972年12
月入伍，曾任某部政治处主任。中华诗词
学会会员，解放军红叶诗社社员。

老兵情

今生最爽是当兵，卧雪爬冰两秩冬。
解甲虽安仍励志，待时跃马再出征。

咏山东老战士纪念广场

一

黄河之畔矗高墙，泰岳同携永放光。
齐鲁千千兵赤子，丰碑镌刻美名扬。

二

当年壮士赴疆场，北战南征镇四方。
梦绕魂牵终日盼，今随诗韵到家乡。

和战友

油然一梦返楼兰，磨爆云腾谈笑间。
早岁同怀擒虎志，提头敢闯鬼门关。

与诗情缘

退休换岗选学诗，夜夜推敲不自持。
访友拜师求雅韵，翻书上网觅新词。
挥毫寄语惜贫弱，借景抒情诵爱慈。
仄仄平平常伴我，吟声高处宛如痴。

六十书怀

风风雨雨六十冬，万里船归气自平。
往事似烟书百卷，未来如梦韵千重。
眼花无碍识真假，耳背仍能辨异同。
火样雄心从未冷，欲将夕照作晨钟。

度重阳

蒲园观景度重阳，悦目怡心诗意扬。
虽少春花争丽艳，却闻秋菊散幽香。
夕阳历雨图尤美，枫叶经霜韵更长。
草木凋零非谢世，养精蓄锐待春光。

探小康

宏图初展问津梁, 访友翻书探小康。
须建公平均富贵, 即行民主治贪赃。
家园美丽除污染, 社会和谐减祸荒。
官正吏廉消动乱, 清风明月铸和祥。

《步兵第十团记事》读后

诗随记事伴歌吟, 又见军营战友亲。
血气方刚男子汉, 爬冰卧雪成边人。
青春无悔天山泪, 历史应留和静魂[1]。
马卸征鞍仍励志, 何时再展报国心。

①和静, 县名, 十团驻地。

军港抒怀

军港深深藏碧宫, 舰船列阵待出征。
云花遥送西山雾, 鸥鹭欣迎东海风。
拍岸惊涛如擂鼓, 闪光新月似弯弓。
百年圆梦情难了, 洋上依然巨浪汹。

咏孙子兵法城

展城数里势恢弘, 武圣长卿冠伟名。
兵法十三将帅拜, 计谋卅六鬼神惊。
斩妃严纪古今誉, 摆阵奇囊中外倾。
谈守论攻非好战, 强军富国得安平。

山花子·咏辛弃疾

一

夜幕骁骑快似风, 五十飞将闯敌营。擒叛虎穴一身胆, 万人惊。　国破家亡无葬处, 泪垂剑舞有吟声。北讨渡江常伴梦, 目难暝。

二

月蔽云乌夜色寒, 金戈铁马放南山。秃笔一支代枪剑, 战犹酣。　宋室偷安歌朽日, 骚人落魄醉词坛。豪韵今朝齐咏唱, 荡云天。

水调歌头·贺三沙建市

南海三沙喜, 建市九州欢。不知多少儿女, 垂泪涌涟涟。我欲亲临祝贺, 又恐人多事冗, 无助反添烦。弄笔写情志, 以表我心言。　南洋边, 国门建, 猎枪悬。海疆万里边防, 几代梦将圆。既设坚船利炮, 也备鲜花盛宴, 敌友两重天。但愿浪深处, 珠宝色尤妍。

易　木

1926年生, 河南西平人。1947年入伍, 曾任某部驻七一三厂总军代表。解放军红叶诗社社员。

西柏坡

太行滹水起雄风, 西柏坡村举世崇。
帅令行时摧腐朽, 军旗指处扫顽凶。
磨盘碾子寄情意, 炮弹糖衣响警钟。
国运民生由此定, 江山如画万年红。

悼战友叶楠[1]

昨夜噩耗失叶楠, 千般思念涌心间。信师曾共吞沙苦[2], 奋笔同呼反馁寒。弃学追寻解放路, 拿枪跟党造新天。桐柏苦斗草窝暖, 淮海杀敌傲雪寒。堪羡君才文武备, 累累硕果笔花繁。九泉谁料君先去, 巴山夜雨不胜寒。

①叶楠, 海政文化部创作员, 曾先后创作《小花》《甲午海战》《巴山夜雨》

等电影剧本和多部长、短篇小说。

② 信师,指河南信阳师范学校。

飞天行

华夏文明源流远,独领风骚五千年。先民常寻胜天梦,奇思妙想万古传。羲和驱车以载日,女娲炼石为补天。夸父善走追金乌,愚公有恒移大山。牛女不惧银河阔,嫦娥哪怕月宫寒。八仙无船逛四海,大圣抡棒闹九天。后羿神射救万物,禹王治水安禹甸。美丽传说多神奇,足见龙人敢立异。前人之志后人继,薪火相传创奇迹。四大发明献人类,社会进步虎添翼。万户智作飞箭龙,人类飞行他第一。落后挨打寻常理,清廷蒋帮害民贼。招来洋祸百年耻,激起东方巨龙飞。赤旗卷起燎原火,牛鬼蛇神化成灰。醒狮一吼惊天地,两弹一星横空飞。众志成城铸神箭,卅年差距一朝追。神舟巡天十四匝,碧空长飘五星旗。中华儿女多奇志,誓闯蟾宫折桂归。

易　溎

1928年生,江苏南通人。1946年入伍,曾任总参某部政治部科长,宿县军分区顾问。解放军红叶诗社社员。

忆渡江战役

五十年前破晓钟,奔腾九曲大江东。
飞舟一夜春潮激,捷报千军战帜红。
树倒金陵狲惎散,营回故地炮声隆。
雄师席卷歼残敌,万里同呼捉蒋凶。

缅怀周中昭同志①

一

烽火别家门,从戎挽陆沉。
伏膝穷鸟迹,跃马锁敌魂。
赤胆参帷幄,忠心献奇珍。
猝然乘鹤去,遗范照来人。

二

莱芜前线始随君,大蜀山前共垦耘。
岂料黄山一别去,松涛云海慰忠魂。

① 周中昭早年参加新四军,长期在机关工作。曾任徽州军分区副司令员。1978年逝世。

花甲吟

当年慷慨执吴钩,劲扫妖氛唱自由。
屈指蹉跎夕照近,回眸叠嶂暮云悠。
时逢花甲添豪气,梦断长缨恨白头。
信步登高舒望眼,奈无彩笔写风流。

忆　昔

一

信是春风荡逝波,童颜鹤发忆婆娑。
熔炉烈火青春炽,风暴前头海燕多。

二

影照痕添日月梭,精神未减鬈毛皤。
当年演出情长在,一出劳模一曲歌。

三

乌云密布接军调①,演出频频起激潮。
掌鼓雷鸣呆碧眼,顽方丧气退场逃。

① 1946年初夏,我队在如皋演出,招待军调执行小组。当演到解放陕北吴起镇时,全场掌声雷动,美方代表呆眼随着鼓

掌,国民党代表则灰溜溜退出剧场。

赠老战友

一

淡淡肥河水,依依大别亲。
喜迎归旅客,笑对老营人。
扶杖当年手,清茶世纪心。
匆匆岁月骤,恍似两乾坤。

二

缘结金陵水,情钟大别亲。
青春持剑客,解甲弄潮人。
放眼新弓手,开怀老骥心。
东风吹绿骤,彩笔绘乾坤。

新四军苏中公学合肥校友抗战胜利六十周年聚会即兴

六十周年庆,苍颜赴会翁。
军功章耀眼,抗战曲声宏。
人老豪情壮,霞飞夕照红。
青山松不老,沧海看腾龙。

易光武

1951年2月入伍。

天山放哨

踏雪立云端,心浮万壑烟。
雁惊知雾重,林乱感风喧。
拔剑辉霜月,摘星明素丸。
关山亲欲搂,大爱淬刀尖。

军嫂情

性喜豪雄慕剑魂,荧屏邂逅识知音。

飞鸿有翼情怀诉,花烛无声别泪噙。
沐雨栉风锄晓雾,将雏扶老立黄昏。
情牵边塞千秋月,笑对天涯梦里人。

罗昆禾

1924年生,河北任丘人。1937年10月入伍,曾任兰州军区《人民军队报》副总编、研究员。解放军红叶诗社社员。

咏方永刚

授业高台几度秋,解疑荡垢引清流。
军中良驹驰千里,绛帐贤才播九州。
化雨春风功德在,融情润物壮心酬。
榻前抱病频思教,讲稿精深睿智留。

迎九十年代第一春

冰消雪尽曲江滨,抖擞梅花倍有神。
几度寒云惊落木,频番膏雨湿轻尘。
天连海色浑成碧,马跃雄风自绝伦。
砥柱千寻坚似铁,冷观变幻处风云。

自　勉

冯唐易老故人稀,碌碌平生亦不卑。
尚有豪情酬素志,还将余热报晨曦。
抛开利禄无形链,吐尽春蚕未了丝。
珍惜桑榆光景好,新诗写就墨淋漓。

罗昌焜

1935—2007,四川大竹人。1951年入伍,曾任第十六军炮兵处副处长。

惜别情

归根梓里度余生,戎马情长难舍分。

把酒一言抒壮志,高扬勇士铁军魂。

新风赞

关怀入户喜盈门,卫技科文进僻屯。
济困扶贫三代表,新风新象倍相亲。

暮年情怀

人生翰墨缘,垂暮不休闲。
捉笔书军史,操觚绘彩天。
激情如浪涌,灵感聚毫端。
淡漠功名利,丹青颂大千。

罗建文

1930年生,福建上杭人。1949年入伍,曾任海军航空工程学院青岛分院副教授。解放军红叶诗社社员。

过松潘红军长征纪念碑

伟躯屹立铸碑坊,左举鲜花右握枪。
万古草原燃火种,雪山相伴永流芳。

九秩回眸

南湖小舫谱春秋,九秩回眸作壮游。
斩棘披荆求解放,开天辟地主沉浮。
振兴经济图强策,改善民生福祉谋。
翘首环球新世纪,神州十亿更风流。

摊破浣溪沙·人民海军建军六十周年

六秩征程放眼瞻,转型破链战逾酣。跨越强军新起点,正扬帆。　红箭穿云冲广宇,苍鲸犁浪涉深蓝。保卫海洋生命线,两肩担。

眼儿媚·思乡

秋风萧瑟独登楼,撩起故乡愁。半坡落叶,两行南雁,数点归舟。　家山往事重温日,何处乐神游？古榕树下,竹林荫里,橘子滩头。

鹧鸪天·八旬叟登大雁塔

高塔形如七节鞭,巍峨屹立势摩天。旋梯笔陡攀杆上,梵语神奇凝目观。　龄耄耋,兴昂然,胸存壮志总无前。当年玄奘传梵处,绝顶登临天地宽。

浣溪沙·秋韵

气爽天高晴朗天,村烟袅袅白云闲,山泉欢唱《鹊桥仙》。　西岭黄花香暗送,南冈红叶色斑斓,醉人美景不胜看。

摊破浣溪沙·老有所乐

带笑黄花分外香,艺林红叶展新妆。装点江山多绚丽,醉春光。　翁媪逢时登学府,诗书歌舞任徜徉。花甲还当花季度,寄情长。

罗继五

1930年12月生,湖南长沙人。1949年入伍,曾任对台宣传品编辑部主任、主任编辑。解放军红叶诗社社员。著有《抗美援朝战地速写》。

重访秋收起义旧址

一

大业艰辛事运筹,长缨万杆下铜修。

秋收烈火燎原地，滚滚浏河万古流。

二

激战三都未等闲，秋收时节暮云寒。
红军血染铜修地，漫卷旌旗湘赣边。

昆仑架起通天路

一

五彩祥云飘圣境，唐蕃古道展新姿。
昆仑架起通天路，雪域歌翻动地诗。

二

千年期盼圆心梦，万代留名建筑师①。
哈达高悬迎贵客，铁龙驰骋撼崦嵫。

①青藏筑路大军，前身为志愿军铁道
兵部队。

登匡庐下榻解放军
庐山疗养院

客来仙岩阁，入山览胜幽。匡
庐天下秀，名士竞风流。白头行踪
密，偷闲结伴游。险境龙崖首，含鄱
看十洲。千年三宝树，龙潭入水泅。
锦绣幽谷翠，天桥胜迹优。草堂今犹
在，花径漫步悠。飞流三千尺，沧海
接浮丘。月照松林静，仙人解郁愁。
绝顶登临晚，眼观世界秋。东林钟声
远，随缘任去留。流连尘世外，心况
欲何求？

和中英

1942年8月生，河北曲阳人。1962年入
伍。转业后曾任北京市电子工业办公室主
任。中华诗词学会会员，解放军红叶诗社
社员。

学电脑

久有雄心志，攻坚电脑关。
女儿装硬件，儿子引登攀。
点击成章句，浏览晓地天。
畅游知识海，七秩又扬帆。

从海口去五指山路上

驱车上路艳阳天，未出椰城霹雳传。
北向晴空南向雨，路东积水路西干。
槟榔椰树迎风摆，别墅高楼拔地旋。
宝马飞驰翡翠里，一山更比一山蓝。

一剪梅·瞻仰五壮士纪念塔

险峻狼牙夏翠青，峰接蓝天，鸟
啭蝉鸣。媪翁青少仰碑丰，揽乘悠
悠，直向苍穹。　攀上山巅俱震
惊，千仞悬崖，深涧蒙蒙。此情顿现
跳崖雄，扬我军威，气贯长虹。

临江仙·战友重逢

同爱戎装逾五载，时逢比武操
兵，摸爬滚打尽精英。庆功双获奖，
一别杳无声。　四十二年如一梦，
社区奇遇长亭。白头犹记柳营容。
千杯仍感少，畅叙到天明。

蝶恋花·太空望神州

"神六"升空惊太昊，五日遨
游，七七环球绕。天地古来音信杳，
今朝咫尺通途道。　揽月追星多
奥妙，澎湃心潮，舱内英雄笑。俯瞰
尘寰风景好，山河最数神州俏。

季　琛

1933年1月生，江苏泰兴人。1949年6月入伍，曾任某团少尉参谋。转业后在洪泽县政府办公室工作。中华诗词学会会员，解放军红叶诗社社员。

洪泽湖滨颂武英

——瞻仰黄花塘新四军军部旧址

茅屋犹留陈毅剑，油灯曾照少奇眉。
皖南蒙难悲萁豆，淮北疗伤整舵楫。
歌逐渔舟强寇灭，诗吟柳巷义师归。
大鹏毕竟非凡鸟，带血冲云振翮飞。

仁河左家楼陈列
雪枫将军事迹

怎忍音容流水逝，追踪寻迹到云天。
小楼大展生平史，古镇高悬励志篇。
常念牺牲为后世，纷呈业绩学前贤。
遥知承继多豪杰，枫叶如丹色更妍。

怀念张爱萍将军与
洪泽湖号军舰

登舟观景忆青萍，宝剑高擎激浪腾。
剿匪阵图留笔迹，抗倭诗韵逐涛声。
身离洪泽心思泽，情系湖兵创海兵。
东海扬波思故土，舰舷大写美湖名。

八一厂所制洪泽湖
区电影《老乡》

峥嵘岁月总难忘，仆仆风尘访老乡。
同唱战歌追昨日，共游湖景忆陈舱。
将军逐户嘘寒暖，旧友开怀话短长。
鱼水深情言不尽，扬帆惜别泪盈眶。

军事题材黄梅剧《枫涛漫卷》

淮北风云奋笔书，舞台着意塑先驱。
统筹捉放反顽策，宽辟纵横抗日途。
湖忆四师千舸颂，剧开八幕万民呼。
枫涛漫卷染旗赤，映照今朝壮丽图。

反映洪泽湖武装斗争的
电影《红色的种子》

黑夜奋身播火种，层层封锁也从容。
烟波浩淼渔舟上，星月朦胧芦荡中。
义胆照人人尽醒，曙光破雾雾消融。
反顽反霸留声色，云逝霞飞曲未终。

浩荡军魂壮国魂

——赞小汤山医院抗"非典"官兵

号角声中万马骙，小汤山里斗瘟神。
赴危唯把苍生念，克敌敢朝虎口奔。
医护载情伸大义，官兵舍命铸坚贞。
求恩思德雄风展，浩荡军魂壮国魂。

过会宁红军长征会师处

百川归海海波腾，闪闪红星耀会宁。
万马提缰通渭口，三军握手会师亭。
互谈曲折陈情重，共析崎岖看路清。
领袖村居眠复醒，六盘欲上待黎明。

"神五"载人飞船巡天

崛起神州排万难，拔山靖海复巡天。
将星炼火升新舸，军史延光续壮篇。
赶过双强湔国耻，飞旋八极扫烽烟。
驱云逐雾舒鹏翼，殷鉴前车催向前。

水调歌头·井冈山遥想

瞻仰井冈山，心似海潮翻。当

年怎得驱车, 漫道任盘旋？恍见挥刀飞弹, 歼敌轮番苦战, 松柏血斑斑。竟有阅书磴, 坐断却安闲。　大小井, 留原貌, 供思源。毛公住处, 曾经秉笔卷波澜。枯树返青如愿, 烈士尚存何憾, 山下店连环。雕艺连城价, 顶礼献先贤。

岳存模

1933年生, 陕西西安人。1951年入伍, 曾任兰州军区战斗文工团高职编剧、创作员。

戈壁红柳

扎根荒漠傲风沙, 乐在天涯绘彩霞。
绿叶葱葱迎宿鸟, 红花艳艳笑昏鸦。
不同红杏争颜色, 敢与青松共物华。
独领风骚谁可比, 堪称塞上第一花。

大漠风

大漠狂风猛似刀, 千年古木亦折腰。
边防将士朝天笑, 漫舞飞沙洗战袍。

陇上咏

玉关自古尽烟尘, 空负军中有志人。
烽火台前思母泪, 狼烟墩上望乡魂。
山重水复乾坤变, 路转峰回杨柳新。
羌笛如今添笑语, 高歌吹奏玉门春。

金九思

1927年8月生, 河南范县人。1947年3月入伍, 曾任第十六集团军四十七师副师长。

忆跃进大别山

穿草鞋

山路崎岖沙石硌, 沿途脚印血鲜红。
草鞋磨出多门"炮", 扭起秧歌奔远峰。

自做冬装

粗指缝衣不畏难, 枝抽棉絮代弓弹。
借来瓷碗划脖领, 自制棉衣御酷寒。

轻　装

火炮拆开弃水坑, 忍离战马泪珠盈。
大军直指中州地, 一把尖刀插石城。

戏　题

时代已迁移, 孙嬉游戏机。
问爷年少趣, 捏狗用黄泥。

十六字令·枪

一

枪, 驱散阴霾见曙光。功勋著,
世代记心房。

二

枪, 铁马金戈斗志昂。睁双眼,
防范野心狼。

周天浩

1915年生, 四川广安人。1933年8月参加中国工农红军, 参加了长征。曾任沈阳军区后勤部运输部处长。

忆过草地有感

煮草疗饥暂继炊, 风寒雪冷护余灰。
留得一点星星种, 化作燎原大火飞。

参军八十年感怀

狂飙浩荡地天间, 风雨春秋岁月迁。
铁脚驰驱双万里, 熔炉炼铸八旬年。
伤痕轻抚身犹健, 往事追思志愈坚。
喜看长江翻后浪, 军魂伴我醉怡然。

周民潮

1927年生, 江苏如东人。1945年入伍,
曾任第四十六野战医院副政委。中华诗
词学会会员, 解放军红叶诗社社员。著有
《周民潮诗词散曲选集》。

松

寂寂深山里, 葳蕤遍地栽。
寒侵身直立, 雪压叶舒开。
一任荆榛妒, 几经风雨摧。
平生含笑过, 老去亦成材。

陈云同志百岁诞辰

白区工运建殊功, 四保临江大将风。
经贸理财多赞誉, 忠言直谏只为公。
清谈无济脱贫事, 实干能成强国雄。
盛世元戎怀远虑, 倡廉反腐紧鸣钟。

水调歌头·赞盛会

枫叶飘潇洒, 傲菊气轩昂。晴
空万里飞雁, 喜看稻禾香。回首风云
变幻, 仰赖指明方向, 信念倍增强。
欢庆精英会, 万众唱新腔。　　粮仓
满, 牛羊壮, 笑声扬。塞北江南边地,
旧貌换新装。征服暗礁恶浪, 致力与
时俱进, 百业日隆昌。号角震环宇,
欣舞奔康庄。

西江月·忆抗日战争

一

常忆血腥"扫荡", 难忘暴虐
"清乡"。杀烧掠抢似豺狼, 大恨深
仇勿忘。　　八路北方英勇, 四军苏
皖顽强。兵民敌后战旗扬, 撒下天罗
地网。

二

"扫荡""清乡"何惧, 坚壁清
野何妨。军民持久打豺狼, 日寇必将
埋葬。　　主力反攻亮剑, 盟军出
击回枪。喜闻战犯告投降, 四亿神
州欢唱。

破阵子·回顾

列队黄昏出发, 号吹拂晓连
营。露宿风餐何畏苦, 地北天南无怨
声, 苏中频斗争。　　人背长枪快
走, 马驮重炮飞行。心系工农天下
事, 搏杀沙场忘死生, 谁思功利名?

周学锋

1958年12月生, 河北唐山人。1972年
入伍, 曾任总参某部处长, 大校军衔。中华
诗词学会副秘书长兼办公室主任。

感南海某舰队授
"蓝海之剑"

南沙碧水起风潮, 举剑雄魂气自高。
祖辈遗吾万重海, 焉容大盗舀一瓢?

军营口令

夕阳燎火半城红, 鸽绕营旗旗卷风。

溪水桥头军令厉,一声喊亮满街灯。

回老部队

旧地重来谢育恩,霜丝盈鬓做年轮。
机房急觅嘀嗒语,抓把军情沾酒吟。

军　嫂

几度中秋絮语轻,捧心还赖月朦胧。
思情刻在羌笛上,吹向梢头与雁听。

除夕夜上哨

九州辞岁夜斑斓,谁为家国走大川。
疾步惊弯冰雪路,流星磨亮刺刀尖。
昏灯点点木楼小,痴意悠悠心界宽。
哨位归来蓦回首,晨阳岭上已三竿。

建军节忆无名英雄

每近八一碧血烧,昂头晓看斩魔刀。
曾贴双耳听神语,力把微毫解密招。
万顷丛林寻鬼迹,浩茫网海断狐妖。
无名军旅何须问,任是无名也自豪。

周春仑

名上红榜

举枪千尺外,弹射靶中央。
喜报无须寄,家书不必详。
丹心忠祖国,壮志保家乡。
疆场驰驱日,当穿百步杨。

嵊泗列岛随感

轻舟勇破万重波,战士频攀千级坡。
望远瀛边升赤兔,登高海上数青螺。
天天白饭盛三碗,日日黄鱼煮一锅。

极目寻芳搜视野,鲜花哪有浪花多。

家父首探军营

两载时光未探亲,故园一别到如今。
虽无烽火连三月,信有家书抵万金。
松子离乡难绕膝,椿庭抵沪好谈心。
萱堂祖母安康重,战友家严合影珍。

周树熙

1926年生,山东海阳人。1943年参加革命,曾任国防科工委政治部宣传部部长。中华诗词学会会员。

咏甘草泉兵站

戈壁丘陵地,碧溪润草滩。
低楼环绿地,驿站接长天。
夜宿寻灯火,饥餐起灶烟。
军人经此站,渴骥饮清泉。

阳平里模范气象站[1]

难忘罗布泊生涯,千里荒滩独一家。
孔雀河边提苦水,龙沙窖内剔灯花。
精心探测风云变,无意空思岁月遐。
戈壁春雷惊广宇,楼兰捷报振中华。

[1] 1966年4月被国防部命名为"模范气象站"。

发射澳星成功

西蜀初秋紫气升,长征箭发澳星行。
凉山石纪三邦约,邛海波传万掌鸣。
跨入空间商务市,跻身改革大潮腾。
重赓旗鼓声名远,次第宾朋贺月城[1]。

[1] 西昌又名月城。

周峙峰

我为共和国吹号

当年我作为一名军乐手,有幸参加了国庆5周年盛大阅兵式。共和国61周年大庆之际,再忆当年,盛景壮阔,荡激情怀。

礼炮惊空海岳移,风旌奋马阅雄师。
银鹰啸向长城掠,铁甲轰朝紫陌驰。
白浪蓝疆水兵阵,青山碧野陆军姿。
傲持金号鸣天曲,正是朝阳初灿时。

周爱群

1941年生,湖南汨罗人。1965年入伍,曾任驻外武官,大校军衔。中华诗词学会会员,解放军红叶诗社社员。曾为《红叶》编委。著有《天涯芳草》等。

欢呼"神九"飞天

酒泉一箭向苍穹,神九飞天气势雄。
赴约三英捷报至,欢腾十亿泪流同。
谁言威胁生华夏?我为和平用太空。
逐梦炎黄千百载,而今指日叩蟾宫。

人民子弟兵

舍命三军向险行,高寒氧缺雨蒙蒙。
扶伤救困时争秒,掘洞支篷死起生。
连手连心皆骨肉,非儿非女胜亲情。
临危涉难全无惧,"我是人民子弟兵!"

地震之夜

地裂山倾日色昏,锦官城外已销魂。
三军将士关山越,万众神州四海临。
句句荧屏声带血,根根指节痛连心。
今宵几处人能寐,翘首西南尽泪痕。

壮怀吟

未学东湖钓鲤鱼,不曾西麓种桑榆。
几回风雨兼程路,一背行囊半袋书。
继晷焚膏挥笔健,折冲樽俎献心朱。
此生谁料沧州老,梦里天山夜夜呼。

步入老年感赋

投笔从戎为哪般,未谋私利未贪安。
欣迎炮火奔前线,敢越云天献胆肝。
黑发昨随秋月白,华年今共夕阳残。
纵然骥老难千里,犹有痴心一寸丹。

战胜法西斯六十周年
红场阅兵

红场高搭阅兵台,六秩周年盛典开。
记忆犹新看过去,满怀希望向将来。
依然耄耋当年勇,更有青春此日才。
万国元戎同一庆,长将历史记心怀。

航母"辽宁"舰入列

劈浪斩波一舰横,俨然海上筑长城。
十年磨砺锋芒出,百载沉浮列寇惊。
苦练精谋赢技术,固疆捍岛驭东风。
旌旗历历征途远,辽阔海天万里宁。

欣闻复转老战友再聚广州

喜迎八一聚羊城,执手相看白发生。
犹记巡山擒虎豹,难忘蹈海斩鲨鲸。
忠心报国千番搏,矢志为民万里行。
漫道廉颇今已老,护瓯他日请长缨。

登岳阳楼

斗角飞檐耀碧空,岸边屹立近苍穹。
半边城映千秋水,十里桥连天下雄。

陆路繁将南北接,湖波远与海洋通。古今形胜巴陵壮,敢叫江南一抹红。

行香子·毛泽东颂

心系工农,气贯长虹。热凉共,志在寰红。党军创建,开国元戎。是党之魂,军之帅,国之龙。 百战横纵,谈笑生风。筹帷幄,千里神通。文韬武略,谁个如公。似雄鹰健,苍松劲,伟珠峰。

贺新郎·朱德

旋转乾坤久。事戎行、髫龄立志,誓中华救。护国倒袁真虎将,智勇忠诚俱有。挥斧钺摧枯驱朽。出国寻求真理路,旅欧洲幸结同心友。从此后,跟党走。 井冈师会欢声吼。立双雄、黄洋界上,长征路口。扁担一根挑日月,终败内魔外寇。为国政安邦斥丑。一代风流旗永艳,老元戎文武名华胄。擎天柱,经纶手。

水调歌头·彭德怀

革命三军帅,开国一元勋。起义平江率部,转战井冈春。歼寇百团鏖战,卫党惩顽延水,五役扫狼氛。谁敢横刀立,唯有大将军。 功过事,荣辱史,后人论。丹心铁胆谁似,为国为黎民。舍得乌纱名位,冲破庐山嶂雾,请命万言真。一股英雄气,千载铸忠魂。

贺新郎·刘伯承

名将出巴蜀。自青年、川中护国,立功赢誉。起义南昌跟定党,历尽长征弹雨。看遵义拥毛旗举。不负众期赢大渡,更凉山血酒雄鸡旅。歼日寇,捣王府。 治军必欲校先竖。请长缨大兴教育,不辞寒暑。沥血呕心垂范,重教尊师风树。军院校从兹跨步。代代李桃成梁栋,更科研硕果神州布。当永记,军校父。

水调歌头·贺龙

社稷忠良将,活是一条龙。两把菜刀举事,护国立奇功。率部拥孙北伐,领导南昌起义,湘鄂大旗红。革命低潮际,誓与党心同。 历长征,平倭寇,打顽凶。身先士卒垂范,百战显英雄。党政军民建设,内外经文贡献,体育奠基洪。元帅含冤去,永活民心中。

贺新郎·陈毅

儒雅风流将。继巴黎、勤工学后,井冈山上。三载江南鏖战苦,誓把终生献党。欣受命临危兵帐。重整铁军苏鲁皖,又江淮千万军民壮。天一柱,倚民望。 元戎卸甲为卿相。忆厅堂、侃侃谈笑,国家形象。骇浪惊涛匡社稷,总是豪情奔放。有游击词篇堪赏。梅岭三章神鬼泣,更青松品格胸怀广。诗百首,亿人唱。

水调歌头·罗荣桓

起义秋收后,转战井冈山。百炼政工好手,军政一肩担。分地、筹粮、红扩,巡视、动员、培训,砖任党来搬。抗日千回战，顺手一歼顽。　　辽沈役，平津战，北平还。命衔总政主任，军队好风传。一贯顾全大局，抱病长期奉献，为党不辞艰。君去华年后，凭谁问国难？

水调歌头·徐向前

望族名门后，立志向前行。黄埔高才挂印，前路遇明灯。粉碎多番围剿，转战四军西进，师会大旗擎。北上光明路，据理与张争。　　抗倭寇，平顽匪，击蒋兵。晋冀鲁豫八载，太岳动笳声。肩负治军使命，勇斗林江孽贼，正气后人称。让位年轻辈，高风一将星。

水调歌头·聂荣臻

学得西方术，归国作先锋。黄埔青年执教，北伐见英雄。逐寇、平顽、灭蒋，百战沙场歼敌，太岳挽雕弓。慷慨一身勇，磊落一心忠。　　治军策，挑重担，立新功。安邦振国兴业，科技越高峰。重视人才知识，赢得功成"两弹"，星耀宇寰中。神箭穿云际，当记聂元戎。

沁园春·叶剑英

执蹬孙文，黄埔教官，义举南昌。到苏区领率，运筹帷幄；挥师敌后，驰骋疆场。谈判桌前，出谋划策，更与周公共协商。参谋长，历千辛万苦，日夜操忙。　　丰功从不张扬。凭忠勇三番挽党亡。是红都城外，悄传信息；长征路上，密送中央；决断

英明，精心筹划，一举擒拿四贼帮。擎天柱，为开放改革，保驾护航。

渔家傲·悼钱学森

正是繁星天幕铄，惊闻华夏将星落。两弹一星功绝卓。秋风恶，白花似雪传情愫。　　冲破樊笼归似鹤，名扬四海"天书"著①。学富五车光焰灼。航天学，后人继起相承铎。

① 毛主席曾戏称钱学森的导弹、卫星工程报告为"天书"。

蝶恋花·谒醴陵左权将军纪念碑

晓月卢沟烽火起，国破家亡，日寇疯狂戾。全国军民同振臂，保家卫国忘生死。　　八路将军辉战史。立马太行，浩气惊天地。血染清漳赢胜利，江山永系忠魂祭。

行香子·红叶诗社二〇一〇年总结联谊会

济济厅堂，兴致高昂。喜歌吟，云锦天章。诗词圣殿，《红叶》腾骧。看掌声动，笑声朗，韵声长。　　继宋承唐，瓶旧新装。主旋律，爱国兴邦。将军白发，再续辉煌。正歌嘹亮，舞矫健，曲悠扬。

水调歌头·致汶川同胞

大难汶川起，四海电波传。山崩地陷房毁，生死万人悬。我在京都守望，他自天涯企盼，举国竟无眠。你可平安否？日夜梦魂牵。　　同命运，共忧患，永相连。炎黄十亿，全体

都在你身边。团结抗灾自救,慷慨爱心捐赠,世界急驰援。浴火凤凰出,重建美家园。

鹧鸪天 · 井冈山

访罢茅坪访茨坪,红歌一路伴车行。燎原昔日星星火,爱国而今红色城。 山远近,路纵横,苍松翠竹彩旗迎。陵园处处英魂在,千古丰碑不了情。

蝶恋花 · 聚会母校

一抹红霞山岭暮。枫韵秋声,依旧香如故。灿灿山花欣起舞,清清泉水欢声注。 走过天涯风雨路,万里归舟,又到桃园处。夜望繁星天幕矗,山隈记取当年露。

踏莎行 · 登岳麓山眺望母校湖南师大

悦耳秋声,宜人秋色,轻车熟路回归客。杜鹃且莫问缘由:心香应在山东侧。 栉比高楼,阳光新宅,桃园望断昨难觅。只为寻梦路长长,满头赢得繁霜白。

蝶恋花 · 有感

投笔从戎摧腐朽,党指航程,万事无折扣。历尽风云今老叟,为伊消得人长瘦。 许国终生何所有?头上金星,两杠四枚豆。明月清风江渚走,初衷不改情依旧。

临江仙 · 忆援越抗美战友

长忆硝烟南国起,秋风茅屋山泉。凝眸"鬼怪"啸云天①。忠诚欣报国,绿鬓舞青峦。 袍泽情怀生死与,情深似海如山。班师一别几多年。当时轻聚散,再聚梦难圆。

① "鬼怪"指美军F—4战斗机。

浪淘沙 · 暴风雪

冰雪锁高寒,半壁河山。交通电网骤然瘫。百万农工归路阻,阻断团圆。 号令一声传,军警支援。抗灾抢险解民悬。灾害无情人有爱,爱复春妍。

贺新郎 · 信念

秉笔如何说?刹时间、风云改写,史书红页。大厦巍峨顷刻倒,引发无穷曲折。莽世界惟它横辙。此意何人能测透?看沧桑一片茫茫月。谁试手,补天裂。 今生已是心如铁。想当年、红旗面对,誓言操节。物换星移风雨路,多少仁人先哲。为信仰、抛头流血。莫道春光难再煦,有神州大纛擎英杰。遵祖训,马和列。

周海平

1921年生,江苏阜宁人。1940年入伍,曾任后勤指挥学院教员。中华诗词学会会员。著有《征途诗草》。

抗战中的女文艺战士

半壁河山血雨倾,同仇敌忾激情生。战歌回荡云霄际,一曲能兴十万兵。

便衣队

日落拭刀枪,军衣套便装。
夜深人静后,直捣敌心房。

鱼水情

敌后山村养病伤,乡亲夜半送鸡汤。
灯前一片温馨意,情涌心田泪湿裳。

一块银元①

睹物情牵几转肠,银元一块忆沧桑。
烽烟岁月情难舍,戎马生涯永不忘。

　　① 作者自注:当年我军发给每人每月津贴费2—6元不等,通常为根据地的纸币,有时也发给银元。最近偶然从箱底发现用旧布包好的一块银元,目睹此物,浮想联翩。

忆征途过年

征途千里雪纷纷,爆竹声喧烟雾沉。
借问路人何事喜,方知今日是新春。

盘山火花①

群山起伏夜深沉,峭壁悬崖欲断魂。
万马扬蹄火星艳,仰看前卫已腾云。

　　① 骡马队列夜晚爬山,其铁蹄在山石上打滑时迸发出闪闪火花,行军队形像是一条巨长的火龙盘旋在崇山峻岭之中,景色极为壮观。

鹧鸪天·怀念战友

　　铭记阵前分手时,心潮起伏涌遐思。遥闻噩耗君离去,泪湿衣衫如梦痴。　　怀战友,忆英姿,边关抗日壮雄师。硝烟历尽人何在?血染山花红满枝。

周彬平

　　女,1928年生,湖南宁乡人。1949年入伍,曾任第四十一军文化教员。

血战白沙门岛

　　茫茫白沙岛,寂寂人烟渺。壮士抢险滩,薛岳惊且恼。忙遣海陆空,立体来进剿。火光冲云天,沙土烧又烤。九死战犹酣,誓将阵地保。退敌三十回,弹尽粮绝了。从容毁枪支,再引手雷爆。我不做瓦全,汝休向后跑。为国献身躯,壮烈人人晓。金牛烈士园,赤胆千秋照。

满江红·虎岁抗洪图

　　暴雨狂风,掀巨浪,翻腾不息。抬望眼、树淹房倒,水天相接。百姓万千遭劫难,乡亲手足临危泽。战洪魔、震地响天声,三军集。　　固堤坝,奔跑急。救老幼,拼全力。誓严防死守,身如磐石。百位将军风口上,万千勇士涛头立。锁蛟龙,血肉筑长城,催人泣。

江城子·贺"团团""圆圆"赴台湾安家

　　银鹰展翅上蓝天,接团圆,赴台湾。着意精心,唯恐不周全。宝岛亲人迎国宝,翘首望,意绵绵。　　隔江隔海两情牵,夜无眠,盼团圆。切望和平,从此熄烽烟。姊妹弟兄齐努力,添美景,绘新篇。

周湘玫

　　女,1929年生,湖南新化人。早年

参加隐蔽战线工作,1952年赴朝鲜,曾任《立功报》编辑。与汪洋合著《勿忘庐人家诗集》。

桃花三辩

一

灿若明霞馥若薰,多情不负岁时盟。
只因色冠三春景,便落千载薄倖名。

二

花自芬芳水自幽,无辜邂逅众名流。
一诗传诵登龙去,哪管名花千载羞!

三

色美何尝德便衰?几曾色陋尽良才?
无端冤案篇篇在,不误桃花岁岁开!

得见天池

一见仙池浑忘言,水天合一共婵娟。
若非万劫终无垢,那得清心可对天。

荷花诗

寻幽坐爱碧湖滨,一派清风起绿氲。
叶底粉荷犹怯怯,人前翠盖已裙裙。
洛神仿佛来还去,娥女依稀逡复巡。
相许终身浑不染,何株菡萏不湘玫。

北海情

白玉栏杆隔水看,清波弱柳漫回环。
流丹飞阁天边赤,滴翠平湖云外蓝。
疑幻疑仙图画里,载歌载舞帝苑间。
瑶台今日群贤乐,百代君王可自惭?

秦兵俑

兵如岳峙阵如云,千万人中得识君。
黄土有情留一笑,青山无奈葬三军。
春闺梦断黄金甲,羌笛声残翡翠裙。
旷古传奇谁解此,秦皇陵下死生坟!

交河故城

故城更在古城西,交会双河名遂题。
峭壁千寻崖是岸,通衢十里路为堤。
劲风仍作英雄啸,微雨时疑美女啼。
明月应知当日事,却将乱影幛残蹊。

谒黄帝陵

人文初祖应如神,觐面方知气象新。
非帝非王非圣哲,允文允武允凡人。
情含眼角千秋爱,威重眉梢万世尊。
若把黄河比黄帝,人间天上两无伦。

火焰山

飞越天山更有山,火龙百里赤鳞蟠。
朱砂染就千层浪,紫电光掀万丈澜。
未许英雄输本色,须教壮士保朱颜。
此来欲借神山力,为我长驱天下寒。

华　山

华山奇险古来雄,力怯回心未敢穷。
回首峰峦疑浪涌,惊心画卷慑天工。
莲花一朵临三界,贝叶千张礼九重。
得识华山真面目,却缘身不在山中。

有所赠[①]

洋兄十七从戎,与日寇血战八年,帷幄沙场,俱操胜算,被誉为常胜。抗战胜利年方廿五,无愧岳武穆所许之"莫等闲,白了少年头"也。

烽烟如虎噬神州,铁马金戈赴国忧。
帷幄沙场俱胜算,英雄未白少年头。

　① 是年为抗日战争胜利50周年。

贺洋兄华诞

一

将军善战运筹奇，铁写青春血写诗。
一点灵犀南国寄，为君那得不相思。

二

蔚然深秀语迟迟，才美多思世少知。
家国情牵无限意，丹心一片共期颐。

长寿山双人石①

山名长寿多奇石，上有双人形宛然。
秀士高冠神朗朗，美人垂髻意翩翩。
山川脉脉千秋誓，银汉迢迢万里缘。
但使两情长皎洁，何辞化石立终天。

① 长寿山位于山海关北。诗为与丈夫相识51周年纪念作。

君山行

斑竹何青青，伴我故乡行。湖水
何平平，慰我故乡情。故乡山水情何
限，此生长是故乡人。北去燕京一万
里，梦魂常伴君山青。再来山水应无
恙，君山长碧水长清。

中华有雄鹰

——纪念抗战爆发70周年颂抗日勇士

中华有雄鹰，习飞正当雏。抟风
三千尺，俯瞰百里馀。忽睹烽烟起，
生民遭炭涂。青壮征战死，老弱转沟
渠。敌寇犹不足，其意在版图。雏鹰
裂眦怒，奋飞击倭奴。云中呼群侣，
列阵在须臾。一击敌顽尾，再击敌顽
躯。终歼敌顽首，群鹰血沾濡。八年
浴血战，小鹰无完肤。烈火炼雄鹰，

一鹰当万夫。抟风三万尺，俯瞰千里
余。凛凛有神威，皎皎意态殊。

采桑子·嘉峪关

深思妙运雄关现，不是天成，胜
似天成，威重边陲第一城。　　明清
砖瓦今犹在，看似无情，不是无情，月
黑时闻金鼓鸣。

采桑子·酒泉

酒泉无酒香千载，仗得威名，更
胜威名，一代忠良恁爱兵。　　将军
御酒今何在，天地无声，井槛无声，不
涸清泉万古情。

西江月·贺洋兄六十初度

花甲六十初度，征程万里难
休。忠心赤胆本无求，说甚功成名
就！　　叱咤沙场骁勇，运筹帷幄
风流。愿偕白首写春秋，且喜情思
依旧。

周毓峰

1928年生，湖南益阳人。1949年参加
革命，1950年入伍，曾任宁夏军区政治部宣
传干事。曾为湖南诗词学会常务理事。著
有《帷灯室诗词集》。

参军来宁四十年感赋

壮岁从戎万里行，红旗高展到长城。
川原试马尘沙影，烽火援朝鼓角声。
一代风华怜旧雨，卅年书剑感新晴。
街边废垒高楼立，谁识西征大将营？

忆参军西北,缅怀彭总

投笔西征意气扬,健儿逐队出湖湘。
左公杨柳笼千里,大将旌旗卷八方。
廿载尘埋腰下剑,万言书泣国中殇。
何堪头白归田日,却吊元戎在故乡。

摸鱼儿 · 过银川军中旧居

问秋风、旧居何处?满城黄叶如许。几回不识新来路,依约斜阳草树。还记取,望八一军门,倚剑灯前语。湖湘儿女,赴塞上旌旗,雕鞍年少,共听晓鸡舞。　　归来也,漫道萋萋迟暮,青衫早被轻误。卅年冷落吴钩去,消受人间风雨。今无据,算一卷兵书,换了闲情赋。狂奴仍故,但醉罢葡萄,拈来清韵,笑把新词谱。

金缕曲

万里边城雪。记迎来、湖湘子弟,壮心如铁。羡驾长车真个是,踏破贺兰山缺。曾未信、关山难越。草檄阵前飞电急,倚雕鞍、看射天狼灭。追往日,血犹热。　　何堪空负凌云笔。问当时、书生年少,凭谁欲杀?五十春秋人俱老,不唱阳关三叠。还待约、风沙同猎。今道西疆开发远,会新栽杨柳遮天碧。须一醉,柳边月。

周德明

1925—2007年,浙江诸暨人。1941年入伍,曾任第一八〇师政治部副主任。

忆见到朱德总司令

一

初见元戎在濮阳,新式整军三查忙。
勉励吾侪埋头干,心随电波到中央。

二

再见元戎在孔林,援朝抗美励三军。
邻邦草木多珍爱,祖国人民盼捷音。

坑道作战

敌我相持战局新,千军万马却难寻。
山岩深处安营寨,听得歌声不见人。

周德峰

1949年生,湖南安乡人。1968年入伍,曾任宁夏吴忠军分区政委,大校军衔。解放军红叶诗社社员。

一剪梅 · 延安纺车

架架纺车窑洞前。轮转声喧,棉线情牵。丰衣足食笑开颜。领袖当先,众志移山。　　自力更生斗敌顽。军也加鞭,民也心欢。迎来一片艳阳天。延水清涟,宝塔巍然。

庞慎吾

1922年生,河北博野人。1940年入伍,曾任灵宝兵站副站长。解放军红叶诗社社员。著有《夕虹逸波》。

江城子 · 寄语台澎

东风浩荡百花鲜,柳含烟,鸟声喧。相逢一笑,把酒话新元。天下升平皆夙愿,春水绿,万家欢。　　闽台两岸本同源,海蓝蓝,共婵娟。一国两制,举步效前贤。一统金瓯缘始祖,时不待,早团圆。

郑 直

本名郑云林,1922—2014年,辽宁阜新人。1947年参加革命,1948年入伍,曾任铁道兵报社副总编、副社长。曾为中华诗词学会会员,《红叶》副主编。著有《戒之斋吟稿》。

忆四野进关

一

决胜东三省,回戈百万兵。
投鞭断辽水,策马破长城。
雪浪拍关冷,松风作剑鸣。
旌旗西指处,明日拔津平。

二

风扫长城外,兵临山海关。
号鸣人动地,旗展马嘶天。
剑气三千里,军威十万山。
北平遥可望,将士一挥鞭。

登高英雄杨连第

黄河洛水断桥前,为下甘秦百战艰。
一士登高西岳小,秋风铁马破潼关。

王震上将挥师入闽

十万旌旗上将威,金戈铁甲北风吹。
东南地裂誓填海,立马横刀笑浪飞。

部队干休所

一

香炉峰在白云间,耄耋红军视等闲。

倘若长征重上路,敢摇轮椅上岷山。

二

宝剑森森劈晓风,青光闪闪赤晖中。
人言太极轻如气,我咋招招象冲锋。

三

一杆毛锥三寸毫,握来重似耍枪刀。
当年刀下倭头落,此日勾横手乱摇。

山海关咏怀

碎卷从戎去,人生又一程。
雄关惊炮火,渤海听涛声。
四海新兄弟,辽西老列兵。
不须再回首,明日拔千城。

苏家屯军中别妻女

沈南驻马对红装,明日江东血战狂。
十里号声惊好梦,三更灯火照离肠。
身关家国兴亡事,岂恋床头衾枕香。
恩爱夫妻今夜短,情牵一线过鸭江。

前川雪夜行军

汉兵驰友国,夜袭外匈奴。
里静鸡声寂,山空月象孤。
冰鳞封战甲,雪谷断征途。
安得军心暖,阿巴酒一壶。

丙辰清明公祭总理

一声总理悲难咽,忍到清明哭万家。
昨夜泪飞千巷雨,今朝风动九城花。
国丧已苦民啼血,心碎何堪噪暮鸦。
四化宏图应无恨,十年回首认中华。

火烧圆明园一百三十年祭

断壁残垣草木秋,西风犹自说前愁。

一林红叶洋人火,几处荒丘帝后丘。
留得国羞尝越胆,浇将铁血铸吴钩。
何堪海子轻摇桨,洒酒名园祭此仇。

题小说《将军泪》初稿卷尾

罢卷怆然感慨多,大江东去奈人何?
忍濡一代将军泪,恸写十年童子歌。
纸上悲欢付啼笑,个中滋味费吟哦。
春潮滚滚千帆竞,吩咐恩仇逐逝波。

《激战无名川》再版咏叹

书生薄命苦瘟神,十载风云哀罪身。
三字法言张黑论①,一腔鬼调乱红尘。
郑君难作真君子,郭铁何甘假铁人②?
笔墨也须听吩咐,呜呼中国叹斯民。

①三字法言,指江青提出的文艺作品
塑造英雄人物须"高、大、全"的论调。
② 郭铁,小说中一号人物。

香港沧桑

五星旗灿荡新天,碧海明珠照大千。
三角洲宜香水秀,九霄月是汉家圆。
依稀港岛渔民泪,无复西洋强盗船。
破璧百年完好日,老夫何事转潸然。

抗战胜利五十年感赋

一

国难家仇恨几多,眼前万里锦山河。
依稀风送流亡曲,仿佛涛吟义勇歌。
血战八年民抖擞,诗成七步泪滂沱。
琼楼暖帐当惊梦,夜半闻鸡起舞戈。

二

救国空谈曲线辞,江山半壁待亡时。
西京兵谏将军恨,延水风寒壮士悲。

百代笑谈倭寇剑,千秋冷对太阳旗。
战歌起处黄河沸,血肉长城未许窥。

悼刘少奇主席

湘江难洗者冤情,浪卷悲歌下洞庭。
功盖衡山朝北斗,恨沉黄水入东溟。
一生忧患倾家国,十载忠奸混视听。
天问台前仰天问,花明楼夜雨闻铃。

纪念抗美援朝五十周年 兼祭彭德怀司令员

一

可堪回首战云遮,半纪匆匆慨有加。
邻国烽烟犹扰梦,汉家旗鼓尚惊沙。
上甘岭紫杜鹃血,三角区红达莱花。
十万英雄生死以,一江鸭绿照中华。

二

边烽滚滚北疆危,彭帅一呼军号吹。
拍岸惊涛鸭水怒,穿空旗鼓冻云飞。
金城立马横刀日,故国孤灯挂甲时。
五十春秋弹指过,卧听大地雨丝丝。

改革开放三十年

中华古国几沧桑,一绘新图惊列强。
改革卅年天锦绣,开关万里地芬芳。
民生主政人为本,科技兴邦马放缰。
寸土寸金呈异彩,小平道路看辉煌。

念奴娇

钟山伫步,问长江,谁是风流人
物?六代繁华都已矣,剩了惊涛拍
壁。秦水流红,雨台凝紫,国恨终须

雪。舳舻千里,试看横渡豪杰。 收拾破碎河山,旧都寒尽,桃李迎春发。几度桑田沧海变,末代枭雄败灭。渔火联星,歌声匝地,一派狂欢节。石头城上,且吟今夕风月。

满江红·旅大吟

碧海蓝天,烟波外、国仇云结。重回首、家狼野虎,危亡时节。倭寇白旗南满泪,沙皇青剑辽东血。笑当年、海上霸王魂,随波灭。 大连港,千帆接;狮子口①,牙如铁。"这江山属我!"横刀高喝。老虎滩前观雪浪,棒棰岛上吟风月。看中华一代好男儿,搏涛越。

① 旅顺口之俗称。

浣溪沙

零乱残红寂寞斋,前年人去冷妆台,画眉犹自唤卿回。 片月孤鸿情可解,双鸳偶燕语难猜,蛙声十里晚风哀。

满江红·为抗洪抢险部队放歌

滚滚长江,今又是、苍龙造孽。滂沱雨、怒涛千里,银河横泻。父老倾家泽国泪,官兵背水英雄血。大战场、浊浪化硝烟,空前烈! 人堤在,坚如铁;民十亿,心同热。筑长城血肉,与天争捷。帅令一声机艇动,雄师百万旌旗列。锁大江、重整旧山川,光风月。

念奴娇·昆仑颂

垂天鹏翼,仰云涛翻涌,壮哉危绝。天赐中华一柱,五岳帅旗高揭。虎啸风生,龙吟云起,抖擞雷崩裂。托空巨臂,何忧西北天缺! 且展如画宏图,偏添重笔,特写轩辕骨。无欲有容涵乃大,黄水长江母血。千古风流,十年惊梦,都付连峰雪。昆仑不老,峥嵘雄接星月。

贺新郎·斥"两国论"

披史从头说。古今来、炎黄一脉,亲缘瓜葛。夷盗妄分华夏土,多少国仇未雪。怎可毁、爷娘肤发。雾社西来庵血泪①,看南天、依旧伤心月。秋叶落,听萧瑟。 马关片纸啼言别。算百年、沧桑丸岛,几番离合。可笑洋奴新政客,一副儿颜媚骨。正鼓噪、宗根断绝。誓斩楼兰横汉剑,好河山大地坚如铁。岂肯教,寸疆裂。

① 雾社和西来庵两大抗日团体先后起义,为台湾同胞两次抗日大斗争,均被日军镇压。

西江月·国庆六十周年大阅兵

六十年来家国,眼前锦绣山河。天安门外阅兵歌,动地惊雷滚过。 今日新型导弹,明年电子干戈。地球谁主沉浮啊?非你非他非我!

郑 岩

1926年生,山东诸城人。1947年入伍,曾任沈阳军区军医学校教研室主任、教授。中华诗词学会会员,解放军红叶诗社社员,著有《雪泥鸿爪》。

参观辽南某部队

微雨军营踏细沙,热情劝酒似归家。
精良装备军威壮,虎踞辽南静不哗。

参观辽沈战役纪念馆感怀

烈士陵园何处寻,锦州城外树成荫。
丰碑处处生芳草,瞻仰人人起敬心。
应忆当年鏖战事,常驱今日袭来尘。
英雄业绩何能忘,碧血丹心育后昆。

雷锋颂

为公常忘我,做事本无私。
闪耀生前迹,流芳身后诗。
全民多敬仰,我辈应深思。
莫道螺钉小,精神万世师。

郑广斌

1968年生,内蒙古商都人。1985年入伍,曾任北京军区某师政治部主任。中华诗词学会会员。著有《军旅笔缘》。

边关情思

风长无远客,秋夜有清辉。
谁与我同醉,星随尔共归。
年年情不尽,日日梦相随。
思念惹圆缺,钢枪傍月飞。

郑仁华

1925年10月生,重庆市人。1949年入伍,曾任第十六集团军四十八师团政治处副主任。

忆朝鲜战地前哨生活

一

烈日云当伞,天阴雾作衫。
猫耳洞中坐,祖国在心间。

二

洞中如闷罐,汗淌似浇淋。
妙药防蚊咬,和泥抹一身。

雪地行军

雨雪交加雾漫天,泥浆溅眼过前川。
抬头遥望征程远,硬饼充饥志更坚。

房东情

顶风冒雨晓安营,无数房东热炕腾。
辣烫一盆端在手,泪珠如雨谢深情。

郑玉伟

1942年生,河北元氏人。1961年入伍。曾为中华诗词学会理事、学会教育中心高级研修班导师,解放军红叶诗社函授导师,北京诗词学会副会长、《诗词园地》主编。著有《白雪黑土歌》等。

神仙湾哨卡

哨卡青松耸日边,战场摆在险峰巅。
雨锣雷鼓风歌壮,捉月拿星胆剑篇!

演 习

号音破梦梦花凋,瞎火黑灯打被包。
半夜行军临沼泽,一声卧倒没荒蒿。
泥浆浸肉心凉透,蚊子会餐谁敢挠。
滚打摸爬人已累,归途依旧战歌飘。

中秋夜哨

一

鏖战归来骨已酥,三更放哨月轮孤。
嫦娥莫叹征人苦,一片冰心在玉壶。

二

紧握钢枪视四方,月辉拂草朔风凉。
关山内外人安睡,远有熊罴近有狼。

冬　练

　　趴在雪地里练射击,手脚冻得生疼,抠
完扳机立刻戴手套,否则即被冻僵。

耳畔有狼嚎,枪枪中目标。
霜花须鬓结,大雪满征袍。

修　路

霜条摇曳鹰飞去,树影婆娑日影筛。
斧弄班门花散落,声惊远处鹿徘徊。
老林自古熊罴占,大道而今将士开。
血染兴安人更俏,铁兵风采雪皑皑。

神剑飞天傲太空

鲲鹏破雾驭东风,神剑飞天傲太空。
一曲豪歌惊玉宇,双雄赤胆耀苍穹。
宏图大展和平颂,青史长彪济世功。
把酒临窗邀月姊,明朝相贺醉蟾宫。

大　海

笑把风雷戏,不平奋击天。
胸怀千载宝,背负五洋船。
日月升心上,云霞绕眼前。
心潮长激荡,活剧演奇观。

钱塘江大潮

激荡太平洋上水,洪流逆反势汹汹。
沉雷暴怒三千阵,烈马奔腾十万兵。
拍岸摇山奇舞蹈,冲天戏日抖威风。
钱潮看罢无潮看? 逊我心潮一望轻!

的　哥

早追残月暮追星,岁岁炎凉雨雪风。
感叹份钱难喘息,可怜油价又攀升。
快餐一顿吞三口,美酒十年贪几盅?
倚枕黄粱犹未了,闹铃破梦又催征。

泥瓦匠

远别新娘不是游,瓦刀作笔写春秋。
穿梭短信情难尽,已把相思砌满楼。

杜甫草堂感赋

一路行来费折磨,穷愁潦倒奈其何。
苦心再酿熏天酒,热血犹腾撼岳波。
肉臭朱门千载刺,泪飞茅屋万年歌。
蓬门虽小包容大,日月明珠耀汉河。

菩萨蛮·太空之吻

　　——贺我国天官一号神舟八号成功对接

　　英姿飒爽多情妹,帅哥倾慕邀相会。阿妹跑如飞,阿哥随后追。　　妹含羞怯意,暗把秋波递。哥却不知羞,一亲笑九州!

沁园春·龙

　　华夏图腾,神采飞扬,灵秀合成。那悠悠历史,祖先智慧;茫茫寰宇,原始文明。威武英姿,崇高形象,浪漫传奇竹简铭。开长卷,俱风流文采, 画意诗情。　　炎黄儿女之征, 被无法无天掠美名! 历沧桑变化, 江山幻彩; 犁庭扫穴, 华夏中兴。破壁冲霄, 惊天动地, 播雨耕云润太平。吟声壮, 看风云叱咤, 四海翻腾。

人月圆 · 初进小兴安岭

琼枝玉叶珍珠链, 百草烁银辉。苍鹰振翅, 梨花零落, 柳絮纷飞。　　黄羊弹雪, 山狍腾浪, 松鼠偷窥。朝阳弄影, 星徽闪烁, 一唱三回。

郑昌圣

笔名学耕, 湖北英山人。曾在部队从事政治工作, 转业后在国企任高级工程师。

往事忆陶铸

建国强军重育贤, 亲身莅教江汉边。
人生指点豁然亮, 世界摊开究竟宽。
十载寒窗多所苦, 一排之长莫轻看。
妙言既出哄堂笑, 记忆犹新几十年。

自 勉

戎衣换布衣, 依旧与兵齐。
脑际红星闪, 新征路不迷。

郑明哲

女, 1929年生, 江苏太仓人。1949年入伍, 曾任总参某部参谋。中华诗词学会会员, 解放军红叶诗社顾问。著有《芸窗咏稿》。

军旅生涯回顾

些小军营吏, 枕戈宵旰同。
三边探静动, 两霸辨雌雄。
遑及娇儿恋, 唯矜檄信匆。
高楼今袖手, 中夜忆长风。

为《八女投江》画题诗

背水江流激, 投身敌胆寒。
长留英烈志, 莫让死灰燃。

赞军旅诗

一

索韵众夸箛鼓竞, 盛唐诗帝属昌龄。
东风澹荡西风烈, 驴背焉知马背情?

二

赴敌频歌慷慨曲, 盛时犹奏最强音。
须知军旅多奇作, 剑气从来是国魂。

七一吟怀

羞做求田问舍翁, 胸藏灯塔不迷蒙。
坚持百炼千锤地, 坦对西移东进风。
探索能教通路辟, 创新已致果园丰。
九零盛诞欣回顾, 花簇中华旗更红。

今日嫦娥

读秒声声壮远行, 华裾素裹迅飞升。
西昌焰火添灵药, 远望神波护夜程。
七窍玲珑人造就, 千年荒寂我关情。
相期最是功成日, 碧海青天月更明。

赞我驻港部队亮相

倾城称赞好儿郎, 初接兵符气宇昂。
高厦攀登身矫健, 古榕呵护意温良。
明珠岂缀他人冕? 湾海应归我土疆。
莫负全民窗口托, 愿驰佳誉满东方。

天路行

——写在青藏铁路全线通车之际

一

缩地岂惟云外槎，玉龙呼啸向天涯。
高原冻土五年搏，漫数英雄你我他。

二

茫茫西里蓄精灵，奔逐羚羊体态轻。
识得穿行桥有洞，欢迎人类作宾朋。

三

蓝湖皑顶绝喧嚣，回首红尘俗虑消。
清清一滴江源水，汇入东流路正遥。

四

天路通经卓玛家，手拉阿爸靥如花。
几时买票京城逛，再唱新歌韵更佳。

五

游客如潮百业兴，彩旗歌舞启新程。
文成松赞遥相望，庆我中华国力蒸。

欢庆十七大感赋

旗路昭昭特色妍，卅年经验汇新篇。
和谐曲奏通盘顺，发展观明前景宽。
接力英才初亮相，贤能班子足安澜。
民生民主尊民意，说到公平百姓欢。

除夕即景

短信频频贺卡疏，团圆年饭远庖厨。
初三延庆冰灯节，结队驱车约小姑。

读《百年抗争诗词选萃》

何堪魔怪祸苍生？拼掷头颅浴血争。
收集悲歌六百首，英雄豪气永奔腾。

咏山海关老龙头

海岳天开万顷涛，缘何纳入帝王勺？
将坛列阵千夫啸，豪气犹存击岸潮。

访古猗园阙角亭

绿竹猗猗紫竹新，芳园亭构警人心。
屠城曾洒忠贞血，阙角还昭义勇忱。
四海波平留史迹，九州潮起恃民魂。
今来弦管悠扬处，侧耳犹闻金石音。

访龙华烈士陵园

阴森囚室钉镣砧，似见当年毒雾沉。
座座方碑凝血性，熊熊圣火誓丹心。
伟躯扑地地应裂，单臂擎天天可扪。
回首流珠丰草处，嫦娥舒袖慰忠魂。

奉和高立元诗友
《参观曹雪芹故居有题》

荒唐缘幻亦缘真，道尽人间滚滚尘。
一部书成千种悟，三生石撼百年心。
探微为解层层秘，选秀频传呖呖音。
书市轰然荧幕热，签名首映敢邀君？

访纳兰性德博物馆

淡月炉烟梦亦痴，少时贪读纳兰词。
未谙落寞缁尘意，却羡临风侧帽姿。
世道风波识宁古，人间冷暖证相知。
几番悟得真情性，岸柳清漪访问迟。

见面礼

　　上海解放前夕，陈毅同志亲自制定《入城守则》内有"不入民宅"一条，作为对大上海人民的见面礼。毛主席电报批复"很好，很好，很好，很好。"当时我亲眼见到人民解放军露宿街头。时过五十年,思之犹如昨日。

彻夜枪声紧,转侧天始曙。开门察战端,热血心头注。满街子弟兵,露宿人行路。面染硝烟色,衣带泥浆土。江南梅雨天,三邀不入户。前日美军来,当街飞吉普。昨日败兵过,强索声咬咬。兵来百姓愁,兵过百姓怒。唯此仁义师,与民同肺腑。始散谣诼疑,共谋江山固。入城见面礼,佳话传千古。

中华结

中华结,中华结,中华情重千千结。结襟结拜结同心,恩义相连毋违绝。结社结盟高志行,耻作散沙凝若铁。几多思与愿,化为吉祥饰。巧施绕指工,能令纷纭歇。藕里取丝霞染彩,编抽缩挽情千叠。如意回文磬有鱼,绮思妙喻随心设。曾随玉坠寄相思,或系圆环或系玦。曾伴龙泉匣内鸣,闻鸡起舞投刀笔。世纪长风来烈烈,迎宾又见辉煌绩。初充申奥使,贵宾胸前热。更作唐装配,登堂爱派克。展我祥和貌,示我锦绣质。消尔暴戾气,薄彼阴云积。融融暖意溢中华,遍付天涯如蛱蝶。蛱蝶翻飞去复回,岂因畛域停双翼?愿将微物建微功,寰球略透春消息。

长相思 · 甲午有感

天苍苍,海茫茫。甲午重提恨满腔。勿忘国有殇。　舰鹰翔,潜龙藏。驶向深蓝演练忙。强军卫海疆。

鹊桥仙 · 纪念抗美援朝六十周年感赋

清川风雪,上甘焦土,英烈功勋永驻。新生中国气昂然,打败了山姆纸虎。　时光流转,沧桑几度,未歇乱云飞渡。富民强国事当先,岂惧他心肠如故!

满庭芳 · 共和国之旅

打破坚冰,标明航向,巨轮启碇东行。迎风伏剑,慷慨赋新生。阅遍沿途景色,宏图在、沧海长鲸。休留恋,港湾洲渚,芷岸翠兰汀。　行程,难计数,几番涛怒,几处礁横。庆罗盘端正,上下精诚。踏破汪洋万顷,拓新路、浪戢波明。抬头望,水天无际,红日正腾升!

青玉案 · 圆梦

屈平奇问敦煌舞,遍苍昊、谜无数。天上人间谁与渡?千丝霜缕,万宵灯炷,代代肩梯负。　扬眉闯入青云路,星月相邀未稍驻。抛却几家惊与妒。神舟航处,寰球仰注,赞我扶摇步。

桂枝香 · 纪念抗战胜利五十周年

泱泱大陆,奈闭锁因循,百年蒙辱。压境强邻鹰视,我成鱼肉。田中奏折三狼轴,陷寰球、雨腥风酷。红旗擎处,全民奋起,浩歌千曲。　半世纪、风云相逐。喜改革春潮,沁人心目。更见崇楼华屋,物丰民足。莫将旧事随流水,史之书今当重读。政通风肃,金瓯无缺,是中华福。

鹧鸪天·三八节赠《红叶》女诗友

曾系征夫万里心,曾经战火炼青春。才思不共青丝老,情韵还随时运新。　红玉鼓,木兰勋,轩亭血溅恨天暗。西山红树停车望,秋色容君对半分。

鹧鸪天·赏植物园国际花展

似幻天公云锦妆,似夸地母绣罗裳。红阡紫陌行难尽,蝶绕蜂喧兴若狂。　牵牛矮,凤仙洋,高擎华盏惜无香。无边春色来天际,未夺牡丹中土王。

郑相豪

笔名云峰,1944年11月生,安徽合肥人。1963年11月入伍,曾任西藏山南军分区政治部主任,云南保山军分区政委,大校军衔。

龙陵松山抗战遗址老槐树

刚劲葱茏耸入云,遮风挡雨护村民。欲寻抗战当年事,且向老槐数弹痕。

送战友

高原雪域好儿郎,豪气冲天戍国疆。血火青春生死共,送君一曲泪千行。

江城子·岁月回望

悠悠岁月忆沧桑,别爹娘,泪盈

眶。青春无悔,戎马卫边疆。哨所风寒无所惧,为信仰,鬓飞霜。　安宁清静度时光,尚身强,也繁忙。喜逢盛世,老叟享安康。看报读书明大事,心宽敞,韵诗章。

江城子·甲午战争一百二十周年祭

当年海战未能忘,浪滂滂,雾茫茫。霸岛赔偿,倭寇更猖狂。往事伤心蒙耻辱,民之痛,国之殇。　侵华罪恶自昭彰,骗欺诳,甚嚣张。旧梦重温,拜鬼招魂忙。华夏理当拥利器,备弓箭,射天狼。

郑昭儒

1930年生,吉林松原人。1948年入伍,曾任铁道兵司令部直属政治处主任。解放军红叶诗社社员。

修路架桥喜迎毛主席进北京
——铁道纵队一个巡道兵的回忆

地换春装月挂灯,山吟水咏路桥迎。道钉列队千军立,枕木骑鞍万马鸣。一路石花铺锦绣,两条龙轨报新声。毛公挥手车窗笑,回首东方旭日升。

周总理唱《铁道兵志在四方》

1966年春天,敬爱的周总理接见铁道兵领导同志时,高兴地打着拍子,唱起了《铁道兵志在四方》。每当我们唱起这支歌就会想起总理的教导,激励我们不畏艰险,奋勇前进!

一

日照中央会议厅,周公挥手指航程。

东风伴奏兵歌唱,领袖言传将士听。

二

一曲兵歌合唱声,经年累月送征程。
桥桥路路音符号,句句声声总理情。

移山填海

朱德委员长为铁道兵修建鹰厦线集美
海堤题词

集美厦门思路通,旗开号响降神兵。
穿峡入水红星闪,破浪迎风龙虎腾。
万炮采石山震撼,千舟沉料海填平。
朱公题词军民颂,日照长堤披彩虹。

忆辽沈平津战役中的铁道纵队

万马千军大反攻,支前粮弹要先行。
荷枪握具披星干,宿露餐风戴月冲。
破浪搭桥虹起落,穿山筑路轨纵横。
一声笛响春雷震,滚滚车轮过古城。

缅怀登高英雄杨连第

北战南征铁道兵,中朝筑路展雄风。
沈京线上长虹架,陇海墩尖百炮鸣。
江上搭桥飞似燕,山峰采木疾如鹰。
一生奋斗身心献,伟绩丰功传美名。

二级英雄史阜民抢
救十八列军车

分寸之差轨失灵,军威虎胆看英雄。
笛如传令惊高智,力可移山见硬功。
手握钢扳穿孔眼,人连双轨作螺钉。
十八军列开前线,水唱山吟颂铁兵。

二级英雄袁孝文

握具肩枪巡道兵,硝烟遮月路桥行。

无情炸弹连声爆,有志男儿忘死生。
腿断爬行三百米,心燃闪亮九州灯。
响墩设置迎军列,血洒邻邦照汗青。

回忆朝鲜战地过春节

雪打风吹除夜行,沸流江上架长虹。
饼干半把新年饺,冰水一杯故国情。
路唱桥吟传喜讯,车飞笛响报春声。
美军轰炸我操炮,权作烟花爆仗听。

"快板大王"陈希武

新闻满腹装,开口吐华章。
竹板声声美,诗花朵朵香。
真情夸战友,怒目斥豺狼。
唱遍三千里,余音绕友邦。

老铁兵战地重游

血染国旗挂四方,青山碧水果花香。
千条铁路诗千首,万座桥梁画万张。
轨谱楹联歌盛世,车传喜讯醉城乡。
英雄足迹金光闪,照耀征程建小康。

悼念登封市女公安局长任长霞

清纯颍水育英雄,屹立嵩山飞彩虹。
日访黎民含泪记,夜擒罪犯带头冲。
三秋侦破千宗案,万户争夸两袖风。
化作红霞天上驻,仰看中国女包公。

参观《辉煌六十年》展览

六秩辉煌史画廊,琳琅满目话沧桑。
建国大典惊天地,开放奇葩醉市乡。
奥运北京千载颂,船飞宇宙五星扬。
中华儿女向前进,高举红旗奔小康。

参观琼海红色娘子军纪念园

精神闪光雕像神, 山吟海唱女杰人。
昨天血洒南疆岛, 今日花开百姓心。
除害为民伸正义, 建国创业献终身。
英雄功绩千秋颂, 世代学习娘子军。

长相思

1958年6月, 毛主席在中南海接见铁道兵第二次青年社会主义建设积极分子代表大会代表。

太阳升, 国旗升, 领袖京城会铁兵。英明指路程。 星月行, 风雨行, 涉水穿山旗帜擎。九州架彩虹。

满江红·保卫钢铁运输线

抗美援朝, 最堪忆、反绞杀战。倾钢铁、东封西锁, 路翻桥断。笑尔疯狂称霸主, 铁兵自有奇谋算。将令传、零点抢通车, 支前线! 冒轰炸, 桥路建。兵十万, 齐心干。看军车列列, 运粮输弹。露宿风餐千日苦, 血流汗洒一身献。颂功勋、奋笔写新词, 英雄赞。

沁园春·参加铁道建筑总公司纪念兵改工十周年茶话会

战友重逢, 燕语莺歌, 情漫心房。忆炮声阵阵, 同开隧道; 浪涛滚滚, 共架桥梁。北战南征, 移山填海, 路网延伸万里长。齐心干, 筑人间大道, 百世流芳。 十年兵改工装, 赞一代军风仍闪光。看铁鹰展翅, 云穿雾破; 钢龙飞舞, 旗挥歌扬。路洒春晖, 桥披彩带, 时代列车响四方。

前程锦, 喜百花争艳, 再创辉煌。

鹧鸪天·金婚吟

岁月峥嵘壮志同, 迎风沐雨并肩行。当兵修建路桥洞, 任教栽培桃李诚。 酬国愿, 治家情, 秋收硕果乐无穷。如今饱蘸金婚笔, 再给夕阳抹点红。

郑德厚

1934年生, 黑龙江哈尔滨人。1951年入伍, 曾任后勤学院干部轮训大队大队长、教授。解放军红叶诗社社员。

缅怀百岁将军阎捷三

跋山涉水觅红军, 趋步朱毛百战身。
乐守讲台无显赫, 晚年修史启新人。

咏一位党员军嫂

酸甜苦辣最先尝, 洗补裁缝理淡妆。
随队奔波知冷热, 入厨劳碌暖心房。
白衣施术除伤痛, 赤帜丹魂显彩章。
更喜晚霞无限美, 孙娃乐奏颂祯祥。

单振九

1931年生, 原籍河北昌黎。1948年11月入伍, 曾任军分区纪委专职委员。

百年梦圆

一

航母平台入列来, 中华民族笑开怀。
百年长梦今圆得, 黄海沉船勿忘哀。

二

飞机着舰索钩牢, 百炼千锤技术高。

熟手精心操巨舰，风云海上逞英豪。

三

改装航母展新颜，高大巍峨出海湾。
矢志强军蓝水上，劈波斩浪靖胡烟。

渔家傲·赶刻战报

残雪渐消春入户，绿苔初染羊肠路。松树林深茅屋驻。文印组，刻完战报金乌吐。　　筑阵龙头狂敌阻，美机坠落深山处。捷报军邮传各部。军心鼓，喧天锣鼓红旗舞。

郎　鹏

1933—2016年，满族，黑龙江汤原人。1947年4月入伍，曾任解放军后勤学院军事科技教研室主任、院办公室主任。著有《枫林一叶》等。

建军八十周年
聆听胡锦涛主席讲话

统帅宏音震宇空，强军举措与时增。
旌旗号令千钧力，霹雳雄师展大风。

看六十周年国庆大阅兵

受阅三军虎气昂，军旗导引向朝阳。
金戈猛士威天下，铁甲雄师震八方。
弹箭狂飙翻巨浪，战鹰烈啸勇翱翔。
长城永固龙飞舞，党铸军魂国运昌。

房荣宗

1929年7月生，山西大宁人。1948年3月入伍，曾任西南军区第六陆军医院股长，志愿军第七十七兵站医院股长。解放军红叶诗社社员。

忆跨越秦岭

1949年12月，我所在的华北野战军第一野战医院奉命随大部队翻越秦岭，参加解放大西南的战斗。

巍巍秦岭少人烟，白雪皑皑雾漫天。山陡路滑车难越，北风刺骨马不前。大军奋勇歌声亮，医护攀登意志坚。爇火化冰忙煮饭，悉心呵护伤病员。荒村破庙积马粪，枯草野蒿当铺毡。僧舍无门酣入睡，梦中旗卷大西南。

江城子·抗美援朝
胜利五十周年有感[1]

五旬弹指一挥间。久凭栏，夜难眠。滥炸狂轰，惨烈动云天。多少男儿捐热血，旌旆舞，凯歌旋。　　几番把酒泪潸然。友长眠，记豪言。卫我中华，常警虎狼贪。鬓发如霜心未已，虽解甲，不离鞍！

[1] 此词系作者与妻子宋春凤合作，二人同为1950年赴朝的志愿军老战士。

孟　飞

1923年生，山西临县人。1938年入伍，曾任新疆乌鲁木齐空军指挥所后勤部政委。解放军红叶诗社社员。

破阵子·瞻仰扶眉
战役任家城烈士墓

满地坟峰不绝，八方犀角同仇。已使强梁惊破胆，未有英雄怕断头，孤城碧血流。　　劫火青磷应记，丰功伟绩长留。凛冽英风生塔表，缟素花环绕墓周，忠魂百代讴。

封　敏

女，1931—2017年，河北正定人。1949年入伍，曾在军委通信兵办公室工作。转业后任北京电影学院副教授。中华诗词学会会员，解放军红叶诗社社员。著有《秋叶吟》。

抗日儿童团

童年逢战乱，东躲又西颠。
书本随身带，缨枪顺手拈。
站岗村路口，上课麦田边。
莫道儿童小，人人斗志坚。

重访旧营地

登罢西山意兴浓，长安寺里访前营。
廊庑宿舍依然在，宝殿会场门户封。
简易报房无影迹，动听嘀嗒有回声。
青春脚步留山寺，嘹亮军歌励晚晴。

贺国防科技四十年

苍颜鹤发亦英雄，奉献无私为大同。
征战疆场诛敌寇，建军基地斩荆丛。
青春足迹留戈壁，壮志年华送太空。
科技国防荣耀日，莫忘创业白头翁。

欢呼首次载人航天飞行成功

浩漠苍茫起彩虹，龙腾霄汉展豪雄。
一声霹雳惊寰宇，万道霞光耀太空。
思故嫦娥情切切，探奇矫子意浓浓。
飞天勇士凯旋日，四海炎黄唱大风。

神舟六号飞天成功

双杰乘舟揽月游，太空五日竞风流。
地空对话情昂奋，山水欢呼意曼柔。
浩荡巡天功莫大，平安着落世罕俦。
他时再筑琼楼阁，伟业宇航怀远谋。

登狼牙山怀五壮士

一

血战狼牙抗敌人，英雄报国跳崖身。
燕山易水精神共，百里登高吊国魂。

二

白塔巍巍映日明，青松翠柏伴英灵。
儿时曾唱狼牙曲，今日江山碧血凝。

赞发射基地创建者

一

军列直奔嘉峪关，西夏古域绝人烟。
茫茫戈壁死如海，风卷黄沙塞外寒。

二

篷帐地窝安为家，黄羊驼草饭加沙。
为教神剑腾空舞，冒暑凌寒建铁槎。

三

创业官兵历苦艰，柳营楼起绿荒滩。
星飞弹舞惊双霸，四海炎黄赞酒泉。

嫦娥探月吟

一

云淡天高起火龙，嫦娥冉冉入苍穹。
此番探奥仙瑶路，来日双娇会桂宫。

二

寂寞嫦娥莫再愁，还乡梦想可期酬。
航天志士开新路，地月双球任自游。

贺天宫一号与神舟八号
对接成功

一

玉宇天宫浪漫姿,神八载梦奋追伊。
穿针引线航天手,终见两星亲吻时。

二

情定太空复别离,归舟载物见神奇。
番茄苗长结红果,芍药花开香四时。

三

神八天宫牵手游,世人刮目看神舟。
航天英杰多才智,科技攀登又上楼。

等待吟

据《北京晨报》2006年10月17日"见证传奇"版池煜华等事迹而写。

新婚刚三日,丈夫跨征鞍。北上无音讯,等待七十年。远走为革命,穷汉闹身翻。记忆唯背影,留言刻心间。一句叮咛语,战胜万般难。白军追查急,地主索回田。为续红军后,女死领儿男。奉母和育子,皆由身独担。农耕租税重,乞讨度饥寒。自信丈夫在,等待老家园。日复日翘望,门槛已磨穿。夜复夜转侧,梦里觅夫颜。月复月思念,镜中发皤然。年复年等待,空山泣杜鹃。等待复等待,情笃信念坚。生命伴等待,等待创奇缘。蜡炬终燃尽,蚕死丝未完。身后葬村口,依旧等夫还。读罢传奇事,不禁泪涟涟。长征撼世界,红军亡者繁。烈士长已矣,遗孀苦何堪?今日庆胜利,莫忘半边天。

项德新

1928年生,河北广宗人。1947年入伍,曾任广州军区后勤部研究员。解放军红叶诗社社员。

小米颂

汗水浇淋粒粒香,晶莹璀璨闪金光。
支前八载驱倭寇,青史留名百世芳。

老马吟

十载除鞍牧北山,清风碧野艳阳天。
时闻海外豺狼叫,犹念扬蹄奏凯旋。

赵兰群

1945—2009年,河北易县人。1965年入伍,曾任海军后勤部某部政委,海军上校军衔。中华诗词学会会员,解放军红叶诗社社员。著有《一卒集》。

探　家

田小层层埝,山高步步梯。摩天翻岭过,家在石桥西。咫近鸡鸣乱,人归犬吠怡。妹忙烹嫩韭,弟乐钓清溪。二老方问候,乡邻已聚齐。耆翁眯笑眼,童稚拽戎衣。喜报来家早,欢声撼竹篱。

喜回军营

离鞍十载念边关,霜鬓重来细柳前。
步入辕门闻虎啸,身临校场看龙翻。
军歌嘹亮心潮沸,号角昂扬斗志坚。
更喜后生多俊杰,挥刀跃马胜当年。

观部队信息战演练

鼠标轻拨动, 号令驻天兵。
决胜九霄外, 运筹半尺屏。

老兵怒

解甲十年鹤发萧, 再闻军国野心昭。
尘封铁胄应犹在, 屡拭吴钩愤未消。
战犯侵华当重罪, 高官俯首拜东条。
倚天怒执屠龙剑, 待斩东洋作浪妖。

赤壁二题

一

善断多谋属孔明, 周郎智勇冠江东。
首功子敬诚联蜀, 人格能当百万兵。

二

争战由来学问深, 古今胜负岂无因。
雄韬自有麾天策, 奉命东风溃魏军。

学诗三题

一

情生千尺浪, 自有一啸心。
肺腑无新悟, 莫强作苦吟。

二

诗美人前秀, 苦吟暗自知。
为求一韵稳, 字海觅珠玑。

三

牡丹高贵似流霞, 雅净芙蓉气自华。
数尽芳菲孰最美? 诗词当属是心花。

暮春游

出游桃浪雨霏微, 满眼葱茏绿已肥。
莫叹落花流水去, 且欣翠野御风归。

乾坤日夜循常序, 春夏秋冬各闪辉。
善取随时欢喜处, 人生岁月尽芳菲。

乡 情

一

荆轲山下易河滨, 燕赵声情最朴真。
久客情思千里外, 常凭乡语认亲人。

二

声声布谷喜回乡, 梯埝耕牛耙地忙。
饥饱童年心总系, 新犁沃土散泥香。

三

儿时曾住小山梁, 梦约银蟾回故乡。
门外溪边青石上, 依稀慈母讲牛郎。

四

学戏儿童乡场上, 无人爱演老韩昌。
稚心初有妍良辨, 个个争当杨六郎。

五

乡情若酒品甘甜, 每每凭栏痴望南。
童趣千般频泛起, 人生老愈念乡关。

赵永生

1947年生, 北京市人。1968年入伍, 曾任北京军区空军军人俱乐部副主任、政治部组织处干事。曾为中华诗词学会副会长。

参观通信兵陈列馆感怀

首章军史便留踪, 分蘖根延陆海空。
半部电台开业绩, 万支铜号统骁兵。
声波传递柳营令, 天网回收阵地情。
领袖题词称耳目, 久经战火建奇功。

圣地井冈游

崇敬萦怀谒圣山,井冈胜景扣心弦。
千峰竞秀奇花艳,万壑争流激浪湍。
瀑布悬垂天赐镜,温泉涌暖地腾烟。
迷人更有红军迹,革命摇篮启后贤。

《伟人毛泽东赋》作后感吟

诞辰百廿倍思君,耳畔湘音似可闻。
马背吟诗摅浩气,虎帷定策统骁军。
祝捷笑点红烧肉,赶考先昭防腐箴。
巨手奠基新政立,史书万载纪殊勋。

戊子清明祭彭德怀元帅

从戎只顾策骐奔,襟袖常遗血火痕。
百役麾军功不朽,十年入阁锐犹存。
痛观民瘼忧延祸,敢献忠言犯上尊。
明月读碑难忍去,花繁冢上映朝暾。

参加《解放战争诗词选萃》首发式

史诗续展战争篇,赤旅丰功万世传。
字字珠玑凝血火,章章锦绣颂英贤。
扬威辽沈歌存韵,逐鹿中原句缀笺。
决胜平津留绝唱,声声吟咏气惊天。

"八一"南昌起义赞

破夜枪声骇鬼神,洪都古邑转乾坤。
百花洲畔潜精旅,洗马池边策虎贲。
南浦亭前扬大纛,滕王阁下扫残云。
雄兵三万执坚锐,辟地开天诞铁军。

长征铸就英雄史

寇侵狼噬九州危,赤旅长征战略移。
遵义毛公驱毒瘴,懋功叶将护旌旗。
金沙饮马寒江暖,横断飞兵蜀岭卑。
百役踏平荆棘路,千秋伟业奠宏基。

板门店感怀

新华基奠步维艰,待展宏图力尚绵。
西域无端来众虎,东邻有难报一函。
亡唇寒齿危于旦,抗美援朝任在肩。
浴血歼敌擎正义,板门店畔胜旌翻。

参加首届军旅诗词研讨会感怀

金菊绽蕊蓟门东,武旅研文远望庭。
砺剑曾谙沙场雨,沁心今注柳营风。
豪情融入诗词曲,雅韵弥扬海陆空。
红叶铺霞前景灿,铁军倚马放洪声。

红叶赞

——为纪念红叶诗社成立20周年作

每逢霜重色尤浓,状似军徽五角星。
叶脉浸凝英烈血,树冠开敞俊贤胸。
廿年风雨舒铮骨,一亩田园蕴雅情。
诗苑词坛极目望,层林尽染万山峰。

访月坛庆丰包子铺

庆丰小铺客蜂拥,一椅一桌倍受崇。
欲坐须排三刻队,影留难避四围灯。
套餐包子名扬世,领袖风姿史纪踪。
百姓心头春意漾,中华圆梦趁吉风。

登八达岭长城有感

雄姿延万里,张翼护千城,
仰看玲珑月,昂经古塞风。
堞楼曾报警,甬道屡屯兵。
且喜烽烟靖,国强舞胜旌。

小院"海战"

大澡盆中放纸船，两军对垒引围观。
舰名同取中华号，参者拒为日本丸。
稚子相争难启战，老翁评判笑拈髯。
年逢甲午湔国耻，戮力同心把寇歼。

游五指山即兴咏作

黛色岚头荡紫烟，崖垂瀑带系春渊。
晴空昊阔闲云淡，小寨祥和古径延。
一路车行舒画卷，两旁翠列展诗笺。
天公赐我涂鸦笔，也蘸真情咏自然。

井冈松

井冈山上一苍松，沐雨经风近百冬。笑对幼株谈以往，满怀豪气语铮铮："峥嵘岁月咱亲历，战火硝烟未少经。昔日工农闹革命，罗霄山脉动刀兵。咱同革命有缘分，曾为拥红献挚诚。冠做将军遮雨伞，枝燃火把照天明。塔当炊草熬瓜菜，叶垫湿洼好露营。权舞红旗征腐恶，干贴标语壮威风。毛公树下精筹划，壁垒森严溃匪兵。朱总挑粮歇过脚，英雄虎背暖吾胸。黄洋界上听激战，五井潭前见庆功。皮骨之间留弹洞，抚来每每感殊荣。论今比古能激志，历史风云拭眼明。望尔后俦苗壮长，扎根沃土做梁桁。"一松语罢万株应，谷荡峰回起共鸣。风舞青枝如举臂，林涛万亩映霞红。

抗震鸳鸯渡爱河

岷江水澄碧，邛崃山黛青，卧龙沟谷美，仙境妙无穷。汶川袁善本，林场一职工，戊子廿六岁，诚实亦慧聪。北川杨爱玲，医士有职称，时年二十二，美丽若芙蓉。两情多缱绻，相约订鸳盟。五月十二日，"吾约六六重"，阴历四月八，逢双图喜庆。午后梳洗毕，携手至县城。先领结婚证，再去摄影棚。婚证刚收好，蓦间大难蒙。脚下大地抖，顷刻房体崩。轰然一声响，人埋废墟中。一时天地暗，四野哀号萦。善本临窗牖，侥幸逃险凶。钻出瓦砾堆，急切唤妻名。山啸乱石飞，爱玲无回声。大震造大孽，周遭楼宇平。眼前山滑坡，路被巨石封。善本急报警，手按"幺幺零"。手机无信息，心急火燎胸。城毁人被埋，外联路途壅。人命大于天，亟须报震情。善本心一定，徒步登险程。脚下踏裂隙，头上滚石凌。左臂砸青紫，前胸血迹凝。趔趄数十里，力尽步难行。蓦见峡谷中，急行舞战旌。中央恋百姓，派来先遣兵，善本急相告，灾情迅转呈。上级得确信，决策甚英明。总理亲临阵，救灾号令宏。热血浓于水，大军冒险征。八方伸援手，众志筑长城。善本随军旅，救难做先锋。奋战几昼夜，废墟救生灵。突被滚石击，血染衣襟红。军医急救治，化险为安宁。夜半方苏醒，眼前影朦胧。有人来喂水，语带温柔情。听来多亲切，伤痛顿觉轻。奋力睁开眼，奇迹瞬间萌。眼前熟悉影，难道是爱玲？蓦然一声叫，灵犀一点通。爱玲牵夫手，话启泪涕零：被埋楼梯下，苦熬盼救星。大军来得快,虎口救我生。为解桑梓难,投身医护营。善本取婚证,激情似火熊。爱玲心会意,也将证高擎。众人闻此信,满帐皆欢腾,庆贺有情侣,战地又重逢。有人发议论,语简含义浓:善本袁后裔,爱玲系杨宗。袁杨即鸳鸯,鸳鸯两心倾。相恋情意重,一同苦难经。殊途重聚首,抗震双立功。喜极时光迅,东方现曦彤。夫妻同携手,又向战地冲。

浪淘沙 · 辛亥革命百年感赋

民主溯洪源,百载烽烟。先贤怀国任擎肩。埋葬皇权摧旧垒,血战前沿。　思想泄狂澜,冲破篱樊。武昌起义启新元。五族共和旗映日,禹甸更天。

赵全仁

1939年2月生,河南开封人。　1960年7月入伍,曾任第二炮兵第一研究所高级工程师。解放军红叶诗社社员。

贺蛟龙神九试验成功

谁谓登天入地难,蛟龙神九共婵娟。开发宇宙徐徐进,探索大洋步步前。追梦振兴同阔步,赶超路上勇登攀。难关闯过回头笑,封锁最终是枉然。

乘 凉

海阔天空话语长,聊完国事又家常。高低职务浑不计,拂面清风一样凉。

赵叔平

女,1929年生,山西孝义人。1949年入伍,曾任政治学院科学文化教研室教员。解放军红叶诗社社员。

赞老兵

赤胆忠心卫九州,枪林弹雨写春秋。威风凛凛千年颂,战绩煌煌万世留。立马横刀关羽匹,出谋划策卧龙俦。如今解甲归林下,紫电青霜意更稠。

秋 声

乍听秋风第一声,烟霏云敛嫩寒生。星横关塞鸿飞远,露滴梧桐叶落轻。瑟瑟疑从苹末起,萧萧偏在树间鸣。莫嫌夜半潮音急,感慨环球未息兵。

忆远人

独步楼台思悄然,天涯海角意绵绵。登高远望人千里,又过飞绵四月天。

思 恋

飘零落叶潇潇雨,窗外秋风景色凄。今夜诗成谁伴读,芸笺淡洒梦回时。

赵贤愚

1932年7月生,满族,辽宁台安人。1954年入伍,曾任国防科工委处长。中华诗词学会会员,解放军红叶诗社社员。

班师建场

1958年,志愿军7169部队从抗美援朝前线回国,奉命兴建酒泉卫星发射中心。

载誉归来未解鞍，披星戴月赴边关。
昆仑万丈从头越，弱水千弯改旧颜。
送暑迎寒无昼夜，战天斗地抢时间。
风餐露宿平常事，一座新城矗漠原。

龙翔戈壁

祁连麓下彩旗扬，戈壁荒滩摆战场。
万众魂牵一柄箭，千军心系首程航。
将军老帅亲临阵，学者专家护驾旁。
巧借东风传喜讯，太空浩瀚任龙翔。

"神五"载人

巨龙昂首上天庭，神五腾飞载客行。
举世华人齐仰首，九州万众尽欢迎。
千年美梦圆何易，几代呕心始告成。
科技兴邦威力显，太空鼎立第三名。

"神六"巡天

雀鸟登门喜事迎，神舟六号访天庭。
精工舱锁封门紧，巧制航袍护驾宁。
云汉行舟观世界，人间昂首望新星。
巡空漫道征程远，华夏双雄赛大鹏。

飞天圆梦

陇西漠北起新城，航宇登程此地行。
神五载人圆夙梦，嫦娥奔月探苍穹。
牛郎织女曾难会，天上人间现畅通。
科技兴邦宏愿展，太空喜看五星红。

赵京战

　　笔名苇可，1947年生，河北安平人。1966年入伍，曾任空军第三十四师副参谋长，功勋飞行员，空军大校军衔。曾为中华诗词学会副会长、顾问。著有《苇可诗选》等。

嘉峪关

　　风吹大漠狼烟起，金戈铁马胡尘里。雄关千年傲冷月，将军功名空满纸。朔风猎猎鸣雕弓，旌旗卷处梦魂空。河西走廊走战马，祁连风雪困英雄。一曲羌笛沉吟久，望梅饮尽泉中酒，回望江南春草生，不栽绿柳栽红柳。星移斗转看新篇，千秋风物逝云烟。阳关一曲成绝唱，杯酒束花吊先贤。

山海关

　　山海关门谁能走？锁钥河山如户牖。一夫当关便莫开，况复雄兵万夫守。敕勒草茂牛羊肥，健儿俱是射雕手。胡人牧马屡窥边，汉将沙场征战久。弓刀映日日光寒，大漠白骨堆枯朽。英雄扼腕问苍天，南渡君臣自掣肘。列强战舰海上来，一炮先轰老龙首。雁门居庸如纸薄，卢沟桥狮空自吼。塞南塞北无分别，蹂躏神州如刍狗。斗转星移物华新，不重干戈重芳邻。战争已称立体化，一道矮墙何足矜。世界奇迹我独有，遗产已申教科文。城头商机正无限，开发即可把钱赚。姜女庙成游览区，望海楼开螃蟹宴。导游顺口说兴亡，碧海茫茫听已厌。潮如白发卷复舒，声声空向游人叹。

将军关

　　青山开紫嶂，高峡锁千岗。为吊将军迹，来寻生死场。拾阶登戍道，举手扣关墙。雉堞角犹厉，烽台灰已凉。仰天思海日,回首望天狼。汉箭飞蝗急,秦弓满月张。士呼如虎啸,将令似鹰扬。拒彼天骄种,安吾锦绣乡。笳鼓宜王业,凌烟祀国殇。魂兮辉日月,身已葬玄黄。千秋如瞬息,万里正苍茫。孤怀徒辗转,独立自彷徨。试剑将军石,飞星溅八荒。

渔家傲·空军英模礼赞

模范飞行大队

万里蓝天称卫士,乘风御电流星似。破雾穿云轻易事。男儿志:人人不愧天骄子! 汗水湿衣千百次,长空酣战锋初试。弹破靶心花映日。伸拇指:敢夸天下无敌翅!

英雄试飞员

莫谓征途风浪恶,洋人胆怯摇头躲。奋起请缨浑忘我。夸胆魄,九天敢把蛟龙锁! 巨壑狂澜皆踏破,科研数据全收获。捷报织成花万朵。从天落,神州锦绣添春色!

模范机务兵

勇闯禁区三入藏,雪山映日军徽亮。汗水浇花花怒放。豪情壮,满身油垢心欢畅! 日晒铝皮如滚烫,夜来缺氧温突降。蒙布裹身排故障。马达响,战鹰如箭冲霄上!

边疆英雄雷达兵

友谊关前扎阵地,国门锁钥双肩系。天线飞旋屏影密。高警惕,雷达神目明如炬! 锦绣河山得不易,家乡父老叮咛记。铁马金戈身已许。抛名利,长城铁铸南疆立!

英雄空降兵

万米高空花竞放,神兵跨伞从天降。虎啸群山军号响。惊雷荡,红旗插在高峰上。 合练踏平东海浪,奔袭千里征川藏。正义铁拳敌胆丧。军威壮,凯歌又向天边唱!

英雄排长

莽莽太行松柏翠,军营锤炼英雄辈。何惧歹徒凶焰沸。真无畏,舍身誓把人民卫! 碧血凝花多壮美,家乡父老皆挥泪。一曲凯歌传冀北。歌声脆:爱心还比黄金贵!

渔家傲·初次站岗

今夜持枪初上岗,屡将口令询班长。哨位偏临坟墓场。频张望,条条黑影如游荡。 自古当兵凭胆壮,心中敢把敌情忘?忽见风吹林木晃。无心想,枪栓拉作噼啪响。

浪淘沙·打靶

靶场好威严,阵列排班。举枪瞄准稳如山。手扣扳机屏住气,又报十环。 苦练克艰难,酷暑严寒。几分汗水几分甜。来日杀敌操胜算,捷报频传。

定风波·紧急集合

晓月如钩晓梦沉,忽听军号震山林。跃起穿衣三两下,披挂,背包枪弹称腰身。 坦克军车方列阵,休问,敌情料已到前村。口令回答如爆豆,先后,铁流滚滚卷烟尘。

鹧鸪天·军事演习

深夜忽闻军号吹,强敌空降到边陲。抄枪便似离弦箭,越野都如草上飞。　　分两路,布重围,捉鳖探瓮毙敌魁。牛刀小试洮河北,回首东方现紫微。

生查子·初上蓝天

农村苦命娃,今作飞天将。铠甲壮英姿,笑脸春风漾。　　飞身跨座舱,强忍心激荡。呼啸似雷鸣,碧宇从头闯。

苏幕遮·起落训练

令旗升,风袋静。战马脱缰,直上清虚境。手把油门微颤动,有意回眸,跑道平如镜。　　练真功,凭翅硬。目视三边,宽窄心中定。跑道前方须对正,落地轻轻,不误英雄梦。

青玉案·特技训练

曾经虎穴龙潭路。敢伸手,掀天幕。冒犯神威天欲怒。劲风吹送,乱云飞渡,试我回天术。　　轻翻筋斗如搏虎。横滚生擒月中兔。倒挽银河浇桂树。电波召唤,九霄直下,左右天龙护。

临江仙·航行训练

铁路蜿蜒似线,群山苍莽如丘。霎时飞越洞庭秋。窗前寻鹊路,翼下望神州。　　湖沼珍珠成串,平

原翡翠连畴。蓬莱岛上整兜鍪。八仙今尚在,伴我作周游。

虞美人·编队训练

长机又转新方向,拉杆忙跟上。回环翻滚尽情飞,保证不离左右紧相随。　　此时身手勤操练,战场神威显。长空双剑不虚发,且看敌机作靶弹开花!

唐多令·仪表训练

巧手布层云[①],埋头看表针。远近台、格外关心。此次背航多五秒,风向变、是原因。　　三转定乾坤,偏流修寸分。报高度、下降均匀。开罩抬头观跑道,终不错、半毫分。

① 指关上仪表罩,模拟被云层遮盖。

西江月·夜航训练

十里茫茫星路,两排闪闪灯标。轻抒双翅渡银桥,一览星河琼岛。　　谁谓星河无水?琼花乱溅征袍。乘风展翅上清霄,天外又闻号角!

如梦令·首都夜景

玛瑙珍珠翡翠,疑是仙娥环佩。俯瞰意如何?却教征人如醉。如醉,如醉,彩笔谁持描绘?

少年游·首次单飞

穿梭春夏,辛勤汗水,今日看收成。多少难关,几番梦里,独自驾银

鹰。　　油门握、令旗挥处,直上九霄重。翼下河山,乱伸双臂,鼓掌报成功。

玉楼春·初任飞行教官

断送少年空战梦[1],选种育苗朝暮共。蜡烛燃尽嫁衣成,聊为蓝天填小洞。　　执教带飞情谊盛,瑶圃园丁责任重。为人师表最艰难,桃李三千天下颂。

[1] 指飞行员训练毕业后被留在航校担任教官,不能上前线参加战斗。

念奴娇·飞行夜训

灯标传语,令旗扬,剑指夜空航路。蓦地一声霹雳震,直向层霄深处。濯翅银河,摘星月厦,手把天门触。却惊仙子,彩裙飘带飞鳌。　　忽见阵列乌云,雷鸣电闪,疑是灵神怒。骤雨倾盆泼世界,敲打舷窗如鼓。墨海腾翻,骊宫笑傲,再伴苍龙舞。骑鲸游戏,一时浑忘朝暮。

渔家傲·西沙战士

不恋华灯光灿烂,弄潮南海天涯畔。风雨西沙勤锻炼。涛花溅,出枪恰似凌云燕。　　哨卡礁边真矫健,海风吹发眸如电。影摄军姿枪作伴。亲人盼,爷娘见此无悬念!

渔家傲·在告别宴会上祝酒[1]

走马异邦归赵璧,辞行举酒盈春意。错乱觥筹夸酒力。吾醉矣,圣贤到此应无忌!　　也效诗仙书醉语,兴来索笔添新句:为借东风能化雨,

蛰龙起,神州指日腾骐骥!

[1] 作者自注:1986年,空军从加拿大引进一种新飞机,笔者受命参加考察、谈判、监造、验收、试飞、转场回国全过程。在回国前送别宴会上即席赋此。

玉楼春·出席英模大会即席

胸挂奖章光闪耀,海北天南来报到。堂前相见话琳琅,个个大名曾见报。　　大会堂中听介绍,阵阵掌声如海啸。青春最爱是戎装,万里河山凭笑傲。

玉楼春·"神九"

鲲鹏又展凌云翼,冲破九天青与白。回望舱外小环球,一片茫茫银汉隔。　　应知我是蓬莱客,来探天宫新信息。摘星扪斗下苍穹,只为人间添秀色。

蝶恋花·首位女航天员刘洋

举世堪夸奇女子,不理红妆,却把天妆理。挥手从容登坐骑,一声呼啸青云外。　　河汉清清来戏水,仙众纷纷,争问家乡事。我愿往来成信使,五千岁月从头记。

赵宗元

1944年10月生,河北南皮人。1964年8月入伍,曾任总参炮兵部政治部干事,大校军衔。中华诗词学会会员,解放军红叶诗社社员。

忆某炮兵师冬训

凛冽狂风雪漫天,雄师挺进鲁南川。战神越岭猛如虎,铁骑翻山快似烟。

昔日孟良歼敌寇,今朝战地谱新篇。
熔炉百炼铁军在,猎猎军旗色更妍。

高炮旅换装感赋

欣闻劲旅换新装,夜不能眠喜欲狂。
难忘跨江驱虎豹,静思援越射天狼。
惊天利器军威壮,亮剑长空国力张。
今日满头飞白雪,战神心系志昂扬。

贺天宫一号飞天

几度飞天访太空,天宫一号启新程。
金龙拔地英姿展,天马凌空环宇行。
星海遨游寻奥秘,银河巡弋卫和平。
航天人有凌云志,构筑驿宫再远征。

赞"蛟龙号"五千米海试成功

浩瀚大洋波浪涌,海洋探秘挽强弓。
蛟龙潜水英姿展,航手巡游信息通。
昨日青天揽皓月,今朝深海缚苍龙。
地球奥秘无穷尽,再谱华章唱大风。

望海潮·二○一二中俄海上联合演练

茫茫黄海,风高浪急,水天一色无边。中俄海军,惊涛淬剑,鏖兵碧海蓝天。演练谱新篇。看战舰出击,似箭离弦。潜艇巡游,蛟龙出水挽狂澜。　　两军奋勇争先。望雄鹰展翅,侦查盘旋。千里海疆,狂飙骤起,鲸鲨弹发深渊。佳绩史无前。阅兵军威震,铁阵如山。构建联合机制,协作水云宽。

满江红·过卢沟桥

漫步卢沟,又见那、千年晓月。曾记否、雄狮怒吼,永定河咽。壁上仍留倭弹穴,桥头曾染英雄血。抗敌寇、浩气贯长虹,悲犹烈。　　追往事,心痛切;思国耻,肝肠裂。六十春秋过,恨犹难绝。积弱必遭凌辱苦,图强堪教干戈歇。看东厢、狂者拜神坛,警钟彻。

行香子·官兵京郊植树

大地苏醒,草木初萌。西山上,植树官兵。龙腾虎跃,铁臂风生。任一身汗,一肩土,一天风。　　军民联手,四季勤耕。待他日,树木葱茏。满山青翠,百鸟争鸣。赏昊天碧,群山秀,小河清。

苏幕遮·游圆明园感赋

绿荷塘,杨柳树。蓬岛瑶台,烽火硝烟去。断壁残垣经雪雨,悲愤交加,振臂向天举。　　古园林,兴废诉。腐朽君王,八国如狼虎。华夏今朝民做主,锦绣家园,处处红旗舞。

蝶恋花·清明祭扫李大钊烈士墓

四月清明春色好。日丽风和,又绿陵园草。松柏青青迎客早,鲜花一束低头祷。　　担道铁肩鸣号角。妙手文章,洒血为先导。尘世阴霾今已扫,泉台先烈当含笑。

赵宣晏

1930年生,山西太原人。1946年入伍,曾任炮兵学院教员、学员班政委。解放军红叶诗社社员。

浪淘沙·贺"神六"升空

"神六"射苍穹,势若蛟龙。尖端科技立新功。又有双雄遨广宇,气贯长虹。 天地路开通,常访蟾宫。火星欲住几秋冬。来日开发新沃土,也试农耕。

赵振林

1929年生,吉林蛟河人。1948年入伍,曾任海军南海舰队后勤部副部长。解放军红叶诗社社员。著有《诗话风云》等。

苏幕遮·建雷达站

手摩天,雄险峻。豹走蛇游,细雨云翻滚。神阙青霄谁探问,紫蔚连绵,峦绣星棋阵。 箭弓防,波锐敏。辨伪听音,省得魔身隐。鸷鸟鲸鲵灰化尽,励志兴怀,奉令心齐奋。

长相思·海上实弹射击

似雄鲸,破浪行。锁定鲲鹏剑出征,声威震怒霆。 敌严惩,弹猛轰。绥靖江天万里晴,渔歌大海宁。

虞美人·人民公仆

不辞艰苦临危难,奋勇身心献。船行雾海望光芒,党是明灯千里指征航。 人民公仆应三讲,总替黎元想。清廉勤政率身先,坦荡胸怀理想大于天。

赵喜海

感 赋

一

莫笑诗情老更顽,卅年军旅鬓毛斑。再将鸿雁追寻翅,展向莲轩那一湾。

二

戎马生涯壮满怀,鲲鹏哪怕暴风来。从头再鼓凌云志,展望莲轩画卷开。

赵锡麟

1939年生,山东泰安人。1958年入伍,曾任济南军区政治部编研室主任,大校军衔。

清明祭济南战役无名烈士墓

春雨潇潇笼细烟,草深林寂独凄然。未留名姓血光里,已铸丰碑天地间。为国捐躯成大义,倩谁拜祀寄冥钱?问询世上贪婪客,心对荒茔可汗颜?

访西柏坡

朝圣沐秋阳,寻坡上太行。
伟人遗旧址,瞻仰忆辉煌。
建国制方略,决战定兴亡。
进京赶考去,不当李闯王。

壶口观瀑

黄河十八弯,壶口蔚奇观。
浊浪群蛟舞,长河巨瀑悬。
轰涛震大地,溅雾漫关山。
驯水由兹始,禹王功比天。

新郑黄帝故里拜祖

清明时节惠风扬，心献轩辕一炷香。
数典溯源尊始祖，慎终追远觅遗芳。
文明滥觞世人敬，薪火相传国运昌。
龙族和谐流脉盛，国强民富慰炎黄。

赵聚辰

1927—2008年，河北赵县人。1947年入伍，曾任海军纪委办公室副主任。

忆大别山夜行军

月落狼嚎云掩天，雄师挺进越关山。
攀登峻岭开新道，拨动荆榛觅旧沿。
夺路时时防坠涧，催骑步步胜攻坚。
将骁士勇无拦阻，万险千难只等闲。

忆巡航

航行八百浬，断续击风游。
闪烁千层浪，飘忽一叶舟。
昏天连碧海，狂涌绕船头。
复始环巡弋，时防诸色鸠。

赵慧文

女，1934年生，北京市人。1949年参加革命，曾在总后勤部营管部工作。曾为中华诗词学会函授导师，北京诗词学会副会长。

抗日国殇颂

龙之传人顶天立，中华民族浩然气。岂容倭寇屠生灵，怎肯魑魅凌舜域！何曾忘：甲午战后割台湾，敌幡蔽日扰山川。义军揭竿格斗死，万忠墓前再登鞍。黑水白山鼙鼓喧，铁血健儿斗志坚。足踏莽莽千里雪，身穿古木万重岩。共洒最后一滴血，尚志占山赵一曼。鬼子剖开靖宇腹，只见树皮草根与絮棉。抗联八女悲壮去，乌斯浑水声溅溅。古长城下扬旌旐，大刀克敌渤海湾。上慰炎黄之先祖，下救百姓之平安。喜峰一战多伦复，鸿昌冲锋贼丧胆。倭寇突袭宛平关，官兵迎战卢桥畔。六千男儿齐殉国，晨风晓月泪潸潸。马革裹尸终不悔，登禹麟阁义冲天。平型关外烽火燃，逐敌将士战犹酣。血拼夺垒传捷报，万名貂锦地长眠。金陵城下保卫战，雨花台上敌机旋。誓与阵地存亡共，天女雨花纷纷以祭奠。淞沪会战更烈惨，十万英魂耀星汉。一寸山河一寸血，寒云冷凝雁旋盘。台儿庄外鏖战艰，狼豺精锐遭重歼。旌帜飘扬鼙鼓响，笑声永浮壮魂间。三光扫荡遍腥膻，游击出奇恶狼蹿。断敌交通拔据点，百团大战颇壮观。虽有英雄埋忠骨，红旗猎猎太行山。远助盟军入缅甸，瘴疠酷暑百病缠。将士激战日复夜，壮烈牺牲心亦甘。银雁腾飞入碧寰，民族兴亡铁肩担。忍看神州生薜荔，离家抛舍赴国难。志愿空军飞虎队，劈开万险驼峰线。猛袭日机频奏凯，英灵永伫天宇间。君永志：抗击豺狼日月长，三百万碧血染沙场。后事不忘前师事，万众一心祭国殇！

沁园春·鲲鹏赋

展翅鲲鹏，直上扶摇，背负碧天。忆初飞幽谷，风云迷漫；再腾昆岭，雷电交烜。搏击长空，翱翔大野,地动山摇战正酣。垂天翅,那磅礴气势,吞吐云端。 佼佼万翼之鸾,徙南海、排涛汤谷边。有蒿间鹦雀,啾啾榆宿;蓬中鸥鸟,嘛嘛鼷餐。且莫吱喳,寄言鸥雀,我自云霄九万抟。观红日,已腾空升起,煦遍轩辕。

沁园春 · 读毛泽东诗词

莽莽昆仑,阅尽人间,鬼斧神工。望湘江北去,千帆竞渡;黄河东注,万壁穿空。饮血娄关,餐英雪地,猎猎旌旗振大鹏。重霄九,看姮娥舒袖,赤县新容。 星河飞跨蛟龙,出旸谷、光辉来自东。念胸中帙卷,汪洋浩瀚;诗中异趣,吞吐苍穹。前引三辰,后招鸾凤,遍洒琼瑶赫赫功。微吟罢,倚征鞍不语,又见飞虹。

江城子 · 忆周恩来总理

20世纪50年代初在中南海政务院工作,常仰周恩来总理风采,其情其景,至今难忘。

音容廿载未茫茫,不思量,自难忘。遥想当年,俯首话家常。"小鬼"声声亲切语,今犹在,耳根旁。 中南海水泛霞光,小兰觿,芷幽香。阵阵微风、时送笑琅琅。夕照映辉帆远去,身与影,立穹苍。

望海潮 · 战洪图

飓风霆雨,惊涛骇浪,三江洪水翻天。忆解放前,浮尸漫漫,鲸吞万里家园。惨状怎堪看!现一方有难,八方支援。何惧天灾,崩崚陷地,壮心丹。 护堤将士万千。战滑坡管涌,险象如环。生死碑前,心坚似铁,巍然屹立如磐。血肉筑城垣。救民而舍己,泪洒苍天。数次洪魔遁去,红日映山川。

水调歌头 · 忆海空军司令部营建

雪洗寇尘静,风扫蒋朝休。红旗猎猎飞舞,兴建此高楼。四海波涛未靖,关塞必加严守,将帅握吴钩。一意破封锁,奋力战貔貅。 观今日,护航舰,弋五洲。美欧非亚,国际交往月星稠。渺渺无边空域,磊磊无穷海岛,觊觎亦堪忧。国力更须大,自立誉全球。

少年游 · 参军

去年春日,燕京城内,一束李桃花。今年春日,苍茫坝上,雏鹰赴天涯。 草垫是铺食莜麦,风啸似听笳。练武习文从军乐,云中月、映朝霞。

月当窗 · 有思

明月当窗,绪思飘远方。白发垂垂老母,悄寂寂、念儿郎。 南方,黎庶眏,壮怀着武装。跃马疾驰而战,强虏灭、再归乡。

鹊桥仙·忆空军总医院营建

披星戴月,排云破雾,人在钓台西处。荒园一片建高楼,为的是、长城永戍。　　吊车飞转,军工攀宇,红帜飘飘引路。秋冬春夏转乾坤,万民喜、江山更固。

赵德元

1935年生,陕西榆林人。1947年入伍,曾任空军某部队部队长。中华诗词学会会员。著有《心迹》等。

忆伊犁屯垦

一

劲旅西征似迅雷,铁流滚滚惠城来。
歌声动地嫦娥舞,只饮伊河水一杯。

二

地近西陲碧水长,当年少穆谪遐荒。
而今羌笛翻新曲,仗剑扶犁五色光。

三

笳鼓咚咚去垦荒,狂风过后雪飞扬。
天山脚下云飘处,马壮羊肥稻谷香。

四

冰河饮马雪拥衣,戴月躬耕听晓鸡。
为国屯边终不悔,至今魂绕玉关西。

赵燕英

女,1931年7月生,北京市人。1949年3月入伍,曾任华北军政大学文化教员。著有《赞歌滔滔》等。

赞母校机械化步兵学院

一

强军科技看鹏翱,骏马嘶风气自豪。
好是步兵机械化,长城此日更坚牢。

二

军校如今改旧颜,桃红李白满春园。
与时俱进求三化①,培育英才敢领先。

①"三化"指军队现代化、机械化、信息化建设。

南歌子·瞻仰贺龙石像

天子山高耸,将军岩陡悬。青松奇石壮山巅,一代元戎雕像耸云间。　　日月同辉映,峰峦共仰天。贺龙跃马战犹酣,铁骨雄魂浩气万千年。

郝生章

1930年生,河南唐河人。1949年入伍,曾任军事科学院研究员。

缅怀李天佑将军①

一

南天英杰出,百色举红旗。
转战粤湘赣,将军血染衣。

二

苦战湘江畔,红星历险途。
临危威虎势,护驾大功殊。

三

抗日烽烟起,雄关首战艰。
敌奸人振奋,举国抗倭酣。

四

迭战松江畔, 呕心铸剑坚。
雄师克津埠, 所向敌成烟。

五

南国追穷寇, 旌开匪患平。
桂乡春意早, 父老壶浆迎。

① 李天佑 (1914—1970) 广西临桂人, 1929年加入中国共产党, 同年参加百色起义, 参加了长征。曾任副总参谋长、广州军区第一副司令员、代司令员, 1955年被授予上将军衔。

忆毛主席为我修改电报①

倚马修文夜色阑, 忙中疏漏急难安。
补遗细阅明灯伴, 加按高瞻北斗悬。
一语千钧关国运, 九州百代读雄篇。
伟人亦做凡人举, 常忆今生热泪潸。

① 1967年初, 我奉命起草某军区贯彻毛主席指示的报告 (电报), 匆忙之中漏写"首先"二字, 报告送到中南海, 毛主席悉心审阅, 亲手填上我漏掉的二字, 并加按语, 转发全国。我得知后, 愧疚、欣喜之情交加, 终生难忘, 诗以记之。

郝序震

1933年2月生, 河北临西人。1949年1月参加革命, 曾任广州军区司令部研究员。中华诗词学会会员。著有《心声集》等。

赞我军小汤山医院抗"非典"

战胜瘟魔岂等闲, 并肩携手克难关。
精心医护惊神鬼, 诚意关怀感地天。
六百病员康复去, 千余战士凯歌还。
锦旗面面标功绩, 赢得军民绽笑颜。

试飞副团长李中华赞

能使阴霾变彩霞, 当夸英杰李中华。
细心操控穿云虎, 执意驯降"眼镜蛇"。
技术精通排故障, 尖端掌握作行家。
屡排惊险真功见, 每试新机泛桂槎。

郝尉扬

笔名无逸, 1922年生, 江苏扬州人。1949年5月入伍, 曾任国防科工委干训班教研室副主任、研究员。

双清别墅

赤松如戟列西岑, 拱卫庭庐气肃森。
堂上威宣千里檄, 云端讯系九州心。
屠龙微哂挥长剑, 得鹿仍甘拥布衾。
今日游人谁复省? 小园曾主世浮沉。

神州痛悼钱学森老将军

归程险阻倍艰辛, 大义凛然天下闻。
紫电青霜曾骇世, 碧桃秾李更骄人。
求精汲汲强兵策, 济困拳拳赤子心。
讵料云霄巨星陨, 神州痛悼老将军。

忆当年基地首发卫星

赤县东风唤蛰龙, 奔雷震地撼苍穹。
《东方红》自重霄下, 饮泣谁伤霸业空!

现场观看卫星发射

一

狂飙烈焰拥天戈, 电掣雷鸣头上过。
佳讯频传犹未足, 心悬此去竟如何?

二

五星神速向东南, 翘首凝眸戈壁滩。

忽报一声入轨也,欢呼动地越燕山。

参军六秩抒怀

早岁投身细柳门,恢弘大厦一沙尘。
曾嗟闻道驰驱晚,长仰先行志虑纯。
析史渐知千载痛,诠经不觉五更深。
此生获益自珍处,戎幕雄风绛帐春。

胡长义

1935年生,贵州余庆人。曾任北京军区工程兵某部参谋。中华诗词学会会员。著有《寸心集》。

水调歌头·匹夫

目注十三亿,耳贯五千秋。历经风雨凉热,切脉跳神州。虎帐幽燕精武,铁甲东邻论剑,血汗铸刚柔。一枕烟波里,几梦越中流。　　初生犊,戍边马,野山牛。活书一卷,读破方释草丛忧。取道田翁竹舍,出没嶙峋荆莽,赤脚吻乡畴。日月煮肝胆,浓淡在心头。

胡立言

1935年生,甘肃天水人。1949年入伍,曾任装甲兵政治部文化处处长。

[仙吕·一半儿] 军侣

一

风华正茂小山花,告别穷乡父老家。绛帐师贤学业佳。怎了得,众人夸。一半儿多情,一半儿耍。

二

援朝奏凯喜成家,军被两床胜烛纱。笑靥含羞映彩霞。侬心里,装着他。一半儿甘甜,一半儿辣。

三

新婚久别梦魂牵,六甲在身形影单。枕畔无人鼻发酸。冤家账,怎生还。一半儿欢欣,一半儿怨。

四

娇妮渐长心稍宽,又逢那灾害三年风雪天。敬业育儿夜不眠。咬紧牙,自承担。一半儿慈颜,一半儿悍。

胡志毅

1945—2017年,河北永年人。曾任兰州军区某部队政委,大校军衔。曾为中华诗词学会会员,《红叶》特约编委,《边塞》诗刊主编,甘肃诗词学会副会长、《甘肃诗词》主编。著有《戍边望月》。

忆戍边

一

当年投笔跨征鞍,落日长河大漠天。
二月狂风衰碧草,三秋弱柳老荒川。
家山万里音书绝,霜雪千重夜色寒。
纵使东君无眷顾,甘尝苦乐恋边关。

二

风雪祁连细柳营,久居山野不留名。
银波闪闪传消息,青帝匆匆过塞城。
身戍雄关邀汉月,韵赓大漠发唐声。
青春渐老心难老,壮士暮年犹请缨。

重赴河西感思

每赴边关气自豪,至今犹忆霍嫖姚。

驱车未惧楼兰渺, 徒步始知戈壁遥。
身沐风霜经坎坷, 情钟事业不萧条。
征途纵有千般苦, 岁月如诗步步高。

战士戍边

戍边三载未还乡, 几度冰融花又芳。
戈壁扬沙堆寂寞, 时光过隙叹沧桑。
风枯弱柳山川老, 秋冷雄关日月长。
额绽细纹手添茧, 白山黑水铸阳刚。

跨区军演

大军西进卷烟尘, 千里遥程一路奔。
云幻蜃楼堪入画, 柳凋荒径不过村。
寒风飒飒霜刀冽, 夜籁幽幽月色昏。
目览苍茫生百感, 天高地阔小乾坤。

拉练西行

威武雄师出塞关, 长缨指处渺无边。
追风劲旅撕云帐, 映日红旗耀眼帘。
脚板量天争抖擞, 铁肩挑担任颠连。
山花最解西行苦, 一路招呼带笑颜。

西部柳营晨练

军号悠扬掀夜幕, 瞬间七斗隐琼台。
遥岑月淡晨曦抹, 野岭松青虎帐排。
意气书生三尺剑, 风云老将五车才。
天狼未灭人无寐, 赤胆红花雪域开。

观南京军区演习

风烟弥漫演雄兵, 战士操盘技艺精。
飞指速移驱雾雨, 鼠标轻点定输赢。
空天博弈高科著, 陆海争锋大势明。
十万虎师无昼夜, 冷看小鬼闹东京。

参观某联勤分部军史馆感记

一

展厅悦目久徜徉, 风雨征程一览详。
异域维和留盛誉, 灾区救助谱华章。
十年磨亮青锋剑, 万里踏平戈壁霜。
辎重供需担大任, 昭昭军史续辉煌。

二

琳琅史馆构思工, 详见联勤唱大风。
战地支援常奏凯, 平时操练总登峰。
营区分散兵心聚, 边事频繁塞路通。
科技建军追现代, 物资充足及时供。

赞某分部通讯站

茹苦含辛通信兵, 玉音悦耳不留名。
练成一口普通话, 送去千般细雨情。
无悔青春诚向党, 有怀志趣耻追星。
三年娴熟高科技, 不逊前朝穆桂英。

志在深山

战士堪称七尺男, 青春热血洒边关。
狂风纵拔河边柳, 大雪岂凋心上田。
苦乐年华双鬓看, 易难事务一肩担,
生根扎在云深处, 嫁与青山不思还。

边塞新曲

一

西陲无战事, 岑寂笼边城。
草密山莺啭, 林幽野鹿鸣。
沐霜迎旭日, 值夜辨寒星。
侧耳闻狮虎, 弓弦常紧绷。

二

塞外久居留, 未闻羌笛悠。
弯弓期射虎, 饮马欲追虬。

战火随风逝,心潮逐浪流。
男儿多壮志,强国固金瓯。

三

紫塞茫茫处,秋深霜雪寒。
狂风欺寂堞,红柳拥雄关。
梦洗吴钩亮,帐掀群鼠欢。
孤灯映残月,枕剑夜无眠。

四

堞塜深山隐,旌旗耀日红。
祁连输宝藏,戈壁贯长龙。
未有青锋利,岂能丝路通。
国兴思战士,僻壤铸宏功。

收看国际时讯感发

风云东亚卷狂飙,怒视污流久不消。
战马南山思项羽,雄关北漠唤嫖姚。
堪悲入室豺狼健,欣看护堤杨柳高。
一自海疆烽火举,出师先祭戚家刀。

品读曹晶中短篇小说集《关山叠》有吟

笔花纷落意纵横,耳畔犹闻搏杀声。
雪漫高山人缺氧,春归北漠柳多情。
沙场醉卧腰悬剑,虎帐夜眠秋点兵。
一卷风云腾热血,天狼不灭梦难成。

满庭芳·天山哨卡

孤哨偎云,旗光耀眼,峰眉凝黛藏幽。山花争俏,含笑也含羞。更有霞衣带绾,常伴我,伫立亭楼。寂寥夜,谁人共酒,邀月会牵牛。　　浮生多感叹,青春易逝,岁月难留。既许身报国,复又何求。且把盈腔热血,融冰雪,磨洗吴钩。休言苦,男儿

志在,大笔写风流。

金缕曲·夜行军

饮罢西行酒。夜衔枚、银河浴鹊,碧空参斗。三月春寒犹料峭,渐把胶鞋冻透。铁脚板、疾行依旧。前路迢迢知几许?急匆匆直指天山右。惊隼起,遁霄九。　　当年战事堪回首。看今朝、争雄局部,打赢谋就。坦对风云翻诡谲,再焕青春抖擞。为固我、江山恒久。漫道当今拼科技,可曾知科技由人构。凭热血,凯歌奏。

水调歌头·赋西部跨区演习

西域边声起,列阵战天山。巧施迷局天网,诱敌入笼樊。态势了如指掌,红外目标可见,将令待机颁。迷彩映寒月,寂静笼山川。　　一声令,雄兵进,战鹰旋。银波频送消息,铁甲荡尘烟。亿万物资吞吐,千里驰驱追剿,将士勇争先。未待晨曦出,锣鼓已喧天。

鹧鸪天·航母舰载机成功升降

舰载雄鹰得自由,升腾降落有千秋。海疆渺渺终容我,国梦悠悠未到头。　　强军计,久难酬,贫穷无奈小寰球。今非昔比雄狮醒,一洗中华世纪羞。

蝶恋花·隐形战机

匿迹隐形堪自护。只听轰鸣,不见雄姿露。时吻云霞时吻树,长空万

里从容度。　漫道今年又甲午。昔日猖狂，今日何能塑。利剑高悬无所惧，蓝天织网空疆固。

捣练子·营区掠影

夜巡通讯中心

天静静，月溶溶。电闪微波一点红。倩影映窗人不寐，频将消息托东风。

观警卫分队格斗训练

风冉冉，日炎炎。大汗淋漓湿薄衫。虎势龙姿神态定，一声霹雳出钢拳。

观司令部模拟军演

排八阵，演三军。三尺荧屏日月昏。停点鼠标棋未定，战场胶着势难分。

值班巡夜

星眨眼，月悬空。大地沉沉暮色浓。军号声催人不寐，隔帘灯火透微红。

检查战士食堂

厨案净，灶台光。入座先闻饭菜香。美味三餐强体魄，腼颜羞答不思乡。

水调歌头·登嘉峪关

纵目西陲阔，天旷朔风寒。茫茫戈壁千里，砾漠莽无边。千古风云幻化，奕世蜃楼明灭，独任隼雕盘。透过丹霞地，隐约是楼兰。　关何壮，情何炽，路何颠。戍楼西望，男儿尚武不空谈。雪地迎风策马，虎帐融冰磨剑，茹苦亦知甜。为了强军梦，出塞不思还。

最高楼·钓鱼岛小赋

洪波远，何处是家乡？大海自茫茫。孤零零的烟波里，寒来暑往独梳妆。问苍天，缘底事，别亲娘。　曾记得，几番归故土；又记得，几番风雨阻。私授受，没商量。主权史证当归我，火烧大海煮天狼。待来年，还故国，补金汤。

胡述兰

女，1930年生，四川成都人。1950年入伍，曾任某部通信参谋，北京邮电大学副教授，解放军红叶诗社社员。

赞上甘岭英雄牛保才①

崇山激战炮声隆，誓保前沿电话通。
炮吼临危查断线，炸残左腿忍伤疼。
牙钳断点强爬进，手控双端不放松。
身过电流传战令，英雄碧血化长虹。

① 牛保才，志愿军第十五军电话班副班长。在上甘岭战役中，冒着敌人炮火查断线，左腿被炮弹炸断。他用自己的身体做导线，保证了作战指示下达，献出了年轻的生命。被授予特等功臣和二级英雄光荣称号。

胡学魁

1929年12月生，河南范县人。1945年8月参加八路军，曾任高级步校大队副政委、政工教研室副主任、研究员。

致徐州战友

登高犹翘首,晚景壮凌云。
露饯南飞雁,霜催北上人。
烧羊淮海嫩,啤酒蓟燕醇。
放鹤香山好,枫红候尔吟。

清平乐·叙旧

平原烽火,练就你和我。冀鲁边中席地坐,马列启蒙主课。　桥楼荟萃精英①,新乡腰鼓雄风。马褡情深义重,绵绵三代传承。

①桥楼,在山东郓城县,为当年战友剧社驻地。

胡跃飞

又名胡安毅,1952年4月生,湖北监利人。1971年入伍。曾任团军械仓库保管员,农场办公室秘书,监利县文化馆办公室主任。中华诗词学会会员,解放军红叶诗社社员。著有《塞上吟草》。

咏胡杨

受尽苦寒从不嗟,惯于戈壁斗风沙。
枝擎广宇丰姿显,根扎边关意气奢。
闹市远离甘淡泊,清操恪守鄙浮华。
千年不死颂难尽,愿与胡杨作一家。

井冈寒兰

饱历烽烟气更扬,立身奇岳胜仙乡。
花因血沃一团火,叶耐寒侵百炼钢。
铁骨铮铮添个性,贞姿烈烈压群芳。
游人到此莫轻对,应是中华第一香。

题日军七三一部队遗址

雪带寒光风带腥,至今遗址令人惊。

冤魂无数犹能道,挨打皆因落后生!

过台儿庄

望中残垒傍秋阳,杀气依稀满战场。
闻得扶桑今尚说,台儿庄是铁村庄。

重游戍地集宁市喜赋

号声嘹亮听来亲,年少曾兹策马巡。
足踏塞垣惟报国,树栽杨柳欲回春。
玉鞍冲雪豪情壮,金甲穿沙意气深。
难得灵泉还识我,扬波似迓旧征人。

关山月

少小爱天山,激情天地间。马头一轮月,相约老边关。昼戍葡萄峪,夜巡榆树湾。但知西北守,哪肯塞南还?冰雪添豪气,风沙壮毅颜。胡兵正猖獗,李广敢偷闲?

虞美人·军嫂顾艳玲赞

报载海军战士王永波,为保护舰艇设备而英勇扑火,烧伤面积在百分之九十以上。其未婚妻顾艳玲爱心不改,最近喜结良缘。感慨之余,欣然为赋。

爱情自古千金重,若个艰危共?鸳盟不改有婵娟,红豆一双依约按时圆。　漫言美在形容上,美数心灵靓。偏多红粉竞风流,暮楚朝秦闻此可知羞?

水龙吟·贺我国首艘航母海试成功

梦圆航母非凡,连番海试心欢畅。长风远送,白鸥航护,蓝波路让。我问何由?和平保卫,新添能量。笑强权称霸,从兹气短,欲围堵,难相抗。　风雨征程经惯,是英雄、自当豪放。从容滑跃,安全归舰,战鹰真棒。编队将成,艨艟还造,剑锋还亮。欲增强震慑,海疆维护,把红旗唱。

水龙吟·我三大舰
队西太平洋演练

爱它海水深蓝,越过岛链还西指。恶涛裂舰,咸风炙面,乱云遮帜。劣境休言,正堪角力,加钢磨志。喜大洋列阵,红蓝对抗,强弓挽,雕翎试。　战斧袭来何惧,仗高科、只应斜视。出云纵锐,猛禽虽狡①,我无"难"字。铁布衫穿,金钟罩祭,招招能制。甚猿啼雀噪,下回还练,展鲲鹏翅。

① 出云、猛禽,分别为日轻型航母和美隐形战机名。

水龙吟·中国核潜艇部队赞

大洋卅载深潜,核牙一霎人前露。蓝鲸酷似,苍龙未逊,百看不够。出去轻轻,归来悄悄,几曾夸口?是大邦弩箭,隐而不发,敌如犯,弓弦扣。　记得毛公曾道①,万余年、也须成就。豪言敢负?几经拼搏,艇身昂首。岛链还穿,军旗高猎,何惊群丑。任新弧乱划,到时水里,听惊雷吼!

① 毛泽东曾说:"核潜艇一万年也要搞出来。"

水龙吟·中国核导弹部队赞

羡他箭指云霄,尖端可值连城价。世称二炮,声闻九域,势威诸霸。U-2当年,高空来犯,竹竿捅下①。是镇魔法宝,护家重器,人夸道,非神话。　绕指柔缘百炼,赖军人、晨昏披挂。风云眼瞅,山河肩负,发声何咤。生死交锋,棋先一着,决难居亚。要指挥听党,若遭攻击,定飞镖发!

① 当年外交部长陈毅在答记者问时曾风趣地说:u-2高空侦察机是我们用"竹竿"捅下来的。

贺新郎·首个女子
导弹发射连入列

导弹云间矗。把忠诚、个中装满,要津分布。只待一声军令下,喷出浑身愤怒。将战斧,从容截住。更轰靶标精、狠、快,有谁知,竟是闺中虎?红星闪,好英武。　回思连队刚刚组。看她们、摸爬滚打,几曾言苦。百炼钢成沙碛拭,一笑桃花何酷。三载后,貔貅荣入。卫国自甘居哨卡,献青春,万里关河护。闻敌至,柳眉竖。

风入松·中国武警
雪豹突击队赞

豹行雪里迹踪无,谁不赞功夫?风生铁腿雷生掌,忆维稳,从未含糊。头上金星直闪,胸前钢盾平铺。　兵称特种岂狂呼,令下又当途。手攀绳索高楼越,似鹰展,笑对危乎。人质从容解救,平安写满庭除!

扬州慢·写在"南京大屠杀"首个公祭日

城破当年,纵兵如兽,忆来梦里还惊。竞挥刀砍杀,比孰夺头名。痛鲜血、秦淮变赤,蒋山成紫,玄武飘腥。法西斯,无法无天,天岂能容?　汉家耻雪,喜今朝、公祭恢宏。叹审判犹新,东条魄返,右翼何凶。否认石城屠戮,冤魂愤,铁证难更。愿钟声从此,年年敲在心中!

阮郎归·野营拉练

阵云新压众峰低,霜风猎战旗。菊花当路竞纷披,馨香逐马驰。　翻峻岭,涉寒溪,匆匆日又西。夜深带梦把枪提,几番闻鼓鼙。

水调歌头·访来家地驻军生产基地

趋访来家地,真像到仙乡。梯田天际堆翠,红柳护营房。番茄青椒累累,土豆黄瓜茁茁,荍麦涌平冈。机井喷银瀑,温室富春光。　不称霸,深挖洞,广屯粮。戍边只解勤勇,哪复计低昂?长葆罗霄英概,记取延安本色,传统正弘扬。喜看垅头上,阡陌尽文章。

蝶恋花·闺梦

梦向军营初次去,不在城中,却在山中驻。扑面飞沙昏若雾,雾中神箭朝天竖。　辆辆战车雄胜虎,演练何人?中有"聪聪"父。方欲人前思念诉,黄莺啼破辽西处。

沁园春·欢送抗洪部队

十里长街,千束花枝,万杆旗幡。送亲人返队,倾城涌动;壶浆箪食,满城腾欢。汗洒荆江,捷飞楚塞,新谱军民鱼水篇。车过处,看儿郎个个,泪溅征衫。　兼旬波怒澜顽。战大汛、何曾一刹闲?急村民水困,飞舟冲去;危堤求助,扛料争先。姚氏难忘,庞公犹记[①],闪闪军徽颗颗丹。夸功绩,问英雄安在,操练方酣!

① 姚圫垴又名窖圫垴,庞公即庞公渡,均为荆江监利堤段名。

诉衷情·题红军会师桥

当年此地聚风雷,红旆竞欢挥。剑眉不再愁锁,锐旅著声威。　沉陆挽,凯歌飞,尽朝晖。此来谁会?生活如花,历尽艰危。

菩萨蛮·游茨坪

潺潺一水飘银练,巍巍五井朝金殿。山险隐真蛟,林深栖大雕。　工农凭唤起,星火燃无已。鲜血染岩肤,杜鹃开更殊!

西江月·游黄洋界

眼底一团林海,云中万点山峰。雄奇险秀尽心倾,几处堪称伯仲?　哪晓为营步步,竟然一夜匆匆。至今万壑啸松风,似把指挥人颂!

浣溪沙·瞻仰楸树[①]

五里横排路路通,烽烟净后展新

容,道边槲树意葱茏。 杀敌下山含泪送,挑粮上坳振枝迎,江山缔造有殊功。

① 黄洋界上旧有小路名"五里横排",路边有槲树一株,当年毛泽东、朱德、陈毅带领红军战士挑粮,曾在树下歇肩。

南乡子 · 杨业功赞

锐旅赖亲提,百战黄沙志不移。神箭从心风采显,支支,欲射天狼候鼓鼙。 未老鬓先衰,鹏举忠肝杨业姿。沥胆呕心谋打胜,谁知?月冷星沉黯画旗!

八声甘州 · 胡锦涛 主席黄海阅兵

对沧溟列舰耸层楼,一饮酒千盅。看红旗指处,长鲸破浪,飞豹腾空。满港鲜花狂舞,竞喜走奔霆。飘带从容展,剑气如虹。 致远终于笑了,道阅兵黄海,不是清廷。讶雄狮醒后,不怒也威风。庆生辰、艨艟来贺,话壮图、蓝水任穿行。羞称霸,鸽铃声里,橄榄青青。

柳科正

1934年12月生,湖南长沙人。1951年1月入伍,曾任总参干部训练基地政委,大校军衔。中华诗词学会会员,曾为《北京诗苑》主编,解放军红叶诗社副社长兼《红叶》主编,现为诗社顾问。著有《鹡鸰集》。

怀白求恩大夫

添花人世惯,送炭雪中难。
马上硝烟急,台前手术繁。

捐躯存正义,友谊重山峦。
雨过千峰绿,霜吟一叶丹。

怀赵一曼烈士

抗日三江动,忠贞四海钦。
全无生死虑,唯有挽澜心。
长白山头立,龙江水畔吟。
清风吹大地,皓月有知音。

"神七"出舱记

地外出舱龙,黔黎仰目同。
心潮齐涌浪,热血欲吟风。
何惧钻研苦,来追奥妙工。
问天求索客,要上广寒宫。

青岛阅兵

阅兵黄海上,舰列碧云边。
闻笛鱼龙舞,劈涛鬼魅潜。
和平需巨斧,岸垒仗安全。
六十鹏程远,辉煌尚有年。

海军远洋护航

风骤亚丁湾,纵横海盗帆。
商船凭劫掠,绑架绝人寰。
上国英雄舰,来巡恶浪间。
百年初砺剑,一片水蓝蓝。

烈士吟

浩浩南湖水,皑皑大雪山。
沙场迎炮火,囚室藐凶残。
一死千钧重,三秋白骨寒。
几多无姓字,青史血斑斑。

纪念辛亥革命

暗夜漫漫帝制长,神州无处不凄惶。

平民渐次填沟壑，弱肉何堪饲虎狼。
首揭义旗来汉上，功勋不朽是孙黄。
怒涛碧血承遗志，十万英雄赴井冈。

读平型关战斗

冲天敌忾赴同仇，岂有斯民做马牛。
燕赵城头烽火急，平型关下阵云稠。
大刀斫处倭横首，炮火飞时寇血流。
扫却阴霾思奋发，潜龙一举鬼狐愁。

读南京大屠杀

硝烟过后屠刀起，三十万人刀下死。
剖腹挖心江水彤，奸污凌辱钟山紫。
愁云惨淡日华昏，怒气穿眦毛发指。
虎豹犹无倭寇残，斯情常令环球耻。

读日寇屠村

倭寇凶残孰与伦，"三光"惨象日沉沉。
一村千口无完户，十室九空不忍寻。
血暗尸横鸡犬散，土焦屋烬鸟禽暗。
山头城下刀枪见，誓死难休报此心。

题韩素云爱国拥军先进集体

虽逢盛世未离贫，寂寞山村奉献新。
大义不拖天下腿，全心只为戍边人。
高风愧死钱迷眼，友爱疗苏病困身。
又见红尘真善美，无私一曲便成春。

公仆楷模孔繁森

齐松藏柏拥朝霞，地极茫茫不见花。
公仆抚孤三卖血，轻骑援藏两离家。
荒原厉雪全无己，寸缕壶浆只利他。
安得神州同此德，春风化雨满天涯。

抗日战争胜利五十周年

五十流光瞬息过，胸中屈辱未消磨。
卢沟烽火金瓯碎，华夏沉沦白骨多。
忍看狂人温旧梦，宜防霸主动干戈。
小康在目千般好，布我长城万道罗。

香港回归

割地赔银往事哀，百年此刻正收回。
缤纷焰火冲天起，嘹亮笙歌动地来。
赤子情怀飞泪雨，先驱碧血老苍苔。
崎岖未许眠高枕，两岸何时共举杯。

北平和平解放五十年有赋

将军无奈取和谈，浩荡旌旗入汉关。
星拱北辰临海内，山围燕赵控东南。
红墙紫陌农奴苑，古邑新容万国冠。
一散浮云思抖擞，三春景色耐人看。

共和国五十周年大庆

一自挥戈解倒悬，阴霾散作万家烟。
长眠烈士曾屠虎，建设英才奋着鞭。
实力独增寒雨后，腾飞已在世人前。
鸿图便是催春使，好趁东风到九天。

中国载人飞船试验成功

神舟腾焰驾长风，倩影婆娑轨道清。
玉兔随槎长作伴，金乌充电每关情。
银河有路蓬山近，宇宙无边海客惊。
如约归来天欲曙，嫦娥为问几时迎。

澳门归来

港九才歌珠返浦，澳门又赋燕归来。
长安翠柏撑天立，南海荷花映日开。
志士同迎新世纪，亲朋合饮月圆杯。

何堪大业消沉久,振翅凌云不用催。

忆志愿军抗美援朝

义薄云霄出国门,铺天碧血溅东邻。
危崖垒卵高句丽,砥柱中流志愿军。
击破霸权千里梦,凝成友谊万年春。
精神财富无穷尽,视死如归抗暴心。

九一八事变七十周年有赋

警报长鸣忆血仇,三千余万国人头。
因无实力曾挨打,唯有英雄挽激流。
安不忘危天下幸,富而思进庶黎讴。
阴魂犹在东条恶,听取龙泉壁上飔。

二战暨抗战胜利六十周年有赋

一

二战硝烟迹已陈,几人忆得旧征尘。
当年胜利曾期许,现实纷争又积薪。
时势艰难唯一霸,和平缥缈盼三春。
法西斯败幽灵在,何处能安烈士心。

二

倭寇侵华嗜血深,神州无处不冤魂。
摧残人类空前酷,亵渎文明古未闻。
强盗思维难认错,黔黎怒火岂能暗。
何当正义昭天下,一洗阴霾世事新。

勘月之歌

山欢水笑送嫦娥,掷向长空第一梭。
不备超凡高技术,何来地外唱韶歌。
欲圆千古飞天梦,先遣轻骑绕月过。
待到炎黄修桂殿,遨游碧海踏星河。

纪念济南战役

西柏坡中剑胆吟,济南城下扫千军。

攻坚破垒前锋烈,拔点诛援战局新。
忽报生擒王耀武,何期起义吴化文。
大明湖秀人同乐,雷击秦淮兆早春。

三军汶川抗震救灾

风驰电掣汇前沿,大爱昭昭向汶川。
心与灾民同滴血,义无反顾欲回天。
高空盲降轻生死,墟地搜求解倒悬。
室有伤亡援不得,家门三过泪如泉。

巨 变

练就金刚不坏身,东风渐脱域中贫。
曾经忧患千般辱,赢得家山百变新。
闾巷已无茅草屋,危机难袭杏花村。
长安道上劳劳客,尽是披荆斩棘人。

三军跨区远程机动演习

阴霾时或见天狼,人类和平道路长。
御敌国门增锁钥,跨区机动演新防。
风驰电掣三千里,守土交锋决一场。
遏制包围终画饼,山河百二是金汤。

歼二〇隐形战机首飞成功

隐形燕子入云霄,禁售声中笑大雕。
天上攻防轻霸主,远程阻截数嫖姚。
人持核武常凌弱,我备长弓拟御蛟。
最是中兴拦不住,请君试看浙江潮。

光荣与伟大

借来天火醒工农,镰斧开篇铸大同。
烈士墓连封草碧,黔黎脸绽向阳红。
几回曲折开新径,一炬高擎过险峰。
春意盎然荣百卉,青松重屹亚洲东。

冒雨吉

1923年生，江苏如皋人。1942年入伍，曾任山东军区《前导》报总编辑，解放军报社评论处副处长。著有《绿色年轮》等。

毋忘国耻

——为纪念抗日战争胜利50周年作

一曲悲歌每断肠，河山半壁哭沦亡。
太阳旗下人为鬼，东亚圈中寇诩王。
枯骨废墟千古恨，飞机大炮一时狂。
祸心犹共降书在，国耻于今未敢忘。

日寇投降日追忆

忽报降幡举寇京，江淮无处不欢声。
八年历尽三光劫，一旦迎来四海清。
抗战今开全胜日，和平还问几多程？
河山收拾虽非易，万里红旗耀眼明。

再祭周公

清明今又是，杨柳尽低垂。
曾作长街哭，未泯倾国悲。
久安怀砥柱，廉政仰威仪。
可叹世风下，忧思说与谁？

有感甲申

油然感万千，又次甲申年。
一部闯王史，千秋警世篇。
骄奢忘所以，覆败理当然。
反腐今情迫，高吟共仔肩。

导弹司令杨业功

导弹新型一代雄，指挥若定势降龙。
十年磨剑谈何易，四载病魔苦斗中。

蜀中吟

岷江桥上

岷江千里水，漫卷诗情去。
投笔欲断流，为我截佳句。

重游草堂

蓉城偏多竹，草堂竹更多。
爱竹人何在，竹影自婆娑。

乐山大佛

立地复顶天，大佛何巍然。
一任风云变，独峙三江边。

峨眉清音

二水抱山出，千峰倚阁深。
泉琴弹不断，借问几知音？

段必瀛

又名海洋，1931年生，河南偃师人。1949年入伍，曾在新疆军区政治部工作。中华诗词学会会员，解放军红叶诗社社员。合著《诗情岁月》。

军垦赞

茫茫大漠望无边，宿露餐风为垦田。
戴月披星挥汗水，顶风冒雨建花园。
天山融雪滔滔涌，坎井清泉滚滚翻。
十万雄师银镐落，敢教塞外变江南。

塞上吟

瀚海三千争垦拓，昆仑万仞竞登攀。
英年出塞今头白，一颗丹心铭雪山。

题《丝路征尘》①

从军西度玉门关，一片丹心志戍边。

瀚海三千争跋涉,昆仑万仞竞登攀。
休言卧雪趴冰苦,最喜征天斗地艰。
戈壁清泉漓水碧,生花翰墨后人传。

① 《丝路征尘》是中南军大桂林分校八百余名学员1950年进新疆屯垦戍边45周年的回忆录。

贺兵团诗词楹联家协会成立

军垦吟旌豁远眸,同心结社谱春秋。
诗联高越天山外,翰墨长流塔水头。
华夏文明千载美,张公夙愿喜今酬。
工农百万齐挥笔,璀璨华章播九州。

梦圆广寒

嫦娥怀抱兔凌空,跃上广寒豪兴浓。
两面红旗光灿灿,八方黎庶乐融融。
虹湾奇景全收摄,星地资源待启封。
十亿欣期强国梦,九天揽月浴春风。

清平乐 · 亮剑

青龙出鞘,亮剑钓鱼岛。赤县海疆如玉宝,岂允鲸吞狗盗! 六艘海舰横刀,五星赤帜高飘。寰宇华人保钓,扬眉吐气今朝。

皇甫国

1935年6月生,湖南桃源人。1951年2月入伍,曾任武汉军区政治部理论教研室教员,大校军衔。中华诗词学会会员,《红叶》特约编委,湖北省诗词学会常务理事。

朝鲜停战小景

轿岩弹雨扫千军①,强寇飞车扣板门。
防弹敌衫丢满地,衫衫多有弹穿痕。

① 轿岩,战地山名。

答荆江抗洪指挥员

羽檄动雕弓,将军气势雄。
荆江平浊浪,铁旅建丰功。
血肉凝堤垸,壶浆伴花丛。
洪湖春烂漫,常忆战旗红。

读战友平叛回忆录

车后亲人远,身前玉岭横。
朔风吹澹月,战马踏寒冰。
靖叛云峦越,亲民雪域馨。
珠峰晨旭壮,拉萨啭春鹂。

南征前夕全家度元宵节

买药付邮医母病,叠衣忍泪嘱加餐。
稚儿不晓南行事,灯影欢声闹月圆。

退休登黄鹤楼

大雪行军枪是命,雄关破敌笔为俦。
回舟鄂渚边声远,极目神州更上楼。

八秩初度

楼船夜渡振长缨,六载援朝胆气横。
烽火椰林戎帐静,林泉梦泽汉江清。
风云赤胆熔初旭,学府黄牛种晚晴。
八秩驰眸情切切,奋蹄沃土再深耕。

香港回归抒怀

零时钟响震南天,玉帐牙旗拂喜筵。
根腐回眸伤叶落,河清额手庆珠还。
百年积垢今何在?九域欢歌众欲仙!
一瓣心香萦海峡,西楼望月几时圆?

登岳阳楼怀杜甫

洞庭波涌渚烟秋,子美高怀孰与俦?
拾橡秦州诗带血,漂舟湘水泪盈眸。

黎民瘦骨撑千壑,霸主军声动五洲。拍遍栏杆凝望眼,红旗影里岳阳楼。

夜半乐·记"中国核潜艇之父"黄旭华

蔚蓝大海深潜,痴翁六秩,亲伴鱼龙舞。海底铸龙泉,毕生参与。怒涛乍息,惊风又起,卅年擒鳌追鲸,劈波争渡。伏水怪,冲锋不回顾。　　少年壮志许国,一去汪洋,故家何处?人默默,无言轻歌低诉。父亡难返,阴阳永隔;食言礼拜划船,赧逢娇女。听慈训,三哥泪如雨①。　　畅叙今梦:耄耋磨刀,艳阳常驻。砺海下艨艟猛如虎。血鲜红,濡染赤帜邦疆固。驰老骥,再踏天涯路。碧波千顷长天曙。

①　黄旭华,中国核潜艇研究总工程师。为保守国家最高机密,隐姓埋名30年。他在家中排行老三,功成回家时93岁高龄的母亲特地把兄弟姊妹聚在一起说:"三哥的事,大家要谅解。"使黄旭华激动流泪。

渔家傲·赞英雄试飞员李中华

大漠罡风烟雾暗,穿空一跃飞如电。万米俯冲沙扑面。稳拉杆,轰鸣声里流星灿。　　"眼镜蛇形"挑极限,桂冠轻摘人争羡。使命铭胸勤奉献。立宏愿,巡天再铸平妖剑!

渔家傲·记"北剑—2005"军事演习

大漠黄云奔铁马,红蓝对决青天下。信息交兵争使诈。偷乘夜,凌空轰炸狂涛泻。　　抢占先机声叱咤,风雷滚滚惊平野。狭路相拼赢了也!人民藉,义师无敌安华夏。

破阵子·部队北上备战

塞北天狼肆掠,云南虎旅催兵。怒骑腾空掀洱海,热血填膺筑铁城,男儿气纵横。　　雨暮长江饮马,霜晨黄水扎营。千里西风飘大纛,十万强弓射巨鲸,何愁虏不平!

寿楼春·哀悼萧克将军

传沙场文坛。领钢枪铁笔,驰骋江山。北伐锋芒初试,豫章惊弦。行万里,旌旗鲜。逾百春,横戈雕鞍。记浴血罗霄,雄词霹雳,征路漫烽烟。　　林泉静,诗情酣。率西山将士,红叶斑斓。笔底龙蛇飞舞,九天鹏抟。吟帜举,军魂牵。驾鹤归,哀思缠绵。仰云水清风,高歌动地能息肩?

宝鼎现·荆山楚水铸殊勋

楚天无际,虎踞华夏,中原枢纽。惊暗夜,清帝魂销风雨后。北伐举,赞雄师如铁,汀泗桥边伏寇。赤帜舞,黄麻起义,霹雳农奴怒吼。　　革命风扫乌云厚。战洪湖,长戟依柳。倭犯急,烽烟鄂豫,先念挥师羁敌肘。破桶阵,突貔貅千队,敲响翻身节奏。捣腐恶,长江竞渡,万里清波酿酒。　　欣看雾散云开,重织缀荆襄锦绣。警和平年代,三线争先奋斗。浊浪溢,痛民房覆,舍命倾心救。创伟绩,新纪腾龙,正是英雄节候。

莺啼序·武昌首义

神州漫天雾罩,隐沉舟病树。莺鹰叫,鸦乱鸡飞,旷野鸿雁惊顾。铁蹄过,残红碎碧,龙楼凤阙斜阳暮。黯芳园,宵雨潺潺,送将春去。　　滚滚鸣雷,卷水撼岳,震凶豺腐蠹。义旗举,枪响寒秋,楚台云奔风怒。动双江,红楼号令;落皇冠,晴川金鼓。遍中华,拉朽摧枯,气吞貔虎。　　长河日夜,大浪淘沙,汗青历史铸。四万万,饱经沧海,碰壁孙黄,走马袁张,哪来民主!南湖画舫,撑开烟瘴,晨光初照流霞绚,扫浮埃,赤帜凌霄舞。工农踊跃,君王梦断金陵,帝宫惨淡尘土。　　新元景换,柳醒花苏,喜小康共富。越百载,人民权利,喊了多回,只有而今,实归黎庶。青峦着意,雏莺娇啭,清讴高唱群起和,协音声,齐谱同心赋。中山领首欣然:"谨祝成功,须防止步"。

破阵子·红九军团长征纪事

鸡爪山头号鸣,薛周匪部魂惊。老木孔南张大网,倒坐窝中射巨鲸,乌江遍赤旌。　　战略奇兵出击,冥顽小寇逃生。堵截围追成泡影,击鼓高歌嘲敌营,草鞋隔岸横。

渔家傲·血战刘老庄

大炮齐鸣天地撼,巍然八二英雄汉。刘老庄前烟雾漫,狼虎窜,三千

鬼子轮番战。　　五次冲锋凶梦断,狂潮再涌彤云暗。白刃纷飞倭奴惮,旗血染,冲霄浩气千秋焕。

桂枝香·三分钟杀
开天津民权门

惊天炮火,看猛虎出山,直扑巍阙。冰水浮桥手托,健儿轻越。铁丝网密碉楼耸,炸声中,灰飞烟灭。赤旗前导,神兵突降,怒冲魔窟。　　瞬息间,狂飙破囷。挫困兽缠斗,拼死攻突。萧飒金风横扫,满街残叶。金汤桥上雄师会,喜名城青史翻页。举枪高唱,新津鼎沸,整装南发。

渡江云·衡宝战役

单刀穿敌肋,雨蒙雾罩,衡宝伏天兵。国歌鸣北阙,架线灵官,霹雳起沙坪。横刀跃马,按顽虏,心脏钉钉。黄土铺,旌旗飞卷,猛虎扑羊群。　　"钢军"锤成齑粉,甲卸盔丢,叹洪波灭顶。拉大网,风惊八桂,鹤唳零陵。重霄洗出晶莹月,玉岭秀,湘水澄清。南望处,遥闻海角涛声。

渔家傲·八纵打锦州

八面威风鹏翼展,喇嘛甸子驱雷电。西渡辽河征路远。挥利剑,北宁横切交通断。　　直捣薛屯顽虏颤,紫荆争夺烽烟漫。北大营头红旆炫。金陵叹,大门关死何方窜?

渔家傲·辽西网鳖记

张网辽西齐奋起,瓮中捉鳖围征辔。大虎山高军号脆。魔胆碎,康家屯北连翻跪。　豺豹烟销斜照里,穷追猛打催星骑。席卷海城营口雾。黎庶喜,凯歌频奏欢声醉。

满江红·钓鱼岛壮歌

东海长天,钓鱼岛、神州珠烁。千百载、打鱼张网,鸥飞鱼跃。可惜中华桑梓地,惨遭外寇豺狼嚼。鼠跳梁、"购岛"欲鲸吞,真邪恶!海图定,疆线确;风舰动,雄鹰搏。揽长缨在手,定擒凶鳄。万箭鸣弦金鼓震,千船竞发渔歌作。沉雷彻、大雨洗膻腥,黎民乐。

永遇乐·长征

波涌湘江,云遮辎重,如铁征路。遵义霞红,岷山雪霁,险隘同飞渡。六盘望雁,三军并骑,驱散漫天迷雾。卷山河,雄师东进,抗倭大旗狂舞。　追风掣电,摧枯拉朽,奴隶当家作主。航母凌波,飞星探月,花满韶山树。豪门肉臭,饥民灶冷,记否当年金鼓?凭栏啸,心潮澎湃,破空鹤矗。

凤凰台上忆吹箫·献给红叶诗社工作人员

悬壁龙泉,映窗红叶,壮词飞上旄头。揽铁军豪句,电闪吴钩。心系神州凤矗,霜染鬓,獭祭能休?何妨瘦,情融虎旅,笔醉金秋。　难休,

远峰叠翠,征路倚斜阳,脚不停留。举赤旗文苑,更上层楼。争看西山晴雪,寰宇净,梅绽吟眸。凭栏听,军歌震天,涤尽迷愁!

贺新郎·登黄鹤楼感赋

健步登高阁。动龟蛇,八方云汇,两江潮跃。欧美鸥鸡东岛鹜,齐仰冲天黄鹤。谁尚忆、阿瞒横槊!李白重来挥巨笔,赞今诗妙语惊檐雀。大浪涌,凯歌作。　沉雷怒雨清污浊。祭吴钩、和珅狱冷,蔡京靴落。箫鼓欢呼声声劲,催动神州村郭。纷额手、新醅频酌。万众归心朝北阙,抱成团拧紧降龙索。十三亿,共忧乐。

风入松·回乡见闻

山村争说免皇粮,翁妪醉斜阳。良辰初嫁东邻女,欢声起、锣鼓铿锵。小镇花枝招展,清溪绿柳成行。　村官选举喜开场,时彦荐新章。点皴画卷添奇彩,谐鱼水、共建康庄。夜校沿蹊披月,朝霞上网临窗。

虞美人·改革开放
三十周年即景

熏风播绿愁云扫,幽涧鸣春鸟。江山万里早霞红,妆点画图南北与西东。　戚颜已伴严冬去,醉倚丝丝雨。髫龄小女二三人,放学归来花片舞缤纷。

俞万斛

1930年1月生于辽宁新金,山东牟平人。1947年入伍,曾任广州军区外训大队政委、研究室研究员。著有《新枝集》等。

抗日名将左权

战将明星陨战场,天忧地恸众悲伤。
留苏勤学求真理,抗日救亡添锦章。
斩寇过关功绩著,挥旄破阵美名扬。
千秋伟业垂青史,血染太行名字香。

菩萨蛮·广西追歼战

阴霾横扫崎岖路,穷追残敌深仇吐。旗指桂林区,马驰博白墟。　　前方传捷报,百姓皆含笑。南国靖烟尘,边疆天地新。

饶　宜

女,1929—2012年,湖南长沙人。1949年入伍,曾任中南军区报社编辑。

辞辕转业前夕

报国沙场志已酬,常思过往战云稠。
聚歼衡宝追穷寇,清剿湖南袭敌酋。
卫我海防风浪激,随军采写墨痕留。
如花岁月戎装美,创业重新争上游。

辛未夏与战友青岛重逢

蓝天碧海间,红瓦黄墙内。倚楼听涛声,夜间人不寐。一别廿一春,再别十八载。人生有几何,动若参商悲。把酒庆重逢,未饮心先醉。忆昔少年时,豪放两相美。出没硝烟里,生死一无畏。战火凝真情,情逾亲姐妹。军令重如山,骤别偷拭泪。悠悠年复年,相思难相会。今宵重聚首,一刻千金贵。来朝京华去,再逢有期未?朦胧月西沉,飒飒树影碎。举目望东方,寄语自腑肺。愿君多珍重,颐养遵三昧。宝刀永不老,苍松永青翠。海内存知己,天涯亦堪慰。

饶健华

1941年11月出生于湖南宁乡县,祖籍江西丰城。1965年9月入伍,国防科技大学教授。解放军红叶诗社社员。

八声甘州·圣地流丹

对巍巍古塔忆当年,山城聚豪英。舞倚天长剑,气吞狂虏,电扫胡尘。卧虎藏龙胜地,冉冉太阳升。滚滚延河水,喜沐新晴。　　岂惧敌顽凶焰,有铜墙铁壁,掌上雷霆。历千难万险,赤帜卷悲风。看英雄、金戈在手,待扬帆,碧海掣长鲸。春光好,山丹红遍,万壑千峰。

江城子·陕北江南

操戈同室急相煎,逞凶残,困陕甘。无食无衣,何惧雪霜寒!自力更生齐动手,衣食足,尽开颜。　　山丹红艳水拖蓝,柳毵毵,拂人肩。塞上江南,遍地马牛蕃。手捧花篮歌一曲,西北望,颂延安。

满庭芳·文苑丰碑

禹域鲸奔,山河破碎,神州风雨飘摇。高原穷塞,红日耀晴朝。万里金瓯重整,更须有、武略文韬。延河畔,群星荟萃,健笔竞妖娆。　　相邀,杨家岭,挑灯夜话,细论诗骚。指引新航向,迷雾都消。腰鼓秧歌劲舞,信天游、唱彻云霄。黄河吼,洪钟大吕,掀起巨澜高。

木兰花慢·开国大典

旧京开伟业,披霞彩,沐韶光。望百尺楼头,花堆锦簇,吐馥含芳。群贤至,少长集,为巍巍大厦作栋梁。中国从今站起,一心共造新邦。　　隆隆礼炮震跳梁,小岛泣寒螀。正滚滚洪流,摧枯拉朽,浩浩汤汤。旌旗奋,平海内,看腾腾烈焰舞凤凰。义勇军歌悲壮,五星赤帜飘扬。

水调歌头·大展鸿图

东亚睡狮醒,万里起宏图。三山五岳腾笑,旭日满江湖。唤起愚公亿兆,开启千秋大业,奋勇上征途。建设小康国,烂漫百花舒。　　披荆棘,衣襁褛,越崎岖。沧桑巨变,先烈当喜世间殊。华夏文明远播,永葆浩然正气,万众向天枢。华诞百年后,赤县胜蓬壶。

水龙吟·韶山礼赞

韶峰耸翠丹霄,此间曾降开天手。当年赤县,疮痍满目,九州沉陆。热血书生,誓回天地,风云奔走。把乾坤扭转,人寰换了,春潮急,雄狮吼。　　尽说钟灵毓秀,对青

山、葱茏依旧。哲人已杳,风流长在,精神不朽。继往开来,与时俱进,永瞻箕斗。待巨龙飞起,像前再拜,酹千盅酬。

六州歌头·中国航母出海

涛翻碧海,鸥鸟闹晴空。朝霞绚,军歌壮,战旗红,舞东风。追想前朝事,强邻侮,干戈动,黄海上,狂潮涌,炮声隆。衰朽龙旗,飘坠残阳下,悲愤填胸。恨百年魔怪,杀戮到鸡虫,蔽野烟笼,泣哀鸿。　　奋农奴戟,推山倒,新日月,百川东。思国耻,心犹痛;造艨艟,建殊功。卫海疆千岛,慑群盗,显豪雄。排巨浪,若神龙。飞起铁鹰如电,冲霄汉,气贯长虹。布阳和万里,浩气满寰中,举世同荣。

永遇乐·沙角炮台怀古

雾绕颓垣,烟笼故垒,云护江树。快艇如飞,艨艟破浪,白鸟时来去。海疆安定,旌旗照眼,难忘百年风雨。遥相对,青螺隐隐,壮哉虎山雄踞。　　销烟事杳,英灵长在,独立南天一柱。古炮肖然,惊涛拍岸,千骑鸣鼙鼓。寰宇未靖,金瓯犹缺,守土须防豺虎。风雷动,波神踊跃,为余起舞。

青玉案·见葡萄架上新叶

东风又绿葡萄架,泼晶翠,晴光下。寂寂闲庭谁与话?鸟啼莺哢,春歌高唱,小径花争姹。　　匆匆节序

催华发,欲倩羲和暂回驾。夕照青山堪入画。几番花信,漫天飞絮,待听蝉鸣夏。

贺新郎·登天心阁

古阁天心矗。阅星沙、沧桑巨变,百年荣辱。遗恨萧王城下路,芳草寒烟凝绿。洒热血骄扬怒目。湘水滔滔流日夜,问何时流尽人间恶。文夕火,万民哭。　　雄鸡一唱天翻覆。倩东君,升腾烈焰,凤凰飞出。万户千门笙歌起,吹动风帘翠幕。喋血地群芳吐馥。白发休言人已老,上层楼吟赏烟霞曲。谁共我,秉高烛?

南乡子·嘉兴南湖红船

碧水映红舟,七月朝晖豁远眸。九十年前英杰会,风流,马列明灯导壮猷。　　拯世解民忧,倒海翻江战不休。改地换天新日月,齐讴,华夏飞龙耀五洲。

金缕曲·登岳麓山 赏枫兼怀革命前辈

红叶经霜久。恁多情、故枝难舍,本色依旧。片片火云浮晴翠,映得千山明秀。笑满地黄花消瘦。凛烈西风何所惧,有铜筋铁骨根深厚。寒谷雀,休儜僽。　　俱怀逸兴登高岫。望清湘、依然北去,橘洲如绣。指点江山人何处?犹记风雷奔走。百炼钢长城铸就。照眼秋枫红胜火,似当年猛士丹心剖。歌浩荡,林涛吼。

满江红·嫦娥喜迎 "嫦娥"一号奔月

寂寞嫦娥,空颙望,几千年月。闻鹊报、灵槎飞上,九天宫阙。玉兔今宵休捣药,吴刚巨斧应停歇。扫阊阖欣迓贵人来,泪盈睫。　　长袖舞,清讴发;霞觞举,倾琼液。睇凌波微步,广寒双绝。尽道神州春色好,凯歌高奏千千阕。倚雕栏遥望故家山,心潮叠。

贺新郎·代神舟号宇航员赋

圆了飞天梦。莽神州、云蒸霞蔚,舞鸾歌凤。绕地巡天肝胆热,犹记百年创痛。多少事涛翻波涌。直上凌霄鹏翼展,喜今朝齐唱河清颂。雄岱岳,岿然耸。　　茫茫宇宙群星炯。望遥空、家山何处,故园情重。翡翠晶盘浮眼底,一叶方舟人共。奏玉笛好风吹送。月殿姮娥应有待,捧琼浆桂酿银杯奉。长袖舞,歌声动。

水调歌头·读稼轩词有作

日暮边声起,青兕发悲歌。断鸿嘹唳云际,游子泪滂沱。万丈胡尘未扫,要挽银河仙浪,西北洗兵戈。何处赋忧愤,壮志枉蹉跎。　　瓢泉饮,莼鲈脍,老渔蓑。梦中犹记,红旗铁马渡冰河。袖里珍奇五色,化作清词隽句,千古耀山河。读罢仰天叹,拔剑舞婆娑。

姜勉希

1929年生,山东平度人。1945年入伍,

曾任铁道兵政治部文化部副部长。解放军
红叶诗社社员。

重上武夷山

昔日风餐卧岭沟，丛林谷地谱春秋。
清除匪患谁抛骨？战友坟前碧水流。

悬空劈路

手挽白云雾霭间，腰缠绳索荡秋千。
悬空昂首仰天笑，架起风枪钻大山。

姜振刚

1930年生，山东莱阳人。1945年6月入
伍，曾任吉林省军区后勤部卫生处处长、
综合仓库主任。解放军红叶诗社社员。

进军莫干山

旌扬马啸独轮喧，冒雨飞兵天目山。
小战莫干锣鼓寺，蒋陈携眷窜临安。

抗洪战歌

洪水滔滔恶浪掀，齐心挽臂志弥坚。
红星迷彩波中跃，抗御洪峰有铁肩。

望长白瀑布

雪岳峰巅挂白虹，犹如云汉舞长龙。
飞腾汹涌九霄落，汇入山川画境中。

西江月·夜宿边防站

夜宿北疆前哨，身临塞下边
营。卧听域外蛞蝼声，清谧赏心入
梦。　　　　月黑星沉犬吠，士兵不寐
巡更。鸡鸣日出赤旗升，祖国康宁
昌盛。

前　驱

1927年12月生，湖南湘乡人。1949年
入伍，曾任解放军报社处长，《中国老年
报》总编。中华诗词学会会员，解放军红
叶诗社社员。著有《望月吟》等。

抗美援朝六十周年

一

忆吟六十年前事，志愿老兵情沸腾。
侵魅凶残施杀戮，雄师正义铸和平。
市边黄草丹血染，夜月临津战旗红①。
多少英豪生死以，援邻浩气宇寰崇。

二

停笔披衣舒倦骨，梦魂又到绿江东。
上甘岭上烽烟烈，泥栎河边友爱浓。
难得健儿捐热血，换来锦绣沐春风。
应知战贩未心死，共卫和平莫放松。

① 市边、黄草、夜月、临津既泛
指自然物，也专指朝鲜战场激战过的市边
里、黄草蛉、夜月山、临津江、长津湖。

赠导弹兵某师

严阵升神剑，傲然穿玉京。
手操如意键，目注宇寰风。
祖国安危系，官兵日夜萦。
闻鸡勤起舞，待令斩长鲸。

耄耋抒怀

流光飞逝臻耄耋年，未肯军心伴职闲。
利剑常挥晨雾里，荧屏凝视宇寰间。
手中毛颖还诛恶，梦境戎装仍守关。
世界狼烟犹未息，征骑绝不放南山。

一剪梅 · 年夜观烟花

烟彩斑斓缀夜城，天撒琼瑛，地射红星。千街万巷望苍穹，花绽瑶宫，笑绽心宫。　　恰似当年枪炮浓，岭掠光龙，堡吐光龙。弹花报捷破云蒙，将领欢腾，战士欢腾。

长相思 · 龙年采风

浪飞扬，尘飞扬，水秀山雄云路长，携龙伴远翔。　　负诗囊，填诗囊，摘朵祥云包锦章，春光一起装。

姚　平

1932—2013年，江西兴国人。曾任空军电讯工程学院教授。中华诗词学会会员。著有《寒梅阁吟章》等。

平型关

紫塞雄关锁北门，自然屏障壮军魂。
山头小径潜八路，谷底长蛇灭板垣。
战火烧天同敌忾，刀光劈寇雪民冤。
声传华夏人心振，举国欢腾战帜翻。

卢沟桥

晓月斜晖映碧天，石狮曾证抗倭篇。
犹存弹迹三千处，已息枪声五十年。
雨洗长河余血泪，春深广野袅炊烟。
阴魂时起扶桑树，华夏仍须枕戟眠。

壬午迎春曲

一

一枝独秀看财经，九点齐烟降福星。
国运昌隆人气旺，家财殷实客心宁。
宏图自古能开业，高屋于今已建瓴。
挽得颓波遵北斗，山呼海应响雷霆！

二

入世贸经机遇新，拼将挑战数家珍。
一清二楚无寒夜，万紫千红有暖春。
科海航程天地大，商场规则鬼神遵。
九州随处堪驰马，夺得先声做硕人！

三

十六大开新里程，中央换届领长征。
庙堂决策争前列，航路通关向远行。
吏治为先系国脉，官贪必究合民情。
党风政纪来真格，响鼓重锤定正声！

四

环境如今在底层，残存三废毒瘤增。
天空频扰沙尘暴，水面仍留秽气腾。
持续有心才发展，罚惩无力阻攀登。
中华应葆山川秀，叶绿花红到永恒！

五

公民道德立新规，二十言标指路迷。
教育从来师道是，传媒多责少青非。
家庭学校当天职，社会舆情作地基。
民族精神方体现，炎黄真统古今垂！

六

世界风云多事秋，此藏豺狼彼貔貅。
摩拳擦掌情难已，舞爪张牙战未休。
百姓先成刀下鬼，拉登未作狱中囚。
严惩恐怖无辜劫，标准双重实可忧！

七

两岸情牵亿万家，一衣带水阻中华。
炎黄血脉无差等，龙马精神未炫夸。
捐弃前嫌怀岵屺[①]，免贻后代叹蒹葭。
金瓯完璧情何限？岂有神州不散花？

① 岵屺指父母，蒹葭指伊人，典出《诗经》。

姚飞岩

1945年9月生，上海崇明人。1963年入伍，曾任海军后勤工作研究室研究员，海军大校军衔。中华诗词学会会员，曾为《红叶》副主编。

题照寄友

一帧遥寄慰乡情，且自军装识水兵。
平顶无樯利操舰，垂缨作带好观风。
衣添白道宣疆海，裤仿红装搏死生。
杠少只缘新入伍，明春应料是单横。

赋　炮

体硕如房舰上装，管长甲厚气昂昂。
旋停俯仰凭操纵，吞吐连单听主张。
时见包严羞裸体，总因火大慎开腔。
倘谁触动心头怒，烟灭灰飞是下场。

初站夜哨

戍楼初上近三更，地僻身单未有灯。
恨不金睛观八面，憾无灵耳辨千声。
海河波诡愁潮涨，滩荡芦高怕鸟惊。
口令频温枪紧攥，风和还望月澄明。

咏麦贤得

青春绽放在军营，炼就殊材作好钉。
伤重不磨钢意志，怒来尤奋铁神经。
英雄谱上千秋誉，战士心头一面旌。
夜省还当深自愧，论年你我是同庚。

紧急发货

乍闻骤哨梦魂惊，货发边关令一声。

巨炮尊尊凭吊起，长箱垛垛靠肩承。
灯光耀处星光淡，朔气侵时汗气腾。
但听凌晨长啸去，心随战友捷南征。

寄某观通站战友

一别南山久，重回梦里身。
岭巅犹线阵，坑道更机群。
未散终年雾，还逢尽日霖。
恨无驱瘴术，捎与贵阳人。

西沙行

一

榆林南去向长沙①，千里波涛盈日槎。
地僻何曾离故国，人文从始属中华。
旧时赫赫丝绸路，今日熙熙船艇家。
可叹程公行未远，误将琼岛作天涯。

二

南疆坚守赖强弓，为筑鹰台远海中。
舞铲挥锹真战士，搏风斗雨伟民工。
机车唱得惊涛沸，灯火迎来旭日红。
共盼明朝腾铁翼，更飞捷报满长空。

① 西沙古称千里长沙。

写在高君宇、石评梅墓前

乐为剑火荡魔妖①，救得元元骨可销。
天意不劳横一旅，名园何幸落双骄。
早闻心迹情同炽，今见碑镌血尚潮。
主义薪传吾辈责，管教万代仰高标。

① 高君宇烈士有诗句"我是宝剑，我是火花"。

参与选编
《百年抗争诗词选萃》感赋

长编短卷苦求丰，韵海茫茫觅史踪。

百载风云来眼底，一腔悲愤郁心中。
非关殉国英雄少，休说分瓜寇盗凶。
华夏疴沉须猛药，春雷待震起蛟龙。

汶川救灾

一震汶川衔命奔，鹰腾舟竞更飞轮。
断崖石滚开通道，颓屋墙摇却死神。
危让生机医让药，渴分清水饿分飧。
为民甘愿蹈汤火，中外咸夸解放军。

济南战役胜利六十周年感赋

历下当年战火飞，雄兵卅万设重围。
排山倒海挥长剑，动地惊天祭霹雷。
遂令坚城成大瓮，终教耀武不扬威。
一开序幕频传捷，争道金陵王气摧。

神舟七号航天员出舱行走成功

太空争步御神槎，今岁奇观看我家。
银甲威张风露却，红旗彩耀日晖斜。
方惊河汉舒鹏翼，顿喜云霄绽蕈花。
舱返酒泉泉亦酒，一杯和泪祝中华。

山行偶拾

谁将世象化神工，百态千姿看不穷。
就势随形山涧水，冬勤夏懒树梢风。
沟中怪石圆兼扁，壁上奇松挺又弓。
一径盘旋称峻险，为通胜境入云峰。

钱学森老去世，举国痛悼，人以"民族之魂"誉之

功臣本是钱王后，自道还称杭铁头。
五载抗争归故国，十年弹箭震寰球。
眼虚名利浮云淡，心付家邦壮业稠。
民族之魂光万丈，神州世代仰风流。

《中华诗词文库·军旅诗词卷》付梓

诗史曾遗军旅章，今朝一扫此荒唐。
泰山北斗移来重，塞草边花嚼去香。
逾九百家辉艺苑，近三千首壮戎行。
两年勠力欣开拓，更望承编继世长。

阅稿记感

精诚凝处是军魂，字里行间见爱深。
高唱辉煌情自热，痛陈忧患诚弥珍。
传薪有道身为法，入史无心爪作痕。
但得余年多劲健，不辞长作撷红人。

红叶诗社二十五周年庆奉题

立帜当年瞩目新，痴痴坚守是军魂。
墨香最爱风云色，吟醉尤珍鼓角音。
精品力推追大雅，主旋高奏动洪钧。
笃行今喜赢殊望，更奋长鞭上远岑。

旗帜永高擎
——纪念毛泽东主席诞辰120周年

数尽危峰无比肩，光芒掩吠两徒然。
丰碑早矗民心上，厚泽长滋禹甸间。
几对风云思傲骨，每怀稼穑念慈颜。
今朝共逐中华梦，旗帜还凭写壮篇。

《历代军旅诗词选萃》下册初成

偏教重担搁肩头，任也欣欣力也愁。
欲占先机拼苦夏，为寻确解拜名流。
韦编应信年三绝，霜鬓还疑月一秋。
稿罢更期凝众志，争佳争美共筹谋。

闻恩侄赴南苏丹维和

一

知有鹏程在近期, 忽肩重任大洋西。
叮咛话语千千万, 几到唇边不敢提。

二

一去心神无可羁, 波宽尤恐战云低。
还应日日荧屏下, 搜尽新闻不肯离。

痛悼滨海新区救灾烈士

夺魄雷霆讯, 摧肝惨烈场。
国殇真战士, 民难作铜墙。
赴死何慷慨, 临机奈猝忙。
英雄轰不倒, 继起万千行!

沁园春·观奥运会焰火

盛会京城, 夜空两度, 尽写辉煌。看团团簇簇, 银花火树; 形形色色, 幻彩魔光。脚印南来, 五环陡起, 倒数归零沸海江。情浓处, 便圈圈画就, 留韵悠长。　　吾先自有奇方, 创如此神工惠梓桑。记家园乍辟, 整山治水; 金瓯为固, 逐虎驱狼。新纪图宏, 登攀志远, 力送舟娥入宇航。逢嘉庆, 更缤纷作雨, 偕美琼浆!

满庭芳

为庆祝新中国成立60周年, 红叶诗社所编《解放战争诗词选萃》一书, 由解放军文艺出版社正式出版。

遍地笙歌, 铺天霞锦, 九州万众欢腾。心香一瓣, 编纂表丹诚。采集佳篇五百, 耕耘共、两载倾情。飞鸿外, 馆搜案证, 昏晓对荧屏。　　书

成, 声韵里, 鸣雷闪电, 扫穴犁庭。有无数英雄, 不朽旗旌。见证艰难开国, 昭后继、莫忘传承。精魂在, 航灯永灿, 万里照新征。

鹧鸪天

老同学分别47年后在家乡聚会, 惜不能成行, 填此以寄。

一

难忘当年志气宏, 俊才群聚小城东。花方绽处飞霜雪, 鹰正扬时起飓风。　　伤折翅, 叹飘蓬, 关山万里渺行踪。痴情信有重逢日, 未料重逢是媪翁。

二

性本书生却事戎, 频年来去海疆东。愧无功业光师友, 欣有肝肠识耻荣。　　心未隔, 梦常通, 回回网港见音容。此情早被镌灵府, 不阻云山一万重。

望海潮·喜闻沪崇通道建成通车

千年期盼, 今朝圆梦, 倾杯搅动诗肠。长隧卧波, 高桥戏浪, 惊它蛟隐龙翔。大道过汤汤。故城添新彩, 桑梓生光。特产输申, 游客登岛、仰康庄。　　探亲屡返崇乡。叹耗时费力, 车挤舟荒。霖至路泥, 飘来舸软, 还愁雾锁轮航。半水阻繁昌。纵有冲天翼, 累重难张。应信从今往后, 飞步向辉煌。

浪淘沙 · 拟两地书

一

日日念征桅,水逐云追。鱼书不至月三规。欲叩荧屏偏又怕,是处风雷。　　昨夜梦君归,方拥还偎。一声辛苦泪横飞。复向灯前开锦盒,笑看勋徽。

二

万里护商桅,夜逐晨追。寇狂盗诡岂循规?赖有屠鲨擒鳖手,不待惊雷!　　回也不旋归,再约相偎。许君春暖燕双飞。传有雏鹰须练翅,且听音徽。

姚天华

1947年10月生,山东商河人。1964年8月入伍,曾任总参某部队政委,大校军衔。《中华军旅诗词研究》执行主编。

过韶山缅怀毛泽东主席

情系苍生苦,心牵社稷宁。
挥毫能射虎,仗剑敢屠龙。
创党开新纪,兴国立赫功。
一生不为己,今古几人同?

读陈毅元帅《梅岭三章》有感

豪情如铁剑如峰,神韵犹闻鼓角鸣。
生死关头无惧色,男儿读罢泪盈盈。

军人生来为打赢

滚滚洪流车炮鸣,龙腾虎啸练精兵。
倚天神剑添新翼,探底蛟龙闹海宫。
一体协同挥铁臂,三军共进舞长虹。
安国要走强军路,战士生来为打赢。

看电视《军情解码》感悟

盛世当常问塞庭,军情大势汇荧屏。
崇军尚武雕弓满,谋胜知兵为国宁。

战友相聚观大境门有感

雾锁关山气象雄,静听犹有喊杀声。
兴亡治乱门皆记,瑟瑟秋风似海鸣。

重回母校感怀

墨染清河笔化林,难书战友感情深。
两年绛帐经风雨,半世征袍历阵云。
古寺名街观胜景,新城宾馆奏佳音。
缘何此地频回首?梦里常游大境门。

重回军校

五秩春秋化绛烟,此心常向国门悬。
赐儿山下寻弹迹,大境门前觅箭弦。
塞外射雕三月卧,天边缉盗五更眠。
满头霜雪今何寄,卷里吴钩细细研。

勿忘国仇

弹洞卢沟岂作休,位卑未敢忘国忧。
家邦罹难腥风涌,百姓蒙羞血泪流。
激愤原由仇未报,悲歌乃系恨难收。
何当一雪金陵耻,不负当年烈士头。

塞外行吟

将士恋峰峦,轻骑问戍关。
倾心敕勒远,不畏阴山寒。
山口石如炭,沟边风似镰。
敖包歌一曲,始信有桃源。

莫斯科纪游

争霸经年重负添,孤灯伶影漏声残。
旧幡舞罢频频落,新帜飞来阵阵寒。
一统江山思揽月,百年风雨忆丢权。
乾坤色变空怀恨,生死存亡岂偶然。

姚正清

1923年生,安徽凤阳人。1940年入伍,曾任南京军区后勤部物资部科长。

长城外哨兵

大地茫茫薄雾侵,堞堋隐隐夜沉沉。
惟余一片衔山月,犹照持戈待旦人。

姚传敏

曾用名姚泉名,1972年生,湖北武汉人。1990年3月入伍。中华诗词学会理事,《湖北诗词》责编。著有《参湖轩吟草》等。

抗日英雄傅玉和

襄南征战地,未忘傅家郎。
贼焰惊孤胆,民心许快枪。
夺营明月下,侦敌白湖旁。
骁健如腾虎,忆君眉角扬。

辽宁号航母入列

百年海上泣风云,一剑磨成亿众欣。
试看巡洋添重器,鲛鲨何计弄边氛。

五四看电影《南京!南京!》

影像传真气不平,乾坤炼狱属南京。
陆沉惨烈伤黎庶,城破狰狞走兽兵。
万户哀音人性死,一江血色国仇生。

青年勿忘强邻在,狼顾神州是肉羹。

大别山行

一入群山觉不同,满坡何止杜鹃红。
多情柏掩将军墓,大字碑称战士功。
村舍看时存弹洞,儿童指处出英雄。
涧泉林石无心醉,每遇遗踪肯鞠躬。

望刘公岛

军岛萧森卧似痂,曾无面目誉中华。
船坚何故勇犹败,国弱非惟腐且奢。
夜雨浇醒祠馆树,海风吹亮炮台花。
百年再战惊涛日,一洗烽尘载酒夸。

谒辛亥首义工程营旧址

青樟影抱满亭香,勒石如戈刺昊苍。
帝国春秋归末世,党人铁血启新航。
不辞革命最先死,敢放屠龙第一枪。
楚汉英豪方振臂,缘何秦鹿便夭殇?

辛卯初夏感南海事

云暗云奔梅雨寒,青山南望似征鞍。
风波绕海跳梁急,国策怀柔喂饱难。
匣剑轻鸣慎烽火,醒狮静立看狼玃。
一声军号随时在,我辈天生壮士肝。

夜游云南讲武堂

楼墙犹带旧时黄,暮色难遮讲武堂。
一代精神曾此聚,几朝风雨又何妨?
醒狮夜啸中原赴,战马秋归外寇亡。
谁记将军初出地?世平都爱翠湖香。

水龙吟·谒中山舰博物馆

青山一抱澄湖,百年名舰藏金

口。凭栏对此,秋江潮阔,漫天云走。楼馆多情,英雄遗物,精魂如旧。算江山都记,当年烽火,剑沉处,风犹吼。　　思及丹心长痛,是生平、最难医救。残躯出水,弹痕添恨,泪侵衣袖。曾伴先生,人间唤起,陆沉时候。故今朝抚舰,依然欲问,水师能否?

鹧鸪天·观定远号纪念舰

　　隔港依稀识舰名,龙旗漫卷晚风晴。形如旧制魂须在,酒待新功海未平。　　曾玉碎,不尸行,百年风浪晓输赢。水师记得前朝事,按剑东溟待巨鲸。

金缕曲·纪念抗美援朝六十周年

　　鸭绿江流浊。望烽烟、侵天掠地,卷来哀角。巨寇居心天下识,谁敢沙场横槊?寒月照、三军踊跃。血肉撕咬钢与铁,正兵戈惨烈人间搏。国运事,在锋锷。　　谁言六十年前错!竟诛心、冷霜如箭,射英雄魄。失锁国门君不顾,陪笑豺狼作乐?史笔下、汪秦丘貉。万国所尊唯爱国,况龙醒、能不鸣山岳?尔识矣,我非弱。

姚志鸿

　　1930年生,山西晋城人。1947年入伍,曾任成都军区后勤部军需库主任。中华诗词学会会员,解放军红叶诗社社员。

忆翻越秦岭

渭水衔枚夜拔营,宝鸡阒寂未闻声。
终南山口风如割,大散关前雪饯行。

御街行·颂百团大战

　　轴心狼狈东西犯,统战事,潮流暗。囚笼政策应时生,炮制三光烟断。碉楼作锁,交通为链,据点连成片。　　红都紧急传飞电,愤怒火,烧疯犬。军民破击战犹酣,鬼子俄成瘫痪。鏖兵数月,毙伤三万,举世惊相看。

姚桢朌

　　1929年生,辽宁大连人。1947年3月入伍,曾任湖南省永州军分区顾问。

烈士陵园感怀

四时花木尽葱茏,报国捐躯百代崇。
烈士建勋书竹帛,游人仰慕吊英雄。
心昭日月千秋曜,血染河山万里红。
莫负先驱当奋进,发扬正气贯长虹。

贺甲志

　　1940年生,陕西渭南人。1961年入伍,曾任二十一基地司令部工程师,国防科工委指挥技术学院教员。解放军红叶诗社社员。

神话与高科结缘

登月路遥多险关,当年窃药怎飞天?
今人新演姮娥梦,神话高科喜结缘。

赞首次核试验成功

春风已度玉门关,雀跃金银戈壁滩。
五彩蘑云起霄汉,如今重写古楼兰。

贺神舟号发射成功并盼登月

金轮闪烁睿思多，人驾神舟访素娥。
仙女喜迎华夏使，桂花树下话高科。

观核条件下军事演习有感

天地生豪气，烽烟识俊雄。
楼兰龙虎跃，沙海战车隆。

两弹结合试验成功颂赶超精神

两弹云中鹤①，神州奏凯歌。
赶超神力剑②，豪气动山河。

① 两弹结合，指导弹与核弹结合。
② 神力剑，指美国大力神战略核导弹。

赞探月工程总设计师孙家栋

一星两弹功勋建，信与航天凤有缘。
探月工程肩重任，八旬犹自写婵娟。

贺济民

1945年3月生，陕西蓝田人。1961年7月入伍，曾任总参某部队政委，大校军衔。中华诗词学会会员，解放军红叶诗社社员。

翻越唐古拉

唐古拉山气势雄，驱车翻越正隆冬。
坡高路险人缺氧，地冻天寒轮碾冰。
护道民工风雪里，守边哨所白云中。
昆仑自古多豪杰，天堑难关任我行。

紧急集合

新兵开训正隆冬，夜半突闻军哨声。
鞋子穿翻夹脚板，背包跑散抱怀中。
错传口令军情误，跌倒路边牙齿松。
初次集合狼狈相，至今犹记益终生。

海南擒贼

蒋特空投犯海南，军民十万大围歼。
树高藤密潜藏易，岭峻壑深搜捕难。
发电勾联露狐尾，跟踪侦破点狼烟。
三千勇士逼陵水，犯陆图谋化笑谈。

参观秦俑馆

骊山风雨越千秋，秦俑深藏始露头。
列阵士兵冲火海，飞驰车马跨鸿沟。
始皇统一功勋建，二世消亡教训留。
执政应知民为本，浮舟之水亦沉舟。

获奖感言

先进军休受表彰，无多贡献愧难当。
老牛轻策蹄生火，旧鼓重捶音绕梁。
再渡黄河风正劲，重登泰岳路还长。
暮年犹有凌云志，圆梦中华献热光。

狼牙山

群峰突兀似狼牙，峭壁千寻石径斜。
壮士投身歼日寇，英雄舍己跃悬崖。
抛肝沥胆垂千古，动地惊天传万家。
圣地缅怀情激荡，丰碑高耸入云霞。

西柏坡感怀

翠柏苍松掩小村，名扬中外久相闻。
指挥决战乾坤定，筹划开元日月新。
"务必"要求鸣警讯，长征比喻显胸襟。
清廉勤政赢威望，先辈高风铸党魂。

赞阅兵

六旬华诞庆京城，统帅长街大阅兵。
铁马轰鸣巡大地，银鹰呼啸掠长空。
水兵仪态全民赞，火箭威容举世惊。

坚盾利矛军力壮,邦安国固柱石功。

军休老兵抒怀

戎马半生霜鬓还,军休所内乐余年。
琴棋书画才华展,歌舞诗词雅趣添。
建设家园献砖瓦,关怀邻里共温寒。
居安不忘风云变,梦里常回山海关。

破阵子·卢沟桥

永定束腰玉带,京都千载名桥。石拱雄狮明月照,碧水芦花岸柳摇,山河分外娇。　　阅尽人间风雨,曾遭战火焚烧。冬去春回逢盛世,国富民丰胜舜尧,和平价更高。

骆如楠

1927年6月生,浙江诸暨人。1949年8月入伍,曾任南京通信工程学院高级工程师。

西安旅次学友欢聚

他乡逢挚友,把酒话当年。
求是桥边月,子三墓后天[1]。
并肩担道义,联手绣河山。
此聚惆时短,金陵订后缘。

[1] 求是桥在浙江大学校内。丁子三,浙大学生自治会主席,1947年在反蒋学生运动中牺牲,建墓于西子湖畔。

延安行

梦中圣地满坡黄,羊角头巾种地郎。
延水塔山骄岁月,嶂峦沟坎换青妆。
汽车竞速无尘土,楼厦争高闪彩光。
最是枣园窑洞好,伟人风范永流芳。

秦 楚

笔名皓月,1923年生,安徽巢湖人。1939年入伍,曾任四川省达州市人武部长。著有《征途吟草》。

由岳阳楼之君山

雾掩银帆锦缆牵,风飞浪滚一湖烟。
回航夕照君山泊,白鹭归来雪满天。

府南河

岸柳垂垂掩画船,枝头燕闹旧巢迁。
最怜三五双轮月,一在波心一在天。

在大别山上

汗马奇兵胆气豪,疗饥讨蒋血红刀。
霜天雁叫征衣薄,漫剪霞云补战袍!

回访沂蒙山老区

一

回访沂蒙忽解忧,山山果树绿油油。
高粱苗壮牛羊旺,燕语樵歌好兆头。

二

郁郁桃林灼灼榴,银锄耀眼牧童讴。
绿杨村外青纱帐,多少英雄白了头。

重访延安

革命摇篮鱼水和,龙盘虎踞论干戈。
延河古塔承天步,窑洞明灯共月磨。
煮酒烹羊留客醉,横刀当枕着诗魔。
杨家岭坂英雄老,学唱儿歌教战歌。

生还吟

生还故里觅童俦,合唱英雄北半球。
古道新风摇翠柳,春山好雨润青畴。

渔乡远近闲人少,泽国纵横小渡稠。
夕照银帆牵锦浪,船姑歇棹上歌楼。

新 居

锦官城外咏吾家,架上葡萄架下花。
扁豆痴情缠竹瘦,丝瓜任性压栀斜。
春兰圣洁三春秀,月桂幽香十月华。
鹦鹉堂前迎送客,枇杷影绣绿窗纱。

八秩抒怀

一

半世沙场砺剑锋,归休坐爱夕阳红。
窗前滴滴枇杷露,腕底微微翰墨风。
月落乌啼怀旧雨,天晴鹊闹看朝虹。
请缨时恐亡家国,多少英雄浴血中。

二

从戎卸辔最关情,决战淮西胜负明。
饮马垂鞭安北国,扬帆破浪下南京。
支前父老圆嘉梦,拂晓貔貅护锦城。
装点闲庭留暮景,相陪笑影结诗盟。

谒淮海战役徐州烈士陵园

纷纷弹雨汇红流,决战淮西第一州。
反击方平家国恨,围歼始复茂林雠。
成功足慰春闺梦,除暴堪消父老仇。
血沥沙场肥六粟,英雄骨气凛千秋。

沂蒙老区怀旧

一

沂蒙古道寄硝烟,烈士心声抚管弦。
回首当年烽火史,三军百姓枕戈眠。

二

塞草当年秣马肥,狼烟缕缕带云飞。

顽童抢送鸡毛信,乘箭追风踏月归。

三

山山水水扎兵营,烽火连天斗古城。
多少英雄抒壮志,风风雨雨数征程。

四

沂蒙沃野五粮齐,暗哨明枪草木犀。
黛岭摇旗缘报警,平安稼穑夕阳西。

五

茅庐古洞自成村,操演戈矛壮国魂。
小米高粱遍纱帐,油灯土炕梦留痕。

南歌子·清明重访
淮海战役烈士陵园

　　战地朱殷血,碑高挂旭阳。桃哀杏悼柳丝长,重访青山、忠骨万年香。　　今又清明节,身临烈士乡。雄魂缕缕尺难量,千里归途、泪雨化春光。

水调歌头·向西部开发献辞

　　华夏子孙志,美酒敬英贤。天时地利人愿,草木尽争妍。万里风调雨顺,绿遍山山水水,黄土比金钱。发展逢机遇,好梦必成圆。　　长开放,全民奋,倡清廉。西南西北,高速公路上青天。鸟瞰城乡户户,着绿簪红无数,三峡宴婵娟。神女春心动,继往唤新缘。

袁 良

　　1934年生,山东淄博人。1949年入伍,曾任解放军报社记者、编辑。

从 军

遥闻淮海伏凶顽,登岭高吭喜欲颠。
淄水霓裳跕碧浪,牛山翠袖纵笙弦。
钢枪夜啸唤鸥鸟,战马晨嘶催渡船。
不学重瞳嗟羽误,飞驰天堑下琼南。

袁 放

本名袁俊良,1931年生,四川自贡人。
1949年入伍,曾任海军勤务学院系政委。
解放军红叶诗社社员。著有《袁放诗词
选》。

天涯海角

海角何曾临海角,天涯远不是天涯。
天涯海角探临处,永暑礁边看白沙。

清平乐 · 怀念毛泽东

百年灾难,赤县遭涂炭。昂首寰
球挥手唤,民族林中吾灿。　　新兴
国立旗明,呕心苦苦耘耕。情沃中华
国土,鞠躬尽瘁平生。

满江红 · 潜艇首航
西太平洋成功

浩瀚重洋,难挡我、长鲸驶
越!旌旗奋、大洋低退,壮怀激
切。冷对狂风扬骤雨,笑谈白浪翻
堆雪。看英豪、一代续《春秋》,
国人悦。　　锁链列,千岛结;航
行碍,难通牒。看今时踏破,海洋关
缺。四海擒鲨成趣事,九天揽月常欢
乐。喜高歌、一曲彻天穹,朝忠烈。

袁 菁

女,1943年生,北京市人。曾任北京军
区空军政治部文工团团员。

汉宫春 · 祭周恩来总
理一百一十岁诞辰

勿忘周公,看史文载记,伟相雄
磐。和平共处,同战料峭春寒。弘扬
国粹,舞翩翩、出使情牵。传友谊,心
灵促感,五洲日暖颜欢。　　勿忘群
魔攻斗,每灯明达旦,竭虑周旋。强
识几多度险,倾血如丹。身遭浩劫,
挽狂澜、护佑英贤。知以往,儿孙铭
记,丰碑砥柱擎天。

行香子 · 军休所晚景

春雨才停,玉兔将升。喜迁居、
闲步园庭。翠垣花幛,泉撒珠莹。
望亭楼秀,钟楼耸,舍楼明。　　高
杨深路,斜晖夕照。健身场,童叟嘻
争。桑榆福厚,驿站心情。愿体兴
宁,家兴旺,国兴隆。

袁 漪

女,1931—2018年,上海市人。1950
年入伍。曾任《河南日报》主任记者。曾
为中华诗词学会会员,解放军红叶诗社社
员。与李翔合著有《涟漪轩诗词》。

“神九”女航天员刘洋

敢驭飞龙巡太清,追风叩月揽群星。
九天仙子漫夸美,可及中华一女兵?

雨中谒彭德怀庐山会议旧居

重帷垂地一灯荧,曾照元戎抒赤诚。
松柏枝头风雨急,声声犹作不平鸣。

昆明西山吊聂耳

一

莫言壮士已东行，正倚青山谱浩情。
放眼滇池三百里，天风激浪起回声。

二

一束香花慰俊英，神州骏马正飞腾。
战歌未逐寒潮去，长伴红旗冉冉升。

访刘公岛

毅魂浩气卷狂涛，犹作军声撼九霄。
甲午风云时在眼，百年沉恨岂能消！

过五陵原霍去病墓

一

咸阳古道慨登临，高冢连绵对夕曛。
汉室帝王归朽土，今人但识霍将军。

二

将军汗血染关山，马踏匈奴正少年。
英魄飞随边塞月，千秋万代照祁连。

第三军械学校第一期校友聚会

重逢

相逢先问名和姓，回首悠悠六十春。
莫道朱颜容易改，依然火热少年心。

忆旧

梦里常萦号角响，白头又聚演兵场。
人生起步由兹始，一袭戎衣永闪光。

听当年赴朝战友合唱

曾迎烽火赴疆场，卫国保家驱恶狼。
重唱战歌情更炽，鬓边犹带白山霜。

迁居高楼戏作

莫愁高处不胜寒，楼接云天景自宽。
北国春潮漫大地，西山秋色绕阑杆。
风来八面开窗纳，星满长空当户看。
更喜身邻丹桂殿，细聆弦管下仙坛。

抒怀

半生踪迹似飞鸿，两鬓清霜两袖风。
踏遍崇山舒逸兴，蘸将沧海写襟胸。
文章经世虽成梦，名利羁身岂是雄。
不叹华年捐逝水，临流还唱大江东。

北戴河海滨

踏波沧海行，云淡秋风烈。一望水天开，夕阳红似血。洪涛汹涌起，白浪飞碎璧。回顾沙滩上，瞬间泯行迹。苍烟冉冉升，新月沉莹玦。鸥鸟仍翻飞，渔火渐明灭。为恋大海美，浑忘衣裾湿。堪羡弄潮儿，犹向潮头立。

登山海关老龙头

雄关踞燕塞，长龙入东溟。千古锁钥地，寸寸碧血凝。将军今何在？瞻望汉家营。踯躅高台下，似闻点兵声。登楼骋远目，遥天黑云腾。飞弹恣杀戮，航母肆横行。流离尽无辜，涂炭悲生灵。风来万里外，犹带战血腥。居安敢忘危，寰球尚未宁。怒涛擂急鼓，心潮焉能平！

步月卢沟桥

皎皎中秋月，高照宛平城。佳节迎国庆，歌舞祝盛兴。卢沟桥上望，千灯冉冉升。粼粼桑干水,金波映红星。群狮披银甲,威武似列兵。铭记民族恨,创痕今未平。怒目看东瀛,恶浪又翻腾。豺狼性不改,军国梦难醒。贼子窃吾土,振鬣惩顽冥。金瓯永无缺,卢沟月更明。

念奴娇·访鸭河口水库

江山多丽,更着意装点,喜迎佳客。涛卷寒云烟水远,绕岸青峰似壁。浮彩涌金,素鳞跃浪,处处飞霜雪。凭栏遥望,锦帆天际明灭。　　长记十万英雄,移山造海,石破云飞裂。笑牵大坝凌空起,锁断碧波叠叠。众志成城,红旗指路,共奠千秋业。开来继往,还看今日豪杰。

鹧鸪天·老新闻战士

提笔从戎意气遒,毛锥似剑扫仇雠。但期文壮千秋史,不羡名高万户侯。　　心与血,字间留,篇篇催白少年头。东风浩荡开新纪,极目关河志未休。

蝶恋花·游元大都城垣遗址公园海棠溪

何处先将春意泄?万树海棠,一夜舒娇靥。绛雾蒙蒙光烨烨。古城垣映胭脂雪。　　沉醉浑忘霜染发。剪锦裁云,戏作双飞蝶。寄语东皇勤照拂,莫教好景轻相别。

好事近·北京奥运会开幕式

一

仰首望长空,满眼耀金流碧。蓦见巨人飞步,似雷奔电疾。　　中华史卷展辉煌,举世惊无匹。更喜东风浩荡,送鲲鹏振翮。

二

百载梦成真,翻道身来梦里。仙子翔天起舞,撒繁星满地。　　衣冠万国会京华,今夕心同醉。笑看祥云追月,启五环新纪。

鹧鸪天·赠红叶女诗友

年少长怀报国心,拼将热血写青春。曾经关塞般般险,终见江山日日新。　　重击鼓,更书勋,嘶风战马岂能喑!吟鞭指处红霞灿,再赴征程夺秒分。

临江仙·参观福州林觉民烈士故居

故居的墙上展示其临难绝笔《与妻书》手迹

深院回廊风细细,庭梅曾伴双凭。离鸾一曲鬼神惊。满墙遗墨在,泪血字间凝。　　铁骨柔情真俊杰,岂容九宇云腥。头颅掷处起雷霆。黄花岗上月,长绕旧窗棂。

迈陂塘·瞻鼓浪屿郑成功塑像

看将军、犹披征袍,腰间长剑凝雪。岩巅昂立东南望,渺渺水天空阔。情思结,思往昔、惊涛擂鼓催千

楫。旌旗猎猎。记覆鼎誓师,藤军驱
虏①,激浪卷残叶。　　何堪问,琼岛
沧桑历劫,遥听民怨如沸。沐猴踞
位群魔舞,妄把江山分割。期盼切。
盼闽海、雄风浩荡除顽孽。妖氛扫
绝。待皓月重圆,金瓯永固,两岸清
光澈。

① 藤军即郑成功的精锐部队藤牌军。

踏莎行·题友人于
新四军营地旧照

飒爽英姿,翩翩气度,木兰卫国
奔征戍。江淮烽火赋同仇,青春热血
荐疆土。　　不测风云,崎岖世路,
劫波历尽心如故。经霜老树绽新花,
情萦战地频回顾。

庆春泽·记文工队老战友聚会

玄武湖边,石头城下,心萦旧日
军营。半纪参商,相逢喜泪莹莹。
"胡兰"豪气犹如昔,"和平鸽"、
舞影轻盈①。共欢歌、祝革命人,永
远年轻。　　山川形胜重登览,望秦
淮钟阜,水碧峰青。寻访梅园,不忘
岁月峥嵘。雨花台上怀英烈,互叮
咛、牢记前盟。听遥天、号角声声,
催赴新程。

① 聚会时,当年在歌剧中饰演刘胡兰
的同志引吭高唱。《和平鸽子舞》是文工
队的获奖作品,曾参加演出的同志已年逾
七旬,又翩翩起舞。

南乡子·登长城

登览豁吟眸,大好河山一望
收。飞舞虬龙奔绝塞,高讴,民族脊

梁挺九州。　　碧血写春秋,铁壁雄
关御寇仇。古往今来多少事,悠悠,
盛世毋忘旧日忧。

踏莎行·遥送航空
报国英模罗阳

激浪惊呼,寒风悲咽,功成何事
人长别!男儿报国志如钢,卅年倾尽
心和血。　　英杰永生,理想不灭,
鲲鹏举翼冲霄阙。蓝天碧海任翱翔,
江山似画坚于铁。

一丛花·杭州谒于谦墓

三台山下吊英灵,冷雨湿清
明。梨花披素松凝泪,倚翠岭、肃穆
祠茔。绿水低徊,丰碑高峙,天地寓
悲情。　　当年赤手挽天倾,日月
鉴忠贞。苌弘碧血今犹热,《石灰
吟》、气壮苍冥。风卷云旌,雷鸣金
鼓,依约战车行。

袁人瑞

1944年生,上海崇明人。1965年进疆,曾任新疆生产建设兵团农四师七十四团校长。中华诗词学会会员。著有《桂楠居诗词集》。

出　塞

铁马高歌跨玉关,神州无处不家山。
举头遥望天山雪,我有心潮如海澜。

支边五十年纪念

一

拓荒播绿上天山,凋尽青丝皓首还。
为效班张情踊跃,何须儿女泪阑干。

伊河夜渡幽幽月，坡玛晨炊袅袅烟。
向晚绮霞心底暖，梦中犹唱赛江南。

二

挥手家山路八千，塞云边月复年年。
常邀疆友三杯满，为有乡愁一缕牵。
大漠风霜威烈烈，校园桃李郁芊芊。
牧歌缥缈牛羊下，水磨沟头作散仙。

心系农垦

大漠胡杨百丈根，虬枝铁干斗沙尘。
开渠每念林公绩，屯垦常怀左帅勋。
旧雨五湖疏雁字，新疆四海尽知音。
回眸得意平生事，曾向天山作老军。

十一月二十二日
疆友欢聚于申城

辞家携手赴边荒，沙枣花开唱叹长。
苦难青春拼出塞，纷披白发庆还乡。
曾嗟尘海十年劫，且惜黄昏一段阳。
今日申江招旧雨，天南地北话沧桑。

读知青作家谢敏干
先生《苦恋》有叹

瀚海胡杨老且顽，敏干巨著动江关。
一枝铁笔风沙史，十万知青血泪篇。
却似还魂疑往事，何堪回首忆当年。
昔时多少悲凉事，都做传奇历练看。

梦　思

七秩生涯指一弹，皤然白发对青山。
一行诗句灯前觅，万里风云键上看。
世事如棋知进退，人情似水识温寒。
晚来常作乌孙梦，走马扬鞭过玉关。

忆坡马

木扎冰河水，常来梦里潺。
林深宜采撷，峰险竞登攀。
原上驰天马，门前见雪山。
顽童腰脚健，摘得雪莲还。

同窗杨君来访

一

头童齿豁鬓苍苍，竟是同窗幽默郎。
万里边荒悲喜剧，五年冤狱死生场。
绝知人祸非天祸，终认他乡作故乡。
电击雷轰犹健铄，长烟大漠一胡杨。

二

君在南疆我岂知，天山高亘雁难驰。
少年曾是开心果，垂老仍窥幽默姿。
炼狱沉沉流泪日，胡杨挺挺扎根时。
晚晴终照人间暖，岁岁归来谒母慈。

沁园春·戍边吟

投笔长吟，西望昆仑，绝域圣山。越中州厚土，秦川八百；乌鞘绝岭，弱水三千。瀚海孤烟，龙堆落日，遥想当年超与骞。天山下，为国门守望，垦植粮棉。　　昭苏水冷山寒，驰天马，苍茫大草原。忆王师鏖战，格登碑下；狼烟扫尽，大夏陵前。红柳根深，胡杨枝劲，傲雪凌霜不改颜。身虽老，总冰河紫塞，梦里斑斓。

袁存乔

女，1938年生，河北人。1964年9月入伍，曾任总参防化研究院副研究员。

抗日烈士墓碑

英雄喋血抗倭仇, 胜利赢来六十秋。
梦里家山村口墓, 凄迷芳树护碑幽。

抗战三题

地道战

万户千村地道通, 悟空来去影无踪。
豺狼常吃穿心弹, 气死东洋鬼子兵。

儿童团

秘藏哨所树杈间, 鬼子行踪日夜看。
腿似飞毛传信息, 欢呼捆押汉奸还。

妇救会

秋风萧瑟雁南归, 万套戎装针线飞。
推碾支前情不尽, 伤员呵护饭香炊。

聂洞庭

1929年生, 山东肥城人。1949年入伍, 曾任国防科工委办公厅主任。

咏汽车驾驶员

三春花季义从军, 赤子拳拳报国心。
稳驭四轮追日月, 轻扬双手握乾坤。
男儿足下千秋业, 战士胸中万里春。
尊老爱民风雨路, 常将正气唱清芬。

临江仙·忆济南战役

明月高悬山岳动, 秋风漫卷泉城。大军围困万千层。已成锅底蟹, 何处觅援兵？　此景此情谁与比, 孟良崮上亡灵。隆隆炮火震天庭。昨称坚石固, 今哭战俘营①。

① 是役全歼守敌10万人, 生擒敌绥靖司令王耀武。

桂殿秋·志愿军空战英雄

一

鹰乍起, 破长空。满腔怒火化银虹。敲将盗鹜沉东海, 却误清波点点腥。

二

迎战友, 奏凯歌。忙牵铁马洗征疴。频呼快叫红漆手, 笑问勋星又几颗①。

① 每击落敌机一架, 即在我机身喷一朵红五角星。

莫贤政

1941年生, 湖南邵东人。曾任广西灌阳县人武部部长。解放军红叶诗社社员。

演兵曲

集　合

三更司号令, 惊梦敌情生。
卧虎潜龙跃, 军营急点兵。

行　军

手影队前挥, 沙沙捷足飞。
交头传密令, 军进月牙追。

冲　击

信弹射星空, 奔雷战炮隆。
飞兵冲黑海, 杀出一轮红。

野　营

羊肠小道步行难, 草掩荆披藤死缠。
铁足先蹬拦路虎, 飞兵抢渡卧龙潭。
火烧竹筒无锅饭, 头枕松枝有月船。
走打攻防凭实践, 精兵训出靠从严。

贾梅璟

女,1925年11月生,山东广饶人。1949年5月入伍,曾在华东军政大学、第三高级步校、工程兵学校任教。转业后曾任文教科副科长,卫生局副科长。解放军红叶诗社社员。

渔歌子·女新兵岗哨

飒爽英姿爱武装,边关值岗气昂扬。抒壮志,报国防,演兵场上胜儿郎。

踏莎行·边关今昔

雪岭孤礁,边关哨所,当初路险营房破。无医少电水源缺,书刊文化空空落。　军网连营,彩棚新舍,今时电讯通荒漠。军需供应物资丰,身心健康官兵乐。

踏莎行·支前模范沂蒙六姐妹①

备草筹粮,碾谷磨面,做鞋漂洗牵头干。烟庄男子去随军,青年姐妹支前线。　护送伤员,运输弹药,还当向导军情转。敌人袭击掩乡亲,英雄巾帼人人赞。

① 六姐妹,张玉梅等6人,山东蒙阴县烟庄村村民,解放战争时期沂蒙支前模范。

贾锡田

1931年生,河北新河人。1948年入伍,曾任石家庄高级步校研究部研究员。中华诗词学会会员。著有《归来集》。

悼郑培民

三湘四水吊忠魂,万众同悲泪满巾。何止清风盈两袖?穷乡僻壤最知君。

桑榆情

苍松作伴胜霜寒,山水相依共岁年。风雨沧桑人不老,痴情染透夕阳天。

喜读《夕窗吟草》①

幽斋员外一身轻,泼墨林泉绘晚晴。野鹤闲云存浩气,放歌寰宇寄痴情。

① 《夕窗吟草》,刘宝亮著。

老友久别又重逢

开城走马各西东,岁岁平安托塞鸿。最是虎林谈竟夕,推窗迎面拂春风。

谢李静声吟丈赠送《停云诗稿》

昨迎鸠杖启柴门,落月停云一片心。玉润珠圆歌动地,顿开茅塞悟金针。

丙戌守岁

鸡鸣犬吠报新年,爆竹声声响彻天。乐奏和谐音韵雅,人间向往顺风船。

圆明园

蓬瑶胜境世无前,镂玉雕金二百年。一炬灰飞屠掠尽,问君何处讲人权。

远　航

煌煌大业仰罗盘,认定三星勇向前。纵使汪洋多巨浪,冲涛自有领航船。

三亚行

海角天涯眼界开,南山寺上识莲台。椰林深处幽香动,为有清风正气来。

大地召唤

还林还草复芳春, 碧水青山荫子孙。
大地呼来精卫志, 天人合一铸乾坤。

思　念

——纪念长征胜利70周年遥寄老红军首长

一

红旗招展引征程, 难忘前沿捷报声。
最是启蒙肝胆语, 常年忆及总牵情。

二

枪林弹雨久相从, 踏破关山路几重。
九死一生天比寿, 青山屹立夕阳红。

咏中华世纪坛

中华昨夜启新坛, 世纪钟声破晓寒。
喜看百花争放处, 长明圣火照长安。

喜迎新

喜讯联翩世纪新, 巨龙昂首太空巡。
江山待展才人笔, 尽绘千年第一春。

喜迎北京奥运会

狂舞高歌世纪坛, 长城拥抱五连环。
蓟门烟树荫新绿, 太液晴波聚画船。

战洪图

九州叱咤战洪魔, 恶浪硝烟差几多?
冷对狂涛横槊笑, 军民共谱胜天歌!

喜迎香港回归

珠还合浦看今朝, 猎猎红旗艳海潮。
米帜从兹收拾去, 百年血泪化长桥。

祝三峡导流明渠截流

奉节轰鸣瓦不留, 乔迁引唱信天游。
仰观高峡平湖出, 殊世惊天驯巨流。

贺我国首次载人航天圆满成功

嫦娥奔月几多年, 百代寻踪梦始圆。
浩瀚太空迎访客, 高歌一曲唱飞天。

战友临门

相逢鹤首忆当年, 历历烟云在眼前。
世俗风情多变幻, 知交淡水却依然。

来了人民子弟兵

听似"大娘"呼一声, 急忙门外看分明。
三三五五红星闪, 来了人民子弟兵。

夏必寿

1929年生, 安徽巢湖人。1944年入伍, 曾任第二十三军六十八师副师长。解放军红叶诗社社员。著有《军旅吟》。

南乡子·忆沙沟镇令日寇缴械

大雨浸衣寒, 夜袭沙沟步履欢。插进镇中掏敌穴, 呼天, 恶梦惊魂乱一团。　　直逼日军前, 飞虎铁军肩并肩。通牒倭兵全缴械, 开颜, 胜利军民锣鼓喧!

水调歌头·忆莱芜围歼战

千里雄师进, 华野善谋筹。旌旗猎猎招展, 天降斩寇仇。追赶颜庄逃敌, 众匪莱芜猬集, 混乱不堪收。欲遁已无路, 危急对天愁。　　瓮中鳖,惊弓鸟,到尽头。合围压缩顽敌,兵败弃城溜。陷入天罗地网,分割全歼穷寇,活捉李仙洲。蒋贼阴谋灭,凯歌震神州。

水调歌头 · 红旗飘北山

——记六十七师石岘洞北山四次反击战

驿谷风雷激,战火漫云天。雄师正义,强弓硬弩箭离弦。打虎英雄跃出,迅猛冲过敌阵,神勇据山巅。盖沟肃残敌,血溅刺刀穿。　敌拼夺,吾坚守,固如磐。次峰惨烈,阵地丢失又回还。敌炮疯狂轰炸,山石翻开三尺,我自屹巍然。石岘终攻占,红帜插巅山。

柴明远

1932年生,江苏吴县人。1949年入伍。曾任总参作战部副处长,《中国军事百科全书》编审。中华诗词学会会员,解放军红叶诗社社员。著有《夕照吟》。

读陈毅军旅诗

又见英雄血雨程,三章梅岭鬼神惊。楼兰频斩戎功卓,红叶青松万世名。

桃源忆故人 · 西柏坡

青山绿水冈南库,疑是洞仙居处。旧址复原如故,重踏前人路。　当年此地群贤伫,辟地开天除恶。决战运筹棋布,胸有神兵驻。

党生科

1922年2月生,山西洪洞人。1937年10月入伍,曾任南京军事学院外训系政委。曾为《红叶》编委。著有《军旅集》。

忆泗城之战

难忘一九四六年,蒋军进犯苏皖边。八师奉命下徐淮,配合华野阻敌前。恰逢连日暴雨降,水深过膝溪河涨。英勇果敢攻泗城,渡河突进声势壮。谁知守军原主力,"广西"猴子工心计。猛然冲击城虽破,城内工事坚难克。天明敌人炮火猛,空军配合势更凶。后续受阻缺弹药,巷战唯有拼刺刀。两夜坚持终后撤,歼敌虽众我亦折。相互埋怨各忿忿,任务未遂何见人!当年夸称小老虎,如今盛名已难副。陈毅军长风略超,闻讯来函先检讨:首战打强原失算,受挫之责统帅挑。八师本是好兵团,战斗作风军中翘。军队常胜自来无,吃一堑须进一步。官兵闻之士气高,总结经验成浪潮。摩拳擦掌再请缨,宿北战役传捷报。回师鲁南军情急,配合华野再歼敌。泗城一挫促战机,自我批评诚有益。

钱文仲

1929年生,黑龙江阿城人。1947年入伍,曾任政治学院第二军事教研室教员。解放军红叶诗社社员。

忆三下江南

漫卷旌旗动甲兵,周天风雪下雷霆。松江夜渡寒侵骨,德惠争锋志成城。云滚烟飞嘶战马,敌歼垒破祭长缨。峥嵘岁月常回首,思握弓刀再出征。

画堂春·士兵

青春热火士兵心,光荣服役营门。天南海北戍边辛,日月星辰。　　士气高昂勤奋,生龙活虎如神。高科新技练一身,风扫残云。

千秋岁·西柏坡

征程回首,何事情牵厚。西柏坡,苍松秀。春寒仍料峭,赶考从兹走。警钟响,甲申故事同温久。　　世纪风云吼,日月星辰骤。凝望眼,红旗绣。古树发新枝,十亿炎黄胄。继前辈,后来自有经纶手。

钱文裕

1939年8月生,江苏无锡人。1959年入伍。解放军红叶诗社社员。著有《钱文裕诗词集》。

鹧鸪天·探访玄墓山老兵营

云淡风轻天气新,轻车熟路到营门。警员笑问何来客,老者分明旧主人。　　游故地,话青春,军歌嘹亮壮精神。今圆半世牵肠梦,往日情怀弥足珍。

钱有林

1935年12月生,江苏南通人。1961年9月入伍,曾任某陆军学院副教授。著有《浪花集》。

登刘公岛

威海湾如两巨龙,明珠静卧声望隆。海军公所环松柏,壮烈当年战寇凶。

西江月·西海舰队①

藏北高原阿里,苍穹云卷云舒。汪洋似海大平湖,卫士昆仑永驻。　　舰队水兵无畏,冰浮礁暗如珠。惊涛骇浪险航途,万丈豪情天路。

① 1962年东海舰队某部奉命西迁到阿里高原上的班公湖,这是驻地海拔最高的海军,人们称之为"西海舰队"。

长相思·南国雪灾

雪无情,人有情。大爱神威化冻冰,志豪天地惊。　　民心宁,万方宁。重建家园尽得赢,城乡灯火明。

倪化珺

1952年生,北京大兴人。曾在空军地勤部队服役。中华诗词学会会员。

感　怀

一自长安赤帜升,春潮涤荡旧乡城。
云旋朔漠惊雷起,舟泛星河待月盟。
曾为粮棉斗天地,亦缘道义举刀兵。
烽烟不尽关山远,还看风流万里征。

和诗友

归雁夕阳里,离人在远岑。
花黄诗有信,风落曲无痕。
龙虎将军胆,文章学子魂。
还怜时雨后,春草绕蓬门。

西江月·忆从军

大漠一行关柳,平生几个相知。梦回吹角少年时,雪夜金城故事。　　紫塞归鸿万里,青山簇锦千枝。豪吟壮饮贺兰诗,热血曾书功志。

西江月·梦回军营

晓月炊烟哨影,夕阳雉堞箫声。戎装几个讶重逢,争诉家山暖冷。　　跑道航灯闪闪,塔台号令铮铮。须臾万里雨兼风,又入霜晨清梦。

倪进祥

1972年10月生,安徽无为人。1991年入伍,总后政治部文艺创作室创作员。中华诗词学会会员。

学书随感

学书三十载,悟道探源头。
取法追千古,标新争一流。
诗书求并茂,德艺欲双修。
文运迎潮起,翰香满九州。

自　述

人求形似我求神,翘首边关解素襟。
拔剑长歌金缕曲,扣弦试谱水龙吟。
丹心已共山河壮,碧海难量情意深。
永爱人民永爱党,风骚气派砺军魂。

观　棋

半窗月影伴星移,暗斗心机细运思。
跳马出车开玉局,进兵架炮破陈规。
才看卒子河边至,旋觉将军阵势危。
世事如棋须察辨,不容疏忽一招棋。

清平乐·打靶

满天冰雪,化作胸腔热。战地风云顿激烈,卫国情真心切。　　敢教日月增辉,弹无虚发空飞。练得神枪妙手,今朝大振军威。

徐　升

戍　疆

长征短战路迢迢,许国男儿志未消。
羌笛常怀班定远,朔风不老霍嫖姚。
高原雪域般般景,汉藏亲情代代骄。
漫卷红旗边草绿,牛羊牧马涌春潮。

枕　戈

征人不问边庭苦,易水潇潇见寸丹。
秋夏黄尘蒙塞土,春冬白雪卷高寒。
狂飙达旦人难寐,密电通宵马带鞍。
夜枕刀枪安社稷,几多歌舞唱婵娟。

战　马

一生转战靖疆天,剑影刀光只等闲。
雅鲁江头追夜月,珠峰侧畔踏重关。
无言战友无穷意,不斩楼兰不下鞍。
雾里云中昂首啸,飞蹄溅血熄狼烟。

哨　所

原上天骄查果拉,扎根边塞卧龙沙。
无花无草无杨柳,有热有光有翠华。
七尺男儿情似火,一轮烈日脸飞霞。
风雕雪琢青春俏,漫卷红旗百万家。

徐 青

夜哨恒山岭

大雪横天卷翠峰，劲枝挥臂斗狂风。
萧森白夜连兵燹，嘹唳长川走战声。
赤胆为炉驱腊日，青梅作雨洒春情。
恒山横列刀光冷，几顾蓬窗夜半灯。

徐元猛

从军吟

书生有梦带吴钩，匹马轻车天下游。
幸是戎装巡瀚海，驼铃夜出古兰州。

支 农

唇齿相依鱼水情，扶犁翻土助春耕。
任他老茧添新茧，俺是人民子弟兵。

夜 值

夜阑心不怠，情系电波长。
通令开雷达，跟踪助导航。

过伊犁

频催轻骑过伊犁，耳畔如闻万马嘶。
踏月分明城堡近，搬鞍但觉柳林低。
侬寻现代航天路，友叙当年征旅旗。
左帅抬棺殊死战，男儿无悔护疆西。

徐计造

1924年生，河北唐县人。1939年参加革命，曾任新疆军区司令部副局长。

昆仑卫士

雪夜边关度岁新，春回西部暖人心。

银装素裹云山秀，胸有朝阳掌国门。

戎马边关四十年

戎马边关四十年，天山伴我共云烟。
无垠瀚海开荒地，长作黄牛亦坦然。

徐立稳

1980年生，河北唐山人。曾任北京军区政治部保卫部干事。

返乡路上

有志离家去，无为作客还。
远行心已倦，始信路维艰。
人老乡情重，年深意气闲。
梦回竹篱外，依旧月弯弯。

执行赴内蒙古专列随卫

霓虹怜日暮，五彩绕星旋。
广厦别征客，长车欲到边。
临台风舞袖，阔步月担肩。
城阙初飞后，幽关复落前。

宿 营

万里风尘马上催，青山宿客鸟飞回。
月光渐落乡愁远，白露偏偏枕上垂。

春 草

春草西山上，幽幽绕紫檀。
残年曾破雪，旷野独凌寒。
日照云崖暖，莺啼石涧欢。
东风若留意，绽放向长安。

站 哨

九尺男儿虎视中，擎枪独立国旗东，

横担日月雨霜雪,任尔春秋绿对红。

看剑记

宝剑锋中猛志悬,英雄醉酒自相怜。
如闻号角风萧瑟,又见旌旗士凯旋。
荣跨金鞍白龙马,甘倾碧血野狐巅。
难求一梦堪得意?月涌星垂夜不眠。

从军记

初征塞外踏冰河,夜驻城边宿雪坡。
遥见楼头明月在,空闻山野大风歌。
流年得意知音少,壮志难酬感慨多。
谁共我心须纵酒,金樽举处抚霜戈。

冬 夜

冰冻帐前门,霜凝地上尘。
边关风雪夜,多少不眠人。

送老战友

虎目尚惊魂,雷霆不复闻。
盛年忽解甲,弱冠始从军。
白日登烽火,青山望暮云。
潸然悲自语,处处建功勋。

秋 风

一叶飘零超紫塞,三边萧瑟沥青霜。
金戈铁马秋声赋,玉靶云雕草木黄。
落日狂沙路还在,轻衣寒剑梦如常。
此情自古凭谁问?明月长城作感伤。

赴崇礼滑雪

踏雪飞驰路似烟,扬风弄影下云端。
休言我辈凡夫子,且看神兵度玉关。

行军坝上

战马长驱上草原,关山回望路八千。
风吹营帐敲金鼓,沙漫旌旗暗塞天。
事岂寥寥乘月去,名应赫赫共人还。
龙城自古一飞将,多少愁思向北关。

出 征

风轻雪将尽,云破月初来。
忽报军书至,千山万径开。

见小女歌

携女回楼月在霄,娇声呼我赏童谣。
星船才唱弯与小,手臂又伸挥且摇。
浅靥频牵银汉动,明眸一闪碧波漂。
我将此意长留梦,不羡仙人不羡樵。

观摩上合联演

突鸣号角聚天神,大漠秦风卷汉尘。
部伍见召传令急,将军奔走誓师频。
只身赶赴千关险,铁骑能安六国民。
捷报如飞今借问,嫖姚尚在可为真?

长安中秋

长安游侠边关客,美酒高楼玉苑波。
围坐常伤兄弟少,侵怀莫过吏情多。
车如流水人如画,旗伴秋风剑伴歌。
月到秦川最难解,不知世间梦为何?

徐加松

1936年生,浙江青田人。1955年入伍,曾任浙江省军区团政委、人武部政委。中华诗词学会会员,解放军红叶诗社社员。

夜 思

歇鞍何以著新篇,陋室观书拜圣贤。

着意诗文非钓誉，纵情书画不为钱。
人间冷暖胸中系，世上风云笔底牵。
踏遍青山心未老，夕阳景色更多妍。

徐竹漪

1925年2月生，山西浑源人。1945年10月参加革命，曾任总后直政部副主任。

抗美援朝战地散记

平安北道之夜

一轮明月照清川，两国军民意志坚。
痛击豺狼传捷报，共斟美酒笑无眠。

阿子玛妮之影

负子锄田顶罐忙，晚霞映送草门旁。
窗前餐罢杼机响，灯下修书寄远方。

女交警之心

英姿飒爽站长岗，要道途中指挥忙。
炮往车来多顺畅，全心服务为前方。

徐连和

1932年生，山东无棣人。1948年入伍，曾任县人武部副政委。中华诗词学会会员，解放军红叶诗社社员。著有《岁月剪影》。

重访老龙湾

一

当年冒雪走沂蒙，父老乡亲夹道迎。
一路几多双拥曲，龙湾水暖寄深情。

二

日月穿梭廿五冬，老兵思念老房东。
驱车千里寻茅舍，幢幢红楼尽换容。

徐武增

1940年5月生，河北大城人。1958年入伍，曾任海军某团副政委。中华诗词学会会员。

赴命天津执行海上勘探任务

朝辞威海赴沽津，暮至长山过庙门。
弯月凌空初入夜，群星沉海已达晨。
苍茫渤澥神仙聚，竦峙碣石魏武巡。
编队此番担使命，海中寻宝探流金。

威海西钦村助农劳动

古陌西连窑岛山，烟波东去见征帆。
锦茵展展镶青柳，峻岭层层著彩衫。
春雨无声原野润，驻军帮解社员难。
抢墒不误农时事，企盼丰收秋月圆。

再看《雷锋》

银光闪烁现雷锋，无我精神胜圣经。
公而忘私感天地，浩然正气贯长虹。
平凡工作平凡事，伟大人格伟大兵。
影像真实堪教化，繁荣更要此高风。

刘公岛铁码头

风吹浪起雨潇潇，观海听涛过引桥。
成阵鱼龙旋过眼，锚泊船舰系飘摇。
钢基永记风云恨，缆柱萦怀将士骁。
仰首神碑腾剑气，冲天烈魄撼松涛。

生日抒怀

两鬓如霜近古稀，半生忙碌不出奇。
虚名蝇利浮云逝，铁马金戈盛世期。
鸿雁留痕归梦境，书香盈室伴山妻。
凭窗观海无羁绊，心绪如潮恰入题。

夕 阳

古树苍苍伴晚风,山楼昊景彩云横。
红霞一抹诗心醉,跃马重回沧海行。

日照观日出

百名耆老揽晨曦,旭照虹桥观景奇。
清霭朦胧仙境影,一轮红日被霞衣。

徐国权

1926年生,江苏南通人。1945年入伍,曾任海军北海舰队旅顺基地政治部宣传处副处长。中华诗词学会会员。著有《客中诗草》。

忆抗日大反攻

一

告别芸窗着战袍,反攻出发始吴桥。
声声军号催征马,收复河山射大雕。

二

八年抗战日横戈,血雨腥风劫难多。
终见倭酋降诏出,纷飞热泪喜高歌。

三

大军开进涌如潮,一路歌声振碧霄。
指点残垣追往事,笑谈拉锯苦煎熬。

组建海军旅顺基地

壁垒森严古要冲,百年旅顺展新容。
京津拱卫雄风著,执锐披坚海陆空。

碧海练兵展雄风

一

浩淼烟波气势雄,健儿海上练真功。
军旗猎猎风涛里,赤日丹心相映红。

二

巡弋靶船穿浪峰,神驰快艇作强攻。
凌波突袭离弦箭,击发鱼雷气贯虹。

三

天阔云低雨夹风,岛山四顾已空蒙。
舰船列队犁飞浪,巧练攻防对抗中。

喜读原二十九军军史

历下停车访故人,喜温军史忆青春。
苏中敌后存孤胆,淮海硝烟挫敌魂。
淞沪强攻穿血火,闽南横扫靖烟尘。
军虽解制丰碑在,青史流芳启后昆。

徐国庆

1953年10月生,江苏涟水人。1971年1月入伍。

二炮车载发射演练

高车长剑急驰骋,越岭翻山练五更。
南国红林旗语唤,北疆黑雨弹声鸣。
杨穿百步无虚发,威壮三军有我旌。
隐箭无痕心蕴火,只凭令下啸雷霆。

野营驻训

天作营房地作床,融冰化雪拌干粮。
顽强苦练钢筋骨,我捧丹心献国防。

将军山感赋

青峰碧水野花鲜,翠鸟呼人忆曩年。
兀术引兵攻势勇,岳飞遣将布防坚。
抗金故垒腾豪气,标烈祠堂荡瑞烟。
还我河山留壮誓,钓鱼岛上再挥鞭。

五丈原怀古

动魄惊心五丈原，金戈铁马震云天。
纶巾羽扇三军帅，妙算神机百世贤。
战表两番忠胆沥，岐山六出义师还。
陨星惨落盘弯道，千古人歌气浩然。

徐学增

1927年生，山东莱州人。1944年入伍，曾任新华社解放军分社记者、编辑。中华诗词学会会员。

水调歌头·击沉敌舰太平号

东海风呼啸，巨浪接云天。茫茫阴雨之夜，敌舰扰三湾①。多少渔家挂网，多少商船歇岸，怒火尽冲冠。四只鱼雷艇，立誓报仇冤。　艇虽小，人雄健，桨飞旋。耕涛巡夜千里，全力护民安。一霎深沉浪谷，一霎高攀浪顶，制胜克难关。击沉太平号，惊颤落基山。

① 三湾：指温州湾、三门湾、台州湾。

徐建标

1933年生，江苏建湖人。1947年入伍。转业后曾任无锡市第四人民医院办公室主任。

忆陈毅元帅外交风采

挥鞭又辟一疆场，冷眼向洋看万邦。
四海风雷胸坦荡，一身文武气轩昂。
广交朋友披肝胆，敢对豪强挺脊梁。
每忆元戎拍案语，至今犹觉国威扬。

徐炳爱

笔名徐云，1942年12月生，山东海阳人。1959年12月入伍，曾任海军某部教练舰长，海军大校军衔。中华诗词学会会员，解放军红叶诗社社员。著有《清心听韵》。

舰泊永兴岛锚地

白色浪花镶翡翠，珍珠挥手撒南疆。
银光闪闪藏三宝，金路迢迢通八方。
云雨风波生怪异，屏藩礁岛立苍茫。
红旗猎猎飘空宇，战舰岿巍巡大洋。

济南舰舰员联谊会

济济英才缘分浓，金秋舰艇喜相逢。
飞机甲板听天韵，导弹平台话海虹。
强将精兵指云浪，神韬金棒伏苍龙。
中华名舰兴科学，开路先锋唱大风。

鹧鸪天·新兵连

海北天南聚众芳，生龙活虎练兵忙。顶风列队寒侵骨，冒雨行军汗湿裳。　连长带，老兵帮，你追我赶各争强。熔炉炽热真金炼，蜕变雏鹰待傲翔。

徐新国

1966年生，湖北郧县人。1982年入伍，曾任炮兵研究所管理处处长。中华诗词学会会员。曾为解放军红叶诗社副秘书长。著有《磨盾集》。

鹧鸪天·赞科研人员

一

幼爱科研有所长，此生立志献国

防。埋头营帐丹忱献,恐负天职日夜忙。 勤探觅,惜流光,专题任务系心房。行思于路南墙撞,卧想于床带梦乡。

二

绿色军营逗紫霞,戎装漫步柳丝斜。黄昏眺望清幽处,尽是痴迷科学家。 听鸟语,看鲜花,奇思妙想顿升华。心中暗自集灵气,更破难关向远涯。

贺圣朝·科研助龙腾

心花常与春花放,气浩精神壮。置身军旅啸风流,寤寐英雄榜。 葵花向日,红心向党,爱国情高尚。军科大业日蒸蒸,助龙腾天上。

殷立孝

1928年生,湖北武汉人。1951年入伍,曾任空军电讯工程学院训练部研究员。解放军红叶诗社社员。合著有《琴瑟吟稿》。

参加首届军旅诗词研讨会感赋

号 角

丹心皓首气轩昂,不减当年铁血郎。军旅诗坛开创举,声声号角震华疆。

将军诗人

遣词布阵两联姻,笔剑双擎壮国魂。艺术华堂添异彩,将军本色是诗人。

游旅顺口感怀

雄关虎踞

金山虎尾锁西东,万顷波光接碧穹。军港天成屏渤海,雄关重振慰先公。

万忠墓前

甲午风云压海空,斑斑血泪恨无穷。忠魂万八化精卫,唤醒神州砺剑锋。

回眸创办空军通信学校校刊

拓开新域几多难,默默园丁勤把关。教苑花香搜玉蕊,研林果硕觅时鲜。滋培修剪全神注,造化成形赞语传。四载耕耘苗茁壮,而今大树已参天。

武汉大学一百二十周年校庆寄怀同窗校友

——为抗美援朝参干送别照片赋诗

更名武大喜同庚,仰慕珈山望有成。若不东邻燃战火,何来西域赴征程。青春萌发蓝天梦,热血甘浇细柳营。一别校园霜发染,兴邦道上恰同行。

闻警钟忆日机夜袭武汉

——纪念抗日战争胜利60周年

警报惊天起,轰鸣震耳聋。
夜空燃烈火,劫地刮腥风。
心烙千般恨,魂惊十岁童。
警钟常响彻,国难绝寰中。

救亡歌曲年年唱

——纪念抗日战争胜利60周年

烽火卢沟六八庚,耳边犹荡救亡声。

大刀鬼子头颅砍，新筑长城血肉横。
惨惨松花江上女，巍巍游击队歌兵。
救亡歌曲年年唱，八载风云代代铭。

空军电讯工程学院
建院五十周年

沧桑半百几更名，浮想联翩忆柳营。
军号声声时入耳，园丁默默久盈睛。
校刊首创身心瘁，故院重游父子兵。
一盏清茶余味品，萦怀信念享终生。

鹧鸪天·抒怀

　　花甲轮回忆凛然，边陲战火怒冲冠。蓝天梦灭踌躇志，热血甘浇桃李园。　　熔小我，效前贤，清廉模楷待薪传。名轻民重情依旧，愿景萦怀天地宽。

西江月·军旗颂

　　号角声声动地，战旗猎猎惊天。硝烟岁月勇当先，压顶乌云驱散。　　八一星光闪耀，千秋伟业薪传。红旗添彩指尖端，神圣庄严灿烂。

凌朝祥

　　1933年9月生，四川阆中人。1951年6月入西北军区军事干部学校，曾任新疆军区工程处建新报社编辑、记者。曾为中华诗词学会理事，新疆诗词学会名誉会长。著有《天山明月歌》等。

题赠某边防部队官兵

枪挑日月笔题诗，万里关山任意驰。
铁血男儿魂系处，边花塞草胜灵芝。

吕正操司令员视察南疆铁
路驻足焉耆兵铁三团有感

童颜鹤发老将军，丝路飘来五彩云。
万马千军同一忾，强边富国振精神。

姚铁山将军飞鹰
画展观后题鹰

威扬边塞三千里，情系昆仑十万峰。
铁爪星眸利如剑，昂头一啸兔狐空。

兵团军事部诗书画笔会抒感

也曾犁剑戍边陲，解甲封枪人未归。
每望军旗怀战友，心中高唱彩霞飞。

送军旅诗人方国礼同志归皖

一

漫天秋色醉阳关，难舍方君解甲还。
鸿雁高飞来复去，冰心一片寄浮山。

二

关山万里结诗缘，长箭声威响笔端。
罗布华章名盛世，未知何日写楼兰？

纪念建军八十周年

八一春雷响太空，天将警号启鸿蒙。
独夫欲灭燎原火，万众欢呼遍地红。
百炼雄师非好战，千秋大业只为公。
和谐世界光明路，看我三军架彩虹。

中国工农红军长征
胜利六十周年感怀

怒火狂飙卷巨澜，铁流滚滚汇延安。
白杨春水根根绿，红叶秋枫树树丹。
雨润神州鹏志远，珠还宝岛骥途宽。
长城已过三千里，再上天门十八盘。

戍边战士颂毛公

一

塞上梅花傲雪红，戍边儿女颂毛公。
坚如美玉廉如水，日是光辉月是容。
成败到头犹烈士，功过论定亦英雄。
伟人高卧云层里，珠穆朗玛小万峰。

二

叱风咤雨捣天宫，倒转乾坤建大同。
椽笔轻挥施雨露，长缨漫舞逐苍龙。
太平洋献千盅酒，扬子江敲万世钟。
领袖黎民情永在，一年更比一年浓。

游琳琅山谒朱德元帅故居

四年两度拜元戎，青史煌煌纪战功。
瓦屋三间陈睿智，莲池半亩育清风。
朱毛并世开新宇，兰蕙齐芳铸大同。
万水千山尊老帅，于无声处见英雄。

谒阆中红军烈士纪念馆

依山傍水树葱茏，日月星辰说战功。
史鉴宏开麟阁里，高山仰止白云中。
漫天碧血凝散土，遍地红歌唱大风。
烈士忠魂归阆苑，嘉陵日夜颂英雄。

大巴山深处参观红军烈士碑林

义帜高擎解困穷，燎原星火亮巴中。
丰碑座座垂千古，伟绩篇篇盖世雄。
烈士陵前悲烈士，回风楼外沐回风。
精神铸在民心里，枫树经霜叶更红。

谒石河子文化广场
王震司令员铜像

五十年前奋战旗，凯歌高奏玉关西。
柳营初定安边策，虎帐重谋垦戍基。

平野虚怀留笑影，冰山含泪待归期。
当时挎剑扶犁处，万缕秋光照铁衣。

卫国戍边四十周年感赋

巴山蜀水一童顽，浪卷鸿毛出酒泉。
卫国无功追定远，开边有志学张骞。
耕耘不觉忙中老，罹难方知苦后甜。
欲问当年风雅事，心同明月笑苍天。

中秋之夜忆兰州军校

遥望金城忆壮游，军营胜似蜀门秋。
钻天杨树依山静，夹岸琪花带水流。
塔展雄姿铭壮志，桥横铁索遇飞舟。
风清月白迷人夜，争说当年定远侯。

白哈巴哨所五号界碑前留影

玉碑一座树金山，霜染桦林秋色寒。
我把壮心留塞上，甘同将士戍边关。

重访五家渠

一

戍边矢志岂能违，垂暮之年载雪归。
霜剑风刀威尽后，静听腊鼓引春雷。

二

博峰万仞插晴空，捧出金轮一片红。
无限春温来地底，金山银海竞葱茏。

那拉提草原骋马抒怀

夕阳斜照碧波翻，赤兔嘶风踏紫烟。
玉塞似闻新战鼓，柳营不厌旧征鞍。
狼烟灰烬狼犹在，利刃锋藏刃亦坚。
故国西疆三万里，豪情最许格登山。

瑶台聚八仙

新疆军区工程处设计科老同事新年聚会,感而有作。

逝水流年,驹光里,灵台旧事腾翻。玉门关外,军号震撼心弦。碧野芳洲呼壮士,旌旗猎猎召英贤。展鸿图,呕心沥血,妆点天山。　神劳魂惊半世,矢志无悔愿。换了时空,凋了朱颜,犹系画笔征鞍。是非何必再问,心静自然天阔地宽。看今日,胜友同一醉,笑对边关。

水调歌头 · 西柏坡

太行春色美,百卉竞芬芳。滹沱河水,微波轻浪戏骄阳。万点金星闪耀,恰似当年烽火,滚滚过长江。虎踞龙盘地,风雨起苍黄。　小山庄,英贤聚,定国纲。戒骄戒躁,艰苦奋斗领船航。辽沈拉开序幕,继奏平津乐曲,淮海演辉煌。三战三山倒,举国共飞觞。

念奴娇 · 登盘橐城感怀

班公城上,望斜阳似火,焚风将歇。我自登高凌碧宇,鼓角笳声泯灭。犹记当年,孤师奋勇,刀溅匈奴血。扬鞭跃马,情倾多少豪杰。　历尽风雨沧桑,江山如画,青史翻新页。博望通商开雪域,三藏取经情切。大帅筹边,将军屯戍,代代旌旗掣。廉颇老矣,仰天羞对明月。

鹧鸪天 · 边防四团蔬菜基地观后

多似星辰艳似霞,珊瑚玛瑙作篱笆。龙珠凤胆高空挂,蛇豆弯弯戏井蛙。　金灿灿,翠花花,天宫差可比繁华。若将硕果夸豪富,塞外堪称第一家。

水调歌头 · 重阳之夜梦登博格达峰

九九重阳夜,梦里上冰峰。不知身在何处,但见浪千重。眼底汪洋一片,脚下云翻波涌,星斗耀长空。仁立天山顶,静待旭阳红。　观沧海,明大势,感穷通。精卫雄心尚在,奋起傲苍穹。亿万中华儿女,不惧风摧雨打,齐聚浪花中。浪花千万朵,朵朵织长虹。

鹧鸪天

黄腊宝同志迁居乌鲁木齐喜赋兼呈兵铁三团战友

君自蘑菇云下来,欣逢重任出天街。铁门关外经磨炼,孔雀河边献智才。　崇真理,敞胸怀,不随风势乱推牌。离鞍不废青春志,静读诗书心境开。

满江红 · 纪念世界反法西斯战争暨抗日战争胜利七十周年

荡尽烽烟,七十载,峥嵘岁月。喜今日,普天同庆,万民欢悦。发展潮流随地起,和平银燕当空掠。阅兵车,利剑指长空,惊天阙。 世情变,东风烈;跳梁丑,休猖獗。应虔心悔罪,祸根歼灭。天上人间腾正气,五洲四海除妖孽。看全球,共度太平时,歌新页。

凌德祥

1921年生,广东和平人。1949年参加革命,曾任铁道兵二师九团总工程师。

抗美援朝的铁路抢修

抢修四预秒分争[①],日炸夜修车夜行。停战文书签字日,和平专列到开城。

① 四预,指预先测量、设计、备料、施工。

栾德成

1922年生,江苏滨海人。1940年入伍,曾任人武部部长。解放军红叶诗社社员。

江城子·忆渡江上海战役

春风送暖进军忙。好儿郎,气轩昂。天险长江,横渡斩豺狼。要塞金汤全突破,追穷寇,捣京杭。 沪淞战役久难忘。忍饥肠,血泥裳。弹雨流星,鏖战月无光。黄浦滩头飘赤帜,天将晓,整行装。

江城子·思战友

事成离别各西东。信难通,影无踪。曾记当年,卫国共从戎。即使相逢难认识,纹满面,态龙钟。 夜来幽梦忽相逢。炮声隆,勇冲锋。相伴相呼,血染刺刀红。今日江山披锦绣,金榜上,记军功。

高秀民

1929年生,江苏泗阳人。1944年入伍,曾任二纵五师十四团助理军医。解放军红叶诗社社员。

水调歌头·行经徐淮盐公路忆昔

四八南征事,六秩仍难忘。启程胶州湾畔,军旅下淮扬。拂面春风和煦,翠岭青松迎送,汗浸绿军装。一路轩昂气,哪顾敌机狂。 追穷寇,歼顽敌,复城乡。益林告捷,欢歌涟水映朝阳。三载腥风血雨,战局乾坤已定,策马望长江。今喜车流疾,大道尽康庄。

高谷风

1922年生,安徽肥东人。1940年入伍,曾任国防科委处长。

西湖云雾行

烟雨朦胧绿柳长,波光掩映白鸥翔。楼台亭榭隐犹现,山塔桥堤显亦藏。方诵乐天吟旧景,又看西子换新妆。若非仙子居住处,也是人间极乐乡。

满庭芳·有感北极寺三所十年回顾迎春书画展

头顶寒风,足粘残雪,晓路步履匆忙。精心筹展,挥汗送斜阳。昔日奔驰战场,而今是、笔下昂扬。迎朝露,奋功几案,残月伴星光。 芬芳,神意韵,墨书彩画,满目琳琅。淀十年苦乐,究短研长。观者勉言络绎,这才是、最好评章。休言老,常称还小,晚节久飘香。

高景云

女,1933年生,河南商丘人。1951年入伍。曾任空军二预校文化教员,西安市中学高级教师。解放军红叶诗社社员。与殷立孝合著《琴瑟吟稿》。

《红叶》飘香

红叶流丹映夕阳,彩霞裁作嫁衣裳。桃鲜李艳花千朵,装点军营分外香。

参加首届军旅诗词研讨会有感

幸会吟坛千里行,论诗军旅话征程。华章宛若洪流滚,杯水微澜伉俪兵。

童年噩梦
——纪念抗日战争胜利60周年

百里逃亡记忆新,敌机暴虐屡惊魂。横尸郊野斑斑血,弹洞残垣累累痕。投笔从戎时有梦,舍身报国杳无音。英灵碧血三千万,化作钟声警后人。

① 投笔从戎,指在京读大学的父亲于国难当头之际,毅然投奔革命圣地延安。

赞神七

神州十亿系东风,三马行空探九重。大宇茫茫留足印,星河烨烨映旗红。科坛夸父雄心壮,月里嫦娥归意浓。航路通天欣跨越,问天更上万千峰。

西江月·清川江

今日粼粼碧水,当年滚滚硝烟。两江旷野巧周旋,分割迂回夜战。　　首搏云山城垒,又攻飞虎峰巅。敌军溃退过清川,宏略胸中再展。

西江月·忆送别

鹰击长空梦断,心萦教苑魂牵。传承文化结情缘,修业匆匆届满。　　学子亲如兄长,教员恰似镫鞍。车厢话别忘回还,越站依依惜返。

忆秦娥·怀念周总理

悲声切,灵车缓缓情难越。情难越,梅园泣血,北疆飞雪。　　年年泪洒清明节,流光易逝情难却。情难却,西厅月朗,海棠高洁。

西江月·赞西安老战士大学

昔日金戈铁马,今朝翰墨华章。晚霞辉映白发苍,激起童心荡漾。　　艺海扬帆奋进,程门立雪情长。攀援不辍耄年郎,抗大校歌高唱。

南柯子·老战友古都重聚首

故地新颜美,知交旧谊浓。沧桑半纪觅前踪,一曲壮歌似现昔时容。　　淡定沉浮事,力求耳目聪。斜阳西下远山红,海北天南遥念寄春风。

采桑子·重阳节赠战大诸学友

苍松伴菊重霄爽,万里骄阳。沐

浴骄阳,艺苑春风百卉香。　　弄潮学子抒心曲,装扮秋光。莫误秋光,热血消融两鬓霜。

抗战胜利六十周年感怀

浪淘沙

炮火锁卢沟,残月当头。腥风血雨漫神州。亿万军民齐奋起,敌忾同仇。　　血泪写春秋,昭示全球。招魂闹剧未曾休。拭目东瀛玩故伎,砺我吴钩。

鹧鸪天

劫火横天血染尘,河山半壁痛沉沦。心驰宝塔仰天柱,情系黄河铸国魂。　　怀热血,历艰辛,硝烟岁月献青春。无名忠骨知多少,自有心碑万古存。

破阵子·八一情怀

敬酒香飘原野,颂歌律荡关山。星火燎原征战激,科技强军奋勇攀,长城坚若磐。　　三代军缘得继[1],八旬本色相传。梦系柳营思绪涌,情动笺留励子篇,攻尖箭上弦。

[1] 作者自注:三代军缘,指家父高广湘、余和儿子殷肖川祖孙三代。

高福林

笔名一苇子,1954年1月生,山东冠县人。1969年12月入伍,后转业。曾被国务院授予全国劳模荣誉称号。中华诗词学会会员。

春 声

虎帐龙心两放狂,四围嫩绿举晨光。军歌一并清波远,兵马归时百草香。

帮 厨

温情热语煮军餐,好让雄师保健安。假日兴来勤灶火,方知无艺不尖端。

战士和首长比武

战场非容斗嘴郎,新兵老将较真枪。秋花一似春花好,怒放心中各有香。

向水灾区捐款

报上传来不幸音,喧腾热血激征人。八元月俸平时俭,此刻倾囊作赈银。

坝子行

山环千万树,水曲二三家。
云路宜兵影,松声入雨茶。
沙平缘野径,石峭倚悬崖。
忽见西归鹜,乘风唱晚霞。

送 别

细雨牵衣步,微风助笛声。
三年征战苦,一抱别离情。
托胆争先进,比肩恐后行。
不知今夜月,能否话长明。

某型导弹试验执行传输任务

豪气排云海,乘风瞰大荒。
千山堆锦绣,万壑露奇光。
敌国思养虎,吾华欲射狼。
中枢传妙计,来去共飞翔。

和静野训

逆水迎风去猎狼，穿湖远上是蛮荒。
天山石割成奇影，瀑布雷鸣化玉芒。
古墓群连龙虎帐，黄教庙送铠戎装。
驱驰昼夜何须问，双足量营识短长。

抒怀寄家乡同学

总角心仪定远郎，浩然大漠试龙骧。
思封李广拼精武，志并嫖姚奋勇刚。
未结缘时怜五柳，俟传令后喜冯唐。
匹夫不减凌云志，也倚前人学射阳。

读史有感

自古繁衰本有因，强军备战抱经纶。
开疆必有忠良将，锁国何来幸福春。
抗日烽烟昭世久，援朝战火励人频。
议和辙印今难灭，托胆谁堪说卯寅？

家　报

身期橄榄意纵横，戈壁孤烟托胆行。
志读兵书思定远，心钟名节喜苏卿。
清贫尚且轻江子，报国何能学季鹰。
哨所周边多石砾，削成子弹助军声。

破阵子·记梦

逐日云头放马，乘风浪上看花。一把松阴拴岁月，半坡石气任横斜，心飞到海涯。　　陌上征鸿送远，檐边紫燕归家。旆卷扶摇驰壮志，枪挑岁月走龙蛇，边疆任叱咤。

破阵子·战友聚

雨沐山溪梦冷，风摇岸柳声斜。石染松香呼紫燕，窗排竹影许青茶，云飞不记家。　　一把知心岁月，几杯话旧桑麻。无限情思随酒聚，满怀意趣向天赊，雷音似鼓笳。

破阵子·思乡

梦里亲情盖被，醒来道谊扶伤。一曲中分明亮月，几番吻换绿军装，温馨似北堂。　　雨洗相思记录，云开壮气光芒。日出江河齐奋勇，风来木石共逞强，甘为守土郎。

郭　淮

1928年4月生，江苏六合人。1945年7月参加新四军，曾任兵团军务处处长，六合县人武部部长。中华诗词学会会员。

读毛泽东诗词感赋

塞北莽原大雪飘，南疆沃野绿娇娆。
红旗漫卷岷山路，白雨翻飞渤海涛。
胸有甲兵操胜券，心怀黎庶忍劬劳。
如椽笔写凌云志，诗国泱泱孰比高。

颂歌敬献周恩来

少年立志为兴邦，首义南昌赤帜张。
北战南征操胜算，外交内政铸辉煌。
清风正气民钦仰，大略雄才世颂扬。
陵墓无存遗爱在，人心史册共流芳。

征途漫忆

初入军营

同学年轻意气扬，纷纷投笔事戎行。
河边照影齐欢笑，灰布军装过膝长。

夜过封锁线

长山十里走蛟龙，夜半凝神伏草丛。

铁甲巡车刚驶过,千军一跃去无踪。

被选做机要工作

中秋月下尽欢颜,进入机关别有天。
心甘奉献淡名利,苦干埋头廿四年。

忆孟良崮之战

装备精良气焰骄,带头进犯势滔滔。
核桃纵比葡萄硬,邪恶终输正义高。
巨掌万钧山岳颤,孤军一片鬼狼嚎。
王牌覆灭秧歌起,五月沂蒙景更娇。

七十述怀

枪林弹雨幸存身,日夜兼程大半生。
旧梦已随征战渺,新潮正伴晚霞升。
敲诗刻意求佳句,猎影倾心越险峰。
休道古稀人已老,海天还欲驾长风。

警惕妖魔卷土来

史册尘封未忍开,当年举世共遭灾。
连天炮火家园破,遍地荆榛百姓哀。
赖有同盟挥利剑,才教公敌没蒿莱。
和平不易须珍惜,警惕妖魔卷土来。

军歌响起

戍边卫国献青春,抢险救灾不顾身。
战歌起处群情奋,无畏只因主义真。

回老部队

六十军一七九师前身是英雄部队"临汾旅"。"光荣的临汾旅"命名40周年之际,余与许多老同志应邀参加纪念活动,百感交集,为赋是篇。

一

四十年前转战频,出生入死为人民。

临汾大捷功昭著,赢得千秋万世勋。

二

老将豪情喜未磨,军营更见俊才多。
神州大地春潮急,共谱长征新战歌。

兵团生活零忆

背包打起走天涯,屯垦戍边到处家。
海角江滩潮气重,木床底下长芦芽。

《二战回眸》读后

史册重翻启我思,腥风血雨忆当时。
不堪回首须回首,前事不忘后事师。

忆师长罗炳辉

抗倭报国慰初心,虎旅屯兵大柳营。
魁伟长官赢盛誉,谓从奴隶到将军。

淮海战役组诗

指 挥

远瞩高瞻气势雄,风云变幻在心胸。
坚城悍敌何堪道,笑看纷纷入瓮中。

后 勤

小车无数亘长途,弹药军粮赖运输。
万苦千辛咱乐意,翻身要把祸根除。

胜 利

坦克飞机枉自忙,突围无路守无方。
六十万人齐溃灭,江淮大地沐春光。

展 望

军民合力铲"三山",不怕前途有万难。
大敌歼除清路障,雄师指日下江南。

白首放歌

战友远方来,晚间同榻睡。忆昔

复话今，更深难成寐。回顾少小时，挣扎旧社会。啼饥又号寒，多少血和泪。参加子弟兵，百战扫鬼魅。建成新国家，举世都钦佩。道路多曲折，进进复退退。正反体验深，方向终选对。改革开放好，原则不违背。中华得振兴，人民开心最。时代春潮涌，九州风雷沸。老迈有余热，安能白耗费。革命道理深，青年需教诲。腐蚀花招多，千万莫陶醉。稳定系大局，团结最可贵。经济是中心，此事关兴废。精神要文明，涤污除愚昧。祖国山川美，高吟复彩绘。操心事太多，时间难分配。恨不系长缨，免教日西坠。有人不理解，讥我活得累。清闲人不少，何不学彼辈？我自讨苦吃，忙中得安慰。生为革命人，鞠躬当尽瘁。谋政靠大家，休云不在位。微力献人民，临了庶无愧。

江东门行

南京城西江东门，土地河流带血痕。当年日军大屠杀，惨绝人寰不忍闻。犹记时当冬腊月，乌云低沉寒风咽。铁蹄践踏遍古城，文物生灵遭毁灭。狂轰滥炸交相摧，又纵烈焰烧城街。昔日江南佳丽地，转眼处处瓦砾堆。嗜血残民赛狼豺，枪刺刀劈更活埋。月余杀人三十万，尸横遍野天地哀。丧尽天良剩兽心，疯狂无耻肆奸淫。老妪孕妇和幼女，也遭蹂躏苦呻吟。无恶不作贼手伸，强取豪夺乱纷纷。"扫荡"归来大"收获"：钱粮衣物共鸡豚。烧杀奸掠罪滔天，恶魔还想装神仙。"亲善""共荣"全鬼话，"王道乐土"是深渊。伟大中华不可欺，国难当头众心齐。坚持抗战八年整，终教强敌举降旗。有人迄今不省悟，铁证如山全不顾。更有丧心病狂者，想学法西斯蒂走老路。我作此歌几掩涕，苦难历史应长记。唯有祖国富且强，炎黄子孙才能挺腰扬眉不受气。改革春风遍神州，一国两制是良谋。港澳回归洗雪国耻欣有日，更盼宝岛大陆早日统一固金瓯。人类本当如一家，缘何动辄刀兵加？但愿霸权主义早绝迹，五洲遍开和平花。

渔家傲·离休寄战友

忆昔深宵常不寐，八方转战多劳瘁。历尽艰辛除腐秽。开心最，建成新国全球佩。　似水流光销壮岁，老来自应身先退。回首平生无所愧。山川媚，寻诗猎影人如醉。

采桑子·老区感怀

昔年战友欣相伴，白发斑斑，不畏艰难，千里重回大别山。　弹痕血迹无寻处，才脱饥寒，莫下征鞍，四化高峰奋力攀。

金缕曲·莫辜负

回首长征路。赤旗飘、千山万水，等闲飞渡。强敌如林无所惧，横扫腥风毒雾。齐奋发、谁能挡住？推倒"三山"新国立，百年来终见东方曙。亿万众，共歌赋。　而今改革开新步。看神州、热潮滚滚,好春常驻。任是风云多变幻,还有豺狼鼠兔。我敢作、中流砥柱。认准目标同心干,让泱泱华夏强而富。先烈志,莫辜负!

汉宫春 · 上甘岭之役四十周年赋

血火当年,忆弹丸小岭,弥漫硝烟。狂轰滥炸,霎时削去峰尖。如狼敌寇,一群群、胆破身歼。钢铁固、英雄阵地,岿然屹立前沿。　　世事历来难料,叹风云变幻,魔怪蹁跹。崎岖路途走惯,何惧危艰。同壕战友,发苍苍、壮志犹坚。人十亿、高擎赤帜,寰球试看明天。

郭之怀

1935年10月生,河北玉田人。1956年入伍,曾在济南军区空军司令部工作。解放军红叶诗社社员。

怀念周总理

霜欺雪压北风摧,岭上犹开满树梅。
为祭周公骑鹤日,马翁特遣早春归。

鹧鸪天 · 贺我国首艘航母辽宁舰入列

航母"辽宁"入列装,激昂军乐凯歌扬。海疆捍卫添新器,舰载雄鹰战力强。　　天朗朗,海茫茫,跳梁小丑莫疯狂。南沙钓岛神州地,胆敢来侵葬大洋。

鹧鸪天 · 神舟十号飞天颂

火箭岿然矗立中,飞船卧箭在巅峰。一声霹雳冲天宇,霞蔚云蒸醉景红。　　如闪电,似蛟龙,神舟展翅吻天宫。太空授课开新径,交会连接任纵横。

郭凤朝

1936年10月生,辽宁义县人。1956年8月入伍,曾任海军大连老虎滩干休所所长。解放军红叶诗社社员。

故乡行

寒窗攻读义州城,往事依稀感慨生。
朝望福山观石窟,暮听凌水泻涛声。
樽前语笑师生趣,席上馔馐亲友情。
故土乡音常入梦,长留思念赴新程。

春到山乡

丝丝垂柳拂堤沙,阵阵和风暖万家。
隐隐青山腾薄雾,毛毛细雨润新芽。
声声牧笛穿河谷,曲曲轻歌唱晚霞。
煦煦春光笼大地,粼粼碧水上鱼虾。

抒　怀

半生军旅付年华,余热犹存恋晚霞。
日览千章寻妙句,夜耕万卷学涂鸦。
书山觅宝清平乐,诗海泛舟蝶恋花。
泼墨挥毫勤动脑,吟诗撰对赏奇葩。

郭石专

1929年生,湖南长沙人。1949年入伍,曾任长沙政治学校教员,长沙理工大学教授。

菩萨蛮·记下连当兵

合　练

龙腾虎跃山河震,奇峰镇上雄师阵。合练即登程,三军如武神。　强军须练够,三伏加三九。有幸我随行,荣当新列兵。

攀　山

朝晖喷薄林间路,崎岖小径青苔步。十万大山攀,雄师何畏难。进山刚拂晓,深夜爬山坳。困极梦中行,醒来天已明。

抢　渡

晚霞映日天将黑,大军直扑漓江侧。炮火满天飞,硝烟遮日晖。　战船争抢渡,溃敌频成虏。皆笑敌慌张,逃奔鸣乱枪。

射　击

天公有意开玩笑,倾盆大雨加风暴。更助练精英,撼山难撼兵。　水中齐卧倒,射击仍然好。心热忘身寒,枪枪皆十环。

郭杏林

1930年生,河北乐亭人。1947年入伍,曾任乌鲁木齐陆军学校政治部主任。著有《晚晴习韵》。

戈壁芨芨草

刀风剑雪顽强搏,合聚成墩抗劫波。似效成营英勇气,常随将士放豪歌。

郭珍富

1935年9月生,安徽繁昌人。1962年入伍,曾任解放军南京政治学院副教授。解放军红叶诗社社员。

春游镇江焦山

玉浮滴翠镇江中,紫燕飞来识壁峰。彼岸机轮迎宾客,禅房神呗入春风。碑残瘗鹤留佳构,墨宝光轩播远东。更有抗英遗迹在,至今浩气贯长虹。

故乡荻港行

荻港故乡风物佳,渡江侦察响天涯。草桥花径归桑女,水阁楼台聚酒家。板子矶湾宿舟楫,长龙山脉储金砂。誉扬更有海螺好[1],销远新添锦上花。

[1] "海螺"为水泥品牌。

南乡子·读《荻港镇志》感语

江水向东流,置镇汉刘芦荻沟。形胜山河风景好,难求,今古名家诗赋留。　麦浪菜花稠,杨柳絮飞无为州。永记当年争解放,军道,冲破长江第一舟[1]。

[1] 1949年4月21日,渡江战役开始,人民解放军百万大军突破长江天堑,渡江第一船就是从荻港登岸的。

唐　硕

1934—2014年,湖南邵阳人。1949年入伍,曾任解放军体育学院院务部部长,大校军衔。解放军红叶诗社社员。

雪山宿营

雪剑风刀削马蹄,帐中不解战时衣。

日追残匪兼程急,夜抱钢枪梦鼓鼙。

豫北某部阅兵

千顷机场爽气新,太行遥见碧嶙峋。
令传城郭青天外,声震中原黄水滨。
方阵堂堂迎丽日,军旗猎猎舞轻云。
长城钢铁谁能越,永固金瓯建大勋。

唐光斗

1932年8月生,湖南望城(今属长沙市)人。1949年入伍,曾任某守备区政治部副主任。解放军红叶诗社社员。著有《岁月行吟集》。

题旧照三首

一

攘夷融岁月,抗美撼苍穹。
往事情难已,高山觅旧踪。

二

古田决议铸丹心,高举红旗铁血军。
以岛为家融特色,长期守备建功勋。

三

百万裁军奉令行,篁门植木杜蓬瀛。
细流汇聚江河畅,憧憬花开万朵红。

八十二岁抒怀

笔耕不辍度余生,酷爱诗章读马恩。
旧岁求生十六载,戎行奋发三十春。
曾经战火身犹在,几遇狂飙志愈贞。
回望已欣无憾事,嘶风尚有骋驰心。

唐缦毅

笔名蜀湘云,女,1951年10月生,四川北川人。1968年入伍。中华诗词学会会员,北京诗词学会常务理事,《红叶》副主编。

咏 枫

最爱西山挺拔枫,历经雨雪栉寒风。
霜天辽阔晴光好,尽染层林岁岁红。

致敬辽宁舰

领空辽阔海疆宽,破雾艨艟踏浪先。
壁立鲸涛腾舰首,抟风鹰翼掠长舷。
"八一"徽帜虹霓展,铁血军魂日月悬。
冲向深蓝开岛链,扬威四海靖狂澜。

西雅图中秋

西城此夜月明眸,客子惊心异国秋。
玉宇同辉金镜满,碧空一派绛河流。
丹忱每念慈亲唤,魂梦相期梓里游。
纵有亲朋嘉会盛,举头犹自望神州。

己丑十二月初九日谒文丞相祠

重整河山帅众戈,临危受命奈时何。
孱羸幼帝谋无主,谄佞奸臣倡媾和。
烽燧北燃家国难,磁针南指楚囚磨。
英雄末路终慷慨,留取丹心正气歌。

再读《稼轩长短句》

壮岁万夫拥,白头青兕神。
狼星东北耀,剑气中南焚。
浩魄山河咏,丹忱笔墨存。
生前身后誉,青史炳忠魂。

过溪口忆张学良将军

剡溪九曲绕无涯,武岭城关气象佳。
雪窦弥陀慈信众,妙高化境涌莲华。

南倾瀑泄千寻泪，北望云飞万里家。羁客魂归何处去，出墙犹见血红花。

鹧鸪天·八一感怀

又听军歌唱大风，龙喷虎嗷啸天穹。也曾慷慨边关戍，无悔青春为国雄。　　承父辈，建新功，赤心不改是精忠。至今笔底风云涌，要写中流砥柱峰。

喝火令·军旅情怀

飒爽英姿日，戎机赴北疆。朔风吹雪扫千冈。漫卷帜翻徽耀，意气逐鹰扬。　　梦里军歌壮，魂索演武场。浩然正气惯铿锵。热血青春，热血固金汤。热血赤诚如一，志趣久轩昂。

破阵子·军旅诗情

梦里年华少艾，惊回赤宇狂飙。携笔从戎承父志，报国精忠稚气豪，英姿夺锦标。　　塞外霜天月朗，边陲沃野花娇。执意风骚心默诵，情寄深衷笔试描，襟怀岁月陶。

朝中措·北疆哨所白桦林印象

北疆春晚碧氤氲，浸染桦林新。耸起银桅并立，蓬勃绿色青春。　　边城烽火，军营鼎沸，将士忠魂。熔铸铜墙铁壁，锤成赤子精神。

风入松·雪夜站岗

边陲数九夜风狂，飞雪没林冈。持枪瞪目如碑立，眉封白、冰甲银装。忽而苍狼长啸，悚然毛发贲张。　　熊罴直北逞蛮强，恶浪起龙江。积粮挖洞固金汤，好儿女、争赴疆场。血色军旗猎猎，青春神采飞扬。

破阵子·野营拉练

林密山深雪厚，狂风掀帐翻灯。子夜和衣将入睡，拂晓拔营梦带冰，眉霜抖落星。　　直北熊罴啸叫，边防布网挥缨。枪刺劈开天地冻，滑板飞行鸟兽惊，虎贲卫国宁。

破阵子·为侄儿军校毕业赴酒泉壮行

嘉峪雄关漫道，祁连峰岳昂扬。承志新兵参伟业，热血男儿当自强，雏鹰振翅翔。　　瀚海青春炫彩，昊天豪气偾张。智勇超前添虎翼，科技强军助龙骧，神舟向月航。

酷相思·战友聚会

幸会才知离绪偬，泪盈眶、称名后。纵形貌、模糊犹似旧，欲辨也、终难透，欲诉也、应无够。　　共忆当年烽火骤，结数载、真诚友。更唤起、惜光深感受。绮岁也、都不负，余岁也、应抖擞。

忆旧游·本意

戊子之春，江南访友，重游西湖，圆卌载梦。

正江南碧透，雨润风柔，灵物争翘。结伴重游地，觅新观旧致，卌载神邀。鬓霜未许人老,犹兴逸情高。乐叠巘重湖,浓妆淡抹,今古难描。　　晴朝,访灵隐,谒岳庙秋茔,魂断堤桥。梅落孤山翠,映三潭波皱,柳浪莺嘹。保俶倒影清俊,西子愈妖娆。任世代频更,湖山不改风月娇。

鹧鸪天·黄河遥想

　　源溯昆仑沛泽丰,滴涓涣漫汇横纵。垄塬堆土飏于北,黄水浑沙奔向东。　　经万里,历秋冬,千流百派尽涵容。鹤鸣华表江山永,天纵中华浩荡龙。

浦大铨

　　1928年12月生,安徽合肥人。1949年入伍,曾任铁道兵司令部办公室副主任。解放军红叶诗社社员。著有《浦大铨诗词书法选集》。

国庆盛典颂

金秋盛典沸京城,明朗晴空溢欢声。
滚滚铁流严阵列,煌煌斧钺气恢宏。
喧天鼓号民安乐,遍地花团国富盈。
六秩光辉龙凤舞,腾飞再现彩鸾鸣。

再唱《黄河大合唱》

黄河怒吼浪涛掀,汹涌奔流震九天。
哀曲忧民陈患难,清词泣诉弃园田。
健儿无畏纵戎马,豪杰昂扬举铁鞭。
唱罢大风情激奋,拯民何惧赴危艰。

猎猎旌旗铁道兵

烽烟压境请长缨,猎猎旌旗铁道兵。

锹镐筑成新路畅,木排架就大桥横。
敌机狂炸车飞动,洪水汹摧物运行。
笑语欢声谈伏虎,当年战友叙衷情。

铁道兵勘测队员之歌

为下巴山战蟒蛇,平衡标架走天涯。
攀崖似鹿驰平地,越涧如鸿落陇沙。
野菜山禽权果腹,帐篷茅舍笑安家。
珠峰遥望虹霓现,康藏丛峦壮迩遐。

大西南筑路情

峻岭高原接九天,钢龙驰骋越滇川。
穿山凿洞珍珠串,跨水横桥玉带连。
朝发春城离帝女[①],夕归蜀国会诗仙。
何时了却山河恋?路网丝牵故里烟。

　　① 帝女:织女。班固《西都赋》:"临乎昆明之池,左牵牛而右织女"。

涂　键

　　笔名豫章台,1948年2月生,江西临川人。1968年2月入伍。江西省诗词学会会员,《红叶》特约编委。著有《豫章集》。

永遇乐·南昌

　　南浦飞云,西山积翠,江渚霞鹜。滕阁新修,梅祠扩建,春洒将军渡。鸟歌鱼乐,人和政达,琼厦玉楼星布。赤歌会、城徽伟塔,贺朱旧居群顾。　　嫦娥戏兔,萧仙学管,王母瑶池漫步。巨变惊闻,相邀下楚,簇带同驾雾。先前荒漠,今天红谷,胜却蓬瀛无数。招王勃、重游古郡,再将序赋。

［正宫·双鸳鸯］
游刘公岛有感

雨纷纷,血喷喷,岂向东瀛让寸分。海战硝烟如未尽,至今犹忆两昌君①。

① 两昌君,指丁汝昌、邓世昌。

涂运桥

笔名楚成,1972年12月生,祖籍江西临川。1994年参警,二级警督。《红叶》特约编委。著有《楚成诗词集》等。

捣练子·站岗

江浪卷,北风鸣,一夜无眠万户宁。犹记小儿勤嘱咐,带枪和月到天明。

采桑子·清网

出城关口盘查紧,烟幕重重。线索朦胧,疑犯潜逃尽带风。　　往来车辆知多少,暗影迷踪。一夜寒冬,云满江天雪满松。

临江仙·夜巡

雨骤风狂何所惧?戎衣立尽余寒。英雄埋骨有青山。荣名身外事,心系万民间。　　醉里豪言君莫笑,前途道道重关。战歌声里月初残。壮怀时刻在,夜夜国门边。

鹧鸪天·战友复员从警

廿载戎装塞外征,江山一统梦长萦。点兵西北红旗烈,踏马东南肝胆倾。　　追往事,忆峥嵘,男儿意气最难平。还将年少英雄志,化作擒凶万里行。

鹧鸪天·洛阳烈士陵墓被拆让位商业用地有感

风卷红旗鼓角加,执戈边塞战云遮。而今寸土黄金价,曾是当年血染沙。　　房地产,竞豪奢!与君羞说大中华。可怜烈士英魂散,更待何人护国家?

临江仙·为奥运安保执勤

天地欢情与共,回眸处处披红。点燃梦想鸟巢中。神州佳节至,四海意相通。　　为保平安岁岁,枕戈夜夜长风。朱颜华发转匆匆。执勤当此际,圣火耀心空。

鹧鸪天·除夕执勤

飞雪无边裹满身,江城从警度青春。惯离歌舞繁华地,甘做升平呵护人。　　梅数朵,道千巡,声声鞭炮震乾坤。警灯初谢晨光现,一夜双亲犹倚门。

清平乐·卧底

明争暗斗,危难眉休皱。潜伏经年和月瘦,怜取春光入袖。　　但将行迹深藏,随时待令他乡。眼底波澜谁解?远看铁树银妆。

浪淘沙·设卡

卡点设前沿,箭上心弦。街头警戒夜犹寒。一任月升江汉上,又是无眠。　大案震长天,未破难安。茫茫人海线初牵。铁打身坚今处处,捷报将传。

水龙吟 · 警营遣怀

钢盔结满冰霜,长街出警人依旧。惊鸿照影,蛛丝难觅,烟笼梅嗅。月涌江流,星临村野,几曾回首。任狂潮涨落,楚天如水,投笔处、风雷吼。　案破归来举酒。念平安、万家常守。九歌起处,纵情书画,登高云镂。漫道征途,霜刀雨剑,痴心知否?想携枪缉匪、驱车百里,不曾眉皱。

江城子 · 寄远

少年壮志逐云飞。举金杯,对斜晖。如画江山,何处不芳菲?投笔请缨边塞外,挥利剑,展英姿。　军旗猎猎马奔驰。过伊犁,柳林低。大漠风烟,无悔故园辞。为保金瓯长永固,凝众志,护疆西。

风入松 · 送行

一声珍重酒初醒,大漠我来行。江南别却征途去,半缘梦、半为痴情。片片寒香入袖,无边疏影盈盈。　天涯岁岁把枪擎,哪管月阴晴。飞沙频扑巡天眼,为和平、力聚心凝。铁马红旗高卷,冰河踏碎声声。

临江仙 · 秋夜执勤有感

犹念秋风昨夜,菊香遍及天涯。边城霜叶胜春花。警灯时闪烁,明月倚枪斜。　寒色轻笼塞外,钟声唤起朝霞。故园万里梦还家。儿童欢笑去,白发又添些。

陶　渔

1932年生,湖南宁乡人。1949年入伍,曾在海军某部服役。著有《倚杖集》等。

参军五十周年

弃文习武起苍黄,历尽艰辛志未央。
五十年前投笔处,喜看红叶映斜阳。

访花明楼母校

阔别明楼卌一年,黉门依旧忆联翩。
凭栏爱读鲲鹏赋,击节常吟风雨篇。
抗日弹痕存故壁,兴邦心事仰新贤。
重来太息香楠折,却喜黄花分外妍。

孙中山先生诞辰一百二十周年

当年故国苦凋零,风雨陵夷势欲倾。
汉上旌旗光日月,羊城号角逐鲵鲸。
宏图宿构垂方略,主义新诠启后程。
遗业中华开盛世,和平统一续前征。

忆长沙文夕大火

曾经文夕火,炽焰照家山。
星月潜行迹,黎元茹苦酸。
铁蹄千里遍,焦土一方残。
未战城先堕,萧萧湘水寒。

和先淮妹唱《黄河》歌有怀

一听黄河壮志遒,当年烽火遍神州。
曾随北伐平群丑,又向东洋逐恶鸠。
澎湃心潮君与共,中兴国是我同讴。

黄沙白草迎开拓,西北腾飞仰运筹。

忆余杭·读长公舰队远征诗

魂梦神游,海北天南青岛好。洪波浩瀚接云端,心思海洋宽。　　诗吼吟啸如潮汐,忧乐为怀情未已。高歌一曲赋长征,铁舰济沧溟。

临江仙·寄望

年迈行将归去也,风尘暗换朱颜。三更灯火意拳拳。初衷依旧在,身老志弥坚。　　寄望莘莘诸学子,求知好趁华年。兴邦伟业赖薪传。风云新世纪,四海共争妍。

陶万昌

1931年生,苗族,重庆彭水人。1948年入伍。转业后曾任中国医学科学院生物研究所办公室副主任。著有《翠柳吟》等。

水调歌头·滇南追歼战

汗雨铁衣冷,万勇赴疆场。庚寅春早,云岭千里斩豺狼。敌总汤尧督战,恶首驱兵上阵,顽垒尽仓皇。八面断逃路,穷寇遁边荒。　　截蒙自,围个旧,战坡塘。群英血沸,连续鏖战房曹汤。跨过元江墨水,翻越哀牢无量,再战斩顽狂。劲统降孙虎,威武固南疆。

陶开涛

1926年生,江苏涟水人。1947年4月入伍。解放军红叶诗社社员。

怀旧

阵阵骊歌催转移,如烟往事梦依稀。一生荣幸当须记,最是无名战线时。

陶先泳

又名陶剑,女,1940年生,湖南宁乡人。曾在新疆生产建设兵团工作。著有《笑傲黄花》等。

自题两帧骑马照片

抛却江南意气奢,当年跃马走天涯。轻装短辫谁家女,笑对边城二月花。

南归

诗书漫卷入雄关,万里征程指顾间。照眼春光明梓里,拿云心事忆天山。灯前亲友重相聚,塞外年华岂等闲。留得豪情同奋起,会须立懦且廉顽。

题湘潭菊花塘公园

新辟园林远市尘,菊花塘水碧粼粼。绿杨荫里鱼吹浪,红杏枝头鸟唤人。倩女涴裙藉芳草,老翁练气趁清晨。隔墙风送书声朗,绛帐弦歌喜结邻。

秋郊即兴

薄袷轻衫八月秋,清凉天气到潭州。渐多玉露花迎笑,初起金风树未愁。芋硕瓜红年大有,橙黄橘绿景偏幽。山川满眼如披绣,白鸟翩翩下碧流。

望江南·三中吟

菊园畔,幽径倚墙斜。万紫千红香袅袅,三中今日满庭花,风景不须夸。 弦歌地,春到教师家。人学雷锋新榜样,我甘粉笔旧生涯,桃李竞芳华。

南歌子 · 退休书感

粉笔生涯里,青灯课卷中。腻风酥雨酿春浓。绿遍千山桃李郁葱葱。 白发欺人老,初心射虎雄。余年差幸未龙钟。应许长天焕彩夕阳红。

陶俊新

1926年生,湖南宁乡人。先后毕业于大连海军学校和南京海军学院,长期在海军工作。曾为湖南诗词协会顾问。著有《佛呗涛声》等。

呈 父

关山戎马效驰驱,欲缚苍龙慰倚闾。
投笔好磨三尺剑,焚膏曾读五车书。
长蛇海上方吞象,困兽天南尚负隅。
午夜鸡声惊壮士,敢抛年少误居诸?

广州抒怀

雷鸣大地龙惊蛰,雨饱风和二月花。
四野完成新国政,一江初理旧渔权。
兵严远狩方增舰,民与更新首正家[①]。
郡国亭林怀利病,摩挲书剑对春华。

① 时土改结束,正开展反渔霸斗争,颁布新婚姻法。

随长春号驱逐舰夜出布雷

铁舰冲波出,苍茫夜色重。
荧光逐鹰隼,声纳探蛟龙。
八阵逾江石,千雷护海封。

鲸鲵莫窥伺,倚剑有长锋。

除夕戍大麦岛

万家灯火团圆夜,独荷钢枪风雪中。
巨炮昂然指天外,为防海上起蛟龙。

生日抒怀,时在北海舰队

雨骤风狂五十年,江山赢得照人妍。
槐云榴火桑麻绿,燕舞莺歌天地鲜。
衣振东冈迎海日,兵严北泽走楼船。
廉颇未老新加饭,破虏犹思一控弦。

香港回归,缅怀三元里平英团烈士

长忆三元里,平英势若飚。
挥刀寒敌胆,漏网走烟枭。
敢忘苌弘碧,终塞米字幖。
罗湖收失地,魂为国殇招。

纪念投身人民海军四十周年

挥戈跃马从军去,骤雨惊飚四十年。
横海人归矜雪鬓,射蛟气壮忆楼船。
故家风暖堪颐性,老骥蹄疲合饮泉。
且对洞庭聊自酌,明霞晚照满苍天。

黄兴故居题句

才兼文武万夫雄,喋血羊城挽劲弓。
留得故家风雨后,神州争拜老元戎。

水调歌头 · 为海军潜艇学院校庆赋句

潜向五洋底,虎穴自从容。狂澜纵卷天坠,奈我铁蛟龙?试看奔雷起处,指顾长鲸授首,直捣水晶宫。

仁者信无敌,慷慨气吞虹。 继七一,承八一,蹑高踪。春风化雨,今看桃李喜葱茏。造就英雄儿女,练就经纶文武,报国矢丹诚。待驾千艘艇,破浪逐长风。

沁园春·香港回归,缅怀虎门之役抗英殉国诸将士

鸦片烟销,粤海波翻,敌舰叩门。有田横五百,睢阳南八;挥戈杀贼,壮气干云。廊庙无谋,英雄喋血,割我香江天地昏。从兹后,更生民忿懑,故国沉沦。 曾巡旧垒荒榛。抚废炮千钧留战痕。忆临风作吊,国殇如在;横枪立誓,其耻难吞。珠摘王冠,旗搴米字,失土而今归主人。烧椽烛,把新来捷报,遥奠忠魂。

八声甘州·戊寅春日访居庸关作

访秦时明月汉时关,万山莽青青。想龙蛇争命,英雄喋血,走马敲枰。雨湿天阴鬼哭,白骨向人撑。回首兴亡事,堕地无声。 此日山南塞北,喜三春共熙,百族同荣。看燕云如璧,冉冉日华生。仗群才、鞭山叱石,许百年、故国卜中兴。振衣起,上雄关去,指点长城。

黄 克

1919年11月生,广东东莞人。1938年11月入伍,曾任广州军区后勤部直供部副政委。著有《老骥集》。

纪念抗美援朝五十周年

东邻遭战祸,群盗逞凶狂。
抗美驱夷霸,援朝卫国疆。
元山先伏虎,所里再擒狼。
签约板门店,和平正义张。

缅怀抗日英雄黄友

当时年少是童顽,放下牛羊舞戟鞭。
湖笃歼倭冲首阵,平湖灭伪破前关。
沙场杀敌满腔血,战地捐躯一寸丹。
抗日英雄旌闪耀,名垂青史照人间。

痛斥贪官

赃官墨吏太猖狂,蛀木剜墙撼大梁。
贿赂钻营求利己,钱权交易饱私囊。
赌场作客称豪杰,淫屋藏娇乱纪纲。
大厦岂能容硕鼠,终将入狱叹银铛。

黄力天

1932年生,湖南醴陵人。1949年入伍,曾任总参动员部军事训练处处长。解放军红叶诗社社员。著有《远香诗书画集》。

纪念朱德同志逝世二十周年

誓除腐恶沸胸中,不慕虚名器量宏。
首义南昌讨蒋逆,挥师华北斗倭凶。
军民异口讴勋帅,文武同声赞玉公①。
钢铁长城今更固,三军永念老英雄。

① 朱德字玉阶。

鼓浪屿好八连一瞥

闽南八月气温高,严整军容士气豪。

更有雷锋传统在, 便民送水不辞劳。

参观厦门胡里山炮台

厦门岛上岸边庄, 巨炮雄姿震海疆。
可敬先贤强国志, 节衣铸剑御江洋。

纪念中央红军长征胜利七十周年

一

长夜星星火, 燎原耀九州。
炎黄重崛起, 代代忆源头。

二

地缀红飘带, 风尘七秩秋。
年深犹靓艳, 似水永长流。

访革命老区红安县有感

红安斗志最昂扬, 两百将军一故乡。
大别山南燃烈火, 中原地北沐春光。
赴汤蹈火男儿勇, 送物支前妇女强。
赤色江山鲜血染, 长街传统永流芳。

纪念周恩来同志逝世三十周年

少年宏志闯东瀛, 横溢才华品德崇。
举义南昌惊敌胆, 周旋虎穴震顽凶。
巍巍大厦擎天柱, 浩浩江河掌舵翁。
勤政清廉堪典范, 心碑永树庶民中。

减字木兰花·挺进汶川

路崩车绝, 徒步行军情更切。风雨交加, 昼夜兼程一百八。 此行何去? 地震中心灾重处。威武之师, 忘我救民展勇姿。

黄士林

1926年生, 江苏大丰人。1944年入伍, 曾任苏州军分区顾问。解放军红叶诗社社员。著有《黄士林诗书集》。

虞美人·芦荡火种

阳澄水拍芦花荡, 游击青纱帐。乌云滚滚起烽烟, 抗日健儿出没水乡间。 湖清荡阔凭鱼跃, 伤号扁舟泊。军民携手驾风帆, 自是星星之火耀江南。

如梦令·战马

雪袭北疆原野, 忆我当年良马。千里走天涯, 戈壁奔腾潇洒。潇洒, 潇洒, 踏雪夜归飞跨。

谒金门·忆渡江战役

长相忆, 又是明媚春色。雨打纱窗风紧急, 浑似江水拍。 江北万舟云集, 堤上炮车林立。百万雄师齐突击, 渡江如卷席。

黄亚青

女, 1954年生于青岛。1969年入伍, 曾任总政门诊部主治医师。中华诗词学会会员, 解放军红叶诗社社员。

重返援越抗美战斗故地

别去悠悠四十秋, 梦中几度越疆游。
昔时战地硝烟漫, 今日遗台弹片留。
涉水祭碑情慨壮, 攀崖抚洞泪潸流。
红河尽洒青春血, 无悔今生志已酬。

祭拜铁道兵援越抗美烈士

出关千里谒陵园，战友灵前泪怆然。
火阵匆离成永诀，祭台再聚已苍年。
野山开路冲锋勇，峡谷修桥冒死先。
铁血男儿虽远去，丰碑长铸碧山间。

中俄深化全面战略
协作伙伴关系

曾经联袂称兄弟，不道中途两背离。
五秩纷争相冷漠，几番握手互迟疑。
重修友好人民愿，再搏同赢国力期。
战略并肩权霸惧，辉煌共铸未来时。

观红场阅兵感赋

红场歌声震碧空，庄严方阵气恢弘。
三军仪仗威风炫，十国彪师阔步雄。
导弹神鹰飞利剑，炮车铁甲走蛟龙。
战争创痛焉能忘，谁敢撄锋惩恶同。

三八节有赋

春花三月万枝红，瑰丽馨香各不同。
教子相夫揉挚爱，尊亲孝老慰慈容。
军营习武须眉敬，商海弄潮蛟鳄崇。
天占半边风骨俏，兰心蕙质韵无穷。

商场见闻有感

庙宇焚香叩拜虔，转身商海售其奸。
大虾惧看凝胶注，鲜蛋惊闻假料抟。
心窍鬼迷贪小利，良知狗噬赚黑钱。
发家致富应诚信，不义无德愧对天。

端午抒怀

楚水悲歌韵味长，离骚遗句断忠肠。
龙舟竞渡追思远，蒲酒青青糯粽香。

十拍子·月圆思子

素月清秋影寂，空庭金桂凝香。白首流年思彼岸，何日吾儿返故乡？魂牵幽梦长。　　欲拜晴云送饼，更祈飞雁传祥。欣慰儿怀鸿鹄志，望断肝肠岂恨伤。隔洋共月光。

黄志成

1982年生。江西丰城人。2000年入伍，曾为军事科学院政治部宣传部战士。解放军红叶诗社社员。著有《大树集》。

赋野草

独伴寒花初报春，怜香顾影不须闻。
闲将天地通一碧，老向山河洒万金。
莺燕啼时埋战鼓，烟霞起处没蹄痕。
知君能解乐天意，早把功名委与尘。

念方永刚

春飞方阵痛失行，鸿雁声声唤永刚。
化羽急思千古梦，驾云欲贯九天香。
清风已到玉霄舞，红日正将丝絮扬。
三尺讲台身可见，青阶拾步影犹长。

黄志祥

1944年4月生，江苏海门人。1963年8月入伍。

菩萨蛮·忆哈军工

晓风残月号声响，整装军训演兵场。风劲雪花飞，白霜浓染眉。　　用心功课上，问计中军帐。小树固根基，成材终有时。

沁园春 · 校友聚会

耄老归家，抵掌神聊，尽是故人。忆冰城文庙，戎装军号，丁香满苑，两老耕耘。学子英发，习文演武，展翅鲲鹏欲踏云。腾飞起，赴丛山大漠，历尽艰辛。　　转眼发白眉银，又岂料而今续夙因。赞大旗高举，同窗汇聚，继承传统，服务创新。作画填词，吟诗练字，光彩夕阳暖众亲。家怡乐，有香茶共品，美酒合樽。

黄绍栋

1930年生，福建罗源人。1949年入伍，曾任解放军国际关系学院副教授。

前沿哨所变迁记

海岸东风习习吹，山凹哨所沐朝晖。
滩前满布三棱石，岩后深藏战士盔。
昔日硝烟隔海域，如今交往敞门扉。
三通海峡辟头站，盼望台澎尽早归。

萧冬连

1950年生，湖南衡东人。1969年2月入伍，曾在国防大学任教。

念奴娇 · 西路军祭

英魂安在？已黄沙吹尽，残垣碧血。西渡孤军衔重命，二万工农俊杰。忌地鏖兵，冰天执令，悬势弹粮绝。裂云悲啸，祁连兵败山缺。　　岂想烈士沉冤，将军含辱，功罪凭谁说。巾帼落难，更何堪，生死无人顾得。六十八年，尘封昭白，已是头堆雪。人间此恨，西风千古呜咽！

萧永义

1928年生，湖南韶山人。曾任解放军政治学院《思想战线》副主编。曾为中华诗词学会和北京诗词学会常务理事，《红叶》主编。现为解放军红叶诗社顾问。编著有《古今军旅诗词荟萃》《毛泽东诗词史话》等。

登庐山访八届八中全会旧址

二十六年头未白[①]，不期今日上庐山。
漫从锦谷穿花径，直过溪桥礼昔贤。
大厦依然人寂寂，手书犹在墨斑斑。
松涛似向游人说，五老峰头未右偏[②]。

① 笔者登庐山时距1959年庐山会议已26个年头。
② 叶剑英元帅当年有诗赠董老："五老峰头偏向右，东方红后见分明。"

井冈山纪行

三　湾

久慕三湾胜，今来枫树坪。
长风吹雁阵，叠嶂绕飞云。
飞瀑激青石，霜林映赤旌。
徘徊不欲去，遥想点雄兵。

八面山

一哨高千仞，群山八面屏。
峰浮群岛列，潮涌乱云蒸。
小径分湘赣，层林隔雨晴。
新亭临旧垒，极目看飞鹰。

黄洋界

驱车直欲抵苍穹，始信黄洋一界雄。
云海茫茫连广宇，松涛阵阵裂长空。

森严壁垒苔痕绿，明灭旌旗晚照红。
指点当年鏖战处，耳边犹有炮声隆。

读毛主席《忆秦娥·娄山关》

长空雁叫西风烈，五岭逶迤涌铁流。
遵义旗开龙得水，娄关云立虎回头。
金鸡人听鸣三省，赤水神差作四游。
一阕秦娥最堪忆，马蹄声碎月如钩。

读《彭德怀自述》

一

浊浪穿空去不还，中流一石自岿然。
平江云树留明月，鸭绿风帆逐晓岚。
挂甲吴园刀未老，挥鞭巴蜀志犹坚。
遗篇展读人无寐，遥想孤灯写寸丹。

二

我为斯人泪湿衣，人中英杰帅中奇。
有威有德三军奋，无畏无私五岳巍。
牯岭松涛天际卷，眉山雁影十年稀。
鲸翻海啸坤旋轴，雪夜元戎下翠微。

陈毅元帅逝世十四周年祭

一

南征北战血云翻，元帅英名敌胆寒。
鼠虎龙鱼天欲坠，庭争二月气如山。

二

霜重云寒色愈浓，香山红叶斗西风。
笑看天马从天落，最最声中火自烹。

三

帷幄谈兵亦论文，墨酣笔走鬼神惊。
赣南梅岭悲而壮，大雪青松洁且贞。

四

行遍天涯咏未休，诗坛一帜足千秋。
何来酿海栽山笔，肝胆昆仑律自幽。

南下九嶷经萧克院长故里

湘南暴动赤旗飘，青史名垂贺与萧。
岁晚西山红叶灿，遥瞻马首赋风骚。

《古今军旅诗词荟萃》编后

一篇编罢起秋风，千古英雄入卷中。
翰墨拈来芳草绿，骅骝所向夕阳红。
曾临碣石观沧海，直上天山挽玉弓。
铁马冰河俱往矣，凭栏犹唱大江东。

初到九嶷山

帝子红霞惹梦思，九嶷无恙我来迟。
秋风秋雨寻斑竹，胜读都门百卷诗。

别九嶷经道县至永州

九嶷朝罢转苍茫，山路回环百结肠。
月黑风高车疾驶，两三灯火过潇湘。

登秦皇岛老龙头

未忘观沧海，重游北戴河。
老龙吟脚下，往事掠心窝。
碣石秋风句，滔天白浪歌。
视今犹视昔[1]，华发莫嫌多。

[1] 晋王羲之《兰亭序》：后之视今，亦犹今之视昔。

圆明园端阳诗会呈诸吟友

雨后燕山黛色深，端阳嘉会集斯文。
牢骚屈子幽兰怨，风物名园玉石焚。
无限沧桑无限梦，几番霜雪几番霖。
劝君休羡黄金榜，但愿诗成壮国魂。

贺新郎·为真理标准讨论作

望断天涯路。燕归来,绿扬千里,杂花生树。百鸟枝头啼晓雾,胜似蝉吟无数。尽日唱、盘空硬语。要似红装迎旭日,笑儒冠白发死章句。老迈着,邯郸步。 十年多少风和雨。再长征,大江歌罢,掉头东去。自古神州多好汉,况是人民民主。岂塞上长城空许?枉自弥天兴大浪,有红旗高举连天宇。鹏翼展,谁能阻!

菩萨蛮·咏抗美援朝

风云陡卷白山黑,狼烟骤起家门侧。号令出中央,争跨鸭绿江。 峰多上甘岭,剩有青松挺。身死神以灵,毛家有岸英。

满江红·纪念杨开慧烈士就义四十六周年

五岳同钦,人共仰,骄杨英杰。忠于党,忠于革命,从容斧钺。湘水扬波腾浩气,嫦娥起舞飘红叶。蝶恋花、慷慨有余哀,绕明月。 板仓路,音尘绝;家国恨,何时灭。问神州大地,几经霜雪。白骨精生妖雾漫,黄粱梦断寒鸦咽。奋金猴、一扫四人帮,歌千叠。

水调歌头·读毛泽东《沁园春》词

才歌念奴曲,又谱沁园春。昆仑倚天裁罢,北国雪纷纷。不比玉龙飞舞,却举秦皇汉武,功业待评论。空对江山丽,矜武略输文。 俱往

矣,风流辈,看来今。虎穴山城小唱,磅礴九州闻。可笑秦淮词客,枉自鸦鸣蝉噪,酒饭惹人喷。指日人间换,风露一天新。

六州歌头·纪念抗战胜利五十周年

八年抗战,血火洗膻腥。东邻寇,中山兽,举刀兵。犯神京。千载卢沟咽,炮声歇,短兵接,喋以血,炎黄烈,志成城。灯塔延州,战略倡持久,八路军兴。看长城内外,猎火万山明。笳鼓长鸣,鬼神惊。 笑玩火虏,断梁狗,徒奔走,掘坟茔。黔驴技,止此耳,现原形。树降旌。四海欢声动,捷音送,泪如倾。三千万,委荒蔓,恨难平。弹指光阴半百,似犹听、野哭声声。愿神州今日,实干谢浮名。魄毅风清。

汉宫春·听耀邦同志讲话

春已归来,虽美人头上,未见春幡。却多乳燕,长天竞逐余寒。离离野草,破冰封又绿西园。声已远:群魔乱舞、喧呼绿酒金盘。 从此东风应笑,便枯株朽木,也没些闲。梦回不须对月,叹换朱颜。清歌且听:响叮咚泉水连环。挥手去,长城在望,男儿不到无还。

忆秦娥·呈参加当代军旅诗词座谈会诸同志

一

枪林逼,铁流万里奔腾急。奔腾

急,黄河咆哮,长城雄立。　红旗曾卷天山雪,沙场老将头飞白。头飞白,诗敲险韵,句飘红叶。

二

如霹雳,骅骝踏碎关山月。关山月,金瓯无恙,胡尘烟灭。　春风不染髭须白,词情还共征衫洁。征衫洁,诗成起舞,苏辛吹笛。

浣溪沙·再游墨西哥湾

黑浪如山欲暮时,海滨人影已参差,天涯倦客欲何之。　诗思渐随游兴尽,乡心还共乱云驰,榴花如血鬓如丝。

萧如九

1931年生,湖南桂东人。1949年4月入伍,曾任志愿军某部教务主任。著有《回春诗稿》。

记雪夜行军

野营飞雪染征衣,忽令寒宵阵地移。
素帔迎风跨蜡岭,轻装踏玉越冰溪。
五更困倦神尤旺,百里星驰道不迷。
任彼夜航频掷弹,煌煌旭日映红旗。

凯归报亲人

抗美戎机未告知,荣归奏凯报相思。
邻邦百战身犹健,故里千辛君不辞。
抚妹赡亲劳眷顾,耘禾艺圃赖操持。
免卿夜夜辽西梦,携手佳期定几时?

曹立坚

1928—2014年,湖南湘乡人。1951年入伍,曾任武汉军区政治部宣传部副部长。曾为《红叶》特约编委。

风入松·颂铁道兵
离退休老战士

平生征战甚传奇,尘积五丁衣。情牵域外飞虹架,临昆圃、巧设仙梯。金线精编云锦,关河频矗丰碑。　流霞染尽鬓丝灰,旅雁九秋回。钢龙一啸穿山过,系神思、笑上双眉:未敢年华虚度,何须衣锦荣归?

踏莎行·忆援朝

蝶戏花城,莺迷锦圃,情柔未忘天狼舞。送郎卫国上前方,芳心不悔佳期误。　弦月轻移,银河暗度,世间犹有痴牛女。金风扫叶斩楼兰,捷音飞架旋归路。

金缕曲·老兵心声

赓续长征路。忆援朝、抛书挥戟,鸭江飞渡。餐雪卧冰同敌忾,劲旅痛歼山姆。张正义、戈穿纸虎。陶冶洪炉铮铁骨,卫和平、何惧三边苦?报社稷,以身许。　春秋五十金瓯固。喜迎来、河山锦绣,鼎新革故。解甲未销强国志,血荐轩辕争赴。吟盛世、芸窗炼句。笑隐林泉天地阔,景英贤,清气涤霾雾。葵向日,心如炬。

高阳台·赞丁晓兵同志

月暗边陲,烽烟断膀,擒俘气贯长虹。只手擎天,英姿感动寰中。业精爱岗无旁骛,贵自强、屡建殊功。胆肝倾,扬我军魂,独臂英雄。　　当年骄子今何在?看勇消山火,抢险排洪;乐做"挑夫"①,韶华奉献情浓。熔炉百炼清贫守,挺脊梁、报国精忠。涤心尘,血荐轩辕,时代先锋。

① 丁晓兵同志自比挑夫,说一头挑着党的重托,一头挑着群众的希望。

满江红·赞试飞英雄李中华

时代鲲鹏,九万里、扶摇振翮。追完美,试飞能手,逢凶化吉。技艺才思双过硬,爱军敬业全胸臆。挑极限、铸旷世传奇,中华脊。　　血与火,辉胆魄;生与死,许家国。念九州黎庶,祥和安谧。对阵死神多侠义,刀尖芭蕾何高格①?逍遥游、碧落写忠诚,雄无敌。

① 试飞之风险,曾被人们称之为"与死神对阵""在刀尖上跳芭蕾"。

念奴娇·子弟兵抗冰雪曲

百年罕见,望冰封千里,鹅毛疯獗。春运塞途欺客旅,妇幼饥肠寒怯。房屋倾塌,电杆摧折,万户灯光灭。回天智勇,运筹科学谋略。　　举国众志成城,救灾抢险,迷彩坚如铁。百万雄师齐奋战,子弟深情融雪。济困扶危,金戈淬火,细柳多英杰。军民决胜,元辰黎庶欢悦。

满江红·吐气扬眉华夏壮

一百余年,阿芙耻,今朝涮雪。

慨当初,烟销粤海,几多英烈。和议崇朝黎庶苦,珠江长夜寒涛咽。例频开、盈取又狼贪,金瓯缺。　　兴两制,堪一绝;珠还浦,更新页。恰恭逢党庆,普天腾悦。吐气扬眉华夏壮,风从云合连环迭。众期殷,峡岸泯恩仇,团圝月。

满庭芳·贺《红叶》创刊十周年

艳若丹霞,灿如星火,十年叶叶情浓。骚坛裁锦,勃勃灼新容。展卷军威煊赫,犹萦耳、金鼓声隆。行云遏,讴歌改革,珠翠散寰中。　　喁喁。携手处,高悬绛帐,伏枥心雄。伴扬麾宿将,盛世雕龙。剖璞披沙诚笃,斜晖里、颜醉枫红。逢嘉庆,芜词当酒,遥祝托征鸿。

沁园春·看香港回归政权交接仪式电视感赋

倒计钟前,读秒声洪,直振重霄。望米麇蔫落,红旗酣舞;五洲凝目,万国崇褒。此际珠还,奇羞终雪,十亿扬眉真自豪。普天庆,听笙歌动地,欢笑如潮。　　邓公两制龙韬,归完璧、兵戈焉用劳?正昭彰公理,言承九鼎;金瓯一统,世纪高标。华夏新章,港人治港,春满香江分外娇。犹当记,是虎门英烈,鸦片焚烧。

金缕曲·喜迎新世纪

踵武长征路。喜今朝、山欢水笑,千帆争渡。广厦连云寒士庇,稻粟香飘万户。醉荆菡、娘怀团聚。四化兴华垂硕果,泛神舟、银汉添新主。黎庶乐,震寰宇。　　流年不待趋雄步。怎能忘、前朝积弱,外夷侵侮?重整河山辉特色,改革赓张旗鼓。三代表、巍然砥柱!信息宏开新世纪,系炎黄、报国丹心许。风正好,仰鹏蠹。

临江仙·将军学府将星争耀赞

横槊豪吟弘国粹,骚坛独步风神。将星争耀壮诗魂。珠玑辉改革,同颂九州春。　　老将清平犹砺剑,楚天笔阵凌云。谐鸣不绝聚丹心。引吭歌治世,时代最强音。

浣溪沙·喜嫦娥一号奔月

当代嫦娥绕月宫,吴刚热泪迓苍穹,天仙万户喜飞觞。　　华胄今圆千载梦,问天新传气恢宏,太空伟业趁雄风。

浣溪沙·神七问天

"三马"行空德艺馨[1],敦煌绮梦现当今,炎黄脚印烙苍昊。　　舱外旗扬青史灿,凌霄志锐五洲钦,传奇神七壮华魂。

[1] 翟志刚、刘伯明、景海鹏3名航天员,均为1966年出生,同属马。

菩萨蛮·一百零八名"罗汉娃"周岁生日聚会[1]

震区古刹清规扫,驰援生命争分秒。临产启禅床,住持挺脊梁。　　佛门今盛会,绝代娇娃醉。罗汉寺仁心,伟哉华夏魂。

[1] 汶川地震时,什邡市医院被震毁,千年古刹罗汉寺,为抢救生命,接纳孕妇,佛门大开,见证了108名地震宝宝降生。这些幸运婴儿,被当地人昵称为"罗汉娃"。

采桑子·桧仓谒毛岸英墓

森森松柏英风飒,冢立崇冈,侠骨流芳,义薄云霄誉万邦。　　凤凰浴火忠魂永,勇射天狼,继绝存亡,常眷他乡瘗国殇。

摊破浣溪沙·将军学府荣登"全国先进老年大学"榜

动地弦歌豁远眸,将军学府世无俦。老将读书遨瀚海,醉金秋。　　绛帐东风圆凤梦,耆黉折桂誉神州。红烛泪垂情炽热,更风流。

龚德祥

1929年生,湖北黄陂人。1949年入伍,曾任某部文化教员、宣传干事。

江城子·纪念湖北军区成立

时光好似楚江流。乍回眸,究根由。为建军区,鄂豫学生收。半纪功勋铭战史,清匪霸,拭吴钩。　　迎来盛世固金瓯。夕阳柔,落霞留。帅府兵营,办起读书楼。纵使韶华今不再,文海泛,了无休。

常福文

1943年1月生,辽宁台安人。1966年毕业于哈军工,在船舶工业总公司从事海军装备研究设计工作,曾任副总工程师、研究员。

同学会

相见时难别亦难,北国往事竟夕谈。
激情岁月风和雨,热血青春红与专。
沥胆披肝创大业,尽心量力度余年。
松花江水流不尽,华夏军魂世代传。

崔以军

1934年生,江苏常熟人。1951年2月入伍,曾在海军工作,转业后任中学教师。中华诗词学会会员,解放军红叶诗社社员。著有《望江吟》等。

支援解放一江山战役

亲送青锋上战场,夜空炮火映波光。
江山解放平生愿,赢得参军第一枪。

海校练兵生活

大雪纷飞夜出航,海天一色演兵场。
军风炼出擒龙手,入梦心驰万里疆。

军人吟

军人真本色,紧握手中枪。
守护千峰雪,巡逻万木霜。
艺高惊敌胆,情重爱家乡。
碧海飞蓝箭,心中有导航。

仪仗队

威武人间仰,英姿天下看。
红旗升灿烂,大地祝平安。
礼尚东方步,欢声域外传。
军容新气象,序列有云鬟。

怀念陈毅司令员

曾经岁月历长河,东进序开胜计多。
勇士战场流碧血,英雄儿女汇洪波。
杯联淮海皆成谊,气壮山河总可歌。
已喜苏中红一角,长缨手缚蒋家魔。

群众路线

神州凭解放,路线放光芒。
鱼水同呼吸,兵民共奋扬。
飞天天助乐,耕地地生香。
克敌依群众,箴言不可忘。

法制吟笺

昼夜枕戈待,钟声命令颁。
警车及时至,凶案现场勘。
追捕千山险,缉拿一剑寒。
恢恢天网在,谁敢动江山！

接待日

似拂春风面,倾心听万家。
民情能解困,公道不藏邪。
冤案期昭雪,疑团力斩麻。
包公犹在世,是处有长霞。

富春江

一江流碧玉,两岸弄风情。
精舍青云护,芳林翠鸟鸣。
垂纶湖上乐,犁土雾中轻。
水酿千年酒,游船载醉行。

崔步阶

1943年10月生,河北大城人。1961年8月入伍,曾任空军地空导弹十六团参谋长。

悼罗阳

铁血飞鲨梦，长空勇士行。
熬鹰抒壮志，戏隼展豪情。
网祭花含泪，魂归霞满旌。
俊才齐奋起，华夏看勃兴。

赞长策

近闻总政治部、民政部行文，为当年
共赴战场遂行作战任务的农村籍战友发放
生活困难补贴，欣而有作。

可笑狂徒不自量，鹰横舰骤犯南疆。
一腔热血同奔涌，三赴边关共慨慷。
马革裹尸无反顾，龙城奏凯勇担当。
霜锋不老勤磨砺，善待勋功慰国殇。

崔宏玉

女，1929年生，北京市人。1949年入
伍，曾在海南军区报社、解放军第四十速
成中学工作。转业后任北京市二轻局副
处长。

嘶风老马解军号

丝丝白发忆华年，战火纷飞下海南。
万马搴旗箫鼓竞，千帆搏浪鲛龙欢。
嘶风老马解军号，啼血杜鹃惯夕烟。
识得琼花弹剑气，天涯归客任甜酸。

崔育文

笔名愚闻，1942年6月生，北京市房山
区人。1962年6月入伍，曾在空七师司令部
工作。中华诗词学会会员，解放军红叶诗
社社员、《红叶》特约编委。

"八一"建军节偶吟

双鬓犹存哨卡霜，梦中常整战时装。

红星永照夕阳路，三寸狼毫拼作枪。

偶过老营房

酷暑如蒸汗煮裳，觅荫喜见老营房。
杀声犹报刀枪壮，树捧清凉迎过墙。

唐多令

战友自军中来访，并雨中同游天安门
广场。

斜雨暑初消，心潮浪又高。喜还
疑、鬓染霜梢。梦里常留军校影，挥
怒刃、论捉雕。　　红鲤跃金桥，绿
茵闪碧瑶。九州今日总妖娆。翘首
红旗风劲舞，雄门下、百花娇。

如梦令·从好八连
营门前走过

一股风儿清脑，一杆旗儿前
导。万岁好八连，俭朴精神常葆。常
葆，常葆，天下鸽翔云绕。

符益群

安徽省军区离休干部。

忆结婚

太行相识爱河长，不觉风摧两鬓霜。
犹记炮楼花烛夜，一条军被一张床。

符静涛

1922年生，海南儋州人。1941年入伍，
曾任广州警备区副政委。

瞻仰解放海南渡海先锋
营渡海登陆纪念碑[①]

当年海峡暗云天，败敌南逃战火连。

渡海雄师平恶浪，冲锋壮士出狂澜。
攻关破垒金汤下，灭虎歼狼战阵前。
长忆欢欣歌解放，丰碑树立纪先贤。

① 1950年3月6日，我第四十军——八师先锋营胜利渡海登陆海南儋县白马井海岸，同琼崖纵队会师，解放海南岛。

沁园春・读吴之同志《红色少年连》感怀

宝岛琼崖，水绿山青，物阜民殷。自寇倭蹂躏，蒋顽掳掠；田园荒废，黎庶呜咽。大敌当前，“琼总”决策，青少编成红色连。军威振，看小兵八路，志勇心丹。　　椰林山地平原。任驰骋、英雄战地宽。念靖边固垒，惩奸伐罪；摧坚陷阵，夺寨攻关。为国捐躯，无私奉献，洒血沙场歼寇顽。丰碑树，有光辉著作，世代流传。

康书林

1935年3月生，河北宁晋人。1954年入伍，曾任某部干部科科长。转业后任北京市二轻局科长、总经理。解放军红叶诗社社员。

静　思

夜静沉思伴壁钟，此生回首尽平庸。
鬓霜不悔从戎路，依旧枕戈观斗横。

双清别墅

圣地双清何处寻，香山南路柏松森。
红亭翠竹映帷幄，落叶秋风传捷音。
灯火窗前谋大业，迅雷笔底令三军。
东升旭日神州晔，驻足沉思忆伟人。

白洋淀荡舟

百里平湖接碧天，河沟港汊纵横连。
鸳鸯戏水红荷里，渔父摇舟翠苇间。
倭寇屠村悲永记，雁翎戮鬼事长传。
英雄儿女今犹在，不许东邻旧梦圆。

战友聚会

菊黄蟹紫蓬莱会，拥抱无言热泪盈。
跃马挥戈驱虎豹，巡边砺剑固长城。
别离恨少千行雁，相聚欣看六秩翁。
忧国思民心未灭，金瓯未统志难平。

竹林漫步

独自幽篁里，神怡随兴吟。
清风疑雁阵，细雨赏瑶琴。
高节寻良友，虚怀励世人。
萧萧传雅韵，岁晚得知音。

牵牛花

生性随缘处处家，绕蒿亲草附篱笆。
不同百卉争娇媚，为唱和谐献喇叭。

颐和园画中游

凌空曲径乐天游，水色岚烟一望收。
奇石透迤藏暗道，回廊起伏接重楼。
湖山澹澹胸中驻，岁月悠悠槛外流。
一代王侯成粪土，轻舟万点戏潮头。

昆明湖夕照

风逐涟漪金万点，鸭凫戏水雁休闲。
西堤最是牵情处，情侣轻舟向日边。

破阵子・呼伦贝尔草原篝火晚会

雨霁天昏路滑，风凌声厉褐

单。兄弟重逢披哈达，姐妹相携著彩衫，簇拥乘兴欢。　火焰扶摇映地，金星迸裂飞天。曼舞轻歌兴未尽，赛马摔跤战正酣，汉蒙心永连。

鹧鸪天·学习十八届三中全会《决定》感怀

碧桂丹枫景色鲜，精英携手绘山川。转型铁定攻顽垒，开放虔心引凤鸾。　新决策，定心丸，愚公亿万志冲天。通衢宽广思忧患，心向朝阳梦必圆。

摊破浣溪沙·香山知松园

破雾凌云腾巨龙。葱茏凤冠碧千重。峭然昂首挺胸立，傲苍穹。　敢耐雪霜留本色，常凭鳞骨战狂风。元帅题诗赞高洁，万年雄。

一剪梅·访解放军红叶诗社

红叶西山色正妍。久仰吟坛，偶寄芸笺。任凭尺素续军缘。白发华年，好著佳篇。　把酒追怀戎客间。曾守边关，情系边关。新朋旧友尽欢颜。竟夕流连，月上栏杆。

行香子·谒杨靖宇将军住过的窝棚

桦木遮天，苔滑藤缠。念窝棚、风冽霜寒。焦痕冷灶，铭记狼烟。听林涛吼，三江啸，白山汍。　先贤今酹，新醇热泪，禀忠魂、安息黄泉。山青水碧，国裕民宽。看春潮涌，千帆竞，百花妍。

鹿维忠

女，1929年3月生，河北定兴人。1949年3月入伍，曾在四野政治部和海南军区机关工作。

建军七十周年

南昌城上举旗旌，七十年来未了情。
鏖战千回民协力，征途万里党昭程。
南山莫放奔腾马，北鄙勤修锦绣城。
切记风云多变幻，枕戈待旦卫和平。

何日彩云归

北海花如锦，西山尽翠微。
方迎珠复彩，又庆璧生辉。
两制能安国，三隅岂有违。
东南凝目望，何日彩云归？

南工团五十周年盛会①

五秩又相逢，悲欢不语中。
关山千里隔，风雨一舟同。
白发情无悔，青锋匣未空。
丹心迎旭日，更献夕阳红。
① 南工团，四野南下工作团的简称。

记海南战役

北水连南疆，频奏得胜鼓。百战余一役，海阔路途阻。蒋军狼狈逃，宝岛窜狐鼠。区区伯陵线，怎消末日苦。海上大练兵，蛟龙替旱虎。更还集精锐，强弓配劲弩。踏浪驱长风，千帆一夜渡。木船打军舰，战史创新宇。琼纵来会师，一举歼恶腐。捷报传九域，是处彩帜舞。

蝶恋花·早春

月罩轻纱云弄巧，九曲桥头，过往游人早。戎马余生人未老，东湖借寓春光好。 送丑迎寅传捷报，放眼神州，何处无芳草！且向夕阳留晚照，来年更唱清平调。

蝶恋花·周总理百年诞辰

犹记星沉天地覆，滚滚人潮，广场花千簇。十亿神州同一哭，化为利剑群妖伏。 万里春风飘郁馥，改革腾飞，佳讯传天牧。总理停骖含笑嘱：齐心协力开新局。

章杰三

1931年12月生，祖籍安徽桐城。1951年入伍，曾任济南军区装甲兵坦克二十九团副政委。中华诗词学会会员。著有《生命流韵》等。

抗战老兵

尽管乌丝已雪飘，国仇难泯咒东条。
招魂曲奏魔孙舞，夜起三更看宝刀。

英 雄

挺拔威严七尺躬，从容指点问苍穹。
雄风拙笔难为喻，碧宇长驱中国龙。

谒英雄山烈士陵园

翠柏苍松风鼓鸣，似闻炮火响声声。
拼将肉体乾坤赤，重整山河壮志行。
埋骨青山山炳蔚，镌名碑石石崚嶒。
当年鲜血沃斯土，化作垂杨绿济城。

赞抗日英雄

一往无前抗入侵，倭凶不灭枉为人。
八年多少英雄血，遍洒山原铸国魂。

慈母手中扇

入夏南方热气喷，一灯如豆读诗文。
慈母默默轻摇扇，逐暑驱蚊到夜深。

赞女航天员刘洋

嫦娥转世化真人，飒爽英姿广宇巡。
吻罢"天宫"舒袖舞，回眸一笑动乾坤。

访戚继光故里感赋

风雨跃征蹄，歼倭九捷归。
贼心今尚在，岂可解戎衣。

鞋 垫

老眼昏花密密针，知儿在外路艰辛。
垫平脚底身躯正，踏遍青山会做人。

渡 江

雄师威武敌惶惶，天堑难当五尺枪。
风展红旗擎丽日，鞭扬战马跃高冈。
士兵登艇军刀握，船舶张帆舵手航。
万道曳光撕碧宇，千舟竞发过长江。

刘公岛

不吊刘公吊邓公，绿衣默默仰英雄。
青山细诉抗倭史，碧水常歌殉节翁。
大炮虽喑含国恨，铁锚已锈证元凶。
今朝海上长城起，巨舰犁波破浪风。

甘棠颂

天地精华孕劲根，身虽蔽芾德超群。

黄河血脉青山骨，高峡胸怀厚土魂。
枝盖撑开遮烈日，棠梨挂满啖黎民。
一生肩负召公讬，爱撒神州处处春。

旧自行车

惯于征战不曾闲，遍体鳞伤仍坦然。
风雨浸淫颜已改，崎岖颠簸骨犹坚。
轻装入市春光满，重载归家喜气添。
为减人生摩踵苦，岂因老朽惜残年。

酒

盖启香喷闻欲仙，三杯落腹竟酣然。
驱除烦恼浑忘我，激起豪情敢问天。
把盏片时诗跃出，临池二两笔飞旋。
青莲早识个中乐，天子呼来不上船。

房　改

华厦巍峨不姓公，万民手捧证书红。
如今相见皆相问，家住新楼第几重。

雪　晨

昨夜春寒忽倒回，晨光映雪照窗台。
开门欲探梅花讯，一股清香扑鼻来。

童　趣

蛙鼓池塘月半明，呼哥携妹网流萤。
玻璃瓶里晶晶亮，卧室高悬小卫星。

趵突泉

银柱喷花扬白雪，红鱼戏浪走金梭。
谁知诗句随泉趵，飞出心窝入玉河。

春　蚕

玉体晶莹寸许长，吐丝甘作嫁衣裳。
终生未识罗香味，满腹经纶一叶桑。

竹　笋

地下身居未肯闲，身披铠甲善攻坚。
一朝突破重重压，直上青云向九天。

卖花声·卖菜女

红辫甩双肩，挥汗涟涟，风风火火五更天。一担鲜蔬奔早集，摆在摊前。　　脆嫩惹人怜，顾客争先，两筐顷刻变金钱。足踏东风归去也，歌荡云间。

西江月·郊区早晨

碧瓦楼临溪水，红衫女采柔桑。山羊角力犬汪汪，鸭阵鹅军游荡。　　园里飘来人语，篱头洋溢花香。鲜桃摘后正装筐，抢运营销海港。

一剪梅·游白浪河公园

邀友寻芳白浪滨，春水流金，泉水喷银。天光云影绿波噙，玉柳丝匀，桥石苔深。　　墨客骚人兴致殷，漫步浓阴，吟唱芳林。惊飞蜂蝶绕花心，舞也撩人，香也撩人。

临江仙·步坦协同攻济南

大地突然颤抖，协同突发冲锋。满腔怒火猛燃胸。旧仇喷弹雨，新恨泄洪峰。　　沟网纵横挡阻，敌军左右拦攻。疯狂反抗有何功？肉躯垫履带，血雨伴腥风。

雨霖铃·白洋淀抒怀

湖天相接，夕阳喷焰，浪里红

彻。游人欲荡舟去,犹依恋那,荷香芦洁。阵阵渔歌唱晚,载鱼蟹虾鳖。极目眺、精彩烟波,有许多英杰堪说。　　八年抗战诸先烈,为金瓯、不惜殷殷血。雁翎铁翅飞处,妖孽靖、白洋欢悦。地覆天翻,应是东风染就春色。水巨变、如画风光,引起环球热。

章国保

笔名嘉男,1953年10月生,安徽枞阳人。1974年12月入伍,曾任济南军区55284部队政委,中校军衔。安徽太白楼诗词学会会长,《红叶》特约编委。著有《军旅晨歌》等。

出席首届军旅诗词研讨会

号角声声唤故人,柳营惜别几冬春。
高天响彻长城曲,铁马雄风铸国魂。

响洪甸水库

两峰对立入苍穹,一坝高横出彩虹。
治水长歌崇夏禹,移山宏愿效愚公。
葱茏竹木蓝天翠,浩渺烟波碧海穷。
欲问工程谁造就,黎民血汗染衣红!

章雪松

1991年生,东部战区某部队参谋。

送老兵

时值年少正春风,书剑同携征梦鸿。
戈壁狂沙忽两载,仙湾飞雪又一冬。
江山还待营盘客,岁月不容流水兵。
军绿好随一醉去,归乡莫忘佩花红。

千秋岁 · 武当山

层林闹处,飞鸟招来住。云壑里,松萦雾。好风随月舞,缥缈仙遮目。人道是,丹青妙笔还难赋。　　夹日迎丹露,通地通天府。玄天岳,传真武。紫烟融道梦,灵凤频回顾。遥天柱,玉虚宫里观朝暮。

阎又新

1932年生,河北正定人。1946年入伍,曾任后勤学院副教授。解放军红叶诗社社员。

忆西征

西征塞上晋绥间,千里风霜不畏艰。
飞越长城秦古道,攀登北岳五台山。
旗飘朔代云崖暖,师渡桑干河水寒。
迭克城池传捷报,汉蒙百姓尽开颜。

阎学增

1918—1998年,山西政治部屯留人。1936年参加革命,曾任第五兵团宣传部部长,三机部四院党委书记。曾为北京诗词学会副会长。

国庆日口占

明空天外响春雷,中国人民站起来。
湘水楚山红日照,远征战士壮胸怀。

征途闻捷

飞马黔山曙色苍,红旗猎猎劲风扬。
霜天万木红胜火,报道前军克贵阳。

清平乐 · 初夏仁怀途中

峰青峦秀,林密山崖陡。松岭苍

苍云出岫,赤水滔滔风骤。　　甘霖普降怀阳,社员插秧正忙。烂漫山花一片,茅台陈酒醇香。

阎树铭

1934—2014年,山东莱州人。1950年入伍,曾任第四师十二团政治指导员。转业后曾任乌鲁木齐市蔬菜副食总公司党委书记。中华诗词学会会员,解放军红叶诗社社员。

塞上军魂

一

屯兵绝域度重山,旆影蛮荒未拟还。
马上琵琶翻一曲,动情月下唱阳关。

二

凭山俯海护边才,志保龙沙万里堆。
饮罢酪浆回首望,绿洲诗在古烽台。

三

生爱关山不顾身,戍边千里建功勋。
樽前白发红心在,一代英雄梦里人。

大西沟野营

大漠雕盘一水斜,小村寂寂见桑麻。
衔枚落月关山夜,野火西沟劲旅家。

神仙湾哨所

一

神湾壁垒险摩空,嶻嶭昆陵负雪重。
莫取沍寒笼眼界,关山异色爱孤峰。

二

立马封疆慷慨同,云拥哨塔矗旗红。
家书未问兵艰苦,拍照胸章几次功。

军营

雪海关山战马雄,旌旗横笛忆边戎。
封疆但愿烽尘靖,新见辕门第一峰。

夜行军

铁马金戈万里情,旗翻星月练兵行。
寒光满碛孤村暗,静夜遥闻犬吠声。

红其拉甫山口

天柱赖昆冈,关门立昊苍。
旗扬凌塞月,马踏傲严霜。
脚底为吾土,峰头即故乡。
雄边谁第一,壮士古无双。

金缕曲·兰新铁路大河沿站

疑似胜金口。大河沿,赤山突兀,火云凝厚。晴日无端迷远近,百里飞扬尘垢。泯怒恨、春风杨柳。轨引驼踪寻汉迹,搭窝棚、筑路东西走。大会战,显身手。　　守边战士频昂首,鼓声催,朔风飒飒,铁龙狂吼。一曲高歌《新出塞》,迎送楼兰星斗。喜广漠、桥横功就。烽火台边今又报,旧边垣、新站成枢纽。闻汽笛,举杯酒。

高阳台·长春军政干校旧址

鸭水桥头,松江野岸,勒兵勋绩迤逦。长白山川,更听慷慨边笳。练研军政终晨暮,记熔炉、武学生涯。漫留痕,陶铸情怀,指拨琵琶。　　霜林曾染红心处,系舆图圆月,卧雪横沙。梦与关河,封疆容我为家。防熊慑虎男儿事,羡英

姿、试马欹斜。愿无忘,淡月疏星,
劲节黄花。

梁 冰

1932年生,广东高州人。1949年入伍,曾任某部机要训练队队长。转业后任武汉市化工局宣传部部长。

上甘岭

一

两座无名小岭头,敌顽抢夺已多周。
山光绿尽红旗在,笑看联军血白流。

二

祖国亲人到岭坡,前沿干战乐呵呵。
空中野马来偷看,天上枪声地上歌。

三

英雄迭出报批忙,事迹惊人感上苍。
恨未冲锋诛敌寇,书生火线笔当枪。

梁文源

1960年6月生,陕西洋县人。1983年入伍,曾任新疆国防动员委员会综合办公室主任,大校军衔。中华诗词学会会员。著有《横马天山》。

峨眉山中

名山久待我,今日试登临。
深入飞云谷,多逢行旅人。
饿猴无佛性,好鸟有禅音。
金顶山在后,磬声隔岭闻。

宝鸡钓鱼台怀古

驾车渡渭水,穿谷访渔舟。
跪石千年在,磻溪一线流。

飞熊不是梦,大钓本无钩。
不尽追思意,徘徊古渡头。

九月九日登天山吟眺

出城无百里,便有好山看。
云净千峰瘦,天空一雁还。
黄花沿路发,红叶缀林繁。
处处皆秋色,如行图画间。

再过小白杨哨所

卓立边陲外,傲然几许春?
凌霄高极目,偃盖远惊人。
风烈枝弥壮,阳骄叶更阴。
戍边如有意,岁月表坚贞。

壶口瀑布

停车高岸上,举目望飞湍。
壶喷青岩裂,雷鸣黑峡寒。
西来千丈水,东去一条烟。
潭底龙应在,吼声震九天。

参观石河子军垦纪念馆

风云际会忆当年,上将挥师逐虏还。
十万汉兵屯塞上,八千湘女上天山。
止戈息武碛成市,铸剑为犁海变田。
莫说英雄多故去,精神高振白云间。

连队蹲点

一

新年渐近倍关情,衔命侧身疏勒营。
心似征鸿随律转,箱无长物带书行。
馆筵离酒人丛散,校尉持枪雪队迎。
斗志悠悠今尚在,卧听夜哨踏巡声。

二

俯仰徒惊岁月迁，行谈围坐共陶然。
四时最好是春季，一世绝佳唯少年。
战士群中心不老，旌旗队里志犹酣。
喜看报国终无悔，处事规模需放宽。

连队过年速写

柳营烟火彻云霄，一望昆仑影动摇。
爆竹声中老怀壮，旌旗阵里少年豪。
歌词有趣兵亲作，锣鼓生情手自敲。
最爱银龙双队舞，天花烂漫彩云高。

甲午新岁

军号声中新岁来，边城爆竹响如雷。
玉梅雪柳千家闹，琪树琼花十里开。
疏勒旌旗屯铁马，昆仑战士递金杯。
寒从除夕三更减，处处欢呼佳节回。

登昆明大观楼

平生怀抱好登楼，万里南来访胜游。
烟树接天飞鹭鸟，浪花翻雪喷渔舟。
风鬟雾鬓美人睡，暮雨朝云韵士愁。
百字长联今尚在，从头读罢意悠悠。

谒成都武侯祠

诸葛大名垂古今，锦城西外远相寻。
草书常写出师表，炼句多怀梁父吟。
降服七擒还七纵，纡筹三顾复三分。
当时若使无昏主，何有妖星落渭滨？

咏 菊

营边林里数丛菊，日日绕栏看几回。
经雨百花飞欲谢，凌霜一族绽还开。
蜂怜蜜气频频入，蝶爱馨香款款来。

我欲题诗题不得，枯肠搜尽乏清才。

哈密歌舞

客有嘉宾饮北郊，华筵初罢乐声高。
胡琴一曲红唇动，羯鼓三声翠睫摇。
看那衣裙如燕翼，羡伊身段似蜂腰。
美人把手贴胸口，邀我随她舞一遭。

朱 鹮

丹脸红裳素羽轻，东方宝石胜仙名。
国中偶见参差影，海外稀传浏亮声。
生死难移贞节志，翱翔不改故乡情。
苍苍云水成高隐，只在秦山深树鸣。

游喀纳斯湖

东西南北久驰名，一到喀湖双眼青。
波底游鱼天上动，岸边游客鉴中行。
雨余翠滴千峰色，雪化寒生万壑声。
湖怪不知何处去，观鱼亭上看潮生。

途次阿拉尔市

荒原秋色远连天，十月沙堤草未干。
红柳枝长犹带叶，白芦花大欲成莲。
沿途沃野千排树，满目良田万顷棉。
屯垦戍边功绩在，喜看沧海变桑田。

昌吉市看菊花

雨后初晴鸿雁飞，庭州北外觅芳菲。
层层绿叶迷朝露，密密黄花恋夕晖。
狂逐蜜香蜂翅健，漫寻蕊粉蝶脾肥。
傲霜斗雪真君子，莫折一枝乘醉归。

过夏尔希里自然保护区

博州闻说收边地，三百河山秋望新。

万树染霜金灿烂, 千峰著雪玉嶙峋。
草边车过黄羊跳, 林里风来青鹿奔。
争向界碑留晚照, 欢游不觉夕阳沉。

登天山咏怀

平生怀抱好登山, 每趁休衙作往还。
步入烟霞亲白石, 坐临瀑水濯清泉。
吟诗得句心尤喜, 卧枕翻书梦亦闲。
荡尽心中尘俗气, 文章常美墨常鲜。

访青木川古镇

山环水绕郁苍苍, 一片龙池对凤凰。
魏氏庄园生茂草, 羌家楼阁入斜阳。
鸡鸣三省关城晓, 月照千山道路长。
兴废由来成故事, 清游归罢细思量。

访卢沟桥

宛平城下雨初收, 午夜驱车访旧游。
千载龟碑知甲子, 两排狮子阅春秋。
后人犹记前人愤, 今日难忘昨日仇。
永定河边灯火落, 清风明月两悠悠。

重访西柏坡

圣地东风草木稠, 当时人物尽风流。
中原战士渡淮水, 东北将军取锦州。
蒋氏王朝随手破, 石门贼垒掉鞭收。
进京赶考非儿戏, 一句箴言费运筹。

平遥古城

一上高台四望通, 千重屋宇夕阳中。
晋商院落金鱼水, 清署衙门槐树风。
市井回环成卦字, 城墙曲折见龟踪。
朝朝夜夜茶园里, 乡戏乡歌韵味浓。

再到延安

一年两度到延安, 俯仰徒惊岁月迁。
星斗曾经悬宇宙, 声名依旧满人寰。
四山青色来城里, 一水烟光出岸边。
往事宛然窑洞在, 征衣暂驻漫流连。

访铁门关

梨城北外叩雄关, 跃上嵯峨八十盘。
霍岭无梯雾缭绕, 孔河有渡水潺湲。
山连大漠涛声壮, 楼对昆仑雪色寒。
都护不知何处去, 战袍高挂夕阳闲。

嘉峪关城楼

峥嵘百尺耸层空, 千里山川指顾中。
北枕祁连开霁色, 西连大漠壮秋风。
汉家使节军容壮, 胡地商车驼队雄。
独立城头聊一望, 夕阳影里见归鸿。

念奴娇 · 庙尔沟访卢俊五师旧址

天山深处, 倩何人指点, 雄师曾住? 鼓角连营三百里, 跃马沙场劲旅。蔽日旌旗, 连云剑戟, 健儿皆猛虎。西营岸上, 征衣半夜竞渡。　　遥望十里长川, 屯河两岸, 牧帐连星雨。报国赤心犹未死, 壮志消磨几许? 旧地重游, 断桥踏遍, 肝胆向谁诉? 八千兵散, 唯馀芳草如故。

梁抉千

1922年生, 河南孟州人。1938年入伍, 曾任军事医学科学院研究所政委。中华诗词学会会员, 解放军红叶诗社社员。著有《晚晴集》等。

淮海战役战地小景

大雪纷飞过新年, 蒋军营里更艰难。
军粮食光食马肉, 小卒降开降军官。
悍将心窝一团火, 我方高唱三兵团①。
以馍换人真合算, 三筐包子一个连。

　　① 三兵团, 歌词"三个兵团挤一团……"的缩略, 歌为华野"前线文工团"所作, 在战地深受大家欢迎并广为传唱。

淮海战役全胜日感赋

刘项兵争旧地留, 秦时明月兹时秋。
离歌四面倾垓下, 锐卒千军丧石头。
芒砀山前温历史, 陈官庄前识潮流。
民心犹是江河水, 既可载舟亦覆舟。

首破长江贵池青阳段天险

令发千舟起, 帆扬万里风。
烟云明紫电, 弹雨织流星。
拉朽摧枯势, 排山倒海声。
红星腾地起, 捷足庆先登。

忆解放浙江在萧山待命

秣马钱塘畔, 分兵古越中。
犁庭清蚁穴, 救苦起农工。
衣湿黄梅雨, 人钦解放风。
莘莘群学子, 投笔竞从戎。

《战地日记》书成兼 赠当年诸战友

残编蠹简耀丹心, 碧血书成漫战尘。
岁月如流人渐渺, 友情似酒老而醇。
长河已失沉沙剑, 刻木犹留旧画痕。
尚可挑灯温往事, 峥嵘不必梦中寻。

滕海清老将军百年诞辰感旧

一

淮北早膺骁将名, 百年难忘旧音容。
旗开芦庙创豫皖, 剑扫涡蒙震萧铜。
板集射雕惊恶日, 沂蒙浴血慑苍龙。
围追堵截驰千里, 淮海渡江战绩宏。

二

表率言传育劲兵, 宽严相济众成城。
治军曾获刘陈誉, 杀敌更膺模范荣。
厚德感人尊老汉, 忠诚对党贯平生。
英风烈烈垂青史, 建国功臣享令名。

原二十一军老战友聚会

一

远山凝翠紫霞轻, 红叶黄花醉北京。
云淡天高横雁阵, 良辰佳节集衰兵。
风霜历尽人虽老, 鞍马缘终梦总萦。
盛会重敦金石谊, 丹心浩气励余生。

二

华灯银发映重屏, 恍若疆场夜点兵。
老将新英人济济, 欢歌戏语笑声声。
同生共死当年事, 问暖吁寒此日情。
犹再叮咛重聚首, 青山常在晚霞明。

梁希仁

军休生活素描

不依号响按钟鸣, 晨起出门趁晓星。
身在军营墙外练, 心随将士喊操声。

夫妻恩爱

聚少分多四十年, 光荣解甲得团圆。

花前月下重谈爱,笑逐春光上皱颜。

梁蓬英

笔名芃樱,女,1954年12月生于南京,祖籍山东威海。1969年12月入伍,曾任总装备部后勤政治部干部处干事。中华诗词学会会员,北京诗词学会理事,解放军红叶诗社副秘书长。

中秋寄语

擎樽酒礼宴嫦娥,细语随风荡玉阁。
莫泣琼楼秋夜雨,遥听赤县早春歌。
航天闯将先开路,探月飞船待振翮。
桂绽蟾宫迎远客,轻歌曼舞动银河。

贺神舟十号成功返回

沙扬风啸箭离弦,转瞬升腾绽紫烟。
追日放飞华夏梦,摘星试驾太空船。
百年磨砺知高远,万里驱驰誉大千。
欲问苍穹深几许,巡天俯瞰亿重山。

咏红柳

——献给戈壁国防科研工作者

漠野苍凉选做家,战天斗地献芳华。
飞石锻砺直红蔓,烈日陶镕固褐沙。
漫舞春裙千点绿,激扬秋钿万重霞。
经年每报佳妍信,依旧无言吐嫩芽。

荆轲塔

塔峙九重天地间,风铃阵阵动尘寰。
感人故事传千古,一曲悲歌易水寒。

火箭发射场哨兵

一

晒透肌肤日未偏,风醺汗渍满衣衫。

心中一曲歌长箭,手握钢枪眼更宽。

二

风似尖刀日似煎,胡杨伴我守边关。
心中最是家国重,乐在天涯献寸丹。

辛格尔哨所

哨 所

瑶池洒落两滴泉,甜淡有别壁紧连。
滋润黄沙方寸土,柳营春翠似江南。

人工湿地

鱼翔水底白云间,风曳芦梢翠鸟喧。
垂钓一枝细竹影,引来霞彩满长天。

自建小水电站

娇小身姿立浅滩,叮咚汲水起微澜。
苍凉静夜生光电,常照平沙苦乐年。

沙枣树王

一同站哨戍西关,坚韧岿然枝叶繁。
春夜花开香溢远,生机奔放慰心田。

读贾社长诗卷并贺百岁寿

芸编一卷绽香花,红叶旌旗映彩霞。
铁韵铜弦传柳塞,金声玉振颂中华。
横刀马上昭忠胆,秉笔砚田发玉芽。
遐迩名传功百代,德山福海寿无涯。

悼念曹英烈士

救国除寇义填膺,勇向敌顽亮剑锋。
囹圄陷身无媚骨,锤镰耀目有明灯。
为民农运抛生命,播火燎原举旌旄。
天道感恩挥泪雨,人间景仰是豪英。

不忘七七

晓月悲风水涌波,卢沟浴血浸山河。
硝烟弥漫连苍宇,遍唱中华勇士歌。

党 旗

屹立茫茫风雨间,南湖一棹起征帆。
锤镰熠熠工农起,旗帜彤彤马列传。
漫卷狂飙清玉宇,拼捐赤血沃江山。
国歌阵阵涛声涌,涤荡尘埃勇向前。

春 雨

春雨潇潇细柳斜,跳珠溅玉遍天涯。
伞开曲巷瞳瞳影,烟漫长堤淡淡纱。
醉染吟怀敲韵句,润滋原野事桑麻。
常言好雨东风唤,无限生机览物华。

乙未春笺

羴阳紫气喜催鞭,梅俏风清送马年。
日暖枝芽春报信,雪融溪水岭蒸烟。
载舟潮浪民心涌,溃坝虫蝼一念悬。
新岁长征擂战鼓,飞扬神采献豪笺。

长相思 · 军嫂

夜月陪,旭日随。风掠青丝细汗飞,双肩家业背。　　比翼追,爱芳菲。禀报安康絮语微,放心戍九陲。

南乡子 · 重阳

内蒙古兵团战友在网站诗坛重聚,已年过花甲,赋词唱和,抒情言志。感作。

今日又重阳,记忆当年唱采桑。阵阵歌声多少首,锵锵,苦旅重逢话短长。　　旧意续新妆,情比枫栌共绿黄。猎猎秋风红正劲,慷慷,

陈酒浓浓待举觞。

西江月 · 红叶

雁阵南天飞断,山峦云谷凝封。层林萧瑟绽新红,万岭旌旗摇动。　　似见先贤碧血,更思疆场英雄。千秋渲彩色鲜浓,叶蕴梅魂庄重。

寇彦龙

1956年生,吉林榆树人。1976年入伍,曾任某部排长。

故乡咏怀

芳草东园绿渐滋,归来游子系魂丝。
行看宦海如驰马,静对红尘似弈棋。
几簇青山埋旧事,一轮明月寄相思。
胸中自有真情烈,只恐燃烧不敢诗。

忆江南 · 军旅拾痕

一

家山远,极目岛峰遥。一艇旗风犁碧浪,接地海水浴征袍,哨所挂云霄。

二

风樯动,战舰列成行。海似金盆蒸旭日,山如枪刺挑斜阳,帆挂一天霜。

三

狂飙起,大浪拍千山。哨所摩天云雾里,士兵列队海滩前,夜半角声寒。

四

家山近, 回首已三秋。战士不辞流热血, 男儿未必老封侯, 击棹唱凉州。

隋鉴武

1948年4月生, 山东诸城人。1968年入伍, 曾任海军护卫艇第三大队政治处主任, 中校军衔。中华诗词学会会员, 解放军红叶诗社社员。著有《岁月留韵集》等。

海岛钢钉

日背钢枪辨帆影, 晚间哨位眼双睁。
海山迢递天边住, 战士心中是北京。

处处春风

助人为乐悄无声, 事事争先不抢功。
犹似春园花满树, 身边个个是雷锋。

海上锚泊

无边瑟瑟落霞红, 艇首悠扬起笛声。
鼓浪旋波欢戏水, 鲸鲨海豹探头听。

敬礼！人民军队

何啻枪林弹雨拼, 汶川抗震亦惊魂。
生生死死艰危处, 柱地撑天解放军。

中国航母已登场

终见堂堂亮舞台, 千呼万唤始出来。
东方龙啸频惊世, 航母能无华夏牌！

记政治部老战友威海重聚

满头霜雪掩青丝, 席上宾朋尽旧知。
笑语欢歌声不断, 动情最数忆当时。

中国海军走向深蓝

舰出宫古向深蓝, 演武大洋飞浪尖。
休想布围拘手脚, 杀敌处处可施拳。

女飞行员驾战机飞越天安门广场

驯鸷巾帼奋健翮, 全非昔日小娇娥。
赤诚写在蓝天上, 五彩哈达献祖国。

英雄黄继光

突挺胸膛骤作墙, 上甘岭上堵机枪。
精神不死长相继, 何等敌人敢逞狂。

敬悼航空英雄罗阳

竭虑飞鲨建大勋, 班师未庆惜捐身。
我华自古多贞士, 为国甘当拼命人。

毛泽东游泳

游罢江河战海涛, 风波浪里任逍遥。
岂因喜水求怡乐, 猛士从来敢弄潮。

锥山雷达站

新正十六月如盘, 携得清风上此山。
望海粼粼千里闪, 数村隐隐万家安。
钢枪手握心长惕, 雷达风旋夜不眠。
仰视一峰浑似剑, 凛然直刺九重天。

小重山·当军歌重又响起

——在转业战友探访老部队的欢庆仪式上

转业终于重聚逢, 韶华磨洗尽、鬓星星。苍颜劲骨看霜风。天海阔、成败话曾经。　　蓦地起歌声, 排山还倒海、气如虹。歌歇无语泪飞倾。心永远：我是一个兵！

彭水清

1932年7月生，湖南平江人。1951年5月入伍，曾任广州警备区后勤部副政委，广东省军区广州某干休所政委。中华诗词学会会员，红叶诗社社员。著有《水清诗稿》。

野营千里

野营千里战犹酣，露宿风餐雾当衫。
布阵挥师称劲旅，排雷开路挂征帆。

广东省军区暨广州军区公安军组织史资料出版感赋

一

铁杵磨针未计年，文山卷海著雄编。
三军沿革从头越，两史溯源访众贤①。
去伪存真勤考证，删繁就简细筛研。
字斟句酌方成志，一览南疆磐石坚。

二

志海寻珠倍费神，广征博采更艰辛。
闭门查档九千卷，实地咨询上万人。
考献寻踪忘昼夜，撰文易稿苦耕耘。
铁鞋踏破终无悔，一志唯求字字真。

三

史海行舟赖众英，经年累月见真情。
卸鞍解甲调新韵，秉笔披肝喜晚晴。
无悔沙场曾杀敌，有怀志苑再长征。
潜心主纂倾余热，两部宏文壮柳营。

① 三军，指华南军区编制系列；两史，即党史、军史。

彭明道

1938年生，湖南长沙人。1957年入伍，曾任广州军区政治部创作员。转业后任湖南人民广播电台主任编辑。著有《昨非诗稿》。

重游潮州凤山军营感怀

昔时豪气在江天，踏遍南疆路万千。
节读未能通政事，征劳甘愿献华年。
曾经浩劫情犹在，梦断横流脚不前。
驻足军营无限意，悠悠都付海云边。

破阵子·赠方航同志

四十年来寒暑，三千里地山河。曾经浩劫天难问，才逢盛世叹蹉跎，梦里听军歌。　　野营精研近战，战评笔底风荷。何堪共忆南疆日，忽忽霜鬓岁月磨，回眸感慨多。

彭明煦

1931年2月生，湖南衡山人。1949年8月入伍，曾任总参工程兵学院教研室主任。解放军红叶诗社社员。

追记抗美援朝片断

一

唇齿相依血肉连，英雄许国气冲天。
拦腰穿插重重障，分割包围细细歼。
掘地千寻充虎帐，伏兵十路祭神鞭。
凌云韬略凌云胆，射虎屠龙意志坚。

二

奋臂弯弓箭在弦，隆冬腊月出延边。
千村泣血三焦涌，万里哀鸿五内煎。
初试牛刀寒敌胆，屡歼顽寇靖狼烟。
凯旋之夜阿妈送，泪涨秋川鼓震天。

赞李国安塞外打井

钻塔盘旋梦寐牵,拼将热血化甘泉。
爬冰卧雪终无悔,涉险排危总率先。
滴滴清醇滋大漠,方方戈壁变良田。
千红万紫春风度,边塞森严堡垒坚。

老兵情怀

一

烽烟漂泊落京西,皓首腰弯志不移。
喽雪吮冰胸臆暖,枕戈浴血梦魂痴。
闻鸡起舞登山早,听漏沉思炼句迟。
四海风雷萦脑际,毛头小犊奈何嗤。

二

投笔当年不顾家,风风雨雨日西斜。
身居陋室常怀远,血写春秋不拒瑕。
咀嚼英华嫌夜短,寄情山水啸天涯。
清波绿柳垂纶乐,淡泊人生醉晚霞。

抗洪群英图

阵前宣誓竞风流,不灭洪魔誓不休。
抢险龙潭探水眼,救灾虎穴驾飞舟。
惊涛拍岸堤圩裂,猛士拦洪血肉投。
百万雄师征恶水,凯歌一曲壮神州。

献给英勇抗击"非典"的叶欣烈士

夜半挑灯战死神,心潮滚滚泪涔涔。
舍家舍命心无我,化作杜鹃带血吟。

彭树业

1934年生,湖北枣阳人。1951年7月入伍,曾在空军电讯工程学院工作。

军干所抒怀

一

金戈铁马忆当年,久客长安成故园。
莫道银丝盈巷里,经霜枫叶灼如燃。

二

经年相与素心安,缘共军魂一线牵。
始信人生晚景好,五湖棠棣意绵绵。

三

年年春雨洒江天,润物无声百卉妍。
难忘黄花香馥郁,挥毫泼墨赋新篇。

忆战友

相知五秩春,胜似手足亲。
不尽长江水,应如我忆君。

彭俊德

1935年1月生,土家族,重庆酉阳人。1950年2月入伍,曾任军分区后勤医院护士。转业后任中学校长。中华诗词学会会员,解放军红叶诗社社员。著有《醉叶集》。

立雪守边关

寒梅朵朵正开花,梅树身边是我家。
莫道军衣霜雪染,忠诚守卫在天涯。

临江仙·航空兵

万里长空书壮志,机飞北塞南沙。穿云破雾度年华。警巡舒望眼,迎面接朝霞。　喜看神州春似锦,青山绿水红花。不教鬼魅犯疆涯。英雄天作纸,战士国为家。

眼儿媚·忆参加人民解放军

从戎投笔忆当年,壮志逼云天。冰封去路,雪迷津渡,步履尤坚。　　将身许国男儿事,责任重双肩。端枪守月,刺刀拼血,记忆犹鲜。

彭楚纯

1930年生,湖南醴陵人。1949年入伍,曾任总参第五十六研究所科技处处长、高级工程师。解放军红叶诗社社员。

水调歌头·黄山松

——为献身国防默默无闻的战友们作

树长高山上,根在断岩中。清香古朴幽美,装点列奇峰。山里悬岩欲坠,坡上奇松挺立,四壁竞葱茏。巧运虬枝劲,俯仰叩天风。　　凌风雨,傲霜雪,锁云龙。自强自立,千姿百态一由衷。脚踩峰峦千仞,头顶霞光万道,冬夏自从容。寒暑撑天地,不为称英雄。

葛庆平

1963年12月生,山东肥城人。曾任某部工程师。解放军红叶诗社社员。著有《晴空看鸟飞》。

野营抒怀

雪野三冬暖①,嘉平五鼓寒。
冰封荒径寂,雾锁钓台闲。
铁马惊千岳,豪情荡九天。
捷音萦虎帐,将士凯歌还。

① 三冬暖:雪野湖畔地名,军用地图上标有冬暖、大冬暖、小冬暖三个村庄名。

登一览亭

穿林寻野径,览胜意登临。
松岭重重秀,湖城处处新。
霜华湿氅袖,风物荡凡尘。
望眼黄河浪,滔滔万里心。

明湖笔会

帘卷半湖景,门开一岭风。
谁识千古意,邀我四方朋。
酒劲诗思漾,兴发笔纵情。
满园花竞放,笑语和泉鸣。

临潼观兵马俑

战马隆隆列阵来,恢宏气象壮天怀。
劲催鼓角风驰去,一统江山自此开。

董士奎

1924年生,江苏淮安人。1944年入伍,曾任苏州军分区顾问。解放军红叶诗社社员。著有《新声集》等。

忆我军解放新区露宿街头

军行百里暮垂天,夜枕石阶伴露眠。
凉月严霜寒气重,鼾声一片似雷传。

江城子·海防哨兵吟

银波浩瀚怒涛狂。白茫茫,际无量。防范妖魔,伴月卫疆防。月照影身人两个,心沉着,不慌张。　　沙霾弥漫月无光。一身凉,满头霜。蛙叫虫鸣,齐奏五音腔。天上星星云里躲,谁陪我,站双岗?

董文义

1931年9月生,江苏无锡人。1950年6月入伍,曾任南京政治学院副教授。解放军红叶诗社社员。著有《天山居诗词》。

立马图

征尘原已绝,却念旧营辕。
侧耳西风里,边陲可靖安?

谒一江山战役烈士陵园

三军协力卷残云,穷寇灰飞净海门。
血染枫林红似火,朝朝暮暮伴英魂。

读叶帅《远望集》

射虎屠龙百战身,吟今咏古尽甘醇。
骥行万里豪情在,留得箴言策后昆。

红枫岗抒怀

似火如霞赛彩虹,漫山枫叶舞秋风。
飘然洒落军营里,恰与丹心一样红。

登大嶝岛

车驰大道鹭翔空,枝茂花繁春意浓。
烈焰腾飞成旧事,残碉隐显乱蒿中。

登大陈岛

万顷波涛万里疆,何来铁壁固金汤。
三军将士中宵舞,长剑倚天诛恶狼。

甲午殇思有感

名家铁笔撰文章,史海钩沉论国殇。
字字惊心凝血泪,声声动魄唤刚强。
散沙朽木难成器,壮志雄风屡殪狼。
圆梦中华歌盛世,驭天犁海两辉煌。

月夜忆海防战友

孤月恋边城,寒涛诉别情。
为君歌一曲,犹是战时声。

胡里山炮台

水阔沙平玉宇清,空余巨炮忆长城。
抗倭将士今安在,欲把涛声作鼓声。

董庆瑞

1923年生,河北灵寿人。曾任某部政治部副主任。著有《董庆瑞诗词集》。

忆毛泽东主席视察工程兵

巍峨灯塔照航程,渤海迎来旭日升。
统帅亲巡临细柳,官兵围坐沐春风。
慈颜奕奕光燕塞,教诲谆谆益此生。
崾㟄碑前合影在,千秋军帐尚留声。

忆朱德总司令的一次教诲[1]

犹记元戎昔日情,山村垂训树青青。
心长语重沁春雨,眉寿颜慈嘘暖风。
矢志移山开世纪,为民服务献平生。
金声仿佛还充耳,厚望唯期寄乳鹰。

[1] 1947年5月,朱德总司令路经晋察冀军区军政干校一大队驻地,给学员讲了话。

敬悼王平同志[1]

碧落茫茫陨将星,忽闻噩耗自心惊。
挥戈晋冀英风劲,沥胆京华热血倾。
梦里音容犹历历,眼中泪水已蒙蒙。
他年我做黄泉客,再伴将军事远征。

[1] 王平(1907—1998),湖北阳新人。1930年参加中国工农红军,参加了长征。曾任军事学院政委,军委炮兵政

委,武汉军区第一政委,总后勤部政委,中央军委副秘书长。1955年被授予上将军衔。

董溽新

1922年6月生,江西湖口人。1956年入伍,曾任南京工程兵学院教授。解放军红叶诗社社员。

蜗 居

浪迹平生羡五湖,老来却喜作蜗居。
两行翠柏三堆竹,一室清风满架书。
外界只从屏上见,故人偶向话筒呼。
不求悲壮追红日,但盼安详尽岁余。

干休所小花园杂咏

绿 茵

占尽风情是此园,凭栏俯看意悠然。
劝君莫踏如茵草,留得青青润眼帘。

繁 花

小园无日不芬芳,梅后随来金盏黄。
月季牡丹开不尽,更培艳菊傲秋霜。

翠 幛

凭窗镇日枉凝眸,花落花开总自由。
唯有青松悬翠幛,永留春色驻心头。

在诗词班授课六年感赋

六载韶光放眼过,苍颜白发舞婆娑。
名师实友双增益,是教兼娱两得和。
忧国同将硕鼠恨,爱军齐唱大风歌。
人言知己一已足,我有知音满室多。

蒋有泉

1945年12月生,浙江奉化人。毕业于解放军重庆通信学院。转业后任中国新闻学院研究所副所长。

月夜思

今夜无端思故乡,披衣仰望独临窗。
冰轮照我军中客,吟碎床前明月光。

电子抗争

电子抗争神鬼惊,无声制敌决输赢。
侦听测向大干扰,胜过沙场十万兵!

岳王坟前

敬行军礼岳坟前,感慨无穷思万千。
将士许身惟社稷,为何冤狱恨年年?

边防哨兵

千里雪原阔,仰头望玉轮。
嫦娥情不薄,静伴站岗人。

挽陈毅元帅

红巾铁甲战南昌,虎啸龙腾聚井冈。
拄地擎天图大业,横枪倚马赋华章。
笑迎旭日东方起,冷对鸱鸮暗处狂。
耿介一生当代杰,文名武绩世间扬。

卢沟恨

草木枯荣五十秋,年年风雨泣卢沟。
沉沉国耻悠悠恨,皆在桥头石上留。

纪念抗美援朝六十年

抗美援朝六十年,煌煌正气励人间。
若无当日牺牲大,安得国威昭昊天?

广西金鸡山边境哨所

哨所时时起雾尘,历经风雨见精神。

金鸡山上红旗美,战士心中祖国亲。

吊闽中革命烈士

——为《闽中人民革命史诗》作

志士播星火,藉风燎闽中。
舍身征腐恶,忘死破牢笼。
为国魂昭日,断头血化虹。
英雄悲壮史,弥久勒苍穹。

蒋志刚

1935年生,河北丰润人。1955年入伍,曾任总参办公厅研究员,大校军衔。

赠李宏垠将军

夫子优游翰墨间,将军风采染硝烟。
回眸不恃当年勇,阅世常抒入木谈。
共事总能挑重担,相知无不吐肠肝。
沧桑纵览如诗画,万里风云到笔端。

蒋继辉

1948年12月生,江苏徐州人。1969年入伍,曾任北京军区第六十五集团军政治部组织处副团职干事。中华诗词学会会员,《红叶》特约编委。著有《蒋继辉军旅诗抄》。

问 雁

梦到三春冰已开,家山些事总萦怀。
抬望天宇问归雁,何故君来信未来?

连队毛驴车驭手

坡陡山深不畏劳,载风载雨路迢迢。
粮油我是运输线,赶个驴车也自豪。

夜访卢沟桥

秋水流光夜未央,群狮无寐意昂扬。
最怜桥上那轮月,留我中华作胆尝。

长城夜宿

踏雪迎风又一程,燕山深处夜安营。
雁过紫塞常思返,春到冰原稍作停。
烽火台前家万里,刺刀尖上月三更。
长城幸伴男儿梦,枕底犹闻战马鸣。

紧急集合

军号一声惊夜空,唤醒乡梦路千重。
被包裹进广寒月,枪炮携来边塞风。
星躲浓云看热闹,道添薄雪试真功。
兵齐马到靶场上,犹快高标十秒钟。

高山执勤

盘旋山道岭重重,哨卡拂云凌朔风。
狐兔稀来崖坎坷,沙尘勤访月朦胧。
丹心煮沸冰天雪,热血淬红龙剑锋。
遥望城乡灯火谧,青春无悔戍三冬。

筑战备坑道

钩月刀风战五更,山鸣壑应炮连声。
千车磕石千车汗,一谷烟尘一谷情。
血筑长城万年固,心期华夏亿民宁。
男儿生就钢筋骨,铸入青山铸太平。

军农生产

扶犁塞下种江南,十里冰河三月天。
满地凌花光脚绣,一渠水调铁锹弹。
稻风掀起金银浪,白菜堆成翡翠山。
安得边疆无战事,荷锄谁计几多年。

哨卡度中秋

长空极目净云烟，北国疆陲月正圆。
乡饼争描比花样，家书抢读乐心田。
一声命令忽传帐，半夜巡逻又跨鞍。
风啸沙鸣交响起，婵娟伴我走边关。

致塞外战友

记否长城共卧时，激情岁月总相思。
枝头春信雪先报，塞外秋风雁独知。
草地巡逻争悍马，漠天拉练夺红旗。
最香不过茶当酒，端起牙缸碰掉瓷。

草原晨曲

万缕晨光洒北疆，绿茵千里遍牛羊。
毡房点点炊烟直，驼队悠悠古道长。
三两苍鹰披彩缎，几群健马吻朝阳。
奶茶未饮心先醉，早把草原当故乡。

列车行在"天路"上

穿洞攀岩入藏天，如烟往事尚牵连。
狂风虎帐摇山浪，篝火军锅煮雪原。
血印双肩托双轨，汗流千里跨千山。
一声长笛惊思绪，窗外苍鹰峻岭旋。

参观甲午海战大连黑岛遗址

沧波一望恨由生，澎湃心潮久未停。
浪底鱼游绕遗迹，崖前鸥舞慰英灵。
舰无好舵难经远，心有朝阳自永升。
何日圆吾强国梦？题诗寄意问辽宁。

厦门鼓浪屿瞻郑成功巨像

——为纪念郑成功收复台湾350周年而作

把剑凝眸气宇轩，雄兵十万势吞天。
雨携峡上浪千尺，风裹胸中火一团。
自信输赢凭正义，岂迷攻守赖坚船。
而今疆海烽烟起，欲问郑公何日还。

赣南山区听老红军讲故事

岭下溪前篝火熊，英雄故事动天容。
盐巴更比黄金贵，猛兽何如白狗凶。
百日粮无仍打仗，一身装破照过冬。
当年松柏释春意，渡口梅花含笑红。

辽宁号航母

又添射日一张弓，昂首凌波气宇雄。
雷达有心穿叠嶂，战鹰放胆傲长空。
胸怀甲午几团火，势挟太行千里风。
砥柱中流堪靖海，生来尤喜浪涛汹。

赞驻永暑礁解放军
气象专家李文波

心系南疆阴与晴，廿年铁汉共礁生。
翱翔鸥影绕旗舞，澎湃涛声作曲听。
观测站连家万里，主权碑系国千城。
椰风铸就男儿梦，沙白水蓝波海平。

南海怒

何故无风浪涌山，横行螃蟹搅狂澜。
贯将霸道当公道，常借人权压主权。
山姆摇幡难作主，虾兵闹海岂翻天。
古来此域神州地，怎让夷邦旗乱悬。

梦回军营

山鹰驮我向天涯，一路春光一路花。
故里桃风眼前雪，梦中鸿雁淖边家。
重骑战马踏晨岭，再驾铁流追晚霞。
欲记当年征戍事，笔尖落处卷风沙。

参观冉庄地道战遗址

久慕冀中土, 小村天下铭。
油灯辉广宇, 地道壮长城。
枯井日倭葬, 警钟华夏鸣,
人民战争曲, 一路响雷霆。

拉 练

漠草疆天飘战旗, 冰封千里练兵时。
气吞北国三冬雪, 身展中原群雁姿。
野兔黄羊偶来伴, 白风冻土总相欺。
鞋中流出斑斑血, 印下行行边塞诗。

野 营

扎营猫耳暂栖身, 风吼雪飘天洗尘。
枯叶几堆炊饭火, 山泉一捧润喉津。
挖壕炒菜铲同用, 洗脚盛汤盆不分。
虎咽狼吞军号响, 馒头一撂又开奔。

一级战备

突变风云天地昏, 挥戈跃马出辕门。
胆悬秋岭燕山月, 气壮荒原边塞村。
战地山藏枪有怒, 长城雪卧雁无痕。
血书叠叠飞帷幄, 耿耿军魂铸国魂。

国庆六十周年大阅兵感怀

京都大地正腾龙, 还看今朝一代雄。
剑指长空争亮相, 枪携寒气正冲锋。
铁流碾碎霸权梦, 银燕衔来和煦风。
飘带当头谁舞袖, 烟霞七彩绘成虹。

蒋道亮

1942年12月生, 湖南东安人。1961年入伍, 曾任河南省开封军分区政委, 大校军衔。中华诗词学会会员。著有《军旅放歌》。

九马画山

千里良驹伏画山, 听涛养性历年年。
何时伯乐江中至, 大野奋蹄生紫烟。

鹧鸪天 · 预备役师抢渡黄河演练

披挂驰奔满负荷, 新师千里练挥戈。筹谋决断歼强寇, 惑敌乘机渡大河。　　车驶急, 电飞波, 全天候战又如何? 营中预任夸精锐, 待听他年捷报多。

韩 风

1928年3月生, 江苏启东人。1944年7月入伍, 曾任某部宣教股股长, 南京政治学院历史系主任。解放军红叶诗社社员。

忆苏中抗战

一

游击健儿出囚笼, 重建四军赞杰雄。
小试卫岗惊敌胆, 茅山立足一点红。

二

戈矛北渡月朦胧, 二李相安韩不容。
八尺沟中悲落马, 相煎其豆恨重重。

三

河川水网任纵横, 黄海渔歌唱晚风。
稻麦连波浮碧浪, 军民抗战乐融融。

四

青纱帐里藏蛟龙, 点线频穿挫敌锋。
扫荡清乡何奈我, 粟师热血灌苏中。

白衣天使

岭南春来早,花香欲醉人。彩蝶
花丛舞,白衣花间行。孰知风云变,
疫情骤惊魂①。临危争赴难,救死齐
请缨。夫君依依别,慈母细叮咛。咫
尺天涯路,殷殷祝康平。宣誓党旗
下,蹈火悟人生。塑像花前立,鲜花
慰英灵。白衣天使真雄杰,天使白衣
爱人民。风范巍巍在,英名励后人。

①　疫情,指"非典"。

新农家诗话

青山枕我头,小溪绕脚流。茶园
天际接,桑叶绿油油。父兄城镇务工
去,贤嫂持家莳茶桑。阿妈自幼爱刺
绣,至今不逊新绣娘。我正苦读研,
春节飞回家。老爸驾车接,"奇瑞"
向女夸。小楼有三层,闺房最温馨。
古琴窗前摆,轻抚发清音。燕子犹侧
耳,喃喃入画屏。兄嫂赞妹弹得好,
妈妈对女笑盈盈。妮子从小娇惯养,
田头灶头事难成。念书念到廿四岁,
啥时毛脚女婿领上门? 侄儿牵我
衣,朗朗把话留:长大当博士,紧随
姑姑后,发明航天大飞碟,直冲银河
鹊桥头。

淮海战歌

——纪念淮海战役胜利60周年

高粱黍稷穗沉沉,彻夜灯光亮
阜平。统帅决策巧运筹,惊雷乍响接
黎明。林彪南下临锦州,不恋长春悬
孤城。济南捉了王耀武,硝烟散去齐
鲁宁。平津张垣长蛇阵,首尾不顾岂
可凭。中原两军正联手,静观决战势
已成。粟裕首提战淮海,众将议兵在
孔林。老蒋犹豫棋难定,刘峙先躲淮
河滨。强弩直射运河东,蒙沂峰崮壮
我行。窑湾折翅势危殆,伯韬身陷碾
庄圩。邱李东援徒悲叹,司令自知路
难回。穿着礼服图尊严,魂归金陵白
絮飞。徐州危,总裁逼:保精锐,救
燃眉。南北对进猛如虎,黄维兼程
渡涡浍。徐蚌诸将倾全力,前进受
阻愿相违。三十万人滚浊浪,光亭
落荒走若飞。此行前途深难测,虎
落平川能怨谁? 会师一枕黄粱梦,
又闻同窗败双堆。苦守无援官兵
怨,妇孺饥寒声声啼。左冲右突卵
击石,华野雄师铁桶围。铁桶围,坚
不摧,十里旷野满天白。战壕纵横
贯前后,雪地长龙举世奇。堡垒深
藏兵百万,猛士枕戈力不颓。洞室
草铺厚,前线春意催。元旦洞中过,
当兵头一回。壕内闻肉香,晚会歌
声醉。枪弹粮草足,支援靠人民。
军民亲鱼水,必胜添信心。粟司令
总攻号令下,三军席卷陈官庄。
"剿总"被剿谁能救,兵败山倒溃
昏昏。长官被俘砖破头,悍将疯癫
丧乱军。战场处处竖断壁,土窑布
幔掩亡灵。大炮卡车随地弃,俘虏
纵队蹒跚行。阴霾散去天晴朗,鏖
战决胜振军心。白雪浸透烈士血,
明日渡江争和平。

韩　风

1935年生,山东章丘人。1949年入伍,曾任新疆军区文工团编导。解放军红叶诗社社员。

帕米尔高原哨卡夏日

冈下急流腾,枪尖接险峰。
雾浓飞夏雪,云乱卷寒风。

帕米尔高原哨所军马

火鬃昂首雪山间,衔命巡逻箭出弦。
回看冰河纷碎处,飞身已上白云天。

韩 懋

1930年1月生,河南唐河人。1949年5月入伍,曾任总参通信部科长、研究员。解放军红叶诗社社员。

遵义会议

国门御寇垒为屏,兵折湘江罗网横。
通道苦诤方略转,赤河捷报帅旗更。
金沙浪激军情急,铁索烟笼绝地生。
不是众星参北斗,何时赢得礼花鸣。

谒上饶集中营烈士纪念馆

长夜煎熬待晓时,囚笼炼狱起丰碑。
箴言片片凝心志,地火熊熊蓄迅雷。
浴血誓还烽火地,赤拳摧折大王旗①。
山河再造当含笑,留取青萍扫腐灰。

① 此指1942年6月,集中营在开往福建途中举行的赤石暴动。大王,又是峰名,它和赤石均在武夷山市（原崇安县）境内。

七一咏史

嘉兴南湖

长夜频争总黯然,南湖初晓雾云天。

画舟荡起千重浪,星火燎红九点烟。

南 昌

东南半壁捷音频,黑手鞭残沪上春。
欲向刀丛争道义,洪都霹雳撼昆仑。

井冈山

千嶂葱茏引柳营,南天霜冷现丹枫。
倚山长剑能屠虎,赢得旌旗巷陌红。

延 安

寒窑疾笔炬光明,剩水残山布汉营。
月笼青纱兵百万,天狼星陨乱云横。

西柏坡

金戈铁马战郊原,夕照金陵已黯然。
北地狂飙终得鹿,神都日月耀中天。

读毛主席诗词

鞍马吟哦意纵横,风骚独领越群英。
百年忧患抒丹臆,千嶂霹雷挥义旌。
奋起狂飙除鬼蜮,敢驱霸主唤升平。
回眸千载倾文采,风骨依然耀塔灯。

军魂颂

铁流万里力回天,血雨千山战愈酣。
湘水重围怀壮烈,通黎逆境谏危安①。
关河横断兼程急,雪岭无垠短褐寒。
锻铸军魂扬浩气,时逢险阻化云烟。

满江红 · 汶川大震

云黯天低,惊雷急,山崩地裂。
烟浪里,屋倾楼塌,堰塞塔折。音信
渺无通道断,生灵顿失炊烟绝。国之
殇,宇内半旗垂,同悲咽。　　震情
急,精旅捷。生命重,忧思烈。任荒

山僻壤,步飞空跃。滚石尤牵黎庶泪,雾霾何惜头颅血。争朝夕,重拾劫中川,英雄业。

望海潮·芦山强震
黄金七十二小时

青江烟冷,蒙山雾罩,霎时地动楼斜。横柱断梁,残砖碎瓦,压折十万人家。风劲雨交加。又震余千百,路塞坡滑。死别生离,唤儿扶老泣生涯。　飞橇火速驰达。解生灵涂炭,英气风发。泥石滚流,峰岩峭立,凌空夺路翻崖。长夜复朝霞。凭一腔血挽,生命年华。愿把青春烈火,送暖万千家。

韩立德

1926年生,河北深县人。1946年参加革命,曾任某军后勤部副部长。中华诗词学会会员。著有《韩立德诗集》。

壮士吟

山花如血草如茵,先烈忠魂何处寻。
易水悲歌千古叹,狼牙壮士万家吟。

长征纪念日感怀

铁流万里垂青史,六十韶光播美名。
赤水乌江施妙计,娄山泸定出奇兵。
夹金雪岭云为伴,草地泥潭茶作羹。
感念先驱开义路,继承壮志续长征。

忆林钊同志

乳燕初翔险阵多,何辞碧血染江河。
为伸正义慨然去,长夜青灯逐逝波。

长相思·空军建军四十周年

卅春秋,万兜鍪,振羽长空护九州。声威百世流。　叠峰稠,逝水悠,碧落豪情岁月遒。凌云志未休。

韩金波

1924年10月生,河北博野人。1939年8月入伍,曾任总参通信部司令部办公室主任,军事研究室研究员。

朝鲜父老临别赠剑

红旗挥舞处,老少泪齐弹。
手捧传家宝,剑光七寸寒。
五洲驱虎豹,四海挽狂澜。
持以临歧赠,叮咛别后安。

韩淀滨

1932年生,河北人。1949年4月入伍,曾任总参谋部某处副政委。中华诗词学会会员,解放军红叶诗社社员。

忆第一次见国旗图案

乍见五星红帜日,正追逃敌大江横。
千军师出荆州地,百姓齐迎沙市城。
未教惊弓飞鸟遁,已闻长夜晓鸡鸣。
峥嵘岁月流光去,五十春秋展大鹏。

解放大西南

动地风雷荡贵川,红旗席卷半边天。
炮车飞转如生翼,战马奔腾似脱弦。
方报渝州迎解放,又闻康定凯声旋。
铁拳击卵殃军灭,未靖边疆岂歇肩!

大江行舟

1950年朝鲜战争爆发,不久我部北上,

人马同乘民间木舟，由重庆顺江而下，每遇轮过或风浪，战马嘶跳，过险滩则人马下船沿江行进。

解放东川未下鞍，朝邻急往灭硝烟。
声声号子民舟进，阵阵惊涛战马蹄。
风骤临湾观刻壁，礁多沿岸走危岩。
群情个个离弦箭，驾驭飞流越万山。

援朝纪事

患夜盲

心焚可恨夜盲临，急务军情抢秒分。
战友搀扶牵马尾，翻山涉水踏飞云。

炮坦战

敌突前沿我阵摧，"乌龟"凶恶战情危。
炮车出垒轰雷击，美坦霎时成铁堆。

咏北京风物（竹枝词）

前门大街

修新如旧古风承，铺面参差车响铃。
白里黑帮千层底，引得老外足跟撑。

回娘家

迎春花放暗香留，探母归门进大楼。
不带鸡鸭不带酒，带来一屉小窝头。

为西部大开发挥毫

为配合西部大开发，银川美术馆办书画展，来函索字。感成拙句，草书寄出。

来雁贺兰索墨踪，风流西域展新荣。
鹅毛千里高飞去，略表京人一片情。

卜算子 · 烨烨神州路

黑夜苦煎熬，漫漫何时曙。一自南湖景色开，斗转星旗舞。　　旭日耀东方，也有风和雨。矫矫苍龙激浪翻，烨烨神州路。

浣溪沙 · 书联

岁暮关山度若飞，寒风塞北刺如锥，亲人迎客暖心扉。　　联语双双多雅趣，翰书副副系情思，忙中钤反改无时。

浣溪沙 · 延庆采风

黄帝蚩尤战阪泉，荒坡野岭砾沙喧，重游故地感千番。　　玉渡山青人欲醉，妫川水碧舫悠然，问君巨变谢何仙？

鹧鸪天 · 看《这里的黎明静悄悄》有感

绿树林深掩小村，戎裙裹秀季芳春。山中鬼蜮原形露，湖畔英雄浩气存。　　天溅泪，地惊魂，红梅未绽化仙云。黎明花束呈忠烈，晴日时时念故人。

韩 新 秋

1922年生，河北元氏人。1941年入伍，曾任基建工程兵冶金指挥部政治部副主任。中华诗词学会会员。

战友别

沥血太行肩并肩，临终断续出言难。
神州万紫千红日，代问一声家母安！

喻　晓

原名喻元吉，1941年生，湖南娄底人。1961年入军校学习，曾任解放军报社文化部副主编，高级编辑，大校军衔。《中华军旅诗词研究》特约研究员。著有《喻晓诗选》。

乌江霸王祠

乌江一剑恸千秋，众口纷纷说项刘。
扛鼎拔山凭膂力，称王图霸靠权谋。
楚歌碧血何悲壮，骏马佳人不解愁。
百战关河垓下恨，几多嗟叹向荒丘。

访北极黄河科考站

邮轮越沧海，一梦到南柯。
壁立山如铁，波掀浪卷涡。
冰川辉日月，石兽伏清波。
来访黄河站，先听砺志歌。

虞美人·穿越北纬八十度

船穿北纬八十度，冰锁前方路。天风阵阵助鸥回，忽见暗潮浮动鳕鱼飞。　　晴空日月双悬久，极昼明窗牖。一生能得几回看，把酒畅怀乘兴摄冰山。

水调歌头·重上西藏

重踏通天路，再上地球巅。仰头殿阙高耸，金顶耀云边。山列银装玉树，江绕奇峰危岸，随处舞经幡。佛地梵曲永，未见鹤成仙。　　车笛响，城市闹，是尘寰。飞机好似鹏鸟，扶摇上青天。铁轨欲穿星斗，寒月荒原有伴，巨手拂云烟。历史须人创，宏图起雪原。

喻少春

1934年生，湖南宁乡人。1951年入伍，曾任雷达五十一团团长。著有《寒梅集》。

忆江南

雷达站

雷达站，万里守吾疆。风雪昆仑抒壮志，金晴慧眼探穹苍，边塞戍旗扬。

雪　莲[1]

昆仑俏，最俏雪莲花。屹立云崖承雨露，笑迎风雪发春华，谁不爱奇葩？

[1] 藏民赞美边防战士似雪莲。

喻联璧

女，1933年5月生，四川人。1949年11月入伍。

凯旋之日

难忘援朝奏凯旋，缤纷花雨泪潸然。
白山起舞歌盈耳，绿水扬波鼓震天。
昨夜魂牵邦永固，今朝情系友长眠。
征尘洗去兵心壮，梦里犹挥打虎鞭。

程　敏

1928年生，山东龙口人。1947年参加革命，曾任第三十九军政治部宣传处处长，军事科学院研究员。解放军红叶诗社社员。著有《随感集》。

咏西满学生战地服务团

三百书生慕柳营，毅然投笔踏征程。
家乡父老沿街送，部队官兵远道迎。
环望烽烟弥大地，频闻战鼓响晴空。

学文习武多磨砺，行看雏鹰效鹭鹏。

忆解放锦州

帽儿山上朔风寒，重镇攻坚谋首篇。
打碎碉群联网计，阻歼葫沈向心援。
协同炮坦冲锋疾，穿插迂回勇冠先。
血染古城烟蔽日，英雄炸堡万秋传[1]。

　　[1] 东北野战军第二纵队十五团十连五班战斗组长梁士英舍身炸地堡，为部队扫清了前进障碍，荣立三大功。锦州市政府将锦州城西北门命名为"士英门"，并立纪念碑，又将惠安街命名为"士英街"。

延安行

小城隐隐似寻常，抗战奠基名远扬。
窑洞不宽心境阔，礼堂朴实律音强。
巍巍宝塔映牛斗，滚滚延河润八荒。
先烈伟勋青史赞，鸿踪处处溢清香。

读《黄克诚自述》感怀

文韬武略挽狂澜，暴动湘南一俊贤。
匡稷扶民掏肺腑，强军饬政舍华年。
常怀战友捐心血，更励残生效马援。
廉洁不阿群众仰，清风明月满人间。

参观威海甲午海战纪念馆

寇倭作乱祸清廷，夺地戕民理不容。
激荡风云驱丑类，横流沧海显英雄。
萧萧故垒千秋仰，寂寂荒村举世惊。
卫国忠魂碑永在，碧波潋滟笑春风。

访将军府[1]

将军府邸忆陈踪，社稷凋零外患重。
无辜江东余血泪，连天烽火迫危城。
国穷何有边陲固？自殉为明壮士衷。
戚烈豪情扬宇内，后人长念寿山公[2]。

　　[1] 将军府，清康熙二十二年（1683）始建于瑷珲，后移至墨尔根（今嫩江县），康熙三十八年再移至齐齐哈尔。将军府设置期间，清政府共任命了76位将军，其中71位曾驻此。
　　[2] 寿山（1860—1900），字眉峰，黑龙江瑷珲人。清光绪二十六年（1900）署理黑龙江将军，为抗击沙俄而壮烈殉国。

诺　言

岁岁清明谒墓园，魂牵梦绕意难安。
同壕情愫如兄弟，决战功勋动地天。
绿柳飞花迎远客，金桥涌浪诉当年。
欣逢祖国鲲鹏展，一炷心香践诺言。

再次赴朝鲜前线途中

日暮别安东，重温异国情。
忽闻阿里郎，间伴弹轰鸣。
习习清风夜，迢迢牛女星。
谁云战场苦？千里踏歌行。

贺首届军旅诗词研讨会召开

诗坛一帜古相传，不朽军魂豪放篇。
洪韵曾同笳鼓竞，燕歌常逐铁衣寒。
昔年赴死情慷慨，当代吟风势盎然。
莫让前人居绝顶，峻峰座座待登攀。

《勿忘庐人家》诗集读后[1]

临津突破战犹酣，国府弹琴佳话传[2]。
饮马汉江扬浩气，擎旗南国舞长天。
常工风雅才思美，每念萱堂更漏寒。
将勇女娟三世系，荆花解语诉良缘。

　　[1] 诗集《勿忘庐人家》，原北京军区副司令员汪洋与夫人周湘玟合著。
　　[2] 抗美援朝第三次战役，汪洋以

——六师师长指挥突破临津江，一举成功。这一战例被誉为典范："三险三奇"。攻入汉城后，汪洋师长见伪总统府有架钢琴，便即兴弹奏一曲，一时传为佳话。

谒黄帝陵

黄陵千古卧桥山，谒祖寻根魂梦牵。
古木苍苍迎远客，丰碑历历颂先贤。
诅河风雨驱悲难，南谷黄花绽笑颜。
大德昭彰光四海，后生奋进道途宽。

登望江楼

卜奎形胜地，高耸望江楼。依栏极目眺，江天浩然收。岸西平野阔，丰草壮羊牛。妩媚明月岛，万善古寺幽。湿地丹顶鹤，慕名游人稠。激水过浏园，沙渚葫芦头。引湖烟雨柳，轻浪逐扁舟。信哉风光美，不虚北国游。忆昔登斯楼，难遣心上秋。六十四屯血，惨案恸九州。寿公祠常在，每谒悲梗喉。江桥抗战役，小胜息吴钩。嫩江水，呜咽流。剪不断，恨和仇。无限沧桑事，滔滔诉不休。

忆战友

松辽平原征战忙，榆关急度又大江。露宿常依茅草屋，风餐共品瓜菜汤。卫国兴邦勤大业，燕山黑水各一方。激流跌宕见睿智，"多思益明"胜华章。盛世中兴展鸿翼，壮志未遂憾卧床。统一昌盛平生愿，港澳回归喜泪狂。

鹊桥仙·进军广西

一弯冷月，满天星斗，好趁清辉疾走。湘黔桂界大迂回，用巧计、陈兵敌后。　　山高路险，重峦叠嶂，时有风狂雨骤。长征浩气涌心头，速挺进、合围邕柳。

浪淘沙·唐山雨夜感怀

辗转不成眠，悲绪萦牵。敲篷冷雨枕衾寒。地动山摇魑魅舞，败瓦颓垣。　　此难撼尘寰，恨海无边。凶灾肆虐奈何天。军号声声传百里，响彻唐山。

渔家傲·汶川地震

霹雳声凄天地颤，山崩屋塌江河断。群众无辜遭厄难！君莫叹，一方有难多方惦。　　百万军民齐奋战，救人第一真情献。敬礼娃娃童稚伴①。家园建，汶川劫后新颜换。

① 三岁娃娃郎铮，被压在废墟里，右手负伤。当被救出时，他躺在担架上，不顾伤痛，向救援人员深情地行了一个举手礼。

程分圣

1952年10月生，湖南道县人。1972年入伍。中华诗词学会会员。

空军机务兵

晨浴朝曦送雁翔，情丝万缕系空航。
油花汗渍铺天路，银燕隆隆上碧苍。

兵团散咏

入　疆

高端远虑计长安，铸剑为犁固塞藩。
湘女八千先励志，屯边誓献一心丹。

湘女石

掬水开疆润丽关,湘江石矗证心丹。
而今鬓发秋霜似,紧抱丰碑喜泪弹。

渔家傲·奔马

　　蓄势西凉沙海岸,嚼食瑶草强
身段。雪域高原标典范。殷殷盼,琵
琶激乐嘶声颤。　　踏燕驭风飞若
箭,驾车长啸冲霄汉。威震天狼魂魄
断。抬眼看,神驹始筑空间站。

程启瑞

　　1937年生,江苏淮安人。1962年入伍,
曾任研究员、系主任,大校军衔。中华诗
词学会会员,解放军红叶诗社社员。著有
《柴蓬阁诗稿》。

军垦赞歌

矗立天山为稳疆,戍边屯垦固金汤。
劈山引水洗盐漠,化剑为犁开瀚荒。
沐雪栉风称好汉,战天斗地学胡杨。
春秋六十峥嵘在,欣慰兵团业绩昌。

瑷珲回眸

兴安名镇久怀忧,黑水难忘故国仇。
千里悲风思宿恨,涛声依旧不回头。

将军习诗

戎马生涯百战时,枪林弹雨命如丝。
将军不耐无为老,脱去征袍学写诗。

乙未元日怀远

马去羊来辞旧年,边防战友总情牵。
巡逻飒飒寒风里,潜伏皑皑白雪间。
耀日冰河腾骏过,摩云峻岭逐鹰旋。

姑苏昨夜温春梦,重返昆仑肩并肩。

青海湖之春

千鸟飞旋戏翠微,牛羊出牧藏獒催。
桃花抹粉红腮艳,柳叶流青笑眼迷。
碧玉湖边良骥骋,绿茵场上靓姑追。
欢歌劲舞迎春到,羌笛锅庄醉几回。

临江仙·赞辽宁号航母

　　海上强军圆梦,水兵情共艨
艟。乘风破浪战旗红。卫疆腾猛虎,
保土跃蛟龙。　　放眼全球励志,胸
怀正义弯弓。坚船利炮炼英雄。蓝
天飘瑞霭,碧海映长虹。

鹧鸪天·游镜泊湖

　　山抱平湖湖抱山,湖如宝镜照人
寰。青山绿水怡情处,激浪轻舟挂锦
帆。　　观画卷,觅桃源,小船摇过
十三湾。寻幽探胜无归意,乐在痴迷
大自然。

鹧鸪天·维吾尔族农家乐

　　一架葡萄绿荫斜,维家农院满庭
花。锄禾竟日回家转,细品香甜哈密
瓜。　　羊肉饭,用手抓,美餐吃过
喝红茶。每逢兴起翩跹舞,还喜轻弹
冬不拉。

鹧鸪天·故乡炊烟

　　背井离乡多少年,回家最爱看炊
烟。晨昏袅袅心神定,晌午飘飘日子
甜。　　传信息,报平安,丝丝缕缕
动情弦。村头长绕灰云朵,守望温馨

幸福园。

踏莎行·天山天池

翠滴峨巅，雪披绿树，天池碧水千秋注。白云乡里笑声哗，蟠桃花放寻常处。　　叠嶂层峦，峰回岭阻，风光塞外无穷数。生平踏破万重山，难忘西域天山路。

浪淘沙·过青海倒淌河日月山

倒淌水潺潺，流向高原。无心坐看白云闲。不是旅游来作客，去守边关。　　日月照关山，山路弯弯。一山翻过一山拦。战士征途无止境，志在登攀。

沁园春·西藏阿里行

雪裹云山，雾锁冰河，气象万千。正雄鹰翔宇，牦牛蹀躞，经幡飘荡，圣洁蓝天。湖碧班公，狮泉激浪，净土仙乡绕紫烟。惊绝域，叹神奇世界，世外桃源。　　奔驰莽莽高原，访哨卡豪情似火燃。看跃马昆仑，巡逻天路，爬冰卧雪，戍卫边关。心系人民，胸怀祖国，铁壁铜墙高且坚。凌云志，守地球屋脊，攀越峰巅。

傅　珥

女，1929年生，贵州遵义人。1949年入伍，曾任铁道兵报社编辑。著有《傅珥诗画集》。

一枝花·抗洪救幼女

浊浪翻江抖，暴雨狂风骤，军民齐奋战、水云吼。叹危矣孤童，身系斜杨柳。浪卷娘亲走。听祖母哀呼："妮子呀休松手！"　　六龄女，谁来营救，妮命能多久？忽飞舟破浪，军情厚。看生死关头，血换花枝秀。正立功时候，一曲军歌，伴铁板、千秋长奏。

傅毅武

1928年生，山东昌邑人。1945年入伍，曾任成都军区司令部情报部部长。

忆解放济南

远上黄河一水城，涌泉激滟世闻名。经年鬼据成魔域，四处黎民遭祸横。忽降天兵龙虎啸，瞬间城破狗豺烹。敌酋耀武欲何往，待尔难逃捉鳖绳。

又见倾城送亲人

抗洪宁武记犹新，惜别真情泪湿襟。冰雪前沿闻奏凯，倾城又见送亲人。

西藏干巴拉雷达站

叠上五千三，云绕雪山巅。羊湖波荡漾，雅江激浪旋。白雪迷天舞，羊裘裹体寒。氧稀脸色紫，欲食口咽难。彻夜狂风吼，更深不入眠。雄鹰天际远，苦尽有余甘。

焦秋光

1949年8月生，山西盂县人。1968年入伍，曾任总装备部部队管理研究室主任，大校军衔。中华诗词学会会员。著有《焦秋光诗选》。

边塞行吟

老 山

赴滇轮战斗凶顽,勇闯硝烟上老山。
八马奇兵重访后①,梦思英烈泪潸潸。

① "八马"指八布、马关等地。

二连浩特

金秋八月去边疆,袅袅炊烟送乳香。
夜雪寒风从北起,官兵眉鬓尽凝霜。

舒 翼

1928年生,江苏无锡人。1948年参加革命,曾任陆军指挥学院研究员,《中国大百科全书·军事卷》学科顾问。著有《龙广山房诗稿》。

春之歌

攀登须接力,华夏帅才多。
高奏强军号,时聆圆梦歌。
挥鞭骏马疾,昂首塞鸿过。
浩荡春风劲,扬帆逐碧波。

八一放歌

宁汉同流血雨频,南昌起义挽沉沦。
丹心练就英雄胆,热血铸成钢骨身。
一袭戎装穿到老,满怀壮曲唱犹新。
后昆接力安邦国,铁打营盘格外亲。

保钓曲

谁在钓鱼掀浊浪?天人共愤斥癫狂。
明清典籍证如铁,二战宣言纸未黄。
自有文韬惩腐恶,岂无武略锁嗥狼。
中华寸土不容割,尽见安邦热血郎。

随唐亮政委视察东海守岛连队

片云飘落似轻烟,壁立东陬骇浪巅。
战士危崖方列队,将军陡岸已登先。
身临小岛铜墙地,心系中华旭日天。
淡菜深藏才出水,齿香留得首遭鲜。

《人民前线报》创刊六十周年感怀

挑灯夜战亦寻常,为作嫁衣编织忙。
曾探八连讴俭朴,又临淮海觅华章。
惊闻旧雨多零落,喜见新帆已启航。
兴国强军肩重任,霞光泻地迈康庄。

南京陆军指挥学院建校七十周年

薪火相传一脉通,遵循校训树新风。
廊亭水榭风光秀,武略文韬俊彦雄。
创业维艰枪架地,攀登克难箭腾空。
青春立志兴邦国,牢铸军魂代代红。

《御侮与内战》付梓感言

启封陈卷探真知,漏夜灯昏洗砚池。
最忆狼烟遮地日,更逢绕月上天时。
观今酌古眉初展,革弊裕民神自怡。
老树返青何所寄?行吟沃土发新枝。

寒梅赞

萧萧易水旧时槐,壮志那容年月摧。
从武离文拯黎庶,舍生忘死铲蒿莱。
铮铮铁骨超尘俗,缕缕游丝锁宇眉。
敢问寒梅开几度?只因大地贯风雷。

造访挚友

少小从戎过陌阡,硝烟散尽展青天。

征鞍初卸身犹健，壮曲长吟志益坚。
心系铁军情切切，胸怀禹甸意绵绵。
书城坐拥和琴瑟，笔走龙蛇苦也甜。

老骥颂

南征北战亦雄哉，卸却戎装志未衰。
圆梦中华齐奋力，心花相约向阳开。

读将军诗词集

齐正钧《伏枥诗草》

壮志豪情自认知，悲欢得失两由之。
人生底事长相忆，最是横刀立马时。

吴戈华《军旅诗稿》

军旅诗翁心地纯，壮歌长啸力千钧。
回望萧瑟卢沟月，曾是沙场百战身。

奚培根《芳草集》

方寸之间天地广，寻章摘句最相知。
才吟总理亲民赋，又展阖家欢聚诗。
盛世红旗常入律，闲庭碧草也多姿。
新声不绝情思涌，那觉夜阑人静时。

欣悉《追寻铁军》
出版寄语并肩老友

一

北上从戎斗恶魔，峥嵘岁月未蹉跎。
板凳甘坐常年冷，好谱铁军豪放歌。

二

集腋成裘意若何，从来治史感悟多。
江南一叶冤千古，抗日忍操同室戈？

水调歌头·神舟飞天

壁画越千载，长袖舞飞天。是
虚是幻难辨，何日梦能圆？鸟有翱翔
双翅，人缺腾空比翼，造物谁成全？
织女望穿眼，早盼鹊桥连。　　强科
技，扬国威，谱新篇。扶摇直上，神舟
奋力插云巅。探索星球奥秘，领略银
河异彩，电掣任盘旋。探月编程序，
仙子舞翩跹。

浪淘沙·参访老虎山炮二连

春雨洗娇杨，更换新装。窗前屋
后百花香。眼底风光无限好，名不虚
扬。　　海角立长廊，铁壁铜墙。军
民一体结联防。老虎山头今日是，固
若金汤。

江城子·缅怀一位红军前辈

无端细雨恼人天，病迁延，梦缠
绵。回眸畴昔，征旅度长年。武略文
韬勤实践，艰与险，压双肩。　　扁
舟一叶与公连，手相牵，暖心田。时
聆教诲，散帙缀成篇。待到书香盈陋
室，裁首卷，献尊前。

鲁　戈

1922年生，浙江嵊州人。1937年参加
革命，曾任师政治部主任，转业后任上海
市人民检察院政治部主任。著有《鲁戈诗
文选集》。

长津湖大捷

飞兵踏雪战长津，美国王牌半丧生。
黄草岭崖堆白骨，几多圣诞待归人。

第五次战役

衔枚疾走夜星沉，涉水翻山似履平。
捷报频传龙浦里，欢呼夺得美榴营。

鲁　斌

1930年生于山东齐河。1944年入伍，曾任武工队长。中华诗词学会会员，山东省诗词学会特邀理事。著有《多味集》。

夜梦军营

梦里突闻军号扬，持枪跑步演兵场。
摸爬滚打苦心练，惊醒汗流仍在床。

忆泛区

柳叶舒眉花含笑，树梢犹有夕阳照。迎面而来是屋宇，重重屋宇成街道。屋宇高耸觉树低，高低不碍落花飞。为怕路迷引错路，轻声轻语问司机。司机笑道不会错，这条道路我走过。何况路旁有路标，一座一座接一座。听罢无语且默默，忽忆抗日战火烈。奔赴前线过此地，夕阳西下天已黑。大队下令叫休息，寻求隐蔽防飞机。整日行军人已乏，战士难耐腹中饥。小队战士尽倾囊，只得所剩八斤粮。当时我任小队长，负责煮饭充饥肠。无锅无灶可奈何？忽见远处有灯光。面对灯光踉跄行，见一窝棚复野荆。轻轻拍门呼老乡，棚内乍然熄了灯。我说我是八路军，开赴前线打日本。但见棚中灯又明，有位大嫂开了门。本当请进来休息，怎奈俺家没男人。自从河决花园口，房屋田园化乌有。大户人家尽逃散，穷人欲逃没法走。丈夫为挣血汗钱，独自一人去界首。家中已无一粒粮，小儿染病卧在床。方见小儿卧床褥，浑身只剩皮包骨。睁开眼睛望生人，强忍泪水不敢哭。声声苦诉声声泪，谛听之后肝肠碎。人民军队为人民，革命传统不能废。八斤老米不算多，垂危病儿可救活。流血牺牲不足惜，何况强忍一夜饥。革命军民共甘苦，赠米救人我做主。大嫂大嫂莫悲哀，我是为你送米来。倾囊倒出八斤米，大嫂一见泪如雨。重新把我细打量，并把病儿抱怀里。紧催病儿呼叔叔，哽哽咽咽不能语。出门抬头望月明，夜风吹沙犹瑟瑟。匆匆已过几十年，往日历历在眼前。去时病儿应长大？泛区重建似花园。车中吟成泛区行，留与后世仔细谈。

童登庆

1931年生，四川雅安人。1949年入伍，曾任沈阳军区炮兵教导大队副政委。解放军红叶诗社社员。

抗美援朝生活撷趣

科长结婚

防空洞里不需床，有点香烟有点糖。
从简仪程情热烈，更深喜气满新房。

军嫂探亲

大好新闻爆炸开，同乡嫂子探亲来。
先听村里新鲜事，又问姑娘那个乖。

曾有才

1928年生，湖南沅江人。1949年入伍，曾任解放军第四十三速成中学教师。著有《明丁词选》等。

踏莎行·缅怀叶挺

煮豆燃萁,龙惊虎骇,江南一叶
风波害。囚歌高亢震牢房,雷霆怒斥
投降派。　　功著铁军,威扬四海,
将军一世多风采。何堪血洒黑茶山,
名垂青史长尊戴。

菩萨蛮·边防

层峦万里天罗布,武装注视眈眈
虎。哨外尽民兵,边陲钢铁城。　　飞
霞苍翠麓,警士常明目。静静守山
门,红旗护国魂。

温　祥

1932年生,四川长宁人。1950年入伍,
曾在军政治机关工作。

贺"神七"问天

一

神舟七载问天军,菊蕊初霜出阁奔。
举器声传心里话,扬旗手挽日边云。
寻忠盛赞离窗步,考绩详研返地身。
何事欢呼惊宇内,太空换服国装新。

二

坡公把酒宴神舟,七破气层七最优。
昔夜抒怀吟水调,今番祝捷诵歌头。
太空漫步新章启,云外飞身旧梦游。
谢贺诚邀苏学士,同迎国庆醉金秋。

温万安

1946年3月生,河北霸州人。1963年
8月入伍,曾任总参作战部局长,大校军
衔。中华诗词学会会员,解放军红叶诗

社社员。

网络战随想

无形无影亦无声,黑客胜于十万兵。
病毒狂攻瘫网络,鼠标轻点见输赢。
恃强惯打春秋战,称霸先开楚汉争。
弱易遭欺当砺剑,已闻高手执长缨。

元日忆边境作战值班

已止硝烟二十年,相逢战友话当班。
一声铃响惊宵梦,万里波飞系老山。
合作标图核笔记,分工对稿校云笺。
电函封罢雄鸡唱,倦眼翻书未入眠。

忆赴南沙守礁部队调研

举目无涯水际天,明珠罗布玉棋盘。
戍楼高耸红旗舞,战士轻歌阵地旋。
淡水一壶分两日,家书十次等三年。
南天卫士峥嵘岁,碧海丹心万古传。

重学解放一江山岛登陆战例

研学夺岛立滩前,碧海依稀叹逝烟。
登陆滩头鸣号角,集群火力护兵船。
三军首奏协同曲,诸岛齐迎解放天。
小试牛刀神鬼泣,孙吴血墨谱新篇。

忆千里野营拉练

听得红墙号令传,大旗横指下南川。
官兵铁腿行千里,鱼水深情颂万篇。
卧雪爬冰锤意志,磨刀舞剑紧弓弦。
归来满载丰收果,但见红霞映满天。

电话兵

越岭翻山练硬功,手操银线脚生风。

汗凝虎背戎装透，热血丹心保畅通。

参谋吟

驰骋沙场血染袍，运筹帷幄察秋毫。
中军营帐摇翎羽，东海兵船激浪涛。
百战奇功无姓氏，千条妙计有勋劳。
一身肝胆青山鉴，尽瘁鞠躬砺宝刀。

抗美援朝六十年感怀

鸭绿江寒霸主凶，雄师百万跨江东。
扫雷血染三千里，挥泪山呼万岁兵。
山姆弹痕深六尺，上甘岭洞厚千层。
回合五个乾坤转，老虎初揭纸面容。

鹧鸪天·军营别

　　卸甲离营羽信纷，老军回首泪沾巾。三十八载情千缕，念炮恋枪思故人。　　旗猎猎，号频频，几回梦断柳营春。身离心系缘难了，来世关山再戍屯。

温新宏

　　1939年8月生，广东梅州人。1963年入伍，曾任海军后勤技术装备研究所总工程师、高级工程师。中华诗词学会会员。曾为《红叶》编委。

颂塔山英雄

塔山鏖战阻东援，血染虹螺彻骨寒。
阵地岿然谁撼动？城池破矣众腾欢！
白台土削盈三尺，凶敌兵亏过万员。
铁壁铜墙生命铸，凌霄豪气壮河山。

谒北京平西抗日烈士陵园

十渡桥西曲水环，碑林塔耸柏森然。

青山默默岫云冷，纸蝶翩翩菊蕊鲜。
利剑大刀诛敌寇，丹心碧血荐轩辕。
一杯浊酒千行泪，华夏腾飞告九天。

重回栲栳岛

蓑草荻花天海连，登瀛岸补谱新篇。
轰鸣泵站沙滩上，飘舞黑龙波浪间。
宿野餐风为部队，呕心沥血事科研。
携孙寻觅魂牵地，绿色军营岛半边。

我海军舰艇编队参加打击 索马里海盗行动喜赋

小试牛刀奔远洋，护航肃盗战旗扬。
螺旋桨动雄鹰起，武备舱开神箭张。
破浪威风华夏舰，冲天豪气汉家郎。
老兵知晓长征事，挥泪欢歌喜若狂！

七十抒怀

水逝年华已古稀，历程甘苦寸心知。
少怀春试蟾宫梦，壮赋秋风铁马诗。
东海波涛洒珠汗，南疆礁岛落鸿泥。
屠鲸射虎成追忆，索句挥毫得意时。

南沙寄怀

高脚屋

携来竹木搭成寮，立足礁盘镇海涛。
笑看鸥翔鱼戏水，琴清月朗伴良宵。

陆战队员

碧海孤悬赤子情，归来语涩步难凭。
眼前隐现南沙月，耳际长鸣是浪声。

赤瓜礁官兵

榆林南去过西沙，骇浪惊涛拥赤瓜。
逐走凶徒维寸土，筑成礁堡立天涯。

波光剑舞飞舟白，云影锄挥酷日斜。
搏雨凌风冬复夏，丹心碧海写春华。

忆驻防秦皇岛

战场准备赴秦皇，八一军旗插杜庄。
雾罩更楼鹰眼疾，霞披叠嶂角弓藏。
东湾铁甲搏风雨，北岭戎衣戴月霜。
滚打摸爬如虎跃，余篇碣石梦生香。

纪念海军建军六十周年

六十年前铸宝刀，砺磨不断蓄光毫。
劈波东海巡礁岛，斩浪南沙御鳄鳌。
环宇结朋陈挚意，亚丁肃盗展雄韬。
一挥寒气冲霄汉，所向披靡华夏骄！

贺空军诞辰六十周年

隼鹰展翅挟东风，搏击长空豪势雄。
百战身经龙虎阵，千锤翼炼鬼神工。
悠悠华夏播忠爱，莽莽长城筑昊穹。
六十春秋霄汉里，穿云破雾写峥嵘。

步韵奉和高立元将军《八一抒怀兼赠红叶诗社诸诗友》

平生驰骋柳营中，永暑蓬莱啸海风。
战舰千支平恶浪，惊涛万顷挽长弓。
军旗漫舞开新纪，银发飘然映碧空。
战士胸怀原似火，南昌赤帜葆鲜红。

梦

人生奋斗竟为何？报国精忠梦想多。
欲为雄师竭思虑，肯将赢体付研磨。
饥餐绝岭千秋雪，渴饮汪洋万种波。
踏碎征途礁与浪，一程风雨一程歌。

鹧鸪天·雨游粤北北江

夹岸黄花映碧桃，青山滴翠更娇娆。无边秀色东风染，又鼓银帆百里遥。　　风细细，雨潇潇，一江柔水漫挥篙。渔歌阵阵冲霄汉，动我心潮逐浪高。

温镜湖

1929年生，河北辛集人。1945年入伍，曾任总参政治部宣传部部长。

缅怀一代名将粟裕

血洒八一战旗红，激流入海上五井。挺进浙南辟新域，驰骋敌腹播火种。韦岗初战军威震，黄桥试剑敌胆惊。同侪欣誉诸葛羊[1]，万众口碑仗仗赢。三打三胜天目山，七战七捷在苏中。战绩空前破纪录，奇兵频出震华东。彪腹掏心斩上将，龙亭钓鱼促征程。斗胆直陈献奇谋，开拓学府攀高峰。风狂浪险识劲节，雾消云散见苍松。立功立言又立德，风流千古有粟公。

[1] 抗日战争时期，陈毅书赠粟裕对联一副："轻裘缓带羊叔子，食少事繁诸葛公。"

游京录

1972年生，河北唐县人。1994年入伍，曾任防化学院政治部宣传处处长，现为该院基础部副主任、副教授，大校军衔。《中华军旅诗词研究》特约研究员。

赤子丹忱砺后人

写在化武专家郁建兴同志牺牲六周年

之际

奉命艰危不顾身，颠仆异域彰国魂。
两河六载血漂杵①，单极一朝梦逐尘。
风雅仰山拱盛会，芳菲神岭报和春。
铁肩重任传薪火，一曲浩歌赤子忱。

① 两河,指伊拉克。

神兵奥运建奇功①

百年突变洗国耻，鹰岭欣逢圣火来。
砺剑降魔肩重任，倾力铸盾仗雄才。
光华异彩隐幕后，丹寸精诚向日开。
盛会五洲惊美奂，神兵勋绩耀金台。

① 1950年,毛主席、周总理亲自批准成立化学兵学校,防化兵由此肇建。半个多世纪以来,中国防化健儿屡建奇勋,被誉为"降魔神兵"。2008年6月,由防化指挥工程学院干部、教员、学员共三百余人组成的奥运安保核化生监测队,坚决执行中央军委命令,圆满完成了监测任务,为实现"平安奥运"做出了突出贡献,受到党中央、国务院表彰。

吴哥长城情相依

——赠在防化学院进修的柬埔寨全体学员

蜡象千年入雪词，康宁更赖砺雄师。
至交患难情犹炽，抵抗强权心共惜。
鹰苑春秋淬钩刃，鹏程岁月肇宏基。
吴哥挽臂祝福瑞，塞下居庸有故知。

春月有感

重教尚行扬正气，尊师倾力暖学堂。
强基为战精筹运，厚德弥珍育栋梁。
化雨春风松柏绿，无言蹊径李桃芳。
逢辰神岭齐行进，相沐杏坛共品香。

忆参加总参"四会"政治教员集训

柳营贤聚五羊城，受教频思匠意工。
宏论觉迷驱霭雾，甘霖消暑醉香茗。
登坛非为执牛耳，夺锦长须砺剑锋。
握别依依珍互勉，云帆击浪赴鹏程。

南天奇岳沐宗风

甲申仲春赴井冈、韶山、长沙教学参观有作

井冈纪行

毓秀山花别样红，南天奇岳沐宗风。
躬耕垄亩播星火，驰骋征鞍缚逆龙。
霜雪万竿竹愈翠，康庄百转气如虹。
黄洋界上人谈笑，翻覆天渊指顾中！

橘子洲吟

楚云揖雁阵，长岛列芳枝。
地以人龙著，洲因水陆奇。
江流浮日月，大野入歌诗。
南国有嘉树，徘徊不忍辞。

菩萨蛮·初谒韶峰

未闻韶乐休惆怅，人潮辐辏韶峰仰。来去亦匆匆，池塘蛙阵鸣。　家人何处觅？玉碎开天地。独上虎歇坪，雨收望劲松。

谢一志

1925—2013年,河北定县人。1941年参加八路军,曾任总参政治部秘书处副处长、总参离休干部住房修建办公室政委。著有《谢一志诗词选》。

记原冀中七分区老同志聚会

力斩倭魔剑气寒，滹沱风雨谱华年。
惯征老骥轻刍秣，常梦硝烟蔽日天。

纪念抗战胜利六十周年

八载干戈疮未平，妖氛阵阵出东瀛。
黔驴莫逞痴人梦，看取中华贯日虹。

夜过瞿塘遇风

迷月荡穹苍，狂飙卷大江。
频嘶惊众客，暴怒袭危樯。
白浪排空起，裂崖一线长。
参辰渐欲淡，船簇满天霜。

柳梢青·六十六岁偶感

雨打风缠，童心未老，镜里苍颜。少小从戎，风烟万里，髀破征鞍。　　吴钩空自光寒，虏尘灭、犹鸣壁间。银汉横斜，浮槎何去，斗柄回旋。

谢九重

1930年生，北京怀柔人。1946年入伍，曾在广州军区、新疆军区任职。著有《愁情执意集》等。

战斗年华

往日征程路远遥，烽烟滚滚战旗飘。
艰辛历尽雄心在，勇敢锄奸胆气豪。
炮火纷飞迎胜利，挥戈折寇捣王朝。
餐霜宿露情何怯，踏遍青山志不凋。

谢少武

1945年出生，安徽枞阳人。1965年入

伍，曾任海军某工程建筑处政委，海军大校军衔。中华诗词学会会员。著有《林泉吟草》等。

庚辰新春抒怀

一

港澳回归瑞气浓，迎春馈岁听和钟。
神州泛彩辞灵兔，玉宇澄清舞巨龙。
才举杯觥将进酒，又闻弦管喜相逢。
推窗院外还封雪，遥望长空意万重。

二

脱去戎装换便装，尘氛渐少梦初香。
诗魂酒引推平仄，史兴茶撩读汉唐。
舞剑为寻垂老乐，高歌聊发少年狂。
莫言休退无余念，朝暮心祈国运昌。

三

三戒名言细琢磨，平心静气养清和。
俸能糊口休言少，友贵知音岂在多。
老景不思凭子意，童心未泯伴孙歌。
关情唯重贤妻健，好共莲池看古荷。

四

神静心安意自舒，纷纭世事不愁予。
偶生吟兴茶充酒，欲去游园步代车。
倦坐南窗招蝶梦，闲来小市觅奇书。
英才硕彦兴家国，醉里长安说易居。

唐多令

岩挂野花明，平湖波上青。小溪清浅暗流声。人道林泉风景好，翠林里、隐军营。　　天渺击苍鹰，山深藏劲兵。正东风、荡舞旗旌。星鬓不辞劳累苦，尽微力、卫长城。

踏莎行

布谷催耕,翠莺啼秀,林泉又是清明后。去年归燕度春风,新泥湿口穿杨柳。　　整地栽瓜,调畦点豆,汗珠细细毛衣透。工余幸自种东篱,军营谁道无农手。

望海潮

德安屏障,浔阳哨口,梁山气势峥嵘。烟络翠林,花繁曲径,修篁凤尾帘棷。危石挂苍松,小溪唱流水,鹰击长空。一架虹桥,尽收湖上快哉风。　　柔姿缭绕云中。有连营壁垒,铁马青锋。军号荡霞,车轮碾月,岩泉跃虎腾龙。霜暑转消融,笳鼓乘倥偬,其乐无穷。热血男儿壮志,意在五洲同。

鹧鸪天 · 寄君儿

临去芙蓉脸上花,莺声慰父不思家。谁知才到军营里,强忍珍珠落一些。　　擂战鼓,履尘沙,木兰英武后人夸。先贤伟业倾心学,好把青春写彩霞。

沁园春 · 鸦片战争一百五十周年

百五年前,伐鼓英夷,四海血腥。恨清廷腐败,边防虚设;疮痍国土,凋敝民生。一战言和,投降屈膝,门户全开涌毒翳。西风劲,任吹原扫野,华夏哀声。　　军民愤怒填膺,誓击楫中流弓镝鸣。看林公豪气,虎门烟烈;三元里内,飞舞长缨。地火

岩浆,翻腾奔泻,民族精神万古惊。逢此日,吊先贤英杰,有泪如倾。

金缕曲

恶水奔流急。扑膏腴、冲堤破堰,骇涛山立。佳丽华东掀白浪,十里秦淮成泽。芳草地、凄然无迹。底事天倾银河断,更女娲不炼神奇石。千古恨,积胸臆。　　神州十亿英雄色。放豪歌、截江组练,驱山飞楫。八面支援悲壮也,热血同流一脉。好制度、无边优越。党在民心昆仑矗,看领袖几渡江南北。魔孽缚,动心魄。

贺新郎

呼啸台风急,惑鱼龙、沧溟搅碎,一团浑黑。天地如盆储水少,怒沸滔滔四溢。更挟卷、狂涛山立。操手神凝颜似铁,稳艨艟、巧借鲲鹏力。深谷跌,兀峰出。　　平生何处曾经历。感今朝、琼州横渡,智清魂涤。一霎风云苍狗变,回首难寻痕迹。多少事、思来羞涩。万遇随安危机小,想尘世万劫终平息。敛静气,且当逸。

金缕曲 · 圆明园大水法沉思

倚杖闲凝目。掩残垣、苍苔败叶,杂荆乔木。几处荒池青草乱,一阵清风吹縠。青草外、闲禽梳沐。一带平冈残碣卧,更烟笼雾绕西山簇。田垄上,走耕犊。　　呢喃燕子桃枝伏。只年年、旧巢难认,断桥

斜曲。往日繁华都不见，歇了深宫丝竹。谁记得、黄旗车毂。长叹一声怀今古，愿安乐长省前朝辱。图奋发，振鸿鹄。

念奴娇·登日光岩顶感怀

擎天拔地，更雷霆声势，拿云摩日。雄踞东南台海扼，直教倭丧荷泣。啸聚英雄，兵台水寨，光射成功戟。妖尘尽扫，舜疆尧甸澄碧。　岩顶沐发披襟，豪情激荡，思绪生鹏翼。莫道书生空意气，卫国不遗余力。一统江山，台澎金马，还跳蓬茅虱。威扬旌帜，好迎瀛岛归楫。

水调歌头·登胡里山望海楼

醉握绿醅盏，歌啸上层楼。浮天碧浪千顷，奔涌日边流。情伴鱼龙嬉戏，心共云霞翔舞，雅逸畅凝眸。美景壮怀激，能不爱神州。　故垒在，枪戟耸，守边畴。驱夷吞虏，当年豪杰拥貔貅。传语台澎金马，同是炎黄血脉，一笑泯恩仇。戮力中华振，风好快归舟。

唐多令

南京大屠杀纪念馆院内，新发现一处大屠杀现场，尸骨三十多具，内有老人、妇女、儿童，惨不忍睹。此日寇侵华又一罪证。愤而作此。

亡国不知愁，杭州作汴州。遍金陵、腥血骷髅。倾倒一江扬子水，洗不尽、恨和羞。　天下太平不？霸权弄小球。聚民心、未雨绸缪。

庙殿江湖同一念，强禹甸、固金瓯。

沁园春·九江大堤溃破感作

千里凶波，搅碎沧溟，逼破锁藩。看牵雷掣电，同驱魔逆；投鞭击楫，共济时艰。党政军民，钢肩铁臂，热血奔腾挽巨澜。蛟龙缚，听凯歌高奏，阳艳尧天。　洪灾侵害年年，应痛定沉思深究源。毋目光短浅，不求环保；心胸狭窄，只顾赚钱。水土荒流，平衡破坏，惩罚频遭是必然。虔心祝，愿金汤永固，万代平安。

满江红·闻美国悍然
轰炸我驻南使馆愤作

滥炸狂轰，问北约、何言可说？称霸主、画皮撕破，野心昭揭。导弹可将楼宇毁，主权能教妖魔窃？莫昏头、掘墓自身埋，生悲切。　民族耻，当洗雪，家国恨，须清灭。看神州大地，怒涛奔泄。国力已非前日弱，民心更较常时热。待明朝、一举扫凶顽，环球澈。

望远行·席上答旧雨问

风风雨雨，飘零惯，苦辣酸咸谁晓。槐根寻梦，藕孔游身，说甚英雄怀抱。纵历征程，勋业至今何在，消得鬓苍人老。对邦家恩重，涓埃未报。　堪宝，珍守古贤节概，拒腐俗、北窗寄傲。沥胆为民，赤心许国，羞见使君兰考。余剩星星宏愿，年华流逝，付与斜阳西照。醉满壶琼液，闲躯倾倒。

念奴娇·看国庆实况转播喜赋

晴空万里,见人潮旗海,红镶青绣。礼炮轰鸣寰宇震,号角管弦齐奏。动地惊天,军威民气,万国何曾有。开来继往,望中三代挥手。 佳气葱郁京城,银花火树,装点江山秀。彩焰流霞金水映,十里浩歌飞袖。百族同声,擎杯高祝,祖国无疆寿。新元新纪,再瞻腾跃龙首。

沁园春·看《开国领袖毛泽东》感赋

心绘蓝图,目注神州,赶考进京。看荡污涤浊,各方联手;摧枯拉朽,帷幄挥兵。根治洪灾,肃清腐败,经济繁荣为兆民。风流甚,数唐虞尧舜,难比英明。 峥嵘岁月堪评,纵木石无知也动情。忆窃来火种,独裁胆裂;唤醒墨面,霸主惊魂。竹杖泥途,布衣草食,万里烟尘南北征。公何处?对多娇山海,珠泪频倾。

鹧鸪天·秦始皇陵

欲使江山万代骄,长城广筑典书烧。改朝不是来胡马,移鼎非为读楚骚。 衰草乱,土丘高,荆榛风扫叶潇潇。兴亡谁解其中理,且听残碑话牧樵。

离亭燕

燕舞莺歌芳野,湖岸柳丝烟挂。竹树倚云幽径远,掩映当年楼舍。一别十多年,风物依然潇洒。 句觅

溪流泉泻,词写月窗花下。除却卫疆辛苦事,踪迹也留儒雅。把酒话前尘,不觉夕阳西驾。

望远行·带湖访辛公遗迹

栏杆拍碎,如虹剑、恨对苍天挥舞。渡江青兕,踏房将军,忍蛰带湖谁顾。十万长松,朝暮唱呼巡检,都是飞龙奔虎。颇堪哀,君自偏安溺腐。 心苦,空有美芹十论,弃不用、裂天难补。剑铗染苔,铁弓挂壁,豪气翻成愁语。词见平戎肝胆,拯民襟抱,字字光辉千古。问翠楼高座,其情知否?

春草碧·思双亲记梦

一

一番清梦瑶湖侧。绿树掩层楼、芳蹊窄。水敛残照溶溶,瘦身扶杖望归客。相对叹连声、寒风袭。 忍泪欲待亲呼,回神醒魄。枕上湿模糊、心如劈。奈何难驻思魂,愁怀未展恨又塞。百计慰酸辛、凭笔墨。

二

梦都难有娱亲悦。愤懑问苍天、情何物?底事岁月匆匆,雪飘梅绽近春节。更惹老伤怀、思儿切。 卅载蓬转萍飘,山云海月。无计报深恩、心如割。今年归又成空,交加愁喜叹特别。万里祝爹娘、期颐越。

金缕曲·听奏《国歌》

抗日悲歌烈,挟雷霆、江河咆哮,地崩山折。敌忾同仇迎炮火,万里长城筑血。摧倭寇、灰飞烟灭。一自钟山拉枯朽,振神州、壮志坚如铁。华夏史,写新页。　　每闻曲奏胸腾热。祝中华、红旗高举,自强休歇。亡我霸权心不死,何况金瓯还缺。更腐败、侵摇伟业。安不忘危清浊秽,靠科技、欧美争超越。龙首傲,仰英杰。

谢守忠

1957年3月生,湖北江陵人。曾任师政委,大校军衔。中华诗词学会会员。著有《壕沿兵心》。

当代军人

绿色长城气吐虹,闪光枪刺贼心怦。
摸爬滚打春秋里,跳跃腾挪寒暑同。
浴血边陲无辱命,救灾内地见精忠。
谁言潇洒从戎少,尽在母亲微笑中。

兵车行

滚滚车轮唱大风,吞云吐雾军威雄。
披星戴月云程路,战暑征寒野棘丛。
载上人民慈母爱,送来捷报口碑隆。
青春所系长城固,铁马征程又立功。

对抗演习

军令如山自电波,平川骤起铁流歌。
强龙猛虎威棱凛,良将精兵智计多。
红旅进攻来利箭,蓝师快反去飞梭。

艰难最是指挥部,险象环生苦琢磨。

军营竹

房后一园修竹林,引来翡翠鸟常吟。
支农可做豆瓜架,为乐能听萧瑟音。
未出土时便有节,及凌云处更虚心。
霜欺雪压容颜定,春雨归来最热忱。

赏 荷

一

华装试罢步瑶池,丽质天生不可欺。
休叹寰尘多溷浊,须知玉体出淤泥。

二

淤泥不染溢清香,月下亭亭试晚装。
长羡荷花君子节,不争富贵恋横塘。

三

荒塘半亩韵高清,夏雨频敲更有情。
晓露初开如泻玉,清风摇影自亭亭。

咏 稻

根苗可殖数株秧,蕊小能闻十里香。
一旦实成更俯首,天生尤物蔑张狂。

咏 棉

枝青蕊似霞,桃熟绽新葩。
姹紫嫣红外,暖温百姓家。

谢练勤

1971年生,江西高安人。1990年入伍,曾任工程师。解放军红叶诗社社员。

紧急出动

阴霾滚滚祸边庭,万里维和冥夜行。

若问官兵何所急,丹心一片系安宁。

战地哨兵

蟾宫初现夜星稀,漠地朔风侵铁衣。
手握钢枪身似塔,风雨不动铸军威。

兵团老兵

硝烟散处隐雄风,屯垦戍边春复冬。
梦里情怀戎马事,夜阑犹自喊冲锋!

谢修廉

1930年生,山东长岛人。1946年1月参加革命,曾任福州军区理论读书班副主任。著有《晚晴斋诗词》。

七十抒怀

两袖清风七秩翁,乌纱脱去与民同。
解鞍常作疆场梦,伏枥长嘶鼓角风。
最爱黄花吟晚节,尤珍白发唱春红。
晴空无际何寥廓,老鹤翩翩舞彩虹。

赞"两弹一星"奖

科技攻关志气昂,尖端夺冠帅旗扬。
东方红曲九霄响,戈壁滩人千古芳。
两弹堪摧称霸梦,一星能镇战争狂。
功勋章上金光闪,家国安危系脊梁。

世纪钟声

一

圣火熊熊世纪坛,洪钟巨响八方传。
悠悠百载风雷吼,滚滚五洋涛浪喧。
万里江山鸣画角,九州儿女咏新篇。
沧桑亲历欣回首,猎猎旌旗数十年。

二

世纪钟声震宇寰,千禧欢庆万邦联。
图强岂论肤黄白,求富何分地北南。
四海烟花同夕放,五洲明月一霄悬。
人民呼唤新时代,携手高歌不夜天。

三

世纪钟声断若连,余音袅袅久回旋。
振兴长奏同心曲,统一齐弹两制弦。
沧海探珠传捷报,太空揽月竞先鞭。
中华必展凌云志,为有前贤启后贤。

壬午春访大嶝

当年炮战震乾坤,三岛大名传至今。
遍览新容如隔世,细寻旧迹尚留痕。
一衣带水风波静,两岸渚鸥形影亲。
咫尺天涯何可限,轻舟来往自通津。

致聚会北京的炮兵战友

袍泽多年劳燕飞,烽烟岁月楚中归。
常思沙场安危共,每忆征程朝夕随。
白发有情心不老,青春无悔史堪追。
稀年雅聚应潇洒,请满金樽醉一回。

水调歌头 · 重访海防团

佳节偕诸老,重访海防团。当年驰骋疆场,血染战旗妍。造就丹心赤胆,不畏千难万险,挥汗创新篇。注视风云变,使命重于山。 观展览,看操练,赞登攀。强军夺冠,与时俱进着先鞭。驾驭精良装备,承继光荣传统,威武更无前。柱石如钢铸,家国似磐安。

谢超元

笔名师竹,1923年生,安徽安庆人。1949年6月入伍,曾任海军政治部研究员。著有《师竹诗草》等。

赞海上猛虎艇①

炮艇区区速度高,惯于沿海斩群妖。
自从崇武功勋著,天下英雄竞折腰。

① 该艇先后参战5次有功。1965年11月14日参加崇武以东海战,击沉美制蒋护航炮艇"永昌"号并击伤大型猎潜舰"永泰"号。

忆秦娥·麦贤得颂

战火炽,俄儿中弹轮机室。轮机室,阿贤挂彩,脑浆流溢。　守机分秒不容息,坚持三刻完天职。完天职,人间奇迹,神歌鬼泣。

菩萨蛮·杰出的鱼雷艇
指挥员张逸民

独雷单艇洞庭缚,金门再伏双登陆。崇武锦添花,永昌喂了鲨。　三沉加一溃,大海耕无税。中外古而今,张君纪录新。

靳怀林

1951年4月入朝,在志愿军第四十七军某部工作。

天德山上英雄班①

二级英雄第七班,十天鏖战敌心寒。
巧施妙计除顽寇,深筑碉壕保地盘。
进犯凶兵临阵死,潜藏勇士运谋安。
光荣任务完成好,打出军威天下传。

① 坚守在天德山上的英雄班所四二二团五连,从1951年10月1日起,与敌连续激战4天4夜,打退敌数十次冲锋,歼敌八百余人,守住了阵地。该连被记集体特等功,并被授予"天德山英雄连"光荣称号。

赖福春

女,1927年2月生,福建长汀人。1949年9月入伍,曾任第三军医大学教授。解放军红叶诗社社员。

菩萨蛮·担架兵

山高路险硝烟望,战旗猎猎军歌亮。战士奔前方,雄风慑虎狼。　我抬担架上,何惧血流淌。眼快紧跟巡,同袍情谊真。

甄宽信

1929年7月生,河北安平人。1945年8月参加革命,曾任后勤学院教员。

一位红军后裔的自述

相伴硝烟到世间,从征随父闯关山。
曾经潦暑江南苦,更历严冬塞北寒。
老爸长眠昭雪后,同门得意改革天。
平生淡泊轻名利,身自冰清神自闲。

学篆刻

规正随形总任君,人言三百始临门。
有垠天地留方寸,无限情怀测海深。
立德立言留后世,刺贪刺恶入三分。
师白难能争泼辣,刀锋偏向此中寻。

雷海基

1943年生,江西进贤人。1961年入伍,曾任总参某部队政委,大校军衔。中华诗词学会会员,解放军红叶诗社函授导师、《中华军旅诗词研究》特约研究员。著有《诗词快速入门指导》等。

天空执勤

夜阑独坐小房中,伴有拂窗带雨风。
冷看天河寻窃贼,机灵果敢捉顽凶。

电子通信兵

百旅雄兵睡正浓,电波一缕掠星空。
令符飞抵关山外,手键轻敲帅帐中。

白洋淀

荷荡青波接碧穹,河叉曲曲变无穷。
当年伏击东洋日,是处芦丛隐劲弓。

元旦看凤凰卫视记者
采访西沙驻岛水兵

风敲耳鼓浪敲窗,夜夜涛声闹梦乡。
遥望南天云水动,清晨上哨挎钢枪。

题驻滇老部队

执戟南疆戍太空,无名功簿亦英雄。
五洲何处风云起,尽在神兵慧眼中。

题北京武警战士

一从戴上警星花,十里长街便是家。
五尺钢枪常在手,谁人胆敢扰京华。

贺贾若瑜将军百岁寿辰

名可燕然勒,功如赤水流。
百年凭剑气,红叶写千秋。

读高锐将军《九十自吟》依韵

百战将军满腹文,老来情意更殷殷。
征尘已洗军魂在,戎马虽停忧患吟。

长抱操戈厉兵志,尤怀报国爱民心。
年逾九十诗泉涌,自古神州有几人。

入红叶诗社三年感赋

西山万木竞秋容,松绿菊黄景不同。
枫叶为笺著诗好,更添一抹战旗红。

寄吕丁文将军[①]

同是鄱湖子,投身解放军。
我巡云塞上,你戍粤江滨。
秋月曾家访,京华共会临。
梦收中业岛,短信告丁君。

① 吕丁文中将,广州军区副司令员。

娘

常握地图指海疆,几番上路又彷徨。
非愁票贵旅途远,怕扰小儿军务忙。

飞三亚空中作

飞机送我上云端,万里天波渡海南。
中业岛滩何处是,老夫昨梦已归还。

短　信

一

你开超市我扛枪,这里山高杂草长。
料守边疆十年卡,婚姻事请细思量。

二

有志男儿守国防,新娘谁耐守空房。
明天能许随军去,你把边关我牧羊。

致三沙市长

三沙属我已千年,岂让他人染指尖。
若许老夫登岛去,拼将生死守黄岩。

游鼓浪屿鼓浪石

我来此石恰天晴，岛上无风涛亦兴。
遥望台湾海波外，声声鼓浪诉离情。

登栖贤山

青峰数座笼轻烟，东望鄱湖接远天。
林密藏花鸟声慢，桥横长草木舟闲。
逢人借问天台事，老者曾闻寺院禅。
戴舍董居无觅处，诗同溪水响依然。

鹧鸪天·兔年岁末

玉兔嫦娥短信传：天宫已接九
州船。一艘飞艇两头靠，万里行程半
刻间。　　临岁末，望乡关，谁家不
正盼团圆。君回故里过年夜，可乘神
舟抵酒泉。

鹧鸪天·清明节

晨雾蒙蒙弥远天，凭栏千里望江
南。鄱湖涌浪低吟唱，慈母依冈长寂
眠。　　思切切，恨绵绵，生时母子
少团圆。沙场驰骋半生汉，老泪回回
梦里弹。

路宏兴

笔名红星、平安，1963年生，河北武强
人。1981年入伍，曾任空军航空兵师参谋
长，空军大校军衔。著有《宏兴诗》。

乙未春笺

醉倚霜空望祖鞭，流光绕指系华年。
冰刀隐隐开春镜，铁翼匆匆入晚烟。
倦影不随秦月出，征心仍向雁门悬。
凭君一语酬军旅，七尺吟毫付寸笺。

丙申春笺

一簇烟花万丈红，上元灯火普天同。
北疆戍鼓传春信，南海征帆任远篷。
放浪长歌须弹剑，寄情新旅好牵弓。
吟边漫道兵家事，习习吹来大国风。

大青山

鸿雁声中秋草黄，漫然四顾野茫茫。
大青山下叹青冢，八白宫前问白杨。
执辔焉知兵铁冷，投鞭但觉奶茶香。
古来多少胭脂泪，昨夜穿成一剑长。

九龙冲谒李先念故居

久闻勋迹满丰碑，小小黄安天下奇。
大别山巅花烂漫，九龙冲里路逶迤。
一生赤胆堪相照，百战英风或可追。
昔日楚声犹烈烈，允身家国共安危。

纪念空军某英雄营命名五十周年

大衍之喜热泪流，京师出列共回眸。
竹竿一杵惊寰宇，霹雳三声荡五洲。
亮剑青穹辉日月，伏兵沃野续春秋。
弯弓只待飞鸣镝，不获苍龙誓不休。

首个国家公祭日前登燕子矶为江滩遇难五万同胞而作

一

恨我来迟没血腥，满腔悲愤和涛声。
一哀一怒一深揖，两万平民三万兵！

二

梦里招魂借楚风，纸船放出满江红。
凭栏莫向矶头立，忍看当年三万弓！

空军某指挥所为"老战士报告团"设坛建荣誉室观感

一

风针穿雨绣旗墙,三尺征鞭指夕阳。
松柏一旁听党课,依然身着老军装。

二

伏虎山前一寿藤,老来甘愿作长绳。
不求长到能拴日,只为标悬那盏灯。

三

退身不待度遐龄,雨洗戎装草色青。
黄鹤楼前新得句,杖藜敲与大江听。

四

隐隐一泉名卓刀,远闻钟鼓远听涛。
千年祈得承平日,聊为将军洗战袍。

五

晚看新闻早遛弯,养花种草也安闲。
老怀自信身犹健,劫雨来时再出山。

六

久闻尚教可传灯,但问千年几个能。
心海砚田青未了,一肩大任子来承。

望远行·忻口

红崖洞垒,排空起、力鼎当年危势。界河流素,练影徘徊,烈烈遗勋应识。紫塞烽烟,千古奋戈迎战,横贯汉家元气。好男儿,唯命民生我死。　　唯是。华夏大张敌忾,赴国难、请缨擎帜。十万角弓,一军独领,冲陷不知凡几。多少炎黄英胄,沙场凝梦,梦雨凝成诗史。到系舟山上,听风吟祭。

倾杯乐·平型关

峻岭雄关,白崖台上,回看绝壑千尺。远山叠梦,峪口放皓,任断云流逸。那年破晓枪声远,弹雨凝陈壁。而今踏访,当只为、猎猎英风弹湿。　　忆来大河东渡,洗兵秋塞,奔沓如潮汐。御侮赋同仇,大刀飞雪,死生悬家国。百战元戎,折冲倭寇,披胆擎天戟。一长揖,期胜日,苍山浣碧。

摸鱼儿·辛弃疾墓前

问当年、醉人归处,还能赊几瓢酒?斜阳疏雨三春老,溪畔几蓑烟柳。云出岫。夕照里、天波荏苒心波皱。石扉轻叩。奉一束青莎,一抔酸土,一把铁蚕豆。　　离骚恨,只恐瓜山别有,于今谁可参透?美芹美政同悲黍,都被江山辜负。空等候。顶上雪、摧藏多少经纶手?君家知否!但仗剑而来,挂瓢而去,休问傅岩叟。

卜算子·志首届帅园论坛

别院古风中,大雅裁新缕。独爱冬云接远春,一路披诗雨。　　握雪悟灵源,仗剑搜佳句。半盏玄香半盏灯,梦笔巡天去。

卜算子·井冈山

雾起井冈山,雾锁黄洋界。雾里倾听那炮声,犹在云天外。　　山下竹如屏,山上松如盖。山路弯弯向远方,一缕红飘带。

詹固熙

笔名詹鼎,1934年8月生,湖南桃江人。1947年7月参加革命,曾任师政委。中华诗词学会会员,解放军红叶诗社社员。著有《詹鼎诗韵》。

忆当地下交通员

1947年7月,吾16岁当地下交通员,曾多次遇险,幸每次都圆满完成任务。

一

暴雪纷飞捷足登,破衣烂服履冰行。
夜难择路摔枯井,肉绽皮开续远征。

二

过河误闯中伏兵,乃被生擒受重惩。
七日酷刑经吊打,牙关咬紧口如瓶。

赞世界第一高铁

新科高铁九州飞,有幸愚翁乐举杯。
时速全球它最快,专程广汉鸟难追。
詹公气概今犹在,兴国蓝图总又催。
优化运输寰宇赞,南疆千里一朝归。

书　怀

一

娇小桐灯闪,攻书午夜忙。
身旁慈母在,引线制荷裳。

二

每日黎明起,翻山觅草痕。
骊骑牛背上,激愤铸芳魂。

三

怀柔文笔本,炮火炼精英。
记下辉煌迹,斩妖夺险峰。

四

稀龄当少壮,八秩不时新。
勤学儿孙样,诗联自有神。

解本亮

1940年生,山东东营人。1957年入伍,曾任工程兵国防工程设计所政治部组织科科长。解放军红叶诗社社员。

工兵颂

一

工兵始建在安源,矿友凝成第一连。
屡立战功青史载,摧城拔寨跃军前。

二

红军北上路途遥,行至于都水阻挠。
初建工兵身手好,长征初架渡河桥。

三

抗日八年多俊雄,地雷地道建奇功。
工兵传艺教民众,敌寇层层火阵中。

四

百万雄师过大江,工兵筹措渡舟忙。
金汤一刹烟销尽,闪电雷霆破敌防。

五

顶风冒雪走天涯,大漠荒原战恶沙。
双手劈开强国路,蘑云升起绽心花。

六

当代工兵任务新,肩担道义出国门。
维和世界军威展,接力长征有后昆。

碧玉箫

原名李玉清,1943年生,湖南湘乡人。1963年入伍,曾任兰州军区某部团政

委。转业后任湘乡市政协主席。中华诗
词学会理事,解放军红叶诗社社员,湖南
省诗词协会常务理事。著有《碧玉箫诗
词选》。

领军衣

新衣着体软而温,三月东风染色匀。
帽角半衔青海日,衣襟一片贺兰春。
牛郎种地星追月,织女抛梭夜继晨。
珍重国恩民意厚,莫辞边塞老风尘。

过戈壁滩

旷野沙如烁,孤烟托落晖。
车行千里远,难见几芳菲。
渴马奔泉疾,饥鹰逐兔飞。
由来征战地,还重一戎衣。

北塞春寒

过了清明又一旬,玉龙天战甲鳞鳞。
忍看陈雪加新雪,休怨迎春未遇春。
河谷久封归海水,皮衣深裹怯寒人。
漫言战士薪金薄,巡哨归营遍体银。

塞上行

九月轻霜点薜萝,青天白雁渡黄河。
三关落照秋原阔,万里边防猛士多。
羌笛翻吹南国曲,金刀啸解大风歌。
朔方军事何须问,院校书生夜枕戈。

平凉军中

陇上云横锁钥长,左公曾此复边疆。
营连朔漠三千里,物供关河十万装。
戌火夜惊秦塞月,征车秋染贺兰霜。
辕门定有嫖姚在,剑耀崆峒五色光。

赠边塞战友

万里西疆铁锁长,祁连山势莽苍苍。
一心为国真如石,两鬓筹边半似霜。
戈壁行车星未落,居延驻马雁方翔。
玉门关外三更月,朗照红旗更有光。

送战友边塞赴任

少壮曾巡瀚海头,老来旌旆又西筹。
金刀信有开山刃,戈壁宁无破浪舟?
草绿高原肥战马,风飞大漠袭貂裘。
好将万里安边策,勒上燕然照暮秋。

新春寄西塞战友

红旗新染朔风沙,古道黄云夕照斜。
营外有山皆秃顶,春来无客不思家。
枪横哨卡挑边月,马过长城舔雪花。
西域葡萄堪酿酒,夜光杯影映琵琶。

赞军营绿化

莫言西北满黄尘,喜看军营景物新。
万树千丛红紫白,高坡洼地柳桐椿。
英雄信有回天手,战士真多造福人。
愿与诸君齐努力,更教清露滴松筠。

军事演习

八月高原瀚海窝,神兵布阵结天罗。
钢枪缝里晨飞火,铜号声中夜渡河。
天下干戈犹未息,腰间剑戟尚须磨。
军威整肃边防固,赢得和平举世歌。

自 怀

十年不见旧家山,万里戍边绝塞寒。
俗客输他金作态,亲朋笑我老来顽。

刀环岁岁思铜柱,马策年年度玉关。
战士魂消青海月,美人肠断碧江滩。

梦　觉

老卒无功叹未还,可怜秋叶又如丹。
依稀梦里闻嘶马,解取床头宝剑看。

三沙从军行

一

十八从军事海防,去年今日别家乡。
亲娘教导犹萦耳,保国才能保卫娘。

二

小岛如盘托哨冈,青天碧海两茫茫。
从军幸到三沙市,扛起红旗护海疆。

三

男儿立志保中华,海上长城海作家。
生作巡航真勇士,死为雄鬼护三沙。

秋夜巡逻

木叶飘然落,风微朔雁鸣。
可怜边地月,亦是故乡明。
亲友分南北,山河共辱荣。
老兵征戍久,识得夜虫声。

边陲寄内

一

紫燕衔泥到,春归我未归。
知君相忆苦,常看昔时衣。

二

君常梦边塞,我亦梦家乡。
两梦同时得,相思情更长。

边　城

月黑边城小,离家路几千。
虽无狼虎患,未敢弃金鞭。

新从军行

一

皮帽冰霜结,钢枪黑白分。
挺立边防哨,金睛察乱云。

二

顷接家乡信,方知母病危。
思儿情意切,尚嘱卫边陲。

三

久别潇湘水,从军青海湖。
故园曾种竹,新笋破泥无?

将军石哨所

荷枪将军石,天地入胸间。鸟鸣
绿荫树,熊爬乱石山。传闻蜀诸葛,
出师何其艰。事业虽未成,精忠日月
寒。我虽非圣贤,国事摧心肝。

水龙吟·西安怀古

塞鸿万里南飞,天高气爽秋如
醉。长安路上,东篱黄菊,暗香扑
鼻。笑整征衫,高登宝塔,壮怀千
里。望古城崔嵬,红楼翠户,繁华
竞、文明地。　　遥想秦皇嬴政,统
江山、长城高垒。苛捐无度,刚而无
柔,民无生息。项羽争雄,汉高挥剑,
阿房焚矣。思今来古往,兴邦大计,
顺乎民意。

八声甘州 · 秦岭赋别

对良辰美景小离筵,窗外柳丝垂。看辕门战友,樽前首长,情意依依。十载光阴易度,明月几圆兮。不尽嘉陵水,浪逐波追。　　何用忧忧戚戚,更高歌慷慨,舞剑扬眉。恨青春不二,白发鬓边催。谢三秦、绿林修竹,荡清光、送我赴戎机。频回首、立陈仓道,看隼鹰飞。

一剪梅 · 欢送部队转业干部

应忆秦关万仞葱。云在山中,月在山中。十年甘苦与君同。雪压青松,雨涤青松。　　一卷行囊两袖风。心也相通,路也相通。非关南北与西东。带甲从容,解甲从容。

鹧鸪天 · 送老战士复员

柳叶纷飞半夜霜,北风归雁一行行。营盘自应千年固,战士何须两鬓苍。　　山水险,路途长,千叮万嘱记心房。青鱼白饭红葡酒,一曲军歌慰断肠。

一剪梅 · 梦梅

仿佛冰枝绽笑颜。月照花前,人立花前。花香诗意互缠绵。同病相怜,同道相怜?　　铁马金戈未许还。雪里关山,雾里家山。一番春讯破严寒。梦落梅间,诗落梅间。

水调歌头 · 祝部队后勤 工作经验交流会召开

漫说秦关好,山水气氤氲。三关豪杰云集,塞马竞纷纷。整顿军容风纪,推广典型经验,面貌一番新。奋起赶先进,比翼上青云。　　爱后勤,筹边策,为人民。肩头责任多重?何止一千斤!哪怕征途万里,矛盾重重叠叠,改革见精神。且借柳林酒,助我壮三军!

暗香 · 咏梅

岭南花讯,又几回寄我,琼魂瑶魄。淡淡梳妆,犹恐天姿嫉颜色。李子新年醉酒,病心情、怎能消得?似这般、雪萼冰花,素手怕难摘。　　关塞,长相忆。听夜深羌管,乡思如织。乱山马驿,华发年年苦相逼。记得当年故里,湘水岸、嫩寒初拆。雪影里、芳枝动,玉人绻立。

蔡 博

笔名海潮,1986年6月生,湖南澧县人。2007年8月入伍,东海舰队航空兵政治部新闻报道员。中华诗词学会会员,解放军红叶诗社社员。著有《我思如潮》。

人生如诗

诗教豪吟迎彩霞,修身养性学无涯。春风吹绿心中树,时雨浇开笔底花。

丹 心

佳聚有期情义深,人生务实又求真。弘扬诗教千秋业,化作丹心胜万金。

蔡世平

1955年生,湖南湘阴人。1974年入伍,戍边15载。曾任中华诗词研究院副院长。著有《蔡世平词选》等。

生查子·月满兵楼

叶落响秋声,行也西风客。才送洞庭星,又赶昆仑月。　　明月满兵楼,兵老乡思切。似见故人来,对看天山雪。

贺新郎·从军别

霜染寒村树。晓星沉、东方泛白,半天鱼肚。整理衣装行远脚,又唤晨鸡催走。怎舍得、灶烟饭熟。怕别柴门难回首,不忍看、揩泪娘亲袖。放慢了,男儿步。　　天涯从此南塘路。只伸向、村湾梦里,迷蒙深处。黑海黄沙征战地,雪急浪高风吼。是何日、归家时候?似见归来风景换,闹声欢、呼叫屠猪手。且听我,楼兰曲。

浣溪沙·天山行宿

曾作岑参马上兵,水溪沟唤老冬行,军旗偏爱打头风。　　野雪山花鹰踏出,孤村豹影夜生成,穿林皓月起涛声。

卜算子·静夜思

1975年元月当兵新疆。新兵连睡地铺。零下二十多度,滴水成冰,头靠墙,发便被冰冻在墙上。后来戴皮帽子睡觉。月光如水,透过双层玻璃,盖在身上,冷极,静极。这时候想起湘江边上的她。

身盖月光轻,隔镜人初静。寸寸相思涉水来,枕上波澜冷。　　梦里过湘江,柳下人还问:我到边疆可若何?同个沙场景。

蝶恋花·昆仑兵歌

铁色昆仑谁啸傲?血铸黄昏,石垒行军灶。煮个天狼餐饿饱,崖峰队伍鹰呼早。　　冻土沉沙埋战袄。除却霜风,还是霜风恼。莫笑兵哥容易老,莺花阵里征鸿少。

点绛唇·南疆犬吠

铁漠惊魂,天涛卷地游龙舞。苍茫如许?百里铜音铸。　　古意千年,泪也捂成酒。声声苦,醉肠醉腑,一夜河山瘦。

浣溪沙·丝茅泣泪

23年前,深秋日。云南前线老山主峰遭遇越军空爆弹。

空爆秋山起闷雷,泥星红作雨花飞,断枝残羽一天危。　　鸟翅难驮人类恨,松肩怎挡战云堆,丝茅泣泪是因谁?

念奴娇·登岳阳楼

岳阳楼上,对湖光百里,汉唐情操。还有宋音流韵在,入我楚徒怀抱。血火周郎,华章范相,风度翩翩到。掏他肺腑,古今心事谈笑。　　不断云梦烟云,洞庭雨雾,总在心头绕。应揽湖风生浩荡,一地鸡毛横扫!放马天山,飞车铁漠,气若昆仑照。古今犹叹:鬓边华发难了。

贺新郎 · 说剑

家悬青铜剑,乃春秋战国时代兵器。1988年12月22日,湖南岳阳县板桥村开荒造田时出土。历两千余年,仍完好如初,剑锋犹利,青光逼人。赋此,以壮词心。

闲睡黄泥地。两千年、埋名荒草,又逢知己。细数铜斑斑几点,应是美人红泪。似闻她、莫邪声息。多少吴王成旧土,只青山、活活长流水。流不断,春秋意。　石光铁火铜风起。便造了、河山筋骨,男儿血气。从此文心悬剑胆,山也横成铁笛。怎辜负、吴戈楚戟?不向愁肠吟病句,铸新篇、还得青铜味。拈剑影,词心里。

蔡吉新

女,1932年生,湖南益阳人。1949年9月入伍,曾任文工队队员、报社摄影记者、编辑。解放军红叶诗社社员。著有《丝路岁月》。

血洒祁连巾帼雄

巾帼英雄妇女团,西征路上闯重关。
黄河踏浪翻乌岭,荒漠鏖兵战马顽。
突破重围心似铁,力拼枭敌志如磐。
红军血染祁连雪,国际悲歌上九天。

忆江南 · 屯垦曲

一

沙井子,戈壁野荒滩。沙暴弥漫风似箭,野狼出没性贪婪,瀚海望无边。

二

军令下,屯垦戍边关。烈日炎炎如火烤,朔风凛凛透身寒,战士不言难。

三

兴水利,雪水灌新田。渠道纵横成水网,荒原披绿换新颜,塞外赶江南。

臧泽波

1930年生,河北清苑人。1948年入伍,曾任武警北京一总队政治部主任。解放军红叶诗社社员。

忆西征陕甘

号令催征入陕甘,兼程昼夜路三千。
荒村露冷征衣薄,野岭梁完步履艰。
心系歼顽犹恐后,舍身破阵敢争先。
于今回忆当年事,谁计酬劳谁计钱。

观特警支队反恐演练

金戈铁马震长空,武警英姿演阵容。
抓捕飞身蹿涧虎,擒拿探爪驾云龙。
攀援走壁履平地,入户穿堂赛疾风。
战法高超传统继,稳操胜券立新功。

廖开鉴

笔名凯兵,1935年生,广西容县人。1950年入伍,曾任省军区政治部组织处处长、老干办主任。解放军红叶诗社社员。著有《珠涛春韵》等。

学 书

百家泼墨喜时逢,字字飘香春意浓。
惜秒争分追柳氏,如饥似渴逐颜公。

书山有路勤为径,学海无涯贵在功。
铁砚磨穿修正果,偷来灵气振文风。

特区卫士

赳赳英姿赤子心,威风凛凛世人钦。
身怀技艺惊神鬼,眼测风云识古今。
初展雄风夸勇士,几经烈火辨真金。
港人治港三军辅,鱼水情长报好音。

建军节八十周年有吟

南昌举义大旗张,威震神州第一枪。
推倒三山光日月,振兴百业起炎黄。
经天纬地春风暖,革故图新国力扬。
今日万民歌八秩,高强科技固金汤。

在"双拥城"里

一

羊城建设史无前,珠水云山大变迁。
两岸长廊如画卷,军民共写水鱼篇。

二

军休落户广园东,路网如蛛接太空。
地下铁龙通宅后,出街入市快如风。

同心路

崖门军哨所,高耸白云间。上下
双千级,来回十八弯。天低难揽月,
海近少扬帆。兵以安邦乐,民知卫士
艰。前年泉引哨,去岁路盘山。隐隐
林荫道,欣欣哨卡人。以前民远岛,
从此岛连民。创业同甘苦,文明共播
耘。学童皆上学,军嫂喜随军。十里
同心路,殷殷鱼水亲。

别离情

应征人远去,一送二三程。梦里
声声唤,村前句句叮。君离双载半,
妹候两年零。卫国男当勇,持家女力
行。公婆勤敬孝,稻粟细耘耕。岁岁
相传喜,年年互有成。乡村争模范,
部队作标兵。鹏有凌云志,鸦怀反哺
情。兵哥尤可贵,军嫂亦光荣。此别
何时合?初衷不改盟。

鹧鸪天·难忘甲午年

甲午风云百廿年,腥风血雨忆遗
篇。洋枪炮舰强豪夺,割地赔银任宰
煎。　　风欲静,浪仍掀,死灰军国
熄还燃。枕戈待旦常磨剑,今日中华
磐石坚。

破阵子·十万大山反空特

远处天空划破,声嘶十万群
山。黑夜里难分五指,台特空投乱草
间,伺机要逞顽。　　早有天罗地
网,张开迎候尊颜。来得一双收一
对,悉数归仓不送还,蚍蜉撼树难。

鹧鸪天·边防除夕

军地联欢晚会开,兵哥兵姐竞登
台。轻歌曼舞英姿展,刺杀擒拿气不
衰。　　终一幕,谢三回,笑声如蜜
掌如雷。军民共建边防线,无限春光
哨卡来。

思佳客·胡锦涛总书记访西柏坡

一代新人掌帅旗,风华正茂恰当

时。开来继往心犹亮, 启后承前志不移。　临圣地, 获真知, 柏坡传统古今宜。两条"务必"常牢记, 强国兴邦众口碑。

鹧鸪天 · 军嫂

一

竹马青梅喜结缘, 相亲相爱话儿甜。郎君两载从军去, 妻子支撑半个天。　勤种养, 重科研, 精耕细作夺丰年。哥夸阿妹心灵美, 妹爱阿哥勇戍边。

二

柳拂池塘鸭破冰, 雷惊大地闹农耕。光荣小宅春风暖, 火热军营龙虎腾。　尊老辈, 哺儿婴, 汗浇五谷好收成。闲来觅取书中乐, 网猎边防哨所笙。

鹧鸪天 · 晚霞红

重灌延河感万千, 军中碌碌不知年。峥嵘岁月情弥壮, 改革护航心倍甜。　人解甲, 户归田, 离鞍老马自加鞭。携孙弄墨勤书画, 余热生辉霞满天。

清平乐 · 老当益壮

宝刀未老, 起舞闻鸡早。拳腿功夫今尚好, 十里路程能跑。　老年大学安家, 云天泼墨生花。岁月耕耘不辍, 盛开灿烂奇葩。

蝶恋花 · 军嫂情

许了归期期又误, 接二连三, 难煞军人妇。梦里相逢千百度, 倚门望断天涯路。　冬去春来春又暮, 桃谢桃开, 怕看千红舞。无限风光留不住, 光荣小宅能言苦?

鹧鸪天 · 优秀女兵从警记

五载戎装换警装, 保家卫国铁心肠。点兵西岭旌旗猎, 踏马东江风雨狂。　巾帼秀, 女儿郎, 为谁辛苦为谁忙? 少年立下英雄志, 除暴安良福八方。

卜算子 · 情结军营

千里急行军, 连队山村住。午夜频频风雨声, 连长心疼处。　已是二更天, 两度查铺去。蹑手挨床掖被勤, 情往军营注。

廖光臣

1914—1990年, 江西龙南人。曾任铁道兵某部高级工程师。

祝南疆铁路建成通车

天山南北喜融融, 铁路百年一旦通。
戈壁滩连八达岭, 从今大漠笑春风。

嘉峪关

雄扼西秦第一关, 军行到此一登攀。
长城东去万余里, 大雁南飞五岳山。
昔日烽烟劳战马, 今朝古碛展新颜。
男儿立志关山外, 他日功成勒铭还。

嘉陵江组诗

1970年春, 部队调往重庆, 修建襄渝铁路的嘉陵江大桥。

一

嘉陵两岸柳青青,春日十无一日晴。
彻夜涛声来枕上,疏星伴月照军营。

二

嘉陵江水远涵空,旭日波光别样红。
天堑千年叹险阻,通途明日耀长虹。

三

春水一江留夕照,沙鸥几点引归舟。
流莺声去闻砧杵,灯火万家水上浮。

四

放眼江头望极浦,斜阳一抹染新秋。
村童三五江边戏,明月姗姗上竹楼。

四海为家铁道兵

告别大巴

山水争留信有情,汉江春晓听流莺。
明朝征骑天山去,笑我天涯一老兵。

过西安游大雁塔

古城羁旅小停骖,大雁塔前半日闲。
百卉笑迎相嘱咐,带将春色到天山。

重过玉门关

关山飞度向疆行,重到玉门百感生。
昔日居停人已去,窗前仁看月华明。

抵南疆

万水千山第几程,脚跟犹带雨风声。
征鞍聊驻天山下,四海为家铁道兵。

廖伯偕

1936年6月生,湖南宁乡人。1951年2月入伍,曾在军委气象局工作。解放军红叶诗社社员。著有《行吟斋草》。

缅怀童陆生将军

峥嵘岁月出精英,二十年前仰大名。
戎马毕生酬壮志,沉冤半世显丹诚。
曾随总理批顽敌,亦念荒原救庶黎。
晚岁垂捐书万册,关怀故里满深情。

回首当年北大荒

旧梦阑珊忆逝年,虎林完达大山连。
弓腰播种拉机纤,俯首抬筐向坝沿。
一片深情留黑土,三年苦战别荒原。
春秋半纪欣犹健,镜里慵窥雪鬓绵。

漆剑影

1928年生,湖南醴陵人。1949年入伍,曾任《人民海军报》总编室主任,海军政治部研究员。中华诗词学会会员。著有《防痴斋诗词选》等。

炮击金门即景

炮声震荡入云端,地动山摇涌浪翻。
云顶岩前火龙起,料罗湾里恶鲨残。
三军怒气冲霄汉,四海欢歌展笑颜。
独有白宫灯火暗,群魔号叫乱成团。

随舰锚泊训练

桃花岛外演兵场,舰艇驱驰好地方。
海阔乘风无阻挡,水深斩浪利潜航。
战时要有擒龙手,平日勤磨打虎枪。
训练热情红似火,烧开海水炼精钢。

临江仙·海防期永固

忆昔海军初建日,堪怜两手空空!群英豪气贯长虹。步枪加旧甲,征战海疆东。　六十华年弹指过,巨蛟海底潜踪。雄鹰霄汉逐长风。海防期永固，一代建奇功。

谭宜德

1936年生，重庆忠县人。1956年入伍，曾任河南省开封军分区司令员兼开封陆军预备役师师长。河南省诗词学会会员。

回石宝寨

别梦依稀归石寨，停船未卒抢登台。
天悬玉印迷双眼，云绕朱阁敞半怀。
旧巷频寻师友去，新人笑问老翁来。
寨前一勺乡中水，涤尽征夫半世埃。

故乡晨韵

晨鸡催月白，春鸟笑天红。
田叠千层镜，花香十里浓。
炊烟山坳直，古树礴边篷。
四顾情难尽，飘然梦幻同！

綦江行

路转峰回千百旋，梯台竹稻戏轻烟。
停车綦畔橙初熟，小店村姑烩鲶鲜。

国庆节即兴

绿城佳节正金风[①]，丹桂飘香十里浓。
喜庆又逢天作美，艳阳不亚仲春同。

① 郑州市曾以绿化著称，有"绿城"之誉。

题蛇年春节军民联欢会

蛇年硕果累山川，马岁春风鼓远帆。
喜聚良辰歌胜酒，军民协力谱新篇。

如梦令·红叶赞

任尔岭绝崖陡，哪管雨急风骤。甘就一身秋，染得漫山红透。红透，红透，万类霜天伊秀。

菩萨蛮·谒焦裕禄墓

焦桐连立香无际，碱沙藏尽平川碧。日照宅楼新，往来车似云。　　丰功铭玉璧，童叟潸然祭。美哉万人歌，千秋一楷模。

诉衷情·梦夜思

梦中忽现手中鞭，跃跃似当年。欲寻战马刀剑，斗室静无言。　　风雨息，小虫喧，夜难眠。残灯犹灿，闪闪军徽，猎猎边关。

忆秦娥·庆八一

枪声烈，南昌故垒旗如血。旗如血，"帝、官、封、反"，灰飞烟灭。　　开来继往兴新业，健儿百万皆英杰。皆英杰，江山如画，长城如铁！

蝶恋花·回访老部队

退休后有幸得以回访老部队舟桥兵某团，感慨良多，即兴。

阔别卅年回旧部，物异人非，不辨从前路。近得滩头逢演武，似曾相见当年伍。　　欢聚一堂倾肺腑，喜看军营，怒放花千树。漫道周郎歼劲虏，后生个个能伏虎。

满庭芳·参编《老兵情》记

烈日熔金，绿城如炙，军休所内
偏忙。为编诗集，三叟喜同堂。严老
学识广博，郑师瑾、造诣非常。齐心
干，加班加点，字字细斟量。　　新
书拿在手，心驰神往，珠玉千行。看
篇篇句句，尽吐衷肠。赳赳沙场老
将，凭谁料、妙笔流光。齐声唤，老
兵未老，老树著花香！

谭清扬

1929年2月生，湖南湘乡人。1947年1月
4日入伍，曾任政治学院政治教研室教员。

"七七"感怀

卢沟炮火惊中外，辽阔神州降祸灾。
掳掠摧残全面怖，奸淫烧杀四方开。
共荣激起千家恨，王道凝成万户哀。
血债深仇焉可忘，岂容恶鬼再重来！

重访枣庄

烽烟远去六旬年，重访枣庄思绪翩。
昼伏夜行勤运动，出生入死巧周旋。
倭顽覆灭牙旗落，齐鲁重生赤日悬。
不是兵民捐热血，何来盛世小康篇。

颂粟司令

忆初入伍唱歌声，颂粟之情令我倾。
苏北刚传连七捷，鲁南又报下双城。
运筹帷幄雄心细，涤荡风雷恶鬼惊。
横扫敌顽如卷席，迎来祖国曙光明。

缪　钧

女，1930年生，湖南长沙人。1949年9

月入伍，曾任第一六三医院军医。中华诗
词学会会员，解放军红叶诗社社员。著有
《春深集》。

咏干休所《诗词园地》

戎马一生惜晚晴，放怀雅苑吐心声。
丁年佩剑驰天下，此日挥毫绘古城。
白发新添豪气在，赤忱共仰大河清。
夕阳无限风光好，老骥扬蹄不计程。

踏莎行·巡诊①

涉水沿溪，披星踏月，高山暗影
惊魂冽。何如此处寂无声，野猪霸道
行人绝。　　老树林深，寒风透骨，
枪支紧握心潮叠。壮怀萦系起沉疴，
长驱健步天狼慑。

① 1968年，广州军区第一批医疗队赴
郴州地区参加社教，作者分到贵阳仁义公
社，因当地情况复杂，配有枪支。

浣溪沙·迷路

隘路崎岖月影浮，村庄寥落复何
求，东西南北晚山稠。　　战友寻呼
天地肃，同侪追蹑暮烟愁，相逢无语
泪先流。

临江仙二首

读万迁老《介云诗选》

少小离家求学，华年投笔从
戎。征南战北志何雄。群星尊北斗，
报国寸心忠。　　转战昂然湘赣，千
军万马从容。保家卫国气如虹。挥
戈能挽日，蓄志鲁阳公。

读王典同志《军旅生涯》

黑水白山违别,天南海域长征。中朝转战鼓鼙声。边人凝血泪,烈火怒中生。 北国旌旗传捷,征夫指日归程。烽烟再起旅魂惊。男儿昌国祚,又诉别离情。

浣溪沙 · 建国五十周年与战友同庆

一

烽火连天血雨腥,边陲战鼓马蹄声,中华儿女请长缨。 鸭绿江边军号急,星沙城畔故乡情,满腔热血正年轻。

二

五十春秋两鬓霜,难忘最是卸戎装,轻舟一叶启归航。 浪迹萍踪留底事,雪泥鸿爪满诗囊,欣逢今日共倾觞。

三

战地黄花分外香,安营军旅赏秋光,风流儿女意昂扬。 书院坪前求学地,妙高峰上演兵场,英姿飒爽木兰妆。

缪熙强

1934年11月生,云南昆明人。1950年12月入伍,曾任总参炮兵部参谋,大校军衔。

边关月

边关月似霜,热血焐钢枪。
哨所三棵草,家乡九亩桑。

参 军

春城腊月尚飞花,学子肩枪岁二八。
北望烽烟奔血路,横江一跃卫中华。

北上改装待命入朝

滇月湘云鄂豫风,关山万里赴匆匆。
新装试炮卢沟畔,浩气翻飞鸭绿东。

参加建设十三陵水库劳动

翻斗小车雪里飞,拦洪大坝万人堆。
三冬热汗春苗旺,九夏碧波秋蟹肥。

战后谒烈士园

暮雨幽山翠柏门,哀音催泪步沉沉。
三躬撞倒阴阳界,同是冲锋陷阵人。

大漠夜巡

无边月色伴轻骑,风卷寒沙舞甲衣。
突起曦光穿万箭,青山客远影依稀。

黎学忠

1937年10月生,福建上杭人。1958年3月入伍,曾任空军某部政委。中华诗词学会会员,解放军红叶诗社社员。著有《山石斋诗词选集》。

踏莎行 · 过武夷山

翠竹葱茏,山花烂漫,武夷气势长虹贯。歌声阵阵伴林涛,参天古树如凉伞。 绿水长流,青春结伴,篷船逐浪飞如箭。跋山涉水去从军,红旗指处阳光灿!

水调歌头 · 河南掘洞

驻扎中原地,此处有群山。连

绵叠翠如画,春夏在花间。登上高坡远眺,山下兵车驰骋,比武勇争先。何惧风霜雪,苦练斗严寒。　挖山洞,为备战,夜无眠。日夜驱车运料,汗水湿衣衫。踏破朝霞晨雾,披着星光赶路,此事却平凡。为了长城固,再累也甘甜。

满江红·癸未春潮

马走羊来,今又是、满园春色。红旗舞、繁荣昌盛,大江南北。举国同歌"三代表",全民共建恢宏业。看"神舟"、又上九重天,兴科学。　抓"三讲",奠基石。传祖训,承前脉。有核心领导,再添良策。执政为民除腐败,为公立党昌高德。展宏图、建设我中华,环球立!

满江红·壮志凌云

石出闽山,如玉琢、精雕细刻。数十载、戎装抖擞,闽南征北。百炼成钢强祖国,千辛万苦兴家业。靠雄文四卷指航程,豪情热。　志高远,坚如铁。勤搏击,光阴迫。趁夕阳无限,拜师求学。卸甲重温风雅颂,归田又上书香阁。看文坛百舸竞扬帆,乘风跃!

念奴娇·笑洒征程

闽山青石,度岁寒,浪击风吹如刻。正遇东方红日出,沐浴兰溪春色。投笔从戎,饥餐戈壁,渴饮兴安雪。转征南北,饱尝多少凉热。　回首艰苦流年,登高怀远,壮志承英烈。笑洒征程勤奋斗,难得熔炉威烈。屈指春秋,光阴似箭,卸甲无闲歇。挥毫泼墨,再游瀚海江月。

渔家傲·青松赞

——写在参加保持共产党员先进性教育时

一

满目青松多稳健,枝繁叶茂冲霄汉。浊水污尘皆不染。高风范,寒冬雪压挺躯干。　挺拔如山真伟岸,根深何惧狂风撼?常思务必青春焕。旗鲜艳,为民愿把丹忱献。

二

历史长河风浪急,中流砥柱潮头立。时代先锋应称职。齐努力,为民执政当求实。　自觉"保先"须积极,严于律己常鸣笛。旗帜鲜明除恶习。千秋笔,小康路上添佳绩。

滕树轩

1929年生,湖北宣恩人。1949年入伍,曾任广东省军区纪委专职委员。

共产党人之歌

投身革命沐春风,立党为公向大同。服务人民须彻底,坚持马列贵融通。倡廉反腐根基固,后乐先忧国运隆。实践兴华三代表,与时俱进逞豪雄。

老 马

忆昔驰驱路八千,巡边守土勇争先。

霜蹄汗血心常泰,玉勒金鞍志更坚。
曾履艰辛增秀色,素甘淡泊乐余年。
归林伏枥犹身健,充电创新不息肩。

鹧鸪天·红军北上过麻阳

犹记家乡正插秧,红军北上过麻
阳。嘘寒问暖春风面,看病帮贫又送
粮。　　还铺板,补赔偿,门前干净
水盈缸。会师陕北今花甲,春满长城
万世芳。

浪淘沙·游江州琵琶
亭赏毛主席手书

莫道暑方浓,一路从容。大桥西
侧彩云重。曾是琵琶弹奏处,司马萍
踪。　　铁画映苍穹,舞凤飞龙。关
怀民瘼二公同。毛字白诗传万世,岱
岳尊崇。

南乡子·老龙头长城游

雄伟老龙头,遥忆沙场往事
悠。防御侵凌安四境,勋猷,族睦精
神万古流。　　民众主沉浮,华夏长
城举世讴。志士仁人抛热血,同仇,
为固金瓯九死酬。

颜怀臻

1943年8月生,江苏洪泽人。1961年入
伍,曾任团政治处宣教股股长。中华诗词
学会会员。著有《颜怀臻诗文集》。

喜接入伍通知书

通知一纸似春风,催放心花燃梦红。
昨日闻鸡勤起舞,今朝携笔奋从戎。
以身许国甘倾力,矢志成人誓建功。

血气方刚欣立志,军营锤炼学英雄。

首次佩戴领章帽徽

五湖四海喜相逢,神圣目标铭在胸。
衣映绿风添帅气,领辉红日靓军容。
帽星常共晓星闪,枪影总随身影冲。
小照凝思频自问,颜郎可是一条龙。

赴东南沿海前线

国际嚣声笼四围,东南沿海战云飞。
台澎狡鼠磨牙厉,闽浙雄兵秣马肥。
火速奔驰争地利,协同防御示天威。
军民一体长城固,堪笑独夫螳臂挥。

夜过平阳城

滚滚烟尘飞战车,平阳正值上灯初。
参差楼阁繁华地,简陋棚房兵士居。
饥啃包中压缩饼,情牵袋内决心书。
血型写在领章里,为国甘捐七尺躯。

海边练兵

敌情通报疾传呼,临战练兵喧海隅。
百米攻防谋阵地,两栖进退演滩涂。
摔跤肉搏功夫硬,袭夜偷摸动作殊。
捭阖沙盘操胜券,纵横天网捉飞狐。

游瑞安塘下仙岩

世外仙岩远望低,一拳山水着人迷。
响潭飞瀑喧深寺,古塔危楼映小溪。
峡壁道中观碧落,英台阁畔赏联题。
挎包取笔凝神记,耳畔遥闻战马嘶。

夜行军七日

撤出瑞安凉气霾,寒生丛树露生阶。
离村悄悄灯光灭,上路匆匆雁字排。

丽水猪鬃穿脚泡，永康麻线补军鞋。
黄尘千里归来日，漫品艰辛舒壮怀。

全军开展学雷锋运动

学习雷锋榜样新，神州万里焕精神。
谈甜忆苦情何激，献爱抒忠心最纯。
赤胆常披勤效国，螺钉不锈乐捐身。
高擎一帜无穷力，导引淳风几代人。

参加军事大比武

练兵荼火炽山原，比武争优夺状元。
妙策良方凝众智，硬功绝活亮班门。
平时流汗战时胜，难处筹谋绝处存。
神炮神枪神技术，熔炉烈焰铸军魂。

吴县渔洋山游泳训练

借得名湖水一环，也宜泅渡也宜攀。
劈波可展雄兵志，登顶能开学士颜。
文武双高挥汗雨，琴书笃爱挤休闲。
乞来神韵渔洋集，借得天光月半弯。

入党提干

未觉从戎倏五年，长知一步一层天。
青春浩气吞河岳，赤胆忠心学圣贤。
传统潜移营养素，军魂默化祖生鞭。
为人贵有宏图志，奋蘸雄毫写壮篇。

参加反坦克培训

北疆千里竟无河，放眼平畴空阔多。
有备重兵频压境，无边坦克乱掀波。
苦研对策勤操练，强化新科多切磋。
箭在弦关时待发，双睁怒目对妖魔。

率队去部队慰问演出

坝上严寒化简妆，戏台搭在背风场。

笛吹半曲冰封眼，歌等过门手冻僵。
呵气有形须渐白，飞尘微粒剑初黄。
掌声四起高潮迭，决胜之师斗志扬。

紧急隐蔽

千钧一发系雷霆，紧急疏离整化零。
隐蔽太行趁午夜，伪装火炮改原形。
金蝉脱壳兵家计，劲旅养精孙子经。
幽壑深沟堪卧虎，江山有待显威灵。

海边打靶

沙滩百里炮如林，万米海空情不禁。
隐现目标时俯仰，降升仪器各浮沉。
智牵对手凭高技，花绽蓝天报捷音。
干战齐呼打得好，欢声融入大潮吟。

参加战术演习

黄旗海畔冻云粘，日似丹丸月似镰。
闪闪光中穿甲冷，隆隆声里夹音尖。
碧空掉靶奇形现，阵地欢腾士气添。
喝令一声齐撤走，瞬间匿迹似龙潜。

钓鱼岛

东条余孽莫癫狂，钓岛历来归我邦。
倘若强行冲底线，老夫七十愿扛枪。

潘振沧

1937年生，福建闽侯人。1964年入伍。曾任解放军大连医学高等专科学校副教授。解放军红叶诗社社员。著有《村夫吟草》。

沈阳军区老战士书画会成立三十周年贺

击钵三旬国粹扬，涂鸦炼句笔耕忙。

人生有梦寻诗美，岁月留痕洒墨香。
文苑威仪天地贺，兵家符信古今藏。
旗旌耀彩迎风舞，庆典讴歌共举觞。

踏春行

缤纷一派赏芳馨，瑶草萋萋景色新。
岭上梅花迎岁早，堤边杨柳占春深。
好将沙碛成林海，应叫荒山遍绿茵。
云淡雨香斜燕剪，黄鹂宛转似诗吟。

长夏吟

宿雨初收荷正香，流萤飞入圃中央。
挥毫常苦芸窗矮，展卷不愁罗扇凉。
耿耿丹心勤报效，莘莘学子砺文章。
清闲已在归休后，白发萧疏忆远芳。

薛君礼

　　1928年生，上海市人。1951年入伍，曾任信息工程学院教授。解放军红叶诗社社员。

单线联系
——地下工作杂忆

清华水榭树丛西，不是情人却紧依。
娓娓轻声言战事，沉沉黑夜透晨曦。

开国游行

广场旧日侧墙红，群众游行万户空。
伫步天安门下望，泪蒙不辨各勋公。

薛俊才

　　1972年生，山东日照人。1999年入伍，曾任海军某驱逐舰支队副政委，现任海军政治工作部副局长，海军大校军衔。

练兵太平洋

　　解缆离港湾，挥剑向南天。东溟雾满眼，宫古浪拍舷。迎风知路远，斩浪喜波宽。豪气冲牛斗，雄心搏深蓝。身在铁甲舰，日夜念强边。大洋磨利剑，精兵卫国安。

满江红·首次为航母护航

　　水阔天辽，霞光里、旌旗飘舞。军港外、舰船蛇阵，伴随航母。驱护雄姿奔似电，风狂浪险何言苦。南训去、千里急行军，骄如虎。
　　云追月，日破雾。多少话，和涛诉。我中华疆域，岂容阻堵。驰骋大洋挥血汗，舍身报国驱胡虏。待何时、四海熄烽烟，收鼙鼓。

霍柏松

　　1947年生，江苏武进人。1969年入伍。中华诗词学会会员。

边关夜哨

乱云散去月当头，枪刺寒光射斗牛。
山下人家山上哨，太平灯火满边州。

魏　节

　　女，1956年生于北京。1970年入伍，曾任海军总医院医务部助理、主管技师，海军上校军衔。中华诗词学会会员，解放军红叶诗社培训部主任，《红叶》执行编委。

柳营抒怀

韶华彩梦赴疆场，姹女偏背五尺枪。
久别柳营添白发，一生无悔着戎装。

观八一飞行表演队
飞行跳伞表演

云白天蓝大幕恢,轰鸣奏响碧空台。
低飞掠地头交错,仰刺凌霄花绽开。
仙女盘旋磨利剑,苍鹰翻滚示宏才。
明星谁道唯雷鸟,观罢英姿一畅怀。

观军博士兵训练

玉兰古木簇花容,绿下成行立似松。
正步踢开三伏夏,盾牌抵挡九寒冬。
龙腾虎跃朝华现,北调南腔兴味浓。
华夏点兵年复日,和平使命蕴心胸。

贺《红叶》诗词函授班成立

霜红一叶做吟签,喜入枫林霞满天。
幸得甘霖滋沃土,金秋时节唱斑斓。

远　航

巡航远涉亚丁湾,护送商船过险关。
大义昭昭驱腐恶,不教海盗逞凶残。

八一抒怀兼赠红叶
诗社诸战友

一

军魂早化血流中,不改兵心勇士风。
炼句浑如攻堡垒,挥毫恰似举弯弓。
辑章成卷三军奋,啸月吟怀万虑空。
酿得新诗浓似酒,举杯笑对艳阳红。

二

频频酬唱入囊中,朵朵涟漪唤晓风。
比擂搭台抽利剑,演兵对阵试神弓。
非平即仄斟佳句,亦月还云咏碧空。
更喜师生齐奋笔,邀杯畅饮女儿红。

观三军仪仗队训练

豪情贯碧霄,阔步卷狂飙。
山岳凝风动,铁流涌浪潮。
三军兵为冠,仪仗国之骄。
四海迎宾客,青春烈焰烧。

再唱《学习雷锋好榜样》

平凡不锈螺钉小,无语丰碑万古青。
一曲颂歌经久唱,传名赫赫响雷霆。

舰载机起飞有感

谁疑航母空浮动,今日腾升舰载机。
甲板平铺披月落,刀尖展翅向天飞。
性能高级自研发,起降成功歇是非。
制海制空惊宿敌,谁来挑衅定无归。

浪尖上的书信

战舰蹈惊涛,心随大海摇。
相约朝暮笔,勿忘潮汐捎。
恶象云移日,无情浪锁锚。
风平鸿雁至,尺素已成包。

浪淘沙·黄河大合唱赞

国破敌凶残,半壁烽烟。黄河咆哮浪潮喧。奋起英雄千百万,风雨挥鞭。　　一曲响云天,热血奔湍。龙门儿女寸心丹。澎湃金涛同决战,捍卫山川。

浪淘沙·护航亚丁湾

一

铁舰首巡航,水碧天长。劈波斩浪战旗扬。公海登场宣正义,海盗心慌。　　三保下西洋,丝路帆樯。当时壮举正重光。走向大洋明远志,固我金汤。

二

勇闯亚丁湾,水阔天宽。商帆集结远行船。五角星旗真醒目,航旅安然。　深海过千帆,浪里云边。救援护卫一肩担。中国海军真好汉,全速争先。

三

天使立方舟,救护潮头。黄金水道任沉浮。不逊须眉巡远海,万里悠悠。　妙手尽明眸,伤病无忧。高挥彩笔绚寰球。蓝海白衣红十字,首创风流。

四

夜幕落屏帷,浪起波追。无声短信逐流飞。如月舷窗收北斗,鸥燕双归。　警惕护通遄,威武须眉。大年岂可忘安危。实弹真枪前甲板,舍我其谁。

五

镰斧映红绸,握紧拳头。铿锵立誓意方遒①。共产党员肩重任,风雨同舟。　沧海水横流,盗患无休。远洋踏浪伴飞鸥。挑战深蓝为使命,弦月如钩。

① 18名同志"火线"立功并入党。

沁园春 · 庚寅望海联想

端午昌黎,薄雾观潮,栈道放眸。看无边拥翠,奔来眼底,鸥翔帆动,过客闲游。袅袅炊烟,渔人早起,且备航行万里舟。凉曦里,听水拍

如乐,唤醒晨楼。　忆曾守岛三秋,只企盼、烟销战火休。更长途拉练,戎装汹渡,摸爬滚打,兵演滩头。暴雨秋千,狂风荡木,无意留连碧海柔。而今日,任轻沙细浪,脚下分流。

念奴娇 · 戍边守岛

野菊正茂,又听见、海浪翻飞冲岸。扑面咸风吹素发,心绪随波起散。校场操枪,码头系缆,战位青春伴。巡逻足迹,逐潮行遍山漫。黄岛、麻井泊湾,"将军"旗顶,巨炮东泓畔。护海固防言笑处,建岛甘心挥汗。积土栽芹,潜水摸参,喜在回头看。此生骄傲,戍边疆海光灿。

一剪梅 · 戎装红妆

豆蔻从戎笔换枪。脱下红装,着上军装。戎装胜过女儿妆。苦也边疆,乐也边疆。　岁月如梭鬓染霜。脱下旧装,换上时装。依然怀念绿戎装。醒也边疆,梦也边疆。

江城子 · 我们队伍向太阳

南昌起义第一枪。震八方,赤旗扬。星火燎原,万马卷沧桑。叱咤风云征腐恶,求解放,卫国疆。　丹心耿耿永朝阳。好儿郎,志如钢。血铸军魂,本色未能忘。维护和平肩重任,新世纪,再辉煌。

南乡子 · 老兵

回首正年轻,红色帽徽红色城。临别依依歌似海,登程,铁打营

盘流水兵。　翘首望军营,喜见戎装制式更。心系国防人不老,聆听,战令一声马上行。

魏　廉

女,1933年生,山东诸城人。1946年入伍,1955年转业。曾任甘肃省高级人民法院处长。解放军红叶诗社社员。

浪淘沙·咏胡杨赠边防战士

大漠育胡杨,秉性顽强。根深千尺砾为床。任你狂风沙暴打,依旧苍苍。　奉献不求偿,默默梳妆。苍穹不老地无荒。枝繁叶茂饰大漠,戈壁增光。

魏新河

1967年生,河北河间人。1984年入伍,曾任空军工程大学航空管制系副主任,特级飞行员,空军大校军衔。曾为《红叶》副主编、《中华军旅诗词研究》执行主编。著有《秋扇词》等。

戊寅迎春曲步凡翁韵

一

生涯泛宅抑浮家,斟酌星辰不用赊。
朋友日边红杏蕊,交亲天上碧桃花。
眼前云汉一湾近,足下齐烟九点遐。
得句真成高格调,几回彩笔割云霞。

二

心境先于节序更,春天长在梦中晴。
指挥岁月归书卷,结构风花作阵营。
岂有仙源能避世,每闻时事不胜情。
只今漂泊青冥际,唯有浮云识姓名。

已卯迎春曲步凡翁韵

背负青天发浩讴,云端俯看众星流。
九天弦管张方盛,四海风烟动未休。
潇洒双襟千象宿,苍茫六合一诗囚。
愿为彩笔生花梦,再拜仙家十二楼。

庚寅初春飞赴锦城诗会

一

一张双翼上青天,肯信千秋蜀道难。
寄语浣花溪畔客,此时足下是终南。

二

庄子鲲鹏列子风,送人重到蜀天空。
少年梦想中年悟,写在青冥万里中。

三

九眼桥西万里桥,几回遥望在重霄。
苍茫二十三年后,来看桥边旧柳条。

己丑立冬后一日,诸子京华雅集见邀,登机径往,黎明飞返长安

一

长空命驾彩云飞,手把秦时明月归。
可傲剡溪舟上客,两京同看一斜晖。

二

百万明星列九垓,中天万象尽诗材。
此行不负流霞酿,抱得汉宫秋月来。

三

衣上京华雨未干,乐游原上对南山。
已将粒粒相思种,撒向咸阳古道边。

应征咏上海防空

无端争斗罢,草木复清芬。

银翼戡沧海，碧空多白云。
防能安百姓，战不仰官军。
万国何宁静，陶然乐夕曛。

有 寄

贻君以白云，过我所乘月。
月中有河山，山中多薇蕨。

壬辰岁杪住院值生辰

自与浮云别，迷途得小停①。
已来将往事，如有似无形。
百味极于淡，一心终向宁。
看山余此眼，犹得几回青。

① 王羲之杂帖：尚小停，须佳乃去。

甲午夏至自函谷关经潼关访萧关

千秋塞上草离离，青史征尘落我衣。
中杀饱闻三寸舌，东封可笑一丸泥。
国求同治成和世，山设重关岂限夷。
要识鲁连东海志，单车何事到西陲。

甲午闰九月退休自西安还京旅夜书怀

一

三十年来事，难为置一辞。
生涯余翰墨，天地老戎衣。
明月仍相识，浮云是故知。
长空千万里，从此去王师。

二

十七从军日，云栖假一枝。
有生能李代，于役及瓜期。
军用在非战，兵戈本庶黎。
微躯亦何幸，值此太平时。

三

湖海苍髯在，风云此挂冠。
青山寻永远，黄叶半长安。
一寸心难托，终生梦易阑。
故国归来日，无为泪不干。

四

此生应已定，材与不材间。
二弟身犹贱，双亲背更弯。
我同婴疾久，忧未与时删。
无限兴亡感，飘零易水湾。

五

独有宦游客，穷秋道路间。
繁霜临上党，残月下中山。
事有不堪说，人无可往还。
国门成袖手，寂寞老儒冠。

竹 枝

瑶池当日落人间，近在钱塘浅水湾。
此际我从天上看，却将尘世作青天。

南乡子 · 雪中飞过灞水

风雪灞桥头，驴背吟诗孰与俦？我在云端翻旧谱，笙簧，听取仙人十二楼。　　河汉水西流，待把诗囊括斗牛。携得精芒十万丈，归休，要把光明散九州。

念奴娇

夜航进场后，气象台忽报航线上有危险天气，推迟起飞。遂与同机组人员围坐机下，共谈天体宇宙。或云，千百世后，天地将作何面目？诵《天问》："九天之际，安放安属？隅隈多有，谁知其数？"仰观星月，心意茫茫，因有万古之思。作此阕。

天何为者，是轻清一片，支之无物。四顾苍苍无际色，欲问呵之无壁。嵌月涵星，更年易代，几阵风和雪。穹庐兼覆，此间曾有人杰。　　猜想天外诸天，运行千载后，何生何发？大卵同行，应不外、终结归于消灭。小若吾生，两间存一粟，渺如毫发。临风长叹，永恒唯有明月。

鹧鸪天·高空断想

广大时空一苇航，左看细柳右扶桑。袖中太古风云气，胯下长天日月光。　　新世纪，旧行藏，百年短促地球忙。来生纵有三千次，不及银河一寸长。

鹧鸪天

灿烂星河无尽缘，一枝栖息在青天。满身昨夜星辰色，两袖千秋霜露寒。　　明月畔，白云边，红尘与我已无关。悠然自赋游仙句，不识人间鸡犬年。

鹧鸪天·赴京机上值丁亥立春日有感

践踏浮云第几程，东风作驾此行行。为他碧宇千年月，守我银河一颗星。　　招北斗，鉴余生，彼苍无语只冥冥。中宵不畏天街暗，自有心光奕奕明。

鹧鸪天·奉招飞赴京华，诸子相约同赋此调

大月如灯导我前，万星仪仗列周天。雨非今雨来天外，云是停云到日边。　　终宇宙，化灰烟，百年际遇算奇缘。名山看罢生花笔，八极风云入短笺。

昭君怨·春尽前三日过北洼空军医院

春水弯弯门户，闻道彩云曾住。当日住东门，住西门。　　试向花儿借问，问讯那年音信。知是问桃花，问杨花。

水调歌头·中空带飞

天地合成被，中有白云棉。我来头枕明月，与子可安眠。抖落满身星斗，呼吸九垓风露，濯足水潺湲。欲答灵均问，有客可谈天。　　一丸日，一丸月，管流年。茫茫天道，无轨无极本团圆。回首悲欢多少，挥手沧桑几许，生命倩谁诠。双翼徘徊久，桂子满衣冠。

卖花声·作别云天，空中传恨，将复不再

重入旧苍穹，检点前踪。大千回首老鸿蒙。挥手浮云千万里，泪洒长空。　　二十五年中，抱月怀风。人间天上与谁同。河水清涟星灿烂，曾照孤衷。

清平乐·稼轩生日作

几回空想，八百年前样。不道惜春春不让，赢得凭栏一望。　　眼中千古江山，只今无计相关。学个此翁标致，昨宵醉倒松边。

水调歌头 · 初晨自京赴邕机上

乘我白云走,银汉度残星。最高层上天色,不改旧时青。足下神州一把,窗外乾坤一抱,万古只蒙蒙。四万八千岁,未见有真灵。　　日在后,风在下,徙南溟。疾行逃影,贻笑东海鲁连卿。我欲何从何去,我类何存何化,回首问长庚。龙汉无穷劫,何处可重生。

魏增宇

1963年生,河北武安人。1982年10月入伍,曾任政治处干事、所长。转业后在北京市公安局工作。中华诗词学会会员。著有《萤火韵语》。

念　远

窗外雨潆潆,心中念远情。
凌波影重现,道别一声轻。

送战友转业返乡

同乡返故里,作别站台前。
相视无言语,将分有泪涟。
军营数载梦,战友一生缘。
此去何时见,凭君喜讯传。

大雪念高堂

纷纷瑞雪掩营房,泛起心潮思故乡。
堂上椿萱身合健?军中儿女孝难偿。
长长冬夜空孤寂,眷眷亲情系暑凉。
但愿素娥心解我,飞飘千里报安康。

八一抒怀

从戎报国忆三秦,军号声声入耳频。
院校点兵抒壮志,靶场驭炮显威神。

一窗明月难圆梦,八载银河少渡津。
又见青颜齐接力,红旗猎猎战装新。

母亲从故乡带来小米

弱冠从戎离故庄,时光荏苒鬓微霜。客居京城不稼穑,日日后厨有余香。春去秋来星斗转,每逢佳节想爹娘。乡下双亲难得见,常有托词工作忙。儿不探母母不怨,心中常将儿思念。含辛茹苦无相告,月月年年盼儿健。农家四季无闲时,种收不能节令违。犁耧锄耙手中舞,日出忙到日西垂。十月金秋稻谷香,精选细碾口袋装。或有京城过往客,托袋小米愿儿尝。儿见小米如见娘,泪流满面湿衣裳。豆米本是寻常物,何故食之如蜜糖?但思先辈创业苦,更有亲情润心肠。

瞿险峰

1972年6月生,湖北罗田人。1990年12月入伍,武警湖北省总队机动支队政治部主任,上校警衔。中华诗词学会会员,解放军红叶诗社社员。

巡逻吟

一

雾破云飞画卷开,诗囊涨满上关台。
何来飘逸生花笔?原有山泉伴奏来。

二

满山飞雪闹三更,一列新兵小径行。
山涧溪流停脚步,倾听换岗语声轻。

三

水墨烟云锁大山,疾风骤雨袭雄关。

营前杨柳翩翩舞,迎接巡逻战士还。

拉练吟

2015年元月,武警某部组织近六千名新兵,深入大别山区,进行以实战为背景的拉动演习。余为导调组成员和带队领导,全程参与了此次活动。

徒步行军

逶迤队伍绕山冈,仄径冰封脚丈量。
最喜朔风添雅兴,送来诗意满行囊。

月夜奔袭

山路弯弯夜色苍,挥师百里竞飞翔。
迈开铁脚追星月,惊起嫦娥煮酒忙。

潜伏训练

星疏月淡夜三更,静卧林中虎目瞪。
霜露侵衣风入列,枪机紧握待天明。

野外宿营

身裹云霞地作床,风吹营帐送山香。
松涛奏响催眠曲,战士携枪入梦乡。

警民联欢

盈耳欢歌壁影斜,小苹果舞醉云霞。
放怀同唱连心曲,催绽军民共建花。

赴基层任职感怀

壮志存胸不怨迟,中年赴任亦当时。
基层是我新天地,甘做人梯愿拜师。

一剪梅·警营女兵

褪去红装换绿装,肩挎钢枪,气宇昂扬。练兵场上汗流香,勇斗风霜,不让儿郎。　　忙里偷闲抹淡妆,对镜惊惶,哭笑难当。柔声细语告爹娘,梦想飞翔,收获丰穰。